Cristina Caboni

Die Rosenfrauen

Ihr persönliches Leseexemplar

Ihre Meinung zu diesem Buch ist uns wichtig.

Deshalb warten wir gespannt auf Ihre Leserstimme an Leserstimme@blanvalet.de oder per Fax an 089/4136-3627 oder direkt auf unserer Homepage www.blanvalet.de/leserstimme.caboni

Ca. 9,99€ · ISBN: 978-3-7341-0033-8

Wir bitten Sie, Rezensionen nicht vor dem 23.06.2015 zu veröffentlichen.

Cristina Caboni

DIE ROSEN-FRAUEN

Roman

Aus dem Italienischen
von Ingrid Ickler

blanvalet

Die italienische Originalausgabe erschien 2014 unter dem Titel
»Il sentiero dei profumi« bei Garzanti Libri, Milano.

MIX
Papier aus verantwortungsvollen Quellen
FSC® C014496

Verlagsgruppe Random House FSC® N001967
Das FSC®-zertifizierte Papier *Holmen Book Cream* für dieses Buch
liefert Holmen Paper, Hallstavik, Schweden.

1. Auflage
Deutsche Erstveröffentlichung Juli 2015 bei Blanvalet,
einem Unternehmen der Verlagsgruppe Random House GmbH, München.

Redaktion: Angela Troni
ES · Herstellung: sam
Satz: Uhl + Massopust, Aalen
Druck und Einband: GGP Media GmbH, Pößneck
Printed in Germany
ISBN 978-3-7341-0033-8

www.blanvalet.de

Sag mir Frau wo du dein Geheimnis birgst
Frau schweres Wasser durchsichtiges Volumen
umso geheimnisvoller je mehr du dich entkleidest
welches ist die Kraft deiner wehrlosen Herrlichkeit
deiner blendenden Rüstung aus Schönheit …

Tomás Segovia

Für alle Frauen meines Lebens:
meine Mutter, meine Schwestern,
meine Töchter, meine Freundinnen.
Dieses Buch ist für Euch.

Das Glück ist nichts anderes als der Duft unserer Seele.

Coco Chanel

Prolog

Rosenholz. Süß, fruchtig, mit leichten Gewürznoten. Der Duft des Vertrauens, der Ruhe und der Gelassenheit. Beschwört den süßen Schmerz der Sehnsucht und der Hoffnung herauf.

»Schließ die Augen, meine Kleine.«

»So, *nonna*?«

»Ja, Elena. Genau so. Und tu, was ich dir beigebracht habe.«

Beide Hände auf den Marmortisch gestützt, sitzt das Mädchen im Halbdunkel und kneift die Augen fest zusammen. Ihre zarten Finger gleiten über die Tischplatte und umklammern die abgeschrägte Kante. Doch es sind nicht die Essenzen in den Flakons an der gegenüberliegenden Wand, die sie am intensivsten wahrnimmt. Es ist die spürbare Ungeduld ihrer Großmutter. Und ihre eigene Angst.

»Also?«

»Ich versuch's doch gerade.«

Ungeduldig presst die alte Frau die Lippen aufeinander. Ihr Zorn riecht beißend und erinnert an den Geruch eines Holzfeuers. Elena weiß, dass sie noch ein bisschen aushalten muss. Nur noch ein kleines bisschen.

»Streng dich an, du musst dich konzentrieren. Und Augen zu, habe ich gesagt!«

Die angedeutete Ohrfeige streift ihr Haar, mehr nicht. Nur vorgetäuscht, eine Lüge, wie alles andere auch. Wie die Lügen ihrer Großmutter. Wie ihre eigenen Lügen.

»Sag schon, was ist das?«

Die alte Frau will nicht mehr länger warten und wedelt mit einer gefüllten Phiole unter Elenas Nase herum. Sie erwartet keine banale Antwort, nichts, was auf der Hand liegt. Sie will mehr. Etwas, das ihre Enkelin ihr partout nicht geben will.

»Rosmarin, Thymian, Verbene.«

Noch ein Klaps.

Mit Mühe hält Elena die Tränen zurück, die ihr in der Kehle brennen. Aber sie gibt nicht auf und beginnt eine Melodie zu summen, um sich Mut zu machen.

»Nein, nein, nein! So wird das nichts mit dem Perfekten Parfüm. Du musst tiefer eintauchen, such, such … Es ist ein Teil von dir, du musst spüren, was es dir sagen will, du musst es verstehen, du musst es lieben. Versuch's noch mal, aber dieses Mal konzentrierst du dich richtig!«

Doch Elenas Liebe zum Parfüm ist passé. Sie will die Wiesen am Flussufer vor der Stadt, zu denen sie ihre Mutter schon als kleines Kind mitgenommen hatte, nicht mehr sehen. Sie will das sanfte Rascheln des Grases und das Rauschen des Wassers nicht mehr hören. Sie will die starrenden Blicke der im Schilf verborgenen Frösche nicht mehr auf sich spüren.

Noch einmal kneift sie die Augen zusammen und presst die Zähne aufeinander, fest entschlossen, sich dem Duft zu verschließen. Da zuckt ein heller Funke durch das fast undurchdringliche Dunkel.

»Der Rosmarin ist weiß.«

Die Großmutter reißt die Augen auf. »Ja«, flüstert sie,

während Hoffnung in ihrem Blick aufleuchtet. »Warum? Erzähl mir davon.«

Elena öffnet die Lippen. Sie wehrt sich jetzt nicht mehr, die Gefühle nehmen von ihr Besitz, erfassen ihren Geist und ihre Seele.

Der Rosmarin hat jetzt eine Farbe. Sie spürt ihn auf der Zunge, er kriecht ihr unter die Haut und lässt sie erzittern. Das Weiß verwandelt sich erst in Rot und dann in Violett.

Erschrocken kneift sie für einen Moment die Augen zusammen.

»Nein! Ich will nicht! Ich will nicht!«

Die Großmutter sieht sie weglaufen. Ihr Gesicht ist vor Empörung rot angelaufen, sie wirkt wie versteinert, dann schüttelt sie den Kopf und lässt sich auf einen Hocker sinken. Nach einem tiefen Seufzer steht sie wieder auf und öffnet die Fensterläden.

Das matte Abendlicht strömt in das Labor, das bereits seit mehr als drei Jahrhunderten im Besitz der Familie Rossini ist.

Lucia geht zu dem massiven Holzschrank hinüber, der die ganze Wand einnimmt, wobei sie das steife Bein nachzieht. Sie holt den Schlüssel aus der Schürzentasche und steckt ihn ins Schloss. Während sie die mittlere Tür öffnet, mischt sich ein leichter Wildkräuterduft unter den Vanillegeruch, der in der Luft liegt, kurze Zeit später gesellt sich noch ein frisches Zitrusaroma dazu. Liebevoll streicht die alte Dame über die Rücken der Bücher, die aufgereiht vor ihr stehen. Mit Bedacht wählt sie eines davon aus, presst es einen Augenblick an ihre Brust und setzt sich dann an den blank gescheuerten Holztisch. Vorsichtig schlägt sie das Buch auf. Ihr Zeigefinger fährt über die im Laufe der Zeit vergilbten Seiten, wie schon unzählige Mal zuvor auf der Suche nach dem Perfekten Parfüm.

Auch dieses Mal scheint Lucia nach etwas Bestimmtem Ausschau zu halten. Doch in diesem in gestochener Handschrift verfassten Text gibt es nichts, das ihr dabei helfen kann, ihrer Enkelin zu erklären, dass das Parfüm nichts ist, was man sich aussucht.

Das Parfüm ist ein Weg. Wer ihn geht, findet seine Seele.

1.

Eichenmoos. Intensiv, durchdringend, ursprünglich.
Der Duft der Beständigkeit und der Kraft.
Vertreibt die Enttäuschung, die die Seele überflutet, wenn einem bewusst wird, dass man sich der Illusion von Sicherheit hingegeben hat. Dämpft die Sehnsucht nach dem, was hätte sein können, aber nicht gewesen ist.

Vom Arno stieg ein muffiger Geruch auf. Er erinnerte an verschimmeltes Mehl und verursachte ihr einen leichten Ekel, genau wie die Enttäuschung, die sie überkam.

Elena Rossini wich zurück, die Arme fest vor der Brust verschränkt.

Der Strom vor ihr floss langsam und träge dahin, fast ausgetrocknet von einem nicht enden wollenden Sommer, in dem es kaum geregnet hatte.

»Nicht mal Sterne am Himmel«, murmelte sie, nachdem sie eine ganze Weile nach oben gestarrt hatte.

Hin und wieder erhellte ein schmaler Lichtstrahl die milde Septembernacht und ließ die verchromten Oberflächen der Vorhängeschlösser glänzen, die verliebte Paare an der Brücke befestigt hatten. Dicht an dicht hingen sie am Eisengitter des Geländers, wie die Gedanken, die sich in Elenas Gehirn drängten.

Sie fuhr mit dem Zeigefinger über eines der Schlösser, mit

dem die Verliebten ihre Liebe besiegelten und sie vor den Tücken des Alltags zu bewahren versuchten.

Matteo hatte ein besonders robustes Exemplar ausgesucht, vor ihren Augen den Bügel zugedrückt und dann den Schlüssel in den Fluss geworfen. Elena konnte sich noch genau an den Geschmack des Kusses erinnern, den er ihr damals gegeben hatte, kurz bevor er sie gefragt hatte, ob sie mit ihm leben wollte.

Sie zuckte zusammen.

Jetzt war er ihr Ex-Verlobter… ihr Ex-Partner, ihr Ex in so vielem.

Sie schlang die Arme noch fester um ihren Körper, um den Schauder zu vertreiben, und ging los. Bevor sie sich endgültig auf den Weg zur Piazzale Michelangelo machte, warf sie einen letzten Blick auf die lange Reihe der Symbole der ewigen Treue. Schon bald würde hier ein neues Schloss hängen, darauf könnte sie wetten. Ein nagelneues vergoldetes, wenn sie ihren Ex-Verlobten richtig einschätzte.

Matteo und Alessia… So hieß die neue Köchin, jene Frau, die ihren Platz eingenommen hatte. Jene Frau, die Elena in einem Anflug von Naivität für ihre Freundin gehalten hatte. Für einen kurzen Augenblick sah sie die beiden wieder vor sich, wie sie sich übereinander beugten und sich das anvertrauten, was anscheinend sonst niemand auf der Welt verstand.

Wie hatte sie nur so dumm sein können?

Sie hätte es erkennen müssen. Aber Matteo war wie immer gewesen, sein Verhalten ihr gegenüber hatte sich nicht verändert. Gerade das machte sie so wütend. Es war fürchterlich ungerecht. Er hatte ihr keine Chance gegeben.

Sie ging jetzt schneller, als wollte sie das Bild hinter sich lassen, das sie vor Augen hatte. Aber auch das war sinnlos, denn die Szene ließ sie nicht los, wie ein Standbild in einem Film.

Elena hatte damals das kleine Restaurant betreten, in dem Matteo Geschäftsführer war. Üblicherweise war er zu dieser Zeit in der Küche, um die Speisekarte durchzusprechen. Dieses Mal war es jedoch anders: Elenas Blick fiel auf zwei nackte, im Fitnessstudio gestählte Pobacken. Durch den Schock wie gelähmt, starrte sie die beiden im ersten Moment einfach nur an, dann gaben ihre Knie nach, und sie musste sich am Türpfosten festhalten, um nicht den Boden unter den Füßen zu verlieren.

Matteo und Alessia sprangen blitzartig auf und versuchten ihre Blöße zu bedecken, so gut es eben ging.

Starre Blicke. Totenstille. Nur der keuchende Atem der beiden Ertappten war zu hören.

Elena war unfähig zu sprechen, sie zeigte nur stumm auf den Deckel, den Matteo immer noch schützend vor sich hielt.

Erschrocken wich er einen Schritt zurück.

Aber Elena blieb reglos stehen und versuchte zu verstehen, was sie da gerade erlebte. Nach und nach gelang es ihr schließlich, ihr Gedankenchaos zu ordnen.

»Was zum Teufel habt ihr da gemacht?«, brüllte sie.

Später hatte sie sich für diese dämliche Frage geschämt, eigentlich hätte sie sehr viel mehr sagen und vor allem etwas ganz anderes tun wollen. Es war völlig klar, was die beiden da auf dem Küchentisch getrieben hatten. Das hätte selbst eine Blinde bemerkt, und sie konnte sehr gut sehen. Und noch besser riechen.

Der anfangs bestürzt wirkende Matteo wurde aggressiv. Er ließ den Deckel fallen und zog sich rasch die Hose hoch.

Wenn ihr nicht jeder Sinn für Humor abhandengekommen wäre, hätte Elena über die groteske Szene lauthals gelacht. Stattdessen blieb sie mit geballten Fäusten und wild klopfendem Herzen stehen; zutiefst verletzt und empört wartete sie darauf, dass Matteo etwas sagte.

Doch er machte sich nicht einmal die Mühe, etwas abzustreiten. Weder ein »Es ist nicht so, wie es aussieht, mein Schatz« noch ein »Ich kann dir das alles erklären«.

»Was machst du hier? Wieso bist du nicht in Mailand?«, fauchte er sie stattdessen an.

Auf einmal war sie völlig durcheinander. Sollte sie sich etwa rechtfertigen? Sie hatte sich nicht gut gefühlt und war deshalb früher zurückgefahren. Aber sie hatte ihm nicht Bescheid gesagt.

Sie war bis ins Mark erschüttert, sie wollte erwidern: »Wie konntest du mir das nur antun?«

Noch eine falsche Frage.

Schweigen, Verwirrung, Ohnmacht und schließlich Wut. Worte waren noch nie ihre Stärke gewesen, und in diesem Moment war sie völlig neben der Spur. Deshalb löste sie ihren Blick von ihm und starrte Alessia an, als ob sie von ihr eine Erklärung erwartete für etwas, das offensichtlich war. Sie hätte die andere ohrfeigen, sie windelweich schlagen sollen. Hatte sie denn nicht kapiert, was sie da gerade getan hatte?

Matteo war seit mehr als zwei Jahren ihr Verlobter, und eines Tages wollten sie heiraten. Zwar hatte er ihr bisher keinen offiziellen Antrag gemacht, aber wohnten sie nicht zusammen? Hatte sie nicht einen großen Teil ihrer Ersparnisse in dieses Restaurant gesteckt?

Ihre Träume, ihre Pläne – geplatzt … Alles vorbei!

»Jetzt reg dich nicht so auf, das bringt doch nichts. Solche Sachen passieren eben.«

Solche Sachen passieren eben?

In diesem Moment erreichte ihre Empörung den Höhepunkt, und anstatt von seinem Verrat völlig am Boden zerstört zu sein, spürte sie eine unbezähmbare Wut in sich, die sich ihren Weg bahnte. Eine gusseiserne Pfanne flog auf das Paar zu, das sich gerade noch hinter dem Tisch in Sicherheit bringen konnte. Das metallene Scheppern auf den Bodenfliesen bildete den Schlussakkord des Ganzen.

Daraufhin hatte Elena sich umgedreht und alles hinter sich gelassen, was sie noch vor wenigen Augenblicken für ihre Zukunft gehalten hatte.

Ein Lachen in der Nähe riss sie aus ihren Gedanken und machte einer bittersüßen Erkenntnis Platz, eine vage Erinnerung, die ihr einen Hauch von Genugtuung verschaffte.

Ihrer Großmutter hatte Matteo Ferrari nie gefallen.

Sie hingegen hatte ihn vergöttert. Sie hatte alles für ihn getan, hatte ihn unterstützt, ihm gedient … Ja, das war es. Sie hatte ihm gedient, so wie es eine gute Partnerin ihrer Meinung nach tun sollte. Nichts sollte ihre Beziehung gefährden, so hatte sie es jedenfalls beschlossen. Oberflächlichkeiten, lose Bindungen ohne Perspektive waren nichts für sie, so etwas hatte sie noch nie interessiert. Matteo war genau der Mann, den sie brauchte. Er wollte eine Familie, er liebte Kinder über alles. Beides war für sie besonders wichtig und daher der entscheidende Grund, weswegen sie ihn schlussendlich ausgewählt, die Schattenseiten ihrer Beziehung akzeptiert und sich nie beschwert hatte.

Trotzdem hatte er sie betrogen.

Das war das Schlimmste. Sie hatte sich wirklich bemüht, hatte alles aufs Spiel gesetzt, so viel investiert. Und das Ergebnis? Mehr als enttäuschend.

Eine Katastrophe.

In dieser Nacht waren viele Menschen unterwegs. Die Altstadt von Florenz ging erst in den frühen Morgenstunden schlafen. Auf den Plätzen tummelten sich Künstler, Studenten und Touristen, die im Schein der Straßenlaternen miteinander plauderten oder sich in der einen oder anderen dunkleren Ecke näherkamen.

Elena ließ ihren Erinnerungen freien Lauf und tauchte in die vertrauten Gerüche des Viertels Santa Croce ein. Sie kannte selbst die kleinsten Unebenheiten der engen Gassen, jeden einzelnen im Laufe der Jahrhunderte ausgetretenen Pflasterstein. Die Umrisse der Häuser zeichneten sich vor ihren müden Augen ab. Die Leuchtreklamen der Geschäfte strahlten im Dunkel der Nacht. Nichts schien sich verändert zu haben. Sie war verblüfft über das Glücksgefühl, das sie beim Anblick der vertrauten Umgebung empfand, denn damit hatte sie nicht gerechnet.

Ein Jahr, überlegte sie, sogar mehr als ein Jahr war sie nicht im Haus ihrer Großmutter gewesen. Das Viertel war für lange Zeit ihre Welt gewesen. Sie hatte die katholische Mädchenschule in der Via Della Colonna besucht und danach das Gymnasium, das nur wenige Schritte vom Haus der Rossinis entfernt lag. Durch die Fenster hatte sie die anderen Kinder spielen sehen.

Keines von ihnen wusste etwas über Parfüm. Sie hatten weder je einen Destillierkolben gesehen noch konnten sie sich vorstellen, dass Fett Gerüche absorbiert.

Für sie hatten Begriffe wie Essenzen, egal ob natürliche oder künstliche, reine oder gemischte, keinerlei Bedeutung.

Dafür hatten sie alle einen Vater und eine Mutter.

Anfangs hatte sie die anderen Kinder ignoriert. Später dann war sie neidisch auf ihre geordnete Welt und hatte sich gewünscht, ein Teil davon sein zu können. Elena wollte sein wie sie.

Die Eltern ihrer Schulkameradinnen waren immer sehr nett zu ihr gewesen, hatten ihr Geschenke gemacht und sie eingeladen. Elena war bei allen Festen und Geburtstagen dabei, aber das Lächeln der anderen hatte nie die Augen erreicht. Sie hatte gespürt, dass es nur über sie hinweghuschte, wie eine Pflicht, die es zu erledigen galt. Abgehakt und im nächsten Moment vergessen.

Schließlich hatte sie es begriffen.

Ein bitteres Gefühl der Scham überkam sie, obwohl es ihre Freundinnen damals nicht zu kümmern schien, dass sie in einem merkwürdigen Haus lebte und immer nur ihre Großmutter zu den Schulaufführungen oder Lehrersprechstunden kam. Es gab auch andere Kinder ohne Eltern… Der springende Punkt war, dass sie eine Mutter hatte.

Hastig schob sie die Erinnerungen beiseite. Sie hatte schon seit Jahren nicht mehr daran gedacht. Sich jetzt dafür bemitleiden – das fehlte gerade noch!

Rasch schluckte sie die Bitterkeit herunter und beschleunigte ihre Schritte. Sie war fast da.

Die steinernen Fassaden der mehrgeschossigen Häuser schienen sie willkommen zu heißen, sie zu trösten. Die laue Luft hatte sich abgekühlt, während vom Straßenpflaster ein beißender Geruch nach Feuchtigkeit und Moder aufstieg. Elena atmete ihn tief ein und wartete auf den Moment, in dem er sich mit dem Geruch des Flusses vermengen würde.

Der Geruch der Vergangenheit, der Geruch dessen, was verloren war.

Vor einer massiven Holztür blieb sie stehen, steckte einen alten Schlüssel ins Schloss und drückte die Klinke herunter. Für den Bruchteil einer Sekunde schloss sie die Augen und fühlte sich sofort besser.

Sie war zurück.

Obwohl es das einzig Vernünftige war, spürte sie das dumpfe Gefühl des Scheiterns. Sie war eines Tages mit dem festen Vorsatz von hier weggegangen, ihr Leben umzukrempeln, und nun stand sie doch wieder in diesem Haus, das sie damals voller Hoffnung hinter sich gelassen hatte.

Sie eilte die Treppenstufen hoch, ohne die beiden düsteren Flure zu beachten, die zum Labor und zum Laden von Lucia Rossini führten. Sie ging schnurstracks ins Bad, und nach einer kurzen Dusche wechselte sie die Laken und schlüpfte ins Bett.

Lavendel, Bergamotte, Salbei. Die Düfte erfüllten das Haus, so durchdringend wie die Einsamkeit, die ihr das Herz zusammenzog. Unmittelbar bevor sie in den Schlaf sank, hatte sie das Gefühl, als würde ihr jemand zärtlich über die Haare streichen.

Am nächsten Morgen erwachte Elena wie immer sehr zeitig. Einen Augenblick lag sie unbeweglich im Bett, die Augen an die Decke gerichtet, während ihr das Herz bis zum Hals schlug. Sie hatte die Fensterläden offen gelassen, deshalb war es so hell. Die Sonnenstrahlen fielen auf den Boden und auf das Bett. Der Geruch des Hauses durchdrang allmählich die Benommenheit, die sie immer noch umgab.

Sie stand auf, was sollte sie auch anderes tun? Dann ging sie nach unten und setzte sich auf den Platz, auf dem sie immer gesessen hatte, schon als kleines Kind. Nach einer Weile betrachtete sie den blanken Holztisch genauer, und ihr fiel auf, wie groß er war. Unbehaglich rutschte sie auf dem Stuhl herum. Dann kam die Stille. Eine düstere, erdrückende Stille.

»Ich könnte den Fernseher anmachen«, murmelte sie.

Aber ihre Großmutter hatte keinen, sie hatte die Glotzerei immer gehasst. Um ehrlich zu sein, war auch sie kein großer Fan davon. Sie zog es vor zu lesen.

Ihre Bücher waren aber alle noch bei Matteo.

Ein höllischer Schmerz explodierte in ihrer Brust. Matteo.

Was sollte sie bloß tun, jetzt da sich alles in Luft aufgelöst hatte, alle ihre Träume, alle ihre Pläne?

Verloren blickte sie sich um.

Alles in dem Haus war ihr vertraut. Wie sie diese altmodischen, seltsamen Dinge liebte. Die an der Wand hängenden Teller, die glasierten Terracottadosen, in denen ihre Großmutter die Pasta aufbewahrte, die Möbel, die sie auf Hochglanz hatte polieren müssen, auch wenn sie sich noch so sehr gewehrt hatte.

Umgeben von all diesen vertrauten Gegenständen hätte sie sich weniger einsam fühlen sollen. Aber so war es nicht. Sie fühlte sich leer, total leer und verloren.

Sie erhob sich und ging mit hängendem Kopf in ihr Zimmer hinauf. Sie würde Monie anrufen und ihr alles erzählen. Von Matteo, diesem Mistkerl, und von Alessia. Wirklich ein schönes Paar. Sie schluckte einen Fluch hinunter, aber da sie allein war und sich ohnehin niemand aufregen würde, schickte sie noch ein paar Beschimpfungen hinterher. Sie benutzte sämtliche Schimpfwörter, die sie kannte. Erst ganz leise, dann kam sie immer mehr in Fahrt, und am Ende brüllte sie. So lange, bis sie sich lächerlich vorkam und verstummte. Sie setzte sich aufs Bett und wählte Monies Nummer, während sie sich mit der anderen Hand wütend über das Gesicht wischte. Sie durfte nicht weinen, Monie würde es sofort merken. Monie mag keine Heulsusen, ermahnte sie sich. Sie atmete ein paar Mal tief durch und zählte die Klingelzeichen.

Wie lange hatte sie nicht mehr mit Monique gesprochen? Einen Monat, vielleicht zwei? Gewiss, sie war voll und ganz mit dem Restaurant und Matteos Wünschen beschäftigt gewesen.

»*Oui?*«

»Monie, bist du's?«

»Elena? Wie geht's dir, mein Schatz? Weißt du, dass ich gerade an dich gedacht habe? Geht's dir gut?«

Statt zu antworten, umklammerte Elena das Handy und brach in Tränen aus.

2.

Myrte. Immergrün, faszinierend, magisch.
Duftintensiv und aromatisch. Beruhigt den Geist,
vertreibt die Wut, den Groll.
Der Duft der Ruhe, die Essenz der Seele.

»Das Parfüm ist Gefühl pur, sozusagen eine Vision, die du in Wohlgeruch umsetzen musst.«

»Ja, Großmutter.«

»Das und nichts anderes tun wir. Es ist unsere Aufgabe, mein Kind, unsere Pflicht, unser Privileg …«

Elena senkt den Blick. Lucias Worte schweben durch die Luft wie der zarte Duft von Jasmin, dessen Blüten vor dem Entfalten der Knospen ganz und gar unschuldig wirken, um dann, kaum aufgeblüht, einen durchdringenden, fast hypnotischen Geruch zu verströmen. Sie will der alten Frau nicht zuhören, will sich nicht in den Träumen verlieren, die diese Worte in ihr wecken, will den Verlockungen nicht folgen. Ihr Herz beginnt heftig zu klopfen, dann dringen die Farben in sie ein, verwandeln sich in Düfte und werden schließlich zu einem Himmel voller Sterne.

Es ist ganz einfach, sich in diesen Träumen zu verlieren, so verlockend schön, wie sie sind. Sie zaubern ihr ein Lächeln auf die Lippen, machen sie glücklich. Jetzt gibt es keine Realität mehr, keine Pflichten. Nichts ist mehr wichtig … nur die Farben und der Duft.

»Der Duft ist die Sprache, über die wir kommunizieren können, mein Kind. Der Duft ist die Wahrheit, Elena, vergiss das nicht. Die einzige, die wirklich zählt. Den Duft belügt man nicht, denn er ist unsere Seele, das, was wir wirklich sind.«

Ein summendes Geräusch riss Elena aus dem Schlaf; ruckartig setzte sie sich im Bett auf. Sie war noch ganz benommen. Die letzten Fetzen des Traums verflüchtigten sich. Mit beiden Händen fuhr sie sich über das Gesicht, während sie sich ihrer Umgebung bewusst wurde. Die unerbittliche Last der Erinnerungen schien sie zu erdrücken.

Einen Moment lang konnte sie sich noch einmal von der Realität lösen, und es gab keinen Raum, keine Zeit mehr. Dann drang das Summen des Handys an ihr Ohr. Als sie aus dem Bett sprang, stolperte sie über die Bettdecke, die sich um ihre Beine gewickelt hatte. Sie kniete auf dem Dielenboden und wühlte aufgeregt in ihrer Tasche.

»Wo bist du, verdammt noch mal, wo versteckst du dich?«, murmelte sie, während sie den Inhalt der Tasche auf dem Boden verstreute.

Schließlich bekam sie das Handy zu fassen und klappte es auf. Als sie den Namen auf dem Display las, schloss sie die Augen und presste die Lippen auf das Gehäuse, ehe sie das Gespräch annahm.

»Monie«, sagte sie mit verschlafener Stimme.

»Elena, was treibst du? Ich bin seit fast eine Stunde hier! Ich kann einfach nicht glauben, dass du unsere Verabredung vergessen hast.«

»Entschuldige … du hast recht. Ist gerade keine leichte

Zeit für mich.« Sie hielt kurz inne und seufzte: »Hör mal, können wir das Treffen verschieben? Ich möchte heute nicht aus dem Haus.«

»Melde dich am besten gleich beim Priester wegen eines Termins für dein Begräbnis. Ich hätte große Lust, meine Mutter anzurufen und ihr alles zu erzählen.«

»Das kannst du nicht machen! Du hast es mir versprochen, erinnerst du dich?«

»Nein, ich erinnere mich nicht. Das muss die Luft hier in Florenz sein, die offenbar auch daran schuld ist, dass du unsere Verabredung vergessen hast.«

Elena schüttelte den Kopf. »Monie, das geht vorbei, ich brauche einfach Zeit.«

»Papperlapapp! Ich lasse es nicht zu, dass du in Selbstmitleid zerfließt. Das macht die Situation nicht besser, kein bisschen. Ausgehen wäre jetzt sicher genau das Richtige für dich.«

Stille.

Elena versuchte es erneut. »Ein andermal vielleicht, ja?«

»Nein, nicht ein andermal«, gab Monique zurück. »Heute Abend fliege ich zurück nach Paris, das weißt du genau. Ich brauche dich jetzt, Elena. Du hast mir versprochen, mich zu begleiten. Es wird dir guttun, mal vor die Tür zu kommen. Jedenfalls hörst du dann hoffentlich auf, dich wie ein Gespenst auf der Suche nach seiner Gruft durch die Gegend zu schleppen. Du treibst mich noch in den Wahnsinn! Also, wo steckst du?«

»Im Haus meiner Großmutter.«

»*Parfait!* Bis zur Stazione Leopolda sind es knapp zwanzig Minuten. Ich warte vor dem Eingang auf dich«, sagte sie mit einer Stimme, die keinen Widerspruch duldete, und legte auf.

Elena starrte auf das Telefon und drehte sich dann zum Fenster, durch das ein Sonnenstrahl ins Zimmer fiel, der in tausend sprühende Funken zu zerstieben schien.

Vielleicht hatte Monie recht, vielleicht war es an der Zeit, ins Leben zurückzukehren. Ausgehen war dazu genauso gut wie alles andere, außerdem würde es ohnehin nichts ändern, sich zu Hause einzuigeln.

Nicht, dass sie ihn zurückhaben wollte, Gott bewahre. Eine Beziehung wiederzubeleben, die nur existiert hatte, weil sie es so gewollt hatte, wie ihr jetzt klar geworden war – nein, wirklich nicht… Bis ins Mark getroffen hatte sie allerdings die Tatsache, von jetzt auf gleich ohne Zukunftsaussichten dazustehen. Sie musste wieder bei null anfangen. Kein Plan, keine Aufgabe, keine Perspektive.

Als hätte man ihr alles genommen, jedes einzelne Teilchen ihres Lebensmosaiks. Sie wusste beim besten Willen nicht, wie es jetzt weitergehen sollte.

In diesen Tagen hatte sich ihr Leben komplett verändert. Aber wenn sie etwas mit Sicherheit wusste, dann Folgendes: Die Geschichte mit Matteo war ein für alle Mal vorbei. Schluss, Aus, Ende.

Ja, entschied sie, sich mit Monique zu treffen, war nicht die schlechteste Idee. »Du hast schon Schlimmeres erlebt, Elena«, murmelte sie, stand auf und ging ins Bad.

Eine halbe Stunde später betrat sie den Vorplatz des ehemaligen Florentiner Bahnhofs, in dem die Duftmesse Pitti Fragranze stattfand, Dreh- und Angelpunkt der internationalen Parfümszene. Schon lange hatte sie das Königreich der Düfte nicht mehr betreten. Monique kam ihr entgegen, hauchte ihr drei Küsse auf die Wange und zog sie dann in das Gebäude. Sie trug ein schlichtes schwarzes Seidenkleid, das sie mit roten Lackstiefeletten kombiniert hatte. Monique war eine hochgewachsene, gertenschlanke Frau, eine exotische Schönheit mit karamellfarbener Haut und schwarzer Lockenmähne, deren selbstbewusster, geschmeidiger Gang ihre Vergangenheit als Model erahnen ließ. Diese Frau als bemerkenswert zu bezeichnen war eine glatte Untertreibung.

Während sie neben Monique herging, blickte Elena an sich herunter: Flipflops, Jeansrock und eine Bluse mit rosa Blümchen. Traurig schüttelte sie den Kopf.

»Ich habe die Eintrittskarten schon gekauft. Hier, nimm«, sagte Monique und hielt ihr einen Anstecker entgegen.

»Narcissus?«, fragte Elena und betrachtete das Namensschild.

»*Oui*. Ab sofort bist du meine … wie nennt man das? Genau, Assistentin.«

Aber sicher, nichts leichter als das. Niemand hätte sie mit einer der renommiertesten Pariser Parfümerien in Verbindung gebracht, so wie sie gekleidet war. Monique arbeitete inzwischen einige Jahre dort und liebte ihren Beruf. Es sei die eleganteste Boutique in ganz Paris, sagte sie immer.

Genau, elegant. Das war keine Umgebung, in der sich Elena wohlfühlen würde. Ihr Stil war schlicht und hatte so gar nichts Extravagantes. Mit ihren sechsundzwanzig Jahren hatte sie noch immer etwas Mädchenhaftes: grazile Figur, lange goldblonde Haare und große grüne Augen, die ihr blasses Gesicht dominierten. Das Auffälligste aber war ihr Mund, der vielleicht ein wenig zu breit geraten war, aber sobald sie sich zu einem Lächeln hinreißen ließ, erstrahlte ihr Gesicht, und sie verwandelte sich in eine hinreißende Schönheit.

Um ihr Aussehen hatte sie sich noch nie besonders gekümmert, sie mochte es gern bequem und war überzeugt, unter den gegebenen Umständen einen vertretbaren Kompromiss gefunden zu haben.

Hier und jetzt fühlte sie sich allerdings fehl am Platz.

Was Ausstrahlung und Eleganz anging, hätten Monique und sie nicht gegensätzlicher sein können. Als ginge sie das Ganze gar nichts an, führte die Französin sie von Stand zu Stand, um ihr mal dies und mal das zu zeigen. Dabei stellte sie unaufhörlich Fragen und hörte aufmerksam Elenas Antworten zu.

Elena war neugierig geworden und bemerkte zu ihrer Erleichterung, dass auch einige andere Besucher eher leger gekleidet waren. Das machte ihr Mut. Sie straffte die Schultern und hob den Kopf. Schließlich zählte das Auftreten, oder?

Im zentralen Ausstellungsraum blieb Monique stehen, schloss die Augen und atmete tief ein.

»Dieses Parfüm hat eine Seele, Elena. Und ich will es haben. Riechst du das?«, fragte sie.

Natürlich roch sie es. Alle rochen es. Sie badeten förmlich darin und folgten seiner Spur, ein jeder eingehüllt in sein persönliches Empfinden. Destillierte Gefühle, ein Konzentrat aus Handlungen und Gedanken. Gerüche beschworen die Vergangenheit herauf, waren nahezu immun gegen den unabwendbaren Lauf der Zeit.

Während Monique von einem Stand zum anderen schlenderte, die mit durchsichtigen Glaswänden abgetrennt waren, trottete Elena in Gedanken versunken hinter ihr her. Die vielfältigen Düfte, durchdringend und intensiv, hatten sie längst in ihren Bann gezogen. Gegen ihren Willen ließ sie sich von den Parfüms einhüllen, begann die Kompositionen in ihre Bestandteile zu zerlegen und versuchte die Inhaltsstoffe zu identifizieren. Es war schon eine ganze Weile her, seit sie das zuletzt getan hatte; für lange Zeit hatte sie alles vermieden, was Teil ihrer Vergangenheit gewesen war.

Im Geist filterte sie die Essenzen heraus, zog gedanklich die olfaktorische Pyramide heran, wertete sie aus und verwarf die ersten Eindrücke, um sofort weiterzuforschen. Dann ertappte sie sich bei einem Lächeln.

Monique blieb vor einem Rosenbouquet stehen, und auch Elena trat näher heran. Die Blüten zogen sie magisch an, jede einzelne war in Farbe, Struktur und Schattierung einzigartig.

Da war sie, die Quelle ihrer Qual und ihrer Freude: die Provence-Rose aus Grasse. Dank des Berufs ihrer Mutter Susanna war sie als Kind in der ganzen Welt herumgekommen. Aber die kleine französische Stadt war eine wichtige Etappe in ihrem ruhelosen Leben, denn dorthin kehrten sie immer wieder zurück. Grasse war die Hauptstadt der Essenzen, die Metropole der Parfümerie.

Elena war in dieser traditionsreichen Stadt aufgewachsen, zwischen Laboratorien, in denen die natürlichen Essenzen zur Parfümherstellung destilliert wurden, meist kleine Werkstätten, die bereits vor Jahrhunderten gegründet worden waren, aber auch moderne Fabriken, für die Susanna Rossini oft tätig war. Die Größe der Betriebe war jedoch nicht entscheidend. Die Straßen der Stadt waren erfüllt von vielfältigen Düften, mal zart, mal durchdringend, je nachdem was gerade produziert wurde. Grasse war seit jeher der Inbegriff von Qualität, Prestige und Kontinuität. Jedes Jahr im Frühling verwandelte sich die Stadt. Ein Rausch von Farben und Düften. Jeder Duft hatte seine besondere Bedeutung und jeder einzelne hatte sich ihr unauslöschlich ins Gedächtnis gebrannt.

Das Sinnbild für all das waren für Elena die Rosen.

Sanft strich sie über die Blütenblätter einer gerade entfalteten Knospe.

Es fühlte sich genauso an, wie sie es in Erinnerung hatte, die seidigen Blütenblätter und der zarte, alles einhüllende Duft.

»Einfach wunderschön.« In Moniques Stimme lag ein Hauch von Ehrerbietung.

Elena sah sich urplötzlich mit ihrer Vergangenheit konfrontiert.

Sie war noch ein kleines Kind, und vor ihr erstreckten sich die ausgedehnten Rosenfelder, die Grasse einrahmten. Überall das leuchtende Grün der Blätter, dazwischen Knospen und Blüten in allen erdenklichen Farbtönen: von Elfenbeinfarben über Blass- und Dunkelrosa bis hin zu kräftigem Lila. Die Blüten verströmten derart intensive Aromen, dass sie inmitten einer Duftwolke stand.

Ihre Mutter hatte ihre Hand losgelassen und war alleine in das Rosenfeld gegangen. Etwa in der Mitte blieb sie stehen, die Finger zwischen den Blütenblättern, den Blick in die Ferne gerichtet, genau wie ihr leichtes Lächeln. Ein Mann ging auf sie zu, und nachdem sie sich einen Moment lang angeblickt hatten, strich er ihr übers Gesicht. Susanna schlang die Arme um seinen Hals und küsste ihn. Als sie sich schließlich wieder umdrehte und ihr ein Zeichen gab, näher zu kommen, war das Lächeln auf dem Gesicht des Mannes verschwunden und einer Grimasse gewichen. Verängstigt lief Elena davon.

Das war ihre erste Begegnung mit Maurice Vidal gewesen, jenem Mann, der ihr Stiefvater werden sollte.

»Im September ist der Duft anders, intensiver. Er trägt dann den Geruch von Sonne und Meer in sich.«

»Die Sonne? Wie riecht die Sonne, Elena?«

Sie schloss einen Moment die Augen, um die richtigen Worte zu finden. »Grenzenlos, warm und weich. Wie ein Nest, ein gemütliches Plätzchen. Intensiv, trotzdem lässt sie den anderen genug Raum. Die Sonne ist die ständige Begleiterin der Düfte. Nimm nur mal den Jasmin. Im Morgengrauen ist sein Aroma am intensivsten, ganz anders als der zarte Hauch zur Mittagszeit, und am Abend, wenn die Sonne nur noch eine ferne Erinnerung ist, entfaltet die Blüte ihre wahre Seele. Du kannst sie unmöglich verwechseln.«

Monique runzelte die Stirn und betrachtete sie neugierig. »Eine ungewöhnliche Definition … Ich habe dich schon sehr lange nicht mehr so über Düfte sprechen hören.«

In Elena machte sich Unruhe breit, mit einem Mal fühlte sie sich verletzlich. Ihre Fantasie hatte die Oberhand über ihre Vernunft gewonnen. Sie hatte sich von Erinnerungen und Gefühlen mitreißen lassen. Es war eine Sache, in Gedanken mit dem Parfüm zu spielen, aber eine andere, sich von ihm beherrschen zu lassen. Das durfte sie nicht vergessen, sie musste auf der Hut sein.

»Lass uns weitergehen, komm«, drängte sie und ging rasch auf die weit geöffnete Glastür zu.

Ein wie aus dem Nichts auftauchendes Schwindelgefühl zwang sie zum Stehenbleiben. Was war nur mit ihr los? Lag es an den berauschenden Düften?

Es war ihr immer gelungen, sich nicht davon dominieren zu lassen … Sie hatte schnell gelernt, sie zu ignorieren, indem sie sie an den Rand ihrer Gedanken verbannte. Schon mit zwölf war sie in der Lage gewesen zu entscheiden, wann und wie viel Raum sie ihnen geben wollte. Sie hatte die Düfte erst geliebt, dann gefürchtet und schließlich beherrscht.

Aber an diesem Morgen war es anders. Sie rissen Elena

mit sich, zwangen sie, sich zu erinnern, Dinge wahrzunehmen, die sie nicht sehen wollte. Sie erfüllten sie mit Gefühlen, verwandelten sich in verführerische Worte, die ihr ihre wahre Natur offenbarten, Vorstellungen, die sie nicht übernehmen wollte. Es war wie in ihrer Kindheit, als die Düfte in sie hineingekrochen waren und sie geglaubt hatte, sie seien ihre Freunde.

»Alles in Ordnung, Elena? Du siehst gar nicht gut aus, man könnte es glatt mit der Angst bekommen. Du wirst doch nicht etwa immer noch an Matteo denken?« Monique packte sie am Ärmel.

Elena versuchte sich wieder in den Griff zu bekommen. Sie ließ den Blick durch die Halle schweifen, fixierte die hohen Steinwände und blieb schließlich an den eisernen Querträgern hängen, die in regelmäßigen Abständen daraus hervorragten. Alt und modern. Eine Verbindung, die häufig zu extrem erschien, hier aber faszinierend und authentisch wirkte.

»Hör auf, die Wände anzustarren, ich lasse nicht locker, bis du mir geantwortet hast.«

Elena blickte ihre Freundin an, schüttelte den Kopf und lächelte, wobei sie sich mit den Fingern übers Gesicht fuhr. »Hat dir noch nie jemand gesagt, dass du Ähnlichkeit mit einer Dogge hast?«

Monique zuckte mit den Schultern. »*Oui.*« Sie pochte mit der Spitze des Zeigefingers auf die Unterlippe. »Das nennt man Charakter, *chérie*. Und jetzt erklär mir bitte, was heute mit dir los ist. Du bist noch seltsamer als sonst.«

Elenas Seufzer schien die Spannung zwischen ihnen zu lösen.

»Es sind die Parfüms … ich ertrage sie heute einfach nicht.«

Monique war erst verblüfft, dann brach sie in Gelächter aus. »Machst du Witze?«

Aber Elena lächelte nicht mehr, und auf einmal wirkten ihre Augen müde und glänzten vor Tränen.

»Hör zu«, sagte Monique, nachdem sie tief durchgeatmet hatte, »ich brauche dein Fachwissen. Ich brauche eine Nase oder etwas, das so nahe wie möglich an eine Nase herankommt. Kurz: deine Hilfe. Wenn ich nicht mit einer revolutionären neuen Duftnote nach Paris zurückkomme, wird Jacques ... Die Dinge zwischen uns sind nicht mehr so, wie sie mal waren, Elena. Ich möchte ihn überraschen, ich möchte, dass er mich respektiert.

»Ich bin keine Nase!«, wehrte Elena ab und versuchte, die aufsteigende Übelkeit unter Kontrolle zu halten.

Ihre Freundin presste die Lippen aufeinander. »Nein, du bist viel mehr. Du erkennst ein Parfüm nicht nur, du siehst durch es hindurch. Es hat keine Geheimnisse vor dir.«

»Du glaubst im Ernst, das sei ein Vorteil?«, fragte sie bitter.

Die Worte kamen ihr über die Lippen, ohne dass sie es verhindern konnte, doch für diplomatische Umschreibungen war es ohnehin zu spät. Nase hin oder her, Elena wollte nicht, dass ihr Geruchssinn ihr Leben bestimmte. Er hatte ihr schon die Kindheit genommen, und sie hatte entschieden, dass das ein für alle Mal genug war.

Vernunft, darauf kam es an. Erst denken, dann handeln.

Aus Moniques Augen sprach eine gewisse Verärgerung, aber auch Nachsicht. »Oh ja, wahrscheinlich sogar dann, wenn du Schafe hüten würdest. Du würdest garantiert den Wolf wittern. Aber ganz sicher ja, weil du eine Parfümeurin bist, und zwar eine verflucht gute. Du kennst die Welt der Parfüms gut genug, um für mich einen einzigartigen Duft zu entdecken, eine Komposition, die meinen Chef eine Weile zum Nachdenken zwingt und ihm eine Perspektive aufzeigt. Eine Kreation, mit der wir unsere Produktpalette erweitern können. Das ist kein Witz. Ich brauche dich wirklich. Bitte hilf mir.«

Elena blickte sich um. Hinter ihr blies ein leichter Wind den Geruch von Florenz durch die offene Tür herein. Es roch nach Dachziegeln, die in der Sonne trockneten, nach Träumen, Tradition, heimlicher Liebe und Hoffnung.

Sie schlug die Augen nieder, atmete tief ein und lächelte.

Sie hatte sich noch nie gegen Monique durchsetzen können.

Ihre Freundin hatte schon immer das Sagen gehabt, seit ihrem allerersten Zusammentreffen damals in Frankreich. Sie waren noch klein gewesen und um die Wette gerannt, durch die Kanäle gewatet und schließlich Hals über Kopf ins tiefe Wasser gepurzelt.

So hatten sie sich kennengelernt, zwischen den wilden Pfefferminzbüschen, dort wo die Landarbeiter die Blütenblätter ernteten. Seitdem waren sie einander verbunden geblieben.

Monique hatte Elena mit zu sich nach Hause genommen. Ihre Mutter Jasmine, die aus Ägypten stammte, hatte erst geschimpft, sie dann abgetrocknet, umarmt, eine Tasse Ingwertee und einen Teller Kekse vor sie hingestellt und ihnen erklärt, wie gefährlich die Kanäle sein konnten. Hier hatte Elena gelernt, was Heimat, was eine richtige Familie bedeutete. Hier erfuhr sie mütterliche Wärme, Fürsorge und Güte, alles Eigenschaften, über die Jasmine im Überfluss verfügte. Monique war wie eine Schwester, bei ihr fühlte sie sich zu Hause.

»Du hilfst mir also?«

»Ehrlich gesagt, ich verstehe nicht ganz, was ich für dich tun kann. Du weißt alles über Parfümherstellung und hast selbst schon einzigartige Düfte kreiert.«

Monique verzog die Lippen. »Jetzt hör mir mal gut zu, Elena, wir wissen beide, dass meine Parfüms eher schlicht und für den Massengeschmack geeignet sind. Das Beste ist gerade mal guter Durchschnitt. Du dagegen bist genial und beharrlich, wie ein Maler, der ein Bild mit Worten malen will. Am Ende fliegen alle Worte davon, und auf den ersten Blick sieht es aus, als würdest du wieder vor der weißen Leinwand sitzen. Aber wer die Geduld hatte, dir zuzuhören, dem wird dieses Bild für immer in Erinnerung bleiben. Das gilt auch für mich. Niemand, den ich kenne, verfügt über dein Können und deinen Erfindungsreichtum.«

»Sicher doch, natürlich! Ein Genie, das es noch nicht einmal geschafft hat, genügend Geld für seinen Lebensunterhalt zu verdienen …«

»Komm mir ja nicht mit der alten Geschichte vom Laden deiner Großmutter«, unterbrach Monique sie. »Du hast die Parfümerie geschlossen, weil du die sturste Person bist, die ich kenne. Und was den Laden angeht: Wenn du statt der antiquierten Geschäftsstrategie deiner Großmutter deinem Instinkt gefolgt wärst, wäre die Sache anders ausgegangen, und das weißt du auch. Wir haben doch schon darüber gesprochen. Ich verstehe beim besten Willen nicht, wie du auf Matteo hören konntest, diesen einfältigen Schwätzer! Der kann dir höchstens beibringen, wie man einen Tisch deckt.« Sie schnaubte und blickte sich nervös und angespannt um. Kurz darauf suchte sie wieder den Blick der Freundin. »Fakt ist doch: In Geschäftsdingen hast du nie eine eigene Entscheidung getroffen, du hast einfach alles hingenommen. Du weißt, dass ich kein Blatt vor den Mund nehme,

Elena. Du bist eine Nase, da gibt es keine Diskussion. Die Parfüms, die du für mich und meine Mutter kreiert hast, waren wirklich einzigartig. Und sie sind es noch. Genau das wollen die Leute: Einzigartigkeit.«

»Du hast genauso viel Wissen wie ich«, versuchte Elena sich zu wehren, »wir haben beide die gleiche Ausbildung, das gleiche Rüstzeug.« Sie ging auf ein Metallregal zu, in dem Flakons in verschiedenen Größen aufgereiht waren. Unter dem kalten Licht, das sich an den Strukturlinien brach, wirkte das geschliffene Glas fast lebendig.

»Stimmt, aber im Gegensatz zu dir bin ich nicht in einem Labor aufgewachsen. Ich komme auch nicht aus einer Parfümeur-Dynastie. Das ist ein Riesenunterschied.«

Das war es in der Tat.

Monique war in ganz normalen Verhältnissen aufgewachsen, mit einem richtigen Zuhause, mit Eltern, die für sie da waren, einem Bruder, zwei Schwestern und Freunden, mit einer ordentlichen Schule und schlussendlich mit einem Beruf, der ihr Freude bereitete. Sie hatte unter mehreren Angeboten auswählen können.

In gewissem Sinne hatte auch Elena gewählt, wenn auch den bequemeren Weg, nämlich den des Gehorsams. Sie hatte alles getan, was ihre Großmutter von ihr verlangt hatte, jedenfalls soweit sie es tolerieren konnte. Sie hatte die Parfümherstellung von der Pike auf gelernt und sich diesem Handwerk mit Hingabe gewidmet. Doch insgeheim hatte sie immer einen Groll dagegen gehegt.

Diesen verborgenen Hass hatte sie auf eine Weise kultiviert, wie man es sonst nur mit großen Enttäuschungen tat. Mit Hingabe. Mit dem Ergebnis, dass sie dem Parfüm die Schuld an all ihren Problemen gab.

»Weißt du, was die letzten Worte meiner Großmutter

waren?« Elena wartete einen Moment, aber das Schweigen ihrer Freundin machte ihr Mut. »›Folge dem Weg des Parfüms, verleugne deine Gabe nicht.‹«

»Am Ende ist es Lucia alles andere als gut gegangen«, entgegnete Monique.

Elenas Mundwinkel hoben sich zu einem leichten Lächeln. »So zerstörerisch ihre Krankheit auch war, geistig war sie bis zum letzten Moment völlig klar. Du darfst nicht einmal daran denken, dass sie etwas gesagt oder getan hätte, was nicht in ihrem Sinne gewesen wäre. Ihre Leidenschaft für ihren Beruf grenzte an Besessenheit. Darin war sie nicht anders als all die anderen Frauen in meiner Familie, meine Mutter eingeschlossen. Für sie war die Welt des Parfüms schon immer wichtiger als alles andere.« Sie hielt inne, suchte nach der Hand ihrer Freundin und drückte sie. »Ich habe den Laden geschlossen, weil ich ein normales Leben führen wollte, eines mit regelmäßigen Arbeitszeiten, einem Mann, den ich liebe und der mich liebt, und Kindern.«

»Das eine hätte das andere nicht ausgeschlossen. Du hättest die Dinge in diese Richtung steuern können, *n'est-ce pas?*«

Nein!

Das Wort explodierte tief in ihrem Inneren. Das Parfüm ließ keine Kompromisse zu, vielmehr ging es um alles oder nichts. Wie war es möglich, dass nicht einmal Monique das zu begreifen vermochte?

Elena hasste es. Sie hasste es, weil sie nicht aufhören konnte, es zu lieben.

Und dann hatte sie sich entschieden.

Das Parfüm war nicht mit dem Leben vereinbar, das sie mit Matteo hatte führen wollen. Darum hatte sie den Laden geschlossen. Das Parfüm würde sie am Ende verhexen, genau wie alle anderen Frauen in ihrer Familie, denen es alle Zukunftspläne verbaut hatte.

Die Angst vor einem solchen Schicksal hatte Elena dazu gebracht, sich ein für alle Mal davon abzuwenden.

»Ich wollte nichts riskieren.«

Nein, sie wollte nichts riskieren. Nichts aufs Spiel setzen. Nicht einmal darüber nachdenken.

»Für mich sieht es nicht so aus, als hätte es dich glücklich gemacht, auf das zu verzichten, was dich ausmacht.«

Elena erblasste. »Was mich ausmacht?« Sie schüttelte bedächtig den Kopf. »Nein, du irrst dich«, fügte sie leise hinzu.

»Denk doch mal darüber nach, Elena. Nachdem du das Geschäft geschlossen und dich mit Matteo zusammengetan hattest, warst du mit dieser Entscheidung wirklich glücklich? Du hast deine Gabe, einen elementaren Teil von dir verleugnet, um eine fixe Idee zu verfolgen, von der du dachtest, sie könnte dich glücklich machen. Du bist von einem Extrem ins andere gefallen. War das wirklich das Leben, das du führen wolltest?«

Nein, natürlich nicht. Aber es war immer noch besser, als tatenlos zuzusehen, oder? »Ich habe es versucht. Ich habe daran geglaubt und es ehrlich versucht!«, presste sie trotzig heraus.

Monique sah sie lächelnd an und erwiderte: »Danach habe ich dich nicht gefragt. Aber das ist jetzt nicht wichtig, lassen wir das unschöne Thema und konzentrieren wir uns auf das, was wirklich zählt. Du wirst mir doch helfen, das Parfüm zu finden, oder?«

»Ja, sicher …«, Elena nickte mechanisch. Aber Moniques Worte hallten noch in ihr nach.

Hatte sie wirklich auf das verzichtet, was sie ausmachte?

3.

Benzoe. Wie der Benzoebaum selbst vermittelt auch das daraus gewonnene Harz Ruhe und Seelenfrieden. Die dickflüssige, durchdringend riechende Substanz vertreibt Ängste und Sorgen.
Sie ist nicht nur hilfreich bei der Entfaltung spiritueller Energien, sondern auch für die Einstimmung auf eine Meditation geeignet.

Elenas erste Erinnerung an die Côte d'Azur war die gleißend helle Sonne, die zweite die unendliche Weite der Lavendelfelder. Grün, blau, rosa, lila und weiß, ein Meer von Farben… Eine weitere das Dämmerlicht der Werkstatt, in der ihre Mutter Susanna tief über die mit Glasfläschchen und Aluminiumbehältern beladenen Tische gebeugt ihrer Arbeit nachging.

Den Großteil des Jahres verbrachte Susanna in ihrem Haus in der Provence, wo sie auch die erste große Liebe ihres Lebens kennengelernt hatte: Maurice Vidal.

Inmitten von Blumenfeldern hatte Elena gelernt, wie man Parfüm herstellt. Welche Kräuter man dafür sammelt, welche besonders gut zum Destillieren geeignet sind und aus welchen man die *essence concrète* extrahiert, die dann zur *essence absolue* verarbeitet wird, dem reinen Blütenöl. Jeder einzelne Schritt des komplizierten Verfahrens hatte sich in gestochen scharfen Bildern in ihr Kindergehirn eingebrannt. In der Einsamkeit war das Parfüm zu einer Sprache geworden, über die sie mit ihrer schweigsamen Mutter kommunizieren konnte, die sie zwar überallhin mitnahm, aber kaum mit ihr redete. Elena gefiel es, die in allen Farben schimmernden Essenzen zu betrachten. Manche Behälter waren so klein wir ihre Hand, andere wiederum so groß, dass Maurice ihnen beim Transportieren helfen musste.

Der Franzose war groß und stark. Ihm gehörten die Felder und die Werkstatt, und er betete Susanna Rossini an. Er liebte sie zumindest so sehr, wie er ihre Tochter hasste.

Elena wusste genau, warum Maurice sie keines Blickes würdigte. Sie war die Tochter eines anderen.

Was das genau bedeutete, verstand sie nicht, aber ihr war klar, dass es etwas Schlechtes sein musste. Deshalb hatte ihre Mutter also immer geweint.

Als sie eines Nachmittags nach Hause gekommen war, um sich rasch etwas zu essen zu holen, stritten ihre Mutter und Maurice. Das kam öfter vor, deshalb achtete sie anfangs nicht weiter darauf. Sie nahm sich einen Keks und wollte gerade wieder nach draußen zum Spielen gehen, da ging sie noch mal zurück, um auch für Monique einen zu holen.

»Sie ist genau wie ihr Vater, oder? Gib's zu! Sie ähnelt dir kein bisschen. Ich kann sie nicht mal richtig ansehen. Wie kannst du von mir verlangen, dass sie bei mir aufwächst? Bei uns?«

Elena blieb stehen. Ihr Magen verkrampfte sich. Es war der Tonfall des Mannes, der sie innehalten ließ. Maurice hatte ganz leise gesprochen, als ob das, was da er sagte, ein Geheimnis sei. Aber sie hatte ihn trotzdem verstanden.

Sie war erneut umgekehrt. Die Tür zum Schlafzimmer

stand offen, Maurice saß mit gesenktem Kopf auf einem Stuhl, die Hände in den Haaren vergraben.

»Ich habe einen Fehler gemacht, aber daran kann ich jetzt nichts mehr ändern. Als ich mit ihr zurückgekommen bin, hast du selbst gesagt, dass die Vergangenheit für dich keine Rolle spielt und du gemeinsam mit mir neu anfangen willst. Bitte versuch es zu verstehen. Elena ist auch mein Kind.«

Ja, sie war ihr Kind. Es hatte seltsam geklungen, als ihre Mutter es aussprach. Warum weinte sie? Elena gefiel dieser Satz gar nicht. Er brannte ihr in der Kehle und in den Augen.

Maurice schlug die Hände vors Gesicht und sprang auf. »Dein Kind! Von dir und von wem? Wer ist der Vater?«

»Niemand, das habe ich dir schon tausendmal gesagt. Er weiß nicht einmal, dass er ein Kind hat.«

Er schüttelte den Kopf. »Das halte ich nicht aus, Susanna. Ich weiß, was ich dir versprochen habe, aber ich ertrage es nicht.«

In diesem Augenblick bemerkte er sie. »Was machst du hier?«, schrie er sie an.

Elena antwortete nicht, sondern wich zurück und rannte davon. Als sie wieder bei Monique war, weinte sie nur ein bisschen. Dann wischte sie sich die Tränen aus dem Gesicht. Monie konnte es nicht ausstehen, wenn Mädchen weinten. Weinen nutzte gar nichts. Ihre Freundin wiederholte diesen Satz immer wieder und sie hatte recht. Die Trauer blieb, sie steckte in ihrer Kehle, schmerzhaft wie eine offene Wunde. Trotzdem erzählte sie ihr alles, denn Monique hörte ihr zu und verstand sie.

Während sie mit Monique sprach, wurde ihr klar, dass Maurice Unrecht hatte. Sie hatte noch nie einen Vater gehabt. Vielleicht sollte sie ihm das sagen, dann war vielleicht alles wieder gut.

Aber so sehr sie es in den folgenden Tagen auch versuchte, der strenge Blick des Mannes machte ihr Angst. Die Wörter wollten einfach nicht fließen, blieben im Mund stecken, klebten auf der Zunge fest. Deshalb kam ihr schließlich die Idee mit dem Bild.

Sie brauchte das ganze Blatt, denn Maurice war ein Riese, aber am Ende gelang es ihr, auch ihn auf dem Bild unterzubringen. Darauf waren sie alle drei zusammen. Susanna hielt sie an der Hand, daneben stand er und kein anderer Papa.

Bevor sie ihm das Bild schenkte, zeigte sie es ihrer Mutter.

»Es ist wunderschön, mein Schatz«, sagte sie.

Susanna mochte ihre Bilder, auch wenn sie immer zu wenig Zeit hatte, sie genau zu betrachten. Bei diesem Bild war es anders, denn Elena bestand darauf. Die Details waren äußerst wichtig – das sagte ihre Lehrerin jedenfalls immer. Sie hatte Susanna gut getroffen mit ihren langen schwarzen Haaren, die ihr bis auf die Schultern fielen. Sie selbst stand zwischen ihr und Maurice… und sie hielt beide an der Hand. Sie trug ein Kleid in ihrer Lieblingsfarbe Rosa.

Es gab keinen anderen Papa. Maurice konnte gerne ihr Papa werden, wenn er wollte. Und was die Ähnlichkeit betraf, hatte er sich bestimmt getäuscht. Jasmine hatte ihr mehrfach versichert, dass sie ihrer Mutter später einmal sehr ähnlich sehen würde. Jasmine wusste in solchen Sachen Bescheid, immerhin hatte sie mehrere Kinder.

Eines Tages, als Maurice besonders schlecht gelaunt war, entschloss sich Elena, ihm das Bild zu schenken, um ihn glücklich zu machen. Sie ignorierte seinen düsteren Gesichtsausdruck, nahm all ihren Mut zusammen und drückte ihm das Bild in die Hand. Er warf nur einen kurzen Blick darauf und sagte nichts dazu. Dann starrte er sie mit verzerrter Miene an.

Instinktiv wich Elena zurück, die Hände schweißnass, die Finger in den Stoff ihres Kleides gekrallt.

Maurice wandte sich Susanna zu, die gerade das Abendessen vorbereitete, und wedelte mit dem Bild. »Glaubst du, dass so was hier die Dinge zwischen uns klären kann?«, fragte er leise, fast im Flüsterton. »Eine glückliche kleine Familie, du, ich und die Tochter von … von diesem Typen? Benutzt du jetzt schon das Kind, um mich zu überzeugen?«

Susanna blickte auf das Bild, und alle Farbe wich aus ihrem Gesicht. »Es ist doch nur ein Bild, lass es gut sein«, antwortete sie kaum hörbar.

»Du weißt genau, wie ich darüber denke!«, brüllte er und zerknüllte das Blatt mit seinen großen Händen. »Warum zum Teufel willst du das nicht verstehen?«, tobte er weiter und warf das Papierknäuel in eine Ecke.

Elenas Schluchzen zerriss die angespannte Stille, die sich zwischen ihnen ausgebreitet hatte.

Als ob ihm erst in diesem Augenblick die Tragweite seines Handelns bewusst geworden wäre, starrte Maurice das kleine Mädchen an, dann hob er das zerknüllte Bild langsam vom Boden auf und strich es glatt. »Bitte«, sagte er und hielt es ihr hin.

Aber sie schüttelte den Kopf. Daraufhin legte Maurice das Bild auf den Tisch, richtete sich auf und brach in schallendes Gelächter aus.

Wenn sie sich anstrengte und stark konzentrierte, konnte Elena noch immer, selbst nach so vielen Jahren, den gepressten, rauen Klang seines Lachens hören.

Susanna hatte sie daraufhin zu Monique zum Spielen

geschickt. Während sie fluchtartig aus dem Haus stürmte, konnte Elena den sich anbahnenden Streit förmlich spüren. Jasmine trocknete ihre Tränen und tröstete sie damit, dass Maurice einfach nicht verstanden hatte, was sie mit dem Bild ausdrücken wollte. Erwachsene waren häufig so, sie verstanden nichts und hatten viel zu viel Angst. Später nahm sie das Mädchen an der Hand und brachte es nach Hause zurück.

Maurice war verschwunden, und Susanna hatte rote geschwollene Augen. Jasmine kochte Tee und blieb bis spät in die Nacht bei ihnen. Am nächsten Morgen packte Susanna ihre Sachen und sie reisten ab. Den ganzen Frühling verbrachten sie woanders, danach fuhren sie zurück.

Sie fuhren jedes Mal zurück, und Maurice war immer da. Damals hatte Elena das erste Mal wahrgenommen, wie Hass riecht. Kalt, wie eine sternlose Nacht nach einem Regenguss. Wie eine Nacht, in der der Wind heult.

Dieser Geruch machte ihr Angst.

Einige Monate später war Elena acht Jahre alt geworden. Im Herbst waren sie erneut abgereist, doch diesmal war sie in Florenz bei ihrer Großmutter geblieben.

»Die hier gefallen mir«, sagte Elena und unterbrach den Strom der Erinnerungen.

Die Kristallflakons funkelten in dem grellen Scheinwerferlicht. Ihr kantiger Schliff hatte etwas ganz Besonderes.

»Nein, viel zu akkurat. Jacques möchte etwas Harmonischeres.«

Nach einer Weile schüttelte Elena den Kopf. »Harmonie ist subjektiv und setzt keine Trends. Wenn du innovativ sein willst, dann musst du Grenzen überschreiten. Du musst etwas wagen.«

Ihre Freundin wirkte nachdenklich, als sie fragte: »Welche würdest du auswählen?«

»Ich?«

»Ja, du! Wir könnten uns trennen, und jede entscheidet für sich, was hältst du davon? Dann hätte Jacques zwei Parfüms zur Auswahl. So etwas liebt er. *Oui*, genau so machen wir es. Wir treffen uns in einer Stunde wieder hier, und dann lade ich dich zum Mittagessen ein. Heute ist Sonntagsbrunch im Four Seasons, ein Erlebnis der ganz besonderen Art. Ich habe Jacques' Kreditkarte dabei, wir schwelgen im Luxus, und du lässt mir zuliebe die Trauer aus deinen Gesichtszügen verschwinden. Nun mach schon! Dein Lover ist weg, na und? Hast du eine Ahnung, wie viele Männer dir liebend gerne die Sterne vom Himmel holen würden, wenn du sie nur lassen würdest?«, sagte Monique mit erhobenem Zeigefinger. »Unzählige, *chérie*, die Kerle würden Schlange stehen.«

»Aber sicher doch.«

Elena seufzte. Sie fühlte sich leer und ausgebrannt und hatte nicht einmal genügend Energie, um sich über ihre Freundin aufzuregen. Warum auch? Taktgefühl war noch nie Monies Stärke gewesen, das wusste sie nur zu gut. Schon als Kind hatte sie mit ihrer Meinung nie hinterm Berg gehalten und sich keine Gedanken über die Konsequenzen gemacht.

Unvermittelt überkam sie das Bedürfnis, allein zu sein. Obwohl Monique für sie der wichtigste Mensch auf der ganzen Welt war, brauchte Elena jetzt ihre Ruhe. Alte Wunden rissen wieder auf, und sie fühlte sich ausgeliefert. Ein Blick, ein Wort genügte, um das innere Gleichgewicht ins Wanken zu bringen, das sie sich so mühsam erkämpft hatte.

»Willst du das wirklich? Jede sucht auf eigene Faust?«

Eine unverhoffte Atempause. Eine Chance, in die Welt der Düfte einzutauchen. Ein verlockender Gedanke.

Monique verzog das Gesicht. »Ich tue so, als hätte ich diesen hoffnungsvollen Unterton nicht gehört. Los, mach schon, worauf wartest du?«, drängte sie. »Konzentrier dich und versuch dich zu beruhigen. Aber vergiss eines nicht: Ich muss dieses Parfüm haben. Ich brauche es wirklich dringend. *Vite, vite!* Wir sehen uns in einer Stunde.«

Elena lächelte matt, dann drehte sie sich um.

Nach einigen Schritten wurde ihr bewusst, dass sie nicht die geringste Vorstellung davon hatte, was Jacques wollte. Sie wusste gerade einmal, dass er der Besitzer von Narcissus war, jenem Laden, in dem Monique arbeitete, und dass er einer vornehmen alten Parfümeurdynastie entstammte. Und dass Monique eine kurze, aber intensive Affäre mit ihm gehabt hatte. »Der beste Sex meines Lebens«, hatte sie Jacques Montier mit wenigen Worten beschrieben.

Elena machte sich in der Menge auf die Suche nach ihrer Freundin. Inmitten der von hohen Steinmauern begrenzten und mit einer Konstruktion aus Stahlträgern und Holzbalken überdachten Halle drängten sich die Menschen zwischen den Ständen. Unzählige Aromen lagen in der Luft, die sich zu einem harmonischen Duftensemble verbanden, dessen Charakter und Intensität je nach Abstand zu den einzelnen Ausstellern variierten. Anfangs hielt sie vergebens Ausschau, bis sie Monique endlich neben einer riesigen weißen Phalaenopsis-Orchidee erblickte. Sie stand vor einem Tisch mit kostbaren Kristallflakons. Schon auf dem Weg zu dem Stand war Elena von den schimmernden Essenzen fasziniert. Die Farbpalette reichte von Zartrosa über opaleszierende Graustufen bis zu einem warmen Bernsteinton.

»Monie, du hast mir gar nicht verraten, was Jacques genau sucht«, sagte Elena, als sie neben ihrer Freundin stand.

Sie hielt ein vierkantiges Flakon mit eingeschliffenem Fischgrätmuster in der Hand und drehte kaum den Kopf. »*Non, c' est vrai.* Das ist unwichtig«, antwortete sie und wandte ihre Aufmerksamkeit erneut dem kleinen Kunstwerk aus Kristall zu. »Das Parfüm ist nicht für ihn. Jacques sucht nach einem innovativen, dynamischen Duft, den er in seinen Katalog aufnehmen und bei Narcissus verkaufen kann. Eine Kreation, die auch die moderne, selbstbewusste Pariserin überzeugt, nichts Alltägliches, sondern dynamisch, harmonisch und feminin zugleich.«

»Kurzum, ein Kinderspiel«, murmelte Elena und verzog das Gesicht.

Monique lächelte sie an. »Du wirst ihn überraschen … Oder besser gesagt, ich. Denn ich werde die Lorbeeren einheimsen, dazu bist du ja viel zu anständig.«

Elena trat zur Seite und schüttelte den Kopf. »Wenn das ein Trick sein soll, um mich wieder für das Parfüm zu begeistern, vergiss es. Das funktioniert nicht, du wirst sehen.«

Dennoch spürte Elena eine Veränderung in sich. Während sie zwischen den Ständen hin und her schlenderte, die Kristallflakons berührte und die Energie der verschiedenen Düfte in sich aufnahm, war der Druck, der sie früher bei der Suche nach neuen Duftnoten stets begleitet hatte, wie weggeblasen. Genau wie das Gefühl, unter allen Umständen erfolgreich sein zu müssen. Er war lediglich ein lästiger Schatten in einem fernen Winkel ihres Gehirns, der nicht mehr schmerzte, eine alte Wunde, die inzwischen vernarbt war.

Andere Gefühle gewannen die Oberhand, der unbändige Drang, tief einzuatmen und ihre Lunge mit den wunderbaren Aromen zu füllen. Auch die Übelkeit war verschwunden. Elena konnte beim besten Willen nicht sagen, seit wann; von jetzt auf gleich war sie einfach verschwunden. Nur dieser Drang war noch da, die unbändige Neugier. Sie wollte die Düfte in sich aufsaugen, als ob es das erste Mal wäre, als ob diese Welt neu für sie wäre, obwohl sie seit jeher zu ihrem Leben gehörte. Die fast zwanghafte Neugier war regelrecht lächerlich. Lächerlich und unangebracht. Aber sie war da.

Sie hatte keine exakten Pläne für die Zukunft mehr, das war vorbei. Warum also sollte sie sich nicht von ihrem Instinkt leiten lassen?

Unversehens fand sich Elena vor dem Stand einer indischen Parfümeurin wieder. Sie hielt sich etwas abseits und hörte der jungen Frau zu. Sie war völlig fasziniert. Von der Klarheit ihrer Vorstellungen, von ihrer handwerklichen Kompetenz und ihrer Gabe, ihre Kreationen mit wenigen schlichten Worten zu beschreiben, um das Interesse ihrer Zuhörer zu wecken und ihre Fantasie anzuregen.

Inmitten dieser exotischen Duftwelt entdeckte Elena genau das Parfüm, das sie suchte. Als Erstes nahm sie die blumigen Duftnoten wahr, in einer Intensität, als würden die Blüten explodieren: Patschuli, Gardenie und Jasmin. Geheimnisvolle Gewürzaromen wie Nelken und Koriander bildeten die Herznote. Dazu gesellte sich eine würzige Holznote, die das Ensemble nicht nur abrundete, sondern ihm eine gewisse Extravaganz verlieh. Elena stellte sich den Duft auf ihrer Haut vor und konnte die davon ausgehende Eleganz und Raffinesse förmlich riechen. Dieses Parfüm war das richtige, daran hatte sie keinen Zweifel.

Sie wusste zwar nicht, ob es Jacques gefallen würde, aber sie war sicher, dass es der perfekte Duft für eine Frau wäre, die ihre eigene Weiblichkeit schätzte und auf einen Hauch Frivolität nicht verzichten wollte. Es kam ihr vor, als würde das Parfüm zu ihr sprechen und ihr etwas über sich erzählen. Von dem Ort, an dem es entstanden war, von den Frauen in türkisfarbenen, roten und goldenen Saris, für die es ursprünglich gedacht war, von der modernen Metropole, zu der Neu-Delhi inzwischen geworden war. Wenn es zu der exotischen indischen Hauptstadt passte, dann war es für Paris geradezu ideal. Sie entschied, ihrem Instinkt zu folgen und das Parfüm zu kaufen.

Mit dem Flakon in der Tasche schlenderte sie weiter durch die Stazione Leopolda, und als sie sich kurze Zeit später mit Monique traf, verspürte sie eine so tiefe Ruhe und Gelassenheit wie schon lange nicht mehr. Natürlich war der Schmerz nicht vollends verschwunden, aber als sie ins Taxi stieg, das sie ins Four Seasons bringen sollte, spürte sie noch ein anderes Gefühl in sich aufwallen: gespannte Erwartung.

Außerdem knurrte ihr der Magen.

Sehr viel später, als die Nacht sich bereits über die Stadt gesenkt hatte, richtete Elena ihren Blick in den Sternenhimmel, während ihre Freundin bereits im Flugzeug nach Paris saß. Beim Abschied hatte sie ihr versprochen, sich bald zu melden. Dieses Mal war Elena fest entschlossen, über ihren eigenen Schatten zu springen.

4.

Bergamotte. Lebhaft, spritzig, verleiht Energie und Leichtigkeit, selbst wenn alle Erwartungen unter der Last der Monotonie zu verblühen drohen.
Erleuchtet den Weg und hilft Alternativen zu erkennen.

Das große Haus in der Via Borgo Pinti gehörte Elenas Familie seit Generationen. Angeblich war es vor langer Zeit mit dem Erlös aus dem Verkauf eines ganz besonderen Parfüms gekauft worden, einer sagenumwobene Essenz, die auf mysteriösen Wegen von Florenz nach Frankreich gelangt war. Ein Unbekannter hatte es als Geschenk für eine französische Adlige in Auftrag gegeben. Das Parfüm hatte seinen Zweck aufs Trefflichste erfüllt und die Frau derart betört, dass sie dem Werben des Mannes nachgegeben, ihn geheiratet und unermesslich reich gemacht hatte.

So erzählte man es sich jedenfalls. Die wenigen, die die wahren Motive für die Großzügigkeit der Frau kannten, waren lange tot.

Aber die Legende des Perfekten Parfüms hatte überlebt.

Unter anderem war bekannt, dass die Schöpferin des Parfüms Beatrice Rossini gewesen war, die Stammmutter der Familie, die in der ersten Hälfte des siebzehnten Jahrhunderts ihre Heimat verlassen hatte, um sich einem ganz besonderen Auftrag zu widmen. Damals hatten nacheinander zwei Florentinerinnen auf dem französischen Königsthron gesessen. Beatrice musste eine begnadete Parfümeurin gewesen sein, und für die Damen der feinen Florentiner Gesellschaft war es eine Ehre, zu ihren Kundinnen zählen zu dürfen. Ihr Markenzeichen waren individuelle Parfüms. Auch die Adligen und Mächtigen buhlten um ihre Gunst. Jeder wollte sich durch einen eigenen Duft von der Masse abheben, durch ein Parfüm, das sonst niemand trug.

Beatrice Rossinis Ruf reichte so weit, dass sie oft weite Strecken zurücklegen musste, wenn ein Fürst nach ihren Diensten verlangte. Es hieß, sie habe während einer dieser Reisen ein wunderbares Parfüm kreiert, so betörend, dass es den wenigen, die das Privileg gehabt hatten, es riechen zu dürfen, auf ewig ins Gedächtnis eingebrannt blieb. Faszinierend und klar, strahlend wie ein Stern am Nachthimmel, spielerisch leicht wie ein Windhauch. Das Zusammenwirken der einzelnen Duftnoten schuf eine vollendete Harmonie, sinnlich, durchdringend und sanft zugleich. Ein Parfüm, das völlig anders war als alles, was man bis zu diesem Moment gekannt hatte.

Als Beatrice nach Florenz zurückkehrte, so reich wie kaum eine andere Frau, versuchte sie ihre Kreation geheim zu halten. Sie hatte sich verändert, war schweigsamer als früher und wirkte seltsam abwesend. Vom Hof, von Festen und Freunden hielt sie sich auf einmal fern. Zur großen Enttäuschung ihrer reichen Verehrer heiratete sie Hals über Kopf einen jungen Mann bescheidener Herkunft und bekam mit ihm eine Tochter, Laura. Im Ehevertrag hatte er Beatrice zugesichert, dass sie ihren Familiennamen behalten und ihn an ihre Tochter weitergeben dürfe.

Auf diese Weise blieb sie ihr ganzes Leben lang Beatrice Rossini. Von diesem Moment an erbten alle weiblichen

Nachkommen der Familie diesen Nachnahmen, ihren Markennamen, der ihr ganzes Kapital war und den es zu erhalten galt.

Als nach kaum zwei Jahren ihr Mann starb, trug Beatrice keine Trauer. Das war auch gar nicht nötig, denn seit ihrer Rückkehr aus Frankreich war sie ohnehin nur noch schwarz gekleidet. Satin, Samt, irische Spitze, das Beste war gerade gut genug, vorausgesetzt es war schwarz.

Woher ihr Vermögen stammte, hielt sie ihr Leben lang geheim. Trotz vieler verlockender Offerten heiratete sie nie wieder. Sie arbeitete viel und schuf Parfüms, Seifen und Cremes für Kunden, die nach etwas Besonderem suchten.

Nach etwas Unverwechselbarem wie der Phiole, die sie in einsamen Sommernächten aus einem Geheimfach ihres Schmuckkästchens zog, in nicht enden wollender Dunkelheit, in der ihr Atem ihr einziger Begleiter war. Aber niemals öffnete sie die silberne Phiole, niemals roch sie an dem darin gehüteten Schatz. Nie. Sie drückte das Gefäß lediglich an ihr Herz. In Momenten wie diesen gestattete sie sich loszulassen und zu weinen. Das Perfekte Parfüm war ihr Ein und Alles, die Quelle ihrer Freude und ihres Schmerzes.

Als sich in ihre prächtigen schwarzen Haare erste Silberfäden mischten und ihr hin und wieder der Atem stockte, begriff sie, dass ihre Stunde gekommen war. Es war in einer Dezembernacht. In einer weisen Vorahnung bat sie ihre Tochter Laura, ihr das Schmuckkästchen zu bringen. Nachdem sie die Ringe, Halsketten und Armreifen beiseitegeräumt hatte, zeigte sie Laura die Silberphiole. Sie musste es tun. Das Perfekte Parfüm war ein Teil des Erbes, das sie ihrer einzigen Tochter hinterließ. Doch sie hatte zu lange gewartet, die Anstrengung und die starken Gefühle forderten ihren Tribut. Sie starb in Lauras Armen vor dem Kamin, während sie ihrer Tochter von ihrem Geheimnis berichtete, ohne ihr jedoch die ganze Geschichte erzählen zu können. Sie war nicht mehr dazu in der Lage, Laura die geheime Formel anzuvertrauen, allerdings konnte sie ihr immerhin noch sagen, wo sie den Zettel versteckt hatte. Irgendwo in ihren Tagebüchern, bei den Dingen, die ihr am wichtigsten waren. Laura müsse nur dem Weg des Parfüms folgen.

Laura konnte die Formel des Perfekten Parfüms trotz aller Bemühungen jedoch nicht finden, und anhand der wenigen Tropfen, die sich noch in der Phiole befanden, konnte man es nicht rekonstruieren. Beatrice hatte zu viele Aufzeichnungen hinterlassen, zu viele Formeln, zu großen Schmerz.

Im Laufe der Jahre hatten viele Parfümeurinnen der Familie Rossini nach der Formel geforscht, angetrieben von der Gewissheit, dass die Rezepturen sämtlicher neuen Duftkreationen gewissenhaft notiert und sorgfältig aufbewahrt worden waren, und zwar ohne Ausnahme von jeder Generation. Das war das oberste Gebot, das Erste, was man den Töchtern beibrachte

Die Formel musste irgendwo im Archiv sein. Daran bestand kein Zweifel. Nur wo? Es war wie bei der berühmten Suche nach der Stecknadel im Heuhaufen.

Wie sollte man diese eine Formel von den tausend anderen unterscheiden können, die archiviert hatte? Es gab unzählige Kisten und Kästchen, randvoll mit Notizen, Studien und Konzepten. Und dann war da noch das Tagebuch.

Das Schicksal der Frauen in der Familie Rossini war untrennbar mit der Suche nach dem Perfekten Parfüm verbunden. Eine jede hatte auf ihre Art danach geforscht und die gewonnenen Erkenntnisse vertieft. Einige hatten mit bisher unbekannten Substanzen experimentiert, sich an neue Verfahren gewagt und Methoden ausprobiert, die als Spinnerei oder gar Ketzerei angesehen worden waren. Aber alle wussten, dass ihre beschränkten Kenntnisse und die herkömmlichen Vorgehensweisen nicht ausreichten, um das Geheimnis des Perfekten Parfüms zu lüften.

Wie ihre Vorfahrinnen hatte auch Lucia Rossini ihre ganze Kraft der Suche nach dem Perfekten Parfüm gewidmet. Jahr um Jahr hatte sie mit den Formeln gearbeitet, die sie in den Unterlagen von Beatrice gefunden hatte, leider ohne Erfolg. Keine der Kompositionen erschien ihr herausragend genug. Basierend auf ihrer Kompetenz und dem über Generationen weitergegebenen Wissen, war sie davon überzeugt, dass man das Perfekte Parfüm nicht herstellen musste, sondern seine Einzigartigkeit bereits anhand der Formel erkennen konnte. Sie selbst war durchaus dazu in der Lage, solange es um die Mischung von zwei, höchstens drei Substanzen ging. Aber ihr Talent reichte nicht aus, um das Perfekte Parfüm auszumachen, dazu musste man die komplexen Zusammenhänge der Rezeptur erspüren und umsetzen können.

Lucias Hoffnungen hatten sich auf ihre Tochter Susanna konzentriert, die jedoch keinerlei Anstalten machte, dem über Generationen hinweg beschrittenen Weg des Parfüms zu folgen. Sie war zwar fasziniert von synthetisch hergestellten Duftstoffen, verweigerte sich aber der Tradition und den Lehren ihrer Mutter.

Und dann wurde Elena geboren.

Als ihre Finger mit zunehmendem Alter steif geworden waren und sie nicht mehr im Stande war, die Behälter mit den Essenzen eigenhändig zu entkorken, hatte Lucia beschlossen, ihr Wissen an jenen Menschen weiterzugeben, der nach ihrer festen Überzeugung die Fähigkeiten, die Leidenschaft, die Seelentiefe und das instinktive Gespür hatte, den eingeschlagenen Weg erfolgreich zu Ende zu gehen: ihre Enkelin.

Deshalb hatte sie alles Elena hinterlassen.

Das düster wirkende Haus aus Naturstein und gebrannten Ziegeln erhob sich drei Stockwerke hoch. Im Erdgeschoss befanden sich von Anfang an die Werkstatt, das Laboratorium und der Innenhof, auf den die Zimmer der oberen Stockwerke hinausgingen. Im ersten Stock waren die Küche und das Wohnzimmer, im zweiten die Schlafzimmer. Im Laufe der Jahrhunderte hatte sich das massive Gebäude kaum verändert, selbst das Kräuterbeet in einer Ecke des Gartens war immer noch das gleiche.

Aber es gab auch ein geheimes Arbeitszimmer, das die Frauen der Familie Rossini schon benutzt hatten, als die Parfümherstellung noch eng mit der Alchemie verbunden war. Es befand sich im Gewölbekeller, in dem seit Jahrzehnten niemand mehr gewesen war.

Das Gebäude in der Altstadt war in hervorragendem Zustand, dank der hochwertigen Materialien, aus denen es gebaut worden war: massive, durch Sturm und Regen gehärtete Schiffsplanken, aus Felsgestein gehauene Quader, in großer Hitze gebrannte Ziegel. Das Haus war stummer Zeuge von Geburt und Tod gewesen, von epochalen Entdeckungen, von Freude, Leid, Tränen und Blut. Über Generationen hinweg hatte es seinen faszinierenden Charakter behalten und strahlte auch heute noch eine mystische Kraft aus.

Lucia Rossini hatte mit jeder Faser ihres Herzens für das Parfüm gelebt, alles andere hatte keine Bedeutung für sie gehabt. Irgendwann hatte sie einen Mann in ihr Bett gelassen, das stärkste Band, das sie jemals mit der Außenwelt geknüpft hatte. Nach dem Tod von Giuseppe Rinaldi hatte sie ihre Tochter Susanna allein großgezogen, ihr alles beigebracht, was sie wusste, und wie es die Tradition vorsah, den Namen Rossini an sie weitergegeben. Wie für alle Frauen vor ihr war dieser Name auch für Lucia ein Symbol, eine Verbindung zu ihren Vorfahren, Identität und Verpflichtung zugleich.

Doch für Susanna zählten weder der legendäre Name noch das Perfekte Parfüm. Sie teilte den übersteigerten Ehrgeiz ihrer Mutter nicht. Zwar interessierte sie sich für Parfüm, für mehr aber nicht. Sie wollte neue Techniken kennenlernen, hatte genug von den alten Büchern, die ihre Mutter ihr aufnötigte, und von den verstaubten Dokumenten. Die Vergangenheit interessierte sie nicht, ihr ging es um die Zukunft. Deshalb war sie auch auf Reisen gegangen. Sie schickte Karten aus Alexandria in Ägypten, aus Athen und Bombay, und nach einiger Zeit des Vagabundierens ließ sie sich schließlich in Frankreich nieder. In Grasse.

Eines Tages, viele Jahre später, stand Susanna vor der Tür ihrer Mutter in Florenz, an der Hand hielt sie ein Kind.

»Ich kann sie nicht bei mir behalten«, lautete ihre einzige Erklärung.

Die beiden Frauen sahen sich lange in die Augen, danach machte Lucia die Tür weit auf. Zum allerersten Mal lächelte sie ihrer Enkelin zu.

»Komm, Elena, komm rein. Ab jetzt ist dies auch dein Zuhause.«

Aber das Mädchen klammerte sich an Susannas Rock, die Augen zusammengekniffen, den Kopf gesenkt. An jenem Tag, es war Ende November, regnete es stark. Susanna duftete nach Mandeln, Veilchen und Iris, ein Parfüm, das Maurice für sie kreiert hatte. Sein Hochzeitsgeschenk.

Seit diesem Tag hasste Elena den Regen.

Nach und nach gab Lucia Rossini all ihr Wissen an ihre schüchterne und schweigsame Enkelin weiter. Obwohl das Mädchen erst acht Jahre alt war, schien sie von Anfang an alles zu verstehen. Sie hatte eine außergewöhnliche Beziehung zu Düften, zeigte Geschick und instinktives Gespür bei der Dosierung der einzelnen Substanzen. Sie nahm den Duft in sich auf und er sprach mit ihr.

In Lucia Rossini keimte die Hoffnung, dass sich ihre Erwartungen doch noch erfüllen könnten. Dieses ungewöhnliche Kind würde das Perfekte Parfüm entdecken, da war sie sich sicher! Deshalb tat sie alles, um Elena perfekt auszubilden. Keine überflüssigen Kinderspiele, kein unnötiger Zeitvertreib. Das Mädchen in die Klosterschule zu schicken, damit es die bestmögliche Ausbildung bekam, war wichtiger.

Elena war kein Kind wie alle anderen, sie war eine Hoffnung. *Ihre* Hoffnung.

Susanna besuchte ihre Tochter regelmäßig, zumindest am Anfang. Dann kam sie immer seltener. Schließlich gar nicht mehr.

Damit verschwand auch Elenas Interesse am Parfüm.

Die Großmutter war verwirrt und fragte sie nach dem Grund für diesen abrupten Sinneswandel, aber das Mädchen blieb ihr die Antwort schuldig. Später dann erkannte die alte Dame: Das Problem war Susanna, oder vielmehr der Mann, den sie geheiratet hatte.

Lucia begann zu begreifen, dass das, was Susanna ihr vor Jahren gesagt hatte, tatsächlich stimmte, damals, als sie ihr das Mädchen anvertraut hatte: »Es ist das Beste für sie.«

Ja, mit großer Wahrscheinlichkeit war es für das Kind von Vorteil, diesem Mann nicht zu nahe zu kommen.

Männer! Wie man diesen Kreaturen so viel Macht einräumen konnte, war für Lucia unerklärlich. Aber Susanna hatte schon immer eine Schwäche für diesen Maurice Vidal gehabt, den sie während ihres Studiums kennengelernt und dem sie Hoffnungen gemacht hatte, statt ihn endgültig aus ihrem Leben zu verbannen und sich um Elena zu kümmern.

Sollte sie Susanna ins Gewissen reden? Was, wenn sie Elena dann wieder zu sich nehmen würde? Dann wäre ihre Hoffnung dahin.

Ihre Enkelin war die Einzige, die das Perfekte Parfüm ausfindig machen konnte.

Deshalb traf Lucia eine Entscheidung.

»Es ist besser so«, versuchte sie Elena zu erklären, »es braucht Zeit, und du brauchst einen klaren Kopf, um die Geheimnisse des Parfüms zu verstehen, um sie zu verinnerlichen. Die Komposition der einzelnen Düfte ist ein schwieriger Prozess. Du darfst nicht einen Moment lang abgelenkt sein. Ein einziger Tropfen zu viel, und die ganze Arbeit kann umsonst gewesen sein. Verstehst du das, mein Kind?«

Elena hatte sich die Tränen abgewischt und genickt. Dennoch war das Parfüm nicht länger der vertraute Gefährte an ihrer Seite. Es war zum Symbol für Schmerz und Niederlage geworden.

»Eines Tages wirst du es verstehen. Es ist dein Schicksal«, hatte die Großmutter gesagt und ihr zärtlich über den Kopf gestrichen.

Am Tag nach Moniques Abreise wischte Elena den Marmorboden des Labors und fuhr energisch über einen besonders hartnäckigen Fleck. Sie dachte an früher. Eine Erinnerung stach aus allen anderen hervor, und sie hatte das Gefühl, dabei noch immer einen intensiven Schmerz tief in ihrer Brust zu fühlen. Dumpf und kalt, immer noch.

Sie war inzwischen zwölf Jahre alt und hatte einen Plan gefasst. Ihre Großmutter betonte stets, das Parfüm sei der Weg, die Wahrheit. Deshalb wollte Elena einen besonderen Duft kreieren, der einzig und allein für ihre Mutter bestimmt war. Das Parfüm sollte Susanna von ihrer Tochter erzählen, von ihrer Einsamkeit, von ihrer Sehnsucht, beachtet zu werden. Es war zwar schön, bei der Großmutter zu leben, aber auch anstrengend. All diese Begriffe, die sie in den Büchern nachschlagen und sich einprägen sollte. Außerdem wollte sie endlich zu ihrer Mama zurück, Punkt. Ein Parfüm vermochte das, was sie fühlte, besser auszudrücken als alles andere. Das betonte die Großmutter immer und immer wieder. »Die Botschaft liegt im Parfüm verborgen«, sagte sie bei jeder Gelegenheit.

Sie wählte weiße Tuberoseblüten, weiß wie Susannas Lieblingsfarbe. Ihre Mutter trug ausschließlich Weiß. Kombiniert mit Gardenienblättern, grün und saftig, dazu eine Spur Leder und Holz, um die Strahlkraft zu minimieren, sowie eine fruchtige Süße. In dieser Komposition lag auch etwas Herausforderndes, nämlich der Schmerz des Verlassenseins, sozusagen ihre Art, Susanna zu bitten, sie wieder zu sich zu holen.

Elena stellte die einzelnen Komponenten sorgfältig zusammen, berücksichtigte dabei alles, was ihre Großmutter ihr beigebracht hatte, und füllte die Mixtur in einen Kristallflakon. Endlich waren die Weihnachtsferien da, der sehnlich erwartete Augenblick, an dem sie ihrer Mutter das Parfüm schenken konnte.

»Für mich?«, fragte Susanna. »Ein Parfüm? Hast du es selbst gemacht, mein Schatz?«

Elena liebte den Klang ihrer Stimme, feinfühlig und sanft. Wie sehr hatte sie diese Stimme vermisst. Der freundliche Ton tat ihr gut. Auch Maurice hatte sie nett begrüßt, als sie am Vorabend angekommen war. Vielleicht durfte sie dieses Mal ja bei ihnen bleiben.

»Ja, Mama, das habe ich ganz alleine gemacht.«

Susanna öffnete den Flakon ganz behutsam und sog den Duft ein. Lächelnd gab sie einige Tropfen auf ihr Handgelenk und nickte beifällig.

»Du bist wirklich talentiert, meine Kleine. Der Duft gefällt mir, er ist nicht aufdringlich, aber hat Charakter.«

Er gefiel ihr! Das Herz klopfte Elena bis zum Hals, alles andere war jetzt bedeutungslos. Sie ging auf ihre Mutter zu, setzte bedächtig einen Fuß vor den anderen, als ob sie fürchtete, dieser unbeschreibliche Moment könnte sogleich wieder vorbei sein. Aber Susanna lächelte weiter und redete mir ihr.

Die durch das Fenster hereinflutenden Sonnenstrahlen ließen den Holzboden golden schimmern. Ihre Mutter saß auf dem Sofa, hatte den Flakon in die Mitte des Tisches gestellt und fuhr fort, das Parfüm zu loben.

»Eine originelle Komposition, welche Duftnote mag wohl die Grundlage sein? Sag es mir nicht, mein Schatz, ich will es selbst herausfinden. Stell dir vor, Maurice, meine Kleine hat ein Parfüm kreiert. Ganz für mich allein! Hier, sieh selbst, was Elena gemacht hat.«

Der Mann kam näher, er lächelte ebenfalls, aber sein Lächeln war kalt. Er nahm den Flakon in die Hand, und nachdem er daran gerochen hatte, stellte er ihn auf den Tisch zurück.

»Du solltest ihr nichts vorspielen. Das Parfüm ist fehlerhaft, die vorherrschenden Duftnoten sind zu grell und gegen Ende zerbricht die Struktur vollkommen. Nein, Susanna, du tust deiner Tochter keinen Gefallen, wenn du ihr Illusionen machst. Das ist kein gutes Parfüm und das weißt du auch. Hör auf, ihr zu schmeicheln.«

»Was sagst du denn da? Sie ist gerade mal zwölf«, protestierte Susanna leise.

Maurice fuhr herum und warf den Tisch um, wobei der Parfümflakon auf den Boden fiel. Der durchdringende Duft breitete sich in Windeseile im ganzen Raum aus.

»Das spielt keine Rolle. Die Wahrheit ist das Einzige, was zählt. Jene Wahrheit, die du nicht auszusprechen wagst. An diesem Parfüm ist alles falsch, es taugt nichts.«

Eine angespannte Stille breitete sich aus. Elenas Traum zerbrach und mit ihm ihre Hoffnung.

»Du musst nicht so schreien«, erwiderte Susanna ruhig. Dann hob sie den Flakon auf, verschloss ihn sorgfältig und drehte sich zu Elena um.

»Einzelne Elemente zu stark zu betonen ist ein typischer Anfängerfehler. Du solltest dich stärker an der Duftpyramide und an den Duftfamilien orientieren. Um von den Grundregeln abzuweichen und neue Wege zu gehen, fehlt dir die Erfahrung. Trotzdem danke, du hast mir eine Riesenfreude gemacht.«

Damit verließ sie das Wohnzimmer und schloss sich in ihrem Zimmer ein. Maurice folgte ihr auf dem Fuße. Am nächsten Tag war Elena zu Monique gezogen. Susanna hatte den Entschluss ihrer Tochter unterstützt und ihr Gepäck dorthin bringen lassen.

Erst viel später hatte Elena verstanden, was an diesem Parfüm nicht gestimmt hatte. Es war das Zuviel an Schmerz.

Danach hatte sie ihre Mutter immer seltener und nur bei wichtigen Ereignissen gesehen. Ihre Beziehung kühlte ab und beschränkte sich irgendwann auf Formalitäten. Bei Elenas seltenen Aufenthalten in Grasse schob Maurice meistens wichtige Termine vor, was ihr sehr recht war. Sie war ohnehin lieber bei Monique.

Als sie fast siebzehn war, war es im Labor in Grasse zu einer Gasexplosion gekommen. Susanna war schon fast an der Tür, als eine Stichflamme sie ans Fenster zurückdrängte. Das Feuer breitete sich in Sekundenschnelle aus, genährt durch die entzündlichen Substanzen im Raum. Bis Maurice den Feuerlöscher zu fassen bekam, war der Brand bereits außer Kontrolle geraten und das Labor war in dichten Rauch gehüllt. Kurzentschlossen hatte Maurice Susanna gepackt und war mit ihr aus dem Fenster gesprungen. Er hatte Verbrennungen im Gesicht und schwere Verletzungen an der Wirbelsäule davongetragen.

Elena seufzte und wischte sich die Tränen aus den Augen. Konnte es sein, dass sie in letzter Zeit ständig Erinnerungen überwältigten? Allmählich begann sie sich Sorgen um ihre Zukunft zu machen.

An diesem Morgen drehten sich ihre Gedanken mehrfach im Kreis, und trotzdem stand sie am Ende immer vor der gleichen Frage: Wie zum Teufel sollte es weitergehen?

Dabei standen keineswegs existenzielle Dinge wie der Sinn des Lebens im Vordergrund. Nein, so weit ging es dann doch nicht. Ihr Problem war ein ganz praktisches, das umgehend gelöst werden musste. Sie erhob sich und blickte sich um. Die hohen, glatten Wände des Labors standen im scharfen Kontrast zu der Freskendecke, die über und über mit Blumen bemalt war. Sie wirkte wie eine auf dem Kopf stehende Wiese.

Die Farben waren verblasst, das Rot der Mohnblumen war nur noch ein bleiches Zinnober, das warme Rosa der Damaszener Rosen nur noch zu erahnen, ganz zu schweigen von den feinen Rissen, die die Ränder der Blüten zerfaserten. Auch das eingetrübte Himmelblau der Iris und das noch erstaunlich intensive Violett der Anemonen waren Zeugen des unaufhörlichen Voranschreitens der Zeit. Ihre Großmutter hatte es stets untersagt, die Decke zu restaurieren, selbst den Mitarbeitern vom Denkmalschutz.

»Es würde den Geruch verändern. Begreifen Sie das denn nicht?«, hatte sie dem zuständigen Beamten einmal entnervt von seiner Hartnäckigkeit erklärt. Er hatte das Haus in die Liste der schützenswerten Gebäude aufnehmen wollen.

Sie hatte recht. Das harmonische Zusammenspiel der Düfte wäre dann für immer verloren. Moderne Farben hätten die Deckenfresken zwar wieder in ihrem ursprünglichen Glanz erstrahlen lassen, aber um welchen Preis? Der Tisch aus Zedernholz mit den wuchtigen Beinen, die intarsiengeschmückten Wandschränke voller Fläschchen mit Essenzen, die Vitrine mit den ledergebundenen Büchern, der venezianische Schrank voller Arbeitsgeräte und Instrumente. Jedes einzelne Möbelstück stand von Anbeginn an auf demselben Platz und hatte seinen individuellen Geruch. Nichts sollte daran verändert werden.

Doch dieser große Raum mit dem Marmorfußboden beherbergte noch etwas anderes. Elena blickte sich suchend um und entdeckte schließlich in der hintersten Ecke ein antikes Stück, das für die Ewigkeit gemacht schien: ein Wandschirm. Sie ging darauf zu und strich mit den Fingerspitzen darüber.

Der Rahmen war abgeblättert, die Seide ziemlich verschossen. Aber insgesamt war er noch in einem guten Zustand, wenn auch ein wenig verstaubt. Der Wandschirm war etwa so hoch wie eine Tür und bot ein gutes Versteck. Angeblich war er fast genauso alt wie das Haus selbst, womöglich hatte ihn einst sogar Beatrice Rossini angeschafft. Aber um ihre Urahnin rankten sich so viele Legenden, dass man dem Gerücht nicht trauen konnte. Für Elena spielte es keine Rolle, woher der Wandschirm stammte, sie liebte das heimelige Gefühl von Geborgenheit, das er ausstrahlte, ebenso wie den Geruch der Seide. In der Vergangenheit hatte er dazu gedient, die Gesichter jener Kundinnen zu verbergen, die unerkannt bleiben wollten. Für sie selbst war er ein Zufluchtsort gewesen, wann immer sie etwas quälte oder sie ein schlechtes Gewissen hatte.

Elena ertappte sich dabei, wie sie intensiv an der Seide schnupperte. Überrascht stellte sie fest, dass ein leichter Parfümgeruch davon ausging, als ob der Wandschirm in der Vergangenheit damit besprüht worden wäre. War es vielleicht tatsächlich so gewesen? Im Haus gab es noch einige andere Gegenstände, mit denen ihre Vorfahren experimentiert hatten, um die Beständigkeit der Düfte zu verlängern. In der Mahagonitruhe im Schlafzimmer ihrer Großmutter lagen beispielsweise Handschuhe aus spanischem Leder, die nach wie vor einen schwachen Parfümduft verströmten. Ebenso dufteten die Pantoffeln aus dem gleichen Material, die seit Jahrzehnten niemand benutzt hatte, immer noch leicht nach Damaszener Rose. Außerdem gab es da noch diverse Bündel mit Papierstreifen, jedes mit einem anderen Geruch, die alle versiegelt waren.

Unter all diesen mysteriösen Gegenständen war der Wandschirm Elenas Lieblingsstück.

An diesem Ort gab es allerdings noch mehr, was sie überraschte, ähnlich wie das Gefühl von Geborgenheit und Heimat. Es war, als ob sie nach Hause zurückgekehrt wäre, ein Wohlgefühl, das sie sich beim besten Willen nicht erklären konnte.

Dieses Haus war eigentlich nie ihr Zuhause gewesen, es war gewiss kein Ort, an dem sie sich aufgehoben gefühlt hatte. Zumindest hatte sie es früher so empfunden. Jasmine war eine wunderbare Frau, bei der Elena Liebe, Wärme und Glück empfunden hatte, zugleich hatte sie jedoch auch schmerzhaft gespürt, was ihr fehlte. Dieses Florentiner Haus war für sie immer das Zuhause ihrer Großmutter gewesen, nicht ihres. Notgedrungen war sie nach der Trennung von Matteo hierher zurückgekehrt, weil es keinen anderen Ort gab, an dem sie hätte Zuflucht finden können. Aber sie hatte kein gutes Gefühl dabei.

Nichtsdestotrotz war die Wärme, die sie während der ersten Nacht gespürt hatte, nicht wieder gewichen. Es kam ihr fast vor wie ein Verrat an sich selbst. Elena wusste, dass sie sich früher oder später ihren Gefühlen stellen musste. Aber jetzt war nicht der richtige Moment.

Matteo hatte ihr erst vor kurzem ihre Sachen vorbeibringen lassen. Seitdem standen fünf große Kisten in der Halle. Jede einzelne davon erinnerte an ein gemeinsames Jahr voller naiver Träume, die, wie es jetzt schien, immer nur die ihren gewesen waren.

Genau darum ging es letztendlich. All ihre Bedürfnisse und Wünsche hatte sie dieser Beziehung geopfert, stur, blind und ohne jeden Blick für die Realität. Sie hatte sich eingebildet, dass eine solche Beziehung funktionieren könnte.

»Du hast die Situation nicht richtig eingeschätzt, Elena. Du hast das Wichtigste vergessen, auf das eine Frau achten sollte, mein Schatz«, hatte ihr Jasmine vor kurzem am

Telefon gesagt. Jasmine, diese wunderbare Frau, die in ihrer Kindheit wie eine Mutter zu ihr gewesen war.

»Hast du mit Monie gesprochen?«, fragte Elena nach einer Weile.

»*Oui*, sie kann Geheimnisse einfach nicht für sich behalten. Sei ihr bitte nicht böse.«

»Du weißt genau, dass ich ihr nicht böse sein kann.«

»Nicht einmal, wenn ich dir sage, dass ich erleichtert bin, weil dieser Idiot endlich aus deinem Leben verschwunden ist?«

Elena musste unter Tränen lächeln. *»Non, maman.«*

Nach Jasmines erleichtertem Seufzer brach sie erneut in Tränen aus. »Sprich weiter«, bat sie Jasmine und schniefte kaum hörbar.

»Du kannst nicht alles auf eine Karte setzen, *ma petite*. Du brauchst Alternativen. So etwas nennt man Plan B. Du musst einen Plan B haben, Frauen brauchen immer einen Plan B.«

»Was, wenn man noch nicht einmal einen Plan A hat?«

»Blödsinn. Du hast ein schönes Haus. Und du hast einen Beruf, ob es dir nun gefällt oder nicht. Du bist eine Parfümeurin. Du kannst Düfte kreieren, du kannst sie analysieren, und wenn du das nicht willst, kannst du immer noch Parfüms verkaufen, genau wie Monique, meinst du nicht? Außerdem hast du eine Familie, die dich liebt, meine Kleine.«

Neue Tränen. Dieses Mal gelang es Elena nicht, sie zu verbergen.

Wieder seufzte Jasmine. »Ich habe dich noch nie so weinen gehört, außer als kleines Kind. Bist du sicher, dass es dir gut geht? Warum kommst du nicht für ein paar Tage zu uns nach Grasse? Die Luftveränderung wird dir sicher guttun.«

Elena wischte sich übers Gesicht. »Du weißt, dass das nicht geht.«

»Warum? Seit dem Unfall verlässt Maurice das Haus nicht mehr, du wirst ihm nicht begegnen. Und was deine Mutter angeht ... Ich glaube nicht, dass es ein Fehler wäre, sie wiederzusehen. Du weißt, wie sehr sich Susanna freuen würde.«

Der Kloß in Elenas Hals wurde noch dicker. »Meinst du wirklich? Ich bin da nicht so zuversichtlich. Sie hat mich kein einziges Mal besucht.«

»Das stimmt, aber du weißt, warum. Sie fühlt sich für Maurice verantwortlich und will ihn in seinem Zustand nicht alleine lassen.«

»Das ist absurd, sie trägt doch gar keine Schuld. Es war ein Unfall, der jedem hätte passieren können«, antwortete Elena leise.

»Aber es ist Susanna passiert. Wie auch immer, Maurice hat sie unter Einsatz seines Lebens gerettet, das wird sie ihm nie vergessen.«

Danach schwiegen sie, und eine jede hing ihren eigenen Gedanken nach.

Nach einer Weile nahm Jasmine den Faden wieder auf. »Ich versuche nicht zu entschuldigen, was sie dir angetan hat, aber ich denke, du solltest etwas verständnisvoller sein. Es wird Zeit, dass du deinen Groll ablegst. Susanna hat Fehler gemacht und dafür teuer bezahlt. Aber sie ist und bleibt deine Mutter.«

Das stimmte ... Sie war und blieb ihre Mutter. Aber das interessierte Elena nicht mehr. Seit vielen Jahren spielte Susanna keine Rolle mehr in ihrem Leben. Eines Tages hatte Elena einfach aufgehört, darauf zu hoffen, dass ihre Mutter sich melden würde. Aber so einfach war es dann doch nicht gewesen.

Obwohl Jasmine sicher recht hatte, verbannte sie jeden Gedanken an Susanna und Maurice aus ihrem Kopf. Sie wollte sich nicht damit belasten, genauso wenig wie mit allem anderen. Ihre Gedanken fuhren Karussell, ihr Herz schmerzte, die quälenden Gefühle schienen sie in einen Strudel zu ziehen, aus dem es kein Entrinnen gab.

»Ich werde darüber nachdenken«, hatte sie geantwortet und dann aufgelegt.

5.

Lavendel. Sein komplexer Duft betört und verführt.
Er erfrischt, reinigt den Geist und vertreibt Müdigkeit,
Angst und Sorgen.

Paris war schon am Tag eine so faszinierende Stadt, dass man sich kaum eine Steigerung vorstellen konnte, doch nachts enthüllte sie ihre Seele. Das dachte Monique immer schon. Während sie über die Metropole flog und die hell erleuchteten Häuser, den Eiffelturm und die nicht enden wollenden glänzenden Lichtbänder der Straßen bewunderte, die sich durch die eleganten Stadtviertel zogen, dachte sie daran, dass all diese Pracht auch eine Hymne an den schönen Schein war. Die Lichter unter ihr, die von oben wie Diamanten funkelten, waren nichts anderes als die Scheinwerfer unzähliger Autos, die sich durch die Straßen quälten. Vom Himmel aus wirkten sie hingegen wie Juwelen.

Jacques hatte ihr eine Nachricht geschickt. Er konnte sie leider nicht vom Flughafen abholen. Ihm war etwas dazwischengekommen, etwas äußerst Wichtiges. Aber er würde ihr den Wagen schicken.

Monique seufzte. Das ging nun schon eine ganze Weile so, ständig kam etwas dazwischen, vorwiegend irgendwelche wichtigen Termine.

Sie blickte weiter auf die strahlend schöne Stadt, als das

aufkeimende Selbstmitleid sie zurückdrängte, dieses nagende Gefühl vom Grund ihrer Seele. Die Durchsage, dass sie bald landeten, riss sie aus ihren Gedanken. Mit leicht verzerrter Stimme forderte der Chefsteward die Passagiere auf, bis zum endgültigen Stillstand der Maschine angeschnallt zu bleiben, gab einige letzte Empfehlungen und nuschelte abschließend ein flüchtiges »Willkommen in Paris«. Als die Räder des Flugzeugs den Boden berührten, erhob sich um sie herum müder Applaus. Monique löste den Sicherheitsgurt, nahm ihre Tasche und reihte sich in die Warteschlange ein.

»Wach auf, *mon amour*. Ich lasse dich sowieso nicht weiterschlafen.«

Monique schreckte hoch, als sie Jacques' Finger auf sich spürte. »Nimm sofort die Hand weg.«

Jacques schenkte ihr ein träges Lächeln. Er stand vom Bett auf und richtete sich die Krawatte. Seine Miene war undurchdringlich. »Nervös, *chérie*?«

Monique fuhr sich mit den Fingern über das Gesicht. Dann ballte sie die Hände zu Fäusten, um ihr Zittern zu unterdrücken. »Was machst du in meiner Wohnung?«

Über Jacques' Gesicht glitt erneut ein Lächeln. Seine Haare waren akkurat zurückgekämmt, perfekt wie immer. Die stechenden dunklen Augen ließen sie nicht los, der Gesichtsausdruck eines Mannes, der wusste, dass ihm die Welt zu Füßen lag. Wie ein Herrscher stand er mitten in ihrem kleinen Loft. Selbstsicher und entschlossen. Alles lief genau so ab, wie er es geplant hatte.

Mein Gott, wie attraktiv er war! Monique musste sich zwingen, ihn nicht zu berühren. Sie zog das Laken höher, klammerte sich daran fest, als ob es ein Rettungsanker wäre. Das Verlangen, er möge genau mit dem weitermachen, was sie sich gerade verbeten hatte, war schier übermächtig.

»Ich möchte, dass du mir verzeihst. Ich war nicht gerade nett zu dir«, antwortete er und knöpfte lässig seine Jacke auf.

»Was für ein Euphemismus«, murmelte Monique.

Jacques lächelte sie an, blieb dann vor dem Fenster stehen und zog die Vorhänge auf. Die Sonne flutete herein, und Monique hielt sich intuitiv die Hand vors Gesicht, gewöhnte sich aber schnell an die strahlende Helligkeit.

»Na, wie war's in Florenz?«

»Alt, wunderschön und dekadent.«

»Stimmt, eine zauberhafte Stadt. Das nächste Mal begleite ich dich.« Er sagte es so, als glaubte er wirklich daran.

Aber wenn Monique in ihrer Beziehung etwas gelernt hatte, dann dass Jacques vieles versprach und nur wenig hielt. Unzählige Worte und Schwüre, die er genauso schnell wieder vergaß, wie er sie ausgesprochen hatte. Für ihn waren Versprechungen nichts als schmückendes Beiwerk, ebenso wie seine schicke Kleidung, der Schmuck und seine Eleganz. Er war nie ehrlich zu ihr gewesen, auch wenn er regelmäßig versuchte, ihr das Gegenteil zu beweisen. Es gab sogar Momente, in denen Monique ihn für einen Zauberer hielt, einen Magier der Gefühle.

Wieder starrte Jacques sie an. Unergründliche Augen. Augen, die zur gleichen Zeit verzauberten und betrogen. Es ist so leicht, ihm zu glauben, dachte Monique, sich der Illusion hinzugeben, ich wäre ihm wirklich wichtig. Aber er war zu nett, zu attraktiv, zu viel von jedem, zu viel von allem.

Monique runzelte die Stirn, dann atmete sie tief ein und stieg aus dem Bett. Auf dem Weg zum Schrank versuchte sie, den bewundernden Blick seiner Raubtieraugen zu ignorieren, die ihn so unwiderstehlich machten. Unbändiges Verlangen durchzuckte ihren Körper. Einen Augenblick lang war sie versucht, seinem Charme zu erliegen. Vielleicht hatte er sie ja tatsächlich vermisst, vielleicht wollte er sich ernsthaft dafür entschuldigen, dass er sich wie einReckskerl benommen hatte.

Ein Blick auf den Wohnzimmertisch holte sie in die Realität zurück. Die beiden Päckchen, die sie aus Florenz mitgebracht hatte, lagen geöffnet da. Ein Teststreifen aus Pappe, eine *mouillette*, lag neben dem Parfüm, das Elena ausgewählt hatte, ein zweiter lag zusammengeknüllt am Boden. Die Hoffnung wurde schwächer, verflog schließlich ganz und machte kalter Gewissheit Platz.

»Hättest du damit nicht bis morgen warten können?«, fragte sie und versuchte ihren Unmut zu verbergen.

»Warum? Hätte das etwas geändert? Du hast das gefunden, was ich wollte. Zieh dich an, wir gehen aus, ich will es mit dir feiern. Das Parfüm, das du entdeckt hast, ist genau das richtige. Du bist ein Genie.«

Monique gab ihren Widerstand auf. Das Genie war Elena, nicht sie. Sie wollte es ihm gerade sagen, als er sie packte. Die Worte erstarben ihr in der Kehle. Jacques küsste sie, dann ließ er seine Hände an ihrem Körper hinabgleiten.

Sie schloss die Augen und genoss das prickelnde Gefühl, das sie nur zu gut kannte. Plötzlich aufwallende Hitze durchströmte ihren Körper und ließ sie aufstöhnen. Als Maurice sie sanft auf den Hals küsste, seufzte sie leise.

»Ich bin nicht dein Genie.«

Sie hätte lügen können. Elena hätte es ihr nicht übel genommen, da war sie sicher. Im Grunde lag ihr nichts an diesem Parfüm. Aber was dann? Sie wusste nur zu gut, dass Jacques' bewundernde Blicke und das Kompliment eigentlich einer anderen zustanden. Sie wusste, dass sie dabei war, sich etwas zu nehmen, das Elena gebührte.

Dennoch war es ihr egal. In diesem Augenblick war ihr alles egal. Sie wollte ihn, sie begehrte ihn, eine kleine Schwindelei, und alles wäre wieder wie früher. Sie müsste bloß lügen.

Für diesen Mann war sie bereit, ihre Vorsätze über Bord zu werfen. Für ihn würde sie alles tun. Das war ihr jetzt klar.

Jacques verkrampfte sich. »Was für ein Blödsinn«, murmelte er, bevor er die Zähne in ihre Halsbeuge grub und sanft zubiss.

Er war der Beste. Kein anderer Mann entfachte diese Leidenschaft in ihr, kein anderer machte sie derart gefügig. Das Paradies auf Erden, oder besser, die Verlockungen der Hölle, waren nichts gegen das, wozu Jacques im Stande war.

»Was, wenn doch? Was, wenn ich wen anders darum gebeten hätte, das Parfüm auszuwählen?«

Sie bereute ihre Worte sofort. Hätte sie geschwiegen, wäre alles bestens gewesen. Als Jacques sich von ihr löste und einen Schritt zurückwich, wusste sie, dass das Misstrauen von ihrem Geliebten Besitz ergriffen hatte. Dann, zwischen all den Illusionen, Lügen und Hoffnungen, regte sich etwas in ihr, das den bitteren Beigeschmack von Scham hatte. Pures Selbstmitleid.

War sie wirklich so weit gesunken, dass sie lügen würde, nur um Jacques nicht zu verlieren? Was für eine Frau war nur aus ihr geworden?

Sie senkte den Kopf und versuchte ihren Stolz wiederzugewinnen, oder zumindest das, was davon noch übrig war. Sie atmete tief ein, und erneut umfing sie der betörend sanfte Duft nach grauem Amber. Nur lief dieses Mal kein Zittern über ihren Körper, sie sah weder das Meer noch spürte sie die Sonne.

Mit einer entschiedenen Geste fasste sie ihre Haare zu einem Pferdeschwanz zusammen. Sie sah ihm nicht ins Gesicht, ging in Richtung Badezimmer und atmete gepresst aus.

»Wenn du gehst, leg den Schlüssel auf den Tisch neben der Tür. Das nächste Mal, wenn du unangemeldet in meiner Wohnung stehst, rufe ich die Polizei.« Sie wartete seine Antwort nicht ab, sondern zog die Tür hinter sich zu.

Es dauerte eine Weile, aber als sie das Badezimmer verließ, hatte sie ihre Gefühle wieder im Griff.

Monique musste sich nicht vergewissern, ob Jacques tatsächlich gegangen war. Sie konnte seine Abwesenheit spüren.

Sie ließ es zu, dass ein wenig von der Wut, die sie in sich trug, an die Oberfläche gelangte. Sie empfing sie mit Freude, damit sie Jacques und seine verlogenen Schmeicheleien aus diesem sentimentalen Winkel ihrer Seele vertreiben konnte. Dort, wo sie noch Träume hatte.

»Scher dich zum Teufel«, fluchte sie, als sie die Nachricht bemerkte, die er auf ihrem Bett hinterlassen hatte.

Sie zerknüllte den Zettel und warf ihn auf den Boden.

»Da kannst du lange warten, bis ich dich anrufe.«

Sie hätte wetten können, dass er die Flakons mitgenommen hatte, und zwar alle beide. Jacques war ein Mensch, der sich gern alle Möglichkeiten offenhielt. Das Parfüm der Inderin war genau das, wonach er gesucht hatte, allerdings war das von ihr ausgewählte eine gute Alternative. Monique war eine erfahrene Parfümeurin, die wusste, was sie konnte.

Ihre in perfekt aufeinander abgestimmten Cremetönen eingerichtete Wohnung kontrastierte mit der Raffinesse ihrer Garderobe, die sie in einem alten Rosenholzschrank aufbewahrte. Sie wählte ein flaschengrünes Seidenkleid und kombinierte es mit einem veilchenblauen Wolljäckchen. Nachdem sie ein leichtes Make-up aufgetragen hatte, richtete sie den Pferdeschwanz. Ich hätte sie mir abschneiden lassen sollen, dachte sie. Aber sie konnte sich nie wirklich dazu durchringen. Darin war sie ein bisschen wie Elena. Sie hielten alle beide beharrlich an Dingen fest, die schon immer ein Teil von ihnen waren.

Sie würde ihre Freundin anrufen, ihr von Jacques erzählen und ihr sagen, dass sie mit ihrem untrüglichen Gespür genau richtig gelegen hatte. Ob es ihr gefiel oder nicht, Elena war eine Nase. Sie hatte sie schon immer gehabt. Das war aber noch lange nicht alles, denn diese Frau konnte aus den Düften Gefühle herauslesen und sie treffend analysieren. Für Elena war das Riechen das, was für den Rest der Welt das Sehen war. Dass sie diese Gabe negierte, ja sogar ablehnte, war eine andere Geschichte.

Monique seufzte und sah kurz in den Spiegel, dann griff sie nach der Handtasche, in deren Seitenfach eine Visitenkarte steckte. Sie war aus elfenbeinfarbenem Karton und verströmte einen dezenten Geruch. Moschus und Sandelholz, kein Zweifel. Im Hintergrund nahm Monique noch den bitter-würzigen Geruch einer anderen Duftnote wahr, vielleicht ein weiteres Holz? Sie dachte ein wenig darüber nach und versuchte sie zu identifizieren. Es war nicht so wichtig… Deshalb gab sie schließlich auf und beschränkte sich darauf, das Parfüm als Ganzes zu riechen, die *mélange* war in der Tat faszinierend.

Alain Le Notre von der Maison La Fougérie war nicht nur ein eloquenter Geschäftsmann, er hatte ihr auch ein extrem gutes Angebot gemacht. Der Moment war gekommen, darüber nachzudenken, ob und inwieweit es für sie von Vorteil sein konnte, den Job zu wechseln.

6.

Myrrhe. Erdiger und ursprünglicher als der Weihrauch, ist die Myrrhe die Verbindung zwischen Geist und Materie.
Stark, intensiv, ohne jede Zweideutigkeit.
Der Duft der Konstanz und der Transparenz der Gefühle.

Wie die Perlen einer Kette reihten sich die Bäume an einer Seite der Straße aneinander, ihr Ende war mit bloßem Auge kaum auszumachen. Dann brach die Reihe unvermittelt ab und begann auf der anderen Seite von Neuem. Die Bäume auf der Place Louis-Lépine folgten akkurat der Fluchtlinie der Gebäude, während auf dem Blumenmarkt in unmittelbarer Nähe Lavendelbüsche, Myrtensträucher und wilde Rosmarinstauden angeboten wurden; ein stummer Protest der bunten Vielfalt gegen allzu viel Reglementierung. Welch ein Kontrast auf engem Raum.

Caillen McLean ging rasch auf den Stand zu, an dem er die Rosen finden würde. Die Hände hatte er tief in den Taschen vergraben. Es regnete, und die nassen Haare klebten auf der hohen Stirn seines von tiefen Furchen durchzogenen Gesichts. Über und neben seinen durchdringenden blauen Augen waren einige Fältchen zu sehen. Doch als Allererstes fiel einem die tiefe gezackte Narbe auf, die sich quer über seine Wange zog und einen bei der ersten Begegnung durchaus beunruhigen konnte.

Er wandte sich nach rechts, ohne die Stände mit dem betörend duftenden Flieder, den gerade aufblühenden Tulpen und den Fresien zu beachten. Als er sich umdrehte, fiel sein Blick auf mehrere Eimer voll cremefarbener Rosen mit roten und gelben Rändern. Unvermittelt verzog er das Gesicht. Der Eimer genau in der Mitte enthielt ein Bündel kobaltblauer Rosen.

»*Bonjour*, Cail, wie geht's? Kann ich dir weiterhelfen?«

Ein mittelgroßer Mann wischte sich die feuchten Hände an seiner dreckigen Schürze ab. Lambert war eine imposante Erscheinung. Die von ihm ausgehende Gelassenheit wurde allerdings von dem stechenden Blick seiner himmelblauen Augen Lügen gestraft.

Caillen ignorierte die freundliche Begrüßung und zeigte auf die blauen Rosen. »Gibt es wirklich jemanden, der dieses … Zeug kauft?«

Sofort runzelte der Verkäufer die Stirn. »Ich habe auch grüne und goldfarbene. Soll ich sie dir zeigen?«

»Du machst wohl Witze?«

Der Verkäufer zuckte die Schultern. »Sie sehen gar nicht so übel aus.«

Cail reagierte nicht und warf ihm einen abschätzigen Blick zu. Dann wandte er sich ab, als könnte er den Anblick nicht ertragen.

»Liliane ist dort, wo sie immer ist?« In seiner Frage schwang eine Spur Ungeduld mit. Seine tiefe Stimme hatte einen leichten schottischen Akzent.

Lambert nickte. »Ja, dort entlang, auf der anderen Seite vom Markt, gleich neben dem Stand von Louise. Das ist die mit dem Hibiskus.«

Mit einem kurzen Nicken bedankte sich Caillen und ging mit einem letzten verächtlichen Blick auf die Blumen davon. Lambert sah zu, wie er im Gewimmel verschwand, und schüttelte den Kopf.

»Rosen folgen der Mode, wie alles andere auch. Die Kunden wollen blaue? Also züchte ich blaue Rosen. Sie wollen sie in Grün? Also mache ich sie grün«, brummelte er und kehrte an seinen Stand zurück. Er betrachtete die Blumen mit den schrumpeligen, metallisch schimmernden Blütenblättern und zuckte zusammen. »Er hat nicht ganz unrecht, wenn er euch nicht mag«, brummelte er.

Einen Augenblick später schenkte er einer näher kommenden Kundin, die einen Topf mit violett getigerten Petunien in den Händen hielt, jedoch schon wieder ein strahlendes Lächeln.

Cail hatte fast das Ende der Halle erreicht, in der der Blumenmarkt untergebracht war, als er die Stände jener Händler bemerkte, die ausschließlich alte Rosensorten anboten. Prüfend betrachtete er die vollen Blüten, die auf dornenbesetzten Stielen saßen. Von weitem konnte man keinen großen Unterschied zu den gefüllten Pfingstrosen erkennen. Auch die Farbschattierungen von zarten Rosatönen bis hin zu lebhaftem Rot schienen eher für die Päonien zu sprechen. Einem aufmerksamen Beobachter entging jedoch nicht die leicht dekadente Anmut der Blütenkelche, deren Blütenblätter sich übereinander schmiegten. Es waren Claire-Austin-Rosen. Mit einem schwachen Duft nach Myrrhe, der mit dem leicht herben Geruch nach Mädesüß zu verschmelzen schien und dadurch an Kraft und Charakter gewann. Ein Gleichklang aus Wohlgeruch und äußerer Erscheinung.

Ganz vorsichtig hob Caillen eine Blüte mit der Handfläche an und beugte sich vor. Dabei wäre das gar nicht nötig gewesen, denn der Duft erfüllte die Luft um ihn herum klar und unverfälscht. Die zarte Berührung der perlenfarbenen Blütenblätter auf der Haut war jedoch auch ein sinnliches Erlebnis. Und Cail verstand es zu genießen. Es war ihm egal, ob sein Tun den Vorübergehenden merkwürdig vorkam. Er ignorierte die zweifelnden Blicke, die seinen ungewöhnlichen Gesten folgten, so wie er alles ignorierte, was ihn nicht interessierte.

»Ciao, Cail.« Eine junge Frau kam langsam näher.

Geschmeidig und ohne Hast richtete er sich auf. »Hast du mein Päckchen?«, fragte er ohne Umschweife.

Liliane sah ihn einen Moment lang an, dann schüttelte sie resigniert den Kopf.

»Mir geht's gut, danke, aber du siehst auch gut aus«, sagte sie unwirsch, bevor sie zu ihrem Stand zurückging und mit einer braunen Schachtel wiederkam. Sie trug ein ärmelloses blaues Kleid mit einem großzügigen quadratischen Ausschnitt, was ihr etliche bewundernde Blicke und ebenso viele Komplimente von ihren Kunden eingebracht hatte. Sie hatte gewusst, dass Caillen das Päckchen abholen würde, und trotz der Kälte bedauerte sie ihre Kleiderwahl nicht. Sie würde sogar einen Bikini tragen, wenn er sie dadurch bemerken würde.

Cail nahm von der jungen Frau jedoch keine Notiz, trotz ihres verlockenden Anblicks. Er griff nach dem Päckchen und gab ihr einhundert Euro.

Als er ihre Verwirrung bemerkte, sagte er: »Behalt den Rest. Ich komme in der nächsten Woche noch mal vorbei.«

Liliane nickte. »Kann ich sonst noch was für dich tun«, fügte sie hinzu. Es war keine Frage.

Er schwieg einen Augenblick, dann verabschiedete er sich. »Nein, wir sehen uns nächsten Samstag.«

Die junge Frau presste die Lippen zusammen und versuchte ihre Enttäuschung herunterzuschlucken.

Alain Le Notre. Allein der Name war furchteinflößend.

Monique strich sich den Rock ihres Kleides glatt. Sie saß auf einem unbequemen antiken Sessel und betrachtete aus der Ferne den Schreibtisch, der von seinen Ausmaßen einst einem französischen Regenten gehört haben konnte und nun im Büro des Personalchefs der Maison La Fougérie stand. Intarsien, Verzierungen, Perlmutt und Rosenholz. Warum mussten Männer ihre Macht derart zur Schau stellen?

Sie stand auf und ging zum Fenster. Paris schlummerte unter einem feinen Nieselregen, der den Tag grau erscheinen ließ. Nur einige wenige unerschrockene Touristen in bunten Plastikregenmänteln, mit denen sie ihre ultramodernen Kameras schützen wollten, flanierten durch die Stadt. Monique starrte auf die großen Tropfen, die an der Fensterscheibe hinunterliefen, ihr Magen war vor Angst wie zugeschnürt. Was, wenn Le Notre sein Angebot zurückzog? Was dann?

Die Parfümeurin schüttelte den Kopf. Sie musste aufhören, sich die Konsequenzen von Ereignissen auszumalen, die noch gar nicht passiert waren. Sie war ja schon wie ihre Mutter! Unvermittelt fragte sie sich, ob Elena ihre Einladung vielleicht doch angenommen hatte. Ihre Freundin sollte sich amüsieren und sich mit Leuten treffen, anstatt sehnsuchtsvoll in der Vergangenheit zu schwelgen. Vor allem aber sollte sie ihre wahre Natur und ihre Berufung akzeptieren. Sobald sie dies verinnerlicht hatte, stünden ihr alle Türen offen. Sie wäre eine der begehrtesten Nasen der Welt. Doch Elena hasste es, im Zentrum der Aufmerksamkeit zu stehen.

Monique dagegen brauchte das Rampenlicht und war einfach perfekt darin, die Probleme anderer zu lösen. Aber ihre eigenen? Bei denen versagte sie komplett.

Ein weiterer Seufzer. Zum wiederholten Mal strich sie sich über den Rock. Dann hörte sie endlich die Tür hinter sich.

»Monsieur Le Notre«, sagte sie und wandte sich um.

»Es ist mir ein Vergnügen, Sie wiederzusehen, *Mademoiselle.*«

Alains graue Augen, die sonst so kühl wirkten, strahlten sie amüsiert an. Er war um die vierzig, aber sein durchtrainierter Körper verriet, dass er sich sorgsam darum kümmerte. Er gehörte zu jenen Männern undefinierbaren Alters, denen es gelang, die Realität zu manipulieren und zu ihrem eigenen Vorteil auszunutzen. Er war eine imposante Erscheinung, hochgewachsen, elegant und von natürlicher Autorität.

»Benzoe, Bergamotte, Vetiver und Sandelholz, dazu ein Hauch Zedernholz. Und Tonkabohne.«

Monique wusste nicht, was sie in diesem Moment geritten hatte, aber sie kannte das Parfüm, das ihr Gegenüber trug. Es war eine ihrer eigenen Kreationen. Nichts Besonderes – jede halbwegs gute Parfümeurin wäre dazu imstande gewesen –, aber genau das Richtige für einen selbstbewussten Mann wie Alain Le Notre.

Er lächelte und enthüllte eine Reihe strahlend weißer Zähne. Erst jetzt bemerkte Monique, dass der leitende Angestellte der *maison* seine Faszination vor allem seiner sportlichen Figur und seiner gebräunten Haut verdankte. Segler, da könnte sie wetten. Le Notre war ein Mann des Meeres.

»Kommen Sie, *Mademoiselle*, setzen wir uns.«

Er führte sie zu einem kleinen Sofa und nahm neben ihr Platz. Monique traf Alain nicht zum ersten Mal. Schon einmal hatte sie das Vergnügen gehabt, seine Gesellschaft genießen zu dürfen.

»Ich mag Ihre Art zu arbeiten.« Le Notre lächelte sie an und fuhr fort: »Sie haben eine Intuition, die ich als formidabel bezeichnen würde, und sind in der Lage, harmonische, originelle Duftmischungen zu akzeptablen Preisen zu entwickeln. Gerade diesen Sinn fürs Pragmatische suche ich für eine neue Produktlinie, die auf jeglichen Schnickschnack verzichtet. Ich wünsche mir Dynamik, Gradlinigkeit und Energie. Der Duft soll einem breiten Publikum zugänglich sein. Glauben Sie, dass Sie das schaffen?«

Monique hielt den Atem an. »Ich werde darüber nachdenken«, antwortete sie äußerlich ruhig, während ihr Herz wie wild klopfte.

Dieser Mann hatte ihre Grenzen erkannt, aber auch ihre Fähigkeit, ihr durchschnittliches Potenzial optimal zu nutzen. Sie war bewegt, Alains Worte hatten sie so tief getroffen, dass es ihr fast den Atem verschlug. Es schien, als hätte sie jemanden gefunden, der sie gerade wegen ihrer Schwächen schätzte. Sie war sprachlos und kam sich auf einmal klein und dumm vor.

Alain musterte sie mit seinem alles durchdringenden Blick. Er strahlte eine unerschöpfliche Vitalität aus, die gleiche Tatkraft, die auch aus seinen Worten sprach.

Der Duft des Parfüms schwebte noch immer in der Luft und schuf eine imaginäre Verbindung zwischen ihnen.

»Ich … denke, darüber ließe sich reden«, setzte sie erneut an, dieses Mal mit festerer Stimme. Dann straffte sie die Schultern und erwiderte Le Notres Blick.

»Gut, Mademoiselle Duval. Was halten Sie davon, wenn wir jetzt zum administrativen Teil übergehen?«

Monique nickte und versuchte, dabei nicht allzu enthusiastisch zu wirken. »Ich höre, Monsieur Le Notre.«

Die Warterei im Regen hatte etwas Lächerliches. Er war völlig durchnässt, die Jeans und das T-Shirt klebten ihm am Körper, in den Wimpern hingen Wassertropfen. Dennoch würde sich Cail um nichts in der Welt von diesem Rosenbusch wegbewegen, selbst wenn ihm der Himmel auf den Kopf fiele.

Er sah sich um. Die restaurierten Remisen am Rand des weitläufigen Innenhofs, das Herz des Gebäudekomplexes, der einmal einer der wohlhabendsten Pariser Adelsfamilien gehört hatte, lagen in tiefer Dunkelheit.

Caillen hielt den Schirm so, dass der Busch im Trockenen blieb. Die dicke Knospe an der Spitze des dornenbesetzten Triebes erweckte den Anschein, als wollte sie jeden Moment aufblühen.

Er schloss die Augen. Der Regen prasselte auf seine Haare, sammelte sich dort und floss ihm dann über das Gesicht bis in den Dreitagebart. Energisch schüttelte er sich, wobei er darauf achtete, die Rose nicht zu berühren.

Er wusste nichts über die Auswirkungen von Feuchtigkeit auf eine Rosenknospe in diesem Stadium, denn meist wurden solche Experimente in einem Gewächshaus durchgeführt. Aber diese Pflanze hatte sich unter einer Reihe von Umständen entwickelt, die den Anweisungen eines jeden Handbuchs über die Kreuzung von Rosen widersprach, und er wollte keinesfalls das Risiko eingehen, durch einen unverhofften Regenguss die Arbeit mehrerer Monate aufs Spiel zu setzen. Die Rose war jetzt drei Jahre alt und zeigte ihren ersten Blütenansatz.

Ruckartig beugte er sich nach vorne und achtete sorgfältig darauf, die Knospe zu schützen. Er zitterte vor Aufregung und konnte es kaum erwarten, dass die Sonne aufging und den Himmel erhellte. Bald würde es aufhören zu regnen, er konnte es fühlen.

»Herrje«, fluchte er, »jetzt hör schon auf, du verfluchter Regen.«

Sein Hund John sprang auf und lief zu ihm.

Cail lächelte und streichelte mit der freien Hand über das rotblonde Fell. »Platz!«, befahl er. »Du wirst ja ganz nass.«

Der Hund leckte ihm über die Hand und gehorchte.

Allmählich erwachte Paris. Der Verkehr schwoll an wie ein Rinnsal, das sich auf seinem Weg ins Tal in einen Fluss verwandelte. Die Lichter der Häuser gingen aus, wurden von der Morgendämmerung verdrängt.

Bald würde der Hof voller Menschen sein. Cail biss die Zähne zusammen. Es wäre besser für sie zu bleiben, wo sie waren.

Die neugierigen Blicke der Nachbarn waren ihm egal, sie hatten ihn schon häufiger dabei überrascht, wie er mit dem Rosenbusch gesprochen hatte. Doch keiner hatte den Mut gehabt, ihn zu verspotten oder hinter seinem Rücken über ihn zu reden. Es war ein Vorteil, über eins neunzig groß zu sein und eine athletische Figur zu haben. Auch wenn er ziemlich sicher war, dass es eher dem abschreckenden Effekt seiner Narben zu verdanken war.

»Hallo, Caillen. Ich werde dich nicht fragen, wieso du hier im Regen stehst und einen Schirm über einen Rosenbusch hältst. Also verkneif dir bitte eine unfreundliche Antwort.«

»Verschwinde, Ben!«

Die gute Laune seines Freundes entlockte ihm ein schiefes Lächeln. Ben winkte und startete zu seiner morgendlichen Joggingrunde.

Herrje, er wusste selbst, wie lächerlich sein Tun wirkte. Seine Mutter Elisabeth hatte den Schirm bei einem ihrer Besuche vergessen, er war ihre Begründung wiederzukommen.

Aber Cail entschied, ihr das gute Stück bei der nächstbesten Gelegenheit mit der Post zu schicken. Er schüttelte den Regen ab und wartete weiter, den Blick starr auf die Knospe gerichtet.

Endlich mischte sich ein Hauch Rosa unter die dunklen Wolken. Der Regen wurde allmählich schwächer, bis er schließlich nur noch ein Tröpfeln war. Aus dem feuchten Blattwerk der Büsche an den Seiten des Hofes stieg ein scharfer Moschusgeruch auf.

Cail atmete den stechenden Duft ein, der sich in der kalten Luft noch verstärkte, und konzentrierte sich dann wieder auf die Knospe. Sie war die einzige Überlebende einer Aussaat, von der er sich so viel erwartet hatte. Das Ergebnis war niederschmetternd gewesen. Anfangs hatte sich die Pflanze ganz normal entwickelt, und als sie zu welken begann, hatte Cail beschlossen, sie aus dem Topf zu nehmen und in die Erde zu pflanzen. Ein Wagnis bei einer so jungen Kreuzung, sicher. Doch entgegen allen Erwartungen hatte der radikale Schritt die Pflanze gekräftigt. Unter seiner Pflege hatte sie sich bisher gut entwickelt. Caillen konnte es kaum erwarten, das Resultat seiner Bemühungen zu sehen.

Es kam ihm vor, als würden sich die vielen Monate, die er der Pflanze gewidmet hatte, auf einen einzigen Moment reduzieren. Bei den ersten Sonnenstrahlen würde die Rose ihre Blüte entfalten, und er würde endlich wissen, ob er seine Zeit verschwendet hatte oder nicht.

Inzwischen hatte der Regen ganz aufgehört. Der Himmel klarte auf, ein kalter Wind, der Cail erzittern ließt, fegte die Wolken davon. Bestimmt dauerte es noch mindestens eine weitere Stunde, bis die Knospe sich ausreichend erwärmt hatte und sich entschloss, ihre Blütenblätter zu öffnen. Er verfluchte den unverhofften Temperatursturz und schloss den Regenschirm.

»Es tut mir leid, John, wir müssen noch etwas Geduld haben.«

Er sah auf den Hund, der jetzt an seiner Seite stand, und widmete sich dann wieder der Rose. Er würde sich so lange nicht von hier wegbewegen, bis er mit Sicherheit wusste, ob er Erfolg gehabt hatte oder nicht.

Monique wartete darauf, dass der Fahrer von Monsieur Le Notre ihr die Tür öffnete. Sie hätte auch zu Fuß gehen können, die Maison La Fougérie war nicht weit von Narcissus entfernt, aber es hatte wieder zu regnen begonnen. Alain hatte ihr freundlicherweise seinen Dienstwagen angeboten und sie hatte angenommen. Sie hatte nicht vor, ihren letzten Arbeitstag mit nassen Klamotten anzutreten.

Eingehüllt in eine Wolke aus Leder und Luxus, betrachtete sie von den cremefarbenen Ledersitzen aus den Laden. Daran könnte ich mich glatt gewöhnen, dachte sie.

»*Madame*, kann ich noch etwas für Sie tun?«

»Nein, danke, Sie können fahren«, antwortete sie dem Chauffeur, der sie mit einem Regenschirm bis zum Eingang begleitet hatte. Er wartete, bis sie den Laden betreten hatte, dann erst ging er zum Wagen zurück.

»*Bonjour*, Philippe. Monsieur Montier?«, fragte sie den Verkäufer.

Der Mann lächelte sie an. »*Mademoiselle*, Sie waren in Italien. Haben Sie etwas Interessantes entdeckt?«

Philippe Renaud war ein pflichtbewusster Mann, seiner Arbeit fast schon krankhaft ergeben. Aber er war auch ein guter Mensch, wenngleich ein bisschen snobistisch. Eigentlich unterhielt Monique sich gerne mit ihm, aber im Moment war sie zu nervös. Ihr Vertrag mit La Fougérie war unterschrieben und in wenigen Tagen würde sie zum Personal der *maison* gehören. Eine Entscheidung, die Jacques ihr nie verzeihen würde.

Monique wusste das. Mit ihrem Wechsel zur Konkurrenz wäre ihre Beziehung definitiv beendet.

»Ja, ein absolut vielversprechendes *brief*, etwas Einmaliges. Es wird dir gefallen. Wo ist Jacques?«

Philippes heitere Miene trübte sich, als er auf die Tür hinter sich deutete. »*Monsieur* ist im Labor. Soll ich ihm Bescheid sagen?«

Klar, dass er sich sofort an die Arbeit gemacht hat, dachte Monique. Sie sah Philippe an und schüttelte den Kopf. »Nein, das übernehme ich selbst.«

Sie ging an ihm vorbei den Korridor entlang. Ohne anzuklopfen öffnete sie langsam die Tür, blieb aber stehen. Da sie keine Schutzkleidung anhatte, wollte sie das Labor nicht betreten.

»Ich möchte dich sprechen«, sagte sie.

Jacques' Empfang war kühl. »Komm rein, aber halte Abstand. Ich möchte nicht, dass dein Geruch die Rezeptur beeinflusst. Apropos Geruch, was zum Teufel ist das? Diesen Duft hier kenne ich noch gar nicht.« Er drehte sich nicht einmal um.

Monique fixierte ihn. Sie trug ein neues Parfüm, das ihr Alain Le Notre geschenkt hatte. Er wolle es demnächst auf den Markt bringen, hatte er ihr erklärt, es war das Spitzenprodukt der Maison La Fougérie für die Herbst-Winter-Saison. Sie hatte das Geschenk gerne angenommen, das für sie nach einem Neuanfang duftete.

»Gefällt er dir nicht?«

Jacques machte sich nicht einmal die Mühe zu antworten. Er hatte die Augen geschlossen, die Nase dicht über einem Teststreifen. Monique wusste, dass er ein Egoist war, sie wusste es nur zu gut, trotzdem war sie verletzt. Sie atmete tief ein und entschied, dass es an der Zeit war, einen Schlussstrich zu ziehen.

»Du kannst dich wieder beruhigen, ich will gar nicht reinkommen. Ich bin da, um ein paar Dinge mit dir zu klären.«

»Wenn es um das Parfüm geht, ich habe heute einen Vertrag mit Shindia geschlossen. Wir werden ihre Parfüms ins Sortiment nehmen. Deine Alternative war zwar gut, aber das erste war deutlich besser. Natürlich bekommst du von mir eine Prämie für deine Entdeckung …«

Wie schaffte er es nur, dass sie sich in solchen Situationen wie ein Niemand vorkam? Monique sprach sich stumm Mut zu, während sich Jacques endlich bequemte, ihr einen Blick zu schenken. Einen Moment lang überlegte sie, ihm zu sagen, wohin er sich sein Geld stecken konnte, aber was würde sie damit schon erreichen? Dann wären Elena die Türen zu Narcissus auf immer und ewig verschlossen.

»Ich habe in Florenz eine Freundin gebeten, mir zu helfen. Wie schon gesagt, ich habe dieses Parfüm nicht selbst entdeckt.«

Nach kurzem Schweigen lachte er. »Wer ist diese Magierin der Düfte mit ihrer … feinen Nase?« Der Sarkasmus in seinen Worten überzeugte Monique endgültig, den Weg bis zum Ende zu gehen. Jacques war und blieb ein Mistkerl. Noch dazu einer von der übelsten Sorte. Ohne ihn würde es ihr besser gehen.

»Ich kündige. Ich bin hier, um dir das zu sagen.«

Wieder schwieg er, dieses Mal etwas länger. Schließlich hob er den Blick und fixierte sie. »Übertreibst du nicht ein bisschen? Ich wusste gar nicht, dass du so empfindlich bist.«

Jacques trug einen Laborkittel. Sein Gesichtsausdruck war hochkonzentriert, die Augen waren eiskalt. Vor ihm waren mehrere Aluminiumflaschen mit ätherischen Ölen aufgereiht, die übrigen Ingredienzien befanden sich in Glasröhrchen und Reagenzgläsern. Auf dem Stahltisch standen auch einige Destillierkolben, Pipetten, Papiertrichter und in der Mitte ein Messzylinder, aus dem ein intensiver Geruch aufstieg. Er öffnete den Mund, um noch etwas hinzuzufügen, dann wandte er sich wieder zu dem Zylinder, als wäre ihm erst jetzt bewusst geworden, was er da gerade tat.

»Warte. Ich muss schnell noch den letzten Schritt vermerken, dann sprechen wir darüber.« Er beugte sich über den Tisch und notierte auf einem Block neben dem Zylinder das genaue Gewicht der einzelnen Essenzen, die er verwendet hatte.

Monique schaute ihn an, dann lächelte sie traurig. »Es gibt immer etwas Wichtigeres«, sagte sie leise.

Sie wartete noch einige Minuten. Jacques setzte sich vor den Computer, der auf dem Nebentisch stand, gab sein Passwort ein, las in aller Ruhe etwas, kehrte dann zu seinem Block zurück und schrieb weiter.

»Adieu, Jacques.«

Das Geräusch des Bleistifts auf dem Papier durchbrach die angespannte Stille zwischen ihnen.

»Ich kann dir gerade nicht zuhören. Das weißt du ganz genau.«

Stimmt, was hatte sie sich eigentlich dabei gedacht? Hatte sie wirklich etwas anderes von ihm erwartet? Auf einmal stieg eine tiefe Enttäuschung in ihr auf, so tief, dass sie fast Verzweiflung gleichkam.

»Du findest meine Kündigung auf deinem Schreibtisch«, sagte sie nach einer Weile, bevor sie die Tür des Labors hinter sich schloss.

Während sie zurückging, hoffte sie seine Schritte hinter sich zu vernehmen und ihn sagen zu hören, dass sie reden sollten. Sie wartete eine weitere Minute, zählte reglos die Sekunden. Dann stieß sie mit beiden Händen die Tür zu dem hell erleuchteten, eleganten Verkaufsraum auf, in dem sich die Kunden drängten.

Flüchtig grüßte sie einige Kolleginnen, nahm ihre persönlichen Sachen aus der Ablage unter dem Tresen und ging.

Jacques verfolgte ihr Tun auf dem Monitor der Überwachungsanlage, auch nachdem sie den Laden bereits verlassen hatte. Nachdem sie vom Bildschirm verschwunden war, fluchte er heftig, fuhr sich durch die Haare und ließ sich in einen Sessel fallen.

Oxidiert!

Elena verzog das Gesicht und schob den Flakon von sich weg. Der aufsteigende Geruch war stechend, ranzig. Sie hatte fast fünfzig ätherische Öle geprüft, die sie ausnahmslos wegwerfen musste. Alles verdorben. Nichts mehr zu retten.

Sie konnte den Laden ihrer Großmutter unmöglich wiedereröffnen, selbst wenn sie es gewollt hätte. Am Morgen war sie in den Keller gegangen, um den Zustand der dort gelagerten Substanzen zu überprüfen. Sie hatte sich noch nicht endgültig entschieden, wie sie mit der Parfümerie ihrer Großmutter verfahren sollte, so weit war sie noch nicht. Aber die Wiedereröffnung war auf jeden Fall eine Option. Was sollte sie sonst mit ihrem Leben anfangen? Sie wusste es nicht. Da war eine Alternative so gut wie die andere. Irgendwie witzig, dachte sie leicht verbittert. Jetzt, da der Wiedereröffnung nichts mehr im Weg steht, bin ich dazu nicht mehr in der Lage.

Keine ätherischen Öle, kein Parfüm. Und kein Parfüm hieß kein Einkommen. Was hatte sie sich eigentlich dabei gedacht? Einfach noch mal von vorne anfangen? Der glückliche Umstand, dass ihr beim Geruch von Parfüm zumindest nicht mehr übel wurde, reichte nun mal nicht.

Sie seufzte. Ihr Widerstand gegen das Parfüm war zwar verschwunden, aber im Grunde ging es um viel mehr. Doch daran wollte sie im Augenblick nicht denken.

Ihr Handy vibrierte, Elena erblickte die Nummer und lächelte.

»Alles gut gegangen?«, fragte sie Monique.

»Was meinst du mit gut? Nein, vergiss es. Jedenfalls habe ich den Job. Monsieur Le Notre ist ein wahrer Gentleman. Erzähl mir lieber von dir, was macht die Bestandsaufnahme?«

Elena wischte sich die Hand an der Bluse ab. »Nichts mehr zu retten, außer einigen Flakons mit einem Parfüm, das ich mal für ein Hotel gemischt habe, die aber nie abgeholt worden sind. Sonst nur noch uraltes Zeug, das zwar noch brauchbar, aber heute ganz sicher nicht mehr zu verkaufen ist.«

»Parfüms aus einer anderen Epoche?«

Elena ging zu dem antiken Schrank aus schwarzem Holz hinüber und drückte vorsichtig die Türen auf, die in den Angeln quietschten. »Ja, meine Großmutter hat sie im Dunkeln aufbewahrt, und im Keller ist die Temperatur konstant, bei den dicken Mauern …«

»Bist du etwa ins geheime Labor runtergegangen?« Moniques Stimme klang ebenso verblüfft wie begeistert.

Elena nickte. »Du machst dir keine Vorstellung davon, was es hier unten alles gibt. Ich könnte ein Museum eröffnen mit all den Destillierkolben und Extraktionsapparaten. Die Dinger sehen aus, als wären sie mehrere hundert Jahre alt.

»Hast du auch einen Blick auf die Formeln geworfen?«, fragte Monique.

»Da gibt es absolut nichts Neues. Das Perfekte Parfüm von Beatrice Rossini ist bloß eine Legende, Monique.«

»Das Tagebuch sagt aber etwas anderes«, wandte die Freundin leise ein.

»Wir haben es beide mehrfach von vorne bis hinten durchforstet, und bisher deutet nichts auf die geheimnisvolle Formel hin. Das waren nur die kuriosen Fantasien einer Besessenen.«

Das war wohl leider so. Abgesehen von allgemeinen Hinweisen zu Duftstoffen und Verfahren sowie einer Reihe von rätselhaften Symbolen hatte sich nichts gefunden, was auf die Herstellung eines außergewöhnlichen Parfüms hindeutete. Sicher, die Symbole waren interessant gewesen, auch die Zeichnungen, Gedichte und Verse. Aber der Inhalt der Tagebuchseiten deutete eher auf eine unglückliche Liebesgeschichte hin, herzzerreißend und mit tragischem Ausgang. Beatrice hatte den falschen Mann geliebt. Sie hatte ihn sogar so sehr begehrt, dass sie sich von ihrer Leidenschaft, die schließlich in eine Obsession ausgeartet war, zerstören ließ. Dieses imaginäre Parfüm war das Destillat von Illusion und Verrat. Ein schöner Schein, ein Trugschluss.

So lautete jedenfalls die Schlussfolgerung, zu der die beiden Freundinnen gekommen waren.

Der nebulöse Auftraggeber hatte das Parfüm mit klingender Münze bezahlt. Beatrice Rossinis Leben war danach von zwei Dingen bestimmt gewesen: Tränen und Geld, und zwar von einer solchen Menge Florentiner Goldtaler, dass sie und ihre Nachkommen in Wohlstand leben konnten.

»Aus Liebe geschehen die verrücktesten Dinge«, murmelte Monique.

»Ich weiß nicht, was ich sagen soll. Was dieses Thema angeht, bin ich hin- und hergerissen. Von der Übelkeit mal abgesehen, die jedes Mal in mir hochsteigt, wenn ich Matteo und Alessia vor meinem inneren Auge sehe, spüre ich nichts als Leere in mir.« Elena schwieg einen Augenblick. »Du weißt, wie sehr ich mich immer nach einer normalen Familie gesehnt habe, nach einem Mann und Kindern. Etwas von Dauer. Ich bin fast dreißig, Monique, ewig kann ich nicht mehr warten. Und jetzt bin ich allein … und ohne Job …«

»Ehrlich gesagt, du brauchst vor allem Geduld. Du kannst ja wohl schlecht den erstbesten Trottel heiraten, der dir über den Weg läuft«, platzte Monique heraus.

Elena nickte. Sie zitterte und beschloss, den kalten, ungemütlichen Ort zu verlassen. »Er war gar nicht so übel, von ein paar Dingen abgesehen«, antwortete sie, löschte das Licht und schloss die Tür hinter sich.

Sie stieg die Treppe hinauf. Oben angekommen, spürte sie erneut die aufkommende Müdigkeit.

»Welche zum Beispiel? Allein die Tatsache, dass ihr jeden Sonntag bei seiner Mutter zu Mittag essen musstet. Was für eine schreckliche Frau!« Monique schüttelte sich. »Eingebildet, beleidigend, ignorant. Schon bei ihrem Anblick ist es mir eiskalt den Rücken runtergelaufen.«

»Frag mich mal. Wie sie mich manchmal angesehen hat …«

»Ich an deiner Stelle wäre schon viel früher abgehauen,

ehrlich, da hätte ich schon einen Vorwand gefunden. Was hast du überhaupt an dem Kerl gefunden?« Monique nahm wie üblich kein Blatt vor den Mund.

Elena setzte sich auf die Bank neben der Treppe. Sie musste wieder zu Atem kommen. »Kinder. Er wollte ganz viele. Er hat gesagt, das sei das Wichtigste für ihn. Und ich wollte unbedingt auch ein Kind. Und dann … ich weiß auch nicht … Ich frage mich, wie ich nicht merken konnte, was für ein Mensch er wirklich ist.«

»Hör mal, sprechen wir nicht länger von ihm, sondern von dir. Hast du dich wegen Grasse schon entschieden?«

Elena schloss die Augen. »Ich kann nicht, jedenfalls nicht jetzt. Mir ist einfach nicht danach.«

»Was hältst du dann davon, nach Paris zu kommen? Meine Stelle bei Narcissus ist frei. Wenn Jacques erfährt, wer du bist, wird er dich sofort einstellen.« Monique streckte sich auf dem Bett aus, die Visitenkarte von Le Notre in der Hand.

Elena verzog das Gesicht. »Was redest du denn da? Lass den Quatsch. Es geht um Narcissus, nicht um irgendeine Parfümerie.«

Monique dachte einen Moment nach. »Nehmen wir mal an, er würde dir den Job anbieten, würdest du dann herkommen? Du könntest in meinem alten Appartement wohnen. Es liegt im Marais, dort leben viele Italiener, und mit der Metro sind es nur zwanzig Minuten bis zu mir. Also?« Sie klang jetzt energisch, aber auch ein wenig ängstlich, als ob eine spontane Idee langsam Gestalt angenommen hätte und zu einem konkreten Plan geworden wäre.

»Ich weiß nicht, eine solche Stelle, ich meine … Also, ich müsste das alles organisieren, das Haus hier wieder verlassen …«

Monique sprang auf. »Komm schon, denk drüber nach. Eine Stelle in Paris, ein neues Leben. Die Wohnung ist zwar nicht gerade perfekt, sie müsste dringend gestrichen werden, und ein paar neue Möbel wären ebenfalls fällig, aber es wäre eine Chance. Ein neues Umfeld, in dem du noch mal ganz von vorne anfangen könntest. Um alles zu organisieren, bräuchtest du doch sicher nicht länger als ein, zwei Wochen, oder?«

Elena stand auf. Die Stille um sie herum potenzierte das Gefühl der Einsamkeit, das sie seit einigen Tagen verspürte. Die Melancholie, die sie ergriffen hatte, schnürte ihr die Luft ab, aber sie zwang sich, sie zu unterdrücken. Sie stellte sich Paris vor, die engen Gassen des Marais, die repräsentativen Bürgerhäuser, die blühenden Parks, die Museen. Dazu ein fester Job ... Sie könnte Geld verdienen, wieder in die Szene eintauchen, die sie vor ein paar Jahren verlassen hatte, alte Kontakte wiederaufleben lassen. Wenn alles gut lief, würde sie das Geschäft wieder eröffnen können. Nicht in naher Zukunft, aber vielleicht aber eines Tages.

Ihr wurde klar, dass das nichts weiter als vage Hoffnungen waren und sie nicht wirklich daran glaubte. Nichts als Träume, vielleicht einen Hauch konkreter.

Dann veränderte sich etwas in ihr. Ein kaum wahrzunehmender, jedoch entschiedener Impuls. Ihr Wille.

Seit wann hatte sie keine eigenständige Entscheidung mehr getroffen? Ihr wurde bewusst, wie sehr ihr in der letzten Zeit das gute Gefühl gefehlt hatte, zielsicher zu entscheiden und dadurch etwas für sich erreicht zu haben, jenes gute Gefühl, nach den eigenen Überzeugungen gehandelt zu haben.

Sie würde nach Paris gehen, sie wollte dorthin, sie wollte die Veränderung. Sie wollte es einfach.

»Ich finde, das klingt nach einer guten Idee. Aber ich bin mir nicht sicher. Ich kenne die neuen Techniken nicht, bin nicht mehr auf der Höhe der Zeit.«

Monique ging zum Tisch, auf dem noch die Verpackung des indischen Parfüms lag. »Kauf dir ein Ticket. Um den Rest kümmere ich mich. Schick mir eine Mail mit deiner Flugnummer und überlass alles andere mir.«

Sie legte auf, nahm die *mouillette*, die noch leicht nach Parfüm roch, und atmete tief ein. Ein Lächeln überzog ihr Gesicht.

Dann griff sie nach ihrem Handy und wählte eine Nummer.

»Ich schicke dir gerade einen Lebenslauf«, sagte sie kurze Zeit später zu Philippe.

7.

Strohblume. Süß wie Honig und zugleich bitter wie ein Sonnenaufgang nach einer durchwachten Nacht.
Der Duft ist durchdringend und kraftvoll. Sparsam verwenden und mit sanften Noten, zum Beispiel Rosenblüten, mischen.
Verbindet Herz und Verstand, Leidenschaft und Vernunft.
Weckt Mitgefühl.

Der Marais war eines der wenigen Stadtviertel, die den Charakter des Paris des siebzehnten Jahrhunderts bewahrt hatten. Damals hatten dort vor allem jene Aristokraten gewohnt, die es vorzogen, in der Nähe der Residenz und nicht innerhalb der Schlossmauern zu leben. Von den Wirren der Revolution verschont geblieben, hatte das Viertel nicht nur Napoleon, sondern auch die städtebaulichen Visionen von Baron Haussmann und die Hochwasser der Seine überstanden, die hauptsächlich die südlicheren Stadtteile überflutet hatten.

Elena lief durch die engen Gassen, auf der Suche nach der Wohnung, in der ihr neues Leben seinen Anfang nehmen sollte. Trotz des Regens waren Dutzende Touristen unterwegs, die die Gegend bestaunten und unablässig fotografierten. Elena hatte die Rue des Rosiers und mit ihr auch die vielen Leute hinter sich gelassen, um in das Gassenlabyrinth einzutauchen. Sofort veränderte sich die Szenerie, sie kam sich vor, als wäre sie in einer anderen Welt, einem kleinen Dorf, in dem die Zeit stehen geblieben war.

Neben einer Bäckerei hielt sie inne und studierte zum wiederholten Mal den Zettel, auf dem sie die Adresse notiert hatte: Rue du Parc-Royal Nummer zwölf. Unentschlossen, fast schon träge, ging sie weiter. Auf einmal versagten die Räder des Trolleys ihren Dienst. Leise fluchend zerrte Elena an dem Koffer, bevor ihr auffiel, dass sie ihr Ziel bereits erreicht hatte.

Das schmiedeeiserne Tor unter dem Mauerbogen, auf dem die Zahl zwölf prangte, war verschlossen. Sie lehnte sich dagegen und lugte durch die Gitterstäbe, um herauszufinden, wie sich das Tor öffnen ließ. Die nassen Haare hingen ihr ins Gesicht, sie schob sie zur Seite und atmete tief durch. In der Dunkelheit, die nur durch vereinzelte Lichtkegel erhellt wurde, erkannte sie einen Garten, mehrere Fahrräder und parkende Autos.

Einen Schlüssel brauche sie nicht, hatte Monique gesagt. Hatte ihre Freundin sich etwa geirrt? Verärgert knüllte sie den Zettel zusammen, den sie immer noch in der Hand hielt, und stützte sich an der feuchten Wand ab. Es roch nach Ziegelsteinen, modrigem Putz und Müdigkeit. Es war die gleiche Müdigkeit, die auch Elena in den Knochen steckte. Die Reise von Florenz hierher war nicht unproblematisch gewesen. Die Maschine hatte Verspätung gehabt, am Flughafen hatte sie kein Taxi ergattert und daher den Bus nehmen müssen.

Mit ausgesprochen schlechter Laune und völlig durchnässt schritt Elena noch einmal jede Tür und jedes Fenster in der Straße ab, während der immer stärker werdende Regen ihr bis unter die Haut dringen wollte. Da hörte sie ein Geräusch und fuhr herum. Jemand hatte die Türautomatik ausgelöst. Sie wartete einen Moment und beobachtete aufmerksam, wie ein Auto in den Innenhof fuhr. Das Tor blieb offen. Elena seufzte. Bei jedem Windstoß lief ein Zittern durch ihren Körper, sie war schon versucht, aufzugeben und sich nach einer anderen Unterkunft umzusehen. Momentan wollte sie nur eins: ein heißes Bad, und zwar sofort.

Entschlossen zog die Italienerin ihren Trolley hinter sich her in den Innenhof. Die erste Tür auf der rechten Seite trug ebenfalls die Nummer zwölf. Erleichterung machte sich in ihr breit. Sie war tatsächlich am Ziel. Als sie auf die Tür zuging, blockierten die Kofferrollen erneut, als hätten sie jetzt endgültig genug.

»Wir sind da«, sagte sie zu sich selbst, um sich Mut zu machen.

Monique war am Nachmittag in der Wohnung gewesen, hatte ein paar Sachen für sie eingekauft und die Tür angelehnt gelassen, wie sie Elena per SMS mitgeteilt hatte. Theoretisch musste sie nur leicht dagegen drücken und schon war sie drin. Gesagt, getan. Nichts. Durch den schmalen Spalt drang ein scharfer Geruch, modrig und abgestanden, aber nicht wirklich unangenehm, eher nach alten Büchern, verwelkten Pflanzen und Moos.

Von jetzt auf gleich fand Elena sich in einer anderen Welt wieder, in der Welt der Gerüche. Aus den Restaurants in der Nähe drang der Duft von gebratenem Fleisch, gegrilltem Fisch mit Zucchini und Paprika herüber, dazwischen die Nuance einer Schokoladenkuchenglasur, von Grieß und frisch gebackenem Brot. Der Wind wehte das herbe Aroma der Zedern herbei, die nadelförmigen Blätter schwer vom Regen, außerdem durchdringenden Blumenduft: Gardenien, Astern und Rosen. Nicht zu vergessen der Geruch eines anstrengenden Reisetages ohne Pause.

Ungeduld, Müdigkeit und Zweifel überkamen Elena. Plötzlich eine Farbexplosion, rot, grün, lila. Von ihren Gefühlen überwältigt, stand sie da wie zur Salzsäule erstarrt. Sie spürte, wie sich die Gerüche förmlich in sie hineinbohrten, sie streiften, sie durcheinanderwirbelten, wobei sie immer stärker wurden und schließlich ebenfalls explodierten.

Elena musste sich wehren. Keine Gerüche mehr. Mit aller Kraft drückte sie gegen die Tür, die endlich aufsprang. Sie stolperte hinein und versuchte, mit ausgestreckten Armen das Gleichgewicht wiederzufinden. Die Dunkelheit drohte sie zu verschlucken, als sie gellend aufschrie. Sie prallte gegen ein Hindernis, und die Knie sackten ihr weg.

»Was zum Teufel …?« Ein kräftiger Arm umfasste ihre Taille. »Alles in Ordnung?«

Elena brauchte einige Sekunden, um zu verstehen, was da gerade passiert war. Zum Glück hatte der Mann sie noch erwischt, sonst läge sie jetzt auf dem Boden.

»Ja, danke«, flüsterte sie.

Der Fremde sagte nichts.

Elena zuckte nervös. »Sie können mich jetzt loslassen«, sagte sie leicht verlegen, doch der Mann hielt sie noch immer fest umklammert.

Dann trat er unvermittelt einen Schritt zur Seite und gab sie frei. »Ich wollte Ihnen keinen Schrecken einjagen«, sagte er kühl.

Elena klammerte sich an die Stimme des Unbekannten, an den leidenden Unterton in jedem Wort. Die Gefühle, die sie eben noch gepeinigt hatten, waren verschwunden, ersetzt durch andere, die wesentlich interessanter waren.

In den Worten des Mannes schwangen Schmerz und in der Vergangenheit erlittenes Leid mit. Elena wollte ihn gerne kennenlernen und mehr darüber erfahren. Nicht aus rationalen Gründen, sondern aus dem Bauch heraus.

»Tut mir leid, ich habe Sie nicht gesehen«, erwiderte sie, suchte seine Hand und drückte sie, fast als ob sie ihn trösten wollte. Er hatte sie nicht erschreckt, ganz im Gegenteil.

Ihre Finger noch immer zwischen den seinen, drehte sie sich zu ihm, um einen Blick auf sein Gesicht erhaschen zu können. Im Licht der Straßenlaterne, das durch die Tür hereinfiel, zeichnete sich die kräftige Figur des Mannes ab, nur sein Gesicht blieb im Dunkeln. Er war hochgewachsen, mit einer Stimme, die ein wenig rau, gleichzeitig jedoch freundlich und angenehm klang.

»Ich fürchte mich nicht vor Ihnen«, sagte sie und lächelte.

Er antwortete nicht, umklammerte nur weiter ihre Finger, die ihn nicht loslassen wollten. Elena wusste, dass ihr Verhalten irrational, fast schon absurd war. Aber in letzter Zeit hatte sie aufgehört, rational zu handeln.

»Sie riechen gut.« Die Worte waren ihr einfach so über die Lippen gekommen, instinktiv.

Sofort wurde sie rot und versuchte zurückzurudern. »*Pardon*, Sie müssen denken, ich habe den Verstand verloren. Aber ich hatte einen schrecklichen Tag, und das erste positive Erlebnis heute war Ihr… Rettungsversuch. Wenn Sie mich nicht aufgefangen hätten, hätte ich mir richtig wehtun können. Das hätte mir an diesem rabenschwarzen Tag gerade noch gefehlt. Ich war einfach verwirrt, weil sich die Tür plötzlich geöffnet…«

»Nach was?«

Elena verstummte. »Wie bitte?«

»Sie haben gesagt, ich rieche gut. Nach was?«

»Ach so!« Sie lachte befreit auf. »Das ist eine Art Berufskrankheit.«

Er stimmte nicht ein, sondern sah sie durchdringend an. Elena spürte, welche Wirkung ihre Antwort auf die Gefühle des Unbekannten haben würde. Er wollte es wirklich wissen. Sie konzentrierte sich und ließ zu, dass sein Geruch zu ihr sprach und ihr Dinge erzählte, die nur sie verstehen konnte.

»Sie riechen nach Regen und Kälte, aber auch nach Sonne. Nach wohlüberlegten Worten, nach langem Schweigen und tiefgründigen Gedanken. Nach Erde und Rosen … Sie haben einen Hund und sind als höflicher Mensch stehen geblieben, um mir zu helfen. Außerdem tragen Sie etwas im Herzen, das Sie traurig macht.«

Stille. Der Fremde löste seine Hand.

»Ich muss weiter. Die Tür lasse ich auf, das Licht im Flur funktioniert nicht. Seien Sie vorsichtig.«

Langsam ging er davon, ohne den Blick von ihr abzuwenden. Erst als er die Tür erreicht hatte, drehte er sich um und verließ das Haus.

Elena unterdrückte das spontane Verlangen ihn aufzuhalten. Mit vor der Brust verschränkten Armen starrte sie auf die Tür und musste schließlich lachen. Sie hatte sich gerade wie eine Verrückte benommen. Es hätte nicht viel gefehlt und sie hätte ihn nach seiner Telefonnummer gefragt. Was hatte sie sich bloß dabei gedacht? Sie hob den Kopf und schnupperte. Sein Geruch war ein gehaltenes Versprechen, in dem sich Vertrauen und die Last der Verantwortung manifestierten, alles in einem. Ein Mann der Tat, der jedoch auch Bedürfnisse hatte. Sie atmete tief durch die Nase ein und versuchte die Spur wiederzufinden, die sich langsam verflüchtigte. Das Verlangen, ihn zu packen, hatte einer tiefen Sehnsucht Platz gemacht.

Ihre Augen hatten sich inzwischen an die Dunkelheit gewöhnt. Sie wandte sich um und blinzelte; der Flur war breit, die Decke hoch. In einer Ecke neben einem Fenster stand eine Pflanze, vielleicht ein Gummibaum. Eine Treppe führte in die oberen Stockwerke. Im Erdgeschoss gab es nur eine einzige Tür mit einer Fußmatte davor, die Moniques Beschreibung zu entsprechen schien.

Elena drückte gegen die Tür, die sich nach kurzem Widerstand tatsächlich quietschend öffnete. Endlich. Sie tastete nach dem Lichtschalter und bestaunte den saalartigen Raum mit den nackten hohen Wänden. Jemand hatte versucht, die alten Ziegelwände zu verputzen, auf den ersten Blick ohne großen Erfolg. Offensichtlich war es Monique nicht gelungen, die Wand von ihrem Vorhaben zu überzeugen, weshalb sie sich mit Wandfarbe beholfen hatte. Auf die eine oder andere Art setzte sie eben ihren Willen immer durch. Elena lächelte in sich hinein.

Als sie in die Mitte des Raumes trat, bewegten sich die Steinfliesen unter ihrem Gewicht; sie mussten schon sehr alt sein. Einige hatten sich bereits ganz gelöst und waren sorgfältig in einer Ecke aufgestapelt worden, und darunter war ein noch älterer Bodenbelag zu erkennen. Die Fenster auf der rechten Seite und die Tür, die auf die Straße hinausgingen, waren offensichtlich schon seit Jahren nicht mehr geöffnet worden. Monique hatte ihr erzählt, dass die Wohnung seit langem in Familienbesitz war, jedoch niemand darin wohnen wollte; verkaufen kam aber auch nicht in Frage. Ursprünglich hatte sie Jasmines Vater Ismael Ahdad gehört, einem Immigranten der ersten Generation, der sein ganzes Leben lang gespart hatte, um sie sich kaufen zu können. Jasmine war sehr stolz darauf, und trotzdem mochten die Duvals diesen Ort nicht. Bevor Monique endgültig nach Paris gezogen war, hatte sie ein paar Mal hier übernachtet, war aber so schnell wie möglich in einen anderen Stadtteil gezogen.

In der abblätternden Wand war eine Öffnung zu erkennen, wie eine Nische. Elena ging darauf zu. Eine Treppe führte nach oben, wo sich das Schlafzimmer und das Bad befinden mussten. Als sie auf einen Schalter drückte, ging das Licht an und erhellte die Treppe.

Monique hatte gesagt, sie habe neues Bettzeug, eine Steppdecke und Handtücher gekauft. Elena hatte es fast geschafft: Auf sie warteten ein heißes Bad und ein Bett.

Sie stieg die Stufen hinauf und schaute sich um. Im ersten Stock gab es ein kleines Wohnzimmer mit Kochnische, ein Bad und ein Schlafzimmer. Die Räume waren spärlich möbliert, doch überall stapelten sich Bücher. In der Kochnische gab es einige in die Jahre gekommene Elektrogeräte, einen roten Kunststoffschrank, drei Stühle und einenTisch, auf dem eine Plastiktüte stand. Ein wunderbarer Duft stieg daraus auf.

»Gott segne dich, Monie«, seufzte Elena und stürzte sich auf die Tüte. Sie brach ein Stück von dem Baguette ab und begab sich weiter auf Entdeckungsreise.

Nachdem sie die Fenster geöffnet hatte, trug der Wind zahlreiche andere Gerüche und Geräusche herein. Geräusche einer Stadt, die Elena voller Ungeduld wiederentdecken wollte.

Sie sollte Monique anrufen und Bescheid geben, dass sie angekommen war. Wo hatte sie nur das Handy gelassen? Und die Tasche?

Hektisch sah sie sich um, ging die Treppe wieder hinunter und atmete erleichtert auf. Auch der Trolley stand noch dort. Dann fiel ihr ein, dass sie den Koffer vor der Eingangstür vergessen hatte. War der Unbekannte etwa hier gewesen und hatte ihn in Sicherheit gebracht?

Der Gedanke an den Fremden ließ sie aufseufzen. Wer

er wohl war? Vielleicht ein Nachbar? Keine schlechte Vorstellung.

In seiner Nähe hatte sie sich rundherum wohlgefühlt. Das überraschte sie, genau wie ihr Mut. So etwas war ihr noch nie passiert. Noch nie zuvor hatte sie die Initiative ergriffen …

Elena schloss die Tür und ging wieder hinauf in den ersten Stock. Als sie sich kurz darauf ins heiße Badewasser gleiten ließ, fühlte sie sich wie im siebten Himmel, ausgelassen und erwartungsvoll.

Einen Moment lang geisterte Matteo durch ihre Gedanken, aber sie schob ihn schnell wieder weg. Es gab in ihrem neuen Leben zu viel zu tun. Sie hatte keine Zeit, ihrer Vergangenheit nachzuhängen.

»Ich bin viel zu sehr damit beschäftigt zu lieben, um Zeit zum Hassen zu haben«, murmelte sie und dachte an den Spruch zurück, der auf Facebook vielfach geteilt worden war. Ganz richtig war das allerdings nicht. Es hatte durchaus Momente gegeben, in denen sie Alessia am liebsten die Augen ausgekratzt und Matteo verprügelt hätte. Trotzdem war die Vorstellung interessant, und Elena beschloss, sie bei der nächsten Gelegenheit in die Tat umzusetzen. Sie würde ihr Leben mit schönen Dingen füllen.

Die Gedanken wirbelten nur so durch ihren Kopf, trafen sich, trennten sich wieder und entschwanden schließlich in verschiedene Richtungen.

Entspannt und hungrig stieg Elena nach einer Weile aus der Wanne. Nachdem sie etwas gegessen hatte, legte sie sich aufs Bett. Fast kam es ihr vor, als wäre sie glücklich.

Cail starrte auf die Rose, die er einige Tage zuvor vor dem Regen geschützt hatte.

Inzwischen waren die Blütenblätter weit geöffnet. An den Rändern warteten glänzende, winzige Perlen auf weitere Regentropfen, um dann gemeinsam wie Tränen auf den Boden zu fallen. Von der Blüte ging ein leichter Duft nach Apfel und Tee aus. Nichts Außergewöhnliches, nichts Spektakuläres, gerade noch akzeptabel. Eine schöne Rose, keine Frage, aber nicht mehr. Überrascht hatte ihn auch die kelchförmige Blüte, für die es vor dem Aufplatzen der Knospe keine Anzeichen gegeben hatte. Allerdings änderte das nichts an dem ernüchternden Ergebnis: eine bonbonrosa Blüte mit einem aprikosenfarbenen Herzen.

Gänzlich verschwendet hatte er seine Zeit trotzdem nicht. Seine deutschen Kunden würden die Rose in ihren Katalog aufnehmen und ihn gut bezahlen, da hatte er keine Zweifel. Nicht zu vergessen die Urheberrechte und die Patenteinnahmen.

Er vergrub die Hände in den Hosentaschen. Während er die Treppe hinaufstieg, dachte er wieder an die junge Frau, die er im Hof getroffen hatte. Dem Akzent nach musste sie Italienerin sein. Sie hatte gesagt, er würde nach Regen riechen. Er ließ ihre Worte noch einmal Revue passieren, bewegte sie im Kopf hin und her, wog sie ab, bis John zu ihm lief und sich an seinen Beinen rieb. Er spürte ein angenehmes Gefühl der Wärme, lächelte dem Hund zu und strich ihm über das Fell.

»Wie oft habe ich dir schon gesagt, du bist ein Hund und keine Katze?«

Als Antwort leckte ihm John über die Hand.

Caillens Lächeln vertiefte sich. »Hast du Hunger? Komm, wir gehen heim.«

Die von ihm gemieteten Räume hatten früher zu einem Herrenhaus gehört und als Unterkunft für die Stallburschen gedient. Man erreichte die Wohnung über eine Innentreppe, die auf eine Terrasse mündete. Er hatte einen Aufpreis zahlen müssen, um die Terrasse nutzen zu dürfen, doch es hatte sich gelohnt. Er hatte sie mit einer wabenförmigen Holzkonstruktion verkleidet und eine *Banksiae lutea* angepflanzt. Innerhalb von zwei Jahren hatte die dornenlose Wildrose die gesamte Terrasse in Beschlag genommen und das Gitter überwuchert. Ein perfekter Schutz gegen neugierige Blicke. Einmal im Jahr blühte sie in üppigen Dolden mit kleinen wohlriechenden Blüten, meist wochenlang. An diesem abgeschirmten Ort pflegte Cail die Mutterrosen, jene Pflanzen, die er für seine Züchtungen brauchte. Ein kleines Foliengewächshaus in der Mitte der Terrasse war der ideale Ort für die jungen Hybriden. Hier herrschte penible Ordnung. Alles war an seinem Platz, von den Geräten über die Pflanzerde bis zum Dünger. Johns Hundehütte stand direkt neben dem Eingang zur Wohnung.

Dicht gefolgt von seinem Hund betrat Cail das Wohnzimmer, knipste das Licht an und ging in die Küche. Er schnitt Gemüse klein und gab es mit etwas Olivenöl, einer Knoblauchzehe und einigen Basilikumblättern in die Pfanne.

Dann wählte er eine CD aus, nahm sie vorsichtig aus der Hülle und legte sie in den CD-Player. John döste auf dem Wohnzimmerteppich vor sich hin, ohne sein Herrchen dabei aus den Augen zu lassen. Als Caillen nach dem Essen auf die Terrasse ging, folgte der Hund ihm bis an die Tür und blieb dann stehen.

Draußen war die Luft kalt und frisch. Der Himmel hatte sich aufgeklart, die Wolken hatten sich verzogen und einer Handvoll Sterne Platz gemacht. Cail betrachtete den Himmel, während Ludovico Einaudis Klavierspiel seine Gedanken milde stimmten. Er verharrte einige Minuten regungslos, dann beschloss er, dass es einen Versuch wert war. Er ging ins Haus und kehrte mit einem langen Metallzylinder auf die Terrasse zurück. Geübt platzierte er ihn auf einem Gestell und justierte ihn. Während er sich über scin Teleskop beugte, entfernte er sich von der irdischen Welt; alles wurde schwarz und gleichzeitig strahlend.

»Hast du alles gefunden? Die Tüte mit den Einkäufen, das Bettzeug? Gut geschlafen?«

»Ja, alles gut. Ich habe geschlafen wie ein Stein. Aber sag mal, dieses Haus, wie alt ist es eigentlich?«

Monique seufzte. »Alt, uralt. Zwei- oder dreihundert Jahre, glaube ich. Es hat ursprünglich einem Adligen gehört, der irgendwann den Kopf verloren hat.«

»Wegen einer Frau?«

»Nein, unter der Guillotine.«

Elena zuckte zusammen. »Das ist nicht witzig!«

»Sollte es auch nicht sein. Das sind historische Fakten, dafür kann ich nichts. Mehr kann ich dir dazu nicht sagen. Es ist ja nur für ein paar Monate, außerdem lag seine Wohnung in einem anderen Flügel. Es gibt keinen Geist, der durch die Räume spukt, glaub mir.«

»Deshalb zahlst du auch lieber Miete, anstatt in deinen eigenen vier Wänden zu wohnen? Hast du die Angst vor Gespenstern noch immer nicht überwunden?«

»So ein Quatsch!«, erwiderte Monique. »Ich fühle mich dort einfach nicht wohl, das ist alles. Sobald du dich in Paris eingelebt hast, suchen wir dir etwas anderes.«

»Nein, es gefällt mir hier, wirklich. Im Moment lassen wir die Dinge, wie sie sind. Wir tun so, als hätte ich Urlaub. Ich halte mir alles offen, habe bisher keine Pläne. Wenn ich einen Job finde, bleibe ich vielleicht in Paris, Monie. Sonst gehe ich nach Florenz zurück.«

Stille. Monique wusste noch nichts Definitives. Philippe hatte wegen der Auswahl der Bewerberinnen noch nichts von sich hören lassen und Jacques wollte sie nicht anrufen. Sie war sicher, dass sie Elena dank ihrer Beziehungen früher oder später eine gute Stelle vermitteln konnte. Aber gut war nicht gut genug. Ein solches Genie durfte nicht verkümmern. Wie hatte sie ihre Freundin immer um ihr Talent beneidet. Narcissus wäre das ideale Unternehmen für Elena. Sie musste eine Möglichkeit finden, auch Jacques davon zu überzeugen.

Ein langer Seufzer, dann nickte sie. »Okay, entspann dich, ich hol dich heute Abend ab. Um sieben, was meinst du?«

Elena räkelte sich, sie war immer noch in die Daunendecke gehüllt. »Sieben klingt wunderbar.«

»Warum gehst du nicht ein bisschen raus? Im Marais gibt es viel zu sehen. Geh in die Rue des Rosiers, dort kannst du dir was zu essen auf die Hand kaufen. Du wirst staunen, wie lecker das schmeckt.«

Elena dachte einen Moment darüber nach, dann nickte sie. »Okay. Heute bin ich Touristin«, antwortete sie und betrachtete das blasse Morgenlicht, das durch die Scheiben hereinfiel. Vorhänge gab es keine. »Wir sehen uns dann heute Abend, einen schönen Tag noch.«

Sie legte auf und setzte sich im Bett auf. Urplötzlich krampfte sich ihr Magen zusammen, sie stöhnte, presste sich die Hand vor den Mund und rannte ins Bad. Auch als der Brechreiz vorbei war, kniete sie noch eine Weile neben der Toilette. Schließlich wusch sie sich das Gesicht und schleppte sich unter die Dusche.

»Was ist nur los mit mir?«, jammerte sie. Vielleicht hatte sie sich gestern erkältet. Ihr Körper war in Aufruhr. Obwohl die Übelkeit verflogen war, wurde ihr Magen von starken Krämpfen geschüttelt, als ob sie tagelang nichts gegessen hätte.

Während sie sich danach die Haare föhnte, entschied sie, dass es ihr gut genug für einen kleinen Ausflug ging. Sie könnte in einem der Bistros frühstücken, die sie am Abend zuvor entdeckt hatte. Danach könnte sie sich ein leichtes Schmerzmittel kaufen. Entschlossen zog sie sich an: bequeme Jeans, weiße Leinenbluse, rote Strickjacke. Die Haare ließ sie offen auf die Schultern fallen, sie cremte sich das Gesicht ein und legte etwas Mascara auf. Nach kurzem Zögern trug sie auch etwas Lippenstift auf.

»Zu Ehren von Paris«, sagte sie zum Spiegel.

Auf dem Weg durch das Wohnzimmer zur Tür stellte sie sich vor, was man aus dieser Wohnung machen könnte. Wie seltsam. Das waren Gedanken von jemandem, der bleiben, organisieren und gestalten wollte. Irgendwie merkwürdig, fast schon euphorisch.

»Mach keine Pläne für die Zukunft, das tut dir nicht gut«, verbot sie sich weitere Gedanken und schloss die Tür hinter sich.

Im Tageslicht wirkte der Flur mit der Gewölbedecke unauffällig, wenn auch ein wenig dunkel. Das einzige Fenster verschwand nahezu hinter den Blättern einer Zimmerpflanze. Als sich die Haustür ohne Schwierigkeiten öffnen ließ, verzog sie verwundert das Gesicht. Hatte sie über Nacht Superkräfte entwickelt? Eher nicht, stattdessen hatte jemand die Türangeln geölt.

»Um acht Uhr morgens?«, fragte sie sich. Sehr seltsam. In der Tat ein außergewöhnlicher Hausmeisterservice.

Sie wollte gerade das Haus verlassen, als ihr ein Gedanke kam. Sie drückte den Lichtschalter herunter, und das grellweiße Licht der Deckenlampe erhellte den Flur. Elena hielt einen Moment inne, dann schaltete sie das Licht wieder aus. Ein Lächeln umspielte ihre Lippen. Das war er gewesen. Sie war sich nicht hundertprozentig sicher, aber sie hätte darauf wetten können.

Draußen schien die Zeit stehen geblieben zu sein. Ein Garten im italienischen Stil nahm den größten Teil des weitläufigen Innenhofs ein, unterteilt in farblich aufeinander abgestimmte Beete. Von den regennassen Blättern der Bäume fielen dicke Tropfen auf die Kinder, die dort herumtollten. Erheitert und verwundert zugleich blickte sie sich um. Wenn rund um den Innenhof nicht mehrere Eingänge mit verschiedenen Hausnummern gewesen wären, hätte man sich in einem Schlosshof wähnen können.

Einige Minuten schaute sie den spielenden Kindern zu, nahm sich alle Zeit der Welt und ignorierte bewusst die neugierigen Blicke einiger Frauen, die miteinander tuschelten. Der Himmel wirkte wie blank gewienert, zwischen den Ziegeldächern leuchtete es blau. Die kalte Luft roch nach einem neuen Tag: Gebäck, frisch gebackenes Brot, Kaffee. Elena bekam Hunger, daher gönnte sie sich in einer kleinen Bar am Ende der Rue des Rosiers ein ausgiebiges Frühstück. Als sie die Rechnung bezahlte, fiel ihr auf, dass der Besitzer Antoine eigentlich Antonio Grassi hieß, aus Neapel stammte und erst wenige Monate hier war. Elena musste grinsen.

»Beehren Sie mich bald wieder, *Signorina*, einen so guten Cappuccino finden Sie in ganz Paris nicht.«

Sie schlenderte weiter durch die Straßen des Viertels, achtete aber darauf, sich nicht zu weit von der Wohnung zu entfernen. Prompt verlief sie sich, fand den Weg zum Glück aber wieder. Das Dahinschlendern tat ihr gut, ohne Zeitdruck, ohne Pflichten und ohne auf jemanden Rücksicht nehmen zu müssen. Elena fühlte sich vollkommen frei. Endlich einmal konnte sie tun und lassen, was sie wollte: immer weitergehen, stehen bleiben, in den Himmel blicken oder den Fluss und die Schaufenster bewundern. Niemand nahm Notiz von ihr. Sie kam sich vor wie ein Luftballon, den jemand losgelassen hatte. Zum allerersten Mal störte es sie nicht, allein zu sein. Elena wurde bewusst, dass das Verlangen, jemanden an ihrer Seite zu haben, nicht mehr übermächtig war. Es ging auch allein. Eine neue Erfahrung.

Zum ersten Mal fühlte sie sich wohl mit sich selbst.

8.

Rosenöl. Wird in einem komplizierten Destillationsprozess gewonnen.
Süß, mild, das Symbol der Liebe, der Gefühle und Emotionen.
Fördert die Eigeninitiative und Kreativität.

»*Bonjour, ma chérie*. Ich habe den Lebenslauf deiner Freundin gelesen, lass uns bei einem Abendessen darüber reden, wenn du immer noch der Meinung bist, dass sie deinen Posten übernehmen soll. Ich kann nicht behaupten, dass ich gar kein Interesse habe, aber Narcissus ist nicht irgendwer, erst recht keine Arbeitsagentur. Du musst mich schon überzeugen. Also streng dich an und bereite dich gut vor.«

Monique hörte die Nachricht, die Jacques auf ihrem Anrufbeantworter hinterlassen hatte, nun schon zum dritten Mal ab. Die Wut wallte jedes Mal aufs Neue in ihr auf, kochte erst hoch, kühlte wieder ab und stieg dann erneut auf.

Jacques würde ihr einen Wagen schicken. Er hatte sie regelrecht einbestellt… Wie konnte er es wagen, sie so zu behandeln?

Natürlich würde sie ihn überzeugen, daran gab es keinen Zweifel. Und wie sie ihn überzeugen würde!

»Bist du fertig? Ich möchte dich gleich jemandem vorstellen«, sagte Monique noch in der Tür zu Elenas Wohnung.

»Ich dachte, wir gehen nur zu zweit aus«, antwortete die Italienerin und umarmte sie. »Irre ich mich oder bist du schlecht gelaunt?«

Monique sah ihr fest in die Augen. »Entschuldige, das wollte ich nicht. Jacques ist schuld, wegen ihm könnte ich glatt jemanden umbringen. Ich weiß, ich habe dir einen Mädelsabend versprochen, aber es ist wichtig, es geht um einen Job.«

Elena hielt dem Blick der Freundin stand. »Ich weiß nicht, ob es eine gute Idee ist, deinen Chef, Ex-Chef, um genau zu sein, so unter Druck zu setzen. Vor allem, weil die Dinge zwischen euch nicht zum Besten stehen.«

»Seit wann bist du so scharfsinnig?«

Elena ahnte, dass Monique ihr damit durch die Blume noch mehr sagen wollte. Doch sie ignorierte die versteckte Provokation und entschied sich, Klartext zu reden.

»Versteh mich bitte nicht falsch, ich bin dir sehr dankbar für alles, was du für mich tust, aber ich bin ziemlich sicher, dass ich auch ohne deine Hilfe einen Job finden werde.«

»Das habe ich auch nie bezweifelt«, reagierte Monique pikiert. »Allerdings wäre es meiner Meinung nach keine gute Idee, in irgendeiner Restaurantküche als Küchenhilfe zu arbeiten, bei deinem Talent!«

»Wer sagt, dass ich das vorhabe?«, fragte Elena barsch.

Sie bemerkte, dass ihr Ton schärfer war als beabsichtigt. Verlegenes Schweigen machte sich breit.

»Warum streiten wir eigentlich?«, unterbrach Monique die Stille.

Elena seufzte. »Keine Ahnung. Außerdem ist es keine

gute Idee, im Hausflur zu diskutieren. Komm rein, drinnen streitet es sich besser.« Damit schloss sie die Tür.

Monique lachte und umarmte sie ein zweites Mal. »Verzeih mir, meine Süße, ich bin heute wirklich nicht gut drauf. Aber ich habe einen Plan, weißt du.«

Ihr Gesicht hellte sich auf, während Elena leise aufstöhnte.

»Sag lieber nichts«, meinte sie, »vor deinen Ideen bekommt man regelrecht Angst.«

»So ein Quatsch! Hör zu … Das Parfüm, das du ausgewählt hast, hat ihn neugierig gemacht. Er will dich unbedingt, glaub mir, auch wenn er lieber sterben würde, als das zuzugeben. Du brauchst eine Perspektive, eine sinnvolle Aufgabe, nicht bloß einen Job. Denk doch mal nach, Elena, vielleicht eine eigene Boutique, in der du die Chefin bist und von der Kundenphilosophie bis zur Ladeneinrichtung alles selbst entscheidest. Hell und modern, wie es dir gefällt. Dein Talent und als Referenz der Job bei Narcissus … Der Erfolg wäre vorprogrammiert.«

Elena hörte ihrer Freundin schweigend zu. »Ich bin nicht dumm, Monie, und vielleicht hat mich die Aussicht, dort zu arbeiten, nach Paris gelockt, aber ich kann es nicht zulassen, dass du wegen mir Kompromisse mit diesem Kerl eingehst. Verstehst du?«

Monique zuckte mit den Schultern. »Das ist auch gar nicht nötig. Du begleitest mich heute Abend, und er wird schnell merken, dass er blöd wäre, wenn er dich ziehen lassen würde.«

Auf den ersten Blick schien tatsächlich alles ganz einfach zu sein, aber Elena hatte in der letzten Zeit zu viel erlebt. Moniques Begeisterung überzeugte sie ganz und gar nicht. Nach allem, was die Freundin ihr erzählt hatte, war dieser

Jacques ein cleverer Geschäftsmann. Er würde sich nicht manipulieren lassen.

Sie schüttelte den Kopf. »Ich hätte mir denken können, dass das alles komplizierter ist als gedacht. Vielleicht könntest du noch irgendwo anders nachfragen. Narcissus ist ja wohl nicht die einzige Parfümerie in Paris, oder?« Sie wollte zwar einen Job, würde es aber niemals zulassen, dass Monie wegen ihr in die Bredouille geriet.

»Natürlich nicht, aber Narcissus ist die Richtige für dich. Sie entwickeln dort auch eigene Parfüms, und das Angebot ist keine Massenware. Du bist genau die Person, nach der Jacques sucht, und er hat das, was du brauchst.«

»Ich weiß doch gar nicht …«

Langsam war Monique mit ihrer Geduld am Ende. Sie begann auf und ab zu laufen und suchte nach den richtigen Worten. Wie konnte sie ihre Freundin überzeugen? Entschlossen fuhr sie sich mit den Fingern durchs Haar, und all das, was sie jahrelang zurückgehalten hatte, brach mit Macht aus ihr heraus.

»Kann es sein, dass du es einfach nicht verstehen willst? Ich würde alles geben, um so zu sein wie du. Aber ich habe deine Gabe nicht. Ich muss mich mit meiner Mittelmäßigkeit abfinden und Kompromisse eingehen. Dir dagegen steht die Welt offen. Du darfst dein Talent nicht verkümmern lassen!«

Elena riss die Augen auf. »Sag mal, spinnst du? Das ist doch absurd. Hast du etwa keine Augen im Kopf? Hast du mich schon mal genau betrachtet? Hast du vergessen, wie verzweifelt ich war, als du mir vorgeschlagen hast, in Paris ein neues Leben zu beginnen? Das ist gerade mal ein paar Wochen her!« Sie war jetzt wirklich wütend.

Seit langem hatte Monique ihre Freundin nicht mehr so

erlebt, sie war tief getroffen. »Das hat damit gar nichts zu tun. Du hast einen Tapetenwechsel gebraucht, das war alles. Du hättest das Gleiche für mich getan.«

»Ich glaub's einfach nicht«, erwiderte Elena und verdrehte die Augen. Dann nahm sie Moniques Hand und drückte sie fest. »Es gibt Dinge, die muss ich alleine schaffen, ohne deine Hilfe. Du kannst nicht ständig für mich die Kohlen aus dem Feuer holen, verstehst du das?«, flüsterte sie mit stockender Stimme.

»Das will ich doch gar nicht. Versteh mich bitte nicht falsch, Elena, bei Narcissus herrscht gnadenlose Konkurrenz. Alles, was du dort erreichen willst, musst du dir hart erarbeiten. Selbst wenn Jacques dich einstellt, musst du alles geben, damit du den Job auf Dauer behältst.«

Die beiden Freundinnen sahen sich an. Letztlich würde es von Elena und ihrer Bereitschaft abhängen, hart zu arbeiten. Von ihrem Glauben an sich selbst. Was noch vor einem Monat undenkbar schien, war jetzt genau das, was sie sich wünschte. Das Leben ist seltsam, dachte sie.

»Wenn du dir diese Chance entgehen lässt, wäre das ein schwerer Fehler«, drängte Monique weiter.

Die Französin hatte recht. Das wussten sie alle beide. Elena war bereit es zuzugeben, obwohl es ihr schwerfiel. Zu viele Gefühle, zu viele Entscheidungen, die getroffen werden mussten.

Monique seufzte und entschloss sich, nicht weiter zu insistieren, jedenfalls jetzt nicht. Sie brauchten eine Pause, mussten beide zur Ruhe kommen.

»Die Wohnung ist wirklich scheußlich, *maman* sollte sich endlich dazu durchringen, sie zu verkaufen«, sagte sie und sah sich um.

»Mir gefällt sie. Erinnerst du dich noch an das vergitterte

Fenster und die Tür in Richtung Straße mit dem wuchtigen Riegel? Als wollte man die Außenwelt aussperren.«

Monique drehte sich um und öffnete den Mund, um etwas zu sagen, dann schüttelte sie den Kopf und ging in Richtung Küche.

»Die Parfüms, die du bei deiner Großmutter gefunden hast, hast du sie mitgebracht?«, fragte sie und strich über den Tulpenstrauß, den Elena auf dem Markt gekauft hatte. »Unglaublich, wie sehr Blumen und eine Tischdecke einen Raum verändern können«, murmelte sie. Die Küche war immer noch die gleiche, doch Elena hatte sie gründlich geputzt und mit ein paar Accessoires wohnlicher gemacht, die sie in der Abstellkammer gefunden haben musste.

»Ja, und das Tagebuch von Beatrice hab ich auch dabei.«

Ihre Freundin riss die Augen auf. »Wirklich? Großartig. Damit können wir ein Vermögen verdienen. Stell dir mal vor, was es bedeutet, Parfüms aus längst vergangenen Zeiten wieder zum Leben zu erwecken? Du hättest eine einmalige und absolut authentische Duftlinie. Damit wärst du konkurrenzlos.«

»Ganz so würde ich das nicht sehen. Damals war der Geschmack ein anderer. Ein bisschen wie die Parfüms aus den Sechzigern. Wer würde die heute noch tragen?«

»Ziemlich viele«, Monique ließ nicht locker, »Chanel N°5 stammt immerhin aus dem Jahr neunzehnhunderteinundzwanzig.«

»Das war ja auch eine epochale Innovation«, protestierte Elena. »Damals hat man zum ersten Mal überdosierte Aldehyde verwendet, um einen neuen Duft zu kreieren. Es wird auch weiterhin ein Klassiker bleiben.«

»Was ist mit Shalimar oder Mitsouko von Guerlain? Du weißt besser als ich, dass auch diese Düfte immer noch aktuell sind. Letzten Endes geht es doch nur darum, die alten Parfüms zu modifizieren und an den Geschmack der Frau von heute anzupassen. Glaubst du, das wäre so schwierig?«

Nein, das war es nicht. Elena hatte insgeheim schon länger mit dem Gedanken gespielt, mit den Rossini-Parfüms zu experimentieren, und die Vorstellung, einen eigenen Laden zu eröffnen, erschien ihr gar nicht mehr so abwegig. Natürlich müsste sie neue Ideen entwickeln und das eine oder andere verändern. In welche Richtung und in welcher Intensität war allerdings noch ungewiss. Aber sie fühlte sich herausgefordert.

»Je mühseliger und aufwendiger die Herstellung eines Parfüms ist, desto größer ist das Interesse potenzieller Kunden. Und sie wären bereit, sehr viel Geld dafür zu bezahlen«, sagte Monique.

»Meinst du? Da bin ich mir nicht so sicher«, murmelte Elena nachdenklich.

»Ich schon. Außerdem hat das Tagebuch einen unschätzbaren Wert, sowohl historisch als auch finanziell. Deine Probleme wären auf einen Schlag gelöst.«

Das stimmte. Die alten Formeln waren bestimmt sehr wertvoll, möglicherweise sogar unbezahlbar. Und sie gehörten ihr. Plötzlich hatte Elena einen trockenen Mund.

»Als wir noch zusammen waren, wollte Matteo unbedingt, dass ich das Haus verkaufe. Aber ich habe nicht zugestimmt.« Sie machte eine Pause und setzte sich. »Ich will es nicht hergeben, Monie«, sagte sie und sah ihr fest in die Augen. »Ich weiß nicht, warum in meinem Leben ständig alles drunter und drüber geht oder warum ich meine Einstellung zu den Rossinis, ihrer Besessenheit und dem Parfüm geändert habe. Jahrelang habe ich alles getan, um mich von der Vergangenheit zu befreien, und nun ist alles anders. Ich weiß nur, dass es so ist.«

Monique schien über Elenas Worte nachzudenken, dann nickte sie. »Es ist völlig normal, an der eigenen Vergangenheit festzuhalten und seine Wurzeln nicht zu verleugnen. Schau dir nur mal meine Mutter an. Sie hat diese Wohnung von Anfang an mit Leib und Seele gehasst, und trotzdem gelingt es ihr nicht, sich davon zu lösen. Man schenkt dem, was einem gehört, keine Beachtung, manchmal verabscheut man es sogar. Und dann verändert sich etwas. Im Grunde ist das Leben nur eine Frage der Perspektive.«

Elena wusste, wie schwer es Monique fiel, ruhig dazusitzen und einfach nur zuzuhören, bei einer so dynamischen Frau fast ein Widerspruch in sich. Aber gerade deswegen schätzte sie ihre Freundin. Trotz ihrer offenkundigen Ungeduld wusste sie genau, wann es Zeit war, stillzuhalten und Elena Gelegenheit zu geben, ihre Meinung zu äußern.

»Ich fürchte, es ist komplizierter«, sagte Elena und streckte die Arme auf dem Tisch aus. Dann stand sie auf. »Ich habe dir gar nichts angeboten. Soll ich dir einen Tee machen?«

Monique schüttelte den Kopf. »Setz dich wieder und sprich weiter.«

Auf einmal wurde Elena nervös. Vielleicht würde Reden ja Ordnung in das Chaos bringen, das in ihrem Kopf herrschte.

»Ich wollte nie Parfümeurin werden, das weißt du!«, brach es aus ihr heraus, nachdem sie Monique einen finsteren Blick zugeworfen hatte. Ihre Lippen zitterten. »Die Suche nach diesem verdammten Perfekten Parfüm der Rossinis und überhaupt alles, was damit zusammenhängt«, stieß sie hervor, »war für mich immer mit Schmerz und Leid verbunden. Und auf einmal sind die Abneigung und die Wut verschwunden. Kannst du dir das vorstellen? Das passt nicht zusammen, ich habe mich wie jemand gefühlt, der nicht weiß, was er will.«

Elenas Entrüstung war so augenscheinlich, so überzeugend und dennoch so unlogisch, dass Monique lächeln musste.

»Das glaubst du doch selbst nicht. Wir haben über dieses Thema schon so oft diskutiert. Nicht das Parfüm ist dein Problem, sondern die zwanghafte Leidenschaft der Rossini-Frauen, die immer geglaubt haben, dass ihr Leben öde und leer sei. Wie besessen haben sie versucht, diese Leere mit Dingen zu füllen, von denen sie annahmen, dass sie ihnen Ruhm und Reichtum einbringen. Es waren deine Vorgängerinnen, nicht das Parfüm. Du hast zwar ihre besondere Gabe geerbt, aber nicht notwendigerweise den auf ihnen lastenden Fluch.«

Elena schüttelte den Kopf. »So einfach ist das nicht. Weißt du, was mir als Erstes bei fremden Menschen auffällt? Der Geruch. Kannst du dir das vorstellen? Und was sagst du zu den Gefühlen, die dadurch ausgelöst werden? Findest du es normal, dass man wegen der Duftharmonie eines Blumenbouquets anfängt zu weinen oder nicht eher Ruhe gibt, bis man jedes einzelne Element einer *mélange* identifiziert hat? Dass man den Komponenten eine Farbe geben und ihnen zuhören muss, wenn sie durch ihren Duft zu einem sprechen? Monique, ich komme mir vor wie eine arme Irre.«

»Irre … in den Augen von normalen Menschen, meinst du? Da hast du bestimmt recht. Aber sind wir nicht alle ein bisschen verrückt? Bitte vergiss nicht, dass nur ganz wenige deine Sensibilität und deine feine Wahrnehmungsgabe haben. Noch weniger hatten je das Privileg, aus erster Hand in die heute längst überholte Kunst der natürlichen Parfümherstellung eingeweiht zu werden, für die man Herz, Geist und Seele gleichermaßen braucht. Du kannst aus dem Runden nichts Eckiges machen, das stimmt. Aber warum versuchst du es nicht wenigstens? Hör auf deinen Bauch und pfeif auf die anderen. Von wem sprichst du da überhaupt?«

Tja, von wem? Von ihrer Großmutter, die sie geliebt hatte, weil sie ihre Nachfolgerin werden sollte? Von ihrer Mutter, die sie verlassen hatte, um ihr eigenes Leben an der Seite eines Mannes zu leben, der Elena nicht ertragen konnte? Von Matteo und seinen Lügen? Sie fuhr sich mit den Händen über die Augen, als wolle sie die Spuren ihrer Müdigkeit abstreifen, und nach einer Weile suchte sie den Blick der Freundin.

»Ich habe von einem kleinen Laden geträumt«, sagte sie leise. »Er war genau hier, im Erdgeschoss. Ein wunderschöner Laden, cremefarben mit sanften Rosétönen. Mit einem Tresen aus Holz und Glas, einer Sitzgruppe für Kundengespräche, einem schmalen Sofa und vielen Lampen.«

Monique lächelte. Hier? In diesem Haus? Ihre Mutter hatte ihr zwar nicht viel von ihrer Kindheit erzählt, trotzdem spürte sie, dass sie an diesem Ort sehr unglücklich gewesen war. Das hatte ihr gereicht.

»Dann lass uns den ersten Schritt tun und deine Träume verwirklichen, Elena.«

Sicher, es war nicht das Ritz, aber über dem von Jacques ausgewählten Restaurant gab es nichts mehr. Und zwar in jeder Beziehung, denn das Jules Verne befand sich im Eiffelturm.

Am Fuße des Turms angekommen, schaute sich Elena neugierig um und versuchte, so viel wie möglich in sich aufzunehmen, was gar nicht so einfach war. Überall Geräusche, Bilder, Lichter und Gerüche. Ein außergewöhnliches Ensemble, und sie wollte alles sehen, alles riechen, alles spüren. Ganz langsam atmete sie ein und versuchte aus dem Duftgemisch einzelne Nuancen herauszufiltern. Genau wie früher, als ihr hochsensibler Geruchssinn häufig der Auslöser für Unbehagen und Schmerz gewesen war. Heute dagegen machte der Geruch den Gesamteindruck erst komplett. Es war ein seltsam neues Gefühl, obwohl sie die Umgebung kannte, da sie als Kind mit ihrer Mutter einige Zeit in Paris verbracht hatte. Allerdings kam ihr die Stadt verändert vor.

»Du lieber Himmel, Elena, wir müssen weiter. Ich verspreche dir, wir kommen noch mal hierher und dann bewundern wir das Panorama.«

»Wie kann man an all dieser Schönheit bloß achtlos vorüberlaufen?«, protestierte sie.

Monique antwortete nicht, sondern nahm ihre Freundin an der Hand und zog sie hinter sich her. Auch später ließ sie Elena nicht los, aus Furcht, dass sie die Treppe nehmen könnte. Mehrere hundert Stufen! Auf keinen Fall. Sie hatte keine Lust, Jacques verschwitzt und mit hochrotem Kopf gegenüberzutreten. Nachdem sie sich einigermaßen von dem Schock erholt hatte, hatte sie sich perfekt geschminkt und in Schale geworfen; das Treffen sollte ihr großer Auftritt werden. Sie wollte alle Trümpfe in der Hand behalten, obwohl ihr Herz in Scherben lag, doch das war ganz allein ihr Problem. Jacques durfte nichts davon merken. Als sie ihn sah, zwang sie sich zu einem Lächeln.

»Da sitzt er, der Typ dort am Tisch in der Ecke.«

Elena blickte in die beschriebene Richtung, bis sie einen eleganten Mann erkannte, der die Aussicht genoss.

»Er ist sehr attraktiv.«

»Das lässt sich auch von manchen Schlangen sagen.«

»Hör mal«, sagte Elena und verkniff sich ein Lächeln, »wie es scheint, ist der Tisch nur für zwei gedeckt. Vielleicht sollte ich besser gehen.«

»Wage es nicht«, drohte Monique. »Alles hat mit diesem Parfüm begonnen, das du in Florenz entdeckt hast. Er hat bekommen, was er wollte, und deshalb wirst du jetzt den Job bekommen, den du verdient hast. Es ist ein Geschäft, nicht mehr und nicht weniger.«

Elena war von der Logik dieser Argumentation nicht überzeugt. Aber sie war neugierig, wie die Sache ausgehen würde, auch wenn sie ahnte, dass Jacques noch an diesem Abend einiges bereuen würde. Monique hatte die Hände zu Fäusten geballt und zitterte.

»Liebst du ihn noch?« Die Frage kam ihr über die Lippen, noch bevor sie darüber nachdenken konnte. Elena war nicht einfach nur neugierig, sie wollte verstehen. Sie zum Beispiel hatte nicht das Bedürfnis, Matteo jemals wiederzusehen. Das wunderte sie sehr.

Monique starrte weiter zu Jacques hinüber. »Ja, aber ich will es nicht. Es ist wie ein Fluch, verstehst du? Ich will ihn nicht lieben, ich will, dass er aus meinem Leben verschwindet. Aber wenn ich ihn nicht sehe, dann wünsche ich, dass er da ist und mich in den Arm nimmt. Glaubst du etwa, du bist die einzige Verrückte auf dieser Welt? Willkommen im Club, meine Liebe. Ach ja, lass mich das Gespräch führen, bitte.«

Nein, das wollte sie nicht. »Auf keinen Fall, das ist meine Sache.« Mehr sagte Elena nicht.

Das war auch nicht nötig. Der entschiedene Ausdruck in ihrem Blick überzeugte Monique, es nicht zu übertreiben und ihrer Freundin den nötigen Freiraum zu lassen. Elena war angespannt, das war deutlich zu spüren, trotz ihres Lächelns. Sie wollte alles richtig machen. Ihr bleiches Gesicht und die dunklen Ringe unter den Augen zeugten von durchwachten Nächten und von Einsamkeit. Elena war eine Frau auf der Suche nach sich selbst, doch den Weg dorthin hatte nicht sie selbst ausgesucht.

Monique senkte den Blick, seufzte und nickte. »Gut, aber ich bin da, wenn du mich brauchst, okay?«

»Sicher, allerdings bin ich diejenige, die eine Verabredung mit ihm hat.« Elena musste unbedingt mit Jacques Montier persönlich sprechen. Anders ging es nicht. Sie spürte das dringende Bedürfnis nach Eigeninitiative und Handlungsfreiheit. Zu lange war sie am Rand geblieben, hatte nur beobachtet und zugelassen, dass die anderen für sie die Entscheidungen trafen. Das Ergebnis gefiel ihr im Nachhinein überhaupt nicht. Vielleicht war es die späte Einsicht, vielleicht auch die Einsamkeit der letzten Wochen, die ihr die Kraft zum Handeln gab. Auf jeden Fall war sie entschlossen, ihr Verhalten zu ändern. Sie nahm ihr Schicksal jetzt selbst in die Hand. Elena wollte noch etwas sagen, aber Jacques hatte sie entdeckt und kam ihnen entgegen.

»Guten Abend, Monique, ich nehme an, das ist deine Freundin Elena Rossini.«

»Ja, wie du siehst, habe ich mich wie gewünscht vorbereitet. Du wolltest mir doch mit deiner Nachricht zu verstehen geben, dass sie den Job bekommt, oder?«

Elena riss die Augen auf und legte eine Hand auf den Mund, während sie das aufkommende Lachen mit einem Hustenanfall unterdrückte. Monique redete nicht lange um den heißen Brei herum. Die Behauptung, sie sei wütend auf diesen Mann, wäre eine glatte Untertreibung gewesen.

Es dauerte einen Hauch zu lange, bis sich auf Jacques' starrer Miene ein Lächeln zeigte. »Sicher. Sehr erfreut, Sie kennenzulernen, *Mademoiselle*. Das Parfüm, das Monique aus Florenz mitgebracht hat, ist wirklich sehr interessant. Kompliment für Ihren guten Geschmack. Wir haben uns entschlossen, es in unser Sortiment aufzunehmen.« Er nahm ihre Hand und drückte sie kurz.

»Vielen Dank«, antwortete Elena mit einem gequälten Lächeln. Mit so viel Galanterie hatte sie nicht gerechnet. Dieser Mann wusste wirklich mit Frauen umzugehen.

Während er sie zum Tisch führte, auf dem eilig noch ein drittes Gedeck aufgelegt wurde, begann Elena zu begreifen, warum Monique so schwer von ihm lassen konnte. Jacques Montier strahlte eine Energie und eine Selbstsicherheit aus, die jeden beeindruckte. Eine Frau konnte sich von ihm beschützt fühlen. Oder erdrückt.

Instinktiv zog sie sich zurück, vermied jeden Körperkontakt, auch als er ihr betont höflich den Stuhl zurechtrückte, damit sie sich setzen konnte. Dann roch sie den bitteren Geruch seiner Wut, gut versteckt unter der eleganten Eichenholznote, der Basisnote seines Parfüms. Da war aber auch noch etwas anderes, Misstrauen und vielleicht eine Spur von Neugier. Sie nahm Harzgeruch wahr, durchdringend und schwer, fast unangenehm. Elena fragte sich, ob auch Monique all das riechen konnte. Dann folgte sie dem Blick des Mannes, der auf ihrer Freundin haften blieb. Die beiden haben sich noch einiges zu sagen, dachte sie.

»Ihr Parfüm war genau das, wonach ich gesucht habe, Mademoiselle Rossini«, nahm Jacques das Gespräch wieder auf, nachdem er dem Kellner ein Zeichen gegeben hatte, die Karte zu bringen. »Haben Sie eine spezielle Fachausbildung oder verfügen Sie über eine naturgegebene Intuition?«, redete er im gleichen ruhigen Ton weiter, ohne jedoch seinen stechenden Blick von ihr zu lösen.

Elena zwang sich, nicht auszuweichen. Obwohl ihr das Herz bis zum Hals klopfte, wollte sie sich nicht einschüchtern lassen. Außerdem hatte sie den Eindruck, das fünfte Rad am Wagen zu sein. Die Spannung zwischen Jacques und Monique lag förmlich in der Luft.

Sie räusperte sich und antwortete: »Intuition, nein. Das ist es nicht.«

Bevor sie weitersprechen konnte, wurde sie von Jacques unterbrochen. »Die Duftmischung ist ausgewogen, rund und harmonisch, ohne jedoch auf Persönlichkeit und Frische zu verzichten.« Sein Tonfall war nüchtern, die Worte waren sorgfältig gewählt. »Für eine solche Komposition braucht es besondere Kenntnisse. Machen wir es kurz, *Mademoiselle*: Was qualifiziert Sie für diesen Posten?«

Die Frage stand einen Moment lang im Raum. Bestimmt wollte Jacques weitaus mehr wissen oder vielmehr klarstellen. Elena übersetzte seine Frage im Geiste in Klartext: Warum um alles in der Welt sollte ich gerade Sie anstellen? Er hatte es zwar diplomatischer ausgedrückt, doch der abschätzige Ton und sein überheblicher Gesichtsaudruck waren Beweis genug. Dazu der ständige Wechsel zwischen aufgesetzter Höflichkeit und gezielten Sticheleien, als spielten sie eine Partie Schach. Elena vermutete, dass nicht sie die Gegnerin war, die Jacques besiegen wollte.

Hinter seinem Rücken schien der nächtliche Himmel über Paris in einem Farbenmeer zu explodieren. Elena sah aus dem Fenster, während sie darüber nachdachte, was sie darauf erwidern sollte. Es war nicht leicht, in diesem Wortgefecht zu bestehen. Sie fühlte sich unwohl. Die Versuchung, einfach aufzustehen und zu gehen, war groß. Zum Teufel mit diesem Jacques Montier! Aber das konnte sie nicht tun. Sie wollte es auch nicht. Aufgeben war keine Alternative. Monique hatte alles aufmerksam verfolgt und schwieg, ihr Blick war starr auf das Geschirr auf der bestickten weißen Tischdecke gerichtet.

Ich brauche Moniques Hilfe nicht, redete sich Elena ein. Sie brauchte überhaupt keine Hilfe. Sie zwang sich ruhig zu bleiben, lächelte weiter höflich und wandte ihre Aufmerksamkeit wieder Jacques zu, der seinen undurchdringlichen Blick immer noch nicht von ihr gelöst hatte.

»Ich beherrsche sämtliche Extraktionstechniken, die alten ebenso wie die neuen. Ich kann Parfüms, Cremes und Seifen für jeden Anspruch und jeden Anlass kreieren, und zwar nicht nur aufgrund meiner Ausbildung, sondern dank praktischer Erfahrung. Trennen, reinigen, mischen, stabilisieren – auch wenn diese traditionellen Techniken in der modernen Parfümherstellung keine Rolle mehr spielen, bin ich mit jedem Arbeitsschritt vertraut. Ich bin in einer Familie von Parfümeuren aufgewachsen und habe im Labor mitgeholfen, seit ich alt genug war, einen Destillierkolben in der Hand zu halten. Das bedeutet, dass ich nicht nur die Extraktion, sondern auch die Destillation und die *enfleurage* perfekt beherrsche.«

Ein Aufblitzen in Jacques' Augen verriet sein Interesse. Diese Frau beherrschte die alte Parfümeurskunst. Im Grunde war das nichts Besonderes. Jeder Parfümeur sollte das können, zumindest in der Theorie. Aber sie hatte es offenbar von der Pike auf gelernt, und ihre Fähigkeiten konnten sehr nützlich für ihn sein.

»Sehr gut, was können Sie mir zu Peau d'Espagne sagen?«

Elena fuhr sich mit der Zunge über die Lippen, ehe sie antwortete. »Ein komplexes Parfüm, dessen Ursprünge bis ins sechzehnte Jahrhundert zurückgehen. Neroliöl, Rose,

Sandelholz, Lavendel, Verbene, Bergamotte, Gewürznelke und Zimt. Manchmal werden auch Zibet und Moschus hinzugegeben. Eine faszinierende Duftkomposition, keine dominierende Basisnote, sondern ein harmonisches Zusammenspiel von Wohlgerüchen.«

Vielleicht war es der Stolz, der aus Elenas Worten sprach, vielleicht auch Moniques Pfennigabsatz, der sich in seinen Fußknöchel bohrte – jedenfalls war Jacques nach dieser Erklärung überzeugt. Er lachte, die Spannung löste sich.

»Hervorragend, genau die Antwort, die ich hören wollte.« Er log und er tat es für Monique.

Er hatte Monique neben sich platziert. Die lange Tischdecke ließ ihm ausreichend Bewegungsfreiheit für seine Hände. Sie hatte nicht gezuckt, als er ihr über den Oberschenkel gestrichen hatte, erst bis an den Saum ihres Kleides, dann noch ein bisschen höher. Monique hatte lediglich ihr volles Glas gehoben und ihn warnend angeblickt. Danach hatte er den Versuch aufgegeben. Dann eben nicht. Es würde andere Gelegenheiten geben.

Er musste sich nur an ihre Freundin halten.

Diese Elena Rossini schien sich mit Parfümherstellung bestens auszukennen. Trotzdem würde er sie zunächst im Verkauf einsetzen. Sie war recht hübsch, nichts Besonderes, aber mit dem richtigen Outfit würde das schon werden. Ja, entschied er. Er würde sie einstellen, aber nicht als Parfümeurin. So weit ging sein Vertrauen nicht, so kompetent sie auch sein mochte. Er würde sie einstellen, aber zu seinen Bedingungen. Dieser Entschluss ließ seine Laune steigen. Das Spiel, das Monique begonnen hatte, machte ihm auf einmal sogar Spaß. Er würde es gewinnen, daran hatte er keinen Zweifel. Monique mochte denken, was sie wollte, am Ende hatte immer noch er das Sagen.

Der Rest des Abends verlief in entspannter Atmosphäre. Jacques spielte seinen ganzen Charme aus. Die Themen blieben oberflächlich, man plauderte über dieses und jenes, wie ein leichtes Lüftchen, halbherzig und lau, alles blieb vage und unverbindlich.

Viele Stunden später wälzte sich Elena unruhig im Bett hin und her. Wie sich die Dinge entwickelt hatten, gefiel ihr ganz und gar nicht. Sicher, sie hatte jetzt einen Job bei Narcissus, aber sie konnte sich des Eindrucks nicht erwehren, dass das nicht ihr Verdienst war. Sie war sich dessen sogar ziemlich sicher. Das störte sie, denn obwohl sie ihr Ziel erreicht hatte, war es nicht so, wie sie es sich vorgestellt hatte.

Sie schüttelte das Kopfkissen auf und drehte sich auf den Bauch, aber ihre Nervosität ließ sie nicht zur Ruhe kommen.

Monique hatte sich an ihre Abmachung gehalten, doch das änderte nichts an der Tatsache, dass dieser Job nicht ihr Verdienst war. Wäre Monie nicht ihre Freundin, dann hätte Jacques Montier sie sicher nie in Betracht gezogen. Außerdem hatte er nach dem Essen unmissverständlich klargemacht, wie er sich ihre Zusammenarbeit vorstellte. Ihre Erfahrung als Parfümeurin interessierte ihn nicht. Jedenfalls noch nicht. Zuerst wollte er ihr Verkaufstalent auf die Probe stellen. Elena hatte es das Herz zusammengeschnürt, eine solche Demütigung akzeptieren zu müssen. Einen Moment lang hatte sie sogar darüber nachgedacht, das Angebot abzulehnen. Aber dann hatte sie Monique angeschaut und die Besorgnis in ihrem Blick gelesen. Elena wusste, wie viel Überwindung ihre Freundin dieses Treffen gekostet hatte, deshalb hatte sie genickt, den Kloß in ihrem Hals runtergeschluckt und das Angebot angenommen. Sie wollte Monique nicht enttäuschen. Außerdem war es doch das Wichtigste, bei Narcissus einen Fuß in der Tür zu haben, oder? Der Tag würde kommen, in der sie es diesem arroganten Typen heimzahlen würde. Sie musste sich nur ein bisschen gedulden.

Sie wälzte sich weiter hin und her, dann setzte sie sich auf.

Verdammt, ihr ganzes Leben war von Rücksichtnahme und Geduld geprägt. Geduld war quasi ihr zweiter Vorname. Es reichte.

Das beklemmende Gefühl in der Brust verwandelte sich in Wut. Wie konnte sich dieser Kotzbrocken das erlauben? Für wen hielt er sich eigentlich?

Ihre Familie stellte seit Generationen Parfüms her. Elena könnte wetten, dass sie mehr darüber wusste als alle Angestellten von Narcissus zusammen, Jacques eingeschlossen.

Ihre Großmutter hätte ihn nur nachsichtig gemustert und kein weiteres Wort mit ihm gewechselt. Elena konnte die alte Dame förmlich vor sich sehen, wie sie diesen Schnösel allein durch ihren Blick in die Schranken gewiesen hätte. Sofort fühlte sie sich besser. Trotzdem würde sie nicht zur Ruhe kommen. Jedenfalls nicht in dieser Nacht. Einen Augenblick überlegte sie, ob sie die Duftlampe anschalten sollte, einige Tropfen Lavendelessenz würden ihr sicher beim Entspannen helfen. Doch an Schlaf war nicht zu denken, sie war zu aufgewühlt.

Elena stand auf, zog sich an und beschloss einen Spaziergang zu machen. Die Nacht war mild, weshalb sie keine Jacke brauchte. Im Hof hielt sie plötzlich inne. Sie hatte Angst. Nicht wegen der Dunkelheit, sondern wegen dem, was ihr draußen begegnen würde. Sie wollte sich nur irgendwo hinsetzen und in den Sternenhimmel schauen, um sich zu entspannen. Mutterseelenalleine spazieren zu gehen war um diese Zeit bestimmt nicht ungefährlich. Vielleicht gab es ja irgendwo in der Nähe eine Terrasse oder ein Dach, einen sicheren Ort, an den sie sich zurückziehen konnte, um dieses bedrückende Gefühl hinter sich zu lassen.

Sie ging wieder zurück ins Haus. Wie viele Etagen mochte es noch über ihrer Wohnung geben? Langsam erklomm sie die Stufen, die Augen fest auf die Treppe vor sich gerichtet. Nach drei Absätzen entdeckte sie eine Tür, öffnete sie und fand sich an der frischen Luft wieder. Über ihr der Sternenhimmel, vor ihr ein Laubengang. Ein intensiver Duft drang ihr in die Nase.

Rosen. Irgendjemand züchtete hier Rosen.

Wie war das möglich? Einen Augenblick glaubte sie, sich geirrt zu haben. Es war Oktober, sie waren in Paris, im Marais, in etwa zehn Metern Höhe. Wo sollte hier ein Dachgarten sein? Obwohl es jeder Logik widersprach, ihre Nase irrte sich nicht. Es waren tatsächlich Rosen: Teerosen, Damaszener Rosen, Essigrosen, dazu Minze, Basilikum und einige andere aromatische Kräuter. Ein Wintergarten. Sie sog die durchdringenden Düfte tief in sich ein, die verflogen und sich gleich darauf wieder vereinten, getragen vom Nachtwind. Neugierig setzte sie einen Schritt vor den anderen, zum einen, weil es dunkel war, zum anderen, weil sie sich wie ein Eindringling vorkam. Die Symphonie der Düfte lockte sie und zog sie in ihren Bann. Es roch nach feuchter, fruchtbarer Erde. Nach Früchten, die man kosten und berühren konnte. Und nach Blumen, vielen, vielen Blumen, vor allem aber nach Rosen.

Ihre Sinne waren geweckt. Wer auch immer diesen Garten angelegt hatte, hatte etwas Außergewöhnliches geschaffen, etwas mit Kopf-, Herz- und Basisnoten, wie ein gelungenes Parfüm: harmonisch abgerundet, voller Kraft und Sinnlichkeit. Wahrscheinlich ein Mann. Ein pragmatischer, entschlossener Mann mit Feingefühl, aber auch mit Konsequenz. Vielleicht der Mann, den sie am ersten Abend …?

»Wer ist da?«

Die männliche Stimme ließ sie erstarren. Sie fuhr herum, wollte nur noch weg. Dann packte sie jemand am Jackenärmel und zog sie zurück. Ein Hund! In ihr explodierte die Angst. Als sie die Zähne des Tieres spürte, schrie sie gellend auf.

9.

Frangipani. Ein Extrakt aus den Blüten des gleichnamigen Baums, ein intensiver, sinnlicher und blumiger Duft.
Die Essenz der knospenden Weiblichkeit, die erblüht und sich dem Leben öffnet.

»Was zum Teufel … John, aus!«, befahl Cail. Eine Frau? Was hatte eine Frau mitten in der Nacht auf der Terrasse zu suchen? »Beruhigen Sie sich, der Hund wird Ihnen nichts tun.«

»Das sagen Sie.« Die Schultern gegen die Wand gepresst, die Hände nach vorne gestreckt, stand Elena da und zitterte noch immer am ganzen Leib. »Ich habe panische Angst vor Hunden«, murmelte sie.

»Das sieht man, aber ich verspreche Ihnen, dass John Ihnen nichts tun wird. Wenn Sie nicht heimlich bei mir eingedrungen wären, hätte er sich niemals auf Sie gestürzt.«

Elena ließ sich von seinen Vorwürfen nicht einschüchtern. »Ich wusste nicht, dass hier oben jemand wohnt. Ich habe nur ein bisschen Ruhe gesucht«, protestierte sie. »Sie sollten eine Klingel oder ein Schild anbringen.«

Da lösten sich die Wolken am Himmel auf, und das Mondlicht erhellte die Szenerie. Jetzt konnte sie den Mann sehen, nicht allzu deutlich, aber doch so gut, dass sie die ausgeprägten Gesichtszüge und den durchdringenden Blick wiedererkannte. Der silbrige Schein des Mondes ließ seinen weißen Pullover strahlen, ein Lichtblick im Grau der Umgebung. Die langen Haare reichten ihm bis auf die Schultern, eine zerfurchte Linie zog sich quer über sein Gesicht, eine Narbe.

Da erkannte sie ihn.

»Du bist das … Du hast mir gestern geholfen.«

Die Parfümfrau. Auch Cail erkannte sie wieder. »Außer mir kommt hier niemand hoch. Es gab bisher keinen Grund, hier ein Schloss anzubringen.«

»Es gibt für alles ein erstes Mal, nicht wahr? Außerdem ist die Tatsache, dass du nie Besuch bekommst, keine Begründung.«

»Stimmt. Es gibt Menschen, die sind neugieriger als andere.« Caillen legte den Kopf schief, wandte aber den Blick nicht ab.

Elena zog die Augenbrauen hoch. Neugier war gar nicht im Spiel, sie hatte einen ganz bestimmten Grund gehabt, um hierherzukommen.

»Warum hast du Angst vor Hunden?«

Sie überlegte, ob sie es ihm erzählen sollte, weil er sie dann vielleicht verstehen würde. Aber warum? Schließlich kannte sie ihn gar nicht und war ihm keinerlei Rechenschaft schuldig. »Das liegt doch auf der Hand, ich wurde schon mal gebissen«, antwortete sie widerwillig.

Der Mann zuckte mit den Schultern. »Das klingt fast so, als wäre es meine Schuld.«

Elena löste sich von der Wand. Er stand nur wenige Schritte entfernt. Wie groß er war. Obwohl er ihr keine Angst machte, zitterte sie am ganzen Leib, einerseits wegen der Erinnerung an Maurices Schäferhund, der sie als Kind gebissen hatte, zum anderen, weil sie fror. Die Nacht war kühler, als sie gedacht hatte.

Cail wich ein Stück zurück. Er verschränkte die Arme vor der Brust und wirkte auf einmal abwehrend, fast feindselig.

Verwundert musterte Elena ihn. Hatte sie ihn verärgert? »Nein, das ist nicht deine Schuld. Aber du lebst nicht auf einer Insel, und es liegt auf der Hand, dass irgendwann ein Nachbar hier raufkommt.«

»Nein, nur du.«

Elena stutzte. »Wie bitte?«

Cail zeigte auf die Tür: »Diese Treppe führt nur zu zwei Wohnungen, zu deiner und zu meiner.«

»Aha«, antwortete sie. Auf einmal ergab alles einen Sinn. »Wie auch immer, du solltest ein Schloss anbringen.«

Sein Blick war immer noch ernst, genauso ernst, wie er mit ihr gesprochen hatte, ohne Hast und indem er jedes Wort betonte. Elena atmete tief ein. Dieses Mal roch er anders, ein wenig wärmer, ein wenig vielschichtiger. Wahrscheinlich hatte sie ihn geweckt. Er musste sie für komplett verrückt halten.

»Warum bist du gerade hierhergekommen?«

Die direkte, fast schon brutale Frage überraschte sie. Was sollte sie darauf antworten?

»Ich wollte mir den Sternenhimmel ansehen.« Elena wusste selbst nicht, warum sie das gesagt hatte. Was interessierten diesen Mann ihre Verwirrung, ihr Bedürfnis, den Kopf freizubekommen und in dieser Nacht ein bisschen Ruhe und Frieden zu finden?

Sie wusste immer noch nicht, was sie tun sollte. Ihr Gegenüber schien völlig in Gedanken versunken zu sein.

»Gib mir deine Hand.«

»Warum?«

»Ich möchte mich vergewissern, dass John dich nicht verletzt hat.«

Nein, man sah nichts, nicht einmal einen Kratzer, und Elena schämte sich ein bisschen. Im Grunde hatte der Hund sie nur gewarnt, nicht wirklich zugebissen. Vielleicht hatte er ihr sogar bloß über die Hand geleckt? Bei dem Gedanken an ihre übertriebene Reaktion schämte sie sich. Aber ihre Angst vor Hunden war nun mal da, selbst vor ganz kleinen.

Elena fühlte sich nicht wohl in ihrer Haut. »Ich will nicht, dass du deinen Hund bestrafst. Ich versichere dir, dass er mir nichts getan hat, außerdem war es nicht seine Schuld.«

»Für jemand, der Hunde hasst, verhältst du dich wirklich seltsam.«

»Ich hasse sie nicht«, sagte Elena empört. »Ich halte mich nur von ihren Zähnen fern, das ist etwas ganz anderes. Außerdem geht es mir gut, wie du siehst … Gibt's hier auf der Terrasse denn kein Licht?«

Cail verkrampfte sich. »Um die Sterne zu betrachten, braucht man Dunkelheit.«

»Verstehe ich nicht … Die Sterne?«, murmelte sie verwirrt. Einen Moment meinte sie, sich verhört zu haben.

»Ja, du hast gesagt, du wolltest dir den Sternenhimmel ansehen, und ich habe ein Teleskop.«

Sollte das ein Scherz sein? Elena war versucht abzulehnen und zu gehen. Das hätte eine vernünftige Frau jedenfalls gemacht. Aber sie wusste, dass sie von diesem Mann nichts zu befürchten hatte. Sie spürte es.

Die Sterne, du lieber Himmel … Er mochte Rosen und besaß ein Teleskop.

»Komm mit. Es ist nichts Besonderes, aber es reicht, um Alfa Centauri, Sirius und Altair gut sehen zu können. Eigentlich kann man die drei auch mit bloßem Auge erkennen, aber durch ein Teleskop hat es einen ganz anderen Effekt.«

Elena kannte sich damit nicht aus, ihr genügte es, den Blick auf das dunkle Firmament und die von funkelnden Brillanten gespickte Schwärze zu richten. Dann überkam sie ein Gefühl von Frieden und Ehrfurcht vor der Unendlichkeit des Universums. Sie hatte schon immer Menschen bewundert, die die Namen der einzelnen Sternenkonstellationen kannten. Für sie genügte es, den Großen vom Kleinen Bären unterscheiden zu können.

»Schau hier durch, so.«

Er zeigte ihr, was zu tun war. Sie war fasziniert, nicht nur von dem Teleskop. Als er einen Schritt zur Seite trat, um ihr Platz zu machen, beugte sie den Kopf und presste die Augen an das Okular. Es kam ihr vor, als würde sie in einer Welt aus schwarzem Samt versinken, in der übergroße Brillanten in einem einzigartigen, bisher nie gesehenen Licht erstrahlten. Eine Gänsehaut überzog ihre Arme, während ihr schlagartig klar wurde, wie klein und unbedeutend sie doch war. Es war ein unbeschreibliches Gefühl, die Milchstraße in all ihrer Pracht so nah vor sich zu sehen, obwohl sie in Wirklichkeit unendlich weit entfernt war. Elena schluckte und hob den Blick. Der Mann stand dicht neben ihr. Wenn sie den Arm ausstreckte, könnte sie ihn berühren. Auch er sah sie an, auch er schwieg. Dennoch war die Stille nicht unangenehm; im Gegenteil, sie hatte sich selten so im Gleichklang mit einem anderen Menschen gefühlt. Ohne jede Verlegenheit, als würden sie etwas unendlich Vertrautes miteinander teilen. Wieder beugte sie sich zu dem Teleskop herunter und dabei fiel ihr noch etwas auf. So majestätisch und geheimnisvoll die Sterne auch waren, so trügerisch konnten sie sein.

»Ich weiß noch nicht mal, wie du heißt«, sagte sie und hob den Kopf.

»Ist das wichtig? Ich kenne deinen Namen ja auch nicht.«

Er hatte recht, das war ihr bisher gar nicht aufgefallen. Auf einmal musste sie lachen, etwas reserviert, aber auch erfrischend kokett, und streckte ihm die Hand entgegen. »Elena Rossini.«

»Caillen McLean. Cail, wenn du willst«, antwortete er und drückte ihre Hand. »Du bist Italienerin.«

Das war keine Frage. Caillen McLean war stets geradeheraus, manchmal fast schroff.

»Ja, ich bin gerade erst angekommen. Und du?«

»Ich was?«

»Lebst du schon lange in Paris?«

Er schüttelte den Kopf. »Im Dezember werden es fünf Jahre.«

Unvermittelt legte sich ein Schatten über seine Stimme. Es war nur eine leichte Trübung, aber sie war da, greifbar. Elena musterte ihn, aber es war zu dunkel um zu ergründen, was sein Blick verbarg. Dann wurde ihr klar, dass er vielleicht einfach nur müde war.

»Entschuldige, ich habe völlig vergessen, wie spät es ist. Zeit, dass ich gehe.«

Cail protestierte nicht. Er sah sie nur ausdruckslos an. »Ich begleite dich.«

Eine Spur von Enttäuschung beschleunigte ihre Schritte. Hatte sie etwa erwartet, dass er sie fragte, ob sie noch bleiben wolle? Einfach lächerlich, warf sie sich vor. Instinktiv streckte sie die Hände aus, tastete sich durch die Dunkelheit und berührte ihn dabei.

»Danke, das ist sehr freundlich.« Bevor sie den Treppenabsatz erreichten, blieb Elena stehen. »John, ich meine, dein

Hund ... Ich habe ihn gar nicht mehr gesehen, meinst du, er hat sich erschreckt?«

Cail lachte leise. »Bestimmt nicht, er ist nur ein wenig beleidigt. Mach dir keine Sorgen. Vielleicht könnt ihr beim nächsten Mal sogar Freunde werden.«

Freundschaft mit einem Hund? Nicht in einer Million Jahren. Aber das behielt Elena für sich. Im Grunde gefiel ihr die Aussicht auf ein Wiedersehen. Trotzdem fühlte sie sich unbehaglich, fast verlegen. Ihr angeborenes Misstrauen gewann wieder die Oberhand.

»Ich ... das glaube ich eher nicht. Danke und entschuldige bitte, dass du wegen mir so lange wach bleiben musstest. Ich kann oft nicht schlafen und vergesse, dass es nicht allen so geht.«

»Kein Problem«, sagte Cail leise.

»Vergiss das Schloss nicht.« Elena war jetzt an der Tür.

»Keine Sorge.«

»Gute Nacht und noch mal danke, Cail.«

Schweigend sah er ihr nach, auch noch, als sie längst die Tür hinter sich geschlossen hatte. Dann ging er zurück. »Komm, John, gehen wir schlafen.«

Einige Tage nach dem Abendessen im Jules Verne hatte Jacques Montier Monique den Auftrag gegeben, Elena zu Narcissus zu begleiten.

»Was hältst du davon, zu Fuß zu gehen?«, fragte Monie, die angerufen hatte, um sich nach ihrem Wohlbefinden zu erkundigen.

»Ist es sehr weit?« Elena war in letzter Zeit häufig müde, und die Idee begeisterte sie nicht wirklich.

»Eine halbe Stunde die Rue de Rivoli entlang. Wir werden uns auf dem Weg zur Parfümerie sicher nicht langweilen.«

»Okay, von mir aus«, antwortete Elena und legte auf.

Ein paar Stunden später holte Monique sie ab, und wie angekündigt war die Rue de Rivoli ein Erlebnis. Hier pulsierte das Leben, Geschäft reihte sich an Geschäft, und während die beiden Frauen plaudernd und lachend dahinschlenderten, beruhigte sich Elena. Dann standen sie endlich vor der berühmten Parfümerie an der Place Vendôme. Unter einem der Arkadenbögen, die den Platz umgaben, erkannte sie eine massive Holztür, rechts und links daneben zwei große Schaufenster, darüber ein schlichtes altertümliches Namensschild.

Gold. Wenn sie den Geschäftsraum von Narcissus mit einer Farbe beschreiben sollte, würde Elena Gold wählen.

Fast ehrfurchtsvoll betrachtete sie die kostbaren Spiegel in ihren kunstvollen Rahmen an den hohen Wänden, die Theken aus rosa Marmor und die Regale mit den Kristallböden. Überall standen Flakons in unterschiedlichen Formen und Größen, manche noch leer, andere bereits mit Parfüms gefüllt. Auch der Fußboden war aus rosa Marmor, der das gleißende Licht reflektierte. Alles schien zu strahlen, Luxus wohin man schaute. Träume, Hoffnungen, Illusionen und Verführungen, an diesem Ort vereinte sich alles.

Eines jedoch störte: der Geruch. Zu intensiv, zu aufdringlich, fand Elena. Ein seltsamer Kontrast. Hier der prunkvolle Rahmen, dort ein penetranter, alles überlagernder Duft, der den Kunden nicht genügend Freiheit ließ, um ein Parfüm nach ihren Wünschen auszusuchen. Es gab keinen Freiraum für die Entfaltung eigener Ideen, nur Zwang. Ein strahlender Luxustempel, der zugleich ein starres Korsett war.

Elena spürte, wie eine gewisse Beklemmung von ihr Besitz ergriff. Narcissus war wie Jacques. Die Parfümerie war das Spiegelbild seines Charakters, seiner Lebensart, seines Führungsanspruchs.

Auf einmal wunderte sie es nicht mehr, dass Monique Schluss gemacht hatte. Sie war zwar sicher, dass ihre Freundin diesen Mann immer noch liebte, aber ihm zu erlauben, dass er ihr Leben kontrollierte … Nein, nicht mit Monique. Er war ein rücksichtsloser Egoist, der eine Frau besitzen wollte, sonst nichts. Ein Herrscher, im wahrsten Sinne des Wortes.

Kurz bereute Elena, sich darauf eingelassen zu haben. Wirklich abstoßend war die Atmosphäre nicht, dennoch kam ihr dieser Ort vor wie ein Gemisch aus zu vielen Farben, die nicht zusammenpassten. Wenn sie hier etwas zu sagen hätte, würde sie alles daran setzen, den Verkaufsraum so duftneutral wie möglich zu halten. Ein paar diskrete Noten im Hintergrund vielleicht, etwas Schlichtes, das sich mit den anderen Düften zu einem harmonischen Ganzen vereinen würde, ohne sie jedoch zu überdecken. Sie würde ihren Kunden einen Duft vorschlagen, aber nicht aufzwingen wollen.

Ihre Gedanken wurden unterbrochen, als Monique in Gesellschaft eines spindeldürren und überaus eleganten Mannes zurückkam. Sein hageres Gesicht wurde von einem akkurat geschnittenen schwarzen Oberlippenbärtchen geprägt, auf seinen Lippen lag ein geschäftsmäßiges höfliches Lächeln. Ein penetrant süßliches Parfüm umhüllte ihn, offensichtlich sollte damit ein anderer stechender Geruch überdeckt werden. Elena identifizierte ihn sofort: Ammoniak. Seltsam, dachte sie und runzelte die Stirn. Aber an diesem Philippe passte noch mehr nicht richtig zusammen. Ihre Begegnung schien ihm äußerst unangenehm zu sein.

In seinem misstrauischen Blick lag etwas, das sie störte. Taxierte er sie? Elena spürte, wie Unruhe in ihr hochstieg. Seine Feindseligkeit war offenkundig. Warum? Was steckte dahinter? Er hatte sie doch noch nie zuvor gesehen.

Unvermittelt streckte der Mann die Hand aus und wartete auf ihre Reaktion. Sie war weich, die Innenfläche feucht. Elena musste sich zu der höflichen Geste zwingen. Ungeduldig wartete sie auf den Moment, da sie ihre Hand an ihrem Kleid abwischen konnte.

»*Bonjour.*«

Aus der Nähe wirkte er nicht mehr ganz so unsympathisch, und auch sein Blick war weniger scharf. Er lächelte sogar ein wenig, doch Elena gelang es nicht, ihre Unruhe abzuschütteln.

Gut, dass ich mich etwas stilvoller gekleidet habe, dachte sie. Sie hatte die Tipps ihrer Freundin befolgt und sich für ein eng geschnittenes schwarzes Kleid entschieden, die Haare zu einem Zopf zusammengefasst, ein wenig Make-up aufgetragen und Schuhe mit hohem Absatz gewählt. Sie wirkte wie eine fremde Person. Aber gehörten nicht auch Äußerlichkeiten zum Wandel?

»Elena, ich möchte dir Philippe vorstellen, die tragende Säule von Narcissus.«

Der Mann hatte den Kopf leicht zur Seite geneigt und die Augen geschlossen, als würde er jedes Wort von Monique genießen. »Wenn Frauen beginnen, einen mit solchen Komplimenten zu bedenken, dann ist es Zeit, sich Sorgen zu machen«, spottete er und wandte sich dann an Elena. »*Mademoiselle* räumt mir da einen Rang ein, der mir nicht zusteht. Nicht die tragende Säule, nur der Geschäftsführer.«

Wieder nahm Elena den widerlich süßlichen Geruch wahr, dieses Mal noch stechender, fast ekelerregend. Er war nicht aufrichtig, das spürte sie, und seine Koketterie ärgerte sie.

»Die tragende Säule von Narcissus ist Monsieur Montier, und davor war es sein Vater und noch davor sein Großvater. Wissen Sie, dass wir eines der wenigen namhaften Unternehmen in dieser Branche sind, die sich einer jahrhundertelangen Tradition rühmen können?« Sein Ton war nun ernst und voller Respekt.

Philippe dozierte weiter über die Firmengeschichte und zählte die wichtigsten Persönlichkeiten auf, die im Laufe der Zeit Stammkunden der Parfümerie gewesen waren. Die beiden Frauen schwiegen und vermieden jeden Blickkontakt.

»*Monsieur* hat mir erlaubt, das Parfüm zu prüfen, das Sie ausgesucht haben. Mein Kompliment, *Mademoiselle*. Mit Ihnen zusammenzuarbeiten, verspricht interessant zu werden … nehme ich an. Sie scheinen eine gewisse Veranlagung zu haben. Man könnte es auch Sensibilität nennen. Eine außergewöhnliche Gabe, das muss ich zugeben.«

Er hatte jedes einzelne Wort betont und dazwischen immer wieder Pausen gemacht. Elena war seine Eloge unendlich lang vorgekommen, und sie hatte eine gewisse Beklemmung in ihr ausgelöst.

»Ihnen ist vermutlich bekannt, dass wir Parfüms nicht nur verkaufen. Hier bei Narcissus werden Düfte kreiert.« Der Satz hörte sich an, als wäre ihm diese Tatsache just in diesem Moment bewusst geworden. »Hierfür sind natürlich die Parfümeure zuständig. Ihre Aufgabe besteht darin, die Wünsche und Bedürfnisse der Kunden entgegenzunehmen und sie dann an einen Parfümeur weiterzugeben. Am Anfang mag Ihnen das vielleicht etwas schwierig erscheinen, aber daran gewöhnt man sich rasch.«

Die beiden Freundinnen blickten sich überrascht an. Jacques hatte Philippe offensichtlich nichts von Elenas Fähigkeiten erzählt. Der jungen Italienerin wurde plötzlich heiß, und ihr Gesicht färbte sich rot. Gut, er hatte ihr nichts versprochen und klargestellt, dass sie anfangs als Verkäuferin arbeiten würde. Nur warum hatte er ihre wahren Talente verschwiegen? Elena war verwirrt. Irgendwo in den Tiefen ihrer Seele begann ein zarter Spross von Stolz zu keimen, Stolz darauf, wer sie war und woher sie stammte. Sie fühlte sich tief gekränkt, beschämt und erniedrigt. Philippes Worte wirkten wie eine kalte Dusche, und ihre vage Hoffnung, ihre Träume endlich verwirklichen zu können, zerplatzte wie eine Seifenblase.

»Ich werde mein Bestes geben«, antwortete sie und wandte den Blick ab.

Philippe schien Elenas Enttäuschung nicht zu bemerken und redete weiter. »Es braucht eine jahrzehntelange Erfahrung, eine breit gefächerte Ausbildung und vor allem Hingabe, um ein Parfüm zu erschaffen.« Eine weitere Pause, dieses Mal von einem maliziösen Lächeln begleitet. »Viele bilden sich ein, Essenzen einfach so zusammenmischen zu können, weil sie glauben, über den nötigen Instinkt und die Sensibilität zu verfügen. Aber so ist es nicht. Heutzutage sprießen die Parfümeure wie Pilze aus dem Boden, eine unbefriedigende, ja sogar ärgerliche Entwicklung.« Seine Stimme zeigte keinerlei Regung, der Tonfall blieb monoton.

Elena presste die Lippen zusammen. »Kann ich mir vorstellen«, sagte sie leise.

Monique verfolgte das Gespräch zwar, schien aber in Gedanken mit etwas anderem beschäftigt zu sein.

Während Philippe weiter über Dinge dozierte, die Elena längst wusste, steigerte sich ihre Wut, die sie krampfhaft im Zaum zu halten versuchte, ins Unermessliche. War dieser Mann dermaßen borniert, dass er es nicht einmal bemerkte? Sie hatte sich vorgenommen, höflich zu sein, aber in diesem Moment musste sie sich dazu zwingen.

»Es gibt ätherische Öle, Essenzen und Hydrolate. Ich gehe nicht in die Details, um Sie nicht zu überfordern. Das sind fachspezifische Feinheiten, aber machen Sie sich keine Sorgen, mit etwas Geduld und Fleiß werden Sie auch das lernen.« Philippe lächelte sie selbstzufrieden an.

Er schien so sehr von sich überzeugt, dass es fast lächerlich wirkte. Elenas Wut ebbte etwas ab, das Unbehagen und der verletzte Stolz jedoch blieben. Aber das war nur eine Etappe auf ihrem Weg, und sie konnte auch das schaffen. Der Job stimmte. Sie musste einfach nur Geduld haben.

»Für die Angestellten bei Narcissus gelten nur wenige Regeln, die jedoch strikt befolgt werden müssen.« Die Stimme des Mannes war hart geworden und auch sein Gesichtsausdruck hatte sich verändert. Er wirkte jetzt wie ein Uhu mit großen runden Augen und Hakennase, ganz und gar nicht mehr freundlich. »Aber das wird für Sie kein Problem sein, Sie sind ganz offensichtlich eine kluge Frau.«

Woran wollte er das erkannt haben? Elena zwang sich, nicht laut loszuschreien, das würde niemandem nützen. Sie öffnete die geballte Faust und streckte die Finger aus, dann atmete sie tief ein. Im Grunde ist es nicht seine Schuld, sagte sie sich. Dieser Philippe kann nichts dafür, dass ich mein altes Leben hinter mir gelassen und mich ins Ungewisse gestürzt habe, um ein neues zu beginnen. Das ging nicht Hals über Kopf, sie konnte keine Etappe überspringen, das wusste sie.

Monique hielt sich etwas abseits. Elena beobachtete, wie ihre Freundin mit abwesendem Blick durch den Laden schlenderte. Als Monie ihr Smartphone aus der Tasche nahm, ahnte sie, was ihre Freundin vorhatte.

»Haben Sie etwas dagegen, wenn ich sofort anfange?«, fragte Elena spontan.

Philippe blinzelte. »Ich weiß nicht recht… Das ist nicht üblich.«

Aber Elena ließ nicht locker. Sie wollte nicht, dass Monique sich weiter um sie sorgte. Das Fünkchen Unabhängigkeit, das in ihr zu glimmen begonnen hatte, sehnte sich nach Raum und Entfaltung. Es verlangte geradezu danach.

»Ich werde Sie nicht stören, sondern mich diskret im Hintergrund halten und beobachten. Eine gute Gelegenheit, um von Ihnen zu lernen und die Geschäftsabläufe und den Umgang mit den Kunden kennenzulernen, meinen Sie nicht?«

Der Mann zuckte mit den Schultern. »Ja, das könnte tatsächlich eine gute Idee sein. Aber ich sage Ihnen gleich, dass Ihr Vertrag erst ab nächster Woche gilt und Sie auch erst ab diesem Zeitpunkt entlohnt werden. Wenn ich ehrlich sein soll«, er machte eine Pause und blickte ihr in die Augen, »ist Ihr Gehalt ausgesprochen großzügig. Niemand sonst in ganz Paris hätte Ihnen als Verkäuferin die gleichen Konditionen geboten«, stellte er mit einem süffisanten Lächeln klar.

Elena schluckte, zuckte jedoch nicht mit der Wimper. »Sicher, als Verkäuferin.« Sie rang sich sogar ein Lächeln ab. Zuvorkommenheit war nicht gerade eine von Philippes Stärken, aber das konnte sie ignorieren. »Perfekt«, sagte sie betont freundlich, »ich verabschiede mich jetzt von Monique, wenn Sie gestatten.«

Sie würde ein Magengeschwür bekommen, daran hatte Elena keinen Zweifel. Wenn sie nicht anfangen würde, die

Dinge realistisch zu sehen, würde ihr Abenteuer enden, noch bevor es begonnen hatte. Ihre Rückkehr nach Florenz wäre vorprogrammiert. Aber dort wartete nichts und niemand auf sie. Sie hätte ohnehin nicht die Möglichkeit, die Parfümerie ihrer Großmutter wiederzueröffnen, dazu fehlten ihr die finanziellen Mittel. Auch Matteo wollte sie um keinen Preis wiedersehen, genauso wenig wie die gemeinsamen Freunde, die offensichtlich nicht den Mut hatten, bei ihr anzurufen und sich nach ihrem Befinden zu erkundigen.

Sie wollte in Paris bleiben und nicht gleich wieder das bisschen Selbstständigkeit aufgeben, das sie sich mühsam erkämpft hatte.

Jetzt musste sie nur noch Monique überzeugen, die nach Philippes Auftritt ihre Meinung geändert zu haben schien.

»Meine Liebe, mach dir keine Sorgen. Ich rufe einen Freund an. Das hier musst du dir nicht antun.« Wie erwartet, hatte die Französin bereits einen Plan B entwickelt. »Ich finde einen anderen Job für dich«, fügte sie hinzu.

Ihre fürsorgliche Beflissenheit brachte das Fass zum Überlaufen. Elenas aufgestaute Wut drängte wie Magma an die Oberfläche. Sie war kein Kind mehr, sie konnte selbst für sich sorgen. Elena wollte gerade ansetzen, ihrer Freundin das unmissverständlich klarzumachen, als sie bemerkte, wie aufgelöst und blass diese war. Ihre traurigen Augen waren feucht vor Tränen, und dieser Anblick ließ Elenas Zorn verrauchen. Früher oder später würde Jacques die Quittung bekommen. Eine so großherzige Frau wie Monique hatte er nicht verdient. Sie fragte sich, ob es nicht auch seine Schuld war, dass ihre Freundin so wenig Vertrauen in sich und ihre Fähigkeiten hatte.

»Nein, warum? Das passt sehr gut hier«, antwortete

sie. Sie ignorierte den entgeisterten Gesichtsausdruck ihrer Freundin und gab sich ruhig und gelassen.

»Das soll wohl ein Scherz sein? Jacques wird dich nicht ins Labor lassen, du hast doch Philippe gehört. Du wirst auf immer und ewig hinterm Tresen stehen und Parfüms verkaufen wie eine x-beliebige Verkäuferin.«

War das letzte Wort denn wirklich schon gesprochen? Jacques hatte nicht den Hauch einer Ahnung von ihren tatsächlichen Fähigkeiten.

Sie zuckte mit den Schultern. »Hast du etwas gegen x-beliebige Verkäuferinnen?« Mit einem breiten Lächeln versuchte sie die Situation herunterzuspielen. Da sie diesmal unbedingt das letzte Wort behalten wollte, brachte sie Monique zur Tür. »Hast du nicht gleich einen Termin mit Le Notre?«

Monique nickte, immer noch skeptisch. »Wenn du etwas brauchst …«

»Geh, habe ich gesagt.« Dieses Mal klang Elenas Stimme fest. Sie ließ ihre Freundin auf der Türschwelle stehen und ging in die Parfümerie zurück. Ihr Atem raste, sie war fest entschlossen, ihr Bestes zu tun, egal, was Jacques, Philippe oder wer auch immer von ihr verlangten. Als sie etwas zur Ruhe gekommen war, kehrte sie zu Philippe zurück. In den nächsten Stunden konzentrierte sie sich auf die Arbeit, prägte sich die Anordnung der Parfüms in den Regalen ein und beobachtete die Kunden und Verkäuferinnen. Als sie sich nach Geschäftsschluss auf dem Nachhauseweg in ihre warme Jacke kuschelte, hatte sie eine ziemlich genaue Vorstellung davon, was wichtig und was unwichtig war.

Elena war fassungslos. Sie hatte ihrer Großmutter jahrelang geholfen. Das war Referenz genug. Nichts von dem, was sie gelernt hatte, stimmte mit den Geschäftsprinzipien bei Narcissus überein. Dort wurden die Kunden bedrängt und mit List und Tücke in eine Duftfalle gelockt, wobei man ihre Wünsche einfach ignorierte.

Aber wer war sie schon, um Jacques Montier darauf hinzuweisen, dass dies nicht der richtige Weg war? Das konnte sie sich nicht erlauben. Narcissus war ein erfolgreiches Unternehmen, während sie ihr Geschäft hatte schließen müssen, weil sie nicht einmal genug Kunden hatte, um die Unkosten zu decken. Mit Lucias Krankheit war für Elena eine Welt zusammengebrochen. Ihre Großmutter hatte von Anfang an gewusst, wie ernst es um sie stand, und sich geweigert ins Krankenhaus zu gehen. Elena hatte nichts weiter tun können, als sich zu fügen. In wenigen Monaten hatte die Krankheit Lucia aufgezehrt. Die alte Dame sprach nur noch von der Vergangenheit, von Beatrice und dem Perfekten Parfüm. Sie erzählte ihr noch einmal die Familiengeschichte der Rossinis, von ihren Ahnen und Urahnen. Immer und immer wieder schärfte sie ihr ein, wie wichtig es war, dem traditionellen Weg zu folgen. Obwohl Elena die Geschichte in- und auswendig kannte, hörte sie ihrer Großmutter aufmerksam zu und verbrachte jede freie Minute bei ihr. Da blieb nur wenig Zeit, sich um das Geschäft zu kümmern. Nach Großmutters Tod hatte sie keine andere Wahl, als den Laden zu schließen. Sie hatte weder die Kraft noch den Willen, um weiterzumachen.

Die Melodie von *La vie en rose* drang an ihr Ohr und durchbrach den Strom ihrer Gedanken. Ihr fiel auf, dass sie bereits im Marais angekommen war, wo am Anfang der Rue des Rosiers ein alter Mann stand, der antike Stiche mit Ansichten von Paris verkaufte. Jeden Abend sang Edith Piaf dazu: *Quand il me prend dans ses bras, il me parle tout bas, je vois la vie en rose.*

Tag für Tag legte der Alte die Platte auf, egal, ob es regnete oder die Sonne schien. Eine Geste des Bedauerns, der Enttäuschung und der Verzweiflung über eine verlorene Liebe, das hatte jedenfalls Monique behauptet, als sie eines Abends hier vorbeigekommen waren.

Elena hatte dieses Lied früher immer gesungen, ohne groß darüber nachzudenken. Ihr gefielen die Melodie, die tiefe, fast kratzige Stimme der Sängerin und der Duft vergangener Zeiten, der darin zum Ausdruck kam. Dieses Mal jedoch konnte Elena in den wässrigen Augen des alten Mannes keinen Funken Romantik entdecken. Seine Entschlossenheit wurde vielmehr durch sein spöttisches Lächeln noch unterstrichen. Natürlich konnte es sein, dass er dieses Lied spielte, weil es ihn an eine Liebe, an eine Frau, an vergangene Zeiten erinnerte. Oder er wollte einfach nur Touristen anlocken, damit sie ihre Portemonnaies öffneten und sich ein Stück Paris und eine tränenreiche Geschichte mit nach Hause nahmen. Selbst der größte Zyniker legte die Waffen nieder, wenn er mit seiner Liebsten Hand in Hand vor dem pittoresken Stand verweilte und sich von einem der berühmtesten Lieder der Welt bezaubern ließ. Obwohl die Strategie des cleveren Alten für Elena klar auf der Hand lag, war es ein Muss, beim Spaziergang hier vorbeizuschauen und das Lied mitzusummen. Sogar sie war jedes Mal völlig hingerissen gewesen, als hätte sie jemand verzaubert.

Doch diesmal ging sie vorbei, ohne den Mann eines Blickes zu würdigen, und bog an der ersten Kreuzung in die Rue du Parc-Royal ab. Sie war traurig und zugleich voller Zorn. Ihre Gefühle fuhren Karussell, und als wäre das Chaos nicht schon groß genug, musste sie auch noch an Matteo denken.

Das war zu viel. Diese Erinnerung schmerzte zwar nicht

mehr allzu sehr, trotzdem wollte sie nicht an ihn denken. Melancholie, das war das richtige Wort dafür. Ein irrationales Bedürfnis überkam Elena. Wie schön wäre es, das Leben *en rose* sehen zu können! Nicht aus Kalkül, wie es der alte Mann tat, sondern in der Hoffnung, dass es andere Gründe gab, mit diesem Lied verbunden zu sein. Daran wollte sie unbedingt glauben.

Dann dachte sie an all das Positive in ihrem Leben. Sie hatte einen Job in einer renommierten Parfümerie, eine Wohnung, in der sie sich wohlfühlte, und eine Vision. Im Grunde gar nicht so schlecht, oder?

Als sie den Hof betrat, war die Stimme der Piaf kaum noch zu hören. *Des nuits d'amour à ne plus en finir, un grand bonheur qui prend sa place, des ennuis, des chagrins, des phases, hereux, heureux à en mourir.*

10.

Jasmin. Blume der Nacht, die nur zwischen Sonnenuntergang und der Morgendämmerung ihren Duft verströmt.
Ihr warmer, betörender Geruch eröffnet eine magische Welt, macht die Grenzen zwischen Realität und Traum durchlässiger und schafft Wohlbefinden und Glück.
Sinnlich, anpassungsfähig. Die Quelle wahrer Freude ist in den weißen Blütenblättchen verborgen, das Pflücken ist nur der Anfang.

Das Motorrad war in dieser Nacht viel zu schnell unterwegs. Die Straße war dunkel, der Asphalt rutschig nach dem starken Regen. Dann zerriss das ohrenbetäubende Hupgeräusch des Lastwagens die Stille.

Caillen lag im Bett und warf sich unruhig hin und her. Er war nass geschwitzt, seine Finger verkrallten sich im Laken. Er hatte nur wenige Details des Unfalls im Gedächtnis bewahrt, aber an das Gefühl, das ihm den Magen zusammengezogen hatte, erinnerte er sich noch gut. Die anderen Emotionen hatten sich in seinem Geist und seiner Seele versteckt. Verzweifelt suchte er nach einem Ausweg, nach einer Möglichkeit, sich nur einen Moment lang auszuruhen und wieder zu Kräften zu kommen.

»Der Geruch nach Erde und nach Rosen.«

Die Worte bahnten sich ihren Weg durch die nebulösen

Schichten seines Traums, zwischen Finsternis und Qual. Er packte sie, zog sie an sich und versuchte sich an das Gesicht der Frau zu erinnern, die sie ausgesprochen hatte, dann glitt er allmählich aus dem Traum in die Realität.

Er schreckte hoch und saß keuchend im Bett, der Hals brannte, der Atem kam stoßweise. Als er wieder Herr seiner Sinne war, begriff er, dass er im Schlafzimmer seiner Wohnung im Marais war. Eine Welle der Erleichterung überflutete ihn. Es war nur ein Traum gewesen, ein verfluchter Traum. Langsam ebbte seine Verwirrung ab. Er fuhr sich mit den Händen über das Gesicht und stieg aus dem Bett.

John war sofort an seiner Seite. Cail strich mit der Hand übers Fell, dann ließ er sie auf dem Kopf des Tieres ruhen.

»Wenn ich Juliette nicht ans Steuer gelassen hätte, wäre das nicht passiert«, sagte er leise.

Aber das stimmte nicht und das wusste er auch. Der Unfall wäre auch passiert, wenn er selbst gefahren wäre. Der Lastwagen hatte sie frontal erwischt. Doch Juliette hätte sich vielleicht retten können, und dieser Gedanke quälte ihn. Mit den Fingerspitzen fuhr er über die tiefe Narbe, die sich über seine rechte Gesichtshälfte zog.

Als er auf die Terrasse hinaustrat, spürte er die kühle Morgenluft auf der nackten Haut. Er ging zur Tür, die zur Treppe führte, und überprüfte das Schloss. Er hätte in der Eisenwarenhandlung ein neues kaufen sollen. Das habe ich der neuen Nachbarin versprochen, dachte er finster. Auf diese Weise ließe sich verhindern, dass sie noch einmal unverhofft auf seiner Terrasse stand. Nicht, dass ihm das nicht gefallen würde, da war er ehrlich mit sich selbst. Aber lieber den Anfängen wehren und solche Besuche nicht zur Gewohnheit werden lassen. Eine Fremde in seiner Wohnung, das musste nicht sein. Im Grunde fühlte er sich wohl, so wie er lebte. Allein.

Die Übelkeit wollte einfach nicht verschwinden. Lustlos biss Elena in ein Croissant, dann wartete sie eine Weile.

Schlaflosigkeit, Übelkeit, Erschöpfung. Sie fühlte sich wie ausgespuckt. Endlich ließ das beißende Gefühl im Rachen nach und sie konnte vom Tisch aufstehen. Sie trat aus der Bar, winkte Antonio und seiner Frau zum Abschied zu und blickte auf die Uhr. Sie hatte noch ein bisschen Zeit. Es tat ihr gut, zu Fuß durch die Straßen von Paris zu streifen. Sie hätte ihren Nachbarn bitten können, ihr ein paar schöne Touren zu zeigen. Natürlich hätte sie auch Monique fragen können, die Freundin hätte sie bestimmt begleitet. Doch das wollte sie nicht. Die Idee, mit Cail unterwegs zu sein, gefiel ihr hingegen sehr. Sie schlenderte weiter und musterte die Häuser. Dieser Teil von Paris war einfach wunderschön! Sie ließ die Rue Saint-Honoré hinter sich, bewunderte kurz die monumentale Siegessäule im Zentrum der Place Vendôme, dann durchschritt sie das Portal des imposanten Gebäudes und betrat die Parfümerie.

Wie konnte es sein, dass niemand außer ihr diesen penetranten Geruch wahrnahm? Sie rümpfte die Nase und hoffte, sich so schnell wie möglich daran zu gewöhnen. Am besten wäre es, ihn zu ignorieren.

»Da sind Sie ja endlich«, sagte Philippe und hob den Kopf. Er saß an einem Tisch, auf dem eine Reihe Silberflakons standen.

»Es hieß, um neun«, erwiderte sie und blickte auf die Kristalluhr auf dem Regal.

Der Mann sah sie strafend an. »Wir kommen alle eine Stunde vor Ladenöffnung, merken Sie sich das.«

Davon hatte er ihr nichts gesagt. »Das wusste ich nicht«, antwortete sie.

»Dann informieren Sie sich gefälligst. Ich erwarte vom Personal vollen Einsatz. Wenn sie bei uns bleiben wollen, müssen Sie sich anpassen, *Mademoiselle.*«

Erst wollte Elena etwas erwidern, doch dann überlegte sie es sich anders. Sie schluckte die unfreundliche Antwort herunter, die ihr auf der Zunge lag, und biss die Zähne zusammen.

Eine Frau kam näher, Philippe räusperte sich. »Das ist Claudine«, stellte er die etwa fünfunddreißigjährige Blondine vor.

»*Bonjour, Madame*«, grüßte Elena.

Die Frau nickte kaum wahrnehmbar. Das maskenhafte Lächeln auf ihrem ansonsten ausdruckslosen Gesicht blieb davon unbeeinflusst. Elena musste spontan an die Mona Lisa denken. Nicht dass sie einen überschwänglichen Empfang erwartet hätte, aber durchaus einen Funken Emotion. Claudine schien in einer Art Schreckstarre zu verharren, als wäre sie eine Wachsfigur. Nicht einmal ihr Parfüm strahlte etwas Lebendiges aus, Elena konnte den Duft kaum wahrnehmen. Das lag nicht etwa daran, dass es zu dezent gewesen wäre, vielmehr wurde es von dem alles beherrschenden Narcissus-Geruch verschluckt. Sie versuchte, sich noch etwas mehr zu konzentrieren.

Prada. Diese Frau trug Benjoin von Prada und hatte es mit etwas überdeckt, das sie selbst kreiert hatte. Wie ein Gemälde, das unter einem anderen verborgen war. Elena war verwirrt. Jeder hatte das Recht, sein persönliches Parfüm zu tragen, warum sollte man sich die Mühe machen, es zu verdecken? Schätzte es Narcissus womöglich nicht, wenn das Personal Parfüms aus anderen Häusern benutzte? Konnte das sein? Sie würde sich informieren müssen.

»Heute werden Sie an der Seite von Claudine arbeiten«, fuhr Philippe fort. »Folgen Sie ihren Anweisungen, wenn ich bitten darf.« Nachdem er der Kollegin zugenickt hatte, ging er quer durch den Laden zu einem anderen Regal.

Da endlich erwachte die Statue zum Leben und wandte sich Elena zu, wobei der Gesichtsausdruck unverändert blieb und die blau-grünen Augen Kälte ausstrahlten.

»Sie sprechen fließend Französisch, nicht wahr?«

»Ja«, antwortete Elena ruhig.

»Gut. Ich hasse es, wenn ich etwas wiederholen muss. Folgen Sie mir und passen Sie gut auf. Und fassen Sie nichts an.«

Das geht ja gut los, dachte Elena und beruhigte sich sogleich mit dem Gedanken, dass sie die Kollegin ja nicht sympathisch finden musste. »Selbstverständlich«, antwortete sie.

Die Mona Lisa war im Grunde aber gar nicht so übel. Sie präsentierte ihr die einzelnen Parfüms der Narcissus-Produktpalette, erklärte ihr die Räumlichkeiten, die zu erledigenden Aufgaben, die offiziellen Regeln ebenso wie die inoffiziellen, die nicht weniger wichtig waren, und führte sie schließlich zum Labor.

»Diesen Raum dürfen Sie nur mit ausdrücklicher Genehmigung betreten«, sagte sie und blieb an der Tür stehen.

»Selbstverständlich.«

Claudine beobachtete Elenas undurchdringliche Miene und zog die Augenbrauen hoch. »Sie haben schon einmal in einem Labor gearbeitet?«, fragte sie und fügte sofort hinzu: »Florentinische Schule, nicht war?«

»Unter anderem«, antwortete die Italienerin.

»Erklären Sie mir das bitte näher.«

Das plötzliche Interesse war Elena unangenehm. Und jetzt? Am klügsten wäre es wahrscheinlich, bescheiden zu bleiben, aber der Stolz auf ihre Herkunft ließ sich nicht immer unterdrücken. Sie beschloss, die Karten auf den Tisch zu legen. Natürlich ohne Claudine zu erzählen, dass sie ihre ersten Parfüms unter der Aufsicht ihrer Großmutter bereits mit zwölf Jahren kreiert hatte.

»Ich habe meine Ausbildung in Grasse begonnen, Rosenzucht, Extraktion, alle Verfahrensschritte bis zum fertigen Parfüm. In Florenz habe ich meine Studien abgeschlossen und mein Wissen über Verfahrenstechnik vertieft.«

War Claudine von Elenas Worten beeindruckt? Auf jeden Fall ließ sie es sich nicht anmerken. Ein kurzes Nicken, ein angedeutetes Lächeln, mehr nicht.

»Sie werden Gelegenheit haben, Ihre Qualifikationen zu beweisen. Wir haben einige Kunden, die individuell auf sie zugeschnittene Duftkreationen bevorzugen, meist verändern wir dann Nuancen bereits im Handel befindlicher Produkte. Sie werden das bei mir lernen können.«

Elena jubilierte innerlich. Es war also nur eine Frage der Zeit, wann sie bei Narcissus eigene Duftkompositionen kreieren durfte.

»Folgen Sie mir, ich zeige Ihnen jetzt, wie man hier mit Kunden umgeht. Passen Sie auf, unterbrechen Sie mich nicht, was auch immer ich sagen werde, verstanden?«

Elena nickte.

Nach einigen weiteren Erläuterungen zeigte Claudine Elena ihren Arbeitsplatz und ließ sie dann allein, um sich auf die ersten Kunden vorzubereiten.

An diesem Morgen herrschte Hochbetrieb, alle Verkäuferinnen waren im Einsatz. Nachdem sie sich eine Reihe von

Parfüms aus Jacques Sortiment eingeprägt hatte, ging Elena hinter einen der Verkaufstresen, hielt sich aber etwas abseits. Claudine bediente gerade einen Herrn reiferen Alters, der nach etwas Ausgefallenem suchte. Er war offensichtlich verärgert, seine knochigen Finger krallten sich um den Silberknauf seines Spazierstocks.

»Nein, das gefällt mir nicht. Es riecht abgestanden, es erinnert mich an Mottenkugeln, du meine Güte!«, rief er ungehalten.

Claudine fuhr fort, ihn anzulächeln. »Ich kann Ihnen gerne etwas Dezenteres zeigen, wenn Sie wünschen. Was halten Sie von einer diskreten Sandelholznote?«

Der Mann kniff die Lippen zusammen. »Woher soll ich das wissen, wenn Sie es mich nicht riechen lassen?«

Missmutig verharrte er vor dem Tresen, die Enttäuschung stand ihm ins Gesicht geschrieben. Vor ihm lagen mindestens ein Dutzend Teststreifen, jeder mit einem anderen Parfüm getränkt. Claudines Lächeln begann sich zu verkrampfen.

»Sie haben mir versichert, Sie hätten das Richtige für mich. Offensichtlich eine Fehleinschätzung. Warum sollte ich meine wertvolle Zeit weiter mit Ihnen vergeuden?« Er hatte die Stimme gehoben, und einige Kunden drehten sich bereits neugierig um.

Claudine wirkte angestrengt. »Wenn Sie mir bitte noch einmal genau beschreiben würden, was Sie wünschen.«

»Haben Sie mir denn nicht zugehört? Ich brauche etwas Neues, Innovatives, keine Dutzendware!«

»Jedes dieser Parfüms«, sagte Claudine und deutete auf die auf dem Tresen aufgereihten Flakons, »entspricht Ihren Wünschen. Wollen Sie es vielleicht nicht doch noch einmal versuchen?«

Der Herr kniff die Augen zusammen. »Wollen Sie mir etwa unterstellen, ich wüsste nicht, was ich will?«

Claudines Nasenflügel blähten sich auf; sie war dabei, das Duell zu verlieren. »Einen Augenblick, bitte«, antwortete sie.

Elena hatte die Szene von ferne beobachtet. Der elegant gekleidete Mann war offenkundig nervös, hin und wieder wischte er sich mit einem Taschentuch über den Nacken. Er schaute sich um, konzentrierte sich auf die Parfümflakons vor ihm. An seinem Blick konnte Elena ablesen, warum er sich etwas Neues wünschte: Er war auf der Suche nach der zweiten Jugend, nach etwas, womit er sein Alter überdecken konnte, nach etwas, das ihm Selbstvertrauen gab. Typisch Mann, dachte Elena. Sie versuchen das Älterwerden zu ignorieren und hoffen dabei auf ein kleines Wunder, zum Beispiel eine neue Liebe. Elena wusste nicht, wie sie darauf gekommen war, aber wenn der ältere Herr tatsächlich einen neuen, attraktiven Duft wünschte, dann kannte sie die Lösung.

»Versuchen Sie doch bitte mal dieses hier, ich bin sicher, es wird Ihnen gefallen«, sagte Claudine und streckte ihm eine weitere *mouillette* entgegen.

Der Mann griff nach dem Streifen und roch daran. Stirnrunzelnd fragte er: »Komme ich Ihnen wie ein junger Mann vor? Glauben Sie wirklich, ich könnte mich mit diesem … Geruch unter die Leute wagen?«

Claudines Hand ballte sich zur Faust, ihr Blick wurde eiskalt. »Wenn Sie die Güte hätten, sich noch einen Augenblick zu gedulden, ich sehe gerne nach, ob ich etwas anderes für Sie habe.«

Als Claudine an Elena vorbeihastete, war sie leichenblass, ihr Lächeln wirkte wie eingraviert. Respekt!, dachte Elena, das ist echte Professionalität. Aber die Kollegin war mit ihrer

Geduld am Ende. Sie wandte sich einem anderen Kunden zu, der nach einem Eau de Toilette mit Rosenduft fragte.

Der ältere Herr schien sich inzwischen beruhigt zu haben. Sein Ärger war verraucht, zurück blieb eine tiefe Enttäuschung, ein wehmütiges Gefühl, das nur wenig mit dem Parfüm zu tun hatte.

»Darf ich Sie fragen, was Sie früher getragen haben?«, erkundigte sich Elena und trat auf ihn zu. Claudine hatte ihr zwar verboten, sie zu unterbrechen, aber über höfliche Fragen hatte sie nichts gesagt. So gesehen handelte sie nicht gegen die Anweisung.

Sie hatte mit leiser Stimme gesprochen, und als sie merkte, dass der Herr immer noch in Gedanken versunken war, wiederholte sie ihre Frage. Abrupt hob er den Kopf, als ob er erst jetzt ihre Anwesenheit bemerkt hätte.

Leicht verlegen streckte sie ihm die Hand entgegen. »Elena Rossini.« Ihre Großmutter hatte sich ihren Kunden immer mit Namen vorgestellt.

»Jean-Baptiste Lagose«, antwortete er. Statt ihr die Hand zu geben, verbeugte er sich und gab ihr einen formvollendeten Handkuss, wie ein Gentleman der alten Schule.

Leder, Zistrose und Bergamotte, dachte Elena, als er vor ihr stand; fast hätte er sie berührt. Ein intensiver, gleichzeitig aber eleganter Duft auf einer leichten Moschusbasis. Fast konnte sie ihn vor sich sehen, während er dem Karussell des Lebens hinterherschaute, das ihn am Boden zurückgelassen hatte. Sie nahm das Entsetzen wahr, die Selbstverachtung und das unter vielen Schichten der Verzweiflung verborgene sehnsüchtige Verlangen, sich wieder mitzudrehen.

»Sind Sie eine Verkäuferin?«, fragte er.

Elena nickte. »Heute ist mein erster Tag.«

Der ältere Herr schaute sich um, und als sich sein Blick

mit dem von Claudine kreuzte, wandte er sich wieder an Elena. »Ist das Ihre Vorgesetzte?« Er war noch immer tief gekränkt, das war nicht zu übersehen.

»In gewissem Sinne, ja.«

»Sie Arme«, sagte er und schüttelte den Kopf. »Es gibt Menschen, denen ist die Unfreundlichkeit in die Wiege gelegt worden.«

Den Gedanken hatte sie auch schon gehabt, aber da sie das unmöglich sagen konnte, lenkte sie das Gespräch in eine andere Richtung. »Sie tragen ein Chypre, ein sehr angenehmer Duft. Wenn ich Sie richtig verstanden habe, suchen Sie nach etwas Neuem?«

Von Jean-Baptiste Lagose fiel schlagartig jede Feindseligkeit ab. »Ja, genau. Ich möchte ein Parfüm mit Charakter, gradlinig und originell. Aber diese … ähm … hat das nicht begriffen, sie hat mir gar nicht richtig zugehört.«

Elena dachte an ein anderes Chypre. Dem klassischen Duft auf der Basis von Eichenmoos könnte man eine etwas prickelndere Note verleihen, vielleicht mit Zitrone und Vetiver, das würde die Duftkomposition auffrischen. So etwas würde gut zu ihm passen. Der Kunde wirkte unkonventionell, zumindest der Kleidung nach. Dunkelblaues Jackett, Hose mit Nadelstreifen, rotes Seidentuch. Am rechten Ringfinger trug er einen massiven Goldring mit Brillanten. An diesem Mann gab es nichts Zögerliches, nur unbeirrbare Entschlossenheit. Offensichtlich war das Parfüm Teil einer Eroberungsstrategie. Es war ihm so wichtig, dass er sich persönlich darum kümmerte.

»Wir könnten die Duftnoten nach Ihren Vorstellungen variieren«, schlug Elena ihm vor. Sie musste Zeit gewinnen und auf alle Fälle erst mit Claudine sprechen. Sie war sicher, dass es im Sortiment von Narcissus eine zeitgemäße

Chypre-Variante gab, schließlich war Jacques Montier ein Profi.

Monsieur Lagoses Miene verdüsterte sich. Elena fürchtete einen Moment lang, er könnte ihren Vorschlag ablehnen. Sie blickte zu Claudine und dann wieder zu ihm. Vielleicht lag es an ihrer sorgenvollen Miene, vielleicht wollte der Kunde der Verkäuferin, die ihn mit so viel Arroganz bedient hatte, aber auch eins auswischen. Auf alle Fälle streckte er die Hand aus, nahm einen der Teststreifen und roch daran.

»Ich komme sofort wieder«, sagte Elena erleichtert, und ein Lächeln huschte über ihr Gesicht.

Sie eilte zu Claudine und erklärte ihre Idee. »Haben wir vielleicht etwas mit Neroli, roter Grapefruit oder auch Zitrone als Kopfnote, Jasmin, Gardenie, Magnolie oder etwas ähnlich Blumiges als Herznote und Ambra, Sandelholz und Moschus als Basisnote? Vetiver wäre zum Beispiel perfekt.«

Die Kollegin dachte nach. »Ja, ein Chypre. Wir haben eins, das passen könnte. Ich glaube sogar mit Ledernoten.«

So etwas hatte Elena nicht zu hoffen gewagt. Leder! Einer der ältesten Düfte, männlich und kraftvoll. »Das wäre optimal.«

Claudine erwiderte Elenas Lächeln nicht, aber sie wurde umgehend aktiv. Ein Chypre war schwer und sehr dominant, und sie verwendeten es nur äußerst selten, etwa bei Kreationen für starke Persönlichkeiten, vor allem selbstbewusste Frauen. Aber mit den richtigen Ergänzungen konnte es durchaus auch etwas für Männer sein. Elenas Intuition war womöglich ein Glückstreffer. Sie ging ins Lager, fand das Gesuchte und kehrte in den Verkaufsraum zurück.

Elena folgte mit gebührendem Abstand. Als Claudine

dem Kunden die *mouillette* reichen wollte, blickte er ostentativ in die andere Richtung.

»*Mademoiselle*, könnten Sie dem Herren bitte das Parfüm vorstellen?«, fragte Claudine schmallippig. »Philippe braucht meine Hilfe«, fügte sie noch hinzu und wandte sich ab.

Misstrauisch griff Jean-Baptiste Lagose nach dem Teststreifen.

»Ist das Parfüm für einen besonderen Anlass gedacht?«, fragte Elena.

Er hielt sich den schmalen Papierstreifen mit den Fingerspitzen unter die Nase. »Ja, für einen ganz besonderen.«

»Atmen Sie ganz gelassen ein und denken Sie dabei an den gewünschten Effekt. Nehmen Sie den Duft in sich auf. Stimmen die Gefühle oder fehlt noch etwas?«

Schweigend folgte er ihrer Empfehlung, fast schon ehrfürchtig. Nach einer Weile begann er zu reden. »Wir haben uns im Streit getrennt, wegen einer Nichtigkeit. Wir waren jung und stolz. Heute … ist alles ganz anders. Ich war nie verheiratet und sie ist inzwischen verwitwet.« Er bewegte den mit Chypre getränkten Streifen bedächtig hin und her.

Elena schwieg, seine Geschichte faszinierte sie.

»Sie war nicht die einzige Frau, die ich geliebt habe, das nicht. Aber wegen ihr habe ich am meisten gelitten. Sie ist mir mit einer Beständigkeit in Erinnerung geblieben, mit der ich nicht gerechnet habe.« Er wedelte erneut mit dem Papierstreifen. »Starrköpfig, manchmal fast unerträglich«, fuhr er fort, und wieder verfinsterte sich sein Gesicht, »aber wenn sie lächelt … Wenn sie lächelt, dann beginnen ihre Augen zu leuchten, man glaubt, sie könne den Menschen direkt in die Seele blicken. Sie ist immer noch wunderschön, trotz all der Jahre, die vergangen sind. Für mich ist sie die schönste Frau auf Erden.« Wieder sog er den Duft ein. »Einmal haben wir einen Ausflug in eine Zitrusplantage gemacht, ein so schöner Tag, wir haben viel gelacht. Damals waren wir glücklich. Dann sind wir in die Stadt zurückgekehrt.«

Er war völlig in seinen Erinnerungen versunken, das Parfüm hatte ihm dabei geholfen. Elena konnte den Blick nicht von ihm abwenden, ihre Augen waren vor Rührung feucht.

»Waren Sie jemals richtig verliebt, *Mademoiselle*?«

»Nein, ich … ich glaube nicht«, murmelte sie nach langem Zögern.

Er sah sie mit einem seltsamen Blick an. »Machen Sie sich keine Sorgen, Sie sind hübsch und sehr freundlich. Ihnen wird bald der Richtige begegnen. Es ist traurig, allein zu sein, *Mademoiselle*«, murmelte er. »Auf den ersten Blick fühlt sich Stolz gut an, doch nach und nach verwandelt er sich in Kälte. Folgen Sie Ihrem Herzen.«

Spontan verspürte Elena das Bedürfnis, jemandem anzuvertrauen, dass ihr Herz schneller schlug, wenn sie an ihren mysteriösen Nachbarn dachte, dem sie schon zweimal im Dunkeln begegnet war. Sie wusste nicht einmal mehr, wie er aussah, jedenfalls nicht genau. Seinen Geruch hingegen hatte sie abgespeichert. Sie spürte ein leichtes Kribbeln in der Magengegend, aber sie verscheuchte das Gefühl schnell wieder und konzentrierte sich auf ihren Kunden.

»Das heißt, ich war schon einmal verlobt«, beeilte sie sich zu erklären, »aber er hat es vorgezogen … Es hat nicht funktioniert«, schloss sie, den Blick starr auf die glatte Thekenoberfläche gerichtet.

Jean-Baptiste Lagose sagte nichts, dann streckte er die Hand aus und legte sie auf die ihre. »Ein Idiot, ganz sicher. Machen Sie sich keine Sorgen, *ma chère,* das Leben bietet uns Gelegenheiten, und Gott lenkt, aber wir müssen uns letztendlich selbst entscheiden.«

»Stimmt«, murmelte Elena wenig überzeugt.

»Dieses Parfüm gefällt mir sehr«, fuhr er fort, »es erinnert mich an die Vergangenheit, aber es hat auch etwas Neues. Eine Hoffnung, das ist es. Genau das, was ich will. Das Leben ist sinnlos ohne Hoffnung, wissen Sie das, *Mademoiselle*?«

Ja, das wusste sie. Deshalb war sie nach Paris gegangen, ohne lang darüber nachzudenken. Obwohl ihr klar war, dass es hier nicht leicht werden würde. Warum nur hatte sie plötzlich diesen dicken Kloß im Hals? Warum brannten ihr diese dummen Tränen in den Augen? Sie wischte sie mit einer unwirschen Bewegung weg und zwang sich zu einem Lächeln.

»Ich bin dabei, es zu lernen«, antwortete sie.

Ihr Gegenüber lächelte. »Sie sind eine fabelhafte junge Frau. Und jetzt hätte ich gerne dieses Parfüm hier. Aber nur eine kleine Flasche bitte, dann habe ich einen guten Grund, bald wiederzukommen.«

Er zwinkerte Elena zu, und ihr wurde klar, dass er in seiner Jugend ein richtiger Don Juan gewesen sein musste. Was seine mysteriöse Herzensdame wohl alles zu erzählen hatte?

Das blieb nicht der einzige Erfolg, den Elena an diesem Tag für sich verbuchen konnte. Unter den kritischen, aber diskreten Blicken von Claudine bediente sie noch einige andere Kunden, verkaufte mehrere Parfüms und nahm zwei größere Bestellungen entgegen.

Obwohl sie erschöpft war, hatte sie am Ende ihres Arbeitstags ein gutes Gefühl. Auf dem Nachhauseweg versuchte sie sich daran zu erinnern, was sie alles über die Komposition eines Parfüms wusste, und wurde nervös.

Die Emotionen anderer Menschen drangen förmlich in sie ein, sie konnte sie spüren, sie sprachen mit ihr. Elena hatte lange Zeit versucht, sich dagegen zu wehren und sie wegzuschieben, mehr aus Gewohnheit als aus irgendeinem anderen Grund. Allerdings machte es ihr auch Angst. Sie fühlte sich von ihrem angeborenen Talent terrorisiert, sie befürchtete, dass sie die Besessenheit der Rossinis geerbt hatte, wie schon ihre Mutter und ihre Großmutter.

Ihre Ahnen hatten für das Parfüm alles geopfert. Wäre sie im Stande, sich gegen diese zwanghafte Leidenschaft zu wehren? Könnte sie ihr Talent nutzen, ohne zur Sklavin der Düfte zu werden?

Sie wusste es nicht oder war sich vielmehr nicht sicher. Gerade fühlte sie sich wirklich gut. Der Tag bei Narcissus, die Kollegen zu beobachten, die Kunden zu beraten, ihnen mit jedem Parfüm ein Stück Realität und eine Vision zu verkaufen, hatte ihr gefallen. Und was noch viel wichtiger war: Es hatte ihrem Tag einen Sinn gegeben.

Gedankenverloren durchquerte sie den Hof, ohne nach rechts und links zu blicken. Nach einigem Suchen zog sie den Schlüssel aus der Handtasche und steckte ihn ins Schloss.

»Ciao, Elena.«

Cail. Der Name bahnte sich seinen Weg durch ihr Gefühlschaos. Sie hob den Kopf, und da stand er, nur wenige Meter entfernt, eine Schulter lässig an die Wand gelehnt. Das Licht der Straßenlaternen ließ sein ohnehin kantiges Gesicht noch kantiger erscheinen. Elena erkannte seine tiefblauen Augen und das braune Haar mit den rötlichen Strähnen. Sein Anblick versetzte ihr einen Stich mitten ins Herz. Unvermittelt kehrte sie zurück in die Realität.

»Endlich sehen wir uns einmal bei Licht«, sagte sie lächelnd.

Cails Miene verdüsterte sich umgehend. Mit einer geschmeidigen Bewegung löste er sich von der Wand und wich zurück. Mit einem Mal wirkte er angespannt, die Hände tief in der Lederjacke vergraben. Unter seinem kalten Blick erlosch Elenas Lächeln.

Was war nur mit ihm los? Was war passiert? Wieder einer dieser abrupten Stimmungswechsel, aber sie war sich keiner Schuld bewusst. Sie wandte sich wieder der Tür zu und versuchte den Schlüssel im Schloss zu drehen. Doch er bewegte sich nicht. Sie versuchte es noch einmal. Nichts.

»Verdammt«, fluchte sie, bevor sie gegen die Tür trat.

»Lass mich das machen«, sagte Cail und kam zögernd näher.

»Bist du sicher, dass du das willst?« Der Unmut in ihrer Stimme war nicht zu überhören.

In seiner immer noch finsteren Miene war eine stumme Frage zu lesen. »Manchmal werden die Leute nervös, wenn ich ihnen zu nahe komme.«

»Das soll wohl ein Scherz sein?«

Aber er sah nicht aus, als ob ihm zum Scherzen zumute wäre. Er stand jetzt dicht vor ihr, seine Miene war wie versteinert. Wieder roch Elena seinen Duft und nahm dieses Mal auch eine leichte Verunsicherung und einen gewissen Missmut wahr. Sie trat zur Seite. »Okay, probier du's.«

Cail antwortete nicht. Er drückte mit einer Hand gegen die Tür, während er mit der anderen leicht an der Klinke zog. Prompt ließ sich der Schlüssel drehen. Ein trockenes Klicken war zu hören. »Bitte sehr«, sagte er und hielt ihr die Tür auf.

»Lust auf einen Kaffee?«, fragte Elena im Flur und bedauerte ihre Einladung sofort wieder, da Cail beharrlich schwieg. Was hatte sie sich nur dabei gedacht? Es sah doch ein Blinder mit Krückstock, dass er nicht wollte. »Okay, vergiss es. Wir sehen uns. Danke für deine Hilfe«, murmelte sie.

»Ich trinke lieber Tee.« Cails tiefe Stimme erfüllte das dunkle Treppenhaus. Dann knipste er das Licht an. »Hast du Tee?«, fragte er und sah ihr ins Gesicht. »Wenn nicht, kein Problem, ich habe welchen.«

Wie es aussah, war er ihr doch nicht völlig feindlich gesinnt. Ich muss runterkommen, dachte Elena. Sie lächelte zaghaft und nickte. »Nein, passt schon. Ich glaube, ich habe noch ein paar Beutel da.«

Er schien noch etwas sagen zu wollen, ging dann aber voraus.

Elena musste sich zwingen, den Blick von ihm zu lösen. Sie war immer noch leicht verwirrt. Sie verstand es nicht wirklich, aber irgendetwas passierte da gerade zwischen ihnen.

»Ich war noch nie in dieser Wohnung«, sagte Cail und sah sich aufmerksam um. »Sehr interessant, die ursprüngliche Architektur ist unverändert.« Er deutete auf die aneinandergereihten Rundbögen, die von massiven Natursteinmauern gestützt wurden. »Man beachte die Höhe. Hier standen früher die Kutschen. Und darüber haben die Dienstboten gewohnt.«

Während er die ursprüngliche Architektur des Gebäudes beschrieb, hatte Elena das Gefühl, als würde er das alte Gemäuer zum Leben erwecken. Die Patina war verschwunden, und die Farben schienen wieder an Intensität gewonnen zu haben.

»Ein Jammer, dass das Erdgeschoss nicht genutzt wird«, schloss er.

Elena war vor der Treppe in die obere Etage stehen geblieben. »Wenn das meine Wohnung wäre, würde ich hier einen Laden eröffnen, eine Parfümerie.«

Cail warf ihr einen langen Blick zu und ging ebenfalls zur Treppe. »Du bist Parfümeurin?«

Mit einem Mal ergab für ihn alles einen Sinn. Der Geruch nach Erde und Rosen. Düfte nahmen einen wichtigen Platz im Leben dieser Frau ein. Da ist noch mehr, überlegte Cail. Einen Moment lang hatte er gedacht, sie wäre wie alle anderen. Die Narbe in seinem Gesicht war nicht weiter schlimm, aber die Menschen hatten eine angeborene Abneigung gegenüber allem, was nicht perfekt war. Er hatte sich inzwischen daran gewöhnt, im Grunde waren ihm die anderen egal. Als er Elenas Blick auf sich gespürt hatte, war ihm ihre anfängliche Verunsicherung aufgefallen. Sofort hatte er sich zurückgezogen, denn er wusste nur zu gut, dass andere Menschen zu große Nähe zu ihm mieden. Er versuchte auf Distanz zu gehen, ihnen Freiraum zu geben, um ihnen die Nervosität zu nehmen. Aber Elena hatte ihn verblüfft, zuerst mit ihrer Spontaneität, dann auch mit ihrer Freundlichkeit. Erst war sie ungehalten gewesen, um ihn kurz darauf auf einen Kaffee einzuladen.

»Stimmt, ich bin Parfümeurin, soweit man das sagen kann«, antwortete sie und stieg die Treppe hoch.

»Das hängt von dir ab.«

Elena sah sich um. »Wie meinst du das?«

»Ob man das sagen kann.«

Schweigen, dann lächelte sie wehmütig. »Stimmt. Am Ende hängt alles nur von einem selbst ab.«

Cail konnte den Blick nicht von der schlanken Gestalt lösen, die vor ihm die Treppe hochging. Elena gefiel ihm, die bis auf die Schultern fallenden blonden Haare, der offene, klare Blick. Am meisten berührte ihn jedoch ihr Lächeln. Wenn sie lachte, erstrahlte ihr Gesicht.

Plötzlich begann Elena zu taumeln. Sie war am Treppenabsatz angekommen und stützte sich mit der Hand an der Wand ab.

»Was hast du?«, fragte er knapp und hielt sie an den Schultern fest.

Elena presste die Stirn gegen die kühle Wand, bis der Schwindel nachließ.

»Nichts, mir ist nur nicht ganz wohl. Vielleicht habe ich mich erkältet«, antwortete sie. Aber die Benommenheit schwand nur langsam, ihr Blick war gläsern und sie atmete schwer. Langsam machte sie sich echte Sorgen. Seit Wochen ging das nun schon so.

»Schaffst du's?«, fragte Cail und hielt sie weiter fest. Behutsam führte er sie in die Küche. »Setz dich, du bist ja ganz blass. Wo ist der Tee?« Er begann die Schränke zu durchsuchen. »Eine Tasse Tee wirkt manchmal Wunder«, fügte er nach einer Weile mit leiser Stimme hinzu.

»Wirklich?«, flüsterte sie immer noch benommen, bevor sie sich gegen die Stuhllehne sinken ließ.

Cail hatte einen Teekessel gefunden, füllte ihn mit Wasser und stellte ihn auf den Herd. »Das sagt meine Mutter jedenfalls immer.« Spontan ging er auf sie zu und legte ihr die Hand auf die Stirn. »Hast du schon was gegessen?«

»Ja.«

Er wandte den Blick nicht von ihr ab, als würde er ihre Antwort abwägen. »Vielleicht ein plötzlicher Blutdruckabfall. Der Tee wird dir guttun.« Er wandte sich zum Herd, drehte das Gas ab und nahm einen Teebeutel.

»Hast du eben auf mich gewartet?« Elena stellte die Frage, um von sich abzulenken.

»Ja«, antwortete Cail, »ich wollte dir Bescheid sagen, dass ich das Schloss an der Terrasse ausgetauscht habe.«

»Ah, verstehe.« Der kalte Griff der Enttäuschung trübte ein wenig die Heiterkeit, die Elena empfand, als sie Cail in ihrer Küche herumwerkeln sah.

»Es gibt dort keine Klingel, deshalb dachte ich, ich gebe dir meine Handynummer. Wenn du das nächste Mal Lust hast, die Sterne zu betrachten, dann ruf mich an. Ich«, er hielt kurz inne, »bin es nicht gewohnt, Gäste zu haben.« Seine Stimme war so leise, dass Elena sich konzentrieren musste, um ihn verstehen zu können. »Außerdem musst du mir noch genauer erzählen, warum du Angst vor Hunden hast.« Er zog ein Kärtchen aus seiner Hosentasche, strich es glatt und legte es auf den Tisch. »Hier«, sagte er, bevor er den Tee einschenkte.

Elena wusste nicht, was sie sagen sollte, sie war ein wenig verwirrt, aber glücklich. Sie kam sich vor wie ein kleines Mädchen, eine ungewohnte Leichtigkeit durchströmte sie.

»Also? Wann ist das passiert? Welcher Hund hat dich gebissen?«

Cails Frage holte sie in die Realität zurück.

»Ich war noch ein kleines Kind.«

Er setzte sich ihr gegenüber. »Das hatten wir schon. Und weiter?«

Elena strich mit dem Zeigefinger die Tischdecke glatt. Sie konzentrierte sich und wählte ihre Worte mit Bedacht. »Ich war neun und schrecklich neugierig. Milly hatte Junge bekommen, und ich wusste nicht, dass Hundemütter alles tun, um ihre Welpen zu beschützen. Der Mann …« Sie hielt inne.

Maurice hatte ihr verboten, sich den Hunden zu nähern, aber sie hatte es trotzdem getan. Sie hatte gewartet, bis er wieder im Labor verschwunden war, und war dann zu dem

Körbchen gegangen. Sie war gerne mit Milly zusammen, sie waren richtig gute Freunde. Die Jungen waren so süß, so knuddelig und weich, Elena konnte es kaum erwarten, sie zu streicheln. Als sie die Hand nach einem der Welpen ausstreckte, hatte Milly sie angeknurrt. Instinktiv hatte Elena das winzige Hündchen an sich gedrückt. Milly hatte sie angesprungen und ihr erst in den Arm und dann ins Bein gebissen.

An das, was danach geschehen war, konnte sie sich kaum noch erinnern. Maurice hatte ihr bittere Vorwürfe gemacht, und ihre Mutter hatte ihren Mann angeschrien, weil er einfach weggegangen war, ohne den Hund zurückzurufen.

Die Sirene des Krankenwagens, der stechende Geruch des Desinfektionsmittels, die Angst während der endlos langen Nacht im Krankenhaus, in der sie ganz allein war, all das hatte sich für immer in ihre Psyche eingebrannt. Die Verletzungen waren nicht schwer. Die Hündin hatte nicht wirklich zugebissen, sondern nur geschnappt. Aber dieses traumatische Erlebnis hatte Elena nie ganz vergessen.

Cail stellte eine Tasse vor ihr auf den Tisch. Seine Kiefermuskeln zuckten. »Hier, trink langsam, der Tee ist sehr heiß.«

Er schien sich zu ärgern, aber sie hatte keine Ahnung, warum. Sie pustete, atmete den Teeduft ein und genoss den Wasserdampf auf ihrem Gesicht.

»Wer war dieser Mann?«, fragte Cail nach einer Weile.

Elena setzte die Tasse an die Lippen und nahm einen kleinen Schluck. »Als ich acht war, hat er meine Mutter geheiratet. Damals haben wir noch in Grasse gewohnt. Maurice hatte ein Labor, in dem er ätherische Öle hergestellt hat, meist Rosenöl, aber auch welche aus Tuberose und Jasmin.« Ihre Stimme klang jetzt gleichgültig und monoton, als spräche sie über einen Unbekannten, über jemand, der in ihrem Leben nicht die geringste Rolle spielte.

Instinktiv spürte Caillen, dass sich hinter dieser Geschichte sehr viel mehr verbarg. Er unterdrückte die Wut, die ihn bei Elenas Geschichte übermannt hatte. Wer ließ ein kleines Mädchen in der Nähe einer Hündin alleine, die ihre Welpen beschützen wollte? Jedes Tier, selbst das friedfertigste, konnte in einer solchen Situation gefährlich werden. Der Ärger schien fast greifbar, pulste durch seinen Körper. Eigentlich absurd, immerhin kannte er diese Frau kaum, sie hatte keine Bedeutung für ihn. Aber Cail hatte schon lange aufgegeben, die Logik hinter seinen spontanen Reaktionen ergründen zu wollen. Er hatte gelernt sie zu akzeptieren und zu kontrollieren. Deshalb entschied er sich, etwas für diese Frau zu tun, die sich ihrer schmerzhaften Erinnerung schämte. Das war er ihr schuldig, denn sie hatte ihm den Weg aus einem seiner immer wiederkehrenden Alpträume gewiesen. Er wollte ihr helfen, weil sie ihm geholfen hatte, auch wenn sie das nicht wusste.

»Morgen habe ich in der Stadt ein paar Dinge zu erledigen. Da du gerade erst angekommen bist, könnte ich dich mitnehmen und dir ein bisschen was zeigen …«

Elena hielt die immer noch warme Tasse umklammert und löste sich allmählich von der Vergangenheit.

»Das wäre wunderbar. Obwohl ich nicht zum ersten Mal in Paris bin.« Sie lächelte und zuckte mit den Schultern. »Wahrscheinlich war ich damals noch zu jung, um die Schönheiten der Stadt schätzen zu können, deshalb kommt mir jetzt alles so fremd vor.«

In der Tat hatte sie nur vage Erinnerungen an Paris, und der Gedanke, die Stadt mit Cail neu zu entdecken, erfüllte sie mit Freude. Bestimmt war er ein ganz besonderer Fremdenführer. Sie erhob sich und lächelte ihn an. »Ja, gerne. Ich freue mich sehr.«

War es ihre Begeisterung oder das Lächeln, das ihr Gesicht noch schöner machte? Cail verspürte einen Stich in der Brust. Warum? Einen flüchtigen Moment lang bedauerte er, ihr diesen Vorschlag gemacht zu haben.

»Gut, dann komme ich am Nachmittag vorbei.«

Er verabschiedete sich, ohne auch nur einen einzigen Schluck Tee getrunken zu haben.

Elena setzte sich wieder und dachte lange über sich und Cail nach, bis ihr bewusst wurde, wie erschöpft sie eigentlich war. Lustlos stocherte sie in einem Teller mit gegrilltem Gemüse herum, ging unter die Dusche und entschloss sich trotz ihrer Müdigkeit, noch einen Blick in Beatrices Tagebuch zu werfen. Obwohl sie sich auf die gestochen scharfe Handschrift ihrer Urahnin zu konzentrieren versuchte, verschwammen die Worte immer wieder und sie ertappte sich dabei, dass sie an ihren Nachbarn dachte.

Als das Handy klingelte, wusste sie sofort, wer dran war.

»Ciao, Monique.«

»Ciao, meine Liebe, ich konnte es kaum erwarten, dich anzurufen. Erzähl, was gibt's Neues?«

Elena biss sich nachdenklich auf die Unterlippe. Sie war versucht, der Freundin alles zu erzählen, auch von der Übelkeit und dem Schwindel. Doch dann entschied sie sich, Monie nur um die Telefonnummer ihres Hausarztes zu bitten. »Es gibt tatsächlich Neuigkeiten«, antwortete sie dann mit einem Seufzer.

Monique wurde stutzig. »Wenn du die Atmosphäre bei Jacques nicht erträgst, dann finden wir etwas anderes. Im Grunde hast du recht, Narcissus ist nicht die einzige Parfümerie in der Stadt.« Jacques konnte ein richtiges Ekel sein. Sie wollte nicht, dass Elena unter den Launen ihres Ex-Geliebten litt.

»Es geht weder um Jacques noch um den Laden. Ich fühle mich dort recht wohl, und es klappt viel besser als gedacht.«

»Worum geht es denn dann?« Aus Moniques Tonfall sprach deutliche Beunruhigung.

Elena beschloss, Monique nicht mit ihren Sorgen zu belasten. Ihre Freundin hatte genügend eigene Probleme. Sie starrte auf einen Punkt an der Wand und beschloss, das Problem selbst zu lösen. Beim nächsten Schwindelanfall würde sie in die Notaufnahme gehen; wahrscheinlich war es sowieso nichts Ernstes und ging bald wieder vorbei. Momentan fühlte sie sich jedenfalls wunderbar.

»Ich habe morgen ein Date, ist das nicht unglaublich?«

Schweigen, dann setzte sich Monique im Bett auf. »Wieso? Warum denn nicht? Du allein hast dich für einen hoffnungslosen Fall gehalten und geglaubt, dich mit einem Kneipenwirt begnügen zu müssen«, antwortete sie, wobei sie ihre Überraschung zu verbergen versuchte. Die Dinge entwickelten sich besser als gedacht. Bald war Matteo sicher nur noch eine ferne Erinnerung.

»Stimmt«, Elena seufzte und musste schmunzeln. »Takt ist nicht gerade eine deiner Stärken«, fügte sie hinzu. Aber sie war zu glücklich, um sich über die Anspielungen ihrer Freundin zu ärgern, und ließ die Sache auf sich beruhen.

»Ich sage eben, was ich denke, was ist daran schlecht? Aber lenk nicht ab, wer ist der Glückliche?«

Elena blickte an die Decke und machte es sich gemütlich. »Wusstest du, dass im ersten Stock ein Mann wohnt?«

»Jetzt, wo du es erwähnst. Ein Forscher, glaube ich.«

Monique dachte angestrengt nach. »Ein Schotte, der irgendwas mit Rosen … Ja, genau, ich glaube, er ist Rosenzüchter«, sagte sie, während sie all die aufgeschnappten Informationen und Gesprächsfetzen unter Nachbarinnen im Geiste zusammenfügte. »Ich habe sein Bild ein paar Mal in irgendwelchen Gartenzeitschriften gesehen. Er hat für seine Züchtungen sogar schon Preise gewonnen, weißt du.«

»Was du nicht sagst.« Elena riss die Augen auf. »Deshalb hat er so viele Pflanzen auf der Terrasse. Viel gesehen habe ich nicht, weil es dunkel war, aber er riecht einfach umwerfend.«

»Nur schade, dass er so seltsam ist. Ich erinnere mich vage an sein Gesicht, ein sehr attraktiver Mann, jedenfalls früher.«

Früher? Elena war irritiert. Was meinte Monie damit? »Er sieht nicht nur gut aus, sondern hat auch Ausstrahlung. Und erst sein Parfüm! Ich habe keine Ahnung, von wem es ist, aber es ist wirklich außergewöhnlich.«

Monique bezweifelte stark, dass der Rosenzüchter überhaupt ein Parfüm benutzte. Aber sie hütete sich davor, das auszusprechen. Elena wirkte total begeistert, und es gab keine bessere Medizin, um eine alte Liebesgeschichte zu vergessen, als eine neue Liebesgeschichte. Zufrieden lächelte sie in sich hinein. Soweit sie sich erinnerte, war der Schotte ein Einzelgänger, der sich wenig um die Meinung anderer kümmerte. Etwas zu sperrig für ihren Geschmack. Aber wenn Elena Parfüm an ihm gerochen hatte, dann hatte er sich vielleicht verändert. Man konnte ja nie wissen.

»Wo geht ihr hin?«

»Das ist eine Überraschung. Cail scheint eher der wortkarge Typ zu sein. Wusstest du, dass er ein Teleskop hat? Er kennt die Namen sämtlicher Sterne.«

»Echt… jetzt sag nicht, dass ihr schon zusammen Sterne geschaut habt.«

»Doch. Aber ich habe nicht vor, dir Näheres zu erzählen.« Mit einem Mal klang Elenas Stimme ausgelassen.

Monique hatte sie schon lange nicht mehr so erlebt. Sie hatte zwar gewisse Zweifel, aber sie wusste, dass dieser Cail bereits einige Jahre im Marais lebte und die Leute ihn respektierten. Wenn er ein Auge auf ihre Freundin geworfen hatte, dann hatte er zumindest einen guten Geschmack. Sie schenkte sich also die üblichen guten Ratschläge und bat nur darum, per SMS auf dem Laufenden gehalten zu werden.

»Mach ich, garantiert. Ich schick dir eine Nachricht, wenn wir wieder zu Hause sind, okay?«

Elena beendete das Gespräch und legte das Handy aufs Bett. Rosenzüchter… ein faszinierender Beruf. Deshalb roch er also nach Erde und nach Rosen.

Morgen, entschied sie. Morgen würde sie ihn bitten, von sich und seiner Arbeit zu erzählen. Bald würde sie mehr über ihn wissen.

Später am Abend, kurz bevor der Schlaf ihn übermannte, ließ Cail noch einmal Revue passieren, was er bislang mit Elena erlebt hatte. Nichts daran war so besonders, dass es das in ihm aufkeimende Interesse rechtfertigte.

Die Italienerin gefiel ihm, Punkt. Einfach so. Und genau das konnte er beim besten Willen nicht verstehen.

11.

Iris. Kostbar und rein wie das Wasser, die Luft,
die Erde und das Feuer.
Ein strahlender, intensiver Duft, der Spannungen löst
und das Vertrauen in die Seele erneuert.

Monique ging die Formel bereits zum dritten Mal durch. Sie tauchte die *mouillette* in den Messzylinder, schnupperte daran und wartete, bis die Kopfnote aus Mandel und Grapefruit verflogen war. Dann atmete sie erneut ein und suchte nach der Herznote des Parfüms: weißer Moschus und Tonkabohne. Sie wartete wieder, denn jetzt kam es darauf an. Die Basisnote musste an einen selbstbewussten, entschlossenen Mann erinnern, der eine Frau zum Träumen bringen konnte. Sandelholz und Vetiver, aber das überzeugte sie nicht.

Nichts, sie roch nichts, außer das strenge Vetiveröl. Aber sie wollte mehr, pure Männlichkeit, einen maskulinen Duft, wie ein Blick, der das versprach, was sich mit Worten nicht ausdrücken ließ. Sie wollte Emotion und Sinnlichkeit, sie wollte den Duft von Jacques.

»Warum lässt du mich einfach nicht in Ruhe?«, fauchte sie und schlug mit der flachen Hand auf den Tisch.

Der Messzylinder mit der Komposition wackelte gefährlich. Hastig griff Monique danach, aber er glitt ihr aus den

Fingern und die Flüssigkeit ergoss sich über den Tisch. Eine strohgelbe Pfütze breitete sich aus, floss über die Pipetten, die Papptrichter und die anderen vor ihr ausgebreiteten Utensilien, inklusive ihres Notizblocks.

Wie erstarrt blickte sie auf das Desaster, dann fluchte sie und riss sich den Laborkittel vom Leib. Sie brauchte dringend frische Luft und Weite. Das Labor, das ihr Le Notre zugewiesen hatte, kam ihr auf einmal wie ein Gefängnis vor. Sie stürzte auf den Korridor, wo sie eine Mitarbeiterin des Reinigungsdienstes traf.

»Das muss alles weg, sofort«, wies sie die verdatterte Frau an.

Dann hastete sie die Treppe hinunter auf die Terrasse. Obwohl die Sonne hoch am Himmel stand, konnte man den Atem sehen. Aber nicht die Nebelwölkchen verschleierten Moniques Blick, sondern Tränen der Wut.

Sie wischte sich über das Gesicht und sog tief die kalte Luft ein. »Egal, ich fange einfach noch mal ganz von vorne an. Ich werde diesen Duft finden, und wenn ich den ganzen Tag dafür brauche.«

Claudine hatte Elena Rossini den ganzen Vormittag nicht aus den Augen gelassen. Sie fand Gefallen an der neuen Mitarbeiterin, sie war kompetent und freundlich, nahm aber kein Blatt vor den Mund, und wenn sie Kundenwünsche nicht für angemessen hielt, schlug sie Alternativen vor. Diese Frau war wirklich ein Gewinn. Sie nahm sich vor, davon zu profitieren. Es hat durchaus Vorteile, Vorgesetzte zu sein, dachte sie ganz pragmatisch. Sie war die ganze Zeit über in Elena Rossinis Nähe geblieben, weil sie bereits geahnt hatte, dass die Neue ihr sehr nützlich sein konnte. Schließlich kehrte sie an ihren Tresen zurück.

»Könnten Sie mir bitte helfen?«, fragte eine elegant wirkende Frau. »Ich suche nach einem leichten Duft, etwas für ein junges Mädchen.«

Die Kundin hatte nicht gewartet, bis Claudine ihr zu verstehen gegeben hatte, dass sie frei war. Offensichtlich erwartete sie, sofort bedient zu werden. Sie blickte sich mit einer gewissen Überheblichkeit um und spielte mit ihrer Lesebrille von Gucci, die um ihren Hals baumelte.

Widerlich reich, dachte Claudine. Diesen Typ Kundin kannte sie nur zu gut. Nach sieben Jahren bei Narcissus hatte sie einen sechsten Sinn entwickelt. Sie hätte wetten können, dass die Frau schwierig war und geizig dazu. Eine von den Personen, die glaubten, mit Geld alles kaufen zu können, und zwar sofort. Einzigartig musste es natürlich auch sein und weniger kosten, als sie für ihre Putzfrau ausgaben.

»Ich rufe Ihnen eine Verkäuferin«, antwortete Claudine in ihrer knappen Art.

Sie ließ der Frau keine Möglichkeit zu reagieren, genoss deren verblüfften Blick und ging beschwingten Schrittes davon. Dann gab sie Elena ein diskretes Zeichen in Richtung der Kundin. »*Madame* sucht ein leichtes Parfüm für ein junges Mädchen. Versuchen Sie ihren Wünschen gerecht zu werden.«

Damit ließ sie die Neue stehen und zog sich zurück. Sobald die Kundin ihre Kreditkarte zücken würde, und keine Sekunde früher, würde sie wieder auftauchen und den Verkauf auf ihren Namen verbuchen. Sie war eben geschäftstüchtig.

Endlich war es so weit. Den ganzen Morgen war ihr der Gedanke an die Verabredung mit Cail durch den Kopf gespukt, selbst in den unpassendsten Momenten. Elena konnte es kaum erwarten, mit ihm durch Paris zu streifen. Sie lächelte in sich hinein, zufrieden und nervös zugleich.

Auch mit der Entwicklung bei Narcissus war sie zufrieden. Trotz nicht gerade günstiger Vorzeichen hatte sie sich gut eingelebt. Mit den Geschäftsabläufen war sie vertraut, heute Morgen hatte sie bereits ein hochemotionales Verkaufsgespräch gehabt.

Eine elegante Dame mit aristokratischem Auftreten wollte ein Parfüm für ihre Tochter kaufen. Es sollte ein besonderes Geschenk sein, um die Spannungen zwischen ihnen abzubauen. Eloise Chabot wünschte etwas Außergewöhnliches, um ihrer Tochter zu zeigen, wie sehr sie sie liebte. »Etwas, das eine Frau einer anderen Frau schenken würde«, hatte sie Elena erklärt.

Auch ihre Mutter hatte ihr vor langer Zeit ein Parfüm geschenkt. Elena hatte es fast vergessen, aber die Erinnerung war plötzlich wieder aufgetaucht. Es war ein Geburtstagsgeschenk gewesen, das sie nie geöffnet hatte. Der Flakon musste noch in Florenz sein, in irgendeiner Kiste. Ihre Großmutter hatte alles aufgehoben.

Elena hatte der Dame eine schlichte Duftkomposition empfohlen: Mandel, Honig, Pfingstrose, Schokolade, Tonkabohne und als warme Basisnote die samtweiche Süße von Amber. Ein Duft, der mädchenhafte Anmut, aber auch eine Spur Verlockung und Finesse verkörperte.

»Das ist weder ein Parfüm für ein ganz junges Mädchen noch für eine erwachsene Frau. Nicht für jemanden, der bereits am Ziel angekommen ist, sondern sich noch auf dem Weg dorthin befindet.«

Eloise Chabot hatte sich mit einem strahlenden Lächeln bedankt und Elena zum Abschied sogar umarmt.

So etwas habe ich wirklich noch nie erlebt, dachte Elena,

während sie ihre Schritte beschleunigte. Ein befriedigendes Gefühl, für einen anderen Menschen wichtig zu sein und etwas Besonderes geleistet zu haben.

Wieder kam ihr das Parfüm in den Sinn, das ihre Mutter für sie zusammengestellt hatte. Als sie damals das Päckchen in Händen gehalten hatte, war sie einen Moment lang überglücklich gewesen, fast euphorisch. Das war immer so, wenn ihr Susanna etwas schenkte. Aber das Glücksgefühl währte nur kurz und war rasch wieder abgeflaut. Es war von der diffusen Angst abgelöst worden, dass der Flakon zerbrechen und das Parfüm auslaufen könnte.

Diese Form von mütterlicher Aufmerksamkeit war nicht das, was sie brauchte. Was war schon ein Parfüm? Ihre Großmutter kreierte ununterbrochen neue Parfüms. Davon abgesehen: Wenn sie sich ein Parfüm gewünscht hätte, dann hätte sie es selbst komponiert.

Elena sehnte sich nach etwas ganz anderem. Das war ihr damals überdeutlich bewusst geworden, als sich das kurze Glücksgefühl erst in Zorn und dann in Bitterkeit verwandelt hatte. Sie wollte umarmt werden, stundenlang reden, die Aufmerksamkeit ihrer Mutter spüren und mit ihr gemeinsam lachen. Natürlich auch Konflikte mit ihr austragen, selbst wenn sie in Tränen und Enttäuschungen mündeten. Sie wollte ihr erzählen, dass Massimo Ferri aus der 8 b mit ihr ausgegangen und wie enttäuschend ihr erster Kuss gewesen war.

Ein Hupton holte sie in die Gegenwart zurück. Ihr Lächeln erstarrte. So was Albernes! Massimo Ferri. Sie hatte sich rettungslos in den Jungen verliebt, an dessen Name sie sich zwar noch erinnerte, von dem sie aber nicht mehr wusste, wie er ausgesehen hatte. Ein Gefühl, das ebenso schnell verschwunden war, wie es aufgetaucht war.

Sie schüttelte den Kopf und versuchte alles, was ihre Mutter betraf, aus ihren Gedanken zu verbannen, an einen weit entfernten Ort ganz tief in ihrer Seele.

Was blieb, war die Neugier. Welches Parfüm hatte Susanna ihr damals geschenkt? Aus welchen Duftnoten hatte sie es wohl komponiert? Vanille, Gardenie, Neroli oder Lavendel?

Nachdem Elena die Straße überquert hatte und an der Kreuzung zur Rue des Rosiers ankam, warf sie dem Bilderverkäufer einen Blick zu. Er hatte sich in seine zerschlissene Jacke gehüllt, trug eine rote Wollmütze, die gerade noch die Augen freiließ, und sah dieses Mal viel jünger aus. Sie blieb einen Moment bei ihm stehen, dabei stampfte sie mit den Füßen, die schon steif vor Kälte waren. Für den Spaziergang mit Cail würde sie Stiefel anziehen. Sie war gespannt, wohin er sie führen würde, und freute sich.

Der Alte hatte in der Zwischenzeit den Plattenspieler eingeschaltet. Da war es wieder, *La vie en rose*.

Mit einem Lächeln auf den Lippen ging Elena nach Hause.

Als Cail sie kurz darauf abholte, war sie längst fertig. Sie hatte sich für einen nachtblauem Hosenrock, eine weiße Bluse und einen warmen Pulli mit weitem Ausschnitt entschieden. Den Pulli hatte sie kurz nach ihrer Ankunft in Paris gekauft, in einer dieser Vintage-Boutiquen, von denen es in der Stadt etliche gab. Er war rosa. Als sie noch in Florenz lebte, hätte sie nicht im Traum gedacht, dass sie jemals Rosa tragen würde. Aber jetzt war sie ganz begeistert davon. Laut Aussage der Verkäuferin stand ihr die Farbe ganz ausgezeichnet, *divinement*, einfach himmlisch.

Dieses Wort wiederholte sie mehrfach in Gedanken, während sie die Treppe hinunterging. An den genauen Wortlaut konnte sie sich jedoch nicht mehr erinnern.

»Ciao«, sagte Elena, als sie die Tür öffnete.

Cail starrte sie schweigend an. Elena spürte seinen Blick, mit dem er sie von Kopf bis Fuß taxierte. »Du solltest dir eine Jacke anziehen«, sagte er schließlich.

»Oh.« Elenas Überschwang bekam einen ersten Dämpfer. Knapp und effektiv. Hatte sie etwa erwartet, dass er sie noch an der Tür küssen würde? Manchmal war sie wirklich naiv.

Mach dir nichts vor, sagte sie zu sich selbst und schluckte die Enttäuschung herunter. Sie drehte sich um, griff nach der Lederjacke, die an der altertümlichen Garderobe hing, und schlang sich einen Schal um den Hals.

Cail nickte, aber er lächelte nicht, sondern wirkte nachdenklich wie immer. »Wir nehmen das Motorrad, und da wird es ganz schön kalt«, lieferte er ihr endlich eine Erklärung.

Das Motorrad? Sie war noch nie Motorrad gefahren. Der Lärm war ihr immer ein bisschen unheimlich gewesen. Ihre Enttäuschung machte einer fiebrigen Aufregung Platz.

»Ich wusste gar nicht, dass du eins hast. Eine schwere Maschine? Leider habe ich keinen Helm«, sagte sie ernüchtert.

Cail zog die Augenbrauen hoch. »Ich habe einen für dich«, antwortete er. Mit der Zeigefingerspitze strich er ihr eine Haarsträhne aus dem Gesicht und schob sie hinters Ohr.

»Knöpf sie zu.« Damit ging er voran, die Hände wie immer in den Taschen vergraben. Nach ein paar Metern drehte er sich um und musterte sie erneut.

Elena verspürte einen Stich.

»Lass uns gehen, es wird höchste Zeit«, drängte er und beendete abrupt den magischen Moment.

Kurz darauf stand Elena vor einer imposanten chromglänzenden Harley, tiefschwarz und mit Flammendekor auf dem Tank. Caillen hatte beiläufig erwähnt, dass sie Hermine hieß. Elena hatte daraufhin nicht mit der Wimper gezuckt. Nachdem Cail ihr den Helmverschluss zugemacht hatte, umfasste er mit einem Arm ihre Taille, und einen Augenblick später saß Elena auf der schweren Maschine. Der Motor röhrte, erst dumpf, dann gleichmäßig tief. Als sie losfuhren, umklammerte sie Cail so fest, dass sie befürchtete, es könnte ihm unangenehm sein. Aber nichts auf der Welt hätte sie veranlassen können, den Griff zu lockern.

Ville Lumière. Die Stadt des Lichts.

Wenn es einen Begriff gab, der Paris mit zwei Wörtern beschreiben konnte, dann diesen. Die Metropole war ein einziges Farbenspiel, ein Spektakel der Lebensfreude. Es war erst fünf Uhr nachmittags, dicke Wolken hatten den Himmel verdunkelt, und ganz Paris war der Einladung gefolgt und hatte die Lichter angeknipst. Da war es wieder, dieses Strahlen, das sie schon als Kind zutiefst beeindruckt hatte. In den Straßen roch es nach Autos, Menschen, Essen und Rauch, dazu der schwere, feuchte Geruch der Seine.

Heute gesellte sich noch etwas anderes hinzu: der faszinierende Geruch des Mannes, den sie fest umklammert hielt: kraftvoll und warm, eine Mischung aus Kräutern, Leder und etwas Zartem. Der warme Rücken, an den sie sich drückte, wirkte tröstlich und prickelnd zugleich. Könnte ich jetzt *La vie en rose* hören, wäre die Magie des Augenblicks vielleicht noch deutlicher zu spüren, dachte sie bei sich.

Cail nahm Kurs auf die Île de la Cité und stellte die Maschine in einem Parkhaus ab.

»Da wären wir«, sagte er und war Elena behilflich, die an dem Helmgurt herumzerrte.

»Ich kann es kaum erwarten, dieses Ding loszuwerden«, sagte sie. Ihr war warm geworden, und obwohl man vor Kälte ihren Atem sehen konnte, hatte sie das Gefühl, ihr Gesicht würde vor Hitze glühen. Vor allem aber war sie glücklich. Auf der Fahrt hatte sich ihre Begeisterung mit einem Gefühl von Beklemmung abgewechselt, trotzdem fühlte sie sich dabei großartig.

Draußen wimmelte es von Menschen, und unvermittelt griff Caillen nach ihrer Hand. »Bleib in meiner Nähe«, sagte er und deutete auf das Gedränge.

»Wenn du darauf bestehst«, antwortete sie und spähte in den Himmel, um ihre Verlegenheit zu überspielen.

Cail stutzte, sah sie verwirrt an, und erst als sie in Gelächter ausbrach, begriff er, dass sie es nicht ernst meinte. Auf einmal war er bester Laune und wollte mit ihr lachen, einfach so, ohne besonderen Grund. Es ging ihm gut. Der Grund dafür war sie. Ein seltsamer Moment. Inmitten wildfremder Menschen standen sie sich gegenüber, sahen sich an und versuchten sich auch ohne Worte zu verstehen.

»Komm, wir gehen.« Seine nüchterne Aufforderung beendete den Zauber, der sie einen Wimpernschlag lang umfangen gehalten hatte.

»Wohin?«

»Es wird dir gefallen.«

Ein großer Redner war er wirklich nicht, aber Elena begann sich an seinen herben Charme zu gewöhnen. In seiner Nähe fühlte sie sich sicher, seine warme Hand vermittelte ihr Geborgenheit. »Jetzt komm schon, gib mir ein Stichwort. Wenn du willst, dass ich dich begleite, brauche ich zumindest einen Hinweis.«

Nachdem er kurz überlegt hatte, flüsterte Cail: »Schokolade.« Dabei kamen seine Lippen den ihren ganz nahe.

In dieser Situation war Widerstand zwecklos. Nachdem Elena wieder normal atmen konnte, ertappte sie sich dabei, dass sie kicherte wie ein junges Mädchen. Schokolade war ihre größte Schwäche. Sie griff nach seinem Ärmel und zog ihn an sich. »Wenn das hier ein Traum ist, dann weck mich bitte nicht auf.«

Cail schüttelte den Kopf, aber als er nach ihrem Handgelenk griff, ihre Schlagader sanft mit seinem Daumen berührte und so tat, als würde er ihren Puls messen, begann Elenas Herz wild zu pochen. So sanft diese Geste war, so vertraut war sie. Er hielt sie ganz sanft, wenn sie gewollt hätte, hätte sie sich jederzeit von ihm lösen können. Dennoch fühlte sie sich mit ihm verbunden.

Hand in Hand gingen sie weiter, keiner sagte ein Wort. Je dichter das Gewimmel wurde, desto näher kamen sie sich. Irgendwann legte Cail den Arm um Elena, was sie anfangs beunruhigte, aber nach der ersten Überraschung entspannte sie sich.

Vor Notre-Dame hatte sich eine lange Besucherschlange gebildet, die sich fast bis zum Ende des Platzes vor der Kathedrale zog.

»Auf die Türme kommen wir heute nicht mehr«, meinte sie und blickte dabei leicht wehmütig nach oben.

Es hätte ihr gefallen, Paris von oben zu sehen, und es hätte ihr noch besser gefallen, es gemeinsam mit Cail zu tun. Der Rundblick von den Glockentürmen war beeindruckend. Selbst nach all den Jahren konnte sie sich immer noch daran erinnern.

»Wir werden schon einen Weg finden«, versicherte ihr Cail.

Nach einem Blick in seine Augen wusste sie, dass er es ernst meinte.

Die Konditorei lag ganz in der Nähe der Kathedrale, nur einen Steinwurf entfernt. Alles dort war rosa, Elena traute ihren Augen kaum. Sie blieb stehen und sog die Düfte, die ihr entgegenströmten, tief in sich ein: Waldfrüchte, Honig, Schokolade, Pfirsich. Darunter mischte sich der unverwechselbare Geruch von schmelzendem Zucker, kurz bevor er goldbraun und zu knusprigem Karamell wurde.

Ein heftiges Verlangen erinnerte Elena daran, dass sie einen Bärenhunger hatte. Sofort verkrampfte sich ihr Magen, und sie zuckte alarmiert zusammen. Sie hatte gehofft, dass dieses Gefühl nicht noch einmal wiederkehren würde.

Cail musterte sie aufmerksam. »Es ist nicht Ladurée«, sagte er, und es klang, als ob er sich entschuldigen wollte.

Elena zuckte mit den Schultern. »Wenn es nur halb so gut schmeckt, wie es duftet, dann muss es das Paradies sein.«

Der Krampf war verschwunden, jetzt verspürte sie Heißhunger auf Süßes.

Der Laden war in Cremetönen eingerichtet, von den Tresen bis zu den Regalen, in denen sich Schachteln in allen erdenklichen Größen, Farben und Formen stapelten.

Elena war sofort klar, dass der Geruch nach frisch gebackenen Keksen nicht aus der Backstube stammte, sondern dass hier ein Parfümeur am Werk gewesen war. Schmunzelnd ließ sie sich von Cail aus der Jacke helfen. Olfaktorische Psychologie. Es kam immer häufiger vor, dass ein speziell auf das jeweilige Umfeld abgestimmter Duft eine harmonische Atmosphäre schaffen und dem Kunden ein unvergleichliches Erlebnis bescheren sollte. Alle Sinne sollten eingebunden werden, mit dem Ziel, ein Wohlfühlambiente aus Interieur, Geruch und Geschmack zu schaffen.

Eine weiß gekleidete Kellnerin brachte ihnen einen Teller mit Blätterteiggebäck und fruchtigen Macarons, dazu eine heiße Schokolade mit Sahne für Elena und einen schwarzen Tee für Cail.

Elena begann sofort zu essen. Die Macarons waren köstlich. Zuerst die zarte Kruste, dann die Cremefüllung, die auf der Zunge schmolz. »Einfach himmlisch«, schwärmte sie und griff nach einem zweiten Macaron.

Cail verfolgte ihr Tun mit einem amüsierten Lächeln.

»Hast du … Hermine schon lange?«, fragte Elena.

»Fünf Jahre. Davor hatte ich eine andere Maschine.«

Bei diesen Worten verkrampfte er sich und wandte den Blick ab. Elena beobachtete, wie er nervös mit einer der Servietten spielte, die die Kellnerin auf den Tisch gelegt hatte. Es war überdeutlich, dass ihm dieses Thema unangenehm war, deshalb hakte sie nicht weiter nach. Sie nahm ein Macaron in einem intensiven Lilaton, der fast künstlich wirkte. Die Füllung aus schwarzen Johannisbeeren war ein Gedicht. Genießerisch schloss Elena die Augen. Ein Geschmackserlebnis, das mit Worten kaum zu beschreiben war: intensiv fruchtig und weich wie warmer Honig.

»So etwas Gutes habe ich noch nie gegessen«, flüsterte sie, als sie wieder sprechen konnte.

Cails Gesichtszüge hatten sich etwas entspannt. Es war noch kein richtiges Lächeln, aber sehr nahe dran. Elena konnte sich gut vorstellen, wie es wäre, wenn er wirklich lächelte. Ein schönes Bild.

»Arbeitest du schon lange als Parfümeurin?«

»Mein ganzes Leben«, antwortete sie nach kurzem Zögern.

Auffordernd schob Cail ihr den Teller mit Gebäck hin, er sah ihr gern beim Essen zu. Er sah sie überhaupt gerne an. Geduldig wartete er, bis sie ein weiteres Macaron ausgesucht hatte.

Elena kaute genüsslich und begann dann zu sprechen. »In meiner Familie gibt es viele Parfümeurinnen. Die Begabtesten haben berühmte Düfte komponiert, aber auch die anderen haben zum guten Ruf des Familienunternehmens beigetragen.« Sie hielt kurz inne, blickte nach draußen und wandte sich dann wieder Cail zu. »Weißt du, dass wir unser Vermögen Frankreich verdanken? Beatrice, eine meiner Urahninnen, hat einst für einen Edelmann ein derart betörendes, geradezu perfektes Parfüm kreiert, dass eine Prinzessin dem Duft nicht widerstehen konnte. Der Auftraggeber heiratete die Prinzessin, wurde dadurch steinreich und überhäufte Beatrice mit Geld. Danach verließ sie Frankreich und kehrte nach Florenz zurück.«

»Ich habe das Gefühl, dass es da noch etwas anderes gibt, das du mir nicht sagen willst.«

Elena hielt seinem Blick stand. »Sie hat ihn nie vergessen. Den Edelmann. Selbst nachdem sie einen anderen Mann geheiratet hatte, schrieb sie in ihrem Tagebuch über ihn. Eine traurige Geschichte.«

Cail stellte die Tasse auf den Tisch und ließ sich gegen die Stuhllehne sinken, dann zuckte er mit den Schultern. »Vielleicht waren sie nicht füreinander bestimmt.«

»Das Schicksal kann man beeinflussen«, antwortete Elena, »man muss es nur wollen. Mit Willenskraft lässt sich der Ablauf der Dinge verändern.«

»Nicht immer, es gibt Situationen oder Dinge, die passieren einfach. Man kann sich ihnen nicht entziehen.« Erneut schien er mit seinen Gedanken weit weg zu sein. Sein Gesichtsausdruck hatte sich wieder verhärtet, er presste die Lippen aufeinander. Dann blitzte noch etwas anderes in seinen kalten Augen auf, etwas, das er vorher versteckt hatte. Trauer und Schmerz.

Elena hatte den Eindruck, dass seine Worte von einem tiefen Schmerz diktiert wurden. Dann erst verstand sie. »Du sprichst vom Tod.«

»Nein«, fiel er ihr ins Wort. »Heute reden wir nur über schöne Dinge«, ergänzte er mit rauer Stimme.

Er weicht mir aus, dachte Elena. Die Fragen, die er mit seinen Andeutungen provoziert hatte, wurden dadurch nur noch drängender. Doch seine Botschaft war unmissverständlich. Er wollte das Thema nicht vertiefen.

»Erzähl mir mehr von dir. Was machst du noch, außer im Marais zu leben und in die Sterne zu schauen?«

»Meine Arbeit ist deiner im Grunde ein wenig ähnlich. Ich züchte Rosen, mein Spezialgebiet sind Duftrosen, vor allem die alten Sorten mit ihrem starken Charakter, den intensiven Farben und ihrem unverfälschten Duft. Diese Echtheit zu erhalten ist mein Ziel. Alte Rosensorten verströmen dezente Zitrusfrucht- und Gewürzaromen, die intensive Geruchserlebnisse möglich machen. Ich mag die Neuzüchtungen nicht, die nur wegen ihrer Schönheit geschätzt werden, das ist mir zu vordergründig. Ihr Geruch ist enttäuschend.«

»Das heißt, du schützt die alten Sorten?«

Cail zog die Augenbrauen hoch. »Schon, allerdings nicht aus Idealismus. Ich verdiene sehr gut damit.«

»Im Grunde ist es doch so. Wenn du dich ihrer nicht annehmen würdest, würden die alten Sorten wahrscheinlich in Vergessenheit geraten.«

In knappen Worten erzählte Cail ihr von seiner letzten Züchtung, die ihn ziemlich enttäuscht hatte, aber immerhin eine gute Mutterrose werden könnte. »Es ist ein bisschen wie bei den Menschen. Wenn die Mutter blaue und der

Vater grüne Augen hat, wird das Kind immer helle Augen haben, wenn auch mit individuellen Abstufungen.«

Elena lauschte fasziniert und ließ zu, dass er sie in seinen Bann zog.

Als sie die Konditorei verließen, war es bereits dunkel, und die Île war von tausenden bunten Lichtern taghell erleuchtet.

»Komm, lass uns zu Notre-Dame zurückgehen.« Cail hielt auf die riesige Kathedrale zu, deren Spitzbögen den Himmel zu berühren schienen.

Die steinernen *gargouilles* auf den Zinnen schienen die Passanten nicht aus den Augen zu lassen. Sie waren fast an dem gewaltigen Eingangsportal angekommen, als Elena nach oben schaute.

»Ich erinnere mich gar nicht mehr, dass man hier hineingeht«, sagte sie erstaunt.

Cail nickte. »Der Eingang ist in der Rue du Cloître. Die Wendeltreppe hat übrigens vierhundert Stufen«, warnte er sie vor, »aber auch der untere Teil der Kathedrale ist sehr sehenswert.«

Elena schüttelte den Kopf. »Ja, ich weiß. Aber hier unten könnte ich die Glocken nicht sehen. Sie haben alle so hübsche Namen.«

»Angélique-Françoise, Antoinette-Charlotte, Hyacinthe-Jeanne, Denise-David sind die neuesten«, zählte Cail auf. »Die größte ist Emmanuel, sie wiegt fast dreizehn Tonnen.«

»Ein kleines Wunder«, sagte Elena leise und fügte hinzu: »Der Himmel ist einem dort oben so nah.« Dabei erinnerte sie sich an das letzte Mal, als sie die Wendeltreppe emporgestiegen war. Dann wandte sie sich zu Cail um. »Komm, lass uns hinaufgehen«, sagte sie unvermittelt und streifte ihn wie zufällig an der Schulter.

Er nahm ihre Hand, drückte sie und nickte. »Einverstanden.«

Sie hatten Glück, die Warteschlange hatte sich inzwischen fast aufgelöst. Während sie Stufe um Stufe erklommen, wurden ihre Finger in der herbstlichen Kälte allmählich steif. Die Treppe schien kein Ende zu nehmen, und das schräg einfallende Licht ließ die Oberfläche der Stufen noch rauer erscheinen. Zwischen den hoch aufragenden Mauern roch es nach Feuchtigkeit und Moder, eine Mixtur aus Alter, Weihrauch und Bienenwachs. Wie viele Menschen waren vor ihnen schon hier hochgestiegen? Elenas Gedanken ließen sich vom Duft der Zeit und ihrer Fantasie leiten. Frauen, Männer, alle mit ihrer eigenen Vergangenheit, ihrer eigenen Geschichte.

Unvermittelt blieb Elena stehen, als ihr der Atem stockte. Sie hatte das Gefühl, ihre Lungen füllten sich nicht mehr mit Luft, als wären sie blockiert. Sofort neigte sie den Kopf zur Seite und hob ihn dann wieder. Panik breitete sich in ihr aus. Sie begann hektisch zu atmen, aber so sehr sie sich auch anstrengte, das unangenehme Gefühl war übermächtig.

Cail war auf der Stufe hinter ihr. Als er merkte, dass etwas nicht stimmte, packte er sie und drehte sie zu sich herum. Er hob ihren Kopf an. Sie sah aus, als ob sie gleich in Ohnmacht fallen würde.

»Wir gehen besser wieder runter, bleib ganz ruhig.«

Er wartete ihre Antwort nicht ab und hob sie hoch, als ob sie ein Kind wäre. Stufe für Stufe ging er gegen den Strom nach unten, Elena fest an die Brust gepresst, wobei er den Protest der entgegenkommenden Touristen ignorierte. Am Ende der Treppe fiel ihm auf, dass sie nicht mehr reagierte. Er zog ihr den Schal aus, schob ihr behutsam die Haare aus dem Gesicht und streichelte sie sanft. Sie war blass, aber ihr Atem ging regelmäßig.

»Elena, hörst du mich?«

Sie blinzelte, dann schlug sie die Augen auf und sah ihn an, als ob sie nicht verstand, was da vor sich ging. »Was ist passiert?«

»Du bist ohnmächtig geworden. Ich bringe dich ins Krankenhaus.« Er duldete keinen Widerspruch.

Die Notaufnahme des Hospitals Hôtel-Dieu war ganz in der Nähe. Er hob sie wieder hoch und überquerte mit ihr die Straße.

12.

Vanille. Der Duft der Kindheit, süß und warm.
Spendet Trost, schafft gute Laune, wappnet gegen Krisen und baut Spannungen ab. Mischt sich mit dem Duft der Haut. Schon wenige Tropfen vereinen Herz und Verstand und geben Orientierung.

Monique war recht zufrieden. Zur Sicherheit roch sie erneut an der *mouillette*, verschloss sorgfältig den Messzylinder und schüttelte ihn gründlich, damit sich die ätherischen Öle mit dem Alkohol vermischten. Dann füllte sie den Inhalt in einen lichtundurchlässigen Behälter. Ein letztes Mal überprüfte sie, ob die modifizierte Rezeptur mit ihren Notizen übereinstimmte, dann warf sie die Papierfilter weg, streckte sich ausgiebig und verließ das Labor.

Es würde weitere zwanzig Tage dauern, bis sie alle Facetten des Dufts ausgelotet hatte, den sie soeben kreiert hatte. Ein Monat für die Reifung, wie Lucia Rossini immer gesagt hatte. Obwohl sich Monique nicht akribisch an die Herstellungsprozedur gehalten hatte, die sie bei Elenas Großmutter gelernt hatte, war die Struktur des Parfüms klar und damit der Erfolg vorprogrammiert.

Hinter ihr lag ein produktiver Tag. Nach der Ruhezeit würde sie destilliertes Wasser hinzufügen, das Gemisch filtern und den genauen Alkoholgehalt des *Eau de Parfums* bestimmen. Aber das würde sie gemeinsam mit Le Notre entscheiden.

Sie ging die Treppe hinunter zur Tiefgarage und grüßte dabei ein paar Kollegen. Sobald sie im Auto saß, schaltete sie das Handy an.

»Endlich«, murmelte sie, als das Telefon vibrierte. Aber es war keine Nachricht von Elena, sondern eine Essenseinladung von Jacques, die sie umgehend löschte. »Idiot«, stieß sie zwischen den Zähnen hervor und unterdrückte den Drang, ihn anzurufen und ihm klar und deutlich zu sagen, was sie von ihm hielt. Sie wartete einige Sekunden. Während nach und nach weitere SMS eingingen, starrte sie leicht beunruhigt auf das Display. Seltsam, dass Elena sich nicht gemeldet hat, dachte sie. Wahrscheinlich war ihre Freundin beschäftigt und hatte Spaß. Mit einem Lächeln startete sie den Wagen. Sie sehnte sich nach einer heißen Dusche. Den Abend würde sie vor dem Fernseher verbringen und zwischendurch ihre Mutter anrufen. Sie hatte sich seit Tagen nicht bei ihr gemeldet. Sie brauchte ein paar Streicheleinheiten, und Jasmine wusste genau, was ihr guttat.

Cail lehnte an der Wand des Warteraums und fixierte einen imaginären Punkt auf dem Fußboden. Elena wurde jetzt seit einer Stunde untersucht, und seitdem hatte er nichts anderes getan, als alle paar Minuten auf die Uhr zu starren.

Er hasste Krankenhäuser. Sie erinnerten ihn an die Machtlosigkeit der Menschen und daran, wie brüchig das Leben war.

Mit beiden Händen fuhr er sich über das Gesicht und strich mit den Fingern die Haare nach hinten. Es ist bestimmt nichts Schlimmes, sagte er sich zum x-ten Mal. Sonst wüsste ich es längst. Wenn es ihr schlecht ginge, hätte Elena niemals diese Energie gehabt. Sie hatte sich nicht in den Rollstuhl setzen wollen und einer Untersuchung nur zugestimmt, nachdem sie ohne fremde Hilfe in die Ambulanz gehen durfte. Trotzdem wurde ihm eng ums Herz, dazu die Sorge, die ihn erfasst hatte, als sie direkt vor seinen Augen ohnmächtig geworden war.

Elena hatte ihm noch zugewinkt wie ein Kind, doch in ihren Zügen hatte sich die Angst gespiegelt.

Er hätte alles darum gegeben, an ihrer Seite bleiben zu dürfen. Wieder hatte er dieses unerklärliche Verlangen verspürt, sie an sich zu ziehen und festzuhalten, ihre Wärme zu spüren und ihren Duft einzuatmen.

Wie lange dauerte das denn noch?

Nervös tigerte Cail auf und ab und ging dann zum Fenster. Vor ihm lag die Stadt in all ihrer Pracht, ihren tausenden Lichtern. Er presste die Handflächen gegen die Doppelglasscheibe und starrte in die dunkle Nacht hinaus. Es kam ihm vor, als würde er in die Vergangenheit zurückgesogen, in ein anderes Leben.

Als sie Juliette weggebracht hatten, war er nicht dabei gewesen. Nach so vielen Jahren waren die Erinnerungen verblasst, und das, was er wusste, hatte er den Polizeiberichten entnommen. Es war ein Wunder, dass er mit einer tiefen Schnittverletzung und einigen Knochenbrüchen davongekommen war. Er erinnerte sich noch vage an das Quietschen der Reifen auf dem Asphalt, Sekundenbruchteile bevor er aus dem Motorradsattel katapultiert worden war. Eines war klar: In jener Nacht war nicht nur Juliette, sondern auch ein Teil von ihm gestorben.

Seit jenem Moment war er nicht mehr derselbe.

Er schluckte, dann schloss er die Augen. Einen Augenblick später tauchte er aus dem finsteren Winkel seiner

Seele, in dem er dieses Grauen verborgen hielt und an den er nur selten zurückkehrte, wieder auf.

In der Scheibe sah er das Spiegelbild der Krankenschwester, die Elena begleitet hatte, und ging auf sie zu. »Gibt's was Neues?«

Die Schwester blieb stehen, dann begriff sie. »Ja«, sie lächelte ihn an, »Sie sind der Ehemann von Frau Rossini?«

Cail nickte automatisch.

Die Schwester tätschelte ihm freundlich den Arm. »Machen Sie sich keine Sorgen, es ist nichts Ernstes. Ihre Frau braucht bloß Ruhe und ein paar aufbauende Mittel. In ihrem Zustand ist Schwindel etwas ganz Normales. Wenn sie Glück hat, ist die Übelkeit nach dem dritten Monat überstanden. Verwöhnen Sie sie ein bisschen, wir Frauen mögen das!«

Er antwortete nicht, er hätte sowieso nicht gewusst, was er sagen sollte.

Sie lächelte ihm noch einmal zu, fast amüsiert von seiner plötzlichen Blässe und der Verwunderung in seinem Gesicht. Nachdem Cail sich bedankt hatte, ließ er sich auf einen Stuhl sinken.

»Sie ist schwanger ... Elena ist schwanger.« Wie erstarrt fixierte er seine Hände, während sich ein Strudel widerstreitender Gefühle in ihm drehte.

Als die Schwester eine halbe Stunde später noch einmal vorbeikam, sprach er sie an. »Kann ich ... ähm ... meine Frau sehen?«

»Das wäre sicher gut. Die Ärmste ist völlig aufgelöst«, antwortete die Schwester, nachdem sie ihm einen fragenden Blick zugeworfen hatte. Sie hatte jede Freundlichkeit verloren und ging zügig voran, ohne auf ihn zu warten. Auf einmal wirkte sie kühl, fast feindselig. Nach etwa zehn Metern deutete sie auf eine Tür. »Hier, Sie können einfach hineingehen. Sie müssen aber noch auf das Ergebnis der letzten Untersuchungen warten, einige Formulare ausfüllen und die Entlassungspapiere unterschreiben, bevor Sie gehen. Das dauert bestimmt mindestens noch eine Stunde«, informierte sie ihn und wandte sich ab. »Wie ich Ihrer Frau schon mitgeteilt habe, falls Sie sich tatsächlich zu dem Eingriff entscheiden sollten, haben Sie nur noch wenige Wochen Zeit, bevor die Frist abgelaufen ist.« Damit verschwand sie hinter der nächsten Ecke.

Eingriff?

Cail klopfte und öffnete die Tür. Elena saß auf dem Bett, das Gesicht über die im Schoß gefalteten Hände gebeugt. Sie wirkte abwesend, die Haare hingen ihr ins Gesicht, die Schultern waren eingesunken. Hin und wieder zuckte sie zusammen. Sie hatte ihn nicht einmal bemerkt.

Er ging zum Bett und kniete sich hin, damit ihre Augen etwa auf gleicher Höhe waren, und hob vorsichtig ihr Kinn an. »Ciao. Geht's dir besser?«

Elena schüttelte den Kopf, in ihren Augen standen Tränen. »Ich bin schwanger«, hauchte sie kaum hörbar.

Sie war im zweiten Monat und allein. Wie konnte es sein, dass sie es nicht bemerkt hatte? Gut, sie hatte nie einen regelmäßigen Zyklus gehabt, aber dass sie so blind gewesen war… Es war zu viel passiert, zu viel und alles auf einmal. Jetzt saß sie da, erwartete ein Kind und wusste nicht, wie es weitergehen sollte. Eine bisher ungekannte, heftige Angst schnürte ihr die Kehle zu. Sie konnte weder denken noch sprechen. Elena hatte immer gehofft, diese Situation eines Tages zusammen mit einem Partner erleben zu dürfen, mit ihrem Ehemann. Aber Matteo… Allein der Gedanke an ihn genügte, damit sie sich noch schlechter fühlte. Alles in ihr sträubte sich. Sie wollte jetzt nicht an ihn denken. Sie wollte an gar nichts denken. Wie konnte das bloß passieren?, fragte sie sich immer wieder. Warum gerade jetzt? Erneut wallte die irrationale panische Angst in ihr auf.

Cail schob ihr eine Haarsträhne aus dem Gesicht, dann eine zweite und strich ihr sanft über die Stirn. Er tat das nicht für sie, sondern für sich. Er verspürte das Bedürfnis, sie zu berühren. Sie einfach nur zu berühren, sonst nichts.

Die Situation würde weitreichende Konsequenzen haben, da war er ganz sicher. Er würde sich den Problemen dann stellen, wenn sie aktuell waren, entschied er. Eins nach dem anderen. Es hatte keinen Sinn, sich bereits jetzt über die möglichen Konsequenzen Gedanken zu machen, zumindest nicht solange sich Elenas Finger in seinem Pullover verkrallten.

»Das ist doch schön, ein Kind ist ein Segen.« Was zum Teufel hatte er da gesagt? Was wusste er schon von Kindern?

Aber was er dachte, war jetzt nicht wichtig. In diesem Moment brauchte Elena Unterstützung, und zwar so viel wie möglich. Das sagten ihm die eine Träne, die eine feuchte Spur auf ihrer Wange hinterlassen hatte, und ihre Finger, die sich immer noch an ihn klammerten. Wie so oft hatte Cail keine Ahnung, was er sagen sollte. Deshalb ließ er sich von seinen Gefühlen leiten und fand die Kraft sie anzulächeln, so wie er es noch nie getan hatte. Mit dem Daumen wischte er ihr die Träne aus dem Gesicht und wartete schweigend ab, bis sie sich so weit beruhigt hatte, dass sie weitersprechen konnte.

»Ich habe mir immer ein Kind gewünscht.« Elenas Stimme war nur ein Flüstern.

Cail hielt den Atem an.

»Und du? Hast du vielleicht schon Kinder?«

Er schüttelte den Kopf. »Um ehrlich zu sein, habe ich noch nie darüber nachgedacht. Ich nehme an, eines Tages ergibt sich das einfach. Aber es gehört nicht zu den zehn Dingen, die ich bis Weihnachten noch erledigen möchte.« Er zwang sich locker zu wirken, in heiterem Tonfall zu sprechen. »Schau mich an. Ich wüsste nicht mal, wie ich es halten sollte. Babys sind so winzig.« Allein der Gedanke, ein solches Wesen in den Armen zu halten, trieb ihm den Schweiß auf die Stirn. Ganz davon abgesehen, dass er es wahrscheinlich zu Tode erschrecken würde.

Elena nickte, wirklich überzeugt war sie nicht. »Warum nur zehn Dinge?«

»Ich bin Realist.«

Sie überhörte die Ironie in seinen Worten und nickte halbherzig.

Cail streichelte ihre Hand. »Willst du es? Jetzt? Ich meine das Kind. Du hast gesagt, dass du es dir immer gewünscht hast«, fragte er und musterte besorgt ihr verquollenes Gesicht.

Elena schüttelte den Kopf. Sprechen konnte sie nicht. Ihre Lippen zitterten, sie war mit ihrer Kraft am Ende.

Instinktiv breitete Cail die Arme aus, und sie ließ sich nach vorne sinken, dann zog er sie an sich und hielt sie fest, wie er es sich schon den ganzen Nachmittag gewünscht hatte.

Elena vergrub das Gesicht in seiner Halsbeuge, flüchtete sich in seine Wärme, seinen Geruch. Es fühlte sich wunderbar an.

Sanft strich er ihr übers Haar und ließ ihr Zeit, sich auszuweinen. Schluchzend erzählte Elena, wie sehr sie sich ein

Kind gewünscht hatte, dass es mit Matteo aber nicht gleich geklappt hatte und wie ihr das Leben nun einen Strich durch die Rechnung gemacht hatte. Es sprudelte einfach aus ihr heraus, gestammelte Worte ohne Sinn wechselten sich mit tiefgründigen reflektierten Gedanken ab, die zum Teil beängstigend waren. Cail hielt sie fest im Arm. Für ihn zählte in diesem Moment nichts anderes, kein Gedanke, nichts. Nur Elena.

»Ich habe nicht mal einen Namen«, sagte sie, nachdem sie sich aus seiner Umarmung gelöst und mühevoll versucht hatte, sich wieder zu fassen.

Ihm fiel ein Stein vom Herzen. Elena wollte das Kind also doch behalten. »Das ist sicher das kleinste Problem.«

Sie biss sich auf die Lippen, dann nickte sie. »Stimmt.« Aber es beschäftigte sie trotzdem. Was, wenn es ein Mädchen wäre? Ihre Gedanken wanderten zu ihrer Mutter, und die gerade abflauende Verzweiflung wallte wieder auf. Erneut übermannten sie tiefe Einsamkeit und Angst.

»Zerbrich dir darüber jetzt nicht den Kopf. Du hast noch genügend Zeit.« Cails Worte durchbrachen ihre Gedanken, fegten alles hinweg. Er war bei ihr, hier und jetzt. Darauf konnte sie bauen. Sie konzentrierte sich auf die Wärme seines Körpers. Was hätte sie in diesem Moment nur ohne ihn gemacht? Sie wusste es nicht. Eine Welle tiefer Dankbarkeit gesellte sich zu den Gefühlen, die sie für diesen Mann empfand. Und da war noch mehr, ein nie gekanntes Prickeln regte sich in ihr wie das zarte Schwirren hauchfeiner Flügel. Ihre Hand näherte sich seinem Gesicht, ihre Fingerspitzen ertasteten die Narbe, verweilten dort einen Moment und strichen sanft darüber. Ein Lächeln schlich sich auf ihre Lippen.

»Hast du jemals einen Herzenswunsch gehabt, so groß,

dass du an nichts anderes mehr denken konntest?«, fragte Elena leise.

Cails Augen ruhten auf ihr. »Ja«, antwortete er.

Er konnte das Verlangen, das sie für ihn empfand, deutlich wahrnehmen. Er hatte es schon bei ihrem ersten Zusammentreffen gespürt, damals im Dunkel der Nacht, bei ihrem ungewöhnlichen Geständnis. Er hatte es gespürt, weil er genau das Gleiche für sie empfand, ein Gefühl, das mit Vernunft nichts zu tun hatte und das mit Worten nicht zu beschreiben war. Es war immer noch da, obwohl sich alles verändert hatte.

»Willst du mir davon erzählen?« Elenas Stimme war jetzt ruhiger. Sie wirkte entspannt und sah ihn neugierig an.

Die Frage verblüffte ihn. Warum redeten sie jetzt nicht von ihr, immerhin hatte die Nachricht von der Schwangerschaft sie tief getroffen? Trotz dieses Schocks hatte sie immer noch die Kraft, an ihn zu denken.

»Ein andermal. Erzähl mir lieber von dir. Dein Herzenswunsch wird ja gerade Wirklichkeit …«

Elena wandte den Blick ab. In der Stille, die nun folgte, konnte Cail spüren, wie sie jedes Wort sorgfältig abwägte.

»Das habe ich auch gedacht, aber mit einem Mal ist alles anders. Als mir der Arzt sagte, der Test sei positiv, überkam mich panische Angst. Die Dinge, die man sich zum Ziel setzt … In dem Moment, wenn sie greifbar nahe sind, muss man feststellen, dass sie viel komplizierter sind als geglaubt und man erst am Anfang eines langen Weges steht.«

»Immer eins nach dem anderen. Du musst nicht gleich an alles denken. Wenn du alles auf einmal erreichen willst, wird es schiefgehen. Wenn du aber einen Schritt nach dem anderen machst, dann wird es zwar nicht einfacher, aber machbarer.«

Logisch, praktisch und ergebnisorientiert. Wieder fragte sich Elena, welches Geheimnis sich hinter diesem Mann verbarg, was er mit seiner Lebensklugheit zu überspielen versuchte. Zu allem hatte er etwas zu sagen, ohne weitschweifig zu sein, und er kam stets direkt auf den Punkt, als ob er keine Zeit mit Nebensächlichkeiten verschwenden wollte. Es stimmte, einen anderen Weg gab es nicht. Sie beschloss, auf Cail zu hören. Sie wollte auf ihn hören. Danach ging es ihr etwas besser. Ein neues Gefühl ergriff von ihr Besitz, wenn sie sich über den Bauch streichelte, dort wo ihr Kind heranwuchs. Erst kamen ihr die Tränen, dann musste sie lachen. Auf einmal ergab alles einen Sinn. Die Schwangerschaft war die Erklärung für vieles. Auch für dic zurückgekehrte Liebe zum Parfüm. Es hatte Einzug in ihr Leben gehalten oder war vielmehr wieder aufgetaucht, weil es nie ganz weg gewesen war. Nur sie hatte sich verändert.

»Möchtest du jemandem Bescheid sagen?« Cail musste sich zwingen, ihr diese Frage zu stellen. Offenbar gab es einen anderen Mann in Elenas Leben. Zumindest hatte es vor nicht allzu langer Zeit einen gegeben. Was auch immer zwischen ihnen war oder hätte werden können, ein Kind veränderte die Situation komplett. Nun musste er die Dinge aus einem anderen Blickwinkel betrachten.

Er wartete, während er schweigend jede Regung in ihrem Gesicht verfolgte.

»Nein, ich muss niemandem Bescheid geben. Ich will nicht darüber sprechen.«

Er war erleichtert. Doch was nutzte ihm das schon? Auch wenn es zurzeit keinen Mann in Elenas Leben gab, das Kind blieb. Aber es gab jetzt Wichtigeres, als diesem Aspekt der Frage nachzugehen. »Wie du magst«, erwiderte er knapp.

»Was meinst du, sollen wir die Formulare ausfüllen und gehen?«

Elena nickte. Sie fühlte sich ausgelaugt und wie erschlagen. Zutiefst verunsichert, aber auch glücklich. Ihr Kopf schien wie benebelt, alles drehte sich. Nur Cail gab ihr Halt. Noch immer hielt sie ihn fest umklammert. Sie musste sich zwingen, ihn loszulassen, und seufzte.

Er half ihr hoch. »Komm, wir gehen.«

Hand in Hand machten sie sich auf den Weg zur Rezeption, alle beide tief in Gedanken versunken. Elena war es jedoch etwas leichter ums Herz als Cail.

Philippe Renaud kontrollierte noch einmal die Liste mit den Verkäufen, um einige Punkte zu klären. Bisher hatte die Neue nicht wirklich viel verkauft, ein paar Kosmetikartikel, dazu einige Parfüms. Außerdem hatte er Elena Rossini ein paar Mal zur Ordnung rufen müssen. Nicht zu fassen. Sie wirkte häufig abwesend, und es hatte immer wieder Momente gegeben, in denen sie der Ohnmacht nahe schien. Nach dem Grund befragt, hatte sie die Unverschämtheit besessen, ihm zu antworten, das liege am zu schweren Raumduft. Ihm, Philippe Renaud! Dieser unverwechselbare Duft, den er persönlich komponierte und dosierte, war das Symbol von Narcissus. Es hätte nicht viel gefehlt, und er hätte sich nicht beherrschen können.

Und dann ihre zur Schau gestellte Freundlichkeit und die aufgesetzten guten Manieren … Aber ihn täuschte sie nicht. Alles Schwindel, genau wie der Rest. Wie sie mit Smalltalk wertvolle Zeit vergeudete, die Kunden in belanglose Gespräche verwickelte und das ganze Zeug. Außerdem wusste sie wesentlich mehr über Parfüm, als sie vorgegeben hatte. Diese Frau verbarg etwas. Aber er würde sie entlarven.

Er beschloss, ihr noch einige Tage zu geben, dann würde er *Monsieur* informieren. Das war seine Pflicht. Nicht dass er die Aufsicht über die Angestellten gehabt hätte, dafür war Claudine zuständig. Nichtsdestotrotz schätzte er es sehr, wenn er alles unter Kontrolle hatte. Wenn er das große Ganze überblickte.

Er nahm die Brille ab und legte sie auf den Tisch, wobei er peinlich genau darauf achtete, die Gläser nicht zu berühren. Das winzige Büro war für jemanden mit seiner Stellung keineswegs angemessen, zumal er es mit Claudine teilen musste. Die in lächerlichem Mintgrün gestrichenen Wände, die unpassenden weißen Möbel – er hasste diesen Raum ebenso sehr wie Inkompetenz und Schmarotzertum. Die Neue war ihm von Anfang an suspekt gewesen. Hinter ihrer aufgesetzten freundlichen Bescheidenheit lauerten Stolz und Hochmut. Elena Rossini war eine Lügnerin, da war er ganz sicher. Wegen der streng geheimen Formeln der Parfüms machte er sich keine Sorgen, der Sicherheitsdienst würde verhindern, dass sie auch nur in die Nähe der Kostbarkeiten käme. Ihn beunruhigte vielmehr die Tatsache, dass diese Frau nicht die Person war, für die sie sich ausgab.

Er hatte einige Male mit seiner Kollegin darüber gesprochen, doch sie hatte das Problem heruntergespielt. Im Grunde ist Claudine wie alle Frauen, schwach und sentimental, dachte Philippe. Sie hatte ihm geraten, etwas nachsichtiger mit Elena zu sein, obwohl sie ebenfalls fand, dass die Neue im Umgang mit den Kunden etwas umständlich sei. Warum diese Zurückhaltung, diese Sympathie und diese Unterstützung? Das hatte es bisher noch nie gegeben. Claudine war zu den neuen Verkäuferinnen immer streng und unfreundlich gewesen, und da die meisten sich das nicht hatten bieten lassen, waren sie nicht lange geblieben.

Es gab keinen Zweifel: Die Rossini war keine gewöhnliche Verkäuferin. Philippe seufzte und strich sich mit den Spitzen beider Zeigefinger den Schnurrbart glatt.

Am meisten trieb ihn jedoch die Tatsache um, dass er der Einstellung nur deshalb zugestimmt hatte, um Monique Duval zu gefallen, für die er insgeheim schwärmte. Bei diesem Gedanken verwandelte sich seine Gereiztheit umgehend in Verdruss.

Seit die Neue bei Narcissus arbeitete, hatte sich Monique nämlich nicht mehr gemeldet, obwohl sie genau das Gegenteil versprochen hatte. Wie konnte sie es wagen, sich ihm gegenüber so zu benehmen?

Wie dem auch sei. Er würde dafür sorgen, dass die Dinge sich so entwickelten, wie es von Anfang an richtig gewesen wäre. Elena Rossini einzustellen war zwar letztendlich eine Entscheidung von *Monsieur* gewesen, aber Entscheidungen konnte man widerrufen. Man musste nur überzeugende Argumente dafür finden.

Elena war gerade dabei, ein Eau de Toilette einzupacken, das sie verkauft hatte. Wie immer übernahm Claudine das Kassieren und wie immer lächelte sie dabei. Elena war zufrieden, wie sich die Dinge zwischen ihnen entwickelt hatten. Nach dem leicht verunglückten Start verstanden sie sich mittlerweile sehr gut. Claudine schenkte ihr Vertrauen, und sie sprachen über Parfüms, neue Kreationen und *mélanges*. Elena empfand ihre Kollegin als sehr kompetent und unterhielt sich gerne mit ihr. Immerhin waren nicht viele Menschen in der Lage, die Düfte einzelner Rosensorten zu unterscheiden, und ebenso wenige wussten, wie komplex ein Parfüm sein konnte. Von Cail einmal abgesehen.

Claudine hatte ihr vorgeschlagen, selbst einmal einen

Duft zu kreieren, um ihre Fähigkeiten besser beurteilen zu können. Sie werde das persönlich mit Montier absprechen, Elena müsse sich um nichts kümmern. Nach dem Vorschlag war Elena glücklich.

»Bitte sehr, Madame Binoche, ich hoffe, Sie beehren uns bald wieder«, sagte Elena und konzentrierte sich wieder ganz auf die Kundin, der sie eine in goldfarbene Folie eingewickelte Schachtel mit dem Emblem von Narcissus überreichte.

»Sehr gerne, *Mademoiselle*. Meine Schwägerin Geneviève sucht gerade einen besonderen Duft, etwas ganz Persönliches. Sie ist Künstlerin, müssen Sie wissen, Schriftstellerin. Ich habe ihr von Ihnen erzählt und sie ist schon sehr neugierig.« Die Kundin kam näher und flüsterte: »Nicht viele sind in der Lage, Gefühle in Parfüms zu verwandeln, aber Sie, meine liebe Elena, können wahre Wunder vollbringen.«

Sie musste lächeln, diese Definition gefiel ihr. Wenn Madame Binoche gewusst hätte …

»Als ich klein war, hat meine Großmutter mir beizubringen versucht, wie man den Parfüms zuhört. Ich bin damals weggelaufen und habe mich hinter einem verstaubten Paravent versteckt, der ihr sehr viel bedeutet hat.«

Verblüfft zog die Dame die Augenbrauen hoch. »Tatsächlich? Sie stammen aus einer Parfümeurfamilie?«

Elena nickte. »Mehr oder weniger.«

»Wie faszinierend«, sagte sie begeistert. »Wie gerne würde ich noch bleiben und mit Ihnen plaudern, aber ich habe einen Termin und bin schon spät dran.« Wieder hob sie die Augenbrauen. »Habe ich Ihnen schon von meinem Club erzählt? Nein? Immer dienstags treffen wir uns und sprechen über die Bücher, die wir als Letztes gelesen haben. Dazu gibt es eine gute Tasse Tee, ein Stück Kuchen und Konfekt. Was kann es Schöneres geben?«

Elena kamen durchaus noch einige weitere Dinge in den Sinn, die jedoch alle mit Cail zu tun hatten. Beim Gedanken an ihn zog sich ihr Herz zusammen. Seit sie wusste, dass sie schwanger war, hatte sich etwas zwischen ihnen verändert, allerdings nicht, weil sie es so wollte. Cail war zu einem guten Freund geworden. Zum besten Freund, den eine Frau sich nur wünschen konnte, um genau zu sein. Und trotzdem eben nur ein Freund.

»Parfüms haben mich schon immer fasziniert«, sagte Adeline Binoche, »denn der Duft ist der Bruder des Atems. Finden Sie nicht auch, dass das ein großartiger Gedanke ist?«

Adeline rezitierte den Satz von Yves Saint-Laurent mit einer solchen Begeisterung, dass Elena lächeln musste.

Zwar war ihr in diesen Tagen ganz und gar nicht nach Lachen zumute, aber die Kundin war eine sehr sympathische Dame. Ihre halblangen silbergrauen Haare wippten bei jeder Bewegung auf und ab, und in Bewegung war sie eigentlich immer. Mit ihren großen grauen Augen machte sie stets einen leicht verträumten Eindruck. Adeline Binoche gehörte zu Elenas Lieblingskunden.

»Ich bin überaus zufrieden mit diesem Parfüm«, vertraute sie Elena an. »Aber sagen Sie, Ihre Großmutter… Wie hieß sie noch?«

»Lucia, Lucia Rossini.«

»Ah, was für ein schöner Name, so italienisch. Aus Florenz, nicht wahr?«

Elena nickte. »Ja, kennen Sie den Bahnhof Santa Maria Novella? Dort in der Nähe steht der Palazzo meiner Familie.«

»Wer weiß, wie viele Geschichten Sie zu erzählen hätten und wie viele Geheimnisse, vielleicht sogar Familiengeheimnisse«, raunte Adeline und musterte sie fragend.

Elena lachte. »Interessieren Sie sich wirklich dafür?«

»Ja, sehr. Italien steckt voller faszinierender Anekdoten und Legenden. Und Florenz … Eine der berühmtesten französischen Königinnen stammte aus Florenz.«

»Ja, Caterina de' Medici. Sie hat in Grasse die Zucht und Kultivierung von Rosen eingeführt. Sie liebte Parfüms, und ihre Enkelin Maria trat in ihre Fußstapfen, sowohl als Königin von Frankreich als auch als Liebhaberin der schönen Künste und des Parfüms.«

Adeline trat näher. »Zu diesem Thema habe ich einige alte Bücher entdeckt, unter anderem das Tagebuch einer Hofdame. Es gibt keine bessere Quelle über Schicksale vergangener Zeiten als ein Tagebuch.«

Auch Beatrice berichtete in ihrem Tagebuch hin und wieder von den damaligen Ereignissen. Elenas Urahnin hatte nicht nur eine gute Beobachtungsgabe, sondern auch einen Sinn für feine Ironie. Das Schloss, in dem sie zu Gast war, dessen Name sie aber nie preisgab, hatte Türme und Wasserspeier, die wie steinerne Wächter aus den Wänden ragten, im Dorf blühten Lavendel und Tuberosen und es wurde Seide gesponnen. Seitenweise hatte sie die Tage beschrieben, an denen sie Blumen für ihre Parfüms gesammelt hatte. Schade, dass die Bitterkeit und die Trauer ihr Leben vergiftet hatten.

»Jetzt muss ich aber wirklich los«, sagte Adeline, »bis bald und danke.«

Elena verabschiedete die Kundin mit einem Lächeln. Als sie hinter den Tresen zurückging, dachte sie wieder an Beatrices Tagebuch. Es war schon eine ganze Weile her, seit sie das letzte Mal darin gelesen hatte. Vielleicht würde sie sich heute Abend dafür Zeit nehmen.

Sie hatte gerade damit begonnen, die neueste Duftkreation, die in einigen Tagen der Öffentlichkeit präsentiert werden sollte, in die Regale zu stellen, als Philippe Renaud nach ihr rief.

»Wenn Sie fertig sind, würde ich mich gerne kurz mit Ihnen unterhalten.«

Elena hob den Kopf und drehte sich zur Seite, um ihn zu begrüßen. Philippe erwiderte ihren Gruß nur zögernd, als würde es ihn Mühe kosten. Freundlichkeit gehört wirklich nicht zu seinen Stärken, dachte sie und ignorierte den finsteren Blick ihres Vorgesetzten.

»Ich muss zuerst noch eine Packung Chypre pour homme aus dem Lager holen. Mein Kunde kann jeden Moment vorbeikommen, um es abzuholen.«

Philippe kniff verärgert die Augen zusammen. »Ihr Kunde? Soweit ich weiß, haben Sie keine Kunden, jedenfalls keine, die in diesem Laden Parfüms kaufen. Vielleicht beziehen Sie sich ja auf andere Dienstleistungen …«

Elena riss die Augen auf, Schamesröte schoss ihr ins Gesicht. Entsetzt von dieser unverschämten Anspielung, fehlten ihr einen Augenblick lang die Worte. Als sie die Tragweite von Philippes Worten realisierte, musste sie sich mit beiden Händen auf dem glänzenden Tresen abstützen.

»Ich habe keine Ahnung, was in Ihrem Kopf vorgeht, und ich will es auch gar nicht wissen, aber wagen Sie es nicht noch einmal, auf diese unverschämte Art und Weise mit mir zu sprechen.« Sie betonte jedes einzelne Wort, ihre Augen funkelten kämpferisch, und ihre Kehle verkrampfte sich, so sehr musste sie sich zurückhalten, um ihm ihre Erwiderung nicht ins Gesicht zu schreien.

Philippe wurde feuerrot. Verlegen lockerte er den Knoten seiner Krawatte und blickte sich um. Hatte jemand etwas mitbekommen? Eine solche Reaktion hatte er nicht erwartet. Was für eine Frechheit! Wie konnte diese Person es wagen? Wie konnte sie es wagen, ihm, Philippe Renaud, in solch impertinenter Weise zu antworten? Erleichtert stellte er fest, dass im Laden alles seinen gewohnten Gang ging. Während die Verkäuferinnen die Kunden an den Probiertischen berieten, liefen auf dem hochauflösenden Bildschirm an einer Wand Werbespots des Hauses, untermalt von dezenter Musik.

»Diesen Ton verbitte ich mir.«

Elena warf ihm einen kämpferischen Blick zu. »Tatsächlich? Wahrscheinlich haben Sie recht, ich war noch viel zu freundlich.« Damit drehte sie sich um, die Hände zu Fäusten geballt, die Muskeln angespannt. Dabei kreuzte sich ihr Blick mit dem eines Kunden, den sie in ihrer Aufregung nicht gleich erkannte.

»*Ma chère*, geht es Ihnen gut?«

»Monsieur Lagose. Nein, ich fühle mich gar nicht wohl…«

»Kann ich etwas für Sie tun?«

Elena schüttelte den Kopf und murmelte. »Was gibt einem Mann das Recht, eine Frau derart zu beleidigen?« Als ihr bewusst wurde, was sie da gerade gesagt hatte, war es zu spät, um es zurückzunehmen.

Sie schluckte die aufsteigenden Tränen herunter und verbot sich die spontane Idee, zu Cail zu laufen und ihm alles zu erzählen. Sie war völlig verwirrt, außerstande zu reagieren.

»Die Frustration, *ma chère*«, sagte Monsieur Lagose und hielt ihr ein Taschentuch hin. »Wenn einem Mann nichts mehr einfällt«, fuhr er fort und warf Philippe einen vernichtenden Blick zu, »wärmt er alte Geschichten auf. Das ist bequem und überaus heimtückisch. Kümmern Sie sich nicht weiter darum. Lachen Sie darüber, meine Liebe. Denken Sie daran, dass Sie die Stärkere sind, wenn jemand zu solchen Mitteln greifen muss. Aber jetzt beruhigen Sie sich erst mal. Ich möchte mein Parfüm abholen, und wenn Sie Zeit haben, würde ich gerne ein wenig mit Ihnen plaudern. Parfüms bekomme ich überall, das Vergnügen, mich mit einer intelligenten und schönen Frau zu unterhalten, nicht.«

Wenn Blicke töten könnten, hätte Philippe keine Überlebenschance gehabt. Jean-Baptiste Lagose fixierte ihn erneut mit zusammengekniffenen Augen, bevor er sich endgültig der jungen Frau zuwandte.

Elena atmete tief durch und strich das Taschentuch glatt, das sie in der Faust zerknüllt hatte. Sie hatte es nicht benutzt, hatte es nicht gebraucht. Keine Tränen, nur Empörung. »Entschuldigen Sie bitte, im Augenblick bin ich etwas überempfindlich.«

»Da gibt es nichts zu entschuldigen, *ma chère*. Sensibilität ist der Ausdruck einer freundlichen Seele. Geht es Ihnen wieder besser?«

Elena nickte. »Ich hole Ihnen sofort Ihr Parfüm.«

»Gerne, ich warte hier.«

Als Elena sich weit genug entfernt hatte, ging er auf Philippe zu.

»Kann ich Ihnen helfen, *Monsieur*?«, fragte dieser, um verlorenes Terrain zurückzugewinnen.

Jean-Baptiste Lagose blies die Nasenflügel auf und umklammerte den Griff seines Stocks. »Nein, Mademoiselle Rossini kümmert sich hervorragend um mich. Eine äußerst angenehme und feinfühlige junge Dame. Es würde mir sehr missfallen, sie noch einmal in einem solchen Zustand zu sehen.«

Philippe versteckte seine Unsicherheit hinter einer empörten Miene. »Sie ist eine Verkäuferin, mehr nicht. Sie sollten nicht zu mitfühlend mit ihr sein.«

»Machen Sie nicht den Fehler, auch nur eine Sekunde lang zu glauben, mir Ratschläge geben zu können. Dazu haben Sie weder die notwendige Intelligenz noch die entsprechende Position.« Er sprach in ruhigem Ton, aber die versteckte Drohung war unüberhörbar. »Mit welchem Recht maßen Sie es sich an, Ihre Person als wertvoller einzuschätzen als diese Frau, bloß weil Sie ihr Vorgesetzter sind? Nur wer selbst kein Format hat, hat es nötig, andere kleinzumachen.«

Damit drehte Monsieur Lagose Philippe den Rücken zu, und für ihn war die Sache erledigt. Sollte der Geschäftsführer von Narcissus seine eigenen Schlüsse ziehen. Als Elena zurückkehrte, ging er lächelnd auf sie zu.

»Habe ich Ihnen überhaupt schon erzählt …?«, begann er, als er den Gefühlszustand der Frau bemerkte. Das Lob wird sie ablenken, entschied er. In manchen Momenten war Ablenkung das Einzige, was man tun konnte. »Das Geschenk war ein Volltreffer, und das habe ich alles Ihnen zu verdanken«, seufzte er und in seinem Blick lag ein viriles Funkeln. Das Lächeln eines Eroberers. Er war zufrieden. Voll und ganz.

Elena versuchte sich auf seine Worte zu konzentrieren, aber es fiel ihr schwer. Philippes Verärgerung musste einen anderen Grund haben. Was hatte sie ihm bloß getan? Sie war sich keiner Schuld bewusst. Sobald der Kunde den Laden verlassen hatte, würde sie ihn darauf ansprechen.

Früher war sie nicht so angriffslustig gewesen und war

Auseinandersetzungen eher aus dem Weg gegangen. Doch eben gerade war die Wut in ihr hochgekocht und der Druck hatte raus gemusst. Einen Menschen zu ertragen, so unsympathisch er auch sein mochte, war eine Sache, sich beleidigen zu lassen, eine andere.

»Sie sind immer noch aufgebracht, meine Liebe«, sagte Jean-Baptiste Lagose. »Warum gehen Sie nicht nach Hause? Das wäre Ihr gutes Recht. Mein Wagen steht gleich um die Ecke, und es wäre mir ein Vergnügen, Sie zu begleiten.«

Elena sah ihn an. Warum eigentlich nicht? Sie wollte keine Minute länger an diesem Ort bleiben. »Vielen Dank, *Monsieur.* Ich nehme Ihr Angebot gerne an.«

Sie rief nach Claudine, die daraufhin nach vorne in den Verkaufsraum kam. Die Französin bemerkte sofort, wie verstört Elena war.

»Versuch es nicht zu ernst zu nehmen. Philippe ist im Moment etwas seltsam, das liegt wahrscheinlich am Stress. Ich bin sicher, dass das alles nur ein großes Missverständnis ist. Wenn du willst, strecke ich die Fühler für dich aus.«

»Es ist mir egal, ob er gestresst ist oder nicht, ich verlange eine Entschuldigung. Wenn er mich entlassen will, dann soll er es tun, aber bitte offen und ehrlich und ohne diese Hinterhältigkeit. Es geht mir nicht darum, dass er mich für eine Prostituierte hält, sondern um seine Arroganz. Er meint wohl, er könne sich alles erlauben. Ich verstehe das nicht, ich dachte, alles liefe gut.«

»Aber es läuft doch gut, Elena. Du darfst nur nicht so empfindlich sein. Man muss nicht aus jeder Kleinigkeit ein Drama machen, auch wenn ihr Italiener den großen Auftritt im Blut habt. Ich rede mit ihm, versprochen. Du wirst sehen, morgen ist alles wieder in Ordnung. Geh nach

Hause, du bist ja ganz blass. Du siehst schon seit ein paar Tagen nicht gut aus«, sagte Claudine und brachte sie zur Tür.

Vielleicht weil ich schwanger bin?, dachte Elena, zog sich die Jacke über und schlug den Kragen hoch. Dieser Gedanke erfüllte sie mit Trauer. Sie brauchte diesen Job, Kinder waren teuer. Auch wenn Monique die Patenschaft für das Kind übernehmen und sie bestimmt finanziell unterstützen würde, wollte sie unabhängig bleiben. Sie hatte schon ein Problem damit, dass Cail ständig für sie einkaufte und dafür kein Geld wollte.

Obwohl der Herbst gerade erst Einzug gehalten hatte, war es recht kalt. Es hatte sogar schon leicht geschneit, und auf den Dächern und Gesimsen der Häuser lag eine dünne weiße Schicht. Die Passanten, von dem unerwarteten Wintereinbruch überrascht und verwirrt, liefen mit schnellen Schritten durch die Straßen.

Während Elena in Monsieur Lagoses Wagen stieg, machte sich Claudine auf den Weg zu Philippe. Was für ein Trottel! Sie hatte große Pläne mit Elena Rossini und wollte deren Fähigkeiten für sich nutzen. Die Italienerin musste unter allen Umständen bleiben.

»Hast du Monsieur Renard gesehen?«, fragte sie eine der Verkäuferinnen.

Die junge Frau nickte. »Ich glaube, er ist im Büro, *Madame.*«

Claudine bedankte sich und deutete dann auf eine Frau, die gerade den Laden betrat. »Kümmerst du dich bitte um die Dame?« Dann ging sie nach hinten.

Philippe saß über das Geschäftsbuch gebeugt, in dem die Verkaufserlöse registriert waren. Er führte es immer noch per Hand, obwohl Narcissus längst über ein modernes

Computerprogramm verfügte. In diesem Punkt war er unbelehrbar.

»Was hast du dir bloß dabei gedacht?«, fuhr sie ihn an.

Ihr Kollege hob den Kopf. »Ich weiß nicht, was du meinst. Du musst dich schon deutlicher ausdrücken. Außerdem gefällt mir dein Ton nicht«, antwortete er mit einer gewissen Empörung in der Stimme.

»Ich erkläre es dir in zwei Worten: Elena Rossini.«

Sofort versteifte sich Philippe. »Ach, die. Ich habe beschlossen, diese Person zu entlassen. Sie ist arrogant, hat schlechte Manieren und macht keinen Umsatz.«

Claudine fixierte ihn. »So ein Blödsinn, such dir eine andere Ausrede.«

»Warum ergreifst du Partei für sie?« Philippe war stutzig geworden.

Ihre Augen wurden schmal. »Ich warne dich, lass sie in Ruhe.«

Entrüstet setzte Philippe seine Brille ab. »Wir haben die Pflicht, den hohen Qualitätsstandard von Narcissus zu halten«, protestierte er.

»Monique Duval … Es war ihr Vorschlag, Elena einzustellen, oder? Ist *Monsieur* über deine Wertschätzung seiner Geliebten im Bilde?«

Philippe wurde blass. »Ach was, alles Klatsch und Tratsch«, versuchte er die Sache herunterzuspielen und schrieb weiter. »Außerdem hat er sich inzwischen verlobt, wie du selbst weißt.«

»Ach ja, aber was heißt das schon.« Claudine lächelte süffisant, dann zeigte sie auf das Kassenbuch. »Versuch es mal mit der Spitze, hinten schreibt der Stift nicht.«

Nachdenklich verließ sie das Büro. Sie war sich ziemlich sicher, dass Philippe sich bald wieder beruhigen würde, aber damit war das Problem nicht gelöst. Wenn er Elena wirklich entlassen wollte, würde er schon einen Grund finden. Vor allem jetzt, da Jacques Montier eine neue Geliebte hatte. Eins war klar: Zwar durfte unter keinen Umständen herauskommen, dass sie Elenas Verkäufe auf sich verbucht hatte, doch wegschicken sollte dieser Idiot sie auch nicht. Sie musste eine Möglichkeit finden, damit Elena bei Narcissus blieb. Sicher, sie konnte nur vorübergehend von ihr profitieren, da Elena ihre Verkäufe nach der Probezeit selbst verbuchen würde, und zwar ganz offiziell. Aber bis dahin wollte sie aus der Neuen ihren Nutzen ziehen.

Claudine lächelte in sich hinein. Bald würde sie Elena auf die Probe stellen. War sie wirklich eine geniale Parfümeurin? Jacques Montier würde sich einen neuen Duft sicher etwas kosten lassen.

13.

Heu. Von Anbeginn der Bruder des Feuers, des Meeres und der Erde.
Dringt ins Innerste der Seele vor. Bewirkt Ruhe.

Elena betrachtete sich im Spiegel, dann drehte sie sich zur Seite, damit sie sich im Profil sehen konnte, die Hand immer noch auf dem flachen Bauch. Obwohl sie bereits im dritten Monat schwanger war, war noch nichts zu sehen.

Während Monsieur Lagose sie nach Hause gefahren hatte, hatte sie über Philippe Renards Motive spekuliert. Vielleicht hatte er etwas gemerkt und war gekränkt, weil sie ihm ihre Schwangerschaft verschwiegen hatte? Hatte ihn das vielleicht in Bedrängnis gebracht? Sahen die Gesetze in Frankreich eine sofortige Informationspflicht des Arbeitgebers vor? Je mehr sie darüber nachdachte, desto weniger überzeugend fand sie ihre Theorie, ganz davon abgesehen, dass sich dieser Mann unverschämt benommen hatte.

Nein, entschied sie, damit ließ sich Philippes Verhalten nicht erklären. Außer Monique und Cail wusste niemand davon. Sie hatte es noch nicht einmal Matteo gesagt.

Beim Gedanken an Matteo bekam sie schlechte Laune. Sie nahm das Handy aus der Tasche und setzte sich. Es war an der Zeit, ihn zu informieren. Sie wollte es eigentlich nicht und hätte es auch nicht gemacht, wenn Cail ihr nicht unzweideutig klargemacht hätte, dass die Sache nicht nur sie etwas anging. Sie hatten sogar deswegen gestritten. Der Schotte konnte ebenso hartnäckig sein wie sein Hund, der ihr nicht von der Seite wich, ständig um sie herumschwänzelte und sie dabei mit seinen großen braunen Augen ansah. Elena fiel es jedes Mal schwer, ihn wegzuschicken. John hatte den gleichen Beschützerinstinkt wie sein Herrchen. Sie schüttelte den Kopf.

Sie sprach sich Mut zu und wählte dann Matteos Nummer.

Ein, zwei, drei Freizeichen. Niemand da, dachte Elena erleichtert. Sie wollte gerade auflegen, als sie seine Stimme hörte.

»Ja?«

Sie wartete einige Sekunden, in der Hoffnung, er würde auflegen, entschied dann aber, etwas zu sagen. »Ciao, Matteo. Wie geht's?«

»Ah, Elena … Ausgezeichnet, danke. Und dir? Wir haben ja schon länger nichts mehr voneinander gehört. Ich wollte dich immer mal anrufen.«

»Sicher, das dachte ich mir schon.«

Er räusperte sich. »Ich weiß, dass du sauer bist. Aber versuch bitte auch mich zu verstehen. Das mit Alessia war nicht geplant, es ist einfach passiert. Sie hat sich Hals über Kopf in mich verliebt, das verstehst du doch, oder?«

Wütend starrte Elena auf das Telefon. »Dein Selbstbewusstsein hat offensichtlich nicht gelitten.«

Er ist genau wie Maurice, dachte Elena. Die Erkenntnis setzte sich in ihrem Kopf fest wie eine von diesen offensichtlichen Wahrheiten, die so schockierend sind, dass sie einen atemlos machen. Wieso bloß war ihr das nicht schon früher aufgefallen?

Matteo seufzte. »Ich weiß, es ist schwer für dich. Du hast dir so große Hoffnungen gemacht, aber es ist nun mal so gelaufen. Ich werde nicht zu dir zurückkommen.«

Was redete er da? Glaubte er wirklich, dass sie hoffte, er komme zu ihr zurück, nach allem, was er ihr angetan hatte? Einfach absurd.

»Deswegen rufe ich ganz bestimmt nicht an. Das wäre das Letzte, was mir einfällt, glaube mir.«

Stille, dann seufzte er erneut. »Wirklich?«

»Wirklich, du kannst ganz beruhigt sein.«

Am liebsten hätte sie gelacht. Wenn man Matteo in einem Wort beschreiben müsste, dann mit diesem: wirklich? Es drückte seine ganze Arroganz und Selbstverliebtheit aus. Ja, wirklich.

Wie hatte sie nur je mit ihm zusammenleben können? Die Anspielungen von Monique und Jasmine kamen ihr wieder in den Sinn. Ihre Großmutter dagegen war schonungslos offen gewesen. »Elena, dieser Mann ist ein Idiot. So einen haben wir schon in der Familie. Glaub mir, mein Kind, wir sollten es nicht übertreiben«, hatte sie gesagt.

Sie spürte Zärtlichkeit für Lucia und war dafür dankbar.

Gegenüber Matteo empfand sie nicht einmal mehr Wut, höchstens noch leichten Ärger. Alles andere war verschwunden, überschrieben von etwas unendlich Stärkerem. Von einem Gefühl für einen anderen Mann, einem Gefühl, das sie noch nicht analysieren konnte, einem Gefühl, das in einem Winkel ihres Herzens in Wartestellung war.

»Wie schön. Du weißt gar nicht, wie wichtig das für mich ist, besonders jetzt. Ich bin überglücklich, Elena. Ich werde Vater, Alessia erwartet ein Baby.«

Verdammt noch mal, und jetzt?

»Was für eine wunderbare Neuigkeit.«

Matteo seufzte tief. »Ich kann gut verstehen, wie hart das für dich sein muss. Bei uns hat es eben einfach nicht geklappt. Na ja, manche Frauen sind eben empfänglicher als andere …« Er hielt inne. »Sieh es so, dein Talent liegt eben auf anderem Gebiet.«

Elena wusste nicht, ob sie beleidigt sein oder in lautes Lachen ausbrechen sollte. Die Arroganz dieses Mannes war phänomenal, einfach unglaublich. Ihr Talent lag also auf anderen Gebieten? Auf welchen denn? Er hatte sich nie die Mühe gemacht, sie nach ihren Interessen zu fragen, hatte stets alles mit einem Schulterzucken abgetan. Mit einer Ausnahme: Als Lucia gestorben war, hatte er sie gedrängt, den Palazzo der Rossinis zu verkaufen, aber das war ihm nicht gelungen.

»Hör mal, Matteo, in einer ganz ähnlichen Sache wollte ich mit dir sprechen«, sagte sie nach einer kurzen Pause.

»Willst du mir etwa erzählen, dass du auch schwanger bist? Das soll ich dir glauben?«

»Was du glaubst, ist mir völlig egal«, antwortete sie genervt und umklammerte das Telefon. Sie schloss die Augen und rieb sich mit den Fingern über die Stirn. Sie bekam gerade fürchterliche Kopfschmerzen.

»Umso besser, das nehme ich dir sowieso nicht ab.«

»Und warum?«, fragte sie verwundert.

»Na, entschuldige mal, du verschwindest einfach und meldest dich genau in dem Moment wieder, wo ich erfahren habe, dass ich zum ersten Mal Vater werde. Ist das nicht ein bisschen seltsam? Außerdem haben wir längst das Aufgebot bestellt, kirchlich heiraten werden wir natürlich auch.« Nach einer kurzen Pause fuhr er mit sanfterer Stimme fort: »Du musst dich damit abfinden, Elena. Geh mit anderen Männern aus, finde neue Freunde, genieß das Leben. Es ist so kurz.«

Was war nur mit diesem Mann los? Einen Augenblick war sie versucht, ihm von Cail zu erzählen, einfach so, um ihm klarzumachen, dass er völlig falsch lag. Dann beschloss sie, genau das nicht zu tun. Zum einen war es ihr piepegal, was er dachte, zum anderen wollte sie die Tatsache, dass es einen neuen Mann in ihrem Leben gab, nicht als Argument einsetzen. Das hatte sie nicht nötig.

Erst jetzt wurde ihr endgültig klar, dass Matteo ihr absolut nichts mehr bedeutete.

Mit einem Ruck erhob sie sich, zog die Vorhänge auf und öffnete das Fenster. Ob Cail wohl zu Hause war? Es hatte aufgehört zu schneien, und der Blick in den nun wieder klaren Himmel war genau das, was sie jetzt brauchte.

»Einmal angenommen, ich wäre auch schwanger ...«

Langes Schweigen, dann schallendes Gelächter.

»Das ist wirklich ein starkes Stück. Ich verstehe ja, dass du mich noch liebst, aber dass du es so schamlos ausnutzt, dass wir mal zusammen waren, um Ansprüche gegen mich zu erheben ... Hallo? Hallo? Bist du noch dran?«

Elena hatte aufgelegt. Es gab für alles eine Grenze.

Sie schaltete das Handy aus und ließ es aufs Bett fallen. Wie sie Matteo kannte, würde er ohnehin nicht zurückrufen, aber sie wollte das Risiko nicht eingehen. Was sie betraf, war die Geschichte durch. Später, wenn sie in der richtigen Verfassung dazu war, würde sie auch seine Telefonnummer aus ihrem Adressbuch löschen. Aber nicht jetzt, dazu hatte sie keine Zeit. Ihr Herz raste und ihr war speiübel.

»Ich werde nicht zu dir zurückkommen«, äffte sie ihn nach.

Maurice, Matteo ... Ein tiefes kehliges Lachen entfuhr ihr. Alles Machtmenschen, Männer, die dominieren wollten und ihre Macht missbrauchten. Egoisten. Gegen Maurice hatte sie nichts ausrichten können, Matteo hingegen hatte sie sich selbst ausgesucht, ihn hatte sie gewollt.

Ihr Magen zog sich noch ein bisschen enger zusammen. Sie hätte ihn nicht anrufen sollen. Auch wenn sie wusste, dass es die richtige Entscheidung war, konnte sie den Zorn und die Abscheu gegen diesen Mann nicht verdrängen. Im Gegenteil.

Sie hatte wahrlich genug von solchen Männern. Nie wieder!, sagte sie sich.

Sie hatte einen Neuanfang gewagt und würde den gleichen Fehler kein zweites Mal machen. Sie ganz allein würde über sich und das Leben ihres Kindes entscheiden. Sie und niemand anders.

Wie auch immer sich die Geschichte mit Cail entwickeln würde, sie würde gewiss nicht noch einmal zulassen, dass ein Mann über ihr Leben bestimmte.

Sie zog die Nase hoch und versuchte sich zu beruhigen.

Schließlich streifte sie ihren Rock ab, tauschte ihn gegen eine bequeme Hose und schlüpfte in einen roten Pullover. Dann fasste sie ihre vom Duschen noch feuchten Haare zu einem Pferdeschwanz zusammen und legte einen Hauch Make-up auf. Auf einmal hatte sie das Bedürfnis nach einem Parfüm, nicht nach ihrem üblichen, sondern einem besonderen, ihrem eigenen. Sie hatte den Duft schon vor einigen Jahren kreiert, als sie auch für Jasmine und Monique ein Parfüm komponiert hatte. Ob sie es überhaupt noch benutzen konnte?

Wahrscheinlich schon. Sie hatte das von einem Metallzylinder umhüllte Flakon in einer dickwandigen Kiste aus Zedernholz aufbewahrt, die stets verschlossen geblieben war. Wärme oder Licht hatten ihm somit nicht schaden können. Nun zog sie den schlichten Flakon aus mattem Glas ganz vorsichtig aus dem Metallzylinder. Ihre Großmutter hatte nie Wert auf kunstvolle Verpackungen gelegt, schließlich kam es auf den Inhalt an. Elena hatte diese Einstellung übernommen.

Wie sehr sich alles verändert hat, noch dazu in so kurzer Zeit, dachte sie. Behutsam drehte sie den Verschluss. Das Parfüm war intakt und duftintensiv, als hätte sie es gerade erst gemischt. Beim ersten Atemzug verspürte sie ein leichtes Unbehagen, das jedoch sofort verging. Dieses Gefühl hatte sie nicht das erste Mal. Es war das gleiche Unbehagen, das sie anfangs bei Narcissus empfunden hatte. Inzwischen kannte sie den Grund: Schwangere reagierten sehr empfindlich auf bestimmte Gerüche, das war ganz normal.

Als Erstes umhüllte sie die Kopfnote. Elena schloss die Augen und fand sich in einem Lilienfeld wieder, dann Bergamotte und Neroliöl. Der Geruch verflog, um unmittelbar darauf wie der sanfte Flügelschlag eines Engels zurückzukehren. Dieses Mal Jasmin, Gardenie und ein Hauch Magnolie. Ein vibrierender Duft voller Leben. Schließlich Moschus und im Abgang Amber. Aber nur eine Spur, wie eine zarte Schneeflocke, die beim bloßen Hinsehen schmolz.

Sie spürte Lucias Gegenwart neben sich, in sich. Ihre Großmutter hatte sie früher bei der Arbeit beobachtet und für ihre sichere Hand gelobt. Und es war äußerst selten, dass Lucia jemanden lobte.

Dennoch war dieses Parfüm nicht mehr das ihre.

Sie hatte es vor langer Zeit komponiert, jede einzelne Essenz penibel ausgewählt, geprüft und das Ergebnis schließlich für gut befunden. Aber sie war heute eine Frau und nicht mehr das Mädchen von damals. Das Parfüm war zu sanft, zu süß, es fehlte ihm an Charakter. Den heiteren, lieblichen Nuancen fehlte der Schwung. Ich brauche etwas Neues, entschied sie, einen Duft, der meine Wünsche und Bedürfnisse widerspiegelt, meinen ganz persönlichen Geschmack. Das Gefühl, etwas Neues schaffen zu wollen, machte sie glücklich und vertrieb die letzten Spuren des unerfreulichen Gesprächs mit Matteo.

Nach einem erneuten Blick in den Spiegel griff sie nach den Schlüsseln. Während sie die Treppenstufen hinunterging dachte sie doch noch einmal an Matteo. Nein, auch wenn er der leibliche Vater war, dieses Kind gehörte ihm nicht mehr. Er hatte es abgelehnt und damit den Schlusspunkt gesetzt. Dieser Mann existierte für sie nicht mehr, weder als Partner noch als Vater ihres Kindes.

Verrückt, wie sich die Geschichte wiederholte. Nicht nur, dass sie ihren eigenen Vater nie kennengelernt hatte, Susanna hatte ihr auch nicht erzählt, was für ein Mensch er gewesen war. Irgendwann hatte Elena aufgehört nachzufragen. Vielleicht war er ebenfalls Parfümeur gewesen. Gut möglich, ihre Mutter hatte viele Kontakte gehabt, beruflich und privat. Maurice war nicht der einzige Mann, mit dem sie zusammengelebt hatte, aber ihn hatte sie geheiratet. Vielleicht hatte Susanna ihr nichts erzählt, weil sie sich schämte, von einem Mann schwanger geworden zu sein, den sie nicht liebte. Ein bisschen so, wie sie sich jetzt fühlte.

Manchmal lacht man, um nicht weinen zu müssen, hatte einer der Lieblingssätze ihrer Großmutter gelautet, und in diesem Moment begriff sie, wie richtig Lucia Rossini mit ihrer Einschätzung im Hinblick auf Matteo gelegen hatte.

Mit einer gewissen Hartnäckigkeit redete Elena sich ein, dass dieses Telefonat sie von jeder Verpflichtung entbunden hatte. Sie hatte getan, was getan werden musste und sich an die Vereinbarung mit Cail gehalten, Matteo über ihre Schwangerschaft zu informieren. Das ging aber nicht so weit, ihn davon zu überzeugen, dass er auch die Verantwortung dafür übernahm.

Sie streifte eine Jacke über und schlug die Wohnungstür etwas fester zu als nötig. Erst wollte sie zu Cail hinaufgehen, entschied sich auf der ersten Treppenstufe aber um und trat hinaus in den Hof. Sie musste jetzt alleine sein. Sie war traurig.

Draußen war es kalt und dunkel. Nur wenige Lichtkegel spiegelten sich in dem eisglatten Boden. Nichts machte einen Ort stiller als Schnee und Kälte. Alles schien den Atem anzuhalten, die Geräusche, die Gerüche und auch die Zeit. Alles war weiß und grau, flauschig und zart.

Die Arme um die Brust geschlungen, dachte Elena darüber nach, wie sehr sich ihr Leben und auch sie selbst verändert hatten. Ihre Gedanken glitten immer tiefer, magisch angezogen von einem Ort in ihrer Seele, der sie zu sich rief.

Sie wurde Mutter. Vielleicht konnte sie Susanna jetzt besser verstehen und endlich begreifen, warum ihre Mutter sich von ihr getrennt hatte. Dann vertrieb der alte Groll diesen Gedanken wieder und schob ihn weit weg. Da gibt es nichts zu verstehen, dachte sie erbost. Ich werde niemals auf mein eigenes Kind verzichten. Instinktiv umklammerte sie ihren Bauch, als wolle sie ihr ungeborenes Kind schützen, und ihre Wut wurde zu Eiseskälte.

Ihre Mutter hatte sich für ein Leben entschieden, in dem für sie kein Platz gewesen war. Die Glieder steif vor Kälte setzte Elena sich in Bewegung, und der Schnee knirschte unter ihren hochhackigen schwarzen Lederstiefeln. Die Schuhe waren ein Geschenk von Monique zum freudigen Ereignis. Cail dagegen hatte ihr eine Rose überreicht, eine seiner ersten Züchtungen. Ihr Name war Baby.

Elena hatte sie mit einem gewissen Unbehagen entgegengenommen, denn sie fürchtete, dass die wunderbare Pflanze den Winter bei ihr nicht überlebte. Sie hatte den Kübel neben das Fenster gestellt, damit die Rose so viel Licht wie möglich abbekam. Draußen wäre sie jetzt im Spätherbst in Winterruhe gegangen, aber Elena hoffte, dass sie an diesem geschützten Ort noch ein Weilchen blühte. Sie hatte gelesen, dass Rosen vielerorts selbst in den Wintermonaten gediehen, vielleicht nicht gerade in diesen Breitengraden, aber sie wollte es zumindest versuchen. Bis dato war sie keine große Gärtnerin gewesen und hatte deshalb begonnen, alles über Rosenzucht zu lesen, was sie finden konnte. Cails Schöpfung sollte auf keinen Fall eingehen, dafür würde sie alles tun. Wie leichtsinnig von ihm, ihr diese wunderbare Pflanze zu schenken!

Baby hatte einen komplexen Duft, natürlich, fruchtig-würzig, mit einem Hauch von Chypre. Ein breit gefächertes Bukett aus Aromen, das vor allem am Nachmittag zur Geltung kam, wenn sich der Duft der Blüten in der Wärme voll entfaltete. Die changierenden Blütenblätter, vom Bernsteingelb am Rand bis zum Altrosa in der Mitte, schienen die Aromen überall zu verteilen. Elena sprach hin und wieder mit Baby. Sie hatte irgendwo gelesen, dass es für das Wohlbefinden von Pflanzen wichtig war, mit ihnen in Dialog zu treten. Auch wenn sie es sich selbst gegenüber nicht eingestehen wollte: Ihre überwunden geglaubte Angst vor dem Alleinsein war zurück und sorgte dafür, dass sie sich nachts im Bett hin und her wälzte, den Kopf voller alptraumhafter Gedanken.

Elena ging zügig weiter, bis sie Cails Garten erreicht hatte, in dem er jene Rosen züchtete, die nicht in Kübeln gedeihen konnten. Sie blieb stehen, die Augen starr auf die mit

Eis überzogenen Zweige der Sträucher gerichtet. Gestern am frühen Morgen hatte sie eine kristallisierte Rose gesehen, die von hauchdünnem Raureif überzogen war, blutrot und märchenhaft schön. Als hätte der frühe Kälteeinbruch sie vor dem Schicksal des Verblühens bewahrt. Aber das Eis hatte der Rose das Herz geraubt, indem es ihren Duft eingefroren hatte. Ihr blieben nur die tiefroten Blütenblätter, die bei den ersten Strahlen der matten Herbstsonne auf den steinigen Boden fallen würden, hilflos, geruchlos, ihrer Seele beraubt.

Sie war von ihrer Umgebung so gebannt, dass sie ihn gar nicht hatte kommen hören. Aber sie konnte ihn spüren.

»Du wirst dich erkälten«, sagte Cail.

Die junge Frau bewegte sich nicht, sie wollte einfach nicht. Sie war müde, gereizt, schlecht gelaunt. Einen Augenblick später hüllte er sie in seine dicke Jacke ein. Die Wärme umfing sie wie ein schützender Kokon. Elena ließ den Kopf sinken und schloss die Augen. Dann richtete sie sich wieder auf.

»Und du?«

Er zuckte mit den Schultern. »Mir ist nicht kalt.«

Ihm war nie kalt. Elena lächelte und zog die Jacke enger um sich.

»Komm näher, ich beiße nicht.«

Sein heiseres Lachen ließ sie erschauern, ein Gefühl, das sich bald in ein angenehmes Kribbeln verwandelte. Es kam nicht oft vor, dass Caillen lachte, aber wenn er es tat, war Elena jedes Mal fasziniert. Er schien dann ein anderer zu sein.

»Ich habe Matteo angerufen«, sagte sie unvermittelt. Dann schwieg sie. Sie wollte, dass er spürte, dass er wusste, wie viel Überwindung es sie gekostet hatte.

»Wann kommt er?«

Elena drehte sich zu ihm, dann schüttelte sie den Kopf. »Gar nicht. Seine neue Freundin erwartet ebenfalls ein Kind, sie werden heiraten.«

»Wie bitte? Ist er verrückt geworden?«

Sie wollte nicht das Mitleid in Cails Augen sehen und wandte sich ab. Das hätte sie nicht ertragen. Sie war mit den Nerven am Ende, das wurde ihr jetzt überdeutlich bewusst. Trotz aller Ablenkung, trotz aller Selbstbeherrschung kochten die Gefühle erneut in ihr hoch und drohten sie zu überfluten. Lange würde sie das nicht mehr aushalten.

»Verrückt, oder? Die ganze Zeit wollte ich ein Kind, und es passierte nichts. Und dann …« Ihre Stimme brach und sie legte sich die Hand auf den Mund. Sie schluckte und atmete schwer. »Dieses Kind gehört mir, Cail, nur mir. Ich werde niemanden um Hilfe bitten. Ich werde es alleine großziehen, verstehst du?«

Sie spürte, wie er näher kam, er war nur noch zwei Schritte hinter ihr, bereit sie zu trösten. Aber gerade das passte ihr nicht. Empfand er sie als so hilflos?

Sie wartete darauf, dass er sie berührte. Aber Cail streifte sie nicht einmal. Elena starrte auf ihre Schuhspitzen. Er hatte sie überrascht, wieder einmal. Im Grunde überraschte er sie ununterbrochen.

»Es gibt ganz besondere Nächte, in denen die Schwärze noch tiefer ist. Wenn man Glück hat, sieht man dann die Sterne, die einem sonst verborgen bleiben. Sollen wir nachsehen, ob heute eine solche Nacht ist?«

Sie lauschte der noch immer ein wenig keuchenden Stimme von Cail. Er kam gerade von seiner abendlichen Joggingrunde. Er war der einzige Mensch, den sie kannte, der im Dunkeln joggte. In der kalten Luft suchte sie nach seinem Duft und als sie ihn endlich wahrnahm, atmete sie tief ein.

»Ja, das würde ich sehr gerne«, flüsterte sie.

Jetzt stand er unmittelbar hinter ihr. Elena ließ sich zurücksinken, ganz langsam, bis sie sich berührten. Sie schaute in den Himmel, und Cail legte behutsam die Arme um sie. So verharrten sie einen Moment, gefangen in ihren Wünschen und Gefühlen, gefangen in dem Begehren, das sie beide spürten. Noch fehlte ihnen der Mut, sich dazu zu bekennen, aber genauso wenig konnten sie voneinander lassen und auf das Wenige verzichten, das sie miteinander teilten.

Als er sie umdrehte, stellte sich Elena auf die Fußspitzen und legte ihm die Arme um den Hals. Cail beugte sich zu ihr hinunter, ganz langsam, er gab ihr alle Zeit der Welt und den Raum, den sie brauchte. Sie konnte sich zurückziehen. Jederzeit.

Zuerst spürte Elena seinen warmen Atem, dann eine sanfte Berührung auf ihrem Gesicht. Er streichelte sie ganz zart weiter, aber als Elena ihn am Handgelenk packte und an sich zog, hob er sie hoch und küsste sie.

Elena krallte die Finger in seine Haare, und Cail küsste sie innig, genau so, wie er es sich schon seit Tagen gewünscht hatte.

Später gingen sie in Cails Wohnung, und während er duschte, wartete Elena im Gewächshaus auf ihn. Sie wusste nur wenig über ihn, seine Arbeit und seinen Tagesablauf. In diesem Augenblick wurde ihr klar, dass es in ihrer gemeinsamen Geschichte meist um sie gegangen war. Cail hielt sich lieber zurück.

»Einjährige«, sagte er, als er wieder neben ihr stand.

Elena beugte sich über einen Topf mit einer Pflanze voller hellgrüner Blättchen, die an den Rändern gezackt waren.

Winzige Blättchen voller Anmut und Liebreiz. »Wunderschön«, hauchte sie.

»Jede Pflanze ist eine Hoffnung. Wenn sie überlebt, kann daraus eine perfekte Rose werden.«

Elena runzelte die Stirn. »Die perfekte Rose … eine ungewöhnliche Definition.«

Cail steckte die Hände in die Hosentaschen. »Stell dir eine leuchtend rote Rose mit effektvollen Farbschattierungen vor, robust, nahezu krankheitsresistent und mit einem intensiven Geruch nach Früchten und Gewürzen.« Er sah sie eindringlich an. »Das ist der Traum eines jeden Züchters.«

»Aber du hast schon viele solcher Rosen gezüchtet«, wendete Elena ein.

Er schüttelte den Kopf. »Nicht wirklich. Die meisten sind gerade mal durchschnittlich. Und keine einzige ist leuchtend rot. Aber ich hoffe, dass ich bei einigen meiner zweijährigen Pflanzen Glück habe.«

»Hier arbeitest du also?«, fragte sie interessiert und sah sich in dem Gewächshaus um.

»Ja.« Er beugte sich über einen Topf und riss ein bisschen Unkraut aus. »Das Versuchslabor ist in der Provence, in der Nähe von Avignon. Hier sind nur die Pflanzen, die ich für den Wettbewerb vorbereite.«

»Einen Rosenwettbewerb?«

Er nickte. »Eigentlich ist es mehr als ein Wettbewerb. Es ist eine Ausstellung für Züchter und Fachhändler, aber auch für leidenschaftliche Hobbygärtner. Bei dem Wettbewerb wird die Rose prämiert, die den Idealvorstellungen von Qualität, Schönheit und Wohlgeruch am nächsten kommt. Der internationale Wettbewerb für neue Rosen heißt Concours de Bagatelle, er findet Anfang Juni statt.«

Ein Lächeln legte sich auf Elenas Gesicht, bei dem Gedanken, dass ihr Kind zur gleichen Zeit zur Welt kommen würde. »Wirst du daran teilnehmen?«

»Natürlich, das ist ein sehr wichtiger Termin.«

Sie dachte nach. »Warum wohnst du in Paris, wenn deine Firma in der Provence ist?«

Cail wandte den Blick ab, dann schaute er sie wieder an. »Ein Großteil unserer Kunden lebt in Paris, zumindest sind ihre Büros dort. Und die Stadt gefällt mir. Lass uns reingehen, es ist kalt«, sagte er und nahm sie bei der Hand. Es war tatsächlich sehr kalt, aber Elenas Eindruck blieb. Cail sprach nicht gerne von sich. Warum nur? Sie wusste keine Antwort.

Jacques klopfte an Moniques Tür und wartete. Wenn er wollte, käme er auch so hinein. Entgegen ihrer Vereinbarung hatte er sich einen Zweitschlüssel machen lassen, den er regelmäßig benutzte, wenn sie nicht zu Hause war. Er rührte nie etwas an, sondern schaute sich lediglich um und atmete den Geruch ihrer Unterwäsche ein, wie in einem pathetisch-kitschigen Liebesfilm.

Eine Minute, zwei, drei, fünf. Jacques lächelte, dann ließ er den Kopf sinken.

»Ich weiß, dass du da bist, *mon amour*. Mach auf, so leicht wirst du mich nicht los.«

Ein kurzes Klicken, dann wurde ein Schlüssel dreimal herumgedreht und Monique stand vor ihm.

»Zieh die Tür zu«, sagte sie knapp und ging ins Wohnzimmer zurück.

Wie machte sie es nur, dass sie selbst in dem übergroßen Pulli und Kniestrümpfen so umwerfend gut aussah? Es sind ihre Beine, entschied Jacques, ihre unendlich langen Beine.

»Ist es nicht ein bisschen spät für einen Höflichkeitsbesuch?«, fragte sie kalt.

Jacques ignorierte ihre offensichtliche Feindseligkeit. »Wie geht's? Ich habe schon eine Weile nichts mehr von dir gehört.«

Monique streifte ihn mit einem eisigen Blick, setzte sich aufs Sofa und öffnete ihr Buch auf der Seite, auf der sie offenbar gerade gelesen hatte.

»Du rufst nicht zurück, du antwortest nicht auf meine Nachrichten. Bist du zu beschäftigt oder steckt etwas anderes dahinter?«, fragte er und kam langsam näher. »Beansprucht dich Le Notre so sehr? Sag mir, *chérie*, stellt er dich ebenso zufrieden wie ich?«

Wie würde sie auf die Anspielung reagieren? Er beobachtete, wie sie ihre Haltung veränderte und sich verkrampfte. Erkannte die Wut, die sich hinter ihrer schier übermenschlichen Selbstkontrolle versteckte, die gleiche eiserne Disziplin, mit der sie ihn aus ihrem Leben verbannt hatte. Geduldig wartete er auf ihr kühles Lächeln. Diese Frau war eine Kämpferin. Genau so wollte er sie, mit jedem Atemzug, mit jedem Gedanken.

»Scher dich zum Teufel, Jacques«, antwortete Monique.

Ihr Lächeln ließ ihm einen Schauder über den Rücken laufen. Sein Verlangen war geweckt.

Das Spiel hatte begonnen, und dieses Mal hatte er nicht vor, es zu verlieren. Er ging zum Sofa, zog das Jackett aus, legte die Krawatte ab, knöpfte das Hemd auf und löste die massiv goldenen Manschettenknöpfe. Dabei ließ er sie nicht aus den Augen.

Monique war wie hypnotisiert, ein kaum zu zügelndes Verlangen überkam sie. Sie wollte ihn unbedingt. Aber das hieß nicht, dass sie so einfach nachgeben würde. Hastig stand sie auf, denn wenn Jacques noch näher käme, würden alle Dämme brechen. Sie konnte in seinem Gesicht lesen, was er vorhatte.

Unvermittelt packte er sie am Arm.

»Ich habe genug von deinen Launen. Ich habe alles getan, was du wolltest, ich habe sogar deine Freundin eingestellt. Jetzt will ich meine Gegenleistung.«

»Du solltest eher mich bezahlen, Jacques, Elena ist eine außergewöhnlich kreative Parfümeurin. Hältst du sie etwa immer noch vom Labor fern? Hast du tatsächlich Angst, dass sie dir beweist, wie mittelmäßig du bist?«

Sie wollte ihn bewusst verletzen, aber als sie den Schmerz in seinen Augen aufblitzen sah, hätte sie ihre Worte nur zu gerne zurückgenommen. Aber es war zu spät. Jacques verzog die Lippen zu einem diabolischen Grinsen. Er zog sie an sich und fuhr ihr mit den Fingern durchs Haar, während seine Lippen immer näher kamen.

»So gut ist sie nicht, zumindest nicht nach Philippes Meinung. Sie hat bisher quasi keinen Umsatz gemacht. Ich glaube, dafür solltest du eher mich entschädigen.«

Monique widersprach. »Das kann nicht stimmen, Elena hat mir erzählt, dass es gut läuft.«

Jacques presste die Lippen auf ihren Mund und hinderte sie am Weitersprechen. »Diese Frau ist mir völlig egal. Ich will dich, verstehst du?«

»Verschwinde und geh zu deiner zukünftigen Ehefrau zurück. Wann ist eigentlich die Hochzeit?«

Er ignorierte die Provokation. Er würde ihre gemeinsame Zeit nicht mit einem Gespräch über eine andere Frau verschwenden. »Es ist eine reine Geschäftsverbindung, mehr nicht. Du bist etwas ganz anderes.«

»Klar … ich bin die, mit der du Spaß haben willst.«

»Exakt.«

Sie schlug ihm mit der flachen Hand ins Gesicht, aber er hielt die andere fest und drehte sie hinter ihren Rücken.

»Lass mich los«, knurrte sie.

»Nur, wenn du dich beruhigst.«

Monique wand und krümmte sich, aber er hielt sie fest umklammert.

»Warum willst du nicht?«, flüsterte er rau.

Monique schluckte. »Lass mich los, Jacques. Lass mich und geh. Geh zu ihr und bleib dort. Du hast dich entschieden. Verschwinde endlich.«

»Nein. Du wirst nie von mir loskommen. Wir sind uns zu ähnlich, Monique. Wir gehören zusammen, das ist vorherbestimmt«, fuhr er heiser fort.

Sie schloss die Augen. Wieder fühlte sie die Scham und den Schmerz, während er sie weiter streichelte. Sie spürte seine weichen warmen Lippen auf ihrer Haut. Wie sehr hatte sie sich in den endlos langen Tagen nach ihm gesehnt. Sie brauchte ihn mehr als die Luft zum Atmen. Als Jacques sie auf die Arme nahm und zum Bett trug, vergrub sie das Gesicht an seiner Brust.

14.

Angelika. Das Kraut der Engel, das die Essenz der Dinge enthüllt.
Ein Heilkraut gegen jedes Übel mit einem würzig-süßen Duft, der alles einhüllt.
Fördert die Selbsterkenntnis.

»Du trägst ein anderes Parfüm. Ist das neu?«

Elena schüttelte den Kopf und nahm sich ein Törtchen aus der Schale auf dem kleinen Wohnzimmertisch. »Nein, ich habe es schon vor einigen Jahren komponiert. Aber ich muss es verändern, es passt nicht mehr zu mir.«

Sie machte es sich wieder neben Cail bequem, wickelte sich in die Daunendecke und fuhr mit ihrer Lektüre fort. Obwohl fast vierhundert Jahre alt, war Beatrices Tagebuch in einem überraschend guten Zustand. Jede Rossini-Erbin hatte es nach dem Lesen sorgfältig wieder in ein nach Zimt duftendes Seidentuch eingewickelt.

Schon seit einiger Zeit wollte Elena bestimmte Passagen überprüfen, und dieser Abend war geradezu perfekt dafür, da es bitterkalt war und sie heute zu Hause bleiben würden.

»Hast du dich so sehr verändert?«, fragte Cail und legte das Gartenmagazin zur Seite, in dem er geblättert hatte.

»Du bist der hartnäckigste Mensch, den ich kenne. Ja, ich habe mich sogar sehr verändert.«

»Wie warst du denn vorher?«

Sie dachte ein wenig nach, dann lächelte sie. »Dumm.«

Das Wort war ihr unwillkürlich über die Lippen gekommen, so offen und ehrlich, dass Cail ein Lachen nicht unterdrücken konnte. Es hallte in der Stille des Raumes wider. Elena sah ihn verzaubert an. Cail lachte selten, aber wenn er es mal tat, dann glaubte Elena in seiner gelösten heiteren Miene den wunderbaren Mann zu erkennen, der er in Wirklichkeit war.

Er hatte jetzt das Kinn gehoben, und als er seine weichen Lippen öffnete, konnte sie seine auffallend weißen Zähne sehen. Seine Augen waren halb geschlossen, und er wirkte so entspannt, als hätte er sich noch nie im Leben Sorgen gemacht. Am liebsten hätte Elena die Narbe auf seiner Wange gestreichelt und dabei seinen Duft eingeatmet …

Aber dann dachte sie an ihr Kind und an ihre guten Vorsätze für die Zukunft, und der Zauber verschwand. So sehr sie sich zu Cail hingezogen fühlte, sie wollte die ohnehin schon schwierige Situation nicht noch komplizierter machen. Das hatte sie bereits nach dem ersten Kuss entschieden.

»Das meine ich ernst«, bekräftigte sie und stand auf. Sie klappte das Tagebuch zu und legte es auf den Tisch.

Seit ihrer Ankunft in Paris hatte sich die Wohnung grundlegend verändert. Cail war der Meinung, dass dieser Ort voller Charakter und gelebter Geschichte wieder in seinen ursprünglichen Zustand zurückverwandelt werden sollte. Er hatte den Raum restauriert und neu gestrichen, von der Balkendecke aus Wacholderholz bis hin zu der Tür und den Bleiglasfenstern, die zur Straße hinausgingen. Natürlich nicht ohne Erlaubnis von Moniques Familie. Elena hatte nicht einmal einen Pinsel in die Hand nehmen dürfen, sie hatte aber als moralische Stütze fungiert.

Kaum zu glauben, dass die prächtigen Backsteinwände noch vor ein paar Wochen mit mehreren Schichten abblätternder Farbe bedeckt gewesen waren. Cail hatte sogar die Bodenfliesen entfernt und den groben Natursteinboden freigelegt. Nachdem er die Fläche mit speziellen Ölen behandelt hatte, glänzte sie wie grauschwarzes Zinn. Elena hatte mit offenem Mund gestaunt, als sie sein Werk zum ersten Mal gesehen hatte.

Die Sofas hatten sie auf dem Antiquitätenmarkt an der Porte de Vanves gekauft, der nach Meinung von Monique eher einem Flohmarkt ähnelte. Cail hatte noch zwei Kunstdrucke und eine Tiffanylampe beigesteuert, Monique einen Ficus Benjamini, der ihrer Meinung nach dringend menschlichen Zuspruch brauchte.

»Warum dieses Wort?«, fragte Cail. »Warum dumm?« Auch er war aufgestanden und folgte ihr mit seinem Blick.

»Weil es ins Schwarze trifft.« Sie lächelte kurz, dann wurde ihr Gesichtsausdruck wieder ernst. »Ich weiß nicht, wie ich es dir erklären soll, und auch mir ist es erst im Nachhinein klar geworden. Momentan lebe ich von Tag zu Tag, alles, was ich mache, ist neu, als ob es das erste Mal wäre. Das muss an meiner Schwangerschaft liegen«, murmelte sie nachdenklich. »Vielleicht hat Jasmine recht, wenn sie sagt, dass die im Bauch heranreifende Persönlichkeit eines Kindes und seine Neigungen sich mit denen der Mutter vereinen. Als sie mit Monique schwanger war, mochte sie keine Erdbeeren, erst nach ihrer Geburt hat sie wieder welche gegessen. Und Monie hat Erdbeeren noch nie gemocht, nicht einmal als Kind. Ich könnte wetten, dass mein Kind zu dieser Erkenntnis beigetragen hat.« Sie musterte Cail. »Hör auf zu lachen.«

»Ich lache nicht über dich.«

»Aber du lachst«, sagte sie und stemmte die Hände in die Hüften.

»Ja, weil mir gefällt, was ich sehe.«

»Genau das ist es, du sagst mir ständig solche Sachen und ich … Ich frage mich, wie ich meine Zeit mit Matteo verschwenden konnte, wo ich sie auch mit einem Mann wie dir hätte verbringen können. Ich kann es einfach nicht fassen.«

Cail ging auf sie zu und nahm ihre Hand. Er setzte sich neben sie und deckte sich ebenfalls zu. Sie sahen sich tief in die Augen, Cail hob ihr Kinn und küsste sie sanft, aber entschlossen auf den Mund. Seine Küsse waren jedes Mal etwas inniger geworden, gedrängt hatte er sie aber nie. Das tat er auch jetzt nicht. Es war eher so, als wollte er mit jedem Kuss ihre Beziehung besiegeln.

Elena presste sich gegen seine Brust. Sie öffnete die Lippen, und als er ihren Nacken umfasste, gab sie sich den zärtlichen Berührungen hin, die besitzergreifender waren als sonst.

Plötzlich hielt Cail inne und schob Elena ein Stück von sich weg. Von Mal zu Mal wurde es schwieriger aufzuhören. Er begehrte diese Frau so sehr, wie er noch nie eine Frau begehrt hatte. Er wusste, dass Elena sich nicht wehren würde, wenn er weiterginge. Sie war bereit, Cail spürte es mit jeder Faser seines Körpers. Aber danach? Wie würde es weitergehen? Das Kind würde auf die Welt kommen. Eine neue Situation, die eine Fülle von Problemen mit sich brachte. Sicher, Elena wollte im Augenblick nicht zu ihrem Ex zurückkehren, aber wenn dieser Kerl nach der Geburt seine Meinung ändern würde, was dann? Er wollte nicht auf sie verzichten, genau deswegen durfte er seinem Verlangen nicht nachgeben.

Zum Teufel!, fluchte er in Gedanken. Bevor Elena fragen konnte, warum er sich zurückgezogen hatte, umfing er sie wieder, dieses Mal ganz zart.

Einen Moment lang dachte Elena, sie würden genau da weitermachen, wo sie aufgehört hatten, doch dann bemerkte sie Cails finsteren Blick. Es war, als hätte ihr jemand einen Eimer kaltes Wasser übergeschüttet. Er war blass geworden, seine Gesichtszüge hatten sich verhärtet. Bedauerte er etwa, seinen Gefühlen einen Moment lang nachgegeben zu haben?

Instinktiv drehte sie sich weg. Cail ließ sie los, und Elena sprang auf.

Wieder einmal hatte sie vergessen, dass sie eine schwangere Frau war. Schwanger von einem anderen, warf sie sich mit einer Spur Verbitterung vor. Sie wusste aus eigener Erfahrung, wie sehr das einen Mann aus der Fassung bringen konnte. Und wie sie es wusste! Maurice tauchte vor ihrem geistigen Auge auf, aber sie drängte sein Bild rasch zur Seite. Maurice und Caillen waren komplett verschieden. Cail würde sich niemals so verhalten wie ihr Stiefvater. Er konnte gehen, wann immer er wollte, zwischen ihnen gab es kein Versprechen, er hatte keinerlei Verpflichtungen. Dennoch war er hier, bei ihr.

Sie seufzte. Cail war ehrlich, auf ihn konnte sie sich verlassen, in jeder Hinsicht. Trotzdem blieb ein leiser Zweifel. Wusste sie wirklich, wie die Beziehung zwischen ihrer Mutter und Maurice war? Vielleicht war Susanna von ihm fasziniert gewesen? Elena kannte nur die negative Seite. Was, wenn Cail sie wollte, aber nicht das Kind? Genau wie Maurice?

Sie war verwirrt. Mit einem Mal spürte sie das dringende Bedürfnis, mit ihrer Mutter zu sprechen. Susanna war der einzige Mensch, der sie verstehen könnte, immerhin liebten sie beide einen Mann, der nicht der Vater ihres Kindes war.

War es wirklich Liebe, was sie für Cail empfand? Sie wusste es nicht. Nach der bitteren Erfahrung mit Matteo war sie extrem vorsichtig, wenn es um Gefühle ging. Da stand zu viel auf dem Spiel. Außerdem musste sie an ihr Kind denken.

»Komm wieder her«, sagte Cail unvermittelt und klopfte mit der Hand auf das Sofa.

Sie wollte ablehnen, ihn bitten zu gehen. Aber wollte sie das wirklich? Nein. Er sah sie kurz an und wandte dann den Blick ab.

»Wir reden ein bisschen, okay?« Er war aufgestanden und kam auf sie zu.

Schon besser, dachte Elena. Trotzdem blieb sie auf Distanz, noch zu verletzt, um ihn ganz an sich herankommen zu lassen.

»Oder soll ich gehen?« Die Frage zerriss die angespannte Stille, die sich wie eine schwere Glocke über sie gelegt hatte.

»Nein!« Sie sah ihn an und wusste, dass er es genauso wenig wollte. »Aber ich will auch nicht… ich will nicht reden. Nicht darüber.«

»Über uns?«, fragte Cail.

Elena nickte, die Augen starr auf den Boden gerichtet. Sie war nicht bereit, den Widerstreit ihrer Gefühle zu klären, das ewige Hin und Her, zumal sie kurz davor war, in Tränen auszubrechen.

»Gut, wir müssen nicht.« Cails Stimme klang jetzt ganz entspannt. Er ging zurück zum Sofa, doch bevor er sich setzte, nahm er ein lila Macaron vom Tablett, Elenas Lieblingssorte, und hielt es ihr hin: »Frieden?«

Sie drängte die Tränen zurück und musste lachen. Dann

schüttelte sie den Kopf: »Du bist einfach fürchterlich.« Dann biss sie in den Keks und schmeckte die leckere Johannisbeerfüllung.

Zärtlich schob er ihr eine Haarsträhne hinters Ohr. Seine Berührung war sanft und warm, doch seine Gedanken schienen weit weniger freundlich zu sein.

»Jeder eine Frage?«, schlug sie vor.

Cail dachte einen Moment nach. »Gut, ich fange an. Du hast mal gesagt, du hättest zwei große Wünsche. Der eine war ein Kind … und der andere?«

Elena fuhr sich mit der Zunge über die Lippen. »Gibt's eine Ersatzfrage?«

»Nein, aber du musst sie nicht beantworten, wenn du nicht willst«, sagte er mit ernster Stimme.

Elena seufzte tief, dann begann sie zu sprechen. »Das ist nicht so einfach. Es geht nicht darum, dass ich dir nicht antworten will, aber du spielst dabei eine Rolle. Ich will meine Karten noch nicht auf den Tisch legen, ich will nichts überstürzen. Komm, stell mir eine andere Frage«, drängte sie und gestikulierte dabei wild.

Cail wirkte überrascht. Erneut zog er sie an sich und küsste sie, die Finger in ihren Haaren vergraben. Dann wich er wieder zurück, so als hätte er gerade einem drängenden Impuls nachgegeben und es sogleich wieder bereut. Er räusperte sich und fragte: »Na gut. Hast du Sehnsucht nach Italien? Möchtest du zurück?«

Von seinem Kuss noch immer verwirrt, wiegte Elena sanft den Kopf, wie um ihre Gedanken zu ordnen. »Paris gefällt mir, es ist eine der schönsten Städte der Welt. Ich glaube das sagen zu können, obwohl ich noch nicht überall gewesen bin. Als ich klein war, war meine Mutter ständig unterwegs, bis sie sich schließlich in Grasse niedergelassen hat. Sie folgte dem Ruf des Parfüms, wo immer sie einen Auftrag bekam, ging sie hin, und ich war immer dabei. Bombay, Kairo, Tokio, New York. Die Kindermädchen haben mit mir jeden Spielplatz und jeden Zoo besucht. Ich kenne sie alle. Manche Städte haben mir gefallen, andere haben mir Angst gemacht, obwohl es dort wunderschön war. Ein Ort ist wie ein Parfüm oder wie ein Kleidungsstück, du musst mit allen Sinnen spüren, ob es das Richtige für dich ist.« Sie hielt inne. »Paris, der Marais, die Île de la Cité, dort fühle ich mich wohl, dort fühle ich mich zu Hause.«

»Also wirst du nicht nach Florenz zurückgehen?«

»Ab und zu, für kurze Zeit, vielleicht. Um nach dem Haus zu sehen. Weißt du, auch das ist so eine Sache, die ich einfach nicht verstehen kann. Früher habe ich diesen Ort gehasst, heute gibt es Momente, vor allem nachts, in denen ich mich danach sehne. Vielleicht aus Heimweh. In diesem Haus hat mir meine Großmutter alles über Parfüm beigebracht, darin befindet sich das Erbe, das Generationen von Rossini-Frauen hinterlassen haben. Du müsstest mal das Labor sehen, dort gibt es Gefäße aus glasiertem Porzellan, die höher sind als ich. Es ist eine wunderbare Welt, voller Antiquitäten und mit einer Duftlampe.«

»Eine wie diese?«, fragte Cail und deutete auf einen Glasbehälter mit einer brennenden Kerze, auf dem ein kleiner Teller mit einer öligen Flüssigkeit stand. Ein dezent aromatischer Duft ging davon aus.

»Ja. Meine Großmutter hat immer die gleichen Aromen benutzt. Orange für die Heiterkeit, Salbei gegen Verwirrung und Zweifel, Minze, um die Fantasie zu stimulieren, und Lavendel zur Reinigung der Seele. Die Duftöle haben sich überall verbreitet, noch heute riechen die Möbel, als wären die Kräuter, die Blüten und die Früchte ein Teil von ihnen.

Als ich von Florenz weggegangen bin, habe ich die Lampe und einige ätherische Öle mitgenommen.«

»Mir gefällt der Duft sehr.«

»Jasmin und zwei Tropfen Strohblume.«

»Sehr anregend«, fuhr Cail mit einem leichten Lächeln fort.

Elena errötete. Das Jasminöl sollte tatsächlich eine intime Atmosphäre schaffen. Cail ließ sie nicht aus den Augen, während er mit den Fingern über die Rückenlehne des Sofas strich. Elena atmete tief durch und versuchte dann, den Faden wieder aufzunehmen.

»Im Erdgeschoss ist die alte Parfümwerkstatt. Wenn man die Freskendecke betrachtet, glaubt man eine Wiese voller Blumen und Engel zu sehen, und in einer Ecke, ein bisschen versteckt, sind ein Mann und eine Frau zu erkennen, die Hand in Hand auf einen Rosenbogen zugehen, ein Bild, das man nicht vergisst. In diesem Raum steht auch ein großer Paravent, wenn man ihn aufklappt, kann man sich wunderbar dahinter verstecken.«

»Und dorthin hast du dich geflüchtet, wenn du etwas angestellt hattest?«

Sie nickte. »Ich war eine riesengroße Enttäuschung für meine Großmutter, sie war oft sauer auf mich. Es gab Tage, da haben wir uns richtig gut verstanden, und alles war in bester Ordnung, aber manchmal habe ich sie gehasst. Dann habe ich blindlings Parfüms zusammengeschüttet, Flaschen mit Essenzen ausgekippt und wollte weder lernen noch sprechen.«

»Ein richtig schreckliches Kind.« Cail lächelte, doch schon wich die Heiterkeit in seiner Miene Bitterkeit. Auch er hatte öfters versucht, die Arbeit seines Vaters zu sabotieren. Allerdings war dabei aus Zufall einmal sogar die Anzucht einer prämierten Rose gelungen. Cail hatte als Kind oft Wutanfälle gehabt. Vor allem in der Zeit, als sein Vater Angus McLean verschwunden war. Seine Mutter war mit ihm und seiner kleinen Schwester allein und musste sich auch noch um die Firma kümmern. Daher konnte er das tief empfundene Gefühl der Ohnmacht, das man in diesem Alter hat, nur zu gut verstehen.

»In diesem Haus sind deine Wurzeln, Elena. Es liegt in der Natur der Sache, dass du dich mit ihm verbunden fühlst.«

Sie zuckte mit den Schultern. »Wenn ich nicht jeden Augenblick verabscheuen würde, den ich dort verbracht habe, wäre das bestimmt so.«

Cail blickte über sie hinweg in die Ferne. »Hass ist ein äußerst komplexes Gefühl. Man hasst das, was man begehrt und nicht haben kann, man hasst das, was man nicht versteht oder was einem zu weit weg erscheint. Hass und Liebe sind sich sehr nah, ihre Konturen verschwimmen, lassen sich nicht klar voneinander abgrenzen.«

Elena sah ihn an. »Unter diesem Blickwinkel habe ich das noch gar nicht betrachtet.«

»Warum hasst du dieses Haus?«

»Als meine Mutter damals gegangen ist, musste ich bei meiner Großmutter bleiben. Der neue Mann meiner Mutter lehnte mich ab, und sie wollte sich mit ihm ein neues Leben aufbauen, ohne dass er dabei auf die Tochter eines anderen Rücksicht nehmen musste.« Sie kuschelte sich ins Sofa und rückte dabei ein Stückchen von ihm ab.

»Hat deine Großmutter… dir jemals wehgetan?« Cails sonore Stimme klang ernst, sein Blick war finster.

Elena schüttelte den Kopf. »Sie hat mich geliebt, auf ihre Art. Nachts kam sie oft in mein Zimmer, weißt du? Sie wartete, bis sie glaubte, dass ich eingeschlafen war, dann setzte sie sich neben mein Bett. Dort saß sie, bis sie mich auf die Wange küsste und ging. Das sind die einzigen Zeichen von Liebe, die ich von ihr erfahren habe. Tagsüber behandelte sich mich wie eine Erwachsene, sie duldete keine Fehler, aber sie respektierte mich.« Gefühle gesellten sich zu den Erinnerungen, zu den Episoden, die in Elena wiederauflebten, wie verlorene Gegenstände, von denen jede Spur gefehlt hatte. Sie hatte tatsächlich vergessen, wie wichtig der Respekt ihrer Großmutter für sie gewesen war. »Wenn sie merkte, dass ich etwas sagen wollte, hielt sie inne und hörte mir zu, vor allem, wenn es mit Parfüm zu tun hatte, und zwar egal womit sie gerade beschäftigt war. Sie motivierte mich, eigene Ideen zu entwickeln, auch wenn sie im Widerspruch zu den Traditionen standen. Ich sollte den Duft im Kopf suchen, aber mit dem Herzen finden. Das Parfüm sei der Weg zu einem tieferen Bewusstsein, der Pfad zur Seele. Sie war überzeugt, dass Worte, Bilder, Geräusche und auch der Geschmack täuschen können. Aber der Geruchssinn nicht, der sei untrüglich.«

Sie schwieg einen Moment und in ihrer Erinnerung konnte sie Lucia Rossinis Worte hören, jedes einzelne. Sie waren so lebendig wie damals, für immer in ihr Gedächtnis eingebrannt.

Der Geruch, das Parfüm, dringt in dich ein. Mit dem Einatmen lädst du es zu dir ein, aber dann geht es seinen eigenen Weg. Du kannst den Weg nicht bestimmen, ob es dir gefällt oder nicht. Das Parfüm reist in einer anderen Dimension. Es gehorcht weder den Gesetzen der Logik noch der Vernunft. Es nimmt Besitz von dir und präsentiert sich als die absolute Wahrheit. Du wirst es lieben oder verabscheuen. Aber nichts in deinem Leben ist authentischer als dieser unmittelbare erste Eindruck. Denn er ist die Antwort, die deine Seele gibt.

Cail strich ihr übers Gesicht. »Und dann?«

Elena drehte sich zu ihm um. »Im Laden ging alles den von Generation zu Generation weitergegebenen Weg. Von Veränderungen oder gar Innovationen wollte sie nichts hören. Für sie gab es nichts anderes als die überlieferte Tradition. Sie war regelrecht davon besessen. Wie meine Mutter, wie Beatrice. Wie alle Rossini-Frauen.«

»Deine Mutter … ist sie deshalb weggegangen? Weil deine Großmutter ihr keine Verantwortung übertragen hat?«

Sie schüttelte den Kopf, ihr Blick verfinsterte sich. Sie sprach nicht gerne von der Vergangenheit. In Cails Gegenwart hatte sie allerdings den Eindruck, dass der bittere Geschmack ihrer Kindheit nicht ganz so bitter schmeckte.

Elena konzentrierte sich. Sie wollte, sie musste sich genau erinnern. »Nein, sie war an den starren Traditionen nicht interessiert. Sie hat nicht daran geglaubt. Sie wollte reisen, die Welt sehen. Meine Mutter liebte alles, was fortschrittlich war. Die Zukunft der Parfümherstellung lag ihrer Ansicht nach in der Chemie, in den synthetischen Verfahren. Für Beatrices Parfüm interessiere sich heute niemand mehr, meinte sie. Zu unausgewogen, zu langweilig. Meine Großmutter war vom Gegenteil überzeugt. Für sie war es unsterblich, das perfekte Konzentrat von Ideen und jenen Emotionen, die im limbischen System der Menschen verankert sind und mit dem Erbgut weitergegeben werden. Eine Art olfaktorischer Code. Dieses uralte Parfüm würde immer modern sein, weil es die Seele des Menschen verinnerlichte. Es war Liebe, Hoffnung, Großzügigkeit, Selbstwert und Vertrauen zugleich, das Beste, was der Mensch zu schaffen im Stande war.«

»Eine Utopie?«

Wieder schüttelte Elena den Kopf. »Nein, theoretisch ist das möglich. Ein Parfüm nimmt jeder anders wahr, aber mit dem Geruch des Feuers zum Beispiel verbinden wir alle das Gleiche: Hitze, Trost, Gefahr und Tatkraft. Genau wie der Regen für Hoffnung und Zukunft steht. Natürlich kann Regen für einige Menschen auch Bedrohung und Leid bedeuten, für andere wiederum ist er ein Synonym für Wohlstand und Überfluss. So ist es auch mit dem Geruch des Meeres, des Getreides, des Holzes… es gibt unzählige Beispiele. Die Gerüche, die guten und die schlechten, werden vom Gehirn intuitiv aufgenommen, ohne dass wir uns dessen bewusst sind. Sie lösen eine Reaktion aus, die ihre Wurzeln in den tiefsten Schichten unserer Seele hat.«

»Wie denkst du darüber?«

Sie zuckte mit den Schultern. »Letzten Endes hat das Parfüm sie von mir distanziert, und zwar alle beide.«

Cail nahm sie in die Arme und hoffte die Enttäuschung lindern zu können, die aus ihren kaum hörbaren Worten sprach. Er hätte sie gerne weiter nach Susanna gefragt, er spürte, dass sie die Wurzel von Elenas größtem Schmerz war. Doch dazu war sie viel zu aufgewühlt. Deshalb suchte er bei sich nach der Antwort und fand sie in seiner eigenen Vergangenheit, in jener Mischung aus Liebe und Hass, die er als Kind für seinen Vater empfunden und erst spät überwunden hatte. »Vielleicht sind die Dinge komplizierter, als sie scheinen. Das Parfüm könnte nicht nur die Bruchstelle, sondern auch das Bindeglied zwischen euch sein…«

Das Bindeglied? Instinktiv lehnte Elena dieses Wort ab. Doch während Cail von sich erzählte und davon, dass die Rosenzucht das einzige verbindende Element zu seinem Vater gewesen war, dachte sie noch einmal über seinen letzten Satz nach und prüfte ihn mit der gleichen Skepsis, mit der man auf einen reißenden Fluss schaut, von dem man weiß, dass man ihn überqueren muss, um ans andere Ufer zu gelangen.

Er hatte recht. Auch wenn sie die ganze Zeit vom Gegenteil überzeugt gewesen war: Das Parfüm war das Einzige, was sie mit ihrer Mutter und ihrer Großmutter gemein hatte, was sie miteinander verband.

Auch Moniques Worte kamen ihr wieder in den Sinn. Trotzdem hatte sie unbedingt anders sein wollen als Susanna und Lucia. Sie rebellierte gegen deren Besessenheit und wehrte sich damit gegen ihre eigene Natur, indem sie versuchte, das Parfüm aus ihrem Leben zu verbannen.

Jetzt war es wieder ein Teil davon. Langsam, geduldig hatte es seinen Weg zu ihr zurückgefunden, sie hatte das Rufen gehört.

»Was, wenn ich … wenn ich deswegen mein Kind vernachlässige, wenn ich es wegen dieser Besessenheit im Stich lasse? Wenn ich nicht genug Zeit für mein Kind habe?«

Endlich, dachte Cail. Es hatte sie viel Überwindung gekostet, aber endlich hatte Elena offen ausgesprochen, was sie wirklich quälte. »Du könntest dieser Angst offensiv begegnen, ohne Wenn und Aber.« Wie du es mit allem anderen auch tust, hätte Cail hinzufügen können, tat es aber nicht.

Elena riss die Augen auf. »Was meinst du damit?«

»Eröffne einen eigenen Laden, lass deiner Fantasie freien Lauf, such nach der verlorenen Formel und entwickle deine eigenen Parfüms. Aber tue es mit Ruhe und Gelassenheit. Das Leben liegt vor dir. Du kannst wählen. Du bist diejenige, die entscheidet.«

Elena schüttelte den Kopf. »Irgendwann vielleicht. Jetzt muss ich erst mal an das Kind denken.«

Cail runzelte die Stirn. »Was hindert dich daran, beides zu tun?«

Ja, was hinderte sie eigentlich daran? »Ich weiß nicht, ich weiß es einfach nicht ...«

»Hab Vertrauen zu dir.«

»So einfach ist das nicht. Um einen Laden zu eröffnen, braucht man Geld. Einen Förderer, der dich den richtigen Leuten vorstellt, damit du Kontakte zu Lieferanten und Kunden knüpfen kannst, aber das ist nicht die größte Hürde.«

Mit einem belustigten Lächeln hob Cail ihr Kinn. »Was dann?«

Elena fixierte ihn. »Weiß du überhaupt, wie man ein Parfüm kreiert? Wie schwierig und aufwendig das ist?«

»Nein, ich kenne mich nur mit Rosendüften aus, aber ich denke, das zählt nicht«, erwiderte er.

Elena kuschelte sich in seine Arme und legte den Kopf an seine Brust. »Ein Parfüm ist wie eine Geschichte, eine Art der Kommunikation, nur sensibler und essenzieller. Wenn der Brief, so nennt man die erste Idee, abgeschlossen ist, beginnt man mit der Auswahl der Essenzen. Ich rieche sie, sie werden zu Farben und Gefühlen, sie reißen mich mit, ergreifen Besitz von mir und erfüllen meine Gedanken, so lange, bis das Parfüm vollendet ist.«

Dann schwieg sie, aber ihr Atem verriet ihre Aufregung, ganz im Gegensatz zu Cail, der ruhig geblieben war.

»Das ist wunderbar. Das, was du sagst, das, was du bist, die Leidenschaft, mit der du arbeitest. Das ist eine große Gabe, ein Geschenk. Du bist eine ganz besondere Frau.« Er sagte genau das, was er fühlte, und in jedem Wort lagen Bewunderung, Respekt, Anerkennung. In diesem Augenblick verliebte sich Elena wirklich in ihn.

Selbst im November war Paris eine magische Stadt, alles funkelte und glitzerte. Elena hatte sich an die Häuser mit den spitzen Dächern und den vorspringenden Lichtschächten gewöhnt, in denen sich die Sonnenstrahlen sammelten, ehe sie auf die Parks, die Märkte und die Menschen reflektiert wurden. Sie ging mit Cail spazieren, entdeckte verwunschene Plätze, mit Reif überzogene Gärten und besuchte Galerien, Museen und Ausstellungen. Sogar dem Museum, in dem alle Parfüms der Welt ausgestellt waren, statteten sie einen Besuch ab.

Die Osmothèque lag im Herzen von Versailles und beherbergte mehr als eintausendachthundert Parfüms, darunter auch zahlreiche antike Düfte. Manche waren längst in Vergessenheit geraten, andere hatte das Ende einer olfaktorischen Ära eingeläutet und Innovationen möglich gemacht. Einige dieser Parfüms hatten geradezu epochale Bedeutung. Cail war vor allem von Hungarian Queen aus dem Jahre 1815 fasziniert gewesen, dem Parfüm Napoleon Bonapartes. Gleiches galt für das modernere Shalimar, das ein indischer Prinz für seine Geliebte kreieren ließ und das durch einen Unfall entstanden war. Aus Versehen war Vanilleessenz in ein Flakon mit Jicky gelaufen. Das Ergebnis war die Basis von Shalimar.

Auch das aus dem Jahr 1921 stammende Chanel N° 5 durfte natürlich nicht fehlen. Auf ihrer olfaktorischen Reise begegneten Elena und Cail auch Joy von Jean Patou, ehemals eines der teuersten Parfüms aller Zeiten. Für die Herstellung von dreißig Millilitern brauchte man etwa zehntausend Jasminblüten und mehr als dreihundert Rosen.

Am meisten überraschte Elena jedoch die Tatsache, dass in den Listen der Parfümeure der Name Giulia Rossini auftauchte. Ihre legendäre Urahnin war eine überragende Parfümeurin gewesen, eine der fähigsten überhaupt. Aus ihrer umfangreichen Produktionspalette hatte die Osmothèque Giardino Incantato ausgewählt, ein leichtes und dennoch intensives Parfüm, das Lucia oft als Vergleich herangezogen hatte. Es duftete erst nach Orangenblüten, Engelwurz und Tuberose, dann nach Rosenholz, Zeder und Myrrhe und schließlich nach Amber. Dass es von einer Rossini kreiert worden war und inmitten der bedeutendsten Parfüms in der Geschichte der Düfte einen Platz gefunden hatte, erfüllte Elena mit Stolz und Freude.

Das Gefühl der Zusammengehörigkeit, das sie durchdrungen hatte, als sie den Namen entdeckt hatte, legte sich wie ein wärmender Schleier über sie. Sie war eine von ihnen, eine Rossini. Giardino Incantato in seiner Erstauflage zu riechen war ein unvergessliches Erlebnis. Die Gefühle und Sinneseindrücke nachempfinden zu dürfen, die Giulia Rossini bei der Kreation des Duftes gehabt haben musste, bewegte sie zutiefst.

15.

Thymian. Anregend, stärkend.
Vertreibt Verwirrung, fördert das logische Denken, zerstreut die Zweifel des Traumes. Erneuert die geistige Stabilität.

Seitdem sie die Aufbaupräparate nahm, fühlte Elena sich viel besser, und ihre Übelkeit war verflogen. Die Schwangerschaft war zu etwas Magischem geworden, ein Zustand, der sie gleichermaßen mit Verwunderung und Angst erfüllte. Sie hatte begonnen mit dem ungeborenen Kind zu sprechen und hinterher zu lauschen, als ob sie auf eine Reaktion hoffte. Aber es war noch zu früh, um die ersten Bewegungen zu spüren. Die Ärztin hatte ihr gesagt, dass sie etwa ab dem fünften Monat etwas spüren könne. Aber Elena wusste, dass ihr Kind ihr zuhörte. Mit ihm zu sprechen war ein wichtiger Punkt in ihrem Leben geworden. Susanna hatte nur selten mit ihr geredet. Das hatte sie immer traurig gemacht. Sie würde ihrem Kind alles erzählen.

»Mit wem sprichst du?«, hatte Cail eines Morgens gefragt, als er in die Wohnung gekommen war.

»Mit dem Kind natürlich.«

Er hatte sie erst angesehen, danach hatte er sie schweigend umarmt. Er liebte es, ihre Haut unter seinen Fingern zu spüren, sie zu berühren, sie so nah zu spüren. Sie zu beschützen, ihr Sicherheit zu geben.

Gleichzeitig war ein Schmerz da. Wenn die Gedanken wieder hochkamen, wenn er danach suchte, dann konnte er den Schmerz und die Erinnerungen an seine erste Liebe wiederfinden, eine Liebe, die überaus tragisch zu Ende gegangen war. Er verbot sich, eine weitere komplizierte Beziehung einzugehen. Mit Elena würde es bestimmt nicht leicht. Aber einfach stillschweigend aus ihrem Leben verschwinden? Das konnte er nicht, das war eine Frage der Ehre. Außerdem musste jemand Elena aus ihrer Lethargie rausholen.

Er hatte sich beherrscht und versucht, wieder mehr Distanz zu gewinnen. Dann hatte er ihr in den Mantel geholfen und war mit ihr zum Blumenmarkt gegangen, um die bestellten Hagebutten abzuholen, deren Samen er für Neuzüchtungen verwendete. Auf dem Weg dorthin hatten sie geplaudert und gelacht, dabei hatte er sie nicht aus den Augen gelassen.

Elena liebte den Markt, die vielen Blumen, die Düfte, und es gefiel ihr, mit welchem Respekt die Händler Cail behandelten. Nur die Frau, die sie bedient hatte, eine gewisse Liliane, war ihr unsympathisch gewesen, obwohl sie zuvorkommend war und freundlich gelächelt hatte.

Elenas Leben schien allmählich in ruhigeres Fahrwasser zu kommen. Auch bei Narcissus hatte sich die Situation verbessert. Philippe hatte sich zwar nicht ausdrücklich für sein unverschämtes Verhalten entschuldigt, aber er hielt sich von ihr fern und überließ Claudine die Aufsicht. Direkt nach der peinlichen Szene war er abgereist. Montier wollte eine Filiale in London eröffnen, und Philippe sollte sich um die Organisation und die Logistik kümmern sowie geeignete Räumlichkeiten suchen.

Eines Tages betrat Adeline Binoche das Geschäft, in Begleitung einer Frau um die fünfzig, mit kurzen roten Haaren und einem durchdringenden Blick. Sie sah sich aufmerksam um. Alles an ihr erinnerte Elena an den Sommer, golden und strahlend hell. Ein Spritzer Bergamotte, in der Sonne getrocknetes Heu und Wiesenblumen.

»Erinnern Sie sich an meine Schwägerin?«, fragte Adeline lächelnd. »Ich habe Ihnen letztes Mal von ihr erzählt.«

»Aber natürlich! Madame… Geneviève, richtig?« Zum Glück haben die beiden Frau einen außergewöhnlichen Namen, dachte Elena erleichtert, die Düfte besser in Erinnerung behielt als alles andere.

Adeline Binoche zum Beispiel roch nach Vanille, mit einer Herznote aus Rosen und Eichenmoos. Ausgeglichen, lebendig und konsequent. Dieser Duft steht ihr sehr gut, dachte Elena. Klar und direkt, ohne Wenn und Aber. Genau wie ihr Blick.

»Geneviève Binoche«, bestätigte die Frau und streckte ihr die Hand entgegen. »Ich habe schon viel von Ihnen gehört. Darf ich Sie Elena nennen?«

»Aber gern.«

Geneviève Binoche war von unaufdringlicher Eleganz, ungekünstelt und authentisch. »Ich hoffe, Sie können mir helfen. Ich brauche ein ganz besonderes Parfüm, den Duft von Notre-Dame.«

Elena schluckte bei dem ungewöhnlichen Kundenwunsch, blieb aber äußerlich ungerührt. »Sie meinen im übertragenen Sinne?«, hakte sie vorsichtig nach.

Geneviève schüttelte den Kopf. »Nein, ich habe es genauso gemeint, wie ich es gesagt habe. Ich brauche etwas, das mich inspiriert, das mir Fingerzeige gibt. Ich schreibe ein Buch über *Den Glöckner von Notre-Dame* und möchte, dass es sich von allen anderen relevanten Veröffentlichungen unterscheidet. Es soll ein Unikat werden. Victor Hugo hat ein außergewöhnliches Werk geschaffen, das das Heilige und das Weltliche vereint. Das Gute und das Schlechte, das Schöne und das Hässliche. Ich wünsche mir ein Parfüm, das all das in sich vereint, die Erhabenheit und die Solidität von Notre-Dame, die Reinheit, die Unschuld und die sinnliche Vitalität von Esmeralda. Es soll die Grausamkeit von Febo, den Wahnsinn von Frollo und vor allem die absolute und einzigartige Liebe von Quasimodo heraufbeschwören.«

Einen Moment lang war es still. Das war der Sinn des Lebens. Das Leben im wahrsten Sinne des Wortes.

»Ich frage mich, was passiert, wenn Parfüm und Literatur sich einander nähern. Eine Geschichte regt die Fantasie an, schärft den Blick und das Gefühl. Die Musik, eine Melodie... Sie erreicht unser Gehör, unsere Gefühle, unseren Verstand. Über die Sinne also. Funktioniert das auch über den Geruch? Notre-Dame hat im Grunde längst ein individuelles Parfüm: Weihrauch, Kerzenduft, die alten Mauern und die Feuchtigkeit, die seit Jahrhunderten darin wohnt, die Patina aus unzähligen Atemzügen, die sich auf die Statuen gelegt hat. Mit dem Geruch würden sich die Sinne verbinden und die Wahrnehmung wäre dreidimensional.«

Es gab Menschen, die so etwas schon versucht hatten. Man hatte zum Beispiel von Gemälden inspirierte Parfüms kreiert. Eine geniale Idee, ein Gemälde nicht nur bewundernd zu betrachten, sondern auch seinen Duft in sich aufzunehmen.

Der Duft eines Bildes kam sicher fast von allein, wenn man an das dachte, was man gesehen hatte. Die Düfte von Notre-Dame de Paris in einem Parfüm zu vereinen, bedurfte hingegen höchster Konzentration, es musste zugleich alles und nichts sein.

»Erzählen Sir mir bitte, wie Sie sich das genau vorstellen.«

Wortgewaltig und detailgenau beschrieb die Kundin Elena das Parfüm, das sie im Kopf hatte. Welche Gefühle, welche Seelenzustände und welche Lebensabschnitte es beinhalten und wie es die Komplexität des menschlichen Seins widerspiegeln sollte.

»Sie verstehen sicher, dass die Realisierung Ihrer Vorstellung einer gewissen Entwicklungszeit bedarf.«

Geneviève nickte. »Natürlich. Um ehrlich zu sein, ich erwarte gar kein fertiges Parfüm, das all das in sich vereint. Sie könnten auch einzelne Duftkomponenten auswählen und sie mich riechen lassen, auch das wäre schon eine wertvolle Inspiration. Aber wenn es Ihnen gelänge, daraus ein harmonisches Parfüm herzustellen, wäre das natürlich optimal. Geld spielt übrigens keine Rolle.«

»Lassen Sie mir bitte einige Tage Zeit zum Nachdenken. Alles andere wird sich finden. Was halten Sie davon, wenn wir am nächsten Montag wieder miteinander sprechen?«

»Das erscheint mir eine gute Idee. Ich danke Ihnen. Hier, meine Visitenkarte«, sagte sie und hielt ihr ein blaues Kärtchen hin. »Ich hoffe, bald wieder von Ihnen zu hören. Es ist mir wirklich sehr wichtig.«

Geneviève und Adeline gingen lebhaft plaudernd auf den Ausgang zu. »Was habe ich dir gesagt? Wenn es jemand schaffen kann, dann Elena Rossini.«

Ob es wirklich so einfach wäre?

Obwohl Elena todmüde war, warf sie am Abend noch einmal einen Blick in das Tagebuch. In letzter Zeit las sie häufig darin. Vielleicht fand sie ja doch noch eine Spur. Bisher hatte sie sich für Beatrices geheimnisumwittertes Parfüm nie wirklich interessiert. Natürlich hatte sie davon gehört, aber für sie war das alles Legende. Ernsthaft hatte sie noch nie darüber nachgedacht. Aber vielleicht war jetzt der Moment dafür gekommen.

Nachdem sie am folgenden Tag einer Kundin eine Veilchencreme verkauft hatte, machte sie sich auf die Suche nach Claudine. Hatte diese Frau schon jemals gelacht? Elena war neugierig, ob der Auftrag von Madame Binoche die unerschütterliche Haltung ihrer Kollegin ins Wanken bringen konnte. Immerhin ging es um nichts Geringeres als um das Parfüm von Notre-Dame …

Während sie den Gang entlangeilte, begann sie ernsthaft über den Auftrag nachzudenken. Die Herznote und die Basisnote mussten von Viktor Hugos Roman inspiriert sein. Natürlich Weihrauch, Holz, dazu Wachs. Die Kopfnote sollte mit dem korrespondieren, was Geneviève als Reinheit und Sinnlichkeit bezeichnet hatte. Vielleicht der Extrakt weißer Blüten? Die Suche nach diesem Parfüm musste hauptsächlich von objektiven Wahrnehmungskriterien ausgehen, aber auch Emotionalität und subjektive Eindrücke waren wichtig. Aus diesem Grund musste sie eng mit Geneviève zusammenarbeiten.

»Bei mir hat eine Kundin gerade ein ganz besonderes Parfüm bestellt«, erklärte sie Claudine, nachdem sie diese in ihrem Büro gefunden hatte.

»Ich will alles wissen, erzähl.«

Nachdem Elena von Geneviève Binoches Auftrag berichtet hatte, lächelte Claudine tatsächlich, aber nur kurz, dann wurde sie wieder nachdenklich.

»Du sagst, sie ist bereit jeden Preis zu zahlen?«

»Das waren ihre Worte.« Elena zuckte mit den Schultern.

»Traust du dir das zu?«

Elena hatte auf diese Frage gehofft. Sie war in Hochstimmung, spürte ihre Kreativität. Ja, sie traute sich das zu, und was noch viel wichtiger war, sie wollte es auch.

»Ich kann es versuchen.« Besser vorsichtig sein, dachte sie, obwohl sie in Wirklichkeit schon mittendrin war, völlig fasziniert von der Herausforderung.

Claudine, die am Schreibtisch saß, musterte sie kühl, hörte aber aufmerksam zu. Sie zeigte auf den Stuhl. »Setz dich, das müssen wir gut überlegen. Wir könnten einfach eines unserer Parfüms um individuelle Duftnoten ergänzen.«

Spontan schüttelte Elena den Kopf. »Nein, bei diesem Parfüm muss ich bei null beginnen, es genügt nicht, ein vorhandenes Produkt als Basis zu verwenden und den Bedürfnissen von Madame Binoche anzupassen. Ich muss erst die passenden Essenzen finden und dann eine Formel ausarbeiten, die ich ihr vorstellen kann. Nach ihren Vorgaben werde ich danach verschiedene Varianten ausarbeiten.«

Claudine musterte sie lange. »Wie lange wird das dauern?«

Elena durchfuhr ein Glücksgefühl. Claudine würde ihr den Auftrag tatsächlich überlassen. Sie konnte es kaum erwarten, Cail davon zu erzählen. Ein ganz besonderes Parfüm, einzigartig und revolutionär: das Parfüm von Notre-Dame!

»Mindestens zwei Monate, vielleicht drei.«

Während Claudine nachdachte und auf einem Kalender die Tage zählte, räusperte sich Elena.

»Ja?« Die Stimme ihrer Vorgesetzten klang plötzlich kalt. Ihre Stimmung konnte von einem Moment zum anderen umschlagen. Auch wenn Elena sich inzwischen daran gewöhnt hatte, war es ihr doch jedes Mal unangenehm.

»Was, wenn sich Monsieur Montier persönlich um den Auftrag kümmern möchte?«

Claudine presste die Lippen aufeinander. »Er ist im Augenblick zu beschäftigt. Aber natürlich werde ich ihn informieren. Du arbeitest inzwischen das Projekt aus. Sobald du so weit bist, werden wir mit der praktischen Umsetzung beginnen.«

Elena stand auf. »Einverstanden.«

Sie war schon an der Tür, als Claudine sie noch einmal zurückrief. »Ich erwarte ein Höchstmaß an Diskretion. Wenn dieses Projekt gelingt, wird es sich nicht nur finanziell lohnen, sondern auch unser Renommee stärken. Das Parfüm passend zu *Der Glöckner von Notre Dame*, stell dir das mal vor! Natürlich gilt das auch für deine Reputation. Philippe wird alles zurücknehmen müssen, was er je über dich behauptet hat, meine Liebe.«

Elena wandte den Blick ab. »Klar.«

Nachdenklich zog sie die Tür hinter sich zu und ging wieder in den Laden. Trotz Claudines Versprechungen wurde sie ein ungutes Gefühl nicht los, was vor allem mit deren Gesichtsausdruck zu tun hatte. Aalglatt und durchtrieben. Elena lief ein Schauer über den Rücken.

Cail musste zweimal klopfen, ehe Elena sich entschloss, die Tür zu öffnen.

»Ciao. Geht's dir gut?«, fragte er und betrachtete sie aufmerksam.

Elena war ungehalten. »Warum klopfst du, wenn du einen Schlüssel hast?«

»Die sind bloß für Notfälle.«

»Eine weitere Möglichkeit, sich nicht zu nahe zu kommen«, zischte Elena. Sie war schlecht gelaunt, und der missglückte Versuch, Beatrices Tagebuch zu entschlüsseln, hatte ihre Stimmung auch nicht gerade verbessert.

Cail reagierte nicht. Obwohl sie die Grenzen und Möglichkeiten ihrer Beziehung niemals ausdiskutiert hatten, versuchten sie sich an eine Art stillschweigende Vereinbarung zu halten. Allerdings vergaß Elena das hin und wieder, und auch für Cail war es nicht immer einfach, die imaginäre Grenze nicht zu überschreiten. Jedes Mal, wenn er sie berührte, musste er sich beherrschen und sein Verlangen zügeln.

Er kam näher und küsste sie auf den Mund. »Nicht dein Tag, was?«

Sie verzog das Gesicht, dann lehnte sie die Stirn gegen seine Brust. »Du riechst gut. Ich könnte dich mit Öl besprühen und deinen Geruch destillieren, wie Grenouille in dem Roman von Süßkind. Ich würde einen Haufen Geld verdienen und müsste mich nicht mit diesem verdammten Tagebuch herumquälen. Im Vergleich dazu hat Nostradamus sich klar und deutlich ausgedrückt.«

Er hob ihr Kinn an und küsste sie erneut. Dieses Mal nahm er sich Zeit und vergrub seine Finger in ihren Haaren. »Sie fühlen sich wie Seidenfäden an«, sagte er, nachdem er ein wenig zurückgewichen war.

Elena kniff die Augen zusammen. »Als Kind war ich unsterblich in einen Romanhelden verliebt, einen groß gewachsenen Grafen mit finsterem Gesicht. Er hatte eine lange Narbe auf der Wange, die ihn aber nicht entstellte, sondern interessant machte. Ich liebte ihn sehr, er war faszinierend.« Sie machte eine Pause und sah Cail tief in die Augen. Dann deutete sie mit dem Zeigefinger auf ihn. »Ihm ist es zu verdanken, dass du so viel Erfolg bei mir hast. Nur damit du Bescheid weißt!«

Cail lächelte. »Erzähl schon. Was ist passiert?«

Elena ging zum Sofa zurück und ließ sich gegen die weiche Rückenlehne sinken. Sie hielt ihm das Tagebuch hin. »Schau selbst und sag mir, ob du irgendwas davon kapierst. Ich kapituliere.«

Ganz vorsichtig nahm Cail das Buch in die Hand, schlug es auf der markierten Seite auf und zog die Augenbrauen hoch. »Mein Italienisch hat bloß Schulniveau, und diese Verse sehen ziemlich kompliziert aus.«

»Aber nein, es ist nur ein Gedicht.« Sie streckte eine Hand aus. »Gib her, ich übersetze es für dich.« Sie begann zu lesen.

»*Rose, das Lachen der Liebe, geschaffen im Himmel … Purpur im Garten, Prunk der Wiesen, Juwel des Frühlings, Stolz des April …*« Sie hielt inne. »Davon abgesehen, dass es ein Zitat aus ›Hymne an die Rose‹ aus *Adonis* von Giambattista Marino ist, erkenne ich absolut nichts, was darauf hinweist, wie man ein Parfüm mischt.«

»Warum muss es unbedingt diese Passage sein?«

»Es ist die einzige, die auf eine Rezeptur hindeuten könnte. Alles andere davor und danach sind Schilderungen vom Leben am Hof und von den Orten, wo sie gelebt hat. Es gibt noch ein zweites Gedicht, ebenfalls von Marino. Darin geht es um kostbare Steine. Der letzte Teil des Tagebuchs ist dem Auftraggeber des Parfüms gewidmet. Beatrice hat in seinem Schloss gewohnt, während sie daran arbeitete, einen ganzen Frühling und einen ganzen Sommer lang. Im Herbst fuhr sie nach Italien zurück, einige Monate später heiratete sie. Erst kurz vor ihrem Tod erzählte sie alles ihrer Tochter und vertraute ihr das Tagebuch an. Aber sie hat nie klar gesagt, wo sie die Formel niedergeschrieben hat. Auch nicht, für wen das Parfüm bestimmt und wer der Auftraggeber war. Meine Großmutter hat mehrere Jahre damit verbracht, die Archive nach der Rezeptur zu durchforsten. Sie glaubte fest daran, dass Beatrice sie irgendwo versteckt hatte. Meine Mutter hingegen war der Meinung, sie hätte die Formel vernichtet«, klärte sie ihn auf und gab ihm das Tagebuch wieder zurück.

Cail wirkte nachdenklich. »Mit dem Text kann ich dir nicht helfen. Das Italienisch ist zu altertümlich für mich. Einige Wörter sind auf Provenzalisch, die verstehe ich.« Er hielt inne. »Darf ich eine andere Vorgehensweise vorschlagen?«

Elena nickte. »Welche?«

»Es gibt grundsätzlich einige Dinge zu prüfen. Hast du die Zeichnungen gesehen?«, fragte er, stand auf und ging zu dem schmalen Schreibtisch in der Ecke, auf dem Elenas Computer stand.

»Ja, das sind keine alchimistischen Symbole, die würde ich erkennen. Es scheinen irgendwelche Codes zu sein oder einfach nur Kritzeleien, wie Monie sagt. Ich vermute, eines der Symbole könnte einen Löwenkopf darstellen, aber genauso gut könnte es auch ein Wolf sein. Es sind nur Andeutungen. Jedenfalls glaube ich nicht, dass Beatrice nur ein bisschen herumgekritzelt hat, weil sie nichts Besseres zu tun hatte. Immerhin gab es damals noch keine Kugelschreiber, und Papier war sehr kostbar. Aber ich schweife ab.« Sie richtete ihre Aufmerksamkeit wieder auf Cail, der unverwandt auf das Buch starrte. »Was machst du? Du brauchst es nicht einzuscannen, du kannst das Original nehmen.«

Er überlegte. Dieses Tagebuch gehörte Elenas Familie seit vier Jahrhunderten, ein Dokument von unschätzbarem Wert, das Wertvollste, was sie besaß. Und sie hatte es ihm angeboten. Er hielt das Buch fest, drehte es und strich vorsichtig darüber. »Nach der Geburt des Kindes werde ich mich an diesen Moment erinnern und dich für dein Vertrauen belohnen.« Cails tiefe Stimme klang rau.

Elena hing förmlich an seinen Lippen, und ihr Herz begann schneller zu schlagen. »Nach der Geburt des Kindes werde ich dich an dieses Versprechen erinnern.«

Claudine sorgte dafür, dass sich Elena voll und ganz auf das Notre-Dame-Parfüm konzentrieren konnte. Da Philippe und Jacques in London waren, organisierte sie die Abläufe so, dass Elena das Labor benutzen konnte, wann immer sie es brauchte.

Geneviève war noch zweimal im Laden gewesen. Beim ersten Mal hatte sie Elena eine illustrierte Ausgabe von *Der Glöckner von Notre Dame* mitgebracht, beim nächsten Mal eine CD mit dem berühmten Musical. Letzteres wäre allerdings gar nicht nötig gewesen, weil Cail über seinen Freund Ben zwei Theaterkarten bekommen hatte. Zum Glück war das Musical auf seiner Tournee gerade wieder in Paris. Elena konnte es kaum erwarten. Die Kathedrale würde sie gemeinsam mit Geneviève und Cail am folgenden Sonntag besichtigen.

Die Türme würden sie allerdings auslassen, die konnte sie erst nach der Geburt des Kindes wieder besteigen. Was das anging, hatte die Ärztin sich unmissverständlich ausgedrückt: keine Anstrengung. Cail nahm das wörtlich. Als Elena den nachtblauen Citroën erblickt hatte, war sie so schockiert gewesen, dass sie zunächst gar nicht einsteigen wollte. Wo war Hermine? Cail musste schwören, dass er die Harley nicht verkauft, sondern in der Provence gelassen hatte. In Paris hatte er nur einen Parkplatz und auf dem stand jetzt sein Auto.

»Na, wie geht es voran?« Claudine hatte sich gründlich

die Hände gewaschen, bevor sie das Labor betrat, und achtete peinlich genau darauf, die Aluminiumflakons mit den Essenzen nicht zu berühren. Sie näherte sich Elena, um den Inhalt des Zylinders vor ihr auf dem Tisch zu begutachten.

»Die Kopfnote habe ich«, antwortete sie, die Augen fest auf die Pipette gerichtet, »vielleicht auch die Herznote. Aber die Basisnote fehlt noch.« Sie war blass und angespannt.

Die Ingredienzien hatten sich zwar verbunden, aber das Ergebnis war noch zu unausgewogen und überzeugte sie nicht hundertprozentig. Instinktiv wusste sie, dass sie irgendetwas nicht bedacht hatte. Trotz höchster Konzentration, sie hatte sogar die Farbe des Duftes vor sich gesehen, war der Durchbruch noch nicht gelungen. Sie war erschöpft. Zum Glück würde Cail sie am Abend abholen. Seit ein paar Tagen ermüdete sie schnell.

Sie strich sich über den Bauch. Jeden Tag wurde ihr Zustand unübersehbarer. Bald würde sie Jacques Montier über ihre Schwangerschaft informieren müssen, was ihr Sorgen bereitete. Sie konnte nicht abschätzen, wie er es aufnehmen und vor allem wie es sich auf Monique auswirken würde. Elena wusste, dass sich die beiden immer noch regelmäßig trafen, sie kamen einfach nicht voneinander los. Diese Beziehung war Gift für Monique. Noch dazu musste sie geheim bleiben, denn wenn man der Klatschpresse glauben konnte, würde Monsieur Montier bald heiraten.

»Zeig mal«, sagte Claudine und hielt eine *mouillette* in die Flüssigkeit. Erwartungsvoll schnupperte sie daran und erstarrte. Sie schloss die Augen und roch erneut, dann noch einmal.

Unglaublich. Obwohl das Parfüm nach Elenas Meinung noch im Versuchsstadium war, kam es ihr wie ein Wunder vor, der Duft war nahezu perfekt. Er erinnerte an die komplexe Struktur eines Chypre, nur irgendwie moderner. Harmonisch, intensiv und dennoch frisch. Es war perfekt, besser gesagt, es war genau richtig. Sie atmete tief ein bis in die Lungenspitzen. Goldlack, kein Zweifel. Aber was noch? Zitrone, Neroli, Bergamotte … Nein, es musste etwas Zarteres sein. Noch während sie darüber nachdachte, veränderte sich der Duft; jetzt schien man in einem blühenden Garten kurz vor Sonnenuntergang zu sein. Erst Rosen, dann Jasmin, der wiederum einem moosigen, erdigen Geruch Platz machte. Kurz bevor die olfaktorische Reise zu Ende war, spürte sie, wie die Sinnlichkeit von Sandelholz und Myrrhe sie einhüllten.

»Erklär mir noch mal die Ingredienzien und ihre Gewichtung«, verlangte sie nach kurzem Zögern.

Elena nickte. Sie hätte ihr die Formel vorlesen können, aber sie zog es vor, die einzelnen Essenzen der Mixtur im Kopf Revue passieren zu lassen.

»Rosa Grapefruit, Lavendel und Limone als Kopfnote. Rose, Jasmin, Pfirsich, Beifuß und Engelwurz als Herznote. Als Basisnote Myrrhe, Eichenmoos, Leder und Amber.«

Claudine schüttelte den Kopf. »Ich rieche noch etwas anderes … könnte es ein Fougère sein?«

»Ja, Vanille und Lavendel.«

»Das hast du eben nicht erwähnt.«

Verwirrt blickte Elena auf. Wollte Claudine sie ausfragen? Welches Ziel verfolgte sie mit ihren Fragen? Die Formel stand doch auf dem Block vor ihr auf dem Tisch.

»Ich habe doch gesagt, dass ich noch daran arbeite. Das Parfüm ist noch nicht fertig, ein grundlegender Aspekt fehlt noch, nämlich die Kathedrale mit ihrer Größe und Würde. Ich muss es mit Blends versuchen und das eine oder andere Element ersetzen«, erklärte Elena, während leiser Unmut in ihr aufstieg.

»Nein. So ist es perfekt.«

»Warum diese Eile? Es ist ganz und gar nicht perfekt. Das riecht man schon beim ersten Einatmen«, widersprach Elena. Warum drängte Claudine nur so? Sie verstand es nicht.

In diesem Augenblick öffnete sich die Tür, und Philippe Renaud betrat das Labor, gefolgt von Jacques Montier.

»Was geht hier vor?«, fragte der Inhaber, der anfangs verwundert, dann verärgert aussah.

»Ich wusste nicht, dass Sie schon zurück sind. Guten Abend«, begrüßte ihn Elena.

»Das ist ja wohl offensichtlich.« Philippes schroffe Reaktion verunsicherte sie. Er verschränkte die Arme vor der Brust, sein Gesichtsausdruck war ernst, sein Blick anklagend.

Elena schaute zu Claudine, die wie erstarrt dastand. Sie sagte keinen Ton mehr. Die Spannung im Raum war mit den Händen zu greifen. Was ging hier vor sich? Langsam kroch ihr eine leichte Besorgnis die Wirbelsäule hinauf und verstärkte das Angstgefühl, das die Schockstarre ihrer Kollegin bei ihr ausgelöst hatte. Sie entschied, in die Offensive zu gehen und die Situation klarzustellen. Vielleicht hatte Claudine Monsieur Montier gar nicht mitgeteilt, dass sie weiter an den *mélanges* arbeitete.

»Ich glaube, dass dem Parfüm noch eine Note fehlt«, sagte sie und streckte die Hand nach dem Block aus, auf dem sie die einzelnen Arbeitsschritte notiert hatte.

»Finger weg!«, schrie Philippe.

Aber Claudine war schneller und riss den Block an sich.

Erschrocken wich Elena zurück. »Habt ihr denn alle den Verstand verloren?« Ihre Stimme war nur noch ein Flüstern.

Claudine antwortete nicht, sondern umklammerte Elenas Aufzeichnungen.

»Was machen Sie hier im Labor? Sie sind dazu nicht befugt. Wie sind Sie überhaupt hier hereingekommen?«, blaffte Jacques Montier sie an.

»Natürlich bin ich befugt. Sie haben meine Zugangsberechtigung selbst unterschrieben.« Elena verstand gar nichts mehr. Sie hielt ihm die Ausweiskarte hin.

Das Gesicht ihres Chefs lief feuerrot an. »Das ist eine Fälschung.«

»Haben Sie das gehört, *Monsieur*? Was habe ich Ihnen gesagt? Wenn sie damit konfrontiert wird, besitzt sie sogar die Unverfrorenheit zu lügen«, sagte Philippe.

Elenas anfängliches Erstaunen wich erst Verwirrung und dann Empörung. Irgendetwas stimmte hier nicht. »Sie sollten sich einen guten Therapeuten suchen, Monsieur Renaud, Sie haben ganz offensichtlich ernste Probleme.«

Philippe schüttelte den Kopf. »Oh nein. Sie werden Probleme bekommen, und zwar gewaltige. Sie wollten die Formeln stehlen!« Er betonte jedes einzelne Wort, als würde er mit einer Schwachsinnigen sprechen, was Elena zur Weißglut brachte. »Aber die Formeln sind nicht hier im Labor, hier gibt es nichts Wertvolles. Sie könnten höchstens Schaden anrichten.«

»Warum behandeln Sie mich so? Was habe ich Ihnen getan?«

Philippe versteifte sich. »Sie waren von Anfang an nicht ehrlich.«

»Wovon reden Sie?«, fragte Elena erschüttert. Die quälende Angst hatte sich zu einem Kloß verfestigt, der ihr wie ein Stein im Magen lag. »Diese Vorwürfe sind absurd.« Sie versuchte sich zu beruhigen und ihre Gedanken zu ordnen, um alles zu erklären. Vielleicht wollte Renaud nicht, dass sie an diesem Parfüm arbeitete. Aber Claudine hatte es ausdrücklich erlaubt, er musste es wissen.

»Das Notre-Dame-Projekt ist ambitioniert, ich weiß, aber …«

»Wovon sprechen Sie?«, schaltete sich Jacques Montier aufgebracht ein. In zwei Schritten war er bei Claudine, die noch immer kein Wort gesagt hatte. »Ich will auf der Stelle wissen, was hier vorgeht. Das Notre-Dame-Projekt? Was ist das für eine Geschichte?«

»Ach nichts, bloß eine verrückte Idee. Mademoiselle Rossini hat heute gut verkauft, und als Belohnung wollte ich ihr zeigen, wie man ein Parfüm herstellt. Eine Kundin hat ein Parfüm bestellt, das an die Großartigkeit von Notre-Dame erinnern soll. Es handelt sich um eine berühmte Schriftstellerin, Madame Binoche. Wir waren gerade dabei die Blends auszuprobieren, und Elena hatte ein paar gute Ideen.«

Philippe knirschte mit den Zähnen. »Sie ist nicht befugt, das Labor zu betreten«, wiederholte er.

»Was soll das? Du hast selbst gesagt, dass es hier nichts Wertvolles gibt«, versuchte Claudine die Situation zu retten, sah ihn dabei aber nicht an.

»Schluss jetzt, ihr zwei.« Jacques Montier streckte die Hand aus. »Die Aufzeichnungen bitte.«

Claudine reichte ihm den Block. Er betrachtete ihn und blätterte durch die mit Formeln, Versuchsreihen und Anmerkungen gefüllten Seiten. Das war definitiv nicht Claudines Handschrift, und einen Ausweis für die Kollegin Rossini hatte er ganz sicher nicht ausgestellt. Was Claudine plante und warum sie Elena in die Sache hineingezogen hatte, konnte er sich durchaus denken, aber es war ihm egal. In diesem Augenblick interessierte ihn nur eines, und zwar das Parfüm. Wer es komponiert hatte, war ihm egal. Er warf einen raschen Blick auf die *mélanges*. Alles basierte auf Visionen, auf reiner Intention, und auf einer überholten Vorgehensweise, die von einzelnen Duftnoten ausging. Schritt für Schritt. Erst die Kopfnote bis hin zur Basisnote. Heute würde sich niemand mehr auf ein solches Glücksspiel einlassen. Aber das Ergebnis war gut, mehr als gut sogar. Erneut studierte er die überaus komplexe Formel, ehe er behutsam an dem Zylinder roch.

Glück, einfach nur Glück, sagte er sich noch einmal. Und dennoch: Das Duftbukett, das sich entfaltete, war überwältigend. Wie war es nur möglich, einzelne Essenzen ohne moderne Technik zu einem solch harmonischen Ensemble zu verbinden? Jacques Montiers Miene verfinsterte sich. Unversehens verwandelte sich seine Abneigung in offene Feindseligkeit.

Elena Rossini konnte noch so sehr von sich behaupten, eine Parfümeurin zu sein, er ließ sich nicht täuschen. Er würde seine Meinung über diese Frau nicht ändern, nur weil sie einen Glückstreffer gelandet hatte. Der Gedanke ließ seine Laune wieder steigen. Er würde schon einen Weg finden, diese Person vom Labor fernzuhalten.

»Das muss ein Missverständnis gewesen sein, *Mademoiselle*. Ich habe sie als Verkäuferin eingestellt, nicht als Parfümeurin, erinnern Sie sich? Wir haben über dieses Thema gesprochen. Dafür gibt es hier Experten. Konzentrieren Sie sich auf Ihre Aufgabe und überlassen Sie die Kreation neuer Düfte denjenigen, die dafür die nötigen Fähigkeiten mitbringen. Wie man sieht, sind Sie für eine derart komplexe Aufgabe nicht geeignet. Das Herstellen eines Parfüms ist kein Experimentierfeld.«

Elena schien zu Stein erstarrt. Sie hatte Claudine vertraut, war betrogen worden und hatte trotzdem geschwiegen. Plötzlich fiel es ihr wie Schuppen von den Augen. Ihrer Vorgesetzten ging es nur um die Formel. Deshalb hatte sie ihr erlaubt, das Labor zu benutzen, und es ihren Vorgesetzten verheimlicht. Und sie war darauf hereingefallen. Sie hatte sich nicht rückversichert, ob Jacques Montier oder Philippe Renaud über ihr Projekt Bescheid wusste. Aber es war ihr auch egal gewesen, das Notre-Dame-Projekt hatte sie so sehr fasziniert, dass sie für alles andere blind gewesen war. Im Grunde war sie selbst für die Situation verantwortlich.

Bei Narcissus würde sie nicht bleiben, keine Sekunde länger.

»Wissen Sie was, Monsieur Montier? Sie haben recht. Es war ein Missverständnis«, sagte sie und zog ihren Kittel aus. »Ich hole jetzt meine persönlichen Sachen, und Sie können weiter Ihre Parfüms kreieren und verkaufen.« Dann ging sie zur Tür. Kurz davor blieb sie stehen und drehte sich um. »Und jetzt geben Sie mir meinen Block zurück.«

Auf Monsieur Montiers Gesicht erschien ein hinterhältiges Grinsen. »Sie meinen diesen hier?«, fragte er und wedelte mit den Aufzeichnungen.

»Exakt.« Elena biss die Zähne zusammen, ihr Geduldsfaden war kurz vorm Zerreißen. Sie konzentrierte sich weiter nur auf Jacques Montier, denn wenn sie Philippe oder Claudine angesehen hätte, hätte sie einen Schreikrampf bekommen.

»Der gehört Ihnen nicht. Alles, was innerhalb dieser Mauern experimentiert und in Formeln festgehalten wurde, gehört mir. Haben Sie Ihren Vertrag nicht gelesen?«

»Wovon sprechen Sie?«

Jacques lächelte. »Offenbar haben Sie die Klausel übersehen. Außerdem haben Sie Ihren Zuständigkeitsbereich überschritten, *Mademoiselle*. Wie ich schon sagte, ich habe Sie als Verkäuferin und nicht als Parfümeurin eingestellt.«

Es war nicht das erste Mal, dass Elena mit der Bösartigkeit anderer konfrontiert war, aber eine solche Lust an der Demütigung eines Menschen war ihr neu. Jacques Montier war so ein eiskalter, aalglatter Egoist, dass es ihr den Magen umdrehte. Mit großer Mühe hielt sie ihre abgrundtiefe Verachtung im Zaum, da sie vor diesen Menschen nicht die Fassung verlieren wollte. Sie musste stark bleiben, auch wenn in ihrem Kopf der Gedanke an Flucht vorherrschte. Diesen Unmenschen wollte sie so schnell wie möglich aus ihrem Leben streichen. Wo war nur der Ausgang?

In dem Blick, den sie Montier entgegenschleuderte, lag die ganze Abscheu, die sie für ihn empfand. Der Gedanke, auch nur eine Sekunde länger die gleiche Luft wie er zu atmen, war ihr unerträglich.

»Sie können meine Notizen gerne behalten«, sagte sie leise.

Elena brauchte die Aufzeichnungen nicht. Es waren nur flüchtige Überlegungen und Gedanken. Sicher, sie hatte die *mélanges* skizziert, und ein guter Parfümeur wäre in der Lage, die Komposition nachzuvollziehen. Allerdings hatte sie im letzten Moment die Mischungsverhältnisse verändert, und als Claudine den Raum betreten hatte, war sie gerade dabei, sie zu optimieren. Sie müssten eine Gaschromatographie machen, dachte sie. Diese Analyse war die einzig verlässliche Methode, die einzelnen Komponenten und deren jeweilige Menge zu ermitteln. Das war zwar nur ein kleiner Trost, aber er gab ihr die Kraft, auf den Knopf zu drücken, der die Tür aufspringen ließ. Im Umkleideraum schlüpfte sie in ihre Jacke, nahm die Tasche aus dem Spind und verließ den Laden durch den Personalausgang.

Die eisige Luft traf Elena wie ein Hammerschlag. Sie musste einen Augenblick stehen bleiben, um sich daran zu gewöhnen. Ihr ging es schlecht, ein stechender Schmerz zog sich ihr von der Brust bis in die Kehle. Sie weinte nicht, das nicht, auch wenn es vielleicht besser gewesen wäre. Stattdessen spürte sie die ohnmächtige Wut wie einen Knoten im Hals. Sie war gerade um die Früchte ihrer Arbeit gebracht worden, und das alles wegen ihrer kindlichen Naivität anderen Menschen gegenüber. Das sollte ihr eine Lehre sein. Sie hatte gerade ihren Job und ihre Träume verloren, weil sie ihr Schicksal gutgläubig in die Hände einer Frau gelegt hatte, die sie für eine loyale Kollegin gehalten hatte. Es war nun schon das zweite Mal, dass sie der falschen Person vertraut hatte.

Sie vergrub die Hände in den Taschen und ging los. Um sie herum wimmelte es von Passanten, die an ihr vorübereilten. Doch sie bemerkte sie nicht einmal. Sie spürte gar nichts. Die Fassungslosigkeit umhüllte sie wie ein Kokon. Aber bald wäre sie zu Hause. Zu Hause? Ich werde die Wohnung im Marais verlassen müssen, kam es ihr in den Sinn.

In diesem Moment hörte sie eine Stimme hinter sich. »Elena, was ist los? Warum hast du nicht auf mich gewartet? Ich habe doch gesagt, ich hole dich ab.«

Sie ging weiter, setzte einen Schritt vor den anderen, sie würde es schaffen. Sie wollte nicht antworten, was hätte sie auch sagen sollen? Etwa: »Ich habe nicht gewartet, weil ich keine Minute länger an diesem Ort bleiben wollte?«

Cail folgte ihr mit angespannter Miene. Als Elena weiter schwieg, nahm er sie am Arm und führte sie in ein Café.

»Ein Tee wirkt Wunder«, sagte er und half ihr aus dem Mantel. Er bestellte für sie beide, dazu ein Stück Sachertorte.

»Ist dieser Tisch in Ordnung?« Cail versuchte unbeschwert zu klingen, obwohl er zutiefst besorgt war. Elena war kreidebleich stehen geblieben, ihre Augen funkelten zornig.

»Ich habe gerade gekündigt«, platzte sie heraus und blieb weiter stehen.

Cail fuhr ihr mit der Hand über die Stirn, dann strich er ihr die Haare aus dem Gesicht.

»Okay, wir werden einen besseren Job finden. Offensichtlich war es nicht das Richtige für dich.«

Die Worte kosteten ihn einiges an Beherrschung. Genauso wie hier zu sitzen und in aller Ruhe Tee zu trinken. In ihm loderte der Wunsch, von Elenas Chef eine Erklärung zu fordern. Das werde ich auch tun, entschied er. Vorerst jedoch wollte er nur, dass sie sich hinsetzte, ihren Tee trank und tief durchatmete.

»Monsieur Montier hat meine Notizen gestohlen und gesagt, dass alles, was ich dort entwickelt habe, ihm gehört.«

Cail zeigte auf den Stuhl. »Warum erzählst du mir nicht alles von Anfang an?« Seine Stimme klang gepresst, er atmete ganz bewusst gleichmäßig ein und aus und zwang sich zur Ruhe.

Elena rümpfte die Nase. Als der Kellner die Bestellungen brachte, hatte sie sich endlich entschieden, Platz zu nehmen.

»Trink, solange er noch heiß ist.« Cail gab Zucker und Zitrone in den Tee und schob ihr das mächtige Stück Torte hin. Als sie die Kuchengabel in die Hand nahm, lächelte er sie an.

Es dauerte eine Weile, bis Elena zu sprechen begann. Caillen füllte die schwer zu ertragende Stille, indem er von seinem Tag erzählte, wie tapfer John gewesen war und was er zum Abendessen kochen würde.

»Erinnerst du dich noch an Madame Binoche?«, fragte sie dann unvermittelt.

Cail nickte. »Sicher, das Notre-Dame-Projekt.«

»Heute habe ich an ihrem Parfüm gearbeitet«, begann sie. Dann erzählte sie ihm jedes Detail dieses schrecklichen Tages. Am Ende zitterte ihre Unterlippe. Sie trank etwas Tee und schluckte damit die Tränen hinunter, die ihr in den Augen standen, nachdem sie beschlossen hatte, sie nicht zu vergießen. Als sie ihre Geschichte zu Ende erzählt hatte, atmete sie tief ein und schluckte. »Er hat meinen Block mit den Notizen an sich genommen.

Cail ballte die Hand zur Faust.

»Ich verstehe nicht, wie Monie es mit so jemandem aushält. Ein grauenvoller Mensch«, sagte Elena und hielt sich dann die Hand vor den Mund. »Ich fühl mich nicht wohl.«

»Willst du gehen?«

Elena schüttelte den Kopf. »Ich habe es ihm gesagt, weißt du.«

Cail nahm ihre Hand und hielt sie ganz fest. Sie war kalt und leblos. »Was?«

»Dass er ein erbärmlicher Mensch ist.«

Er lächelte ohne jede Heiterkeit. Nun würde er mit diesem Montier erst recht ein Wörtchen reden. Und ihm noch ganz andere Sachen sagen. »Hast du noch Hunger?«

Sie schüttelte den Kopf.

»Was hältst du von einem Spaziergang? Schaffen wir es bis zum Fluss?«

Warum nicht? Morgen musste sie ja nicht zur Arbeit. Sie zog die Jacke an und folgte Cail. Die Nacht war wie eine gefrorene schwarze Glasscheibe.

16.

Schwarzer Pfeffer. Weckt die Sinne, bündelt die innere Kraft. Lehrt, dass ein Weg, der verloren scheint, oft nur ein Irrweg ist.

»Darf man erfahren, warum ihr eure Schlüssel nicht benutzt? Und sagt jetzt nicht, ihr hättet sie vergessen.« Elena ließ Cail und Monique vor der Tür stehen und ging mit schweren Schritten die Treppe zum ersten Stock nach oben, ohne sich auch nur einmal umzudrehen.

Die beiden wechselten einen vielsagenden Blick und folgten ihr. Cail stellte den Wasserkessel auf den Herd und öffnete die bunte Schachtel mit den Macarons. Er war bis in die Avenue des Champs-Élysées gegangen, um sie zu kaufen. Bei Ladurée. Er stellte die Schachtel auf den Tisch, ein leichter Duft nach Meringue und Fruchtmasse stieg auf und verbreitete sich in der Küche.

»Wir haben dir ein Angebot zu machen, Elena«, begann Monique.

»Aber natürlich!«, brummelte sie und ging zu ihrem Sessel vor dem Fenster. Sie hüllte sich in die Wolldecke und begann mit den Fransen zu spielen. Sie war schlecht gelaunt. Seit einer Woche hatte sie das Haus nicht mehr verlassen. Die Blässe ließ ihre Haut fast durchsichtig erscheinen.

Unterdessen war Cail weiter mit dem Tee beschäftigt und beobachtete sie aus den Augenwinkeln. Er hoffte, dass Moniques Plan aufging, sonst müsste er es auf seine Art versuchen.

»Cail und ich haben ein bisschen nachgedacht«, setzte Monie erneut an. »Unter den gegebenen Umständen halten wir es für den richtigen Zeitpunkt, eine eigene Parfümerie zu eröffnen. Besser gesagt, wirst du sie eröffnen und wir finanzieren das Ganze.«

Jetzt war es raus. Monique seufzte, nahm die Tasse, die Cail ihr entgegenhielt, und konzentrierte sich auf die bernsteinfarbene Flüssigkeit. Sie brauchte jetzt wirklich etwas Warmes, denn die Atmosphäre in der Wohnung war eisig. Hatte Elena etwa die Heizung abgeschaltet?

»Also, was meinst du?«, fragte sie nach einigen Minuten des Wartens.

»Ich … ich bin müde. Ich geh ins Bett«, antwortete Elena. Sie stand auf, den Blick auf den Boden gerichtet.

»Wenn es dir nicht recht ist, dann sag mir wenigstens, warum.«

Elena war erschöpft. Sie hatte in den letzten Tagen unentwegt gegrübelt und nach einer Lösung gesucht. Es gab keine. Wo auch immer sie ansetzte, irgendwann zerbröselten ihre Pläne an einem »Falls«, einem »Wenn« oder einem »Aber«. Ihr mühsam aufgebautes Selbstbewusstsein lag in Trümmern. Zwar hatte Claudine sie ausgenutzt und ein doppeltes Spiel mit ihr gespielt, aber sie hatte es zugelassen, gutgläubig wie sie war. Sie hatte sich nicht vergewissert, ob Jacques Montier von Madame Binoches Auftrag und ihrer Arbeit an dem Parfüm wusste. Sie hatte die Versprechungen ihrer Kollegin für bare Münze genommen.

Am meisten quälte sie jedoch die Tatsache, dass sie sich im Grunde selbst getäuscht hatte. Ihr hätten schon viel früher Zweifel an Claudines Verhalten kommen müssen. Aber nein, sie hatte alle Hinweise ignoriert, da sie nur ein Ziel gehabt hatte: das Parfüm.

Das konnte sie sich nicht verzeihen. Außerdem kam dieser Fehler sie teuer zu stehen, denn als Schwangere hatte sie keine Chance auf einen anderen Job. Führte man diese perverse Logik bis zum Ende, tauchte ein weiteres Problem auf: Geld. Sie hatte nicht mehr viel, auf jeden Fall zu wenig, um sich bis zur Geburt ihres Kindes über Wasser zu halten.

Sie musste Paris verlassen und nach Florenz zurückkehren, das war die einzige Möglichkeit, die ihr blieb. Dort hatte sie immerhin ein eigenes Haus. Das bedeutete allerdings, dass sie ihre Pläne aufgeben musste. Und Cail.

Sie durfte das Angebot der beiden nicht annehmen, schließlich konnte sie ihnen nichts als Gegenleistung anbieten. Wie sollte sie sich an der Finanzierung der Parfümerie beteiligen? Das war kein partnerschaftliches Angebot, sondern ein Geschenk.

Unvermittelt hob sie den Kopf. »Ich muss euch gar nichts erklären!«, schrie sie.

Dann brach sie in Tränen aus. »Ich brauche euer Mitleid nicht. Ich werde es schon irgendwie schaffen«, murmelte sie und ging einen Schritt zurück.

Cail ließ ihr Zeit. Er lehnte sich lässig gegen den Türpfosten und verschränkte die Arme vor der Brust. Dann kniff er die Augen zusammen und sah sie mit entschlossenem Blick an. »Bist du fertig?«

»Nein, und ich weine so lange, wie es mir passt.« Elena wischte sich über das Gesicht, wobei sie mit dem Fuß aufstampfte.

Monique spürte, wie die Spannung im Raum stieg, und beschloss, die beiden alleine zu lassen. Sie ging nach unten, in der Hoffnung, dass Cail ihre Freundin zur Vernunft bringen oder zumindest aus ihrem tiefen Selbstmitleid befreien konnte.

Als Cail den Höhepunkt der Krise für überschritten hielt, nahm er Elena bei der Hand und zog sie ins Bad. »Geh unter die Dusche und beruhige dich, danach reden wir weiter. Wir haben dir ein Angebot gemacht, das nichts mit Mitleid oder Almosen zu tun hat. Außerdem möchte ich dich fragen, ob du mit mir in die Provence fährst. In ein paar Tagen geht's los. Die Luftveränderung wird dir und dem Baby guttun.«

»Ich komme nicht mit.«

»Warum nicht? Ich möchte dich meiner Mutter vorstellen. Sie ist eine nette alte Dame und wird dir gefallen.«

»Ich habe Nein gesagt!«

»Nicht einmal, wenn ich dir verrate, dass ich wahrscheinlich einen Teil von Beatrices Aufzeichnungen entziffert habe?«

Elena riss die Augen auf. »Das ist nicht wahr!«

Cail zuckte mit den Schultern. »Habe ich dich jemals belogen?«

Sie schwieg, dann schüttelte sie den Kopf. »Ich möchte jetzt duschen, geh bitte.«

Als er die Tür hinter sich schloss und die Treppe hinunterging, umspielte ein leises Lächeln seine Lippen.

»Sie kommt bald runter.«

Monique hob den Blick von der Zeitschrift, die sie gerade durchblätterte, und nickte. »Danke für alles, was du für sie tust.«

Cail runzelte die Stirn. »Du musst mir nicht danken, ich tue das nicht, weil ich besonders großmütig bin.«

»Ich weiß sehr gut, warum du es tust, aber das behalte ich für mich« antwortete Monique. Sie hatte eine hässliche Auseinandersetzung mit Jacques hinter sich und war müde.

Die allerletzte, diesmal war endgültig Schluss. Das hoffte sie zumindest. Nur wie lange würde sie seinem Charme widerstehen können?

»Dieser Mann … dieser Montier ist kein guter Mensch.« Mehr sagte Cail nicht, aber sein Blick sprach Bände.

»Jacques hat mir alles erzählt«, sagte Monique, »er hat mir gesagt, dass du bei ihm im Büro warst.«

»Unter anderem.«

Einen Tag nachdem Cail mit Jacques Montier gesprochen hatte, hatte Elena ihren Notizblock, eine schriftliche Entschuldigung und ein Angebot zur Wiedereinstellung auf dem Tisch liegen gehabt.

»Er hat Claudine entlassen«, sagte Monique.

»Er hat Elenas Parfüm gestohlen.«

»Formal gesehen hat er es nur versucht«, wandte sie ein. »Außerdem wird Jacques den Duft ins Angebot nehmen. Elena erhält dafür den gleichen Bonus wie die hauseigenen Parfümeure. Die Summe ist beträchtlich, glaub mir. Es tut ihm sehr … leid, was passiert ist.« Sie fuhr sich mit der Zunge über die Lippen und sah nach oben. »Er ist kein schlechter Mensch«, schloss sie.

»Es wäre besser für ihn, wenn er sich künftig von Elena fernhielte«, entgegnete Cail kalt. »Menschen wie er verursachen nur Probleme.«

Just in diesem Augenblick kam Elena die Treppe herunter, und als sie seine Worte hörte, schämte sie sich. Sie war ungerecht zu Cail gewesen, aber statt die Tür hinter sich zuzuschlagen und für immer zu gehen, saß er weiter in ihrem Wohnzimmer. Noch dazu hatte er ihr die besten Macarons von ganz Paris mitgebracht.

»Ich … Es tut mir leid. Ich bin im Moment wirklich sehr empfindlich und ungerecht«, sagte sie leise.

Sie war immer noch blass und sah mit den offenen Haaren, die ihr bis auf die Schultern fielen, und dem eng anliegenden schwarzen Strickkleid wie ein junges Mädchen aus. Cail blickte sie nur an, während Monique auf sie zuging und sie in den Arm nahm.

»Früher oder später wirst du mich ertragen müssen«, sagte Monique und streichelte über die sanfte Wölbung von Elenas Bauch. »Denk nicht eine Sekunde daran, dass du mir so davonkommen wirst.«

»Warte damit noch ein paar Jahre, bis ich mich erholt habe, okay?«, antwortete Elena und erwiderte ihre Umarmung.

»Kein Problem. Sind zehn Jahre in Ordnung?«

Elena seufzte. »Übertreib nicht.«

»Setz dich. Wir müssen reden.« Cail zog mehrere leicht zerknitterte Zettel aus der Tasche und hielt sie ihr hin. Darauf waren handschriftliche Notizen und Tabellen zu erkennen.

»Erinnerst du dich an meinen Freund Ben, der hier ganz in der Nähe wohnt?«

Elena nickte.

»Seine Freundin Colette arbeitet im Büro eines Steuerberaters. Sie kann sich um die Eintragung der Firma kümmern und zumindest anfangs auch deine Bücher prüfen, damit du dich ganz dem Geschäft widmen kannst.«

»Sprich nicht so, als wäre alles schon entschieden.«

Monique seufzte. »Warte nicht zu lange, meine Liebe. Wir wissen alle, dass du von einer eigenen Parfümerie träumst. Du hast die nötige Kompetenz dazu und du kannst mit Kunden umgehen …«

Elena erhob sich und begann auf und ab zu gehen.

Monique gab nicht auf und folgte ihr. »Kannst du dich

wieder hinsetzen und mir ein einziges Mal richtig zuhören?«, fragte sie entnervt.

»Im Moment kann ich mich nicht an den Kosten beteiligen, deshalb ist es keine Partnerschaft«, antwortete die Freundin störrisch.

»Wenn du mir zugehört hättest, dann wüsstest du, dass Jacques Montier dich für dein Parfüm bezahlen wird.«

»Das hast du so nicht gesagt«, erwiderte Elena und blieb stehen.

Monique verdrehte die Augen. »Natürlich habe ich das gesagt. Aber du hörst mir ja nie richtig zu!«

»Warum setzt ihr beide euch nicht hin?« Cail zeigte auf das Sofa. »Ich kann mich nicht konzentrieren, wenn ihr ständig um mich rumwuselt.«

Sie setzten sich, Elena neben ihn, Monique auf den Sessel gegenüber. Sie sahen sich einen Moment lang an, dann strich Elena die Zettel glatt, die Cail ihr gegeben hatte.

»Wie viel… wird er mir für das Parfüm zahlen?«

»Genug, um dich mindestens ein Jahr über Wasser zu halten und die Rechnungen zu bezahlen«, antwortete Monique, »eine Grundausstattung Essenzen eingeschlossen.«

Das stimmte nicht ganz, aber darum würde sie sich persönlich kümmern und mit den Lieferanten von Le Notre verhandeln. Ihr neuer Chef war sehr zufrieden mit ihr und hatte ihr weitgehend Entscheidungsfreiheit eingeräumt. Irgendwie fühlte Monique sich verantwortlich für das, was geschehen war. Sie hätte Jacques aus ihrem Leben löschen sollen, mit der gleichen Konsequenz wie Elena es mit Matteo getan hatte. Stattdessen hatte sie sich seine Rechtfertigungen angehört und, was noch schlimmer war, sie auch akzeptiert.

»Ausreichend Platz hätten wir ja«, sagte Elena und sah

sich um. Der Raum war nach Cails Renovierungsarbeiten in ausgezeichnetem Zustand. Außerdem gab es einen direkten Zugang zur Straße. »Oben könnte man ein Labor einrichten, und solange ich die Essenzen nicht selbst herstelle, könnte ich die Ingredienzien kaufen. Aber wie soll ich an Kunden kommen?«

»Durch Werbung«, antwortete Cail. »Das soll keine Parfümerie wie jede andere werden. Du hast die Gabe, den Menschen in die Seele zu schauen und ihre persönlichen Wünsche zu erfüllen. Sobald sich das herumgesprochen hat, wirst du dich vor Kundschaft nicht mehr retten können.«

»Genau«, bekräftigte Monique.

Elena war noch nicht ganz überzeugt. Dennoch konnte sie nicht leugnen, dass sie den persönlichen Kontakt mit den Kunden an ihrem Beruf am meisten liebte. In diesen Momenten wurde sie zur Dolmetscherin, sie war das Bindeglied zwischen Parfüm und Kunde. Diese Kompetenz hatten nur ganz wenige Menschen.

»Wie richten wir den Laden ein?«, fragte sie leise.

»Ganz einfach, wir gehen auf den Antiquitätenmarkt an der Porte de Vanves«, antwortete Cail. »Ich restauriere gerne alte Möbel, sie werden dem Laden ein ganz besonderes Ambiente verleihen. Dazu ein paar Deckenstrahler, um den Raum besser auszuleuchten …«

»Super, großartige Idee«, antwortete Monique.

Elena dachte an die glasierten antiken Porzellangefäße aus der Werkstatt ihrer Großmutter. Sie wären perfekt. Vielleicht auch ein paar geschickt präsentierte Fachbücher in den Regalen. Langsam verschwanden die Verbitterung und die Lethargie der letzten Tage und machten hoffnungsvoller Aufbruchstimmung Platz.

»Okay, bei der Ausstattung zu sparen ist natürlich ein

kleiner Vorteil, aber das wird nicht reichen.« Sie dachte eine Weile nach, dann sah sie die beiden an. »Anfangs könnte ich die altbewährten Rossini-Rezepturen verwenden, das sind schlichte, natürliche Düfte. Die dafür benötigten Zutaten sind nicht allzu teuer, später werde ich die ätherischen Öle sowieso selbst produzieren.«

»Du könntest auch mit synthetischen Produkten arbeiten«, wandte Monique ein.

»Sicher, das wäre möglich, aber …« Elena hielt inne. »Wenn ich Erfolg haben und mich von der Konkurrenz abheben will, muss ich mit jedem Parfüm die Seele der Trägerin erreichen. Ohne die magische Energie natürlicher Essenzen wird mir kein außergewöhnliches Parfüm gelingen, höchstens ein gutes. Damit kann ich mit den renommierten Marken nicht konkurrieren, das geht nur, wenn ich besser bin als die anderen. Sicher, chemische Produkte sind wesentlich preiswerter und bieten viel mehr Möglichkeiten, aber ihnen fehlt das Geheimnis.«

»Wie meinst du das?«, fragte Cail interessiert.

»In der Vorstellung der Alchimisten bestehen Essenzen aus Pflanzensäften, also der stofflichen Seite, und dem Geheimnis, der seelischen Seite, in der ihre Möglichkeiten, ihre Wirkungen und ihr Nutzen wohnen. Nur lebende Organismen können diese Energien ausstrahlen. Damit sind die mit natürlichen Essenzen hergestellten Parfüms lebendig, ganz im Gegensatz zu den Düften auf synthetischer Basis. Ich werde auf jeden Fall nach den althergebrachten Methoden arbeiten«, sagte Elena. »Nach jenen Methoden, die mir meine Großmutter beigebracht hat, übrigens eine glühende Verfechterin dieser Philosophie. Das Parfüm ist Leben. Es vermischt sich mit der Energie des Körpers und verstärkt diese. Ich habe so viel Wissen vermittelt bekommen, das ich nutzen kann, und werde außerdem noch einmal in den Tagebüchern forschen. Ich könnte Parfüms auf der Basis von Kundenwünschen kreieren und bereits fertige Düfte modifizieren, und zwar direkt vor Ort. Dann könnten die Kunden ihr persönliches Parfüm gleich mitnehmen.«

Cail war einverstanden. Auch Monique nickte nach längerem Zögern.

»Bedenke dabei aber, dass du dann nur auf vier-, maximal fünfhundert Komponenten zurückgreifen kannst, statt auf dreitausend«, wandte sie ein.

»Das ist mir bewusst«, antwortete Elena.

»Gut, wenn das dein Wunsch ist. Ich bin einverstanden.« Monique hielt inne, dann lächelte sie. »Deine Großmutter würde Freudensprünge machen. Diese Begriffe habe ich schon lange nicht mehr gehört: Geheimnis, Alchemie, die physische und die seelische Seite der Pflanze, ihre Lebendigkeit.«

Sie diskutierten noch etliche Stunden und nicht immer waren sie einer Meinung. Doch als Monique beschloss, endlich nach Hause zu gehen, war die Partnerschaft besiegelt. Jasmine würde Miete für das Ladengeschäft bekommen, auch wenn sie bisher noch nichts davon wusste. Cail würde sich um die Inneneinrichtung kümmern, ebenso um alles Handwerkliche sowie um Werbung und Buchführung. Elena wäre für den Laden und die Komposition der Parfüms zuständig. Idealerweise sollte die Eröffnung noch vor Weihnachten stattfinden, doch da es bereits Anfang Dezember war, entschlossen sie sich, das genaue Datum erst dann festzulegen, wenn alle Formalien erledigt waren.

»Bist du sicher, dass du nicht zum Abendessen bleiben willst?«, fragte Elena.

»Ja, das habe ich dir doch schon gesagt. Ich habe eine andere Verabredung«, antwortete Monique euphorisch. »Eine fantastische Idee, meine Liebe. Überleg mal, unser eigener Laden! Ein Traum, der in Erfüllung geht.«

Nachdem Monique die Wohnung verlassen hatte, wurde Elena klar, dass sie genau die gleiche Begeisterung verspürte wie ihre Freundin. Vor Erregung zitternd ging sie wieder ins Haus zurück. Cail wartete oben in der Küche. Der Duft von Tomatensauce drang nach unten und erinnerte sie daran, dass sie seit dem frühen Morgen nichts mehr gegessen hatte.

Gedankenverloren stieg sie die Treppe hinauf. Es gab so viel, was sie ihm sagen wollte, was sie gerne gemeinsam mit ihm erleben würde. Ihre Beziehung war bisher eine Aneinanderreihung verpasster Gelegenheiten. Als ob das Kind als Hindernis zwischen ihnen stünde. Plötzlich hielt sie inne, und die Erinnerung an Maurice schnürte ihr den Magen zusammen. Was, wenn Cail genauso …?

Sie dachte den Satz nicht zu Ende. Dieser Vergleich entbehrte jeder Grundlage, Cail war ganz anders. Er hatte spontan glücklich reagiert, als er von dem Kind erfahren hatte. Nein, Cail war nicht Maurice.

Er war … Sie fand keinen passenden Begriff. Es gab niemanden in ihrem bisherigen Leben, der ihm auch nur annähernd geähnelt hätte. Sie wusste nur, dass er sie glücklich machte und sie sich mit ihm wohlfühlte. Er erahnte ihre Gedanken, bevor sie sie aussprechen konnte. Und wenn er mal nicht in ihrer Nähe war, musste sie unaufhörlich an ihn denken. Nur wenn er bei ihr war, fühlte sie sich wirklich lebendig.

»*Merde*«, murmelte sie. Sie hätte sich mit Monsieur Lagose über die Liebe unterhalten sollen. Schade, dass sie den netten Herrn wahrscheinlich nicht wiedersehen würde.

»In fünf Minuten sind die Spaghetti fertig«, sagte Cail, als er sie in die Küche kommen hörte.

Elena sah zu, wie er sich mit einer Nudel im Mund über den Topf beugte. Es versetzte ihr einen Stich. Wie ein Schmerz, nur süßer. Ein Gefühl, das sie wärmte und zugleich in Schrecken versetzte.

»Ich decke den Tisch«, sagte sie und zwang sich, die Hände zu bewegen.

Er nickte beiläufig, gab die Pasta, einige Kellen Sauce und eine großzügige Handvoll Parmesan in eine Schüssel. Cail kaufte den Käse in einem italienischen Spezialitätengeschäft, wie er Elena erzählt hatte. Er liebte Tomatensauce, deren Zubereitung er von einer Amerikanerin gelernt hatte.

Sie schnitt einige Scheiben Brot ab und deckte gedankenverloren den Tisch.

»Hast du wirklich das Schloss des Geliebten von Beatrice gefunden?«

Cail füllte ihren Teller mit Spaghetti. »Iss erst, danach erzähle ich dir alles.«

Elena war leicht verärgert, hatte aber zu großen Hunger, um zu diskutieren. Außerdem dufteten die Spaghetti köstlich. Sie schloss die Augen und atmete tief ein.

»Also, wie bist du vorgegangen?«, hakte sie neugierig nach.

Cail zuckte mit den Schultern. »Im Tagebuch gibt es einige vage Hinweise und Einzelheiten, die man nur erkennt, wenn man schon mal vor Ort war. Bitte vergiss nicht, dass es nur eine Theorie ist.«

Elena schüttelte den Kopf. »Was auch immer es ist, die Formel für das perfekte Parfüm ist gar nicht mehr wichtig. Madame Binoche wird das Parfüm von Narcissus kaufen.« Ich werde sie anrufen müssen, um einiges klarzustellen, dachte sie. Aber was sollte sie ihr erzählen? Dass bei Narcissus manches schiefgelaufen war? Egal! Das von ihr begonnene Projekt würde ein anderer Parfümeur vollenden.

»Das heißt noch gar nichts, findest du nicht auch? Wenn wir das Rätsel lösen, könntest du Beatrices Rezeptur als Basis für eine neue Duftlinie verwenden«, antwortete Cail.

Je länger Elena darüber nachdachte, desto weniger glaubte sie daran. »Wir müssen uns jetzt auf den Laden konzentrieren. Aber du hast vorhin noch etwas anderes erwähnt.«

Cail hob die Augenbrauen. »Was meinst du?«

»Du hast gesagt, dass du das Schloss erkannt hast?«

»Ich habe gesagt, dass ich eine Vermutung habe«, stellte er klar. »Ich glaube, es liegt ganz in der Nähe des Landguts meiner Eltern. Also, begleitest du mich?«

Elena dachte nach. »Ein Wochenende … Ja, ich denke, das kann ich mir erlauben.«

»Braves Mädchen«, freute sich Cail.

17.

Zimt. Ein sinnlicher Duft voller Kraft, intensiv feminin. Exotisch und würzig. Leidenschaftlich und warm wie die Sonne in den tropischen Ländern, wo der Zimtbaum wächst.

Jacques Montier hatte Wort gehalten, und Elenas Sorgen um ihre finanzielle Zukunft schwanden. Voller Tatendrang widmete sie sich dem Laden. Hin und wieder trauerte sie noch Madame Binoches Parfüm nach, aber für solche Gedanken hatte sie eigentlich gar keine Zeit mehr. Der Laden war zwar fast fertig, trotzdem gab es noch viel zu tun.

»Ist das richtig so?« Cail schaute sie erwartungsvoll an.

Elena biss sich nachdenklich auf die Lippe. »Ein bisschen mehr nach rechts. Genau so.« Sie war noch immer nicht wirklich überzeugt und schüttelte den Kopf. »Nein, das sieht nicht gut aus. Versuchen wir es dort drüben.«

Ben blickte verzweifelt zu Cail hinüber, dann schoben sie den schweren Tresen gemeinsam auf die andere Seite des Raumes.

»Kannst du ihr nicht am Computer einen Plan zeichnen?«, fragte Ben leise und unterdrückte einen Fluch.

»Halt den Mund und mach einfach.«

»Aber wir haben es doch schon überall probiert«, protestierte er.

»Wir müssen auch noch einen Platz für den Sessel und

den Tisch finden. Besser, du sparst dir deinen Atem, du wirst ihn noch brauchen«, warnte Cail.

Elena kam näher. »Ich kann euch nicht verstehen, wenn ihr flüstert«, sagte sie und musterte die beiden misstrauisch.

»Darum geht's ja gerade«, erwiderte Ben und verzog den Mund.

»He, ihr habt euch freiwillig gemeldet«, trumpfte Elena auf, »ihr habt gesagt, Möbel rücken wäre ein Kinderspiel. Soll ich den genauen Wortlaut zitieren?«

Cail verdrehte die Augen. Dann packte er seinen Freund an der Schulter und zog ihn nach draußen. »Sie ist schwanger, Ben, du hast keine Chance. Sie wird dich in der Luft zerreißen und sich dann dafür entschuldigen.«

Stille. »Geht sie mit dir auch so um?«, fragte Ben.

Cail schaute ihn grimmig an. »Nein, ich bin eine andere Hausnummer.«

»Ich verstehe nicht, warum sie sich ständig mit mir anlegt, ich habe sie doch nicht in diese Situation gebracht. Sie sollte sich an dich halten.«

Mit gerunzelter Stirn wollte Cail seinem Freund gerade erklären, dass das Kind nicht von ihm war, aber die Worte wollten ihm einfach nicht über die Lippen kommen.

»Sie mag mich eben«, meinte er lapidar und hob den schweren Sessel an.

»Wann heiratet ihr?«

Mit einem Ruck schob Caillen den Sessel nach vorne. Ben folgte ihm mit einem breiten Lächeln auf dem Gesicht. Offenbar fand er langsam Gefallen an dem Spiel.

»Meinst du nicht, ihr hättet da ein paar Stufen übersprungen?«, frotzelte er. »Normalerweise wird erst geheiratet und dann kommen die Kinder. Hat dir das deine Mutter nicht beigebracht? Ich wette, Elena ist so nervös, weil …«

»Sie ist nicht nervös. Du hast sie noch nicht erlebt, wenn sie nervös ist«, widersprach Cail. »Wenn du fertig bist, kannst du noch ein Regal festschrauben.«

Ben riss die Augen auf. »Noch eins? Was wollt ihr denn da alles reinstellen?«

»Seifen, Essenzen, destilliertes Wasser und alles, was man noch so braucht, um Parfüms herzustellen. Hast du das immer noch nicht verstanden?« Cail deutete auf die Tür. »Der Destillator kommt nach oben, in Elenas Labor. Bitte pass auf, er ist sehr empfindlich.«

Ben entschied sich, ab jetzt den Mund zu halten. Jedes Mal, wenn er protestierte, fand Cail noch etwas anderes zu transportieren, abzustauben oder herumzuschleppen.

»Ein Handy klingelt«, sagte Elena plötzlich.

Ganz in ihrer Nähe, neben dem Regal für die Parfüms, hing Cails Lederjacke.

»Es ist meins«, antwortete er.

Da Elena am nächsten stand, zog sie das Telefon aus der Jacke und hielt es ihm hin.

»McLean«, meldete er sich, ohne auf die Nummer des Anrufers zu achten, während er ihr mit der Daumenspitze den Staub von der Nase wischte.

»Was?«, antwortete er alarmiert. »Wie ist das passiert? Beruhige dich, Mama, und erzähl mir alles von Anfang an.« Sein Gesichtsausdruck war hart, seine Stimme rau.

Elena kam näher und strich ihm über den Arm, Cail griff nach ihrer Hand und drückte sie.

»Wo ist er jetzt?« Er fuhr sich durch die Haare. »Ich nehme den ersten Flug. Ich komme sofort.« Damit beendete er das Gespräch und griff nach seiner Jacke, die ihm Elena hinhielt. »Mein Vater hatte einen Autounfall. Ich muss sofort los.«

Ben schaute ihn an. »Kann ich etwas für dich tun?«

Cail nickte. »Ja, hilf bitte Elena, bis alles fertig ist.«

Sie brachte ihn zur Tür. »Es tut mir sehr leid, Cail.«

»Ich ruf dich später an. Ben wird die restlichen Möbel reintragen. Ruf Monique an und sag ihr, dass ich nicht weiß, wann ich zurückkomme, und dass du Hilfe brauchst«, sagte er im Gehen.

»Ich komme gut allein zurecht«, erwiderte sie und folgte ihm in den Flur.

Cail fuhr herum. »Kannst du es nicht ein einziges Mal akzeptieren, wenn ich dich um etwas bitte?« Ohne die Antwort abzuwarten ließ er sie einfach stehen. Er nahm zwei Stufen auf einmal und eilte davon.

Elena stand wie erstarrt an der Tür. Es war das erste Mal, dass Cail so mit ihr geredet hatte. Natürlich wusste sie, dass er erschüttert war, trotzdem hatten der wütende Blick und die harten Worte sie verletzt.

Sie hatten fast alle Möbel an ihren Platz gestellt, als Cail noch einmal an der Wohnung vorbeikam. Elena sah ihn durch die Tür treten. Er hatte sich nicht einmal verabschiedet. Sie wandte sich ab und versuchte, sich auf die Flakons zu konzentrieren, die sie aus der Verpackung nahm.

»Elena, kommst du bitte mal kurz her?«

Sie hob den Kopf und sah sich Cail direkt gegenüber. Er war offensichtlich nervös, die Narbe leuchtete dunkelrot.

»Bist du noch nicht weg?«

»Ich bin umgekehrt. Kann ich dich einen Moment sprechen?« Cail deutete auf die Tür, die auf den Innenhof hinausging. »Komm, lass uns rausgehen.«

Im Hof sahen sie sich schweigend an.

»Hast du schon einmal darüber nachgedacht, dass ich mir Sorgen mache und es mir wichtig ist zu wissen, dass es dir gut geht? Dass es mir schwerfällt, dich alleine zu lassen?«

Elena verschränkte die Arme vor der Brust. »Ich bin doch nicht völlig hilflos.«

»Nicht hilflos, aber schwanger. Du könntest wieder ohnmächtig werden. Neulich wärst du fast die Treppen runtergefallen.«

»Aber es ist nichts passiert«, wehrte sie sich. »Du musst dir nicht den Kopf über etwas zerbrechen, das gar nicht passiert ist.«

Er kniff die Augen zusammen. »Gut, wie du willst. Dann bleibe ich eben hier.« Er nahm den Rucksack, den er neben der Tür abgestellt hatte, und ging zur Treppe, die in seine Wohnung führte.

Elena folgte ihm mit Blicken und schluckte ein Schimpfwort herunter. Dieser Mann war so dickköpfig wie ein Esel. »Gut, ich werde Monique anrufen«, rief sie ihm hinterher.

Er wandte sich um und kam wieder auf sie zu. »Versprich es.«

»Ich verspreche es«, presste sie zwischen den Zähnen hervor. »Und jetzt beeil dich, sonst verpasst du das Flugzeug.«

Cail beugte sich zu ihr hinunter und seine Lippen streiften ihre Wange. »Danke«, sagte er leise.

Elena hielt den Atem an. Sie war einerseits ungehalten, andererseits besorgt und wollte ihn am liebsten in den Arm nehmen. Als er an der Tür war, rief sie ihm hinterher: »Und John?«

»Ben wird sich um ihn kümmern. Geh rein und zieh dir was über«, erwiderte er barsch.

Elena blieb mit einem nagenden Gefühl von Sehnsucht, Zweifel und Bedauern zurück. Er sollte ihr keine Befehle geben, schließlich war sie kein Kind und erst recht kein Soldat.

Cail blieb eine ganze Woche weg. Seine Anrufe waren kurz und sachlich. An den ersten beiden Tagen weigerte sich Elena, mit ihm zu sprechen, und gab den Hörer direkt an Monique weiter. Dabei starb sie fast vor Verlangen, seine Stimme zu hören und ihn wiederzusehen, was sie nur noch wütender machte. Sie würde nicht nachgeben, auf keinen Fall. Sie versuchte sich mit Arbeit abzulenken, wobei sie feststellte, dass der Kopf die eine, das Herz aber eine andere Sache war.

Bei seiner Rückkehr war der Laden fast fertig. Die Verkaufslizenz hatten sie dank Colettes Chef schnell bekommen, und Monique hatte ihre Beziehungen zu Le Notres Lieferanten spielen lassen. Sie brauchten jetzt nur noch die Ausstattung für das Labor, was im Moment aber nicht so eilig war.

»Ciao.«

»Ciao.« Elena blickte starr auf die Flakons, die sie in das Regal einsortierte. Sie ignorierte ihr wild klopfendes Herz und zwang sich weiterzumachen.

»Tolle Arbeit.«

»Ja«, antwortete sie. Sie war nervös, ihre Finger zitterten.

Er ging zu ihr und hielt ihr eine Rose hin. »Frieden?« Die Blütenblätter schillerten in einem warmen Goldton, der an den Rändern in Karminrot überging. »Sie heißt Frieden«, sagte er noch einmal.

Elena sog den blumig-fruchtigen Duft der seidigen Blütenblätter ein, streckte dann fasziniert die Hand nach der Rose aus.

»Ihr zweiter Name ist Freude.«

»Wie das?«

Zärtlich fuhr Cail ihr mit dem Daumen übers Gesicht, dessen Blässe durch die tiefen dunklen Ringe unter den Augen noch verstärkt wurde. »Jedes Land hat ihr einen eigenen Namen gegeben, in Italien heißt sie Freude, in Amerika Frieden, in Deutschland Gloria Dei. Ihr Züchter Francis Meilland hat sie einfach Madame Meilland genannt. Mit dieser Rose hat seine Familie nach dem Zweiten Weltkrieg ein Vermögen verdient.« Er hielt inne und hob ihr Kinn an. »Also, Frieden?«

Sie nickte langsam, blieb aber steif in seinen Armen. Sogar noch, als er sie fest an sich drückte und auf die Schläfe küsste.

Cails Vater war von einem Auto angefahren worden, aber zum Glück mit einem gebrochenen Arm und ein paar angeknacksten Rippen davongekommen. Mehr erzählte er nicht. Er wollte offensichtlich nicht darüber sprechen, und Elena beschloss, ihn nicht zu bedrängen, zumindest im Moment nicht.

Ohnehin nahmen die Vorbereitungen für die Geschäftseinweihung ihre Zeit und ihre ganze Energie in Anspruch. In den folgenden Tagen arbeiteten sie von morgens bis spätabends. Elena bemerkte, wie Cail sie hin und wieder prüfend musterte, und diese verstohlenen finsteren Blicke verunsicherten sie.

»Wir sollten die Reise zum Schloss von Beatrices Geliebtem verschieben«, sagte er eines Abends, als sie erschöpft auf der Treppe saßen. Cail hatte gerade die Feuerlöscher im Labor befestigt. Anfangs würde Elena wie geplant nur mit vorgefertigten Essenzen arbeiten, doch sobald sie die Erlaubnis dazu hatte, würde sie ihre eigenen herstellen.

Sie nickte nachdenklich. Nach einem kurzen Schweigen strich sie ihm über die Hand. »Was für eine Frau war Beatrice, was glaubst du? Ich meine, du hast ja intensiv in ihrem Tagebuch gelesen. Hast du einen Eindruck von ihr gewonnen?«

Cail fixierte einen Punkt an der Decke und verzog die Lippen. »Sie war eine Träumerin. Sie hatte ihre Erfolgserlebnisse und war berühmt, aber das hat ihr nicht gereicht. Nichts war ihr genug. Sie war einer von den Menschen, die nie zufrieden sind und ständig die eigenen Grenzen ausloten müssen.«

»Es klingt, als würdest du von jemandem sprechen, den du gekannt hast.«

Cail zuckte mit den Schultern. »Was denkst du über sie?«

»Dass sie ihrem Herzen gefolgt ist. Allerdings war das nicht gut.«

»Stimmt, aber sie hat einen hohen Preis dafür gezahlt.«

»Alles hat einen Preis, Cail. Man muss sich entscheiden, ob man etwas riskiert oder ob man sich zurückzieht und den anderen zuschaut, die mutiger sind.«

»Wir sprechen von Beatrice, oder?«

»Sicher.«

Sie zog die Hand weg, und Cail wandte den Blick ab.

Auf einmal herrschte angespannte Stille.

»Ein bisschen schade ist es schon, dass wir die Reise verschieben.« Nach einer langen Pause begann Elena zu sprechen. Sie wollte die Distanz zwischen ihnen überbrücken, die sich plötzlich aufgetan hatte. Aber warum eigentlich? Sie verstand es nicht. Sie hatte Cails Gedanken aufnehmen und vertiefen wollen, doch er schien in eigene Gedanken versunken, seine Miene wirkte finster und verschlossen.

»Beatrice, ihr Leben, ihre unglückliche Liebe, ihr Streben nach dem perfekten Parfüm, ein faszinierendes Rätsel«, fuhr sie fort. »Das beste Parfüm der Welt, ein Duft, der die Stimmung eines Menschen aufhellen oder eintrüben konnte. Ein Lebenselixier. Der Stein der Weisen, was Parfüms angeht. Ich frage mich, welche Ingredienzien man dazu braucht…«

Cail gähnte. »Ich glaube nicht, dass die Aromen sich wesentlich von denen unterscheiden, die heute verwendet werden. Natürlich war damals die Auswahl geringer. Viele Substanzen sind erst in jüngerer Zeit entdeckt worden, oder?«

»Ja. Aber das bedeutet nicht, dass die damaligen Parfüms weniger vielfältig waren. Damals gab es Essenzen aus tierischen Substanzen, die heute nicht mehr oder nur noch selten verwendet werden, wie Zibet, natürliches Moschus und bestimmte Arten von Sandelholz, ganz zu schweigen von grauem Amber.«

Cail dachte nach. »Was hältst du davon, im Frühling weiterzuforschen? Bis dahin läuft der Laden bestimmt.«

»Ja, das erscheint mir realistisch.« In diesem Augenblick erkannte sie den Cail wieder, den sie bei ihrer Ankunft in Paris kennengelernt hatte. Nicht viele Worte, die aber zielgerichtet. »Bist du noch neugierig auf die Formel im Tagebuch?«

»Ich weiß nicht, ob es nur darum geht, vielleicht will ich einfach bloß wissen, ob ich auf der richtigen Spur bin. Auf jeden Fall werde ich weiter suchen, bis das Rätsel gelöst ist.«

Sie schloss die Augen und legte den Kopf an seine Schulter.

»Mir gefällt der Name, den du für den Laden ausgesucht hast.«

Elena erhob sich und lächelte. »Wirklich? Absolue, der Teil der Essenz, der am reinsten ist. Ja, ich mag ihn auch.«

»Morgen hole ich die Flyer ab. Wir werden sie in der Nachbarschaft verteilen.«

Elena seufzte. »Weißt du, dass ich Angst hatte, sie würden nicht rechtzeitig fertig werden?«

Cail zog verwundert die Augenbrauen hoch. »Warum?«

»Es ist kurz vor Weihnachten.« Abrupt wandte sie den Blick ab. »Wann fährst du?«, fragte sie dann.

Fragend sah Cail sie an. »Wohin?«

»Fährst du über die Feiertage nicht nach Hause?« Sie versuchte unbeteiligt zu wirken, doch schon der Gedanke, die Festtage alleine verbringen zu müssen, stimmte sie tieftraurig.

»Ich bin schon zu Hause. Außerdem ist das unser erstes gemeinsames Weihnachtsfest. Das sollten wir zusammen feiern, meinst du nicht auch? An Silvester können wir gerne groß ausgehen.«

Elena sah ihn mit leicht geöffnetem Mund an. Die Verwunderung stand ihr ins Gesicht geschrieben.

»Ich koche, du darfst den Kuchen backen, okay?«, stellte Cail klar und streichelte ihre Wange.

»Aber ja, natürlich.« Sie war so glücklich, dass sie kaum antworten konnte.

Sie plauderten noch ein wenig, dann hauchte er ihr einen Gutenachtkuss auf die Lippen und ging.

Als Elena im Bett lag, starrte sie stundenlang an die Decke und versuchte die quälenden Gedanken, offenen Fragen und Sorgen zu ignorieren. In Paris hatte sie gelernt, im Hier und Jetzt zu leben. Derzeit hatte sie das Gefühl, ihr Ziel erreicht zu haben. Rückblickend kam es ihr vor, als hätte sie in der Vergangenheit alles getan, um genau das zu vermeiden, was sie eigentlich wollte. Sie hatte sich immer bloß mit den Umwegen beschäftigt, und das alles nur, um das Parfüm aus ihrem Leben zu verbannen. Aber das Parfüm hatte Mittel und Wege gefunden, wieder in ihre Gedankenwelt einzudringen.

Sie dachte auch an Cail. Manchmal war er ein Rätsel. Und doch: Was auch immer passierte, er war für sie da, ohne Wenn und Aber. Jeder Moment, den sie miteinander verbrachten, war ein schöner Moment. Cail machte ihn einzigartig, magisch.

An der verschwommenen Grenze zwischen Schlaf und Wachsein schloss sie endlich die Augen und ließ sich von ihrer Müdigkeit davontragen.

Es hatte den ganzen Tag geregnet. Elena war im Laden beschäftigt, hatte alles ein letztes Mal überprüft und eine Vitrine verrückt, an der sie mit dem Bauch hängen geblieben war. Langsam machte sich das in ihr heranwachsende Kind bemerkbar. Hin und wieder blickte sie nervös aus dem Fenster. Monique tigerte hin und her, Cail unterhielt sich mit Ben. Auch dessen Freundin Colette war da. Alles stand bereit, der Champagner, die Gläser, die Snacks. Es würden viele Leute kommen, darunter auch einige Journalisten. Der große Abend war da. Die Eröffnung von Absolue.

»Es hat zum Glück aufgehört.« Monique war zum Fenster gegangen, hatte den Vorhang zur Seite geschoben und schaute prüfend zum Himmel. Ein langer Seufzer, dann blickte sie zu Elena. »Endlich! Das ist es, was du wolltest, oder?«

»Dass es aufhört zu regnen?«, fragte Elena.

»Nein, ich meine den Laden. Ich möchte dich zu nichts gezwungen haben. Du machst nicht gerade einen glücklichen Eindruck.«

Elena schüttelte langsam den Kopf. Mit den geflochtenen Haaren und dem schwarzen Seidenkleid sah sie wunderbar aus. Aber ihr Blick verriet ihre Nervosität. »Es gibt Momente, in denen ich eine solche Freude empfinde, dass ich platzen könnte. Es ist fast beängstigend«, antwortete sie stirnrunzelnd, »dann wieder lähmen mich meine Ängste, wie ein eisiger Wind, der mich packt und durchrüttelt. Ich kann nur warten, bis das Zittern vorbeigeht. Die Ärztin hat mir versichert, dass Stimmungsschwankungen während der Schwangerschaft ganz normal sind. Aber ich weiß nicht, ob es nur das Kind ist. Vielleicht ist es auch das Wissen um die zweite Chance, die ich um jeden Preis nutzen muss, schließlich habe ich keine Alternative. Früher habe ich mich im Fluss des Lebens einfach treiben lassen, das war sehr bequem. Absolue ist die Grenze zwischen dem, was gewesen ist, und dem, was sein wird. Letztlich ist es auch eine Mahnung, denn es erinnert mich daran, was ich nie wieder tun darf.«

Monique wandte den Blick ab. »Manchmal scheint es der einzige Weg zu sein, auf der Welle mitzuschwimmen. Doch eines Tages wachst du auf und dir wird klar, dass alles entschieden ist, nur leider nicht von dir. Bequemlichkeit hat einen hohen Preis. Wie wenn du mit einem Mann zusammenbleibst, den du nicht respektierst, mit dem du nichts gemeinsam hast, mit dem du nichts aufbauen kannst.« Sie schwieg und fuhr sich mit der Zunge über die Lippen. »Wenn er dich nachts ins Paradies führt, dann ist dir alles egal. Aber am nächsten Morgen schaust du in den Spiegel und entdeckst eine neue Falte. Du fängst an, dir Fragen zu stellen. Du wartest neben dem Telefon, dein Herz klopft wie wild, du bekommst kaum Luft, weil er nicht anruft«, sagte sie leise. »Nach und nach verschwindet dein Ego, und er füllt den Platz aus, den du für ihn freigemacht hast. Sicher, dir bleibt immer noch deine Arbeit, die Familie. Ich nehme an, es gibt Frauen, denen das genügt. Ich bewundere dich, weißt du? Du bist anders.« Moniques Stimme war um einiges tiefer geworden.

»Das muss du mir erklären«, bemerkte Elena.

»Ich habe immer deine Fähigkeiten bewundert, herrliche Düfte zu kreieren, magische Parfüms, die bezaubern. Diese Gabe habe ich mir immer gewünscht. Bitte unterbrich mich nicht.« Sie hielt kurz inne. »Ich glaube, ich habe dich manchmal sogar dafür gehasst. Nicht wirklich, bitte versteh mich nicht falsch«, beeilte sie sich zu erklären und griff nach Elenas Hand. »Du hast die Grenzen überwunden, die du dir gesetzt hast, du hast eine gescheiterte Beziehung gemeistert und sogar das Kind behalten. Du bist zwar ein bisschen in die Knie gegangen, aber wieder aufgestanden. Du lebst ein neues Leben.«

»Das habe nicht ich entschieden, das weißt du. Ich hatte andere Pläne, aber die Dinge haben sich nun mal so entwickelt. Mir ist nichts anderes übrig geblieben, als einen neuen Weg zu suchen … der in Wirklichkeit der alte war.« Sie verdrehte die Augen. »Ich komme ganz durcheinander.« Dann klemmte sie sich eine Haarsträhne hinters Ohr und lächelte. »Aber mir gefällt die Art und Weise, wie du die Realität interpretierst, darin warst du schon immer gut. Wenn ich sie auch so sehe wie du, steigt automatisch meine Laune.«

Wieder trat diese düstere Melancholie in Moniques Augen.

Elena spielte ihr etwas vor, so heiter und leicht, wie sie sich gab, fühlte sie sich nicht. Moniques Worte hatten sie tief getroffen. Sie musste dringend das Thema wechseln. »Danke für die Blumen«, sagte sie und deutete auf die getrockneten Rosensträußchen, die Monie in Grasse besorgt hatte. Auf einem Tisch in der Raummitte waren sie ein hübscher Blickfang. Die Rosen hatten nicht nur ihre Farbe bewahrt, auch der Duft war noch unverfälscht und intensiv.

»Bist du bereit? Es ist so weit.«

»Ja, ich bin bercit.«

Ein tiefer Atemzug, und Monique öffnete die Ladentür. Cail hatte den Strahler angeknipst, der das Eingangsschild beleuchtete. Alles war perfekt. Einen endlos langen Moment geschah nichts, es war ganz still und alle Augen waren nach draußen gerichtet.

»Wollen wir nicht anstoßen? Keine Einweihungsfeier ohne einen Toast«, sagte Ben und durchbrach die angespannte Stille. Aus dem kleinen tragbaren Kühlschrank zog er eine Flasche Champagner, und nachdem er den Korken gelöst hatte, füllte er die Gläser.

»Köstlich«, sagte Monique.

»Darauf wette ich.« Ben setzte zu einer weitschweifigen Erklärung über den Ursprung des edlen Tropfens an, den ein Freund von ihm in Nordfrankreich herstellte.

Elena verlor rasch den Faden, sie war viel zu angespannt und unruhig, um zuzuhören. Aber selten hatte sie sich so lebendig gefühlt.

Ein Lächeln, ein flüchtiger Blick, ein angstvoller Seufzer. Bald kamen die ersten Besucher. Einer, zwei, fünf... Auf einmal war der Laden voll. Monique bewegte sich in Richtung Eingang, Cail hinter den Tresen, Elena an einen der Tische. Viele Besucher waren aus der Branche, Monique hatte sie eingeladen. Sie hatten in irgendeiner Form mit Parfüm zu tun, Models, Parfümeure, Werbeleute. Auch die Kolleginnen und Kollegen von Cail, Ben und Colette waren da.

Elenas Herz hämmerte in ihrer Brust. Sie redete kurz mit einem Journalisten, gab einige Interviews und beantwortete alle Fragen, egal wie banal oder seltsam sie waren. Dann kam tatsächlich der erste richtige Kunde.

»Guten Abend. Stimmt es, dass Sie maßgeschneiderte Parfüms anbieten?«, fragte ein Mann Mitte dreißig. Er hatte scharf geschnittene Gesichtszüge mit dominierenden Augen, die sie freundlich musterten.

Maßgeschneidert … eine seltsame Definition, aber in gewissem Sinne hat er recht, dachte Elena. »Wir bevorzugen den Begriff ›Parfüm der Seele‹«, erwiderte sie.

»Tatsächlich? Und aus welchem Grund? Ich meine, hat die Seele denn ein Parfüm?« Bevor Elena antworten konnte, hatte der Mann sich schon umgedreht. »Was ist mit denen hier?«, fragte er und deutete auf eine Pyramide aus verschiedenfarbigen Packungen.

»Das sind Eau de Toilettes, Parfümöllösungen aus Kräutern und Blüten. Haben Sie schon eine konkrete Vorstellung oder wollen Sie sich zunächst weiter umsehen?«

»Keine Ahnung. Ich bin nicht gut darin, Geschenke auszusuchen. Aber dieses Mal … Wissen Sie, meine Frau und ich haben gerade eine Krise. Ich habe zwei Jobs, und wenn ich nach Hause komme, bin ich todmüde. Sie beschwert sich ständig und wirft mir vor, sie zu vernachlässigen.« Er brach ab und seine Lippen wurden schmal. Ein Anflug von Trauer verdunkelte sein Lächeln. »Es stimmt, dass ich sie vernachlässige. Als ich die Werbung für Ihre Parfümerie gesehen habe, dachte ich, vielleicht wäre das etwas Besonderes. Das verspricht schließlich schon der Name, oder?«

Ihrem ersten Kunden wollte Elena den Wunsch erfüllen, und zwar um jeden Preis.

Sie lächelte ihn an, damit er sich wohlfühlte, denn er wirkte fast noch nervöser als sie selbst. Immerzu verlagerte er das Gewicht von einem Fuß auf den anderen, blickte sich hektisch um und fuhr mit einer Fingerspitze über den Tisch. Vor allem jedoch verriet sein unsteter Blick seine Angst und wirkte zudem ansteckend.

»Ja, wir bieten auch Parfümunikate an. Erzählen Sie mir etwas über Ihre Frau, welche Blumen mag sie? Welches Parfüm benutzt sie meistens?«

»Keine Ahnung … Ist das denn wichtig?«

Ein tiefer Atemzug. Elena wusste, dass sie es schaffen konnte. Sie hatte ganz vorne angefangen, den Kunden in den Findungsprozess eingebunden. »Aus welchem Grund möchten Sie ein individuell auf Ihre Frau zugeschnittenes Parfüm kaufen, Monsieur …?«, fragte sie und hielt ihm die Hand hin.

»Leroy, Marc Leroy.«

»Ich bin Elena Rossini, erfreut Sie kennenzulernen.« Sie gab ihm die Hand, und er entspannte sich sofort. »Sie haben gerade über Ihre Frau gesprochen. Ich meine verstanden zu haben, dass Sie einen ganzen besonderen Duft wünschen. Warum?«

Er biss sich auf die Lippe, und zwischen seinen Augenbrauen bildete sich eine tiefe Falte. »Damit sie merkt, dass ich an sie denke. Es soll etwas sein, das nur sie trägt und niemand anders.«

»Dieses Parfüm soll also das Wesen Ihrer Frau charakterisieren?«

»Exakt. Genau das ist mein Ziel.«

Elena nickte. »Es soll genauso einzigartig sein wie sie selbst, oder?«

»Ja, ja. Einzigartig.«

»Kommen wir zu den Blumen zurück. Erinnern Sie sich an die Lieblingsblumen Ihrer Frau?«

Eine schwierige Frage, der Blick des Mannes wurde wieder leer, dann blitzten seine Augen auf. »Rosen, sie mag weiße Rosen.«

Herr, ich danke dir, dachte Elena. Sie hatte eine gute Auswahl an Rosenwassern vorrätig, von der Provence-Rose bis zur Bulgaria.

»Gibt es eine Farbe, die Ihrer Frau besonders gut gefällt?«

»Grün.« Die Antwort kam wie aus der Pistole geschossen. Marc Leroy war begeistert, dass es ihm eingefallen war.

Elena hatte einen Duft mit frischen Zitrus- und Minzenoten im Angebot, das könnte passen, auch wenn es nur ein Eau de Toilette war. »Kommen Sie, ich zeige Ihnen etwas, das Ihnen gefallen könnte. Es ist kein Parfüm, dafür braucht es mindestens einen Monat Zeit, und Sie wollen es sicher gleich mitnehmen.«

Der Mann nickte. »Ja, sofort.«

»Das dachte ich mir. Hier, riechen Sie bitte, ob es Ihnen gefällt.« Elena öffnete die Flasche, nahm einen Teststreifen, tränkte ihn mit dem Duft und hielt ihn dem Mann hin.

Er atmete ein, schloss die Augen, atmete noch mal ein. »Es gefällt mir, es riecht gut, aber nicht zu aufdringlich. Ich nehme es«, sagte er.

Elena verpackte den Duft und schob ein Kärtchen in den Farben und mit dem Logo von Absolue unter das Geschenkband.

»Schreiben Sie bitte ›Marie Leroy‹ darauf.«

Elena erfüllte seinen Wunsch und gab noch ein paar Spritzer Vanille auf das Päckchen.

»Und wie machen wir das mit dem Parfüm?«, fragte er.

»Sprechen Sie mit Ihrer Frau, fragen Sie sie alles, was Ihnen einfällt, für ein individuelles Parfüm braucht es viele Hinweise. Natürlich sollte es auch Ihnen gefallen, aber die

Trägerin muss es als ihren ganz persönlichen Duft empfinden«, erklärte sie. »Fragen Sie daher nicht nur nach Fakten, sondern auch nach Träumen, Zielen und geheimsten Wünschen. Danach kommen Sie wieder.«

»Die geheimsten Wünsche.« Während er die Worte wiederholte, wirkte er sehr ernst. Von allem, was Elena gesagt hatte, hatte dies ihn am meisten beeindruckt. Wusste er überhaupt von den geheimen Wünschen seiner Frau? Wahrscheinlich nicht, aber er würde die Lücke schließen, darauf konnte sie wetten. Das Parfüm war der Weg, und ihn zu gehen bedeutete, seinem Ziel näher zu kommen, trotz aller Hindernisse.

Wer hat behauptet, dass Menschen mit dem Tod verschwinden?, überlegte Elena. So ist es ganz und gar nicht. Es gibt Momente, in denen ihre Anwesenheit deutlich spürbar ist. Elena erlebte gerade einen solchen Moment. Die Worte ihrer Großmutter waren nicht mehr nur ein fernes Echo. Nie zuvor hatte sie ihre Bedeutung so klar begriffen wie in diesem Moment.

Während sie dem Kunden nachsah, der mit dem Tütchen in der Hand den Laden verließ, begegnete Elenas Blick dem von Cail, der sie beobachtete. Sie spürte ein Beben in der Brust, wie jedes Mal, wenn er sie auf diese Weise ansah. Sie begehrte ihn mit jeder Faser ihres Körpers. Just als sie zu ihm gehen und ihn umarmen wollte, drehte er sich um. Daher kehrte sie an den Tresen zurück und bediente den nächsten Kunden.

18.

Geranie. Der Duft erinnert an Rosen, er hat die gleiche Energie, aber weniger Raffinesse.
Die typisch weibliche Blüte ist das Symbol für Schönheit, Haltung und Demut.

Die Eröffnung war ein großer Erfolg. Auch am nächsten Tag kamen immer wieder Leute vorbei, um sich den Laden anzuschauen. Elena lächelte, erklärte und erinnerte sich.

Erinnern, vielleicht war es das, was sie am meisten tat. Sie erinnerte sich an Worte, Momente, Erlebnisse. Als ob all das in ihr geschlummert und nur darauf gewartet hätte, endlich aufgeweckt zu werden. Darauf, dass sich der Schleier über der Vergangenheit hob. Was zum Vorschein kam, war ihr vertraut, als ob es erst gestern passiert wäre.

Spontan begann sie, neue Düfte zu kreieren. Zunächst nur gedanklich. Sie erinnerte sich an die einzelnen Bausteine, ließ sie zu einem Parfüm verschmelzen und stellte sich seinen Geruch vor. In diesen Momenten war sie wie im Fieberwahn und ließ sich von den Gefühlen leiten, die jeder einzelne Duft in ihr weckte. Jeder Duft war wie ein Wort, nur ohne die Grenzen der Sprache. Das Parfüm war schon immer das feinfühligere, deutlichere und effektivere Kommunikationsmittel gewesen.

Bevor Elena die Ingredienzien im Labor miteinander vermischte, war das Parfüm in ihrer Vorstellung bereits fertig. Aber das Wichtigste war die Gewissheit, endlich richtig glücklich zu sein. Jedes Mal, wenn sie nach der ersten Essenz griff und ihren Duft einatmete, spürte sie Freude und Erfüllung, und ein tiefes Wohlgefühl überkam sie. Sie spürte in diesen Momenten ihr eigenes Ich, ihre Persönlichkeit als harmonisches Ganzes. Einschließlich jenes Teils, den sie verloren und schließlich wiedergefunden hatte.

Sie komponierte eine Vielzahl von Düften. Parfüms, die nach leidenschaftlichen Nächten, nach belebenden Spaziergängen in den Bergen oder nach den blühenden Gärten und der Wärme Süditaliens rochen. Zistrosen, Zitronen, Minze, dann Rosen, Sandelholz, Iris, Veilchen, Moschus, dazu fruchtig-frische Noten und noch intensivere, fast hypnotische Düfte.

Dabei kamen ihr Madame Binoche und *Der Glöckner von Notre-Dame* wieder in den Sinn. Sie hatte es bedauert, diesen Auftrag nicht abschließen zu können. Mit Worten hätte sie die Gefühle, die sie beim Betreten der Kathedrale empfunden hatte, niemals ausdrücken oder vielmehr immer nur Details wiedergeben können. Das Parfüm hingegen wäre direkt ins Zentrum des Bewusstseins gelangt, an die Quelle, und hätte dort seine Wirkung entfaltet.

Sie hätte alles verstanden, ohne Ausnahme.

Im Unterschied zu Worten erreichten Gerüche die Sinne der Menschen unmittelbar. Der erste aller Sinne war der Geruchssinn, denn Gerüche setzen sich direkt in den hintersten Winkeln unseres Gehirns fest und reagieren im Unbewussten, nach einem archetypischen Muster, das so alt ist wie die Menschheit selbst. Gefühle pur und ungefiltert.

Sie dachte noch ein wenig darüber nach und entschied sich schließlich, ein Telefonat zu führen, das ihr schon eine ganze Weile keine Ruhe ließ. Am späten Abend griff sie endlich zum Hörer.

Geneviève Binoche hob sofort ab.

»Madame Binoche?«

»Ja?«

»Guten Abend, ich bin Elena Rossini.«

»Endlich. Ich habe schon gezweifelt, ob ich je wieder etwas von Ihnen hören würde. Wie geht es Ihnen? In der Parfümerie hat man mir gesagt, dass Sie gekündigt haben.«

»Das stimmt. Ich möchte mit Ihnen noch mal über das Notre-Dame-Parfüm sprechen.« Sie sammelte kurz ihre Gedanken und fuhr fort: »Ich habe damals bei Narcissus auf der Basis Ihrer Anfangsidee etwas kreiert, das mich aber nicht ganz überzeugt hat, es fehlte das gewisse Etwas. Aber die Situation ist… kompliziert. Jetzt weiß ich nicht, wie sich das Ganze weiterentwickelt hat. Sie könnten sich dort nach dem Stand der Dinge erkundigen und vielleicht noch den einen oder anderen Vorschlag machen.« Wieder hielt sie inne. Das war kein leichtes Gespräch. Sie hatte einen Auftrag angenommen und nicht zu Ende geführt. Dass sie es nicht zu verantworten hatte, war nebensächlich.

»Oh, ich habe bereits bei Monsieur Montier angerufen und ihm gesagt, dass mich sein Angebot nicht interessiert. Ich wollte das Parfüm nicht einmal riechen«, antwortete Madame Binoche nach einem langen Seufzer. »Wissen Sie, meine Liebe, bei solch subtilen Dingen muss das Gefühl stimmen. Ich muss den Menschen, mit denen ich zu tun habe, in die Augen blicken und mich ihnen anvertrauen können. Ich verlasse mich gerne auf meinen Instinkt. Dieser Auftrag… Das Buch über *Der Glöckner von Notre-Dame* ist sehr wichtig für mich. Es hätte mir gefallen, es mit dem Parfüm abrunden zu können. Deshalb wollte ich, dass Sie sich persönlich darum kümmern.« Sie hielt inne. »Aber genug davon. Geht es Ihnen gut?«

»Den Umständen entsprechend, ja«, antwortete Elena. »Ich habe vor kurzem eine Parfümerie mit eigenem Labor eröffnet. Im Augenblick ist das Interesse groß, natürlich sind die Leute neugierig.«

Geneviève Binoche räusperte sich. »Ich würde gerne mal vorbeikommen und ein wenig mit Ihnen plaudern. Immerhin habe ich den Unterschied zwischen den gängigen Markenparfüms und den maßgefertigten Düften immer noch nicht ganz verstanden. In der Herstellung unterscheiden sie sich doch gar nicht so sehr, oder?«

»Doch, schon. Angefangen bei den Komponenten, die bei Massenprodukten meist synthetischen Ursprungs sind, während Parfümeure wie ich bevorzugt mit naturreinen ätherischen Ölen arbeiten, bis hin zum Herstellungsprozess, der ebenfalls anders ist. Außerdem ist der Kunde kein anonymer Verbraucher, sondern ein Individuum mit ureigenen Vorstellungen und Bedürfnissen, die so weit wie möglich berücksichtigt werden, denn das Parfüm entsteht ganz gezielt für ihn. Ein bisschen wie beim Notre-Dame-Parfüm.«

»Wirklich außergewöhnlich«, erwiderte die Kundin nach einer Weile.

»Besuchen Sie mich doch einfach mal«, schlug Elena vor, »dann können wir das Thema weiter vertiefen. Ich kann Ihnen meine Aufzeichnungen zum Notre-Dame-Parfüm zeigen. Vielleicht sind sie ja trotzdem hilfreich, auch wenn die erste Fassung des Buches schon fertig ist, wenn ich Sie richtig verstanden habe. Die Parfümerie liegt in der Rue du Parc-Royal im Marais.«

»Wunderbar! Der Marais ist so ein schönes Quartier.

Ich werde mit Adeline sprechen, sie kommt bestimmt mit. Ich freue mich wirklich sehr, dass Sie angerufen haben. Ich wusste, dass ich mich in Ihnen nicht getäuscht habe.«

»Ich freue mich auch«, erwiderte Elena, während sich eine tröstliche Wärme in ihrer Brust ausbreitete. »Grüßen Sie Ihre Schwägerin von mir. Bis bald.«

Am Tag vor Weihnachten war im Laden die Hölle los. Cail musste einspringen und selbst Ben wurde eingespannt. Monique war verreist und würde auch über die Feiertage nicht da sein.

Elena hoffte, dass die Russlandreise mit dem Team von Le Notre Monique helfen würde, ihre Gefühle für Jacques zu ordnen. Sie war in letzter Zeit immer empfindlicher und melancholischer geworden, ein normales Gespräch mit ihr war im Moment nur bei Absolue möglich.

Wegen der großen Nachfrage hatten sie Parfüms ausgewählter Manufakturen zukaufen müssen, da Elena erst in einigen Monaten mit ihrer eigenen Produktion beginnen würde. Da sich der Laden nur mit Puder, Cremes und Seifen nicht über Wasser halten konnte, hatten sie beschlossen, qualitativ hochwertige Fremdparfüms ins Programm zu nehmen. Natürliche Ingredienzien und traditionelle Herstellungsmethoden waren dabei das oberste Gebot, kein Schnickschnack, sondern gradlinig, ehrlich und zu den Jahreszeiten passend. Die Kunden schätzten diese Philosophie.

Trendige Parfüms mit einer breiten Palette synthetischer Düfte waren ohne Frage faszinierend, aber das war nicht Elenas Welt. Da war sie ganz sicher.

Elena hatte gerade die Ladentür zugeschlossen und sich auf ein Sofa gesetzt. Cail half ihr in den schweren Mantel.

»Er wird dir langsam zu eng.«

»Ich brauche dringend etwas Neues, mir passt fast nichts mehr«, murmelte Elena und strich sich über den Bauch.

Draußen schlug ihnen eisiger Wind entgegen.

»Eine Wahnsinnskälte«, murmelte Elena.

Cail legte ihr einen Arm um die Schulter und zog sie an sich. »Es wird gleich besser, du wirst sehen.«

»Wie machst du das nur? Du hast nur eine Jacke an, noch dazu offen, und darunter? Einen Pulli! Aus welcher Wolle ist der denn gestrickt, dass er dich so wärmt?« Sie war fast ein wenig empört. Caillen war nie kalt.

»Ich bin Schotte, daran wird es wohl liegen.« Cail lächelte und ging mit langen Schritten voran. »Wir sind fast da«, sagte er und deutete auf die Brücke, die auf die Île de la Cité führte.

Licht und Gold, wohin man blickte. Ihr Glanz dominierte die Nacht, spiegelte sich in der Seine, schien bis zum Himmel zu reichen. Auch die Brücke selbst wirkte wie ein goldener Streifen. Elena und Cail gingen Hand in Hand, sie schwiegen und tauchten in die Festtagsstimmung ein, die dazu einlud, alle negativen Gedanken beiseitezuschieben, denn neben so viel Glanz fanden sie keinen Platz mehr. Die weihnachtlichen Melodien im Hintergrund trugen das ihre dazu bei.

Auf einmal war es ganz leicht, einfach loszulassen, zu lächeln und dieses Fest für den Seelenfrieden zu genießen. Der Glaube war dabei nicht weiter wichtig. Elena war seit Jahren nicht mehr in der Kirche gewesen, bei Cail war es ähnlich. Aber in diesem Augenblick, an diesem Ort, war die feierliche Stimmung das schönste Geschenk, das man sich vorstellen konnte. Und an das Gute glaubten sie beide ganz fest.

Als sie die Portale von Notre-Dame erreichten, hatte

die Messe bereits begonnen. Sie setzten sich in eine Ecke und blieben bis zum Schluss, hörten erst die Orgel, dann den Chor der glockenhellen Stimmen. Die Melodie füllte jeden Winkel der Kathedrale. Weihrauchduft mischte sich mit dem nach flüssigem Wachs, Rauch und Myrrhe, ein Geruchsensemble vergangener Jahrhunderte.

Elena schloss die Augen, Cail hatte ihr die Handschuhe ausgezogen und hielt ihre Hand ganz fest. Ein tröstliches und warmes Gefühl. In diesem Moment spürte sie etwas, vielleicht noch nicht ganz Glück, aber schon sehr nahe dran.

»Oh, es schneit.« Elena schaute in den Himmel und spürte die weißen Flocken auf ihrer Haut, die sogleich zu eiskalten Tropfen schmolzen.

Cail wischte ihr Gesicht mit einem Zipfel seines Schals trocken. »Nur ein paar winzige Flocken.«

»Aber heute ist Heiligabend, da ist es etwas ganz Besonderes.«

Er nahm ihr Gesicht in seine Hände und sah sie lange an. »Komm, wir gehen nach Hause.«

Elena war tief berührt. Diesem Mann gelang es, dass sie sich gut fühlte, nur ein Blick genügte …

Der Schnee fiel jetzt dichter, und Cail beschloss, ein Taxi zu rufen. Als sie den Marais erreichten, kam es Elena vor, als wären sie in einer anderen Welt. Ein märchenhaftes Bild bot sich ihnen: Kuppeln, Dachreiter und Giebel waren mit Schnee überzuckert, die Gebäude sahen aus wie auf einer Weihnachtskarte, auf der alles wie verzaubert wirkte.

Zu Hause angekommen, bat Cail Elena im Erdgeschoss zu warten. »Gedulde dich einen Moment, bevor du nach oben gehst, ich muss noch etwas erledigen. Und nicht schummeln, ja?«

Elena schnaubte. »Also, dass du so misstrauisch bist, das trifft mich wirklich.«

Cail lächelte und eilte nach oben.

Als Elena sicher war, dass er so schnell nicht zurückkommen würde, ging sie in den Laden. Ihr Geschenk für ihn lag in derselben Schublade, in der sie auch Beatrices Tagebuch aufbewahrte. Sie nahm das Päckchen heraus und richtete die etwas verschobene Schleife. Bevor sie die Schublade wieder schloss, strich sie mit den Fingerspitzen über das Tagebuch.

»Keine wehmütigen Gedanken, heute ist Weihnachten«, sagte sie leise und schob es weiter nach hinten.

Während sie mit dem Päckchen die Treppe hochging, fragte sie sich zum tausendsten Mal, ob Cail das Geschenk gefallen würde. Sie fand selten das Richtige und beim Einpacken tat sie sich ebenfalls schwer. Aber bei diesem Geschenk hatte sie nicht eine Sekunde gezögert. Sie hatte es auf dem Weihnachtsmarkt auf den Champs-Élysées gefunden. Sie war ganz alleine dort gewesen, um Geschenke für ihre Freunde zu besorgen, was ihr großen Spaß gemacht hatte.

»Ich komme jetzt rein.«

Die Tür war offen, und die Terrasse lag im Dunkeln, nur eine winzige Lampe spendete ein wenig Licht. Elena ging Schritt für Schritt darauf zu, sie hatte eine leise Vorahnung. War die Erwartung des Glücks nicht selbst schon das Glück?

Als sie das Wohnzimmer betrat, bemerkte sie, dass die Terrassentür nur angelehnt war. In einer Zimmerecke stand ein Weihnachtsbaum.

Cail kam auf sie zu, griff nach ihrer Hand und küsste sie sanft. Dann gab er ihr ein Päckchen. »Frohe Weihnachten.«

Elena musste die Tränen zurückhalten. »Danke«, flüsterte sie und übergab ihm sein Geschenk.

»Es ist noch nicht Mitternacht, wir legen die Geschenke vorerst unter den Baum.«

»Oooch«, protestierte Elena. Dann bemerkte sie die anderen Päckchen auf dem Boden und war sofort alarmiert. Sie hatte noch niemanden aus Cails Familie kennengelernt. Matteos Mutter kam ihr in den Sinn, und ein Schauer überlief sie.

»Erwartest du noch jemanden?« Die Frage sprudelte ihr über die Lippen, noch bevor sie darüber nachdenken konnte. »Entschuldige«, beeilte sie sich hinzuzufügen, »ich wollte nicht aufdringlich sein.«

»Die Frage habe ich dir doch schon vor ein paar Tagen beantwortet. Hier ist alles, was ich brauche und was ich will.«

Wenn das keine Liebeserklärung war ... Trotzdem bremste die immer noch vorhandene Skepsis Elenas Überschwang. In der letzten Zeit war ihr Cail ziemlich distanziert und reserviert vorgekommen. Elena hatte sich ein Versprechen gegeben, sich selbst und dem Kind, das sie unter dem Herzen trug. Niemals würde sie den falschen Mann in ihr Leben und das Leben ihres Sohnes oder ihrer Tochter lassen.

Die düsteren Gedanken zogen davon, als sie bei Kerzenlicht aßen und so entspannt plauderten wie schon lange nicht mehr. Cail hatte ein Menü vorbereitet: Kürbisrisotto, Käsesoufflé, Omelette und Blätterteig-Quiches mit Gemüse. Der Wein war vollmundig und von angenehmer Süße, der Kuchen luftig. Dass sie eigentlich für den Nachtisch zuständig war, hatte Elena schlichtweg vergessen.

Es ging ihr gut. Sie fühlte, dass sie wichtig war – für sich selbst und für Cail. Sie genoss jeden Augenblick, sog den

Duft der Speisen in sich ein, den Geruch des Raumes und Cails Parfüm. Das Parfüm dieses Mannes war einfach perfekt; wenn sie es wahrnahm, fühlte sie sich glücklich.

Nach dem Essen half Elena Cail beim Aufräumen, dann setzten sie sich aufs Sofa. Er breitete ein schottisches Plaid über sie.

»Im Augenblick musst du dich noch damit zufriedengeben, doch wer weiß, vielleicht zeige ich dir eines Tages einen echten *feileadh breacan*, den großen schottischen Kilt, und nicht diesen Rock, den viele Schotten als Referenz an ihre Vergangenheit tragen. Aber heute nicht.«

Elena kräuselte leicht spöttisch die Lippen. »Puh, ich dachte schon, das wäre meine Weihnachtsüberraschung.«

»Falsch geraten«, entgegnete er. »Übrigens, es ist Mitternacht, und all das«, er zeigte auf die vielen Päckchen, »wartet auf dich.«

Elena sah ihn verblüfft an. »Alle?«

Er nickte. »Aber das kleinste Päckchen machst du erst am Schluss auf, okay?«

In seiner Stimme lag ein Hauch Unsicherheit, und Elena überkam der Wunsch, ihn in den Arm zu nehmen, sich an ihn zu schmiegen, ihn zu küssen und …

Da näherte sich John und sah sie hoffnungsvoll an. Elena hatte ihre Angst vor dem Hund noch immer nicht ganz überwunden. Sicher, sie lächelte ihn an, und manchmal redete sie auch mit ihm, aber das Streicheln fiel ihr schwer. Fast schüchtern und auch ein wenig misstrauisch ging sie auf den geschmückten Baum zu.

»Ich kann dir versichern, dass nirgends ein Krokodil drin ist, nicht einmal ein Stinktier.«

Elena lachte nicht. Sie setzte sich auf den Wollteppich und betrachtete nachdenklich die Geschenke.

»Früher bin ich in den Weihnachtsferien immer zu meiner Mutter gefahren. Maurice war kein gläubiger Mensch, für Weihnachten oder einen Baum hatte er nichts übrig. Er fand das alles albern. Einmal kam es sogar zum Streit, und er hat gegen den geschmückten Baum getreten, den meine Mutter für mich aufgestellt hatte. Sie hat einfach alles wieder aufgesammelt, ohne ein Wort des Protestes, und den Baum ein zweites Mal geschmückt.« Einen Augenblick lang hatte sie die Szene wieder vor Augen. Sie drängte sie zurück und mit ihr den Schmerz und die Bitterkeit. »Ich bin danach zu Weihnachten nie wieder hingefahren. Später war ich dann ab und zu bei Moniques Familie eingeladen.« Sie hielt inne. »In solchen Momenten trifft dich die Einsamkeit bis ins Mark«, flüsterte sie, »egal, wen du um dich hast. Völlig egal …«

Cail hatte sich neben sie gekniet. »Eines Tages wirst du mir deinen Stiefvater vorstellen«, sagte er und hielt ihr das erste Päckchen hin. Er berührte sie nicht, er tröstete sie auch nicht, aber das war auch nicht nötig. Elena spürte ihn neben und in sich. Er war da, wie ein Anker, wie ein eingehaltenes Versprechen.

»Er würde dir bestimmt nicht gefallen. Ich habe ihn schon lange nicht mehr gesehen … Du zuerst«, sagte sie unvermittelt und durchbrach damit die Anspannung. Sie deutete auf sein Päckchen.

Cail griff danach und begann es auszupacken. Er ließ sich Zeit. Elena wurde unruhig.

»Solltest du eines Tages einen Striptease vor mir machen wollen, wenn du diesen Kilt anziehst, muss das aber schneller gehen. Jetzt reiß endlich das Päckchen auf, sonst mache ich es.«

»Kümmere du dich um deine Geschenke, das hier ist meins,

und ich packe es aus, wie ich will«, sagte Cail mit einem derart komischen Gesichtsausdruck, dass sie laut lachen musste.

Einen Augenblick später tauchte eine antike Taschenuhr aus massivem Silber zwischen seinen Händen auf. Als er vorsichtig den Deckel aufklappen ließ, fiel sein Blick auf das kleine Aufziehrädchen in Form einer stilisierten Rose. Cail war sprachlos. Die Uhr war wunderschön und verband technische Perfektion mit der Zartheit seiner Lieblingsblume. Elena hatte ihn verstanden. Das war ihre Art, es ihm zu zeigen. In dieser Geste lagen Respekt und Hochachtung. Cail hatte es nie gestört, wenn die Leute ihn belächelten. Ein Mann, der Rosen züchtete! Elenas Feinfühligkeit berührte ihn tief.

Sie hielt den Atem an. Dann legte sie ihre Hand auf die seine. Als sie spürte, dass er zitterte, zog sie sie zurück. »Gefällt sie dir nicht? Entschuldige… Ich…. dachte, für dich hätte sie eine besondere Bedeutung.«

Cail ließ sie nicht ausreden. Ohne die Uhr loszulassen, zog er sie auf seinen Schoß. »Danke, das ist das schönste Geschenk, das ich jemals bekommen habe«, flüsterte er.

Elena würde den Blick, den er ihr dabei zuwarf, nie vergessen. Sie hoffte ihn noch viele, viele Male auf sich zu spüren. Sie küsste ihn und legte alles, was sie für ihn empfand, in diesen Kuss, wobei sie sämtliche Zweifel und Vorbehalte vergaß. Cail ließ sich mitreißen, erwiderte den Kuss zärtlich, bis ihre Leidenschaft mehr und mehr zu glühen begann. Dann wich er zurück und hielt Elenas Gesicht zwischen seinen großen Händen fest. Noch einmal küsste er ihre sehnsuchtsvollen Lippen. Sein Gesichtsaudruck hatte sich verfinstert, in ihm spiegelte sich der Zwiespalt seiner Gefühle. Einerseits durfte es nicht sein, andererseits hätte er gerne zu Ende gebracht, was sie begonnen hatten.

»Danke« hauchte er, bevor er ihr aufhalf.

»Danke dir, du weißt gar nicht, wie viel mir dieser Abend bedeutet.«

Cail nahm ihre Hand und führte sie an die Lippen. »Er ist noch nicht zu Ende, es gibt noch viel zu entdecken«, erwiderte er und deutete auf die Päckchen, die noch ungeöffnet unter dem Baum lagen.

Später, bevor sie in den Schlaf sank, fuhr Elena mit den Fingerspitzen über den goldenen Anhänger, den Cail ihr geschenkt hatte. Er hatte die Form eines antiken Flakons aus dem achtzehnten Jahrhundert. Sie wagte sich gar nicht auszumalen, was er gekostet haben mochte. Die anderen Geschenke hatte sie in den Schrank geräumt. Ein roter Kaschmirmantel, ein Paar Stiefel und zwei weiche, warme Pullover in verschiedenen Blautönen. Dazu einen Schal und ein Paar Handschuhe, die so perfekt passten, als wären sie speziell für sie angefertigt worden, sowie zwei Kleider in freundlichen Farben und eine bequeme Hose. Er hatte sich viel Mühe gegeben, auch wenn Moniques Handschrift bei der Auswahl unverkennbar war. Aber ihre Freundin hatte eisern geschwiegen. Cail musste sehr überzeugend gewesen sein.

Noch nie hatte jemand so etwas für sie getan. Es gebe sogar noch eine Überraschung, hatte Cail auf der Türschwelle angedeutet, als er sich mit einem langen Kuss von ihr verabschiedete. Elenas Gedanken waren sofort in eine bestimmte Richtung gewandert. Es wurde immer schwerer, mit ihm zusammen zu sein und die selbst gezogenen Grenzen nicht zu überschreiten. Ihre Beziehung wurde von Tag zu Tag intensiver. Sie begehrte ihn und spürte, dass er das Gleiche für sie empfand. Sein Duft sprach für ihn, ein Duft, den sie immer intensiver und ausgeprägter wahrnahm, je länger sie zusammen waren.

Sie fuhr sich mit der Zunge über die Lippen und verspürte einen leichten Stich im Herzen. Wie würde es sein, mit Cail zu schlafen? Sie begann es sich auszumalen, doch dann gingen ihre Gedanken in eine andere Richtung. Sofort wurde der Schmerz größer und verwandelte sich in Scham. Warum wage ich nicht den nächsten Schritt?, fragte sie sich. Und warum tut er es nicht?

Als Antwort spürte sie ihr Kind, ein leises Zittern, ein zärtliches Streicheln, und sie musste unter Tränen lächeln. Sie streichelte sich über den Bauch, wie sie es in letzter Zeit öfter tat. Es war besser so. Besser, wir verschieben alles auf die Zeit nach der Geburt, dachte sie verwirrt und zugleich ein wenig bedauernd.

Sie konzentrierte sich wieder auf den Gedanken an Cails Küsse. Elena zuckte zusammen und fragte sich, ob man für ein solches Glück irgendwann einen Preis zahlen musste.

Rot, blau und ein wenig gold. Absolue war zu den Feiertagen in den Lieblingsfarben seiner Besitzer geschmückt. Heute flutete sogar das Sonnenlicht in den Laden, was Elena ein bisschen Sorge bereitete. Aber sie hatte schon so lange keine Sonne mehr genossen und sich daher entschlossen, die Vorhänge offen zu lassen und lieber die Parfüms umzuräumen, um sie vor der Wärme zu schützen.

»Von der Sonne geküsst. Ich hätte wissen müssen, dass Sie zu Höherem berufen sind«, sagte Jean-Baptiste Lagose, als er den Laden betrat.

Elena ging auf ihn zu: »*Monsieur*, welch eine Freude. Wie geht es Ihnen?«

»Jetzt, da ich Sie gesehen habe, meine Liebe, sehr viel besser.« Er küsste ihr die Hand und sah sich um. »Behaglich, einladend, einfach perfekt. Da Sie hier wohnen, nehme ich an, es ist Ihr Laden?«

Elena lächelte. »Es ist auch mein Laden, ja. Aber nehmen Sie doch bitte Platz. Darf ich Ihnen etwas Warmes zu trinken anbieten?«

»Nein, danke. Ich kann mich nicht lange aufhalten. Wenn ich allerdings gewusst hätte, was mich hier erwartet. Ich war erst bei Narcissus, wo ich Sie nicht angetroffen habe. Auch die Hexe ... ähm, Ihre Chefin, war nicht da.«

Elena schwieg. Sie wollte lieber nicht an Claudine erinnert werden.

»Sie haben gut daran getan zu kündigen, meine Liebe«, fuhr Monsieur Lagose fort. »Anfangs war es alles andere als einfach, Ihre Spur wiederzufinden, im Telefonbuch gibt es keine Elena Rossini. Dann habe ich mich daran erinnert, wo Sie wohnen ... Schöne Gegend. Hier im Marais ist das Wohnen ein Vergnügen.«

Sie stimmte ihm zu. »Und Ihre Frau?«

»Sie war nie meine. Wenn es diesbezüglich Zweifel gegeben hätte, hätte sie es mir unmissverständlich klargemacht.« Er erstarrte. »Sie ist dickköpfig wie ein ...«, das Ende des Satzes war nicht mehr zu verstehen. »Sie sagt, sie wäre zu alt, um zu heiraten. Ist das zu glauben?« Er kratzte sich an der Stirn, offensichtlich ratlos.

»Ist das überhaupt nötig? Ich meine, vielleicht sucht sie eine weniger verbindliche Beziehung.« Dass sie einmal so etwas sagen würde, ausgerechnet sie, der Sicherheit immer wichtiger als alles andere gewesen war. Aber die Beziehung zu Cail hatte ihre Lebenseinstellung verändert. Derzeit lebte sie bewusst jeden Moment in seiner Einzigartigkeit und nicht unter dem Vorbehalt, dass sich früher oder später etwas verändern könnte. Sie stellte sich den Herausforderungen und setzte Prioritäten. Im Mittelpunkt ihres Lebens standen sie selbst und ihr Kind.

»Was gedenken Sie zu tun?«

Er zuckte mit den Schultern. »Ich weiß es nicht. Nichts, nehme ich an. Vielleicht habe ich mich geirrt. Es hat vorher nicht funktioniert, warum sollte es jetzt funktionieren?«

»Aber die Dame erwidert Ihre Gefühle, nicht wahr?«

»Ich hatte zumindest den Eindruck. Nun ja, die Menschen machen sich gerne etwas vor, und Illusionen sind bequem. Im Augenblick bin ich verunsichert.«

»Sie haben gestritten?« Elena hoffte, mit dieser Frage nicht zu indiskret zu sein, denn es interessierte sie wirklich.

»Darauf können Sie Gift nehmen«, antwortete er. Dann sah er auf seine Armbanduhr. »Ich bin wirklich froh, dass ich Sie gefunden habe. Aber ich muss jetzt los, es ist schon spät.«

Monsieur Lagose wollte bald schon wiederkommen. Er suchte ein anderes Herrenparfüm. Ein Chypre wie das andere, das jedoch besser zu seiner Persönlichkeit passte, wie ein maßgeschneidertes Kleidungsstück, und er wollte der Einzige sein, der es besaß.

Der Mann tat Elena leid. Er machte einen mutlosen Eindruck, und das war gefährlich. Ein mutloser Mensch kämpft nicht und lässt sich gehen.

Sie seufzte und räumte weiter um.

Nach Monsieur Lagose sah Elena eine weitere alte Kundin wieder. Eloise Chabot. Sie erinnerte sich gut an die Dame, besser gesagt, sie erinnerte sich an das Parfüm für ihre Tochter.

»Ich habe so sehr gehofft, dass Sie es sind, als ich den Flyer gelesen habe. Was für ein Zufall, ich wohne in der Rue des Rosiers.«

»*Madame*, ich freue mich sehr, Sie wiederzusehen. Und dann noch ganz in der Nähe, das ist tatsächlich kaum zu glauben!«

Eloise Chabot umarmte sie, und Elena wurde in eine Wolke eines durchdringend süßen Parfüms gehüllt. Dieser Duft passte überhaupt nicht zu der Kundin, er war viel zu schrill. Ein Stilbruch. Äußerlich war sie wie immer makellos, sie trug ein anthrazitfarbenes Kleid, vermutlich von Chanel. Warum nur dieses seltsame Parfüm?

»Absolue, ein faszinierender Name. Gehört der Laden Ihnen?«

»Zum Teil. Sagen wir, er gehört auch mir.«

Eloise Chabot sah sich um und betrachtete jedes Detail. Sie war entzückt. »Parfüms waren schon immer sehr wichtig für mich. Ich gehe nie ohne Duft aus dem Haus. Es ist das Erste, was man an einem Menschen wahrnimmt, und auch das Letzte. Wissen Sie, dass meine Tochter Aurore Parfümeurin werden möchte? Dafür sind nicht zuletzt Sie verantwortlich, meine Liebe. Das Parfüm, das Sie mir neulich empfohlen haben, hat ihr sehr gut gefallen. Als ich ihr erzählt habe, dass es nach meinen Wünschen handgefertigt worden ist, hat sich ihr eine neue Welt eröffnet. Seitdem experimentiert sie mit meinen Parfüms, inzwischen mischt sie sogar die ihres Vaters darunter.« Sie seufzte. »Es macht wenig Sinn, ein neues Parfüm zu kaufen, sie würde es sofort verbessern. Das Ganze wird allmählich ein wenig… lästig.«

Elena verkniff sich ein Lächeln. »Wollen Sie damit sagen, dass Ihr Parfüm, das Sie gerade tragen, das Ergebnis eines solchen Versuchs ist?«

»Ursprünglich war es mal Coco Noir von Chanel, ein herrlicher Duft. Inzwischen weiß ich nicht mehr so genau, wie viel davon noch übrig ist. Es ist nicht wirklich schlecht, nur ab einem bestimmten Punkt fehlt die Harmonie. Wie wenn ein gepflegter, elegant lackierter Fingernagel über eine Schiefertafel kratzt.«

Elena lachte. »Wie alt ist Aurore denn?«

»Achtzehn.« Der nachfolgende tiefe Seufzer sagte mehr als tausend Worte. »Die ersten dreizehn Jahre waren unproblematisch. Aber ich kann Ihnen versichern, dass die letzten Jahre wirklich schwierig waren. Jetzt ist sie endlich glücklich, von einem Tag auf den anderen. Ich verstehe das einfach nicht.« Sie machte eine Pause und hob die Hände. »Es hat sich nichts verändert, außer dass sie mit Parfüms experimentiert. Missverstehen Sie mich bitte nicht, es gibt nach wie vor Momente, in denen wir Verständigungsschwierigkeiten haben, aber immerhin lächelt sie wieder. Ihre Fröhlichkeit hängt hauptsächlich mit der Tatsache zusammen, dass wir die von ihr kreierten Düfte tragen. Mein Mann duscht jedes Mal, bevor er ins Büro geht. Aurore macht zwischen Männer- und Frauendüften keinen Unterschied. Das letzte Mal hat sie das Aftershave ihres Vaters mit Veilchenessenz gemischt.«

»Haben Sie schon einmal daran gedacht, sie für einen Kurs anzumelden, in dem sie die Grundlagen der Parfümherstellung lernen kann?«, schlug Elena vor.

Eloise zog die perfekt gezupften Augenbrauen hoch. »Meine Tochter ist nicht gerade sehr kommunikativ, wissen Sie.« Mehr sagte sie nicht, aber Elena spürte, dass sie sich Sorgen machte.

»Sie könnte zu mir kommen. Vielleicht einen Nachmittag in der Woche?«

»Wirklich?«, rief Madame Chabot. »Sie würden ihr hier im Laden Unterricht geben?«

»Eher oben im Labor. Außerdem wäre es kein Unterricht im eigentlichen Sinne. Eher eine Plauderei, ein Gedankenaustausch mit ein paar Tipps, die Aurore mit der Materie vertraut machen. Falls ihre Leidenschaft für Parfüms fortbesteht, kann sie später daraus einen Beruf machen. Zeit genug habe ich, da ich nur halbtags arbeite.«

»Ihr Vater möchte, dass sie Ingenieurin wird, genau wie er. Sie macht dieses Jahr ihr Abitur.«

»Eltern hoffen das immer.«

Eloise sah Elena an und lächelte. »Ich fürchte, da haben Sie recht. War das bei Ihnen auch so?«

»Mehr oder weniger. Aber irgendwann habe ich festgestellt, dass das Parfümeurhandwerk das Richtige für mich ist. Wenn ich von selbst darauf gekommen wäre, hätte ich mir eine ganze Menge Probleme erspart.«

»Das kann ich mir vorstellen«, antwortete sie nachdenklich. »Kommen wir zu einem anderen Thema. Führen Sie auch Kerzen?«

»Ja, natürlich.« Elena zeigte der Kundin die Kerzenkollektion: viereckig oder rund, elegant und mit klaren Farben. Klar war auch der Duft, den sie verströmten, meist Blütendüfte, intensiv, würzig und dennoch unaufdringlich.

»Diese hier gefällt mir gut.«

»Das ist eine Jasmin-Duftkerze. Riechen Sie ruhig mal. Versetzt Sie das nicht in eine warme Sommernacht?«

»Ja, in der Tat.«

Eine warme Sommernacht auf Cails Terrasse unter einem Himmel voller Sterne.

19.

Ginster. Kräftig wie die Farbe der Blüten, von betörendem Duft, frisch, mit einer sinnlichen Blumennote.
Begrüßt den Frühling, den Übergang vom Alten zum Neuen.
Er hilft, den Mut nicht zu verlieren.

»Sind Sie Elena Rossini?«

Eine direkte Frage, ohne Umschweife, ohne Begrüßung. Die Kundin hatte sich nicht einmal umgesehen. Elena hob den Kopf von Beatrices Tagebuch, in dem sie gerade las, und blickte zur Tür, in der eine gertenschlanke junge Frau mit blauen Haaren und Lippenpiercing stand. Unter dem starken Make-up waren noch kindliche Züge zu erkennen. Sie funkelte die Parfümeurin herausfordernd an.

Nur wenige Sekunden zuvor war Elena in einer anderen Zeit gewesen, in einer anderen Welt. Ihr Herz pochte noch wie wild, ihr Hals war wie zugeschnürt und in ihren Gedanken lag eine Spur Verzweiflung. Aber es waren nicht ihre Gedanken, sie hatte sie nur übernommen, es waren die von Beatrice.

Sie stand auf, legte das Tagebuch zur Seite und ging auf die junge Frau zu. »Ja, die bin ich. Du musst Aurore sein, komm rein.« Sie konnte sich unmöglich irren; Eloise hatte sie vorgewarnt, dass ihre Tochter am Nachmittag vorbeikommen und etwas außergewöhnlich aussehen würde.

Über einem bodenlangen weißen Spitzenkleid trug das Mädchen eine Wolljacke, dazu glänzende Stiefel.

Offenkundig hatte sie wieder Parfüms gemischt, dieses Mal auf Lavendelbasis, ungewöhnlich, aber interessant. Dazu Maiglöckchen und Nelken. Unvermittelt verwandelte sich der Duft, und es roch irgendwie modrig, fast ekelerregend. Schließlich drang noch Sandelholz an Elenas Nase und etwas, das nur Aurore gehören konnte, ein Hauch Orangenblüten. Bestimmt ein Überbleibsel von ihrem letzten Experiment, darauf hätte Elena wetten können.

Sie als »etwas außergewöhnlich« zu bezeichnen, war eine charmante Untertreibung. »Meine Mutter hat gesagt, dass Sie mir beibringen, wie man Parfüms macht.« Aurore war keinen Schritt näher gekommen. Sie stand immer noch stocksteif neben der Tür, verkrampft und mit misstrauischem Blick.

»Nun ja, die ersten Schritte«, antwortete Elena. »Ich erkläre dir gerne die Grundlagen der Parfümherstellung mit natürlichen Essenzen, danach entscheidest du, ob du weitermachen oder es lassen willst. Für die Ausbildung zur Parfümeurin braucht man viel Disziplin und Opferbereitschaft.«

Aurore kniff die Augen zusammen. »Ich weiß genau, was Sie mir damit sagen wollen. Sie beurteilen mich nach meinem Äußeren.«

»Stimmt. Außer dem, was ich vor mir sehe, weiß ich ja noch nichts von dir.«

»Na und?«, blaffte das Mädchen.

Hier waren offensichtlich klare Worte nötig. So wie es aussah, benutzte die junge Frau ihr Äußeres als Maske, hinter der sie sich versteckte, eine Fassade, die je nach Bedarf Ursache und Wirkung war. Ähnlich wie sie es vor langer Zeit selbst gemacht hatte … wenn auch umgekehrt. Elena stand nicht gern im Zentrum des Interesses, sie machte sich lieber unsichtbar, frei nach dem Motto: Wenn dich niemand wahrnimmt, kann dich auch niemand verletzen.

»Abgesehen davon steht mein Urteil über dich noch gar nicht fest. Ich hätte dir das Gleiche gesagt, wenn du ganz in Rosa und mit Engelsflügeln in der Tür gestanden hättest«, stellte sie klar. »Die Herstellung meiner Parfüms verlangt besondere Sorgfalt, mit Dosierungen, die genau eingehalten werden müssen. Jeder noch so kleine Tropfen kann einen Duft komplett verändern. Du musst genau abmessen, kalkulieren, abwägen und dann entscheiden. Du musste wissen, dass gewisse Substanzen andere überdecken, ergänzen oder deren Wirkung verstärken. Um Parfümeurin zu werden, muss man sehr viel lernen. Wie bei allem, gibt es bei dem Beruf eine handwerkliche und eine künstlerische Seite. Du kannst nicht das eine ohne das andere haben, deshalb musst du dich entscheiden, Aurore. Denn ich habe nicht vor, meine Zeit mit dir zu verschwenden.«

Elena drehte sich um und setzte sich wieder. Ihren Gast zu ignorieren verlangte Härte und Entschiedenheit, und das fiel ihr schwer. Aber das Mädchen brauchte keine Freundlichkeit von ihr, sondern Zielstrebigkeit und Disziplin, den Wunsch, ein Ziel oder vielmehr ihr Ziel zu erreichen. Elena ertappte sich insgeheim bei der Hoffnung, Aurore möge auf ihre Bedingungen eingehen, denn im Grunde rührte das Mädchen sie. Hinter ihrer zur Schau gestellten Aggressivität verbarg sich eine tiefe Verletzlichkeit. Sie würde jede Wette eingehen, dass das Parfüm Aurores Art zu kommunizieren war.

»Was, wenn ich mich darauf einlasse? Nehmen wir mal an, ich akzeptiere diese … Regeln, bilden Sie mich dann aus?«

Hinter dieser vorsichtigen Frage verbarg sich ein tiefes Bedürfnis. Auf einmal hatte Aurore gar nichts mehr von der Arroganz, hinter der sie sich bisher versteckt hatte. Natürlich klang das Wort »Regeln« aus ihrem Mund wie ein Schimpfwort, aber es gab Schlimmeres.

»Das werde ich tun, vorausgesetzt, du hörst mir zu.«

Langsam und zögerlich kam Aurore in die Mitte des Ladens, als ob sie auf Zehenspitzen gehen würde. Diese junge Frau war voller Widersprüche. Ihr Blick, ihr Aussehen, ihre Kleidung, vor allem aber ihr Parfüm.

In diesem Moment betrat Monique den Laden. Sie war erst am Vorabend von ihrer Reise zurückgekommen. Elena vermutete, dass ihre Verspätung mit Jacques Montier zu tun hatte, aber sie hatte nicht gefragt, und ihre Freundin war äußerst zurückhaltend gewesen. Sie hatten bisher nur über ihre Weihnachtsgeschenke gesprochen. Elena hatte unbedingt wissen wollen, was Cail Monie versprochen hatte, damit sie ihm half und nichts verriet.

»Nichts«, hatte Monique geantwortet, »er wollte dich unbedingt überraschen. Dieser Mann weiß, wie man eine Frau erobert.« Der Schmerz in ihren Augen hatte Elena die neugierige Frage bedauern lassen.

»Guten Tag«, begrüßte sie Aurore.

Monique trug an diesem Tag ein klassisch geschnittenes smaragdgrünes Minikleid aus Chiffon und sah sehr elegant aus. Die offenen, seidigen schwarzen Haare fielen ihr locker über die Schultern bis zur Taille. Aurore starrte sie mit offenem Mund an.

Wie immer bei Monie, dachte Elena lächelnd.

»Entschuldige die Verspätung, meine Liebe. Alles in Ordnung?«

»Ja, ich habe alles Wichtige für dich notiert. Es stehen

nur wenige Auslieferungen an. Das hier ist übrigens Aurore, sie interessiert sich für Parfüms.«

Monique wusste sehr gut, wer diese junge Frau war, und sie unterstützte die Idee mit der Ausbildung.

»Ciao, Aurore, schön, dich kennenzulernen. Elena hat mir schon erzählt, dass du gerne in die Kunst der Parfümherstellung eingeweiht werden möchtest. Das ist sicher hochinteressant«, sagte sie und ignorierte die exzentrische Kleidung der jungen Frau.

Elena lachte. »Eine Eigenkreation trägst du ja bereits, nicht wahr, Aurore?«

Die junge Frau nickte. Endlich verlor ihr Gesicht den mürrischen Ausdruck und ihr Blick entspannte sich.

Monique zog die Augenbrauen hoch. Himmel! Dieser Gestank stammt also von diesem verrückten Huhn hier? »Ähm... ich bin sicher, dass du schon bald weißt, wie einzelne Duftstoffe miteinander harmonieren«, sagte sie diplomatisch und trat ein paar Schritte zurück. »Damit beginnt ihr doch?« Mit großen Augen wandte sie sich jetzt an Elena.

»Komm mit, Aurore«, schlug Elena lächelnd vor, »das Labor ist oben.«

Am Ende fand die erste Lektion in der Küche statt, das war persönlicher. Elena wollte ihre Schülerin nicht zu sehr verunsichern. Sie stellte den Wasserkessel auf den Herd und fragte: »Magst du einen Tee?«

»Ja.« Stocksteif und mit ernster Miene saß Aurore auf der Stuhlkante. Sie war furchtbar nervös.

»Siehst du diese Kräuter hier?«, fragte Elena und deutete auf einige Myrrhezweige, die sie gerade von einem Lieferanten aus Sardinien bekommen hatte, von dem sie auch Zistrosen und wilden Rosmarin bezog. »Wenn du sie destillierst, erhältst du eine Flüssigkeit, die aus Wasser und ätherischem Öl besteht. Auf diese Weise werden die meisten Essenzen hergestellt. Um wenige Milliliter Konzentrat zu erhalten, braucht man Abertausende von Blättern.«

»So machen Sie hier Parfüms? Mit Kräutern?«

Elena war erleichtert, dass das Mädchen allmählich lockerer wurde. Sie schüttelte den Kopf. »Nein, das ist nur der Anfang. Wie gesagt erhält man durch Destillation eine duftende Flüssigkeit aus Wasser und Öl. Das Wasser nennt man Hydrolat, das Öl Essenz oder ätherisches Öl.« Sie hielt kurz inne, denn dieser Punkt war elementar wichtig, und sie musste sicher sein, dass Aurore ihn verstanden hatte. »Natürlich gibt es auch andere Duftstoffe. Sie werden durch verschiedene Methoden gewonnen, zum Beispiel durch Extraktion. Ätherische Öle sind also die Grundelemente eines jeden Parfüms. Sie können aus pflanzlichen Substanzen, wie Blüten, Blätter, Moos, Holz, Wurzeln, Früchte, Rinde oder Harz gewonnen werden, tierischen Ursprungs sein oder durch chemische Verfahren hergestellt werden. Das heißt, sie können natürlich oder synthetisch sein. Die verschiedenen Essenzen werden gemischt und dann in Alkohol oder einem anderen Öl gelöst. Das Ergebnis dieses Prozesses ist das Parfüm.«

Aurore sah sie einen Moment erstaunt an. Dann biss sie sich auf die Lippe und sagte kleinlaut: »Ich verwende fertige Parfüms.«

»Ja, das habe ich bemerkt«, antwortete Elena. »Bedenke bitte, dass du damit die ursprüngliche Botschaft der Parfüms auslöschst, aber keine neue aussendest. Dein Parfüm hat keinen eigenen Charakter mehr, sondern ist eine Mixtur verschiedener Geruchsbilder, die sich gegenseitig stören.«

»Das klingt ja so, als würde das Parfüm eine Geschichte erzählen.«

»Ganz genau, das Parfüm ist die direkteste Form der

Kommunikation und obendrein die am besten verständliche.«

»Darüber habe ich noch nie nachgedacht.«

Elena goss den Tee in die Tassen.

»Wie entscheidet man dann, welche Essenzen in welches Parfüm kommen?«

»Der Parfümeur kennt die Düfte genau, hat jeden einzelnen im Kopf, weiß um ihre Wirkung und mischt auf der Basis seines Wissens und seiner intuitiven Fähigkeiten die Ingredienzien.« Sie hielt inne und suchte nach den Schokoladenkeksen, die Jasmine ihr geschickt hatte. Sie legte ein paar Kekse auf einen Teller und bot sie der jungen Frau an. Aurore schien tief in Gedanken versunken zu sein.

Immer die gleiche Reaktion, dachte Elena. Die Leute betrachten Parfüms oft aus einem sehr eingeschränkten Blickwinkel, aber wenn sie die Welt entdecken, die sich dahinter verbirgt, sind sie oft verwirrt. Parfüm ist nicht einfach ein wohlriechendes Accessoire, sondern ein komplexes Gebilde.

»Sieh mal, Aurore, in einem guten Parfüm erkennen wir uns wieder. Wir projizieren Träume, Wünsche, Erinnerungen oder einfach ein tiefes Wohlgefühl hinein und manchmal auch eine intuitive Abneigung. Deshalb kann dir ein bestimmter Duft wahnsinnig gut gefallen, während andere in dir Angst, Beklemmung oder gar Ekel auslösen können.«

»Das ist verrückt. Ich meine … Das ist wirklich ein sehr komplexes Thema.« Aurore nippte an ihrem Tee, den Blick fest auf die rote Tischdecke gerichtet. Dann hob sie den Kopf. »Womit fange ich denn dann an, wenn ich ein Parfüm herstellen will? Das verstehe ich nicht«, sagte sie leise.

Elena biss in einen Keks. »Wir fangen ganz von vorne an, okay? Dann tasten wir uns Schritt für Schritt weiter vor.«

Aurore nickte.

»Parfüms lassen sich in sieben große Duftfamilien unterteilen: Zitrus, ambriert oder orientalisch, blumig, Fougère, Chypre, holzig und Leder. Wenn man ein Parfüm kreiert, sollte man diese Systematik immer im Hinterkopf haben.«

»Woher weiß man, welche Elemente man miteinander mischen kann und welche nicht?«

»Man sollte mit den Duftnoten aus einer Familie anfangen, deshalb muss man die Klassifizierung kennen. Es ist ähnlich wie beim Mischen von Farben. Wenn du Pastelltöne mischst, bekommst du eine dezente Farbpalette, bei kräftigeren Farben eine auffälligere Abstufung. Mit dem Parfüm ist es genau das Gleiche, aber statt zu sehen, musst du riechen.«

»Cool!«, sagte Aurore begeistert.

»Du musst auch eine andere wichtige Sache bedenken. Ein Parfüm ist immer das Ergebnis eines Prozesses, die Realisierung einer Idee. Parfümeure werden auch »Nasen« genannt, weil sie bis zu dreitausend Einzeldüfte auseinanderhalten können und daraus nach einem festgelegten Schema verschiedene Duftkompositionen kreieren. Dieses Prinzip nennt man olfaktorische Pyramide, sie ist der Personalausweis eines Parfüms. Wenn es etwas gibt, das du nicht verstehst, sag bitte stopp«, sagte sie nach einem Seitenblick auf das Mädchen.

Aurore lauschte ihr wie hypnotisiert. Ihre Augen hafteten wie magnetisch angezogen auf Elena, sie hing förmlich an den Lippen der Italienerin. Die Stunde verging wie im Flug, und als sie sich verabschiedeten, lächelte die junge Frau.

»Wann stellen wir ein Parfüm her?«, fragte sie euphorisch und fügte dann mit einer Spur Enttäuschung in der Stimme hinzu: »Eine Nase bin ich leider nicht.«

»Das wissen wir noch gar nicht, denn im Grunde kann jeder ein Parfüm kreieren. Das Ergebnis hängt natürlich immer vom Parfümeur ab, von seiner Begabung, seinem Einfallsreichtum, seiner Intuition, aber auch von seinen handwerklichen Fähigkeiten. Das heißt jedoch nicht, dass keine Zufallstreffer möglich sind. Etwas Extravagantes, nie Dagewesenes, kann auch einem Laien gelingen, indem er Essenzen zusammenschüttet, die ihn faszinieren.«

Die Wahrscheinlichkeit war zwar genau so hoch wie ein Sechser im Lotto, doch sie wollte den Enthusiasmus des Mädchens nicht bremsen. Sie würde ihr das Rüstzeug vermitteln, das sie unbedingt brauchte, der Rest hing von Aurore selbst ab. Außerdem war nicht ausgeschlossen, dass sie ein olfaktorisches Talent mit einer natürlichen Begabung war. Ihre Vorliebe für Parfüms und ihr unbekümmerter Umgang damit waren gute Zeichen. »Wir werden ein Parfüm kreieren, besser gesagt, du wirst es kreieren.« Sie schenkte Aurore ein ermutigendes Lächeln, das diese schüchtern erwiderte.

»Ich kann es kaum erwarten, meiner Mutter alles zu erzählen. Danke, es hat mir sehr bei Ihnen gefallen. Wann darf ich wiederkommen?«

»Sagen wir in einer Woche?«

Aurore nickte. »Zur gleichen Zeit wie heute?«

»Perfekt«, antwortete Elena und begleitete sie zur Tür.

Im Laden war es ruhig, Monique bediente gerade einen Kunden, alles schien friedlich. Vor Elena lag ein entspannter Abend, und sie wusste schon, wie sie ihn nutzen würde. Sie nahm Beatrices Tagebuch aus der Schublade und ging wieder nach oben.

»Hat es mit etwas zu tun, das ich gesagt habe?«

Caillen wischte sich mit dem Handgelenk über die Stirn und sah Elena an. Schon seit einer Weile stand sie in einer

Ecke und beobachtete ihn beim Arbeiten. Das war der erste Satz, den sie an ihn richtete.

»Ich verstehe dich nicht. Was meinst du?«, fragte er und versenkte seine Hände wieder in der Erde. Die Töpfe waren voller Unkraut, und Cail hatte beschlossen, dass dieser Sonntag ideal war, um ein wenig von der liegengebliebenen Arbeit nachzuholen.

Elena hatte eine alte Arbeitsjacke von ihm an, die Haare fielen ihr offen über die Schultern, und sie wirkte erschöpft. Das schien auch John bemerkt zu haben, der wie üblich nur wenige Schritte von ihr entfernt war. Seit ihrem ersten Zusammentreffen hielt Cails Hund stets exakt zwei Meter Sicherheitsabstand zu Elena.

Die beiden sind sich ziemlich ähnlich, dachte Cail manchmal.

»Geht es um das Baby?«

Gemeinsam hatten sie die Küche aufgeräumt und waren ins Gewächshaus gegangen. Während des Mittagessens hatte Elena ein wenig geplaudert, aber er war nicht zum Reden aufgelegt gewesen. Danach war das Gespräch ganz zum Erliegen gekommen. Manchmal war Schweigen die einzig mögliche Form der Kommunikation.

»Was soll das Baby denn damit zu tun haben?« Elena verlor die Geduld. Sie redete nicht gerne um den heißen Brei herum. »Hör mal, ich werde mich für nichts entschuldigen, von dem ich nicht einmal weiß, ob ich es getan habe. Falls ich dich verletzt haben sollte, dann wäre es gut, wenn du mit mir darüber reden würdest, damit ich mich entschuldigen kann.«

Er musste lachen. So war es immer mit ihr. Cail schüttelte den Kopf. »Warum glaubst du, dass ich sauer auf dich bin?«

Jetzt hatte sie wirklich genug. Ihr Gesicht war rot angelaufen, die Augen funkelten. Sie ließ alle Vorsicht fahren und fiel direkt mit der Tür ins Haus. »Weil du anders bist als früher. Du sprichst weniger, du lachst nicht mehr. Die ganze Zeit grübelst du über irgendetwas nach, das dich offensichtlich belastet, wie diese afrikanischen Kamele, die den lieben langen Tag nichts anderes tun als fressen. Komm endlich darüber hinweg, was auch immer es ist.«

Cails blickte sie verwundert an. Elena war auf ihn zugegangen und nur noch einen halben Meter von ihm entfernt.

»Du willst wissen, was mich quält?«

Sie hatte gewusst, dass etwas nicht stimmte. Ein eiskalter Klumpen formte sich am Eingang ihres Magens. »Genau. Ich höre«, antwortete sie. Sie musste sich zwingen, die Worte herauszupressen.

Bedächtig zog Cail sich die Handschuhe aus, dann sah er ihr tief in die Augen und richtete sich auf.

»Die Zeit«, sagte er.

Stille. Es gab Momente, da wollte Elena mehr, als ihn nur in den Arm nehmen, ihn festhalten, bei ihm sein. Und es gab andere wie diesen. Cail brachte sie nicht nur aus dem Konzept, sie sollte ihn auch noch verstehen. Aber dazu brauchte sie erst mal Argumente.

»Kannst du mir bitte erklären, was die Zeit damit zu tun hat?«

Er seufzte. »Die Zeit prägt unser Leben. Die Zeit verändert einfach alles.«

Was war daran neu? Elena hatte keine Lust, mit Cail zu philosophieren.

»Ich warte auf dich, Elena.«

Sie senkte den Kopf, dann fiel ihr Blick auf John, der sich keinen Millimeter bewegt hatte, seit sie ihn das letzte Mal angesehen hatte. Schließlich konzentrierte sie sich erneut auf Cail. Er ruht in sich, dachte sie. Er konnte eine Diskussion aushalten ohne laut zu werden, ohne sich aufzuregen. »Ich muss gestehen, dass ich deine dynamische Seite mehr schätze, die philosophische beunruhigt mich eher.«

Daraufhin lächelte er sie so offen an wie schon lange nicht mehr. »Ich habe dir eine Überraschung versprochen. Heute ist es so weit. Komm mit.«

Er bot ihr einen Fluchtweg an. Einen Moment lang dachte Elena daran, das Angebot anzunehmen, dann änderte sie ihre Meinung. »Warum klären wir die Sache nicht, statt ständig darum herumzuschleichen?«

»Was, wenn es nichts zu klären gibt?«, fragte Cail. Er blieb hartnäckig.

Aber sie wollte eine Antwort, und zwar sofort. »Gibt es einen besonderen Grund, weshalb du glaubst, keine Zeit mehr zu haben?«

»Ich habe nie behauptet, dass ich keine Zeit mehr habe.«

Elena stand jetzt nur noch wenige Zentimeter von ihm entfernt, sie musste sogar den Kopf heben, um ihm ins Gesicht sehen zu können. »Weißt du, es ist wissenschaftlich erwiesen, dass schwangere Frauen rastlos und ungeduldig sind. Also sprich bitte Klartext und leg die Karten auf den Tisch. Sonst bekomme ich einen hysterischen Anfall, ich warne dich. Spätestens wenn ich Weinkrämpfe kriege, wirst du bereuen, dass du nicht auf mich gehört hast.«

»Eine wirklich furchtbare Drohung.« Cail legte ihr einen Arm um die Schultern und küsste sie aufs Haar. »Ich mag deinen Humor. Lass uns reingehen, ja? Ich mache uns einen Tee, und wir reden auf dem Sofa weiter.«

Humor? Von wegen! Die Ungewissheit machte sie verrückt. Warum war Cail so distanziert? »Ja, aber ich meine es ernst. Ich will alles über dein Problem mit der Zeit wissen.« Nun, da sie eine Schneise in seinen Verteidigungswall geschlagen hatte, würde sie nicht nachgeben.

Cails Küche war hell und ordentlich aufgeräumt. Johns Decke lag neben der Tür, die Sonnenstrahlen drangen ungehindert durch die vorhanglosen Fenster und beleuchteten die kleinen Töpfe auf den Fensterbänken, in denen Triebe voller hellgrüner Blättchen sprossen. Der würzige Geruch, der die Wohnung durchzog, stammte wahrscheinlich von ihnen. Auf dem Tisch stand ein Strauß gelber Tulpen, die er am Vorabend auf dem Blumenmarkt gekauft hatte. Das war inzwischen ein festes Ritual geworden. Immer zwei Sträuße, einen für sich, den anderen für Elena. Immer in der gleichen Farbe. Auf der anderen Seite des großen Raumes standen eine Sitzgruppe mit Sofa, Sesseln, ein Tisch und ein Fernseher, der aber die meiste Zeit ausgeschaltet war.

Elena setzte sich auf das Sofa und sah zu, wie er sich am Herd zu schaffen machte. Obwohl zwischen ihnen immer noch Schweigen herrschte, war die Anspannung gewichen, es war mehr ein Ringen nach den richtigen Worten.

Cail stellte das Tablett auf den Tisch und setzte sich neben sie. Dann legte er den Arm um sie und spielte mit ihren Haaren. »Erinnerst du dich an den Unfall, den mein Vater hatte?«, begann er zögernd.

»Oh mein Gott, ist es das? Geht es ihm schlecht?«, fragte sie entsetzt.

Beruhigend schüttelte Cail den Kopf. »Nein, alles in Ordnung. Es geht nicht um ihn, nicht direkt jedenfalls.« Er seufzte und schloss einen Moment die Augen. »Also, vor fünf Jahren hatte ich einen schweren Unfall mit dem Motorrad. Als das jetzt mit meinem Vater passiert ist, wurden die Erinnerungen daran wieder hochgespült.«

Jetzt wäre der richtige Moment, ihr von Juliette zu erzählen und wie sie gestorben war. Trotzdem entschied Cail sich dagegen. Es würde eine bessere Gelegenheit geben. Das, was sie gerade erlebten, gehörte nur ihnen. Er wollte nicht über seine Vergangenheit sprechen, zumindest nicht jetzt. Sie war mit Juliette begraben worden, während er überlebt hatte. Für seine Entscheidung gab es viele Gründe, nicht zuletzt die Selbstvorwürfe, die ihn daran hinderten loszulassen und ihn dazu zwangen, immer so zu handeln, dass er die Konsequenzen zu hundert Prozent kontrollieren konnte.

»Ich kann mich an kaum etwas erinnern, aber diese tiefe Ohnmacht werde ich nicht wieder los. Manche Dinge kann man nicht verhindern, man muss sie ertragen.« Er nahm ihre Hand und legte sie an seine Wange. »Diese Narbe ist eine Erinnerung an jenen Tag.«

Da waren noch andere Erinnerungen, das war Elena klar. Unauslöschlich wie die Narbe in seinem Gesicht, nur tiefer versteckt. »Warst du schwer verletzt?«

Er nickte. »Sechs Monate Reha.«

Das hätte Elena nicht erwartet, denn Cails Bewegungen waren geschmeidig wie die eines Leistungssportlers. Fast immer hinterließen schwere Unfälle erkennbare psychische Spuren, entwickelte sich eine instinktive Vorsicht. Cail jedoch wirkte selbstsicher, kümmerte sich wenig um die Meinung anderer und ging kompromisslos seinen Weg. Er war ein pragmatischer Mann, dem es um die Substanz der Dinge und nicht um Nebensächlichkeiten ging. Auf sein Äußeres beispielsweise legte er keinen allzu großen Wert, dabei war Paris voll von Männern, die sich über ihre Kleidung ausdrückten. Cail hingegen bestach durch seine Bodenständigkeit. Sein sportlich-nüchterner Stil stand ihm ausgezeichnet, und Elena konnte nicht umhin, das auch zu bemerken.

»Trotzdem fährst du weiter Motorrad. Du selbst entscheidest, nicht deine Angst. Darum geht es also nicht.«

Sie hatte den Nagel auf den Kopf getroffen: Angst um sich selbst hatte er nicht. Sollte er zugeben, wie wichtig sie für ihn geworden war und dass es ihm Angst machte? Die Leere, die er spürte, wenn sie sich nicht sahen und nicht miteinander sprechen konnten? Er brauchte nicht viel, um sich wohlzufühlen. Es reichte, sie anzusehen. Als Elena noch nicht Teil seines Lebens war, war das anders. Und dann war da noch das Problem, dass sie ein Kind von einem anderen Mann bekam. Ein Kind, das durchaus ein Bindeglied zwischen ihnen hätte werden können – theoretisch. Praktisch konnte er die Angelegenheit drehen und wenden, wie er wollte: Dieses Kind würde Elena für immer an einen anderen Mann binden.

Daran konnte er nun mal nichts ändern, er konnte nur abwarten.

Caillen hatte noch nie gerne mit anderen geteilt. Entweder – oder. Das galt auch für seine Arbeit, Teamwork entsprach nicht seinem Charakter. Nur für Absolue hatte er eine Ausnahme gemacht, aber das war etwas anderes. Er wollte, dass Elena glücklich war, nur deswegen hatte er sich darauf eingelassen. Er hatte schon einmal versucht, gegen seine Überzeugung zu handeln, und dafür teuer bezahlt. Das Ergebnis war dieser verdammte Unfall gewesen, bei dem Juliette ihr Leben verloren hatte. Wenn er sich nicht hätte überreden lassen, sie ans Steuer zu lassen, wäre die Sache anders verlaufen.

Er würde sich nicht noch einmal auf etwas einlassen, von dem er nicht überzeugt war. Er wusste, was es hieß, die Scherben des eigenen Lebens wieder zusammenzusetzen und in dem Bewusstsein weiterzuleben, einen schweren

Fehler gemacht zu haben, einen Fehler mit katastrophalen Konsequenzen.

Bei Elena würde er die richtige Entscheidung treffen. Auch wenn es seine ganze Willenskraft kostete, seinen Vorsätzen treu zu bleiben. Er würde warten. Er würde warten, weil er nichts anderes tun konnte.

»Ich hätte es verhindern können. Das ist der Punkt«, sagte er.

Elena ließ sich Zeit mit ihrer Antwort. »Ich hatte bisher nie den Eindruck, dass du jemand bist, der alles unter Kontrolle haben muss. Das ist eher das Terrain von Jacques Montier.«

Was hatte der Lackaffe damit zu tun? Der Vergleich gefiel ihm ganz und gar nicht und er verstand ihn auch nicht. »Montier?«

»Er ist ein Egoist, schert sich nicht um die Konsequenzen seines Handelns und erwartet, dass alle nach seiner Pfeife tanzen. Es ist der Wahnsinn. Es kommt alles so, wie es kommen soll.«

»Ich wusste gar nicht, dass du auch eine fatalistische Seite hast.«

»Es geht nicht um Fatalismus, sondern um Pragmatismus. Cail, du bist anders, du hast nie behauptet, du hättest alles unter Kontrolle, egal was geschieht. So arrogant bist du nicht.«

Nach langem Schweigen sah Cail ihr tief in die Augen. »Ich bin ein Mann, Elena. Natürlich möchte ich alles unter Kontrolle haben. Ich möchte dich beschützen. Und glaub ja nicht, dass ich keine Bedürfnisse habe. Dass ich mir nicht wünsche, dass es sich zwischen uns so entwickelt, wie es sein sollte. Da irrst du dich gewaltig.« Seine Stimme war tief, genauso tief wie sein Blick. Seine suchenden Finger fanden ihre Halsbeuge und glitten langsam weiter nach unten. Die zärtliche Berührung wurde intensiver.

Elena schluckte. Jetzt hatte sie die Antwort. Obwohl sie ahnte, dass hinter Cails Worten noch viel mehr steckte, verstand sie, dass die ungeklärte Situation auch für ihn eine Belastung war. Seine Offenheit erfüllte sie mit Bewunderung und Angst zugleich.

»Auch ich warte, Cail«, flüsterte sie kaum hörbar.

Einen Moment lang war sie erleichtert, aber gelöst waren ihre Probleme damit noch nicht. Dieses Herumlavieren, um eine Verbindung zu definieren, die sehr viel mehr war als eine simple Freundschaft, wenn auch keine Beziehung, machte sie wahnsinnig. Manchmal wünschte sie sich, das Kind wäre bereits geboren. Dann wüsste sie, ob sie und Cail zusammenbleiben konnten, nicht als Paar, sondern als Familie. Am liebsten würde sie sich einfach fallen lassen, ohne nachzudenken. Einfach nur fallen lassen.

Er lächelte sie an. »Siehst du? Die Zeit ist unser Problem. Wenn das Baby erst da ist, werden wir unsere Gefühle besser verstehen. Wir brauchen Geduld, aber das ist leichter gesagt, als getan.«

Sie ließ den Kopf auf seine Schulter sinken und atmete sein Parfüm ein. Cail presste seine Lippen auf ihre Schläfe, während ihr ein genussvoller Seufzer entfuhr.

Dann begannen die Gedanken, die ihr nach Cails Geständnis im Kopf herumwirbelten, Form anzunehmen. Elena hatte immer gedacht, dass sein souveränes Auftreten Ausdruck eines tiefen Selbstbewusstseins sei. Umso mehr hatte es sie überrascht, dass er sich mit den gleichen Problemen herumschlagen musste wie jeder andere auch. Hatte sie an ihm gezweifelt, ihm nicht genug Respekt gezollt? Dafür schämte sie sich.

Er küsste sie noch einmal, und sie konnte seinen warmen Atem auf der Haut spüren. Sie sog den würzigen Männerduft ein: Seife und Aftershave, sonst nichts. Nur er selbst. Von diesem Duft konnte sie sich einfach nicht lösen.

Mit der Kuppe ihres Daumens strich sie zärtlich über die Narbe. »Was würdest du tun…« Ihre Stimme brach ab, aber sie wollte nicht aufgeben. Nicht jetzt. Sie schluckte und setzte erneut an. »Was würdest du tun, wenn die Situation eine andere wäre?«

Cail legte seine Stirn an die ihre. In dieser Geste lag keine Zärtlichkeit mehr. Nur noch Begehren. Elena spürte intensive Sinnlichkeit, sehnsuchtsvolles Verlangen. Schließlich löste Cail sich von ihr, nahm ihr Gesicht zwischen beide Hände und fuhr ihr mit dem Zeigefinger sanft über die Lippen. Zuerst nur angedeutet, dann immer bestimmter. Er war immer noch nervös, so vieles war noch immer unausgesprochen, noch immer quälten ihn Zweifel. Langsam glitten Elenas Hände an seinen Armen hinauf bis zu seinem Brustkorb.

Als Cail verstand, dass sie nach seinem Herzschlag suchte, war er tief berührt. Ihre Finger krallten sich in seinen Pullover, sie presste sich noch fester an ihn, eine Geste, die selbst die letzten Zweifel schwinden ließ. Er nahm sie fest in die Arme.

Elena war glücklich. Einfach nur glücklich.

20.

Amber. Süßlich und verführerisch, seit jeher von Frauen als Duft geschätzt.
Die Wellen spülen ihn als Geschenk der Natur an den Strand.
In ihm liegt die geheimnisvolle Faszination der Ozeane.
Er erinnert an die Wiedergeburt der Weiblichkeit, an die Eleganz und die Wärme einer Sommernacht.

Nach diesem langen, intensiven Gespräch hatten sie eilig ihre Mäntel angezogen und waren nach draußen gegangen. In dieser Zeit des Jahres ging die Sonne früh unter, und Cail wollte ihr unbedingt noch etwas zeigen.

»Überraschung gelungen«, hatte Elena gerufen, als sie die riesigen Gewächshäuser des Jardin des Plantes erkannte. Sie gingen bis zu einem etwas abgeschiedenen Teil des Botanischen Gartens und betraten ein unscheinbares Treibhaus. Elena konnte den Blick nur schwer von der üppigen Vegetation lösen, die sich ihr darbot. Und erst der Geruch, einfach unvergleichlich. Eine feuchtigkeitsgeschwängerte Mixtur aus Farnen, Moos und Blüten. Sie hätte sich denken können, dass Cails Überraschung sie sprachlos machen würde.

Anfangs wusste Elena gar nicht, wohin sie schauen sollte, denn in jeder Ecke des Gewächshauses entdeckte sie faszinierende Welten. Mit jedem Schritt tauchte sie tiefer in die Farbenpracht der Orchideen ein, aber es gab so viel zu sehen, dass sie nicht lange bei einer Pflanze oder einem Detail verweilen konnte. Etwas weiter wuchsen fuchsiafarbene Miltonien auf einem Baumstamm, umgeben von üppigen Farnen. Die Blüten wirkten wie zarte Veilchen. Elena musste sich zurückhalten, um sie nicht zu pflücken und ihren Duft in sich einzusaugen. Einige Miltonien hatten strahlend grüne breite Blätter, anderen waren eher blass und lanzenförmig schmal. So etwas hatte sie noch nie gesehen.

Langsam ging sie weiter. Sie hatte den Mantel ausgezogen und war in die modrig-süße Luft eingetaucht, sie fühlte sich heiter und beschwingt. Innerhalb weniger Sekunden war sie von der klirrenden Kälte in eine schwülwarme Dschungelwelt eingetaucht. Nicht im Traum hätte sie sich vorstellen können, dass sich unter der Gewächshauskuppel aus Stahl und Glas ein Regenwald verbarg.

Ein so extremer Kontrast auf engem Raum: unfassbar. Unter Cails belustigtem Blick ging sie wieder auf den Eingang zu. Von drinnen erkannte sie die hauchdünne Eisschicht, die sich auf die Glaswände gelegt hatte. Die silbern schimmernde Patina reflektierte das Licht des Gewächshauses, über allem lag ein perlmuttfarbenes Leuchten.

Sie drehte sich um, und wie durch Zauberhand war sie plötzlich von allen Farben des Regenbogens umgeben. Alle Schattierungen von Grün, die Rosa-Farbpalette der Orchideen, Gelb, Fuchsia, ja sogar Blau. Das Wasser eines Bächleins plätscherte über Steine, auf denen sich Dutzende von Schmetterlingen in schillernden Farben niedergelassen hatten, einige hatten sogar durchsichtige Flügel. Wie ein Vogelschwarm flogen sie auf und formten eine vibrierende Wolke, um dann wieder auf die Steine und den angeschwemmten Sand zurückzukehren.

Elena war begeistert. Als sich ein Schmetterling mit riesigen gelben Flügeln auf ihrer Schulter niederließ, erstarrte sie allerdings, griff nach Cails Arm und schloss die Augen.

»Du wirst mir doch nicht erzählen wollen, dass du Angst vor einem Schmetterling hast?«, machte er sich über sie lustig.

»Er ist so groß wie ein Papagei, hast du das gesehen?«, murmelte Elena mit zusammengekniffenen Augen.

»Aber er hat keinen Schnabel. Er wird dir nichts tun, also entspann dich. Schau ihn dir an, er ist wunderschön.«

Zaghaft öffnete Elena ein Auge, eine Sekunde später flog der Schmetterling davon. Auf jedem der leuchtend gelben Flügel prangten ein orangerotes Auge und zwei goldfarbene Streifen. Elena hatte noch nie einen so großen Schmetterling gesehen.

»Ein Kometenfalter«, sagte Cail, während sie dem Tier hinterherblickte.

»Ich dachte, es wäre ein Schmetterling.«

Cail schüttelte den Kopf. »Schau dir die Fühler an. Schmetterlingsfühler sind lang und ganz schmal, die stärker ausgeprägten Falterfühler können sehr unterschiedlich sein und sehen manchmal aus wie klitzekleine Kämme. Schmetterlinge klappen die Flügel zusammen wie man ein Buch schließt, die Falter machen das anders«, erklärte er und deutete auf die Fluginsekten, die sich wieder im Sand am Rand des Bächleins niedergelassen hatten.

Elena wollte Cail gerade eine weitere Frage stellen, als sich ein Schmetterling auf ihrem Kopf niederließ. »Zum Glück ist er kleiner«, flüsterte sie, als ob ihre Stimme ihn stören könnte.

Sie wollte nicht, dass dieses zarte Wesen sie gleich wieder verließ. Ihr Herz hämmerte in der Brust, und am liebsten hätte sie vor Freude laut gejubelt. Vorsichtig streckte sie einen Arm aus, blieb ganz ruhig stehen. Als ihre Ausdauer belohnt wurde und sich der Schmetterling auf ihre Hand setzte, konzentrierte sie sich auf das Gefühl, das seine winzigen Füße auf ihrer Haut auslösten, auf die intensiv schillernden Farben seiner Flügel und vor allem auf den Geruch dieses Moments. Sie atmete mehrere Male tief ein, um ihn für immer im Gedächtnis zu behalten.

»Ich wusste gar nicht, dass du so viel über Schmetterlinge weißt.«

»Eigentlich kenne ich nur den Kometenfalter und einige andere. Im Frühling war ich Berater im Rosarium des Jardin des Plantes. Lucien Musso, der Direktor des Botanischen Gartens, hat mir die verschiedenen Phasen ihres Regenwald-Projekts erklärt. Die Ansiedlung von exotischen Schmetterlingen ist ein Teil des Experiments. Leider gibt es immer weniger Schmetterlinge. Auch wenn alles versucht wird, so viele Arten wie möglich in ihrem natürlichen Lebensraum auszusiedeln, sterben die meisten, bevor sie ihren Lebenszyklus vollendet haben. Oft gelingt es ihnen nicht, ihre Eier abzulegen.«

»Lass mich raten … Pestizide?«

»Auch. Es ist ein tödliches Gemisch. Chemische Substanzen, die dazu dienen sollen, Schädlinge zu töten, unterscheiden nicht, ob es sich um ein schädliches Insekt, einen Schmetterling oder eine Biene handelt.«

Cail musste sein ganzes Geschick aufwenden, damit Elena das Gewächshaus wieder verließ. Erst sein Versprechen, im Frühjahr wiederzukommen, hatte sie überzeugen können. Als sie schließlich an der frischen Luft standen, trug sie einen träumerischen Ausdruck auf dem Gesicht und ein wunderbares neues Duftgemisch im Herzen.

Hand in Hand schlenderten sie durch die Straßen der Île de la Cité, während sich die beleuchteten gotischen Giebeltürmchen von Notre-Dame plastisch gegen den schwarzen Nachthimmel abhoben. Sie schienen die Stadt von oben zu bewachen. Elena und Cail plauderten angeregt und gingen immer weiter; ihr Atem verwandelte sich in kleine weiße Wölkchen. Sie sprachen über ihre Hoffnungen, ihre Wünsche und ihre Vorstellungen von der Zukunft.

»Was genau ist dein Spezialgebiet?«, fragte sie ihn, selbst darüber verwundert, dass sie es noch nicht wusste. »Du warst Berater im Rosarium vom Jardin des Plantes?«

»Das bin ich immer noch. Ich habe einen Abschluss in Agrarwissenschaften, mein Spezialgebiet sind Rosenkrankheiten. Mein Geld verdiene ich durch Züchtungen neuer Rosensorten, wie du ja weißt. Das ist Familientradition, seit Generationen.«

Elena nickte. »Dann bist du also ein richtiger Experte auf diesem Gebiet.«

Ein breites Lächeln und ein sanfter Kuss. Cail legte ihr den Arm um die Schultern, und sie gingen weiter. »Die Rosen waren schon immer da. Sagen wir, ich kümmere mich darum, dass das auch so bleibt.«

So einfach war das. Cail handelte im Stillen. Typisch, dachte Elena. Er lebte nicht einfach sein Leben im Hier und Jetzt, sondern dachte auch an die Zukunft. Er wollte der Welt etwas hinterlassen.

Und sie? Der Gedanke erfüllte sie mit Glück und Trauer zugleich. Sie hatte lange Zeit nur gelebt oder vielmehr einfach überlebt. Für sie gab es nur Schwarz oder Weiß: Was wollte sie? Was wollte sie nicht? Nachdem sie diese Frage für sich geklärt hatte, war sie stur ihren Weg gegangen, alles andere war egal. Sie selbst eingeschlossen.

Und jetzt? Was wollte sie wirklich?

»Jetzt ist alles anders«, sagte sie leise.

Cails Lächeln wärmte ihr das Herz. »Ein Kind verändert die Wahrnehmung der Dinge.«

Er hatte recht, und sie wusste es nur zu gut. »Nächste Woche muss ich zum Ultraschall.«

»Darf ich dich begleiten?«

Er meinte es ernst, er wollte wirklich dabei sein, das konnte sie in seinem klaren Blick lesen. Er bat sie um Erlaubnis, ein Stückchen weiter in ihr Leben zu treten. Das ist nun mal seine Art, dachte Elena. Er ließ ihr Raum, setzte sie nicht unter Druck. Mit Cail war es leicht, man selbst zu sein. Dennoch gab es etwas Elementares, das zwischen ihnen stand. Etwas, das ihn quälte, über das er bisher nicht mit ihr gesprochen hatte.

»Ja, das fände ich schön.«

Es blieben viele Fragen offen. Einige konnten ausgeklammert werden, nur eine bedurfte einer Antwort, und zwar bald. Die anderen reihten sich in ihrem Kopf geduldig aneinander, warteten in einer langen Schlange, bis sie an die Reihe kamen, um endgültig gelöst zu werden.

Doch die Frage aller Fragen betraf Cail.

Heute habe ich ihm das Parfüm übergeben. Er hat es in seinen Handflächen gewärmt, während sein weicher Blick auf der Ampulle ruhte. Ich habe nach der Wärme seiner starken Hände auf meiner Haut gelechzt. Noch einmal sollten sie mich festhalten, wie damals in tiefer Nacht, als der eisige Wind durch die Steinwände pfiff und er mich in seinem Gemach empfing. Das Ziel ist erreicht, und ich fürchte, dass in seinem Leben für mich nun kein Platz mehr ist. Meine

Beklemmung ist unerträglich, doch was soll ich tun? Meine Aufgabe ist beendet.

Mir ist nur noch kalt. Sein sehnsuchtsvoller Blick gilt allein dem Parfüm, für alles andere als das Parfüm ist er blind. Er nimmt mich gar nicht mehr wahr, selbst die Tränen in meinen Augen sieht er nicht. Er kostet den Moment seines Sieges aus. Wenn das, was ich ihm geliefert habe, seiner Vorstellung entspricht, wird er mich mit Gold und Perlen überschütten. Das hat er versprochen. Mir bleibt nichts, als zu warten, bis ich Klarheit habe …

»Liest du immer noch in dem Tagebuch?«

Moniques Stimme riss Elena aus einer Vergangenheit, in die sie sich immer öfter gleiten ließ. Was Beatrice da zu Papier gebracht hatte, waren keine geschraubten Sätze, sie kam direkt auf den Punkt, ihre Gefühle wirkten echt und lebendig. Jedes Wort war Emotion und Schmerz. So etwas las man heute selten. Elena hob den Blick, sah ihre Freundin an und schluckte.

»Es ist bewegend. Sie wusste, dass er sie verlassen würde.«

»Ja. Sie war eine mutige Frau. Sie hat sich der Realität gestellt, ist nach Florenz zurückgekehrt und hat sich ein neues Leben aufgebaut.«

»Ohne den Mann, den sie geliebt hat …«

Monique zuckte mit den Schultern. »Weißt du, manchmal denke ich auch daran. Es kann durchaus sein, dass Beatrice mit dem Mann, den sie danach geheiratet hat, sehr glücklich war, das weiß man ja nicht. Außerdem hatte sie eine Tochter. Liebe hat viele Gesichter, anders als die Leidenschaft. Sie verschlingt dich und lässt dich immer am Limit leben.«

Elena hätte wetten können, dass Monique aus eigener Erfahrung sprach. Aber sie wollte sie nicht fragen, schon gar nicht nach Jacques. Umgekehrt fragte Monique auch nicht mehr, wie es mit Cail weiterging. Als ob zwischen ihnen so etwas wie Scheu entstanden wäre. Sie suchten sich und manchmal fanden sie sich auch, so wie in diesem Moment, aber sie waren nicht mehr so vertraut miteinander wie früher.

»Kommt Aurore heute wieder vorbei?«

Elena nickte. »Sie ist sehr begabt, und wenn es ihr Spaß macht, könnte sie später eine richtige Ausbildung beginnen.«

»In Grasse?«, fragte Monique.

»Ja. Oder beim Institut Supérieur International du Parfum in Versailles. Ihre Eltern sind vermögend, am Geld für die Ausbildung scheitert es sicher nicht. Das einzige Hindernis könnte die Aufnahmekommission sein, die ihre Qualifikation beurteilen muss.«

Monique verzog den Mund. »Sie könnte genauso gut bei dir lernen.«

Elena runzelte die Stirn. »Was redest du denn da? Du weißt sehr wohl, dass zwischen dem, was wir beide gelernt haben, und dem breiten Spektrum der Parfümeurkunst ein himmelweiter Unterschied besteht. Nach einem Studium an der ISIPCA hätte sie eine wesentlich bessere berufliche Perspektive.«

»Bleibt das Problem, dass man ein angemessenes Äußeres haben sollte, um dort aufgenommen zu werden. Auf den schönen Schein kommt es nun mal an. In der Welt der Düfte trifft dies ganz besonders zu, da ist Ästhetik eine Lebensphilosophie. Aurore hingegen… ich weiß nicht recht. Sie müsste sich anpassen. Das könnte sie einiges an Überwindung kosten. Sie müsste sich verbiegen, und das finde ich nicht richtig«, sagte Monique nachdenklich.

»Meiner Meinung nach ist es noch zu früh für solche Schlussfolgerungen. Vielleicht bleibt es ja auch nur eine Leidenschaft, wer weiß?«

Monique schüttelte den Kopf. »Sie schnuppert an allem, was ihr zwischen die Finger kommt, sie wirkt auf mich wie ein weiblicher Grenouille.«

»Pass nur auf, dass sie nicht an dir schnuppert«, spottete Elena. »Die Romanfigur gefällt ihr übrigens gar nicht, sie mag Proust und seine *Madeleines.*«

»Das wundert mich nicht.«

Während Elena mit Aurore arbeitete, vertrat Monique sie im Laden, aber danach musste sie gleich gehen. Als Elena schließen wollte, betrat eine Frau mittleren Alters den Raum.

»Guten Abend, *Madame*, ein Freund von mir hat bei Ihnen ein Parfüm gekauft. Er meinte, Sie gehen auch auf ganz persönliche Wünsche ein, ist das richtig?«

»Das stimmt. Folgen Sie mir bitte«, sagte Elena und bat die Kundin zum Sofa.

Die elegant wirkende Dame hatte die Haare zu einem Knoten zusammengefasst. Sie duftete nach Vanille, dezent und raffiniert zugleich, wie ihr gesamtes Auftreten. Ihr Parfüm erzählte noch mehr von ihr, von ihrer Wesensart, ihrer Willensstärke und von einer gewissen Extravaganz: eine Spur Iris, Moschus, Bittermandel. Sie roch nach Natur und Regen, dessen Tropfen noch von ihrem Mantel perlten. Die Dame stellte den Schirm in den Ständer und zog langsam den Mantel aus. Darunter trug sie ein nachtblaues Kleid, von dem sich deutlich eine Perlenkette abhob. Sie blickte sich um.

»Haben Sie etwas Spezielles im Sinn?«, fragte Elena mit einem Notizblock auf den Knien.

»Ja, ich möchte gerne etwas Schlichtes, das genau passt«, antwortete sie und setzte sich neben Elena.

»Wie bitte?«

Die Dame runzelte die Stirn. »Ich verstehe nicht recht?«

Elena lächelte sie an. »Sie wünschen sich ein schlichtes, passendes Parfüm. Gut, aber passend für wen?«

»Für mich natürlich.«

»Wer sind Sie? Was könnte zu Ihnen passen?«

Nun war die Dame verwirrt, doch ihre Reaktion war nicht ungewöhnlich. Nur selten hatte ein Kunde eine klare Vorstellung, wenn es darum ging, seine eigenen Wünsche zu definieren. Nicht selten stellte sich eine vermeintlich feste Überzeugung hinterher als vage Annahme heraus.

»Sagen Sie, *Madame* …?«

»Dufour, Babette Dufour.«

Elena begann die üblichen Fragen zu stellen, woraufhin ihr Madame Dufour von ihren Gefühlen, ihren Wahrnehmungen und ihren Wünschen erzählte. Elena notierte alles und versuchte sich dann vorzustellen, welche Art von Duft den Wünschen der Kundin entsprechen könnte, ganz ähnlich wie in der Aroma- oder Parfümtherapie. Aus den in ihrer Vorstellung ausgewählten Duftbausteinen versuchte Elena, ein ganz auf diese Frau zugeschnittenes Parfüm zu kreieren. Wenn sie sich für einen Weg entschieden hätte, würde sie ihn unbeirrt zu Ende gehen. Dieser Moment war entscheidend, denn er war die Basis für den nachfolgenden kreativen Prozess. Ihre Empathie und die Fähigkeit, die Vorstellungen der Kundin zu erspüren, unterschieden Elena von den anderen und machten sie zu einer außergewöhnlichen Parfümeurin.

»Ich werde mir etwas für Sie überlegen und Sie dann anrufen, damit Sie verschiedene Varianten testen können. Als Ausgangspunkt stelle ich mir einen leichten, fast klassischen Duft vor: eine fruchtige Kopfnote, eine blumige Herznote und eine lebendige Basisnote.«

Babette nickte begeistert. »Das gefällt mir sehr, besonders das ›lebendig‹.«

Das überraschte Elena nicht. Ein Quäntchen Veränderung machte das Leben interessanter.

Im Laufe des Januars war der Schnee in Matsch übergegangen, alles war vereist. Der Geruch von verbranntem Holz lag über der Stadt, vermischt mit den Abgasen der Autos und den Heizungsanlagen sowie den Rauchschwaden der Biwakfeuer unter den Seine-Brücken. Ein schwerer, aufdringlicher Geruch, der durch die Luft waberte und an einem kleben blieb. Elena konnte es kaum noch ertragen und hoffte inständig, dass der Wind die Smogglocke hinwegfegte, die Paris zu erdrücken schien. Ihr kam in den Sinn, dass in Grasse der Mistral wehte und an solchen Tagen der Himmel strahlend blau und hell wie Kristall war.

Dass Cail unterwegs war, hob auch nicht gerade ihre Stimmung. Sie war seit einiger Zeit überempfindlich, was zum Teil dem Tagebuch, zum Teil aber auch der Ultraschalluntersuchung geschuldet war, die für diesen Tag angesetzt war.

»Ciao.«

Elena ließ den Blumenstrauß, den sie gerade in den Händen hielt, auf den Tisch fallen und rannte auf Cail zu, der in der Tür stand. Er breitete die Arme aus, und nachdem er sie umarmt hatte, hob er sie hoch, bis ihre Augen auf gleicher Höhe waren.

»Warum hast du so lange gebraucht?«, beklagte sich Elena.

Cails Antwort war ein hingebungsvoller Kuss. Elena beschloss, bei einem solch überzeugenden Argument auf eine Erklärung zu verzichten.

»Ich bin gekommen, so schnell ich konnte«, sagte er nach einem weiteren Kuss, dann gab er sie frei. »Die Ultraschalluntersuchung ist heute Nachmittag?«

»Ja. Um fünf müssen wir in der Klinik sein. Aber wenn du zu müde bist …«

»Ich hole dich gegen vier ab, wir sind besser ein bisschen früher da. Bleibt Monique im Laden?«

»Ja.«

»Gut, dann bis später.«

Elena sah ihm nach, bis er auf dem Treppenabsatz verschwunden war. Ein Seufzen entfuhr ihr, was sie überraschte. Wie ein Teenager, dachte sie.

»Pass bloß auf, Caillen McLean«, murmelte sie und ging wieder rein.

Als Elena das erste Mal den Herzschlag ihres Kindes gehört hatte, war sie danach so aufgeregt, dass sie die ganze Nacht kein Auge zugetan hatte. Als sie damals die Klinik verlassen hatte, stand Cail am Hauptportal und behauptete, rein zufällig gerade vorbeigekommen zu sein. Sie glaubte ihm kein Wort. Bestimmt hatte er die ganze Zeit auf sie gewartet. Deshalb verkündete sie ihm beim nächsten Mal Datum und Uhrzeit lange im Voraus, damit er nichts überstürzen musste, um rechtzeitig vor Ort zu sein.

»Das hier ist das Händchen. Eins, zwei, drei, vier und fünf Finger. Sehen Sie? In der zwanzigsten Woche machen wir einen letzten morphologischen Ultraschall, aber wie es aussieht, ist alles in bester Ordnung.«

Doktor Rochelle hatte in ihrem Beruf schon alles erlebt.

Aber eine Frau und ein Mann, die sich in fast religiöser Andacht aneinanderklammerten, die Augen starr auf das Ultraschallbild gerichtet, das erlebte sie nur selten. Die beiden waren sehr gerührt und voller Bewunderung. Er war ein außergewöhnlicher Mann, hochgewachsen und athletisch, mit klarem, durchdringendem Blick. Jedenfalls wenn er nicht gerade auf seine Freundin schaute.

»Ich nehme an, das ist Ihr erstes Kind.«

»Ja!«

Sie hatten gleichzeitig geantwortet. Dann war Cail zusammengezuckt und etwas zur Seite gerückt. Vielmehr hatte er es versucht, bevor Elena nach seiner Hand griff und sie an die gleiche Stelle zurücklegte, wo sie einige Sekunden zuvor gelegen hatte, nämlich auf der Rundung ihres mit Gel beschmierten Bauches. Als sie kurze Zeit später die Praxis verließen, hielten sie sich an den Händen.

Als Doktor Rochelle an diesem Abend die Patientenakten kontrollierte, fiel ihr auf, dass in der Akte von Elena Rossini ein Eintrag fehlte. Das Feld unter dem Namen des Vaters war leer geblieben.

Seltsam, dachte sie. Dann ergänzte sie: Caillen McLean. Gut, dass sie sich noch an seinen Namen erinnerte. Einen solchen Mann vergaß man nicht so leicht.

Einige Wochen später war Cail erneut auf Reisen. Elena blieb allein in Paris und widmete sich engagiert der Parfümerie. Sie destillierte, filterte und probierte nach Herzenslust aus. Sie stellte Puder, Pflanzenwässer und Kerzen nach den gleichen Methoden wie ihre Ahnen und Urahnen her, die sich ihrerseits von einer über viele Jahrhunderte gewachsenen, bodenständigen Handwerkstradition hatten inspirieren lassen.

Inzwischen kümmerte sich Elena fast um alles, während Monique sich immer mehr zurückzog. Das lag nicht etwa an Jacques, sondern an Le Notre. Aber wenn Cail nicht da war, dann half Monique zuverlässig aus. Elena hätte wetten können, dass die beiden einen Pakt geschlossen hatten, von dem sie nichts wusste.

Dass Cail ihre Freundin gebeten hatte, sich um sie zu kümmern, störte sie schon ein bisschen. Dennoch gab es immer wieder Momente, in denen ihr seine rührende Fürsorge schmeichelte. Sie war so lange Zeit alleine gewesen, da tat es gut zu wissen, dass jemand an ihrer Seite war.

Mit dem Fortschreiten der Schwangerschaft ermüdete Elena zunehmend schneller. Zum Glück kam Aurore immer öfter in den Laden.

»Danke, dass du gekommen bist«, begrüßte sie das Mädchen.

»Die Arbeit macht mir Spaß, das weißt du doch.«

Aurore erinnerte schon lange nicht mehr an die zickige, ausgeflippte junge Frau, die sich um die Weihnachtszeit bei Elena vorgestellt hatte. Sie machte große Fortschritte und gewann immer mehr an Sicherheit und Ausgeglichenheit. Parfüms panschte sie schon lange keine mehr zusammen. Elena hatte ihr gezeigt, wie man Essenzen harmonisch kombinierte, nichts Spektakuläres, nur einige grundsätzliche Regeln. Aurore hatte sich als wissbegierige Schülerin erwiesen. Ihr Enthusiasmus war grenzenlos, und sie brannte regelrecht darauf, endlich ein richtiges Parfüm zu kreieren.

Für Parfüm tat Aurore alles. Wenn Elena ihr vorschlug, einige Passagen in einem Fachbuch zu lesen, dann las sie es meist ganz und suchte anschließend nach weiteren Informationen zum Thema. Inzwischen war sie mit der Materie bestens vertraut, selbst mit der technischen Seite. Elena hatte ihr alles Schritt für Schritt erklärt. Schon sehr bald würde ihr großer Tag kommen.

Auch Aurores Äußeres hatte sich verändert, wofür mit Sicherheit Monique verantwortlich war, da war Elena sicher. Die zerrissenen Jeans und die schlabberigen schwarzen T-Shirts, mit denen Aurore provozieren wollte, waren heiteren Farben und figurnahen Kleidungsstücken gewichen. Sie hatte aufgehört, sich die Haare zu färben, und war eines Tages mit einer gepflegten bernsteinfarbenen Langhaarfrisur im Laden erschienen. Elena und Monique waren sprachlos gewesen.

»Ich kenne Frauen, die für diese Haarfarbe alles geben würden, und du hast sie unter einem hässlichen Schlumpfblau verborgen.«

Im Gegensatz zu Monique hatte Elena nichts dazu gesagt.

Aus dem Blickwinkel einer erwachsenen Frau konnte sie das Entsetzen ihrer Großmutter über die Verrücktheiten ihrer Enkelin auf einmal verstehen.

Sie hatte sich damals einiges geleistet, wenn sie so richtig darüber nachdachte.

Das Parfüm war ein triumphaler Erfolg. Alle Erwartungen haben sich erfüllt. Bald werden sie heiraten.

Ich werde nie wieder etwas so Einmaliges schaffen. Aber nichts wird an sie erinnern, weder im Königreich Frankreich noch anderswo. Bisweilen hat das Parfüm gerochen, als ginge man unter einem Rosenbogen hindurch, erst im hellen Sonnenschein und dann in tiefer Nacht, wenn das flüchtige Licht die Blätter tränkt und die kleinen Wölkchen aussehen, als wären sie aus Silber.

Er ist glücklich, man vernimmt sein gieriges Lachen, in Erwartung all dessen, was ihm bald schon gehören wird, dieser unermessliche Reichtum. Er raubt meinem Herzen die Freude, den Sternen das Licht und bemerkt es nicht einmal.

Kann man aus Liebe sterben? Wie viel Schmerz kann eine Seele ertragen?

Das frage ich mich, während ich lächle, obwohl ich mir wünsche, dass die Tränen meine Schmerzen lindern. Sein Glück ist mein Unglück. Ich werde diese Qualen alleine ertragen. Ich habe mir Illusionen über seine Liebe gemacht.

Er wird mich verlassen.

Ich habe keine Ehre, aber das ist ohne Bedeutung. Ich würde mich ihm zu Füßen werfen, wenn er es verlangte. Aber diese Gedanken sind nutzlos. Nutzlos und grausam.

Das, was er braucht, gehört ihm bereits.

Ich muss gehen, bevor er mich wegschickt.

Elena schloss das Tagebuch, und wie beim letzten Mal schnürte ihr der Schmerz die Kehle zu. Wie oft hatte sie diese Zeilen bereits gelesen? Sie kannte den Text inzwischen auswendig. Aber der Schmerz, den diese Worte in ihr auslösten, war immer noch präsent. Vielleicht hing es damit zusammen, dass der Text nicht der Feder eines Schriftstellers entsprang, sondern tatsächlich Erlebtes in seiner ganzen tragischen Wahrheit schilderte. Das war das Leben. Das war ein Teil ihrer Familiengeschichte.

Beatrice Rossini und ihr geheimnisvolles Parfüm.

Elena versuchte sich von der Melancholie zu befreien und das Gefühl tiefen Bedauerns abzuschütteln, das die Lektüre der Seiten in ihr geweckt hatte. Dieses Parfüm musste unvergleichlich elegant gewesen sein. Der Cavaliere hatte es in einen Goldflakon umfüllen lassen, um den Wert des Geschenks an seine Auserwählte zu unterstreichen.

Nur was war das Besondere an der Rezeptur? Welche Essenzen hatte Beatrice beigemischt? So viele Möglichkeiten hatte es im siebzehnten Jahrhundert in Frankreich nicht gegeben.

»Du liest immer noch?«

Elena erhob sich. »Es will mir einfach nicht gelingen, die einzelnen Duftbausteine zu entschlüsseln, Cail. Für meine Vorfahren war die Suche nach der Formel noch viel schwieriger, ganz ohne Internet. Sie hatten bei weitem nicht meine Möglichkeiten, und trotzdem schaffe ich es einfach nicht. Wo könnte Beatrice die Formel versteckt haben? Ich bekomme es einfach nicht raus.«

Cail überlegte, ob er Elena in seine Vermutungen einweihen sollte. Er hatte eine Theorie. Seiner Meinung nach war die Wahrscheinlichkeit groß, dass das geheimnisvolle Schloss der Schlüssel zu dem Geheimnis sein könnte. Doch bevor er Elena damit konfrontierte, wollte er erst weitere Nachforschungen anstellen, auch wenn er der Lösung des Geheimnisses bereits sehr nahe war.

»Madame Binoche hat angerufen. Sie hat ihr Buch fast beendet. Die Idee mit dem Notre-Dame-Parfüm gefällt ihr noch immer. Bei Narcissus war sie nicht mehr gewesen, sie möchte stattdessen mir den Auftrag geben.«

»Ja, das hast du mir schon erzählt. Aber sie muss sich gedulden. Ich muss wieder weg, dieses Mal übers Wochenende. Was hältst du davon, mich zu begleiten? Dann können wir uns endlich das Schloss von Beatrice ansehen.

21.

Zedernöl. Wird aus dem Holz von Zedern gewonnen und ist eine der ältesten Essenzen überhaupt.
Es stärkt den Geist und wacht über ihn. Außerdem hilft es, einen klaren Kopf und das Gefühl für das Machbare zu wahren. Nicht zuletzt schärft es die Sinne.

Farben und Gerüche, das war die Provence. Elena erinnerte sich noch sehr gut daran, und die Gefühle wirbelten auf einmal durch ihren Körper, unschlüssig, wo sie bleiben sollten. Ein bisschen wie die Schmetterlinge, die sie vor wenigen Monaten im Gewächshaus gesehen hatten. Sie flatterten hin und her, um sich unvermittelt irgendwo niederzulassen. Nur dass es fast unmöglich war herauszufinden, wo.

»Wir sind fast da. Geht's dir gut?«

»Ja, alles in Ordnung.« Das stimmte nicht. Ihr ging es gar nicht gut. Plötzlich schien ihr diese Reise keine gute Idee mehr zu sein.

»Wenn du dich weiter so am Gurt festklammerst, wirst du ihn noch zerreißen.«

»Du bist ja versichert«, antwortete sie beiläufig, die Augen fest auf die Windschutzscheibe des Geländewagens gerichtet, den Cail am Flughafen gemietet hatte.

Die nicht enden wollenden Lavendelfelder rechts und links der Straße wirkten wie silbern schimmernde Wege ins

Nichts. Sie zogen sich die Hügel hinauf und hinunter und schienen mit dem Himmel zu verschmelzen, um schließlich doch wieder aufzutauchen. Wenn sie im Juni blühten, käme zum Silbergrau der Blätter das tiefe Blau der Ähren hinzu.

Und erst der Duft. Es gab nichts, was dem Geruch von blühendem Lavendel gleichkam. Tagsüber wurde der betörende Duft vom Summen der Bienen begleitet, in der Nacht vom Zirpen der Grillen. An diesem Aprilmorgen war der Himmel strahlend klar, wie blank geputzt.

»Noch zwanzig Minuten und wir sind zu Hause«, sagte Cail.

Elena versteifte sich. »Schlafen wir nicht im Hotel?«

Er schaltete herunter und fuhr langsamer. »Wenn du willst. Wir können tun und lassen, was wir wollen. Aber warum Hotel?«

»Ich möchte dir keine Schwierigkeiten machen ...«

»Das tust du nicht. Also bleib ganz locker, okay?«

Elena fuhr sich nervös mit den Händen durchs Haar, als wollte sie einen Knoten machen. Danach ließ sie es wieder auf die Schultern fallen.

»Das machst du in letzter Zeit dauernd«, sagte Cail, nachdem er sie prüfend gemustert hatte.

»Was? Was mache ich in letzter Zeit dauernd, bitte?«

»Mit den Haaren spielen, sie zusammenfassen und dann wieder fallen lassen.«

Erneut umklammerte Elena den Sicherheitsgurt und zog ihn ein Stück von sich weg. Sie hatte den Eindruck, erdrückt zu werden. »Ich bin nervös, das ist alles.«

»Okay, verrätst du mir, warum?«, fragte Cail.

Elena atmete tief ein. »Normalerweise ist mir das egal, okay.«

»Was denn? Den anderen zu gefallen? Entschuldige, aber

das bezweifle ich. Du willst immer allen gefallen, das ist ganz wichtig für dich.«

»Aber … das ist schrecklich«, stammelte sie und sah ihn mit weit aufgerissenen Augen an, in denen sich eine Mischung aus Unbehagen und Empörung widerspiegelte.

»Nein. Schrecklich ist der Gedanke, dass man nur gemocht wird, weil man sich so benimmt, wie die anderen es erwarten. Schrecklich ist es, derart unsicher zu sein, dass man gar nicht begreift, worauf es wirklich ankommt. Sich von rücksichtslosen Egoisten erpressen zu lassen, nur um des lieben Friedens willen. Das ist schrecklich, Elena.« Er sagte es ernst und in dem gleichen sachlichen Ton wie zuvor, als er ihr etwas gezeigt hatte, das sie aber schon wieder vergessen hatte. »Mit solch perversen Methoden werden auch Kinder und Erwachsene erpresst«, fügte Cail hinzu. »Wenn du das tust, dann habe ich dich nicht mehr lieb. Das ist im Grunde die Absicht dahinter. Schau dich an, Elena, du bist wunderschön, innerlich und äußerlich. Lass dich nicht von deiner Verletzlichkeit leiten …«

Eine Weile war es still im Wagen, dann ließ sie den Gurt los, faltete die Hände und starrte wieder aus dem Fenster. »Ich lasse mir nicht gerne in die Seele schauen.«

Cail lächelte. »Dass ich es so gut kann, macht dich nervös. Ich sage dir immer die Wahrheit, egal, was du tust oder sagst. Du weißt genau, dass ich meine Meinung über dich trotzdem nicht ändere. Deshalb magst du mich ja so.«

Das auch noch! Elena warf ihm einen flammenden Blick zu. Aber bei Cails Gesichtsausdruck musste sie sich auf die Lippe beißen, um das Lachen zu unterdrücken, das sie im Hals kitzelte. »Ich mag gar nicht dich, ich mag nur dein Parfüm. Es tut mir leid, dich enttäuschen zu müssen, aber so ist es.«

Cail lächelte erneut. »Ich benutze gar kein Parfüm. Wenn ich das tun würde, könnte ich die Rosen nicht riechen.«

Elena war verwirrt, sie konnte Cails Parfüm deutlich riechen, selbst in diesem Moment. Intensiv, würzig und liebenswert, genau so, wie sie ihn von der ersten Minute an wahrgenommen hatte. Noch bevor sie scin Gesicht gesehen hatte.

»Es ist nun mal so. Finde dich damit ab.«

Elena verdrehte die Augen, dann beugte sie sich vor und schaltete das Radio ein. Nach einigen Minuten schaltete sie es wieder aus und spähte zu Cail hinüber.

»Glaubst du, wir werden die Lösung im Schloss finden?«

»Ganz ruhig, Elena. Es wird alles gut. Meine Eltern werden dich lieben. Das ist vorprogrammiert, glaub mir. Sie können gar nicht anders, selbst wenn sie es wollten. Du betrittst die Herzen der Menschen durch die Hintertür, einfach so. Es ist fast unmöglich, dich wieder wegzuschicken. Was Beatrice betrifft, kann ich dir nichts versprechen, wir werden es erfahren, wenn wir dort sind.«

Stille. Cail runzelte die Stirn, dann sah er zu Elena, die sich auf dem Sitz zusammengekrümmt hatte, als wollte sie darin verschwinden.

»Hey... was ist los? Sollen wir anhalten?«, fragte er fürsorglich.

»Kannst du mir nicht einfach sagen, dass du mich gern hast?«

Cail grinste. »Das wäre zu oberflächlich, findest du nicht? Im Moment kann ich dir eben manches nicht erklären. Die Zeit, erinnerst du dich? Wir habe schon mal darüber gesprochen.«

Elena schnaubte. »Ja, ja... die Zeit, das Kind, blablabla.«

Die nächsten Kilometer sagte keiner ein Wort. Nachdem sie Avignon passiert hatten, bogen sie von der Haupt- auf eine kleine Nebenstraße ab, die sich durch die Landschaft schlängelte. Bald machten die ebenen Wiesen sanften Hügeln Platz, auf denen Häuser und kleine Gehöfte zu erkennen waren. An den Hängen erstreckten sich weite Felder mit Blumen, Weinstöcken und Olivenbäumen, als hätte jemand eine bunte Decke darübergelegt.

»Das ist La Damascena«, sagte Cail und zeigte auf eine Steinmauer, die von einem Eisentor unterbrochen war. »Zehn Hektar mediterrane Vegetation, uralte Olivenbäume und die Gewächshäuser, in denen wir Rosen züchten. Es fließt sogar ein Bach hindurch. Angus, mein Vater, hat ihn zu einem künstlichen See umgeleitet, damit nach starken Regenfällen das Wasser nicht die Felder überschwemmt. Ganz oben steht das Herrenhaus. Dann gibt es noch eine Dépendance, in der meine Schwester Sophie wohnt. Ein Stück weiter talwärts steht mein Haus.«

Während er redete, fingen seine Augen an zu strahlen. Aus seiner Stimme sprach leiser Stolz auf seine Familie, die über Generationen hinweg mit ihrer Hände Arbeit diesen Besitz erschaffen hatte. Elena empfand etwas Ähnliches für den Palazzo der Rossini. Obwohl sie sich dort nie richtig wohlgefühlt hatte, war sie zurückgekehrt, als hätte der Ort sie gerufen, genau wie es Cail mit La Damascena erging.

»Wo wohnen wir?«, fragte sie mit leichter Sorge.

»In meinem Haus natürlich. Es ist zwar nicht groß, aber es hat zwei Schlafzimmer, und wir haben dort ausreichend Platz. Und mehr Freiheit. Wenn meine Mutter dich erst mal in den Fingern hat, ist es verdammt schwierig, dich wieder zu befreien.«

Wirklich beruhigend klingt das ja nicht, dachte Elena. »Ich… hast du ihr von dem Baby erzählt?«

Cail schwieg.

Elena fuhr sich mit der Zunge über die Lippen. »Ich möchte dich nicht in Schwierigkeiten bringen…«

»Wieso? Bleib ganz ruhig, wir sind da«, sagte er und ignorierte Elenas eigentliche Frage, die ihm schwer im Magen lag.

Wahrscheinlich hätte sie den Dialog gerne fortgesetzt, der mehr offen ließ, als er klärte, aber dazu war jetzt keine Möglichkeit mehr. Nachdem Cail die Türautomatik betätigt hatte, fuhren sie weiter. Der Weg mündete in ein mit Kies aufgeschüttetes Rund. Vor ihnen erhob sich ein stattliches Anwesen, das einmal eine Mühle gewesen sein musste, wie das stillgelegte Wasserrad in dem vorbeifließenden Bach nahelegte. Das Herrenhaus stand etwa hundert Meter weiter links. Es war sicher das neueste Gebäude, dreistöckig und aus weißem Kalkstein gemauert. Die blau gerahmten Fenster schienen in der Mittagssonne zu lächeln. Neben dem massiven Eingangsportal standen mehrere Terracottakrüge, die Elena an Florenz erinnerten. Dazu Rosen, so weit das Auge reichte. Sie rankten sich die Mauern hoch, wuchsen in Töpfen und Beeten. Rote, gelbe, rosafarbene, in allen Farbschattierungen und Formen, kelch-, zwiebel- oder spindelförmig. Manche Blütenknospen waren schmal und elegant, andere prall und rund.

Cail parkte vor dem Haus und half Elena beim Aussteigen.

»Endlich, ich dachte schon, du hättest es dir anders überlegt.« Eine gut aussehende Frau mittleren Alters kam freundlich lächelnd auf sie zu.

Elena versteifte sich. »Bitte lass mich nicht los«, murmelte sie.

Cail suchte nach ihrer Hand und verschränkte seine Finger mit den ihren. »Niemals«, flüsterte er und verstärkte den Druck.

»Wir haben unterwegs eine Pause gemacht, um die Aussicht zu genießen«, antwortete er. »Mama, das ist Elena.«

»Natürlich, wer sollte sie sonst sein?«, erwiderte Elizabeth McLean und löste sich aus der Umarmung ihres Sohnes. »Willkommen, meine Liebe. Falls mein Sohn die Freundlichkeit haben sollte, deine Hand loszulassen, möchte ich dich gerne richtig begrüßen.«

»Danke«, sagte Elena leise.

Elizabeth duftete nach Rosen, ganz zart und dezent, wie eine Knospe kurz nach dem Aufbrechen. Wenig später gesellten sich noch Gardenie und Vanille dazu. Ein heiterer Duft, genauso wie der Blick, den die Ältere ihr zuwarf.

Ein solch warmherziges Willkommen hatte sie nicht erwartet. Als kurz darauf Angus McLean auftauchte, war keine Vorstellung mehr nötig. Bei seinem Anblick war Elena klar, wie Cail in etwa dreißig Jahren aussehen würde.

Der Mann nahm sie in den Arm und küsste sie auf beide Wangen.

»Donnerwetter, mein Sohn. Du warst immer schon für eine Überraschung gut, aber gleich zwei?«, sagte er und deutete auf Elena. »Dieses Mal hast du dich selbst übertroffen, Respekt.«

Elena, Cail und Elizabeth versuchten die Anspielung zu ignorieren, doch Angus hörte nicht auf, seinem Sohn zu gratulieren, ihm aufmunternd auf die Schulter zu klopfen und ihn stolz und überglücklich anzulächeln. Elena fiel auf, dass er wie Cail nach Rosen roch. Vater und Sohn waren beide hochgewachsen und von kräftiger Statur, nichts an ihnen wirkte geziert. An Angus nahm Elena außerdem noch schwarzen Pfeffer und eine Zedernholznote wahr. Ein intensiver, eigenwilliger Duft.

Von der ersten Minute an verwöhnten Cails Eltern Elena

nach Strich und Faden. Angus zeigte ihr den Garten und die Gewächshäuser, während Cail Hermine aus der Garage holte, um ein paar Runden mit ihr zu drehen. Auch noch nachdem er hinter der Kurve verschwunden war, spürte Elena das vibrierende Brummen, aber auch eine vage Angst, die ihr den Magen zusammenschnürte. Aber bevor das Gefühl konkreter werden konnte, hörte sie ihn schon zurückkehren, und als er den Helm absetzte und ihr zuzwinkerte, musste sie lächeln.

Dann kam Sophie. Cails Schwester war eine wahre Schönheit, was ihr aber nicht wichtig zu sein schien. Auch sie duftete nach Rosen, aber irgendwie fruchtiger, mit einem Hauch sonnengereifter Zitrusfrüchte. Die hauchzarte Kopfnote ihres Parfüms verband sich mit Jasmin, was den Gesamteindruck verstärkte.

Sophie bombardierte Elena geradezu mit Fragen über Parfüms und ihre Herstellung. Sie war Expertin in Bezug auf Pflanzen, aus denen ätherische Öle gewonnen wurden, besonders was die vom Aussterben bedrohten Arten anging.

Cail hatte ihr erzählt, dass seiner Schwester der Umweltschutz sehr am Herzen lag. Sie war Grundschullehrerin und widmete sich in ihrer Freizeit der Zucht von autochtonen Wildpflanzen, die sie nach erfolgreicher Kultivierung wieder an ihren ursprünglichen Standorten ansiedelte. Cail unterstützte sie dabei. Außerdem gehörten sie beide einer Umweltschutzorganisation an.

»Wie sieht es mit Pottwalen, Moschustieren, Bibern und Zibetkatzen aus? Stimmt es, dass die Organe dieser Tiere zur Parfümherstellung benutzt werden?«

Elena wählte ihre Worte sorgfältig. »Ich könnte darauf mit Ja antworten, aber das wäre nicht ganz zutreffend. Grauer Amber zum Beispiel ist eine Substanz, die im Verdauungstrakt des Pottwals entsteht, eine absolute Rarität. Was die anderen Tiere angeht, werden diese Duftstoffe heute künstlich hergestellt.«

»Wirklich?«

»Ja. Zum Teil, weil es gesetzlich verboten ist. Die Parfümeure, mit denen ich zusammengearbeitet habe, haben diese Ingredienzien seit Jahren durch synthetische Substanzen ersetzt, was in vielerlei Hinsicht sinnvoller ist«, erklärte sie.

»Das heißt, du verzichtest auch darauf?«

»Parfümeurin zu sein, bedeutet für mich, Respekt vor der Natur zu haben. Zwar ist die Zahl an Essenzen dann beschränkt, aber das ist gut so. Ich denke, jeder Parfümeur muss seine eigene Haltung zu dieser Frage entwickeln, denn auch die Gewinnung natürlicher Essenzen kann der Umwelt schaden. Sandelholz zum Beispiel stammt von einer seltenen, kostbaren Holzart, und um einen einzigen Liter ätherisches Bergamotteöl zu gewinnen, braucht man Unmengen von Wasser. Hier können Laborprodukte eine Alternative sein. Man muss den Mythos ›natürlich ist gut, synthetisch ist schlecht‹ entzaubern. Die Entscheidung muss nach bestem Wissen und Gewissen und nach ökologischen Gesichtspunkten getroffen werden.«

Sophie hörte Elenas Erklärungen gespannt zu. Ihre Augen waren von einem so dunklen Blau, dass sie fast schwarz wirkten und ihrem Blick noch mehr Tiefe verliehen. Die blonden Haare und die helle Haut hatte sie von ihrer Mutter geerbt. Cail dagegen kam eher nach seinem Vater, der mit einem gewissen Stolz noch immer eine kastanienbraune Löwenmähne trug, die nur an den Schläfen leicht ergraut war.

Die beiden Männer saßen vor dem ausladenden Natursteinkamin des riesigen Esszimmers und waren in ein lebhaftes Gespräch vertieft. Elizabeth deckte den Tisch und blickte hin und wieder zu ihnen hinüber. Elena konnte nicht hören, worüber sie sprachen, beobachtete sie aber mit einer gewissen Unruhe.

»Das ist immer so«, sagte Sophie, »mein Vater lässt gern mal die Muskeln spielen, aber Cail ist anders. Ich habe noch nie einen so eigensinnigen Menschen erlebt.«

Elena lächelte, doch die Unruhe blieb. Was, wenn sie der Grund für diese Diskussion war?

Sophie schien ihre Gedanken lesen zu können und gab ihr einen aufmunternden Klaps auf die Schulter. »Egal was er sagt, Cail wird ihm widersprechen, dieser Querkopf«, fuhr sie fort und hielt ihr ein Glas Wein entgegen, der nach Brombeeren duftete. »Papa ist trotzdem stolz auf ihn und preist die Erfolge und genialen Ideen seines Sohnes, wo es nur geht. Weißt du, dass Anfang Juni in Paris der Rosenzüchter-Wettbewerb im Parc de Bagatelle stattfindet?«

Elena nickte.

»Wir nehmen dieses Jahr mit einer ganz besonderen Neuzüchtung daran teil. Ich glaube, dass die Rose meines Bruders gewinnen wird, ich bin sogar sicher. Die beiden diskutieren jedoch immer noch darüber, und Cail lehnt alles ab, was Papa vorschlägt. Er weiß genau, was er präsentieren will. Seine rote Rose.«

Elena würde Cail zu dem wichtigsten Termin der Saison begleiten und freute sich schon sehr darauf.

Da kreuzte Cails Blick den ihren, und er hob sein Glas.

Elena war verblüfft. »Die Debatte scheint ihn nicht weiter aufgeregt zu haben«, flüsterte sie.

»Warum auch?«, fragte Sophie. »Das macht ihm doch Spaß. Das geht schon seit seinem vierzehnten Lebensjahr so, seit er die Größe seines Vaters erreicht hat. Es war immer schon spannend, den beiden beim Streiten zuzusehen. Bei den starken Persönlichkeiten gibt keiner nach.«

Elena überlegte. Ihre Großmutter war genauso gewesen, während ihre Mutter und sie selbst Konfrontationen möglichst vermieden hatten. Susanna war sogar von zu Hause weggegangen, um sich von allen Fesseln zu befreien.

Und sie? Nun ja, sie konnte ebenfalls ein richtiger Dickkopf sein, wenn sie wollte. Hatte sie sich nicht heftig gegen Lucias Bevormundung gewehrt, wenn sie anderer Meinung war? Sie hätte sogar einen Mann geheiratet, obwohl sie ihn nicht liebte, wenn er sie nicht betrogen und sie ihn nicht dabei erwischt hätte.

Elena musste kichern. Was für ein seltsamer Gedanke. Letztendlich war es ein großes Glück, dass sie Matteo und Alessia ertappt hatte. Natürlich war damals eine Welt für sie zusammengebrochen, aber inzwischen war sie froh darüber. Das klang absurd, doch so war es. Matteos Seitensprung hatte eine Reihe von Ereignissen ausgelöst, die sie ohne Umwege in die Arme von Cail und in ein neues Leben geführt hatten. Ein neues Leben mit einer neuen Elena.

Zum ersten Mal hatte sie den Sinn des Lebens verstanden, hatte Ehrgeiz entwickelt, sich an ein Projekt gewagt und sich Ziele gesteckt.

Sie betrachtete Cail, der noch immer mit seinem Vater sprach. Rede und Gegenrede. Was für ein Mann! Und sie war eine verdammt glückliche Frau.

Sie musste nur die Geburt ihres Kindes abwarten, um hundertprozentig überzeugt zu sein.

»Bist du sicher, dass es wirklich dieses Schloss ist?«

Elena konnte den Blick nicht von der majestätischen Anlage lösen, die sich auf einem flachen Hügel zwischen einem

Dorf und einem üppig grünen Tal erhob. Sie waren früh aufgebrochen und hatten La Damscena bereits im Morgengrauen verlassen. Cail hatte unterwegs bei einem Kunden Station gemacht, danach waren sie nach Lourmarin gefahren.

»Nein, aber es gibt Anhaltspunkte, die mich auf den Gedanken gebracht haben, dass es das sein könnte.«

Elena blickte weiter auf das Anwesen, das ihr irgendwie nicht alt genug vorkam. »Ich weiß nicht, schau dir mal die Türme an und dann weiter nach unten. Sieht das nicht zu… neu aus?«

Cail blickte sie an. »Neu? Du musst bedenken, dass es während der Revolution stark beschädigt wurde. Gut möglich, dass dieser Teil wieder aufgebaut wurde.«

Ja, möglich war es. Elena sah sich um und versuchte Dinge zu entdecken, die Rückschlüsse auf das Tagebuch zulassen könnten, auf das, was Beatrice beschrieben hatte. Sie fuhren ins Dorf, wo die Sonne die hellen Steine der Häuser und mittelalterlichen Türmchen anstrahlte, von denen nur noch Mauerreste übrig geblieben waren.

Durch die engen Gassen schoben sich die Touristenmassen. Im Grunde war Lourmarin wie etliche andere Dörfer in der Provence. Solide Natursteinhäuser, an deren Fassaden sich üppig das Efeu rankte, dazu pittoreske Plätze, gesäumt von Läden, die für die Region typische rote und türkisblaue Stoffe anboten, aber auch Essenzen und Parfüms in Flakons, auf deren Etikett »natürlich« stand, getrocknete Lavendelsträuße, Duftsäckchen und Kräutermischungen. Nicht zu vergessen die vielen Cafés und Restaurants, in denen die Besucher lokale Spezialitäten genießen konnten. Dennoch war Lourmarin etwas Besonderes. Ein Dorf von schlichter Schönheit, unaufdringlich, bodenständig und heiter. Ein Fleckchen Erde, das den Blick weit machte.

»Es hat sich vieles verändert«, sagte Cail.

»Ja, und es gefällt mir sehr gut, aber ich finde nichts, was mich an die Beschreibungen im Tagebuch erinnert.«

Er deutete auf das Schloss auf dem Hügel und ging langsamer, damit ihm Elena besser folgen konnte. Auf ihrem Gesicht begann sich Erschöpfung abzuzeichnen.

»Ich bin ziemlich müde. Was meinst du, sollen wir eine Pause machen?«, schlug er vor.

»Hör auf mit dem Blödsinn und geh weiter. Ich werde dir schon von mir aus sagen, wenn ich müde bin und nicht mehr hinterherkomme«, meinte Elena.

Cail führte ihre Hand, die er fest umklammert hielt, an seine Lippen.

»Was bringt dich überhaupt zu der Annahme, dass gerade dieses Schloss das richtige sein könnte?«

»Du weiß ja, dass ich schon mal dort war. In der Schule haben wir etliche Ausflüge in provenzalische Dörfer gemacht, unsere Geschichtslehrerin hatte eine Leidenschaft für Burgen und Schlösser. In Lourmarin habe ich damals manches gesehen, das mich sehr an die Beschreibungen von Beatrice erinnert hat.«

»Was meinst du genau?«

Doch er musste gar nicht mehr antworten. Als die Türme und der Zwinger in Sichtweite kamen, fiel Elenas Blick auf einen der *gargouilles*.

»Ich dachte immer, sie hätte einen Löwen erwähnt, aber ich habe mich wohl geirrt«, flüsterte sie, die Augen fest auf die steinerne Skulptur gerichtet, die den polygonalen Hauptturm schmückte. »Es ist eher ein Wolf.«

»Beatrice beschreibt nicht genau, um welches Tier es sich

handelt, sie spricht nur von einer Mähne. Im Übrigen ist der Wolf das Symbol der Herren von Lourmarin.«

Elena konnte den Blick nicht von der Skulptur lösen. »Das scheint tatsächlich ein wichtiges Detail zu sein, aber ich glaube nicht, dass wir uns darauf verlassen können. Wasserspeier in Tierform waren in der damaligen Zeit weit verbreitet.«

»Sie hatten ja auch eine wichtige Funktion«, warf Cail ein.

Elena hob verblüfft den Kopf. »Weißt du, dass ich das nie richtig verstanden habe? Es gibt solche Figuren selbst in Notre-Dame. Aber sie machen gar nicht den Eindruck, dass sie zur Wasserableitung dienen, sie wirken eher wie steinerne Wächter«, sagte sie leise.

Sie betrachteten die Tierfigur noch einige Minuten, aber ob es wirklich ein Wolf oder doch ein Löwe war, fanden sie nicht heraus.

Cail wies auf den Eingang. »Gehen wir rein.«

Sie stiegen die Stufen hoch und passierten das Tor. Vor ihnen öffnete sich ein Innenhof mit einem kleinen Teich voller Seerosen. In einer Ecke stand die Statue einer Frau, die sich auszuruhen schien. »Davon war im Tagebuch keine Rede«, murmelte Elena, »zumindest kann ich mich nicht daran erinnern.«

»Vielleicht war die Statue damals noch nicht fertig.«

Das wäre eine gute Erklärung. Wer wusste schon, was danach alles geschehen war. Die Zeit verdrehte und vertuschte vieles.

Sie gingen weiter, vorbei an Blumenbeeten und Ständen, an denen Männer und Frauen in mittelalterlichen Kostümen den Touristen regionale Handwerkserzeugnisse präsentierten. Im Inneren des Schlosses allerdings war alles anders. Die Luft war feucht und stickig. Die Stufen der beeindruckenden Wendeltreppe waren völlig abgetreten, kein Wunder, hatten doch Abertausende Füße im Laufe der Jahrhunderte darauf herumgetrampelt.

Sie mussten nicht sprechen. Elena und Cail lächelten sich nur an und begannen mit der Suche. An die Treppe erinnerten sie sich noch gut. Sie fragten sich, ob es die gleiche war, die der Schlossherr damals genommen hatte, um Beatrice in ihrem Zimmer zu besuchen, ganz oben im Turm.

Sie besichtigten einen Raum nach dem anderen, bewunderten die geschmackvolle Einrichtung, die antiken Möbel und prachtvollen Gobelins. Die Einrichtung musste aus der Zeit nach der ersten Hälfte des siebzehnten Jahrhunderts stammen, jener Zeit, in der Beatrice dort gewesen sein musste.

»Ich glaube, es ist so weit. Du solltest jetzt sagen, dass du müde bist, ich stimme zu und empfehle dir, dich ein bisschen auszuruhen«, sagte Elena.

Sie lösten sich aus der Besuchergruppe, mit der sie unterwegs waren, und Cail brachte sie in einen kleinen Raum. Neben dem Fenster setzten sie sich auf eine Bank, die in die Natursteinwand gehauen war.

»Sie ist zwar nicht besonders bequem, aber man hat eine wunderbare Aussicht über das ganze Tal«, sagte Cail.

Elena hörte ihm gar nicht zu. Sie starrte in eine Zimmerecke, die von einem Paravent verdeckt wurde.

Cail las ihr die Geschichte des Schlosses aus einem Führer vor, den sie am Eingang gekauft hatten. »Erbaut im fünfzehnten Jahrhundert von Foulques D'Agoult auf den Überresten einer Festung. Das *château* hatte danach mehrere Besitzer. Gegen Ende des sechzehnten Jahrhunderts ging es in die Hände der Adelsfamilie Créqui-Lesdiguières über. Das müsste die Zeit sein, die dich interessiert. Charles I. de Blanchfort, das könnte er gewesen sein. Hör mal, hier steht, dass er die Tochter des Grafen François de Bonne geheiratet und ihren Besitz geerbt hat. Aber… Pech gehabt, alles, was sich damals im Schloss befunden hat, ist verloren gegangen. Nur wenige, die in einem Kellerraum versteckten Gegenstände sind erhalten geblieben… Elena, hörst du mir überhaupt zu?«

Sie schüttelte den Kopf und deutete auf den Paravent.

Cail bemerkte, dass ihr Zeigefinger zitterte. »Was ist?«

Elena antwortete nicht. Sie stand auf und ging zu der Spanischen Wand, Cail folgte ihr.

»Schau mal, der Paravent sieht genauso aus wie der von meiner Großmutter.«

Neugierig begutachteten sie das Dekor. Cail ging um den Paravent herum, prüfte den Holzrahmen und konzentrierte sich dann auf die dargestellte Szene. Elena blieb stets hinter ihm.

Ein Adliger und eine Dame tanzten im Garten. Auf dem nächsten Bild führte er sie unter einen Rosenbogen. Man konnte deutlich drei weiße Rosen erkennen. Auf dem dritten Bild war die Frau über einen Arbeitstisch gebeugt und vor ihr stand ein Destillierkolben.

»Ein Destillator, schau.«

Cail nickte fasziniert. Nachdem sie die Bilder einige Minuten lang konzentriert betrachtet hatte, ging Elena auf die andere Seite des Wandschirms, wo eine weitere Szene dargestellt war: drei weiße Rosen, Wasser, Öl, Zitronen, Orangen, Gardenien… Nein, unmöglich, wahrscheinlich Iris. Hier wurde offensichtlich ein Parfüm hergestellt.

Elena verharrte lange vor dem Bild, ehe sie weiterging. Auf dem nächsten Bild mischte die Frau die Essenzen und füllte sie in drei Ampullen. Schließlich blickte Elena auf das letzte Bild, und ihr verschlug es die Sprache.

»Das ist die Formel, Cail. Verstehst du?«, sagte sie und griff nach seinem Arm. »Das ist kein Gemälde, sondern ein Gobelin. Beatrice hat die Formel in diesen Paravent gestickt.«

»Du hast recht.« Hastig ging er zurück und sah sich die einzelnen Abbildungen noch einmal genau an, dann lächelte er. »Ist das des Rätsels Lösung?«

Elena schüttelte den Kopf. »Nein, das ist nur ein Teil der Rezeptur. Es scheint, als hätte Beatrice das Parfüm auf die gleiche Weise hergestellt wie wir heute, sie hat nicht einfach die Essenzen gemischt, sondern hatte die Komposition schon im Kopf. Rose, Zitrus, Iris. Ich weiß natürlich nicht, wie viele Tropfen sie jeweils verwendet hat, ob nur drei oder vielleicht dreißig. Ich muss es ausprobieren«, sagte sie. »Danach hat sie Wasser hinzugefügt, falls das auf dem Bild hier Wasser ist, und drei Monde lang gewartet. Richtig?«

»Ja, am Himmel sind drei Monde zu sehen. Warum meinst du, dass das nur ein Teil ist?«

Elena blickte weiter auf den Paravent. »Es muss noch andere Zutaten geben. In der Werkstatt meiner Großmutter in Florenz steht ebenfalls ein Paravent, ganz ähnlich wie dieser hier. Die Bauart ist die gleiche, nur die Bebilderung ist anders, aber im gleichen Stil.«

»Denkst du, er hat etwas mit dem hier zu tun?«

»Keine Ahnung. Wandschirme hat es damals in jedem Haus gegeben.«

Aber sie hoffte es, sie hoffte es inständig, und die Wahrscheinlichkeit war hoch. Auch wenn das noch nicht die endgültige Lösung war, vielleicht vermochte ihr der Paravent in Florenz wichtige Hinweise zu geben. Es gab also zwei

Wandschirme, einen im Schloss, in dem Beatrice eine Zeit lang gewohnt hatte, und einen an ihrem Heimatort. Zufälle gab es immer, aber Elena war fest davon überzeugt, dass zwischen den beiden eine Verbindung bestand. Vielleicht ergänzte der eine ja den anderen?

»Wenn sich in Florenz wirklich der andere Teil der Formel befindet, dann hatten die Rossinis die Lösung die ganze Zeit vor der Nase. Das ist doch absurd, findest du nicht auch?«, sagte sie nachdenklich.

»Das lässt sich so nicht sagen, ohne den hier«, erwiderte Cail und deutete auf den Paravent. »Wie hätten sie die Botschaft verstehen sollen? Man kann die Formel nur entschlüsseln, wenn man beide Wandschirme kennt.«

»Eine seltsame Art, die Rezeptur eines Parfüms zu verewigen.«

»Nicht, wenn sie geheim gehalten werden soll.« Er zog die Kamera heraus, mit der er bereits den *gargouille* aufgenommen hatte, und begann zu fotografieren.

Sie verließen Lourmarin erst am Abend, nachdem sie den ganzen Tag damit verbracht hatten, nach weiteren Spuren von Beatrice zu suchen. Doch abgesehen von dem Wandschirm und dem Wasserspeier mit dem Wolfskopf hatten sie nichts gefunden.

Vielleicht konnte man ja auch aus den Nachnamen der Dorfbewohner, von denen einige italienische Wurzeln hatten, wertvolle Schlüsse ziehen. Wie es aussah, hatte es bereits unter den ersten Herren von Lourmarin eine starke Einwanderungsbewegung aus dem Piemont gegeben. Die Ansiedlung der Italiener war dadurch begünstigt worden, dass für die Zucht von Seidenraupen zusätzliche Arbeitskräfte gebraucht wurden. Der Migrationsfluss, den Caterina de' Medici, die erste Königin aus dem Hause Medici, gefördert hatte, setzte sich bis zur Regentschaft von Maria de' Medici fort.

Diese Information hatten sie durch Zufall in ihrem Reiseführer entdeckt. Im Zwei-Sterne-Restaurant Le Moulin, in dem sie zu Mittag gegessen hatten, bestätigte man ihnen das.

In der Nacht kamen sie erschöpft in La Damascena an. Cail hatte am nächsten Morgen einen Termin, und am Nachmittag wollten sie nach Paris zurückfahren.

Elizabeth und Angus verbrachten viel Zeit mit Elena. Sie spürte, wie gerne die beiden sie nach dem Kind gefragt hätten, aber sie hielten sich zurück, was Elena gut gefiel, denn sie hätte nicht gewusst, was sie antworten sollte. Natürlich hätte sie ihnen die Wahrheit sagen können. Aber zu viel war noch in der Schwebe. Wenngleich sich ihre Gedanken ausschließlich um Cail zu drehen schienen, spürte sie, dass sie für den nächsten Schritt noch nicht bereit war. Immerhin ging es nicht nur um sie. Aber früher oder später würden sie diesen Schritt gehen. Jedenfalls hoffte Elena das. Von ganzem Herzen.

Avignon war noch genau so, wie Elena es in Erinnerung hatte: eine faszinierende Stadt mit dezenter Eleganz. Der Papstpalast, die imposante Befestigungsmauer, die Wehrtürme und die Zinnen des Zwingers boten einen Anblick, der ihr den Atem stocken ließ. Cail zeigte Elena den Park mit den prachtvollen Blumenrabatten, alten Bäumen und Schwänen. Unzählige Schwäne, die friedlich auf den Wasserläufen dümpelten, die den Park durchzogen. Sie machten einen langen Spaziergang, aßen auf der Terrasse eines Restaurants zu Mittag und fuhren danach zum Flughafen.

Während sie auf den Abflug warteten, rief Elena Monique an. Sie konnte es kaum erwarten, ihr von dem Paravent und ihrer Entdeckung zu erzählen. Sie würde tatsächlich einen Teil der Formel mit nach Hause bringen. Eines musste man ihrer Urahnin lassen: Bei der Überlieferung der Formel für das Perfekte Parfüm hatte sie Fantasie bewiesen. Elena telefonierte einige Minuten mit ihrer Freundin, dann wandte sie sich an Cail.

»Wollen wir heute Abend ausgehen? Monie hat einen Bonus bekommen und möchte uns ins Lido einladen.«

Er zog die Augenbrauen hoch. »Ist sie zur Vizechefin ernannt worden?«

Elena lachte: »Quatsch! Also, was meinst du?«

»Gerne, meine Schöne«, antwortete Cail.

»Wir kommen!«, brüllte sie fast ins Telefon, danach plauderten sie noch eine Weile. Nach dem Telefonat fühlte sie sich geradezu beschwingt. »Monie lässt dich herzlich grüßen«, wandte sie sich an Cail, der in den Prospekten stöberte, die er aus Lourmarin mitgenommen hatte.

»Wie geht es ihr?«

»Wie immer. Dieser Jacques … Ach, vielleicht sollte ich besser ruhig sein«, erwiderte sie leicht verärgert. Dann fuhr sie fort: »Sie sagt, dass sie es kaum erwarten kann, weitere Details zu erfahren. Als Kinder haben wir oft über Beatrice und ihr magisches Parfüm gerätselt. Irgendwie erscheint es mir kaum glaubhaft, dass die Formel so simpel sein soll. Das betrifft zumindest die Kopfnote … Was den Rest angeht, kann ich noch nichts sagen.«

»Was, wenn genau das der zweite Teil ihres Geheimnisses ist?«

22.

Ylang-Ylang. Warm und weiblich, hilft Enttäuschung und Kränkung zu überwinden.
Seine Sanftheit kann verborgene Gefühle wecken und die Poesie, die die Seele in sich trägt, zum Ausdruck bringen.

Das Lido de Paris. Monique hatte beschlossen, dass dieser Abend anders sein würde als die anderen. Sie hatte es satt, alleine zu Hause zu sitzen. Das war nicht ihr Leben. *Merde!* Sie erkannte sich selbst kaum wieder.

Während sie sich anzog, hörte sie »Hope« von Apocalyptica. Ja, sie hatte genug. Sie tanzte barfuß, gab sich ganz den rockigen Rhythmen hin, und als danach ein ruhigeres Musikstück kam, fühlte sie sich besser. Die ohrenbetäubend lauten Akkorde hallten in ihrem Herzen wider, während die sanften, melodischen Töne sie zu Tränen rührten. War das Leben nicht ganz ähnlich? Nein, in letzter Zeit war es nicht so gewesen, zumindest nicht bei ihr.

Der altbekannte Kloß, der seit einiger Zeit in ihrem Hals steckte und ihr manchmal die Luft zum Atmen nahm, machte sich wieder bemerkbar. Aber sie biss die Zähne zusammen und versuchte, das unangenehme Gefühl zu verdrängen.

»Es passt dir nicht? Also verändere etwas und hör auf, dich selbst zu bemitleiden.« Das hatte ihr Jasmine ins Gesicht gesagt, als sie das letzte Mal in Grasse gewesen war. Ihre Mutter war eine sehr pragmatische Frau.

Sie würde ändern, was ihr nicht passte. Jacques hasste es, wenn sie ohne ihn ausging. Daher würde sie genau das tun. Ihre Beziehung hatte sich ohnehin auf Sex reduziert. Schön, zugegeben, und nicht nur das, sondern fantastisch, großartig. Aber mehr nicht. Jedes Mal, wenn sie über ihre Beziehung sprachen, begannen sie irgendwann zu streiten, deshalb hatten sie damit aufgehört und beschränkten sich auf das Einzige, wobei sie sich immer verstanden. Aber danach … Das Danach war traurig, bitter, voller Groll. Monique hatte genug.

Heute Abend war sie als Single unterwegs, während ihre Freunde als Paar auftraten. Sie selbst würde bald Tante werden und Elena Mutter. Wie sich Cail wohl verhalten würde? Sie hoffte, dass die Dinge wenigstens einmal so endeten wie im Märchen.

Monique hatte sich für ein freizügiges schwarzes Minikleid von Dolce & Gabbana entschieden. Glitzerlook, ein Hauch von Nichts, mit Pailletten und Perlen bestickt, dazu Highheels, die Haare offen. Und eine Spur ihres neuen Parfüms. Le Notre war begeistert von der Kreation. Natürlich war das nicht allein ihr Verdienst. Ilya Rudenski, der neue *maître parfumeur* der Firma, hatte den Duft entwickelt, während sie bei der Feinabstimmung für den trendgerechten Touch gesorgt hatte.

Die Zusammenarbeit war ausgesprochen interessant gewesen. Die Inhaltsstoffe des Parfüms waren weitgehend synthetisch, eine Grundvoraussetzung, damit es duftintensiv und haltbar war. Rudenskis Genie und Kreativität hatten alle überzeugt, der neue Duft war ein Volltreffer. Er enthielt nur wenige natürliche Essenzen, um gezielt Kontrapunkte zu setzen und ihm einen gewissen Retrocharme zu verleihen.

Elena war darüber entsetzt gewesen. Doch im Gegensatz zu ihr war Monique nicht am Wie und Warum interessiert. Für sie zählte nur das Endprodukt, nicht die Ingredienzien. Und sie liebte die Abwechslung. Je nach Lust, Laune und Seelenzustand wählte sie mal diesen, mal jenen Duft.

Sie beschloss, eine Auswahl an Abendkleidern für Elena einzupacken. Sie hätte wetten können, dass ihre Freundin für einen solchen Anlass kein passendes Outfit hatte. Was Mode anging, war sie ein hoffnungsloser Fall.

Ein wenig Lippenstift, ein leichter Mantel und ein letzter Blick in den Spiegel.

»Pech für dich, Jacques«, sagte sie. »Wenn du aus London zurückkommst, werde ich dir erzählen, wie prächtig ich mich amüsiert habe.«

Elena hatte die Koffer ausgepackt, die Pflanzen gegossen und wie üblich ein Schwätzchen mit ihnen gehalten. Danach hatte das Drama seinen Lauf genommen. In ihrem Kleiderschrank gab es absolut nichts, was sie zu einem eleganten Abendessen im Lido tragen konnte. Nachdem sie alle Kleider aus dem Schrank gerissen hatte, war ihre Laune am Boden und sie rief Monique an.

»Ich kann nicht mitkommen, ich habe nichts anzuziehen«, jammerte sie.

»Ich bin schon auf dem Weg und habe ein paar Sachen für dich dabei. Spring also unter die Dusche und steck dir die Haare hoch. Den Rest übernehme ich, okay?« Sie legte sofort auf, damit Elena ihr nicht widersprechen konnte. Heute Abend würde sie es krachen lassen, koste es, was es wolle.

Verärgert blickte Elena auf ihr Handy. Dann nahm sie ein heißes Bad, wobei sie etwas über Sardellen murmelte, die die Wale auch in einer Million Jahre nicht verstehen würden. Dann drehte sie ihre Haare zu einem Knoten und ließ ein paar Strähnen ins Gesicht fallen. Schließlich legte sie Mascara und etwas Eyeliner auf.

Wenn man unterhalb des Dekolletés alles ignoriert, dürfte es gehen, dachte sie.

»Komm rauf«, rief sie, als sie Monies Stimme hörte.

»Probier mal, ob dir die hier passen. Sie sind weit geschnitten, und Blau macht schlank«, sagte Monique, nachdem sie ihrer Freundin einen langen Blick zugeworfen hatte. »Du siehst gut aus, meine Liebe, der Urlaub hat dir gutgetan. Also, was gibt's Neues?«

Elena warf ihr einen flammenden Blick zu und zeigte auf ihren vorstehenden Bauch. »Klar, ich habe ein halbes Kilo zugenommen, das ist die Neuigkeit. Abgesehen davon, dass wir wahrscheinlich den Ort entdeckt haben, an dem Beatrice bei ihrem Aufenthalt in Frankreich gelebt hat. Vielleicht haben wir sogar den Mann ausfindig gemacht, der ihr das Herz gebrochen hat.« Damit nahm sie Monique den Kleiderbügel ab. Sie war äußerst schlecht gelaunt, und das bananengelbe Kleid, das sie trug, machte das Ganze nicht gerade besser. »Ich bin fett wie eine Tonne«, murmelte sie. »Wahrscheinlich passe ich in gar nichts rein.«

Monique hätte nur zu gerne weiter gefragt, aber die Situation drohte zu eskalieren und Elena war kurz vorm Platzen. Besser den Druck rausnehmen. »Ganz ruhig, lass dich überraschen. Hast du hochhackige Schuhe?«

Elena ging ins Bad und schloss die Tür hinter sich. »Ja, die, die du mitgebracht hast. Wie soll man darin laufen, ohne sich die Beine zu brechen?«

Ein langer, tiefer Atemzug, dann ein weiterer. »Erinnere dich an eine Situation, in der du mich am liebsten erwürgt hättest«, sagte Monique hinter der Tür.

Elena murmelte etwas und nach ein paar Minuten kam sie aus dem Badezimmer.

»Wow! Du siehst großartig aus.« Monique hielt ihr eine elegante Abendtasche in der gleichen Farbe hin.

Elena machte keine Anstalten, die Handtasche zu nehmen.

Da kam Cail herein, nahm ihre Hand und ließ sie sich einmal um sich selbst drehen.

»Du siehst wunderschön aus«, flüsterte er und hauchte ihr einen Kuss auf die Lippen.

»Wenn ihr beiden mit dem Turteln aufhören würdet, könnten wir losgehen. Vorsicht, ich habe keine Ambitionen, die Anstandsdame zu spielen. Als Erstes will ich alles über eure Entdeckung wissen, und zwar jedes Detail.«

Während der Fahrt zum Restaurant erzählten die beiden, was sie herausgefunden hatten.

»Ich frage mich, ob ein Parfüm wirklich eine solche Macht haben kann«, murmelte Monique.

»Damals hat Parfüm vor allem dazu gedient, schlechte Gerüche zu überdecken. Stell dir vor, welchen Effekt ein leichter Duft nach Rosen, Neroli, Zitrusfrüchten und Iris gehabt haben muss. Die Herznote ist mir noch nicht ganz klar, die Basisnote ist nirgendwo erwähnt. Bei der Fixierung tippe ich übrigens auf Moschus. Anders kann ich mir den betörenden Effekt nicht erklären, den das Parfüm auf die junge Herrin von Lourmarin gehabt hat.«

»Grauer Amber?«, schlug Monique vor.

»Ich weiß nicht, könnte sein. Ich werde nach Florenz fahren und mir den Paravent in der Werkstatt noch mal genauer ansehen.«

»Meine Güte, das ist ja verrückt! Wann fahren wir?«, fragte Monique überschwänglich. »Überleg mal, es wäre wirklich so. Die Formel eines Parfüms aus dem siebzehnten Jahrhundert, festgehalten auf einem Wandschirm. Das wäre eine echte Sensation, und ich spreche dabei nicht nur von dem Parfüm, sondern von der Geschichte. Stell dir nur mal vor, das käme an die Öffentlichkeit…«

Cail war ungehalten. »Wir fahren gemeinsam, aber erst nach der Geburt des Babys, okay? Schaut mal, wir sind fast da.« Er deutete auf die vielen Lichter und die Menschen, die sich auf den Bürgersteigen drängten.

Elena sah durch die Scheibe nach draußen und hätte fast den Mund nicht mehr zubekommen. Wie groß das alles war.

Sie stiegen aus dem Taxi und gingen auf den Eingang zu. An diesem Abend herrschte reger Andrang, die Show zog eine Menge Touristen an.

Zu Beginn ihrer Beziehung war Monique mit Jacques oft im Lido gewesen. Sie liebte das Theater, die Shows und die einmalige Atmosphäre. Die Tänzer waren einfach fantastisch.

Während Monique die Eintrittskarten vorzeigte, ging Cail noch einmal zurück, um Elena zu holen, die staunend stehen geblieben war.

Während das Lido von außen wie ein Luxuspalast aussah, wirkte es im Inneren wie eine Filmkulisse. Die Wände waren überwiegend in Blau und Gold gehalten, und ein majestätischer Säulengang führte in die Säle. Cail half Elena aus dem Mantel und gab ihn an der Garderobe ab. Monique drehte sich um und wollte gerade auf ihre Freunde zugehen, als sie mit einer Frau zusammenstieß.

»Entschuldigen Sie«, sagte sie lächelnd.

»Pass doch auf, du Trampel«, fauchte die fremde Dame und strich die Falten ihres Abendkleids glatt.

Monique hob den Kopf und blickte in die funkelnden Augen einer sehr jungen, überaus attraktiven Frau. »Das beruht auf Gegenseitigkeit, du hast hier schließlich keine Vorfahrt«, entgegnete sie kühl.

Dann erkannte sie ihr Gegenüber, und ihr Herzschlag setzte aus.

»Was ist los?«, ertönte eine männliche Stimme.

Irgendwann musste es ja passieren. Das war das Einzige, woran Monique denken konnte, als Jacques auf seine Verlobte zuging.

»Diese dumme Kuh hier hat mich angerempelt und ich habe meine Tasche fallen lassen«, beschwerte das junge Ding sich.

Einen Moment lang dachte Monique darüber nach, dieser kleinen Schlampe eine Lektion zu erteilen.

Jacques stand wie versteinert zwischen ihnen.

Moniques Herz war kurz vorm Zerspringen, und sie hatte große Lust, jemanden zu verprügeln. Lügen, nichts als Lügen ... »Unaufschiebbare Termine wegen der neuen Narcissus-Niederlassung«, dieses Schwein! Sie blickte Jacques herausfordernd an, dabei hätte sie ihm am liebsten eine runtergehauen.

Er hob die Tasche vom Boden auf und reichte sie der Frau, die immer noch keifte. Kein Gruß, nicht einmal ein Blick.

Als Monique klar wurde, dass er so tat, als würde er sie nicht kennen, spürte sie, wie das Blut aus ihrem Körper wich. Ein kalter Strom, der alle Wärme mit sich nahm, ebenso die Vorfreude auf die Vorstellung, die sie noch vor kurzem empfunden hatte. Ein Schauder überlief sie, dann ein zweiter. Plötzlich spürte sie eine nie gekannte Kälte.

Monique war angeekelt. Von sich selbst, von ihm und von dieser kleinen Schlampe, die sich für die Königin der Welt hielt. Aber fühlte sie sich nicht auch so, wenn sie mit Jacques zusammen war?

Eine Königin? Alles Lüge, alles Illusion. Die Königin über eine Handvoll Staub vielleicht, der davonflog, sobald man die Finger öffnete.

Endlich schenkte Jacques ihr einen Blick. Er war blass, sein Gesichtsausdruck undurchdringlich.

»Wir gehen«, blaffte er seine Begleiterin an. »Ich habe genug von deinen Launen.«

Monique folgte den beiden mit den Augen, bis sie verschwunden waren. Dann suchte sie nach Cail und Elena. Sie standen nicht weit entfernt und hatten die Szene beobachtet. Cail überragte Elena um Haupteslänge, er hielt sie an der Hand und wirkte wie ihr Beschützer.

So sollte es sein, dachte Monique. Dass ihre Freunde alles miterlebt hatten, bewegte sie nicht zum Gehen. Es war vielmehr das tiefe Mitgefühl, das aus ihren Blicken sprach. Das konnte sie beim besten Willen nicht ertragen.

Als Elena einen Schritt nach vorne machte, presste Monique den Handrücken gegen ihre Lippen, schüttelte den Kopf und wich zurück. Sie umklammerte ihre Abendtasche und stürmte in die Nacht hinaus. Es kam ihr vor, als wäre das Täschchen alles, was ihr vom Leben noch geblieben war.

Ich bin nicht zu Hause. Bitte hinterlassen Sie eine Nachricht, ich rufe dann zurück.

Elena hörte die Ansage auf Moniques Anrufbeantworter nun schon zum zehnten Mal und wartete auf den Piepton. »Ruf mich an, oder ich komme vorbei, ich schwöre! Nein, ich rufe Jasmine an und erzähle ihr alles. Darauf kannst du Gift nehmen!«

Sie knallte den Hörer auf. Aurore, die gerade eine Pyramide aus parfümierten Seifen aufbaute, sah sie verblüfft an, ehe sie weiterarbeitete. Elena hatte beschlossen, das Mädchen für einige Stunden pro Woche einzustellen.

Nach dem Abend im Lido war Monique von der Bildfläche verschwunden. Sie war nur einmal ans Telefon gegangen, um Elena zu sagen, dass es ihr gut ging. Mehr hatte Elena ihr nicht entlocken können. Sie machte sich Sorgen um ihre Freundin, außerdem fehlte sie ihr.

Den Tag über war Cail unterwegs. Er hatte einen Teil seiner Pflanzen in ein Gewächshaus außerhalb der Stadt bringen lassen, um sie unter optimalen Bedingungen auf den Wettbewerb vorzubereiten. Auf der Terrasse im Marais fehlte es an Platz. Der Concours de Roses de Bagatelle rückte immer näher, und alles sollte perfekt sein. Wenn er abends nach Hause kam, war er so müde, dass er oft während ihrer Unterhaltungen auf dem Sofa einschlief. Dann hörte Elena auf zu reden und deckte ihn mit einer Wolldecke zu, bevor sie ebenfalls schlafen ging. Zum Glück nahm wenigstens das Kind aktiv an ihrem Leben teil und trat sie mit einer Energie, die sie manchmal sogar beunruhigte.

Herrje! Nervös verschob sie etwas auf der Ladentheke und stellte es dann zurück. Ihre Wut auf Cail und Monique war ungerecht, und das wusste sie, aber sie konnte nichts dagegen tun. Sie war in diesen Tagen wirklich ausgesprochen launisch.

Cail war ständig unterwegs und kam nur zum Schlafen nach Paris zurück. Elena war sich bewusst, dass er nur nach Hause fuhr, um sie über Nacht nicht alleine zu lassen. Das änderte allerdings weder die Situation noch dämpfte es ihre

Sehnsucht. Sie vermisste ihn. Wo waren ihre Freunde? Einfach weg. Erst Monique, dann Cail. Arbeit, Arbeit, Arbeit. Und wer dachte an sie? Niemand!

Natürlich stimmte das nicht. In den seltenen Momenten, in denen ihre schlechte Laune sich verzog, musste sich Elena eingestehen, dass sie eine glückliche Frau war. Aber ein Blick in den Spiegel genügte, selbst ein flüchtiger, und die Wut kehrte zurück. Diese elenden Rückenschmerzen gaben einfach keine Ruhe, was für eine Quälerei. Und dicker wurde sie auch von Tag zu Tag, bald müssten sie die Türen verbreitern, sonst würde sie nicht mehr hindurchpassen.

An diesem Abend war Elena völlig erschöpft, der Tag war sehr anstrengend gewesen. Aurore hatte die ganze Zeit kaum ein Wort geredet. Mehr als einmal hatte Elena sie dabei überrascht, wie sie sehnsüchtig die antike Parfümorgel in der Ecke des Ladens betrachtete. Sie war ein Geschenk von Cail, der sie auf einem Antiquitätenmarkt entdeckt und aufwendig restauriert hatte. Es hatte eine ganze Weile gedauert, bis sie die richtigen Fläschchen für die Essenzen gefunden hatte, die zum Stil des neunzehnten Jahrhunderts passten, aber schließlich war sie erfolgreich gewesen. Inzwischen gehörte die Parfümorgel zu den Attraktionen von Absolue. Auf diese Weise bekamen die Kunden zumindest eine Ahnung von individueller Parfümherstellung. Warum eigentlich nicht?, überlegte sie spontan. Am folgenden Nachmittag würde sie Aurore ihr erstes eigenes Parfüm kreieren lassen.

Sie versuchte erneut Monique zu erreichen, und dieses Mal hinterließ sie ihr eine sehr eindringliche Nachricht. Sie wusste, dass ihre Freundin mit Jacques Schluss gemacht hatte, dieses Mal endgültig. Das hatte sie von Jasmine erfahren. Monique hatte ihr lediglich zu verstehen gegeben, dass sie eine Luftveränderung brauchte. Diese ausweichende Antwort gab Elena zu denken. Wie sollte Monie diese schwierige Lebensphase überstehen, ohne Freunde, ohne Familie?

Sie fragte sich, was ihrer Freundin helfen konnte, aber ihr fiel nichts ein.

Darüber hinaus bereitete ihr noch etwas anderes Sorgen. Sie konnte Absolue nicht alleine führen, nicht jetzt, da der Geburtstermin näher rückte und Cail zunehmend mit seiner Arbeit beschäftigt war. Sie würde den Laden schließen müssen, und dieser Gedanke quälte sie.

Sie setzte sich auf ein Sofa und vergrub das Gesicht in den Händen. Dann hörte sie die Ladenklingel und riss sich zusammen.

»Alles in Ordnung, meine Liebe?« Geneviève Binoche kam lächelnd herein. Die Schriftstellerin war inzwischen Stammkundin bei Absolue.

»Ja, danke, ich bin nur ein bisschen müde. Und wie geht es Ihnen?«

»Hervorragend«, antwortete die Frau und setzte sich neben Elena. »Ich habe eine gute Nachricht für Sie.«

»Die kann ich wirklich brauchen«, erwiderte Elena.

»Sie werden sehen, das wird Sie aufmuntern. Also, mein Verleger interessiert sich für das Notre-Dame-Parfüm und möchte mich bei der Realisierung des Projekts unterstützen. Optimal wäre es natürlich, wenn das Parfüm vor den Augen der Öffentlichkeit kreiert werden könnte, vielleicht sogar am Tag der Buchpräsentation. Stellen Sie sich das nur einmal vor, meine Liebe. Sie wählen die Essenzen aus, dosieren und mischen und dabei erklären Sie den Anwesenden, was Sie inspiriert hat. Die Erhabenheit der Kathedrale, die Sinnlichkeit, die Leidenschaft der Liebenden, aber auch die Gefühlskälte derjenigen, die zugunsten von Geld und Macht auf die Liebe verzichtet haben. Das wäre eine Sensation, ganz zu schweigen von der Werbung für Absolue.«

»Ist das ein Angebot?«, fragte Elena.

»Natürlich! Immer wenn ich mit Ihnen bisher über meine Idee gesprochen habe, haben Sie mir Mut gemacht. Dann kam die schlechte Erfahrung mit Narcissusn, und ich war kurz davor, das Projekt aufzugeben. Aber das wäre jammerschade, Elena. Ich vertraue Ihnen. Sie schaffen das, da bin ich mir sicher.«

Ein Lächeln erhellte Elenas Gesicht. »Das wäre wunderbar.« Aber ihre Gedanken gingen sofort in eine andere Richtung, genau entgegengesetzt zu Genevièves Überlegungen.

Ihr ging es nicht um Erfolg und Ruhm, sondern darum, die Ähnlichkeit zwischen Victor Hugos Romanhelden und dem Leben ihrer Urahnin herauszuarbeiten. Sie wurde in die Vergangenheit katapultiert. Febo, der Mann, den Esmeralda über alles liebte, hatte auf sie verzichtet, um die reiche Fiordaliso zu heiraten. Charles de Blanchefort hatte das Gleiche mit Beatrice gemacht. Durch diese Parallelität rückte das Perfekte Parfüm wieder in den Mittelpunkt ihres Interesses. Wer könnte die Gefühle tiefer Trauer und sehnsuchtsvollen Verlangens, den Schmerz einer verlorenen Liebe besser verstehen als Beatrice Rossini, die den Kampf um den geliebten Mann verloren hatte, der seiner Gier nach Macht und Reichtum nicht widerstehen konnte? War vielleicht das Notre-Dame-Parfüm der Perfekte Duft?

Beatrice hatte von Anfang an gewusst, dass ihre Liebe hoffnungslos war. Ihr Auftraggeber hatte ihr gesagt, dass es ein Geschenk für seine zukünftige Frau sein sollte. Eine Edelfrau, reich und von hohem Stand, die ihm die Zukunft ebnen würde. Mit ihr hatte er sich lediglich vergnügt. Elena spürte wieder den Kloß im Hals, stellvertretend für Esmeralda, für Beatrice und auch für Monique. Wenngleich mehrere Jahrhunderte dazwischen lagen: Männer und Frauen machten immer wieder die gleichen Fehler.

Sie seufzte und versuchte, sich auf das Parfüm zu konzentrieren. Die erste Hälfte der Formel hatte sie und die zweite befand sich auf dem Zwillingsparavent in Florenz, da hatte sie keinen Zweifel. Dann müsste sie die Rezeptur nur noch auf die Kathedrale abstimmen.

»Wie viel Zeit haben wir bis zur Präsentation Ihres Buches?«, fragte sie Geneviève.

»Bis September.«

Jetzt war es Mai. Beatrice hatte die Mixtur damals drei Monate durchziehen lassen. Das Baby sollte Anfang Juni auf die Welt kommen. Im Juni fand auch der Wettbewerb statt, dem Cail seine ganze Kraft widmete.

Elena überlegte hin und her, aber selbst wenn sie sich noch so sehr anstrengte, die Zeit war zu knapp. Schließlich schüttelte sie den Kopf. »Ich fürchte, das ist zu früh.«

Genevièves Miene verdüsterte sich. »Das ist überaus schade, meine Liebe. Es hätte mir sehr gefallen, wenn Sie sich des Parfüms angenommen hätten. So muss ich noch mal ganz von vorne anfangen und wen anders damit beauftragen. Das Projekt ist mir wirklich wichtig.«

»Das Problem ist die Zeit«, erwiderte Elena. »Das Parfüm muss reifen, und vorher muss ich noch nach Florenz. Zudem kann ich Absolue nicht einfach schließen. Können Sie nicht noch ein bisschen warten?«

Madame Binoche stand auf, ihr Gesicht hatte einen nachdenklichen Ausdruck angenommen. »Ich kann es versuchen«, antwortete sie. »Wir machen es folgendermaßen:

Ich spreche mit dem Verleger, und Sie versuchen, die Sache zu beschleunigen.«

Vielleicht ein guter Kompromiss, dachte Elena, die immer deutlicher spürte, dass sie die Herausforderung unbedingt annehmen wollte.

»Denken Sie über mein Angebot nach, meine Liebe«, fuhr Geneviève fort. »Ich möchte unbedingt, dass Sie die Formel entwickeln. Ein renommiertes Haus wird sie Ihnen abkaufen, das Parfüm produzieren und es vertreiben. Es geht um sehr viel Geld. Natürlich werden Sie als Schöpferin des Duftes genannt.«

Ein wunderbares Projekt, kein Zweifel. Elena war sicher, dass Beatrices Parfüm perfekt zu Victor Hugos Roman passen würde. Aber sie hatte keine Ahnung, wie sie das alles bewerkstelligen sollte.

»Ich danke Ihnen, dass Sie an mich gedacht haben.«

Geneviève umarmte sie und versprach anzurufen, um ihre definitive Entscheidung zu hören.

Den Pianisten Ludovico Einaudi hatte sie zum ersten Mal bei Cail gehört. Er legte die CD immer auf, wenn sie die Sterne betrachteten. Elena liebte es über alles, in eine Decke gewickelt auf dem Liegestuhl zu liegen, während er das Teleskop bediente. Das waren Momente absoluter Entspannung, weniger Worte und unvergesslicher Eindrücke. Und Gedanken … so viele Gedanken. »Weiße Wolken« war ihr Lieblingsstück. Cail hatte ihr einige CDs des Pianisten geschenkt, die sie laufen ließ, während sie arbeitete. Inzwischen war es zur Gewohnheit geworden.

»Stört dich das nicht?«, fragte Aurore, während das Piano ganz leise einsetzte, kurz darauf an Intensität zunahm, erst schneller und dann wieder langsamer wurde, dem Höhepunkt zustrebte und schließlich wieder abebbte.

Diese Musik war die Quelle glücklicher und zugleich melancholischer Gedanken. Sie lenkte ab, vor allem aber war sie die ideale Begleitung im Alltag, die Cail und sie gleichermaßen schätzten.

»Im Gegenteil. Die Musik hilft mir, mich zu konzentrieren. Sie ist wie ein Strom, auf dem meine Gedanken dahinfließen und der alles Störende mit sich nimmt. Außerdem beruhigt sie mich. Als ich in meiner Kindheit die ersten Parfüms gemischt habe, war ich viel zu ungestüm. Ich bin der Faszination der Essenzen erlegen, habe sie mit allen Sinnen gespürt. Ich konnte sie als Farben sehen, ich fürchtete mich vor ihnen und zugleich liebte ich sie. Meine Gefühle waren derart intensiv, dass sie mich euphorisch machten, gleichzeitig aber auch verwirrten.«

»Das klingt fantastisch«, sagte Aurore begeistert.

Elena lächelte sanft. »Damals habe ich das ganz anders gesehen. Das blieb übrigens eine ganze Weile so. Nicht immer war Parfüm etwas Positives für mich. Lange Zeit habe ich es sogar gehasst. Danach wurde es zu einer lästigen Pflicht, und erst seit kurzem habe ich meine Liebe dafür wiederentdeckt.«

Aurore konnte das nicht verstehen. »Wie kann man Parfüms hassen?«

»Gute Frage. Vielleicht werde ich sie dir eines Tages beantworten. Aber jetzt ist es Zeit für den nächsten Schritt. Du trägst heute kein Parfüm, oder?«

»Nein, du hast mir doch dazu geraten.«

»Gut.«

»Punkt eins: die Ingredienzien. Die haben wir hier in diesen Aluminiumbehältern.« Sie zeigte Aurore die einzelnen Essenzen und hielt dann inne.

Diese Szene war wie ein Déjà-vu. Ein Bild schoss ihr in

den Kopf und drängte alle anderen Erinnerungen im Zentrum ihrer Aufmerksamkeit zurück. Sie war noch ein Kind, und ihre Großmutter führte ihr die Essenzen vor, mit den gleichen Worten und Gesten, wie sie es gerade mit Aurore tat. Ihr Herz hatte wild zu klopfen begonnen, ein verzehrendes Gefühl von Zugehörigkeit und Distanz zugleich wallte in ihr auf. Sie strich sich über den Bauch und auf einmal fühlte sie sich schrecklich allein. Lucia fehlte ihr so sehr, selbst ihr Schweigen, ihre Blicke und ihre Art, den Dingen zu begegnen. Ihr fehlte die Anwesenheit ihrer Großmutter.

Elena seufzte und merkte, dass Aurore sie etwas fragte. Langsam verblich das Bild. Das Labor der Rossinis verschwand, sie war wieder in der Realität angekommen. Aurore redete weiter. Was sagte sie eigentlich? Eines war ihr klar geworden. Obwohl sie ihre Großmutter vermisste, war sie nicht traurig, sondern stolz auf sie. Sie hatte ihre Rolle übernommen, sie gab ihr Wissen an jemanden weiter, der eines Tages davon profitieren würde. Das war ihre Art, Lucia Rossini zu ehren.

»Ja, gut, das hast du mir schon erklärt. Aber wie geht es weiter?«

Die Ungeduld in der Stimme des Mädchens war nicht zu überhören. Fast hätte Elena gelacht, denn ihre Aushilfe war so konzentriert und angespannt wie eine Sprinterin vor dem Start. Sie wischte die Erinnerungen endgültig beiseite und lenkte ihre Aufmerksamkeit auf Aurore.

»Pipette, *mouillettes*, einen Zylinder für das Gemisch, Alkohol, Papierfilter. Damit haben wir alles, was wir brauchen. Die heutige Komposition widmen wir dir, es soll dein ganz persönliches Parfüm sein.«

»Verstehe ich nicht«, murmelte Aurore.

Elena lächelte. »Dieses Parfüm gehört zu dir, Aurore. Es

soll deine Seele und deine Gefühle zum Ausdruck bringen. Wir fertigen es nach deinen Vorstellungen an, maßgeschneidert, wie wir es bei den Kunden machen. Aber auch da gibt es feste Regeln.«

»Wirklich?«

»Sehe ich etwa aus, als ob ich Witze machen wollte? Ich bin im Moment nicht gerade gut gelaunt«, erwiderte Elena, »aber ich hoffe, dass sich das ändert, wenn das Kind erst mal auf der Welt ist. Im Augenblick bin ich eine richtige Nervensäge, und es gibt nichts Schlimmeres als einen Menschen, der sich ständig beschwert. Weißt du, dass sich die Gehirnzellen derjenigen zusammenziehen, die sich das Gejammer anhören müssen? Ein Drama, wirklich.«

Aurore hörte Elena schon lange nicht mehr zu. Sie durfte ihr erstes Parfüm kreieren, einen Duft nur für sie selbst! Sie konnte es immer noch nicht glauben.

Gut, dachte Elena und lächelte in sich hinein. Es war ihr gelungen, die Situation zu entschärfen.

Aurore war jetzt hochkonzentriert. Die Parfümeurin hätte wetten können, dass das Mädchen in Gedanken bereits die Essenzen mischte. Sie beeilte sich, ihr noch einige notwendige Erklärungen zu geben, bevor ihre Fantasie völlig mit ihr durchging.

»Parfüm ist der Ausdruck von Gefühl, da sind wir uns einig. Aber Parfüm ist auch Struktur. Es basiert auf festen Regeln und durchläuft ein vorgegebenes Prozedere, das wir unbedingt beachten müssen. Diese objektive Seite wird durch eine subjektive ergänzt, denn ein jedes Parfüm stimuliert die Gefühle desjenigen, der daran riecht.«

»Wenn du so erzählst, könnte ich dir stundenlang zuhören«, flüsterte Aurore.

Ein kurzes Lächeln, ein Moment der Zufriedenheit, dann

ging die Lektion weiter. »Damit wir uns darin wiederfinden, muss das Parfüm von uns erzählen. Darüber müssen wir uns im Klaren sein. Wer sind wir? Was wollen wir? Was gefällt uns? Was nicht? Die Antworten auf diese Fragen können wir auswerten und in eine Formel umsetzen. Je klarer unser Bild über den Auftraggeber ist, desto einfacher werden wir das für ihn passende Parfüm finden. Im Normalfall lassen sich die Kunden in drei Gruppen aufteilen. Die einen bevorzugen einen Duft, der Freude, Wohlbefinden und Heiterkeit ausdrückt, andere suchen nach dem Parfüm, das ihre Persönlichkeit unterstreicht. Es muss einzigartig sein, darf nur ihnen gehören und unterscheidet sie vom Rest der Welt. Und dann gibt es noch diejenigen, denen Glamour, Extravaganz und Raffinesse wichtig sind. Sie suchen nach Luxus.«

»Das stimmt«, bestätigte Aurore.

Elena machte eine Pause. Nun kam der schwierigste Teil, und sie wollte, dass Aurore die verschiedenen Phasen des Entwicklungsprozesses verinnerlichte. »Um den Kunden zu verstehen, setzen wir unsere fünf Sinne ein. Die visuelle Wahrnehmung, das Hören, Schmecken und Ertasten und natürlich die olfaktorische Wahrnehmung. Welche Parfüms hat der Kunde vorher getragen und warum? Welche Musik mag er? Was isst er gerne? Kurz gesagt, wir brauchen seinen Steckbrief. Nicht zuletzt sollte man auch die Persönlichkeit des Kunden einbeziehen. Dazu muss man ihn in einem persönlichen Gespräch oder per Mail befragen.«

»Ja, sicher, das ergibt einen ganz anderen Blick.«

»In der Tat. Ein Parfüm ist nicht einfach eine duftende Flüssigkeit, die man aufträgt, sondern ein Symbol.« Wieder hielt Elena inne. »Wenn das Gesamtbild einigermaßen klar ist, muss der Parfümeur es interpretieren und in Dufteindrücke umsetzen. Als Nächstes wird die Basisnote gewählt, die tragende Säule des Parfüms, danach kann der Kunde aus verschiedenen Vorschlägen wählen. Dabei geht es immer noch um den Entwurf eines Parfüms, der schlussendlich nach den Vorstellungen seines Herrschers modifiziert wird. Denn derjenige, der das Parfüm trägt, ist auch sein Herrscher.«

»Der Herrscher über das Parfüm, wow. Also könnte ich die Herrscherin über das Parfüm werden, das wir gerade kreieren«, sagte Aurore andächtig.

»Du könntest nicht, sondern du wirst es.« Elena schwieg einen Augenblick, denn sie wollte, dass Aurore diesen Gedanken wirklich erfasste. »Los geht's. Die erste Frage lautet: Wer ist Aurore?«

Die junge Frau lachte nervös, dann verschwand das Lächeln von ihren Lippen und machte einem Ausdruck tiefer Verwirrung Platz.

Elena zwinkerte ihr aufmunternd zu. »Fangen wir mit etwas Einfacherem an. Was verabscheust du?«

»Lautes Geschrei, gekochtes Gemüse, Leute, die sich aufblasen und meinen, die Welt gehöre ihnen, Privatschulen, die Farbe Rosa, Frauen, die Pelze tragen.« Aurore entspannte sich.

»Und was magst du?«

»Himmelblau, zarte Stoffe, Schokolade, lächelnde Gesichter, Worldmusic, Erdbeereis und die Parfüms meiner Eltern. Leider ist der Zauber dahin, wenn man sie mischt. Aber ich kann mich nicht entscheiden, welches ich tragen soll, denn das könnte einen von ihnen traurig machen.«

Elena nickte. »Verstehe. Wenn du sie mischst, besteht die Gefahr, dass man bewusstlos wird, wenn man dir zu nahe kommt.«

Aurore wirkte entsetzt, aber dann wurde ihr klar, dass

Elena sie nur ein wenig aufzog. Sie mussten beide lachen, und die Anspannung löste sich.

»Okay, mir scheint, das Konzept ist dir klar. Jetzt brauchen wir noch eine Idee, das wird unser Brief. Was soll dein Parfüm verkörpern?«

Aurore nestelte am Rand ihres Pullis. »Eine Veränderung. Außerdem die Sehnsucht nach Blumen, leichter Kleidung, der Wärme der Sonne auf der Haut und nach dem Licht im Mai, wenn der Himmel wie blank geputzt ist.«

»Das klingt nach Frühling«, sagte Elena.

»Ja, stimmt. Der Frühling war schon immer meine liebste Jahreszeit.«

»Okay, dann nehmen wir Blumen als Grundlage für die Kopfnote, was meinst du?«

Gemeinsam wählten sie die Essenzen aus: Lindenblüten, Maiglöckchen, Engelwurz und weitere zarte Blütendüfte, die an den Frühling erinnerten, der auch Paris hell und frisch machte. Sie stellten die Fläschchen vor sich auf den Tisch und schnupperten daran, wobei die Fläschchen mehrfach zwischen ihnen hin und her wanderten. Jene Düfte, die nicht passten, sortierten sie aus, bis nur noch die übrig waren, mit denen sie arbeiten wollten.

Jedes Mal, wenn sie der Mixtur einen neuen Tropfen ätherisches Öl hinzufügten, notierten sie den Zusatz auf einem Block, testeten die Wirkung auf einem Duftstreifen und entschieden, ob es genug war oder die Dosis erhöht werden sollte.

Die Prozedur dauerte den ganzen Abend, aber am Ende war Aurores Frühlingsduft im Messzylinder.

»Ich bin so glücklich. Dieses Parfüm bedeutet mir sehr viel.« Aurore stand bereits an der Tür, machte aber keine Anstalten zu gehen.

Elena verstand sie nur zu gut. Ein Parfüm zu kreieren, zu wissen, dass es das richtige ist, und es auf sich wirken zu lassen, war ein ganz besonderes Gefühl. Ihr erging es ebenfalls jedes Mal aufs Neue so.

»Ich auch. Deine Kreativität und dein Gespür für die Auswahl der richtigen Essenzen haben mich tief beeindruckt. Du hast Talent. Du solltest darüber nachdenken, dein Basiswissen zu vertiefen, denn du hast das Zeug zu einer Spitzenparfümeurin, einer herausragenden Fragrance Designerin.«

Aurore strahlte über das ganze Gesicht. »Darf ich das nächste Mal ein Parfüm für meine Mutter machen?«

Elena nickte. »Natürlich. Das nächste Mal kreierst du das Parfüm für Eloise.«

23.

Tuberose. Weiß, intensiv, süß und verführerisch, das Parfüm des Wagemuts und des Bewusstseins. Es stimuliert die Kreativität und weckt die Kraft zu Veränderung.

»Ich gehe von hier weg.«

»Wie das?«

Sie saßen am Tisch in Elenas Küche. Monique war am Morgen überraschend bei Absolue aufgetaucht, und Elena hatte ein Blick genügt, um zu erkennen, in welch desolatem Zustand ihre Freundin war. Sie hatte Monie hereingebeten und den Laden kurzerhand geschlossen.

»Le Notre braucht jemanden in der Filiale in New York, und ich habe Interesse signalisiert.«

Elena umklammerte die Tasse. Der Duft des Tees half ihr, den heftigen Schlag zu verdauen. »Und Absolue?«

»Du weißt genau, dass der Laden viel mehr deiner als meiner ist«, antwortete Monique nach einer langen Pause. »Seien wir mal ehrlich. Maßgefertigte Parfüms mit natürlichen Essenzen sind dein Terrain. Du hast das Talent dazu, du bist kreativ und hast das gewisse Etwas, das magische Gespür. Ach, nenn es, wie du willst. Das bin ich nicht. Ich dagegen brauche klare Verhältnisse und Verlässlichkeit, das geht nur mit synthetischen Duftstoffen.«

Elena schwieg. Sie hatte ähnlichen Diskussionen schon als Kind zugehört. Ihre Mutter und ihre Großmutter hatten ständig über dieses Thema gestritten und waren beide ihren Prinzipien treu geblieben. Sie selbst konnte in dieser Nische ihre Gabe, die Essenzen nicht nur zu riechen, sondern auch zu spüren, am besten nutzen. Sie hatte lange überlegt und sich schließlich für diesen schwierigen Weg entschieden.

»Von was willst du dort leben? Du hast fast deine ganzen Ersparnisse in Absolue gesteckt. Ich habe zwar etwas Geld, aber …«

Monique winkte ab. »Denk nicht einmal dran, dieses Geld brauchst du für das Kind. Ich habe ohnehin schon ein schlechtes Gewissen, weil ich bei der Geburt wahrscheinlich nicht dabei sein werde.«

Ihre Freundin war so niedergeschlagen, so traurig, dass Elena keine Worte fand, um ihr zu antworten.

»Es tut mir sehr leid, dass die Situation sich so entwickelt hat.«

Üblicherweise fasste Monique ihre Haare zu einem Knoten zusammen, doch heute trug sie sie offen. In ihrem kobaltblauen Kleid sah sie entzückend aus, allerdings hatte sie den draufgängerischen Optimismus verloren, den sie sonst ausstrahlte. Trotz ihrer äußerlichen Schönheit konnte man ihre tiefe Verzweiflung erahnen.

»Möchtest du darüber sprechen?«, fragte Elena.

Monique schüttelte den Kopf. »Es wird schon vorbeigehen, aber ich muss weg, um wieder Kraft zu tanken. Jacques kennt mich zu gut, er weiß ganz genau, wie er mich rumkriegen kann, welche Knöpfe er drücken muss. Ich habe heute Nacht kein Auge zugetan und von uns geträumt. Wie er mir sagt, dass alles nur ein Missverständnis war, wie er mir schmeichelt, dass ich die Frau bin, die er wirklich liebt. Da ist mir klar geworden, dass ich trotz allem, was er mir angetan hat, nichts anderes möchte, als dass er zu mir zurückkommt, und das hat mich traurig gemacht. Ich musste mich sogar übergeben. Auf einmal habe ich verstanden, dass ich Distanz zu ihm brauche, je weiter weg, desto besser.« Ihre Nerven waren zum Zerreißen gespannt, ihre Stimme klang gepresst. »Ich muss es jetzt tun, bevor ich das letzte bisschen Stolz auch noch verliere, bevor er es zusammen mit dem Rest meiner Seele verschlingt. Ich weiß nicht mehr, wer ich bin, ich weiß gar nichts mehr.« Ihre Lippen zitterten so sehr, dass sie kaum sprechen konnte.

Es schien so einfach zu sein zu gehen und zugleich so endgültig, so tragisch.

»Arme Monie«, flüsterte Elena und versuchte sie zu trösten.

Monique tupfte sich die Augen trocken, um ihr Make-up nicht zu verschmieren. Sie atmete mehrere Male tief durch und lächelte dann gequält. »Ich fühle mich furchtbar melodramatisch, so voller Selbstmitleid. Jetzt verstehe ich Beatrice. Am Ende ist sie gegangen, um sich selbst zu finden.«

Sie weinten gemeinsam, fluchten und dachten über eine Reihe von Foltermethoden für Jacques und seine Verlobte nach.

»Sie ist die Tochter von Dessay, einem der größten Parfümexporteure in Frankreich. Gegen sie habe ich nicht den Hauch einer Chance. Aber weißt du, was? Ich denke, schlussendlich hätte es sich ohnehin nicht gelohnt.«

Das war gelogen und das wussten sie beide. In Wirklichkeit aalte sie sich im Leid. Aber durch diese Phase musste sie durch, das war ihr klar, und auch, dass sie diesen Weg alleine gehen musste. Am Ende würde es ein Danach geben, das gab es immer. Wenn alles gut ging, würde sie irgendwann nur noch Bedauern empfinden, einen sehnsüchtigen Wunsch danach, dass alles anders gekommen wäre. Und ihr Leben würde wieder seinen gewohnten Gang gehen.

Monique hatte immerhin eine berufliche Perspektive, einen interessanten Job in einem exklusiven Ambiente. Sie würde erfolgreich sein, da war Elena sicher. Vielleicht würde sie ja jemanden kennenlernen, der sie so liebte, wie sie war. Wenn sie es wollte. Egal was geschehen würde, Moniques Liebe für Jacques würde auf ewig weiterleben, irgendwo in einem Winkel ihrer Seele, und nie ganz verschwinden.

Nach New York zu ziehen, das konnte sich Elena noch nicht einmal vorstellen. Die US-Metropole war so weit weg, so anders. Monique würde dort erst einmal nichts haben. Selbst wenn sie von Le Notre einen Vorschuss bekäme, würde sie es ohne Unterstützung in dieser sündteuren Stadt nicht schaffen. Sie brauchte dringend Geld.

Elena zerbrach sich den Kopf, aber alle Gedanken gingen in dieselbe Richtung, in die einzig mögliche: Madame Binoche und Beatrices Formel.

Das Problem war nur, dass die Zeit viel zu knapp war.

Sie würde frühestens in ein, zwei Monaten nach Florenz fahren können. Alles hing vom Geburtstermin ab und von den Papieren für die Reise.

Was, wenn sie jetzt gleich fahren würde? Der Gedanke schoss ihr durch den Kopf, einer von diesen spontanen Einfällen, die so abwegig waren, dass man sie gleich wieder verwarf. Aber dieses Mal nicht.

Sie ging nach unten, schaltete den Computer an und rief die Internetseite des Flughafens Charles de Gaulle auf, um nach Flügen nach Florenz zu suchen. Ohne Umsteigen. Treffer! Es gab sogar noch einige freie Plätze, obwohl der Flug sie ein Vermögen kosten würde. Elena sah auf die Uhr, die

Maschine ging am Nachmittag. Wenn sie rechtzeitig dort sein wollte, musste sie sich beeilen.

Sie wählte einen der Anbieter aus, gab die Daten für die Reservierung ein, wies darauf hin, dass sie in der 34. Woche schwanger war, und zögerte kurz, bevor sie auf Senden drückte. Einfach abzuhauen, ohne jemandem Bescheid zu geben, das war schon verrückt.

Doch als Moniques Gesicht vor ihrem inneren Auge auftauchte, wusste sie, dass die Entscheidung richtig war. Sie konnte nicht hier herumsitzen und grübeln. Sie musste sofort handeln.

Lange würde das Ganze nicht dauern, einen Tag, vielleicht zwei. Kreieren konnte sie das Parfüm dann in Paris.

Sie eilte ins Schlafzimmer, warf ein paar Kleidungsstücke in den Koffer, außerdem Medikamente und Vitamine. Dann rief sie Aurore an und erklärte ihr alles.

»Könntest du dich bitte bis zu meiner Rückkehr um den Laden kümmern?«

»Klar, wann denn? Ich kann auch meiner Mutter Bescheid geben, die hilft mir bestimmt gerne.«

»Sofort. Ich fliege noch heute Nachmittag.«

»Wow, ich bin schon da«, antwortete Aurore.

»Gut, danke.« Elena gab ihr noch einige Hinweise zum Sicherheitssystem und erklärte, wo die Schlüssel waren.

Sie bestellte ein Taxi, und während sie die Treppe hinunterging, beschloss sie, Cail erst vom Flughafen aus anzurufen. Etwas sagte ihr, dass er von ihrer Entscheidung nicht gerade begeistert sein würde. Schnell schob sie den Gedanken beiseite. Eins nach dem anderen, sonst wurde sie noch verrückt.

»Fehlt nur noch, dass es regnet«, murrte sie zwei Stunden später auf dem Flughafen. Sie hatte Hunger, die Maschine nach Florenz sollte erst in einer halben Stunde starten, und als Tüpfelchen auf dem i konnte sie Cail nicht erreichen.

Sie kontrollierte noch einmal die Reisedokumente und das Ticket. Erschöpft lehnte sie den Kopf gegen die Wand der Wartehalle. Sie war müde, und das Baby bewegte sich. Sie schloss einen Moment die Augen und hoffte, dass der Flug bald aufgerufen würde.

Kurz darauf schaute sie zum tausendsten Mal auf ihr Handy und hoffte, dass Cail ihre Nachricht bekommen hatte, aber er war immer noch nicht erreichbar.

Beim Check-in fragte die Hostess leicht besorgt: »Geht es Ihnen gut?«

Elena zwang sich zu einem Lächeln. »Es dauert noch eine Weile, machen Sie sich keine Sorgen.«

Die Frau lächelte. »Ja, das sehe ich, auf dem Ticket ist der voraussichtliche Geburtstermin angegeben, der zehnte Juni, richtig? Trotzdem fehlt das ärztliche Attest.«

Überrascht zog Elena die Augenbrauen hoch. »Reicht das denn nicht?«, fragte sie ängstlich.

Die Hostess schüttelte den Kopf. »Ein ärztliches Attest wäre besser. Das Baby könnte sich ja entscheiden, früher zur Welt zu kommen, und im Flugzeug …«

»Aber ich muss unbedingt nach Florenz«, erwiderte Elena. »Ich bitte Sie, es ist sehr wichtig.«

Erneut kontrollierte die Hostess die Papiere. »Ich nehme mal an, dass die Angaben auf dem Ticket unter den gegebenen Umständen ausreichend sind«, sagte sie nach einigen Sekunden mit einem Blick auf die Warteschlange, die sich hinter Elena gebildet hatte. »Gute Reise«, sagte sie schließlich. »Aber behalten Sie im Hinterkopf, dass keine Fluglinie der Welt Sie nach der sechsunddreißigsten Woche befördern wird.«

»Mach ich«, erwiderte Elena erleichtert. Sie griff nach den Dokumenten, die ihr die Hostess entgegenstreckte, und ging rasch weiter.

Zum Glück habe ich ein Rückflugticket, dachte sie. Was den Geburtstermin anging, hatte sie nicht wirklich gelogen, sondern lediglich die übliche Verzögerung beim ersten Kind eingerechnet. Wo hatte sie das noch gleich gelesen?

Sie erwischte sich dabei, wie sie sich selbst Mut zusprach und murmelte: »Es wird schon nichts passieren.« Sie ignorierte den Schauder, der sie überlief, und lief weiter. Sie hatte keine Schmerzen, es ging ihr gut und sie hatte viel zu tun. Ein Tag, sie brauchte nur einen einzigen Tag. Sie würde die Formel finden, ein paar Dinge aus dem Labor ihrer Großmutter mitnehmen und dann nach Paris zurückfliegen. Was sollte schon groß passieren?

Cail nahm die SIM-Karte aus dem Haufen Plastik, der mal ein Mobiltelefon gewesen war, und steckte sie in das Handy, das er gerade gekauft hatte. Ein banaler Unfall, aber es war nichts mehr zu machen gewesen.

Als er am Morgen mit Elena gesprochen hatte, war alles in Ordnung. Sie war sogar richtig aufgekratzt gewesen. Sie hatte die ganze Zeit von Aurore erzählt und davon, wie das Mädchen sein erstes Parfüm kreiert hatte.

Cail gab die PIN ein, und das Smartphone vibrierte. Elena! Zehn verpasste Anrufe. Sein Magen krampfte sich zusammen. Das Baby. Sicher war der Moment gekommen und er war nicht da. Er rief sofort zurück und verwählte sich prompt, weil er die Nummer im Speicher nicht finden konnte. Sein Atem ging stoßweise, während er wartete.

Der gewünschte Teilnehmer ist zurzeit nicht erreichbar.

Er fluchte und versuchte es erneut. Dann rannte er zum

Auto. Während er sich in den fließenden Verkehr einfädelte, rief er Elenas Frauenärztin an. Sie konnte ihm bestimmt sagen, in welches Krankenhaus man sie gebracht hatte. Paris war keine Autostunde entfernt, er musste sich nur beeilen. Die Ärztin nahm seinen Anruf nach etlichen Versuchen entgegen, aber sie hatte keine Neuigkeiten über ihre Patientin.

»Ich versichere Ihnen, dass Madame Rossini noch nicht in den Wehen liegt. Sie hat einen Code, daher wüsste ich das, selbst wenn sie in ein anderes Krankenhaus gebracht worden wäre. Sie können ganz beruhigt sein, Ihrer Frau geht es gut.«

»Danke«, antwortete Cail, doch überzeugt war er nicht. Er musste es erst direkt von Elena hören. Wieder versuchte er, sie zu erreichen, aber ohne Erfolg.

Während er in die Stadt zurückraste und dabei sämtliche Verkehrsregeln brach, verbannte Cail alle Sorgen aus seinem Kopf. Er war fast im Marais, als sein Telefon klingelte. Er hielt an.

»Cail, endlich.«

»Danke, lieber Gott!« Als er Elenas Stimme hörte, schlug sein Herz endlich wieder im normalen Rhythmus. »Ich bin fast da, noch fünf Minuten. Geht es dir gut?«

»Ähm, genau darüber wollte ich mit dir sprechen. Ich bin nicht in Paris.«

Cail glaubte sich verhört zu haben. »Kannst du das bitte noch mal wiederholen? Sag mir, dass Monique bei dir ist. Es ist ziemlich unvernünftig in deinem Zustand zu verreisen, das weißt du doch. Das Baby könnte früher zur Welt kommen.«

Stille. Elena räusperte sich: »Cail, es ist einiges passiert. Ich bin in Florenz.«

Die Nachricht war wie ein Schlag ins Gesicht. Er hielt das Handy von sich weg und verharrte einige Sekunden.

»Bist du noch da? Heute Morgen war die Hölle los. Monique zieht nach New York, und Madame Binoche hat ihr Angebot für das Parfüm erneuert. Wenn ich die Formel von Beatrice finde, kann ich sie um die Duftnoten von Notre-Dame ergänzen und Monique das Geld zurückgeben … Cail, du weißt, wie sehr ich mir wünsche, dieses Parfüm zu kreieren.«

Stille. Cail hatte sich noch nie so einsam gefühlt wie in diesem Moment. Einsam und verlassen.

»Du hast nicht auf mich gewartet.« Es war eher eine Feststellung als eine Frage, eine bittere Erkenntnis. Eine unnötige Erkenntnis, denn Elena war bereits in Florenz, trotzdem hatte er das Bedürfnis, es ihr zu sagen.

»Es war keine Zeit. Ich habe dich mehrere Male angerufen, aber du warst nicht zu erreichen.«

»Mir ist das Handy runtergefallen, und so ein Trottel ist mit dem Traktor drübergefahren«, sagte er mit heiserer Stimme.

»Ach so. Alle klar bei dir? Du wirkst gereizt.«

Er atmete tief ein und stellte sich und ihr die gleiche Frage. »Wie sollte ich mich deiner Meinung nach fühlen, wenn du meine Bitten ignorierst? Du hast einfach alleine entschieden, weil dir klar war, dass ich nicht einverstanden wäre. Meine Meinung hat dich einfach nicht interessiert.«

»Hör mal, darüber reden wir, wenn ich zurück bin, ja? Ich werde dir alles erklären.« Nun war auch Elena gereizt.

»Da gibt es nichts zu erklären. Du bist mir nicht verpflichtet, ich bin nicht einmal der Vater deines Kindes. Genau daran hast du mich gerade wieder erinnert.«

Verdammt, er ist wirklich sauer, dachte Elena. »Das ist

doch Unsinn, Cail, und das weißt du auch. Spätestens morgen bin ich zurück, dann klären wir alles.«

Er war ihr nicht wirklich wichtig, daran gab es jetzt keinen Zweifel mehr. Cail umklammerte das Handy und starrte ins Nichts, als fixierte er einen imaginären Punkt. »Erklären? Nein, Elena, da gibt es nichts zu erklären. Ich ... Pass auf dich auf.«

Abrupt beendete er das Gespräch und blieb mit dem Handy in der Hand sitzen. Er blickte auf die Seine vor sich, die träge dahinfloss, düster und schwer wie seine Seele.

Als Elena erneut anrief, schaltete er das Handy aus. Er hatte keine Lust, mit ihr zu sprechen, wollte ihre Stimme nicht hören. Nicht jetzt, nie mehr. Er würde es nicht noch einmal ertragen, die Tür vor der Nase zugeschlagen zu bekommen. Mein Gott, es war nur ein paar Stunden her, seit er sie das letzte Mal gesehen hatte, und schon fehlte sie ihm so sehr. Nach einigen Minuten startete er den Wagen und fuhr mit quietschenden Reifen los.

Das Taxi setzte sie fast vor der Haustür ab.

»Es heißt ja, in Ihrem Zustand ist Bewegung gut, aber je weniger Sie sich anstrengen, desto besser«, sagte der Fahrer und half ihr mit dem Koffer. »Sind Sie sicher, dass alles in Ordnung ist?«

Nein. Nichts war in Ordnung. »Ja, danke«, antwortete Elena, verabschiedete sich und schloss die Haustür hinter sich.

Da war er wieder, der Geruch des Hauses. Er umfing sie wie eine Umarmung. Im Flur ließ Elena sich auf das kleine Sofa sinken. Stille. Alles um sie herum schien in tiefem Schlaf zu liegen, als wäre sie mitten in der Nacht angekommen. Sie blickte sich um, und es kam ihr vor, als hätte sie diesen Ort erst gestern verlassen. Sie spürte die Trippelschritte des Kindes und vergrub das Gesicht in den Händen.

Seit sie Florenz verlassen hatte, war ein Leben vergangen, ein ganzes Leben.

Elena stand auf, suchte nach dem Hauptschalter und knipste das Licht an. Sie hatte zu tun und wollte keine Zeit verschwenden. Cail war offensichtlich stinksauer, und das tat ihr sehr leid. Sie konnte es kaum erwarten, ihn wiederzusehen und ihm alles zu erklären. Erst der Paravent, dann der Rest, überlegte sie und ging durch den Flur ins Labor. Da stand er. Sie schaltete die Lampe in der Ecke an, in der der Wandschirm stand.

Eiskalt lief es ihr den Rücken herunter. Der Paravent sah genauso aus wie der in Lourmarin, kein Zweifel. Selbst der Holzrahmen war der gleiche, schnörkellos und schlicht, als diente er nur dazu, den Abbildungen auf dem Stoff Halt zu geben. Sie stellte sich vor, wie Beatrice sich darübergebeugt hatte, und ihr Herz wurde eng.

»Mal sehen …« Die Worte blieben ihr im Hals stecken. Eine Dame auf einem Pferd, auf Reisen, allein. Der Edelmann stand ein ganzes Stück entfernt hinter ihr und neben ihm eine in kostbare Gewänder gehüllte Dame.

»Die Braut«, flüsterte Elena.

Ihre Augen glitten über das Bild, das die ganze Seite des Wandschirms ausfüllte. »Wo hast du die Formel versteckt?«, murmelte sie aufgeregt.

Sie ging auf die andere Seite. Ein kleiner Hirsch, ein Wald, drei Bäume, ein Bach. dazu eine Kette, die aus Gold zu sein schien … nein, aus Bernstein. Außerdem Wasser, der Mond und eine Ampulle.

Elena nahm den Notizblock aus der Tasche und begann den Paravent von oben bis unten zu inspizieren. Während sie jedes noch so kleine Detail überprüfte, versuchte sie sich in die Situation hineinzudenken. Sie war dort gewesen, und auch wenn sich der Schauplatz mit der Zeit verändert hatte, war er im Grunde immer noch der gleiche, oder? Der Wald zu Füßen des Schlosses erwachte in ihrem Kopf zum Leben, die Luft war erfüllt mit würzigen Düften, es hatte gerade geregnet und ein kleines Rinnsal floss über die Steine. Elena hörte die Rufe der Reiter und hob den Kopf. Der Himmel war klar und blau, Falken flogen durch die Luft. Man feierte die Hochzeit des Herrn. Rufe und Jubelgesänge schallten durch das Tal.

Beatrice trieb ihr Pferd an. Sie hatte bis zum letzten Moment gezögert, aber schlussendlich bemerkt, dass hier kein Platz für sie war. Sie wollte nicht miterleben müssen, mit welcher Pracht man die Hochzeit feierte, sie wollte nicht zusehen, wie er die Braut küsste. Er hatte ihr eine Eskorte mitgegeben und ihr das Herz gebrochen.

Ein Hirsch … und drei Bäume. Eichen. Es waren eindeutig Eichen. Beatrice hatte Moschus und Eichenmoos für das Parfüm verwendet und grauen Amber, beides für die damalige Zeit typische Ingredienzien. Die Kette spielte auf die Namensverwandtschaft zwischen dem tierischen und dem fossilen Amber an, dem Bernstein.

Elena kehrte in die Realität zurück und suchte so lange weiter, bis sie eine genaue Vorstellung von den einzelnen Riechstoffen des Parfüms hatte. Sie notierte die Formel und schloss die Augen.

Die Rezeptur war in ihrer Schlichtheit fast banal. Das kann es unmöglich sein, sinnierte sie. Sie dachte an den Wandschirm in Frankreich zurück. Rose, Zitrone sowie Limette oder Orange, das hatte sie noch nicht genau herausgefunden. Dazu Iris, Jasmin, Holz, Moschus, tierischer

Amber. Wasser und Öl. Ein Rundgang im Garten, das war es.

Aber das war viel zu einfach, eine Formel, die selbst Aurore entwickeln könnte, wenn sie die richtigen Zutaten hätte. Das einzig Besondere an Beatrices Parfüm war der Moschus.

Ihre Mutter hatte es vorausgesagt. Das Perfekte Parfüm hatte vielleicht im siebzehnten Jahrhundert für Furore gesorgt, aber heute wäre dem sicher nicht mehr so. Nur warum hatten dann alle Rossini-Generationen so fieberhaft nach der Formel gesucht?

Selbst ihre pragmatische und gradlinige Großmutter hatte das Perfekte Parfüm finden wollen. Bei aller Wertschätzung: Die Rezeptur, die Elena entschlüsselt hatte, konnte unmöglich die Leidenschaft einer Frau entfacht, geschweige denn sie willenlos gemacht haben.

Elena konnte sich den Geruch eines jeden Parfüms vorstellen, eine Gabe, die sie schon von Kindheit an gehabt hatte. Es genügte ihr, die Formel zu verinnerlichen. Dieses Mal jedoch stand sie vor einem Rätsel. Mit dem Block in der Hand stieg sie in den Keller hinunter und betrat das Labor. Jetzt, da sie alle Ingredienzien kannte, wollte sie versuchen, das Parfüm zu mischen.

Die ätherischen Öle lagerten in einer Holzkiste, das wusste sie noch. Beim letzten Mal hatte sie einen Großteil wegwerfen müssen, weil sie verdorben waren, aber sie hatte weder den Moschus noch den Amber überprüft. Sie kniete sich auf den Boden und wählte einige Metallfläschchen aus. Als sie diese öffnete, war die Enttäuschung groß. Ranzig, umgekippt, wertlos. Sie seufzte, Resignation keimte in ihr auf und hinterließ einen bitteren Nachgeschmack.

Sie hatte die Formel, konnte sie aber nicht realisieren.

Erst musste sie schmunzeln, dann begann sie lauthals zu lachen, bis ihr schließlich die Tränen kamen.

Elena schleppte sich zu einem Stuhl, während das Kind sich in ihr bewegte. Das Perfekte Parfüm, dem die Rossinis seit Generationen nachjagten, war die Geschichte einer unglücklichen Liebe. Diese Erkenntnis fegte alles hinweg und machte dem Platz, was ihr auf dem Herzen lag. Cail, seine verbitterten Worte, die Enttäuschung und der Schmerz, der in seiner Stimme gelegen hatte. Sie hoffte, dass sie mit ihrer Entscheidung nicht alles ruiniert hatte.

»Bist du sicher, dass du ihn nicht bei mir lassen willst? Das wäre für mich kein Problem.« Ben fühlte sich unbehaglich. Er sah zu, wie Cail seinen Rucksack packte, und wusste nicht recht, was er tun sollte.

»Keine Ahnung, wie lange ich weg sein werde, da ist es besser, wenn John mitkommt.« Cails Stimme war heiser, seine Wangen wirkten eingefallen.

Ben wollte unbedingt wissen, was passiert war. »Verdammt noch mal, du kannst nicht einfach so verschwinden. Habt ihr gestritten? Dann redet noch mal drüber und vertragt euch wieder. Was kann den schon passiert sein? Es gibt für alles eine Lösung.«

Cail schwieg wie inzwischen fast immer. Er griff nach dem Rucksack und verließ das Zimmer. »Schließ du ab«, sagte er zu Ben.

Mehr war aus ihm nicht herauszubekommen.

Elena war an diesem Morgen schon sehr früh aufgewacht. Sie hatte die Tagebücher mit den Rezepturen für Naturseifen in den Koffer gepackt, die sie gerne bei Absolue anbieten wollte, außerdem ein paar Dekogegenstände und ein

Metallfläschchen mit Amber. Ob sie es wirklich verwenden oder auf eine synthetische Alternative zurückgreifen würde, wusste sie noch nicht.

Wie schon tausende Male zuvor als Kind saß sie nun in der Küche und hielt eine Tasse Tee in der Hand. Ihre Augen ruhten auf den Porzellantellern im Wandregal. Sie waren selten benutzt worden, eigentlich nur an Festtagen. Klar und deutlich standen ihr auf einmal jene Bilder vor Augen, die der Geruch des Hauses mitgebracht hatte. Das Essgeschirr war ein Teil ihrer Familiengeschichte. Ihre Großmutter hatte damals auch die Kristallkelche und das Silberbesteck benutzt, alte Erbstücke früherer Rossini-Generationen. Das Kristallservice stammte aus Venedig, die Porzellanteller aus Frankreich, hergestellt im späten achtzehnten Jahrhundert.

Elena überraschte sich bei dem Gedanken, ihrem Kind von ihrer Familie zu erzählen, wie ihre Vorfahren gelebt und womit sie ihr Geld verdient hatten und von der fest verankerten Tradition. Von ihrem erlesenen Geschmack und ihrem Sinn für das Schöne. Die Porzellanteller waren tatsächlich wunderschön. Gleiches galt für die Möbel, den Wandschirm und all die Dinge, die sich im Laufe der Jahrhunderte angesammelt hatten und von Generation zu Generation weitergegeben worden waren.

Familie. Das Wort breitete sich in ihrem Kopf aus und wurde immer präsenter, an je mehr sie sich erinnerte. Noch nie zuvor hatten Heimat und Familie für sie eine wichtige Rolle gespielt. Warum nur würde sie jetzt am liebsten weinen?

Elena fuhr sich über das Gesicht, seufzte und beschloss, ihre Gedanken zu ordnen. Sie war müde und sie war enttäuscht.

»Beatrices Parfüm gibt es nicht. Es war nur die Projektion eines Wunsches. Dem von mir, von meiner Großmutter und all derer, die vor ihr waren. Nichts als ein Konglomerat aus Hoffnungen und Illusionen. Wir selbst haben ihm diese Macht gegeben. Wir haben uns eingebildet, er sei etwas ganz Besonderes.«

Auf einmal erinnerte sich Elena an das Parfüm, das Eloise Chabot für ihre Tochter gekauft hatte. Sie umklammerte die Teetasse, dann ging sie ins Schlafzimmer ihrer Großmutter hinüber. Die Kiste stand am üblichen Ort. Vorsichtig hob sie den Deckel und betrachtete den Inhalt. Ein Sammelsurium von Erinnerungen: Tagebücher, Dokumente, Kräutersäckchen, vergilbte Fotografien, ein paar wertlose Schmuckstücke. Wo war nur das Päckchen mit dem Parfüm, Susannas Geschenk zu ihrem sechzehnten Geburtstag? Sie war sicher, dass Lucia es in die Kiste gelegt hatte, immerhin war sie dabei gewesen.

»Ich will es nicht, ich brauche es nicht. Was soll ich damit? Wahrscheinlich irgendein ekelhaftes Zeug von Maurice. Wer weiß, vielleicht hat er es vergiftet«, hatte Elena geschrien.

Lucia hatte die Lippen zusammengepresst, während ihre Nasenflügel bebten. »Wenn dir jemand die Hand hinstreckt, Elena, dann solltest du sie ergreifen. Hier geht es um Barmherzigkeit, verstehst du? Bilde dir bloß nicht ein, dass du in deinem Leben keine Fehler machen wirst. Es tut mir leid, dich enttäuschen zu müssen, aber Perfektion gibt es nicht, es sei denn in der verblendeten Arroganz gewisser Menschen, und zu denen gehörst du nicht, oder?«

Elena hatte sich hartnäckig geweigert, darauf zu antworten. Sie wollte dieses Parfüm nicht und ihre Mutter schon gar nicht.

»Eines Tages wirst du verstehen, dass man im Leben auch Kompromisse machen muss, mein Kind.«

»Wirf es weg. Ich will ihr Parfüm nicht, ich will gar nichts von ihr«, hatte sie geschrien, bevor sie aus dem Zimmer rannte. Kurz vor der Tür hielt sie inne. Was, wenn ihre Großmutter es wirklich wegwerfen würde? Sie wollte sich Susannas Geschenk zurückholen, doch Lucia gab es ihr nicht. Tiefe Trauer stand ihr ins Gesicht geschrieben. Sie ging nach oben in ihr Schlafzimmer und legte das Päckchen in die Kiste, die sie immer sorgfältig verschlossen hielt. Elena war ihr gefolgt und kurz darauf aus dem Haus gerannt.

Seit damals war so viel Zeit vergangen, warum tat die Erinnerung immer noch so weh? Sie hatte ihrer Mutter Unrecht getan, war gemein und bösartig gewesen. In diesem Augenblick begriff sie, dass sie in all den Jahren ihre Scham vor sich selbst verborgen gehalten hatte, überdeckt von der Wut auf ihre Mutter. Im Grunde hatte sie Susanna zum Sündenbock für alles gemacht.

Das Päckchen muss da sein, dachte sie. Sie wollte das Parfüm riechen. Unbedingt.

Mit feuchten Händen schob sie die vielen Briefe und Dokumente, die ihre Großmutter aufgehoben hatte, zur Seite. Dann entdeckte sie es endlich.

Das Päckchen sah noch genauso aus wie damals, als sie es geschenkt bekommen hatte. Sie zögerte kurz, dann machte sie es vorsichtig auf. Im Licht der Morgensonne glitzerte der Glasflakon in ihrer Hand. Die zartrosa Flüssigkeit darin schwappte hin und her. Wie sehr sie diese Farbe liebte! Hatte sich ihre Mutter das etwa gemerkt? Der Gedanke berührte sie zutiefst.

Ich werde Susannas Geschenk mitnehmen, beschloss sie

spontan. Sie öffnete den Flakon nicht, dazu fehlte ihr die Kraft, aber sie würde ihn mit nach Paris nehmen.

Zufrieden ging sie wieder hinunter und griff nach dem Handy. Sie musste nicht nachsehen, um zu wissen, dass Cail nicht angerufen hatte. So leicht würde er ihr nicht verzeihen, das wusste sie nur zu gut.

»Du sturer Bock! So wirst du mich nicht los!«

Paris war in gleißendes Licht getaucht, als die Maschine aus Florenz pünktlich landete. Elena hatte unterwegs die ganze Zeit den strahlend blauen Himmel bewundert.

Sie war voller Tatendrang. Geneviève Binoches Parfüm konnte sie auch ohne die Formel von Beatrice kreieren. In der Parfümorgel war alles, was sie dazu brauchte. Monique sei Dank, verfügte sie obendrein über eine beachtliche Auswahl an synthetischen Essenzen. Dieses eine Mal würde sie ihre Prinzipien brechen. Für das Notre-Dame-Parfüm brauchte sie eine breit gefächerte Palette an Duftelementen. Experimente mit natürlichen Essenzen konnte sie sich nicht leisten. Dieses Parfüm musste stabil und unproblematisch reproduzierbar sein.

Ausnahmsweise werde ich Kompromisse eingehen, entschied sie. Schließlich bekam man nicht alle Tage den Auftrag für ein Parfüm, das die Atmosphäre eines Buches widerspiegeln sollte. Sie würde Genevièves Wunsch erfüllen, um jeden Preis.

Auf dem Nachhauseweg wollte der Kloß in ihrem Hals nicht kleiner werden. Aber sie entschied sich, ihn zu ertragen. Er würde sie daran erinnern, dass sie noch eine Sache zu klären hatte. Mit einem Mann. Ihrem Mann.

Kurz darauf betrat sie voller Tatendrang den Laden.

»Ciao, Elena, so früh habe ich dich gar nicht zurückerwartet. Du hättest anrufen sollen, Mama hätte dich bestimmt abgeholt«, sagte Aurore.

»So ist es besser. Na, alles in Ordnung?«

Aurore nickte. »Alles perfekt. Ich habe ein paar Cremes und Seifen verkauft. Ach ja, und ein Kunde war da, der mit dir über ein maßgefertigtes Parfüm für seine Frau sprechen wollte.«

Elena wusste sofort Bescheid. »Das muss Marc Leroy gewesen sein. Ich dachte schon, er hätte es sich anders überlegt.« Es tat gut zu wissen, dass er wiedergekommen war.

»Kannst du noch bis zum Abend bleiben? Ich muss dringend einiges erledigen und könnte deine Hilfe brauchen.«

Aurore lächelte. »Du machst wohl Witze. Für mich ist das hier das reinste Vergnügen. Die Menschen nehmen einen ganz anders wahr, sobald man hinter einem Tresen steht.«

»Im Grunde ist alles im Leben nur eine Frage der Perspektive«, murmelte Elena. Sie verabschiedete sich von Aurore, schleppte ihren Trolley die Treppenstufen hinauf und klopfte bei Cail.

Nach einigen Minuten beschloss sie einfach hineinzugehen, doch die Tür war abgeschlossen. Über die Treppe ging sie hinunter auf den Innenhof und in das Haus gegenüber. Eine Minute später klopfte sie bei Ben.

»Ciao«, grüßte sie ihn, als er die Tür öffnete.

»Elena, wie schön. Komm rein.«

Aber sie blieb in der Tür stehen. Ben musterte sie mit einem Blick, der ihr gar nicht behagte. Die dunkle Vorahnung, die sie nach dem Streit mit Cail gehabt hatte, kam sofort wieder hoch, denn ins Bens Gesicht spiegelte sich Mitleid. Ihr wurde erst heiß und dann eiskalt.

»Weißt du zufällig, wo Cail ist? Er geht nicht ans Telefon und zu Hause ist er auch nicht.«

Ben trat dann zur Seite. »Jetzt komm schon rein. Colette ist auch da. Schatz, kommst du mal? Es ist Elena«, rief er und wandte sich um.

»Ich bin schon da.«

Als hätten die beiden auf mich gewartet, dachte Elena misstrauisch.

»Danke, aber ich kann nicht. Bitte entschuldige die Störung, ich versuche es einfach später noch mal bei Cail.«

»Warte, er ist nicht da. Er ist weg.«

Elena wich zurück. »Wie das? Was ist mit John? Ist er bei dir?«

Ben schüttelte den Kopf. »Er hat seinen Hund mitgenommen. Keine Ahnung, wann er zurück sein wird.«

Oder ob er überhaupt zurückkommt. Dieser unausgesprochene Satz hing drohend zwischen ihnen.

»Es tut mir schrecklich leid, meine Liebe. Wenn ich irgendetwas für dich tun kann …«, sagte Colette leise.

»Danke, nicht nötig«, presste Elena mit einem gequälten Lächeln heraus. »Wahrscheinlich hat er bloß vergessen, mir Bescheid zu geben. Ich bin sicher, er ruft bald an und sagt mir, wo ich ihn finden kann.«

»Bestimmt.«

»Bestimmt.«

Elena drehte sich um, und einen Augenblick lang wurde ihr schwarz vor Augen. Sie schwankte, fing sich aber sofort wieder. Tief einatmen. Sie hatte schon Schlimmeres erlebt, sie würde es schaffen.

»Alles okay?«, fragte Ben, der ihr sofort nachgeeilt war.

»Alles gut, ich bin nur gestolpert. Mach dir keine Sorgen.«

Während sie den Innenhof durchquerte, glaubte sie Flüche zu hören.

Es kam ihr vor, als wäre ihr Kopf in Watte gepackt. Alle Geräusche waren gedämpft, der Kloß im Hals wurde dicker und dicker und erreichte schließlich ihren Magen.

Nach einer Dusche zog sie ihren Arbeitskittel an, nahm den Notizblock und betrat das Labor. Die Bilder in ihrem Kopf ignorierte sie. Cail, wie er den Destillator aufstellte. Cail, wie er sie anlächelte. Cail, wie er sie küsste.

»Schluss jetzt!«, schrie sie.

Sie musste sich jetzt auf das Parfüm konzentrieren und dann ihr Leben auf die Reihe bringen, ein für alle Mal. Fest entschlossen setzte sie sich vor die gut bestückte Parfümorgel, in der sie die verschiedenen Essenzen nach Duftfamilien geordnet hatte, wie es ihre Großmutter ihr beigebracht hatte, und nicht nach dem Alphabet. Sorgfältig wählte sie die Ingredienzien aus, die sie brauchte, stellte die Fläschchen auf ein Tablett und bereitete sich mental vor. Sie musste mehrere Male ansetzen, bis sie sich konzentrieren konnte, aber schließlich gelang es ihr, Ordnung in das Chaos aus Gedanken und Gefühlen zu bringen. Dann galt nur noch das, was sie bei ihrer Großmutter gelernt hatte. Die Welt verschwand, und sie konzentrierte sich ganz auf ihre Leitlinie, die olfaktorische Pyramide.

Elena musste gleich zwei Parfüms kreieren, das von Beatrice und das für Notre-Dame. Zwei ganz besondere Düfte. Das erste sollte die Basis für das zweite sein. Das war der richtige Weg, Beatrice würde Notre-Dame und Victor Hugos Roman zum Leben erwecken.

Sie stellte sich die Essenzen als Mischung vor, schloss die Augen und komponierte in Gedanken das Parfüm ihrer Urahnin. Erst als sie von ihrer mentalen Konzeption überzeugt war, begann sie mit der Arbeit. Sie zählte die Tropfen jeder Essenz mit besonderer Aufmerksamkeit: Zitrone, Iris,

Jasmin, Rose, Amber, Eichenmoos. Sie beobachtete, wie die einzelnen Tropfen auf der Innenseite des kleinen Trichters nach unten liefen, und inhalierte ihre Aromen. Jeder einzelne Schritt war wichtig, mehr noch, er war entscheidend. Sie notierte die Details in ihrem Notizbuch. Danach hielt sie inne. Erst sah sie die Mixtur nur an, dann roch sie daran.

Beatrice hatte ein Parfüm für eine Frau aus einer längst vergangenen Zeit geschaffen. Ein Parfüm, das für sie selbst zugleich ein Anfang und ein Ende gewesen war. Elena wischte sich mit der freien Hand eine Träne aus dem Gesicht und goss die Flüssigkeit vorsichtig in ein Fläschchen. Sie würde das Ganze einige Stunden ruhen lassen und zwischendurch immer mal wieder daran riechen.

Erschöpft stand sie auf und verließ das Labor. Sie brauchte dringend eine Tasse Tee.

Als sie zurückkam, roch sie erneut an der Mixtur, überprüfte die notierte Rezeptur und nickte. Eine Welle von Gefühlen brach über sie herein: Sehnsucht, Leidenschaft, Sanftheit. Sie setzte sich, schloss die Augen und genoss jede Nuance dieses Parfüms, ließ es zu, dass es ganz in sie eindrang, in ihren Körper, in ihre Seele. Ein bestechender, verführerischer Duft, der die Gabe hatte, tiefe Gefühle hervorzurufen.

Aber ganz tief in ihrem Inneren spürte sie keinen Stolz, sondern sehnsuchtsvolles Verlangen und den Schmerz, verlassen worden zu sein.

Diese Gefühle waren nicht neu; sie wusste genau, wie sie sich anfühlten, kannte jede Schattierung, jede einzelne Facette. Das Verlassenwerden hatte für sie sogar einen Geruch.

Die Stunden vergingen. Elena saß einfach nur da, starrte auf den Boden und wartete darauf, dass sich die Moleküle der einzelnen Essenzen so weit aufgelöst hatten, um ihr Gewissheit zu geben. Sie war immer noch verwirrt.

Am Ende räumte das Parfüm alle ihre Zweifel aus. Die Essenzen verbanden sich zu einem harmonischen Ganzen, auch die synthetischen, die ihm neue Intensität und Strahlkraft gaben. Das Ergebnis war gut, mehr als gut. Das war also Beatrices Parfüm, jener Duft, der das Schicksal der Familie Rossini mitbestimmt hatte.

Als sie noch einmal daran roch, explodierten die Eindrücke: Rosenblütenblätter, eine blumige Herznote, Lachen, Spiele rund um einen Springbrunnen, Sonne, ein Orangengarten, eine milde Brise und Zitronenduft. Dann kam die Nacht, feucht, düster, animalisch. Unvermittelt tauchten würzige Holznoten auf, eine silbrig glänzende Wiese unter den blassen Strahlen des Mondes. Jasmin, Iris. Liebe, allerdings keine schmeichelnde, keine innige, kein Flüstern, keine Schwüre. Schließlich flackerte etwas Sinnliches, fast schon Hypnotisches auf. Eine verzehrende, herzzerreißende Geschichte.

Wieder wischte Elena sich die Tränen aus dem Gesicht. Sie war völlig erschöpft, als hätte sie keinen Funken Energie mehr im Körper. Aber sie musste weitermachen. Sie durfte nicht aufgeben, nicht jetzt, nach der ersten Etappe.

In diesem Arbeitsschritt galt es, ergänzend die Mystik, die Magie, die jahrhundertealte Geschichte der Kathedrale einzufangen. Aus der Synthese würde dann das neue Parfüm entstehen: Notre-Dame de Paris.

Elena stellte das Reagenzglas ins Dunkle, ehe sie die Anweisungen ihrer Großmutter in ihrem Kopf Schritt für Schritt abspulte. Jetzt galt es, den Weg des Parfüms noch einmal zu gehen. Ihn zu finden, würde nicht einfach werden, aber sie würde es schaffen, das spürte sie.

Sie sprach sich Mut zu, dann goss sie den Inhalt des zweiten Reagenzglases in den Messzylinder und schloss einen Moment die Augen. Dabei suchte sie in ihrer Vorstellungswelt nach der Richtung, die sie einschlagen musste. Sie gab einen Tropfen Weihrauch in den Messzylinder, roch und machte den nächsten Schritt, obwohl sie noch nicht ganz überzeugt war. Danach kamen Vetiver, denn sie brauchte den erdig-feuchten Duft, und ein Tropfen Myrrhe.

Elena arbeitete fieberhaft und ohne Pause; sie roch, schüttelte und roch wieder. Dann hielt sie inne, sog den Duft tief in sich ein und nickte.

Sie hatte es geschafft. Notre-Dame de Paris war geboren.

Jetzt musste es nur noch ruhen. Das Prozedere sah vor, dass sie es danach noch einmal testete und gegebenenfalls ein letztes Mal korrigierte. Aber sie wusste, dass das nicht nötig sein würde. Zufrieden ging sie die Treppe hinunter.

Aurore hatte den Laden abgeschlossen und ihr eine Nachricht hinterlassen. Da sie Ferien hatte, würde sie auch am folgenden Tag vorbeikommen. Elena starrte auf die regelmäßige Schrift, die klaren, deutlichen Buchstaben und die kleine Blume anstelle des Punkts. Sie steckte den Zettel in die Tasche und ging zum Telefon.

»Madame Binoche? Hier ist Elena Rossini. Ihr Parfüm ist fertig. Ja, danke. Kommen Sie vorbei, wann immer es Ihnen passt, damit wir gemeinsam das Endprodukt kreieren können.«

Sie legte auf, stieg die Treppe wieder hoch, legte sich so, wie sie war, aufs Bett und schlief sofort ein.

24.

Neroli. Diese himmlisch duftende Essenz wird aus den Blüten der Orange gewonnen.
Der Duft des Friedens. Er weckt gute Gefühle und ebnet den Weg zur Liebe.

Wenn Elena gedacht hatte, dass Geneviève Binoche sie nicht mehr besuchen würde, irrte sie sich gewaltig. Das Parfüm, das Elena für sie kreiert hatte, war hervorragend angekommen, den größten Erfolg hatte es jedoch bei der Schriftstellerin selbst gehabt. Für sie war es einfach nur perfekt. Ihr ganz persönliches Perfektes Parfüm. Seitdem kam Geneviève regelmäßig im Laden vorbei, versuchte sie aufzumuntern und begleitete sie hartnäckig bei ihren Einkäufen, auch wenn Elena immer weniger Lust zum Ausgehen hatte. Genau wie an diesem Nachmittag.

Im Kaufhaus Lafayette wimmelte es wie immer von Kunden. Hier gab es alles, was das Herz begehrte, und Geneviève hatte beschlossen, den gemeinsamen Einkaufsbummel hier zu beginnen.

»Ich habe noch nie Kinderkleidung gekauft. Ich habe keine Kinder und Adeline auch nicht. Mein Bruder ist sehr früh gestorben, und meine Schwägerin ist nie darüber hinweggekommen. Das hat sie mir jedenfalls mal im Vertrauen gesagt. Ich meinte zu ihr, sie sei doch noch jung und könne noch einmal von vorne anfangen, aber sie hat geantwortet, dass sie nie wieder einen Mann wie Jasper finden würde. Ist das nicht romantisch?«

Wenn man in Betracht zieht, dass er nicht einmal ein Jahr nach der Hochzeit gestorben ist, war das alles andere als romantisch, aber jeder sieht das Leben auf seine Weise, dachte Elena. Sie wusste, dass Madame Binoche aus reiner Freundlichkeit so viel redete. Aber es fiel ihr schwer, echte Dankbarkeit zu empfinden. Ihre Reise nach Florenz schien Jahre zurückzuliegen, obwohl es in Wirklichkeit nur wenige Wochen waren. Cail war aus ihrem Leben verschwunden und mit ihm ihre Gefühle. Sie betrachtete alles mit Abstand, nur die instinktive Verbindung zu ihrem Kind hatte sich nicht verändert. Allein seinetwegen stand sie jeden Morgen auf und war in der Lage, dem Tag zu begegnen.

»Oh ja«, antwortete sie mechanisch. »Aber jetzt muss ich den Koffer packen, es wird Zeit.«

Doktor Rochelle hatte ihr geraten, auf alles vorbereitet zu sein, da sich ihre Schwangerschaft allmählich dem Ende zuneigte.

»Eigentlich sollte ich mit Cail einkaufen gehen«, murmelte Elena. Ihr fehlte die Kraft weiterzusprechen. Deshalb schwieg sie, wie jedes Mal, wenn es zu schwer wurde, einen Gedanken zu Ende zu bringen.

»Aber wir Frauen sind in solchen Dingen viel praktischer, meine Liebe.«

Geneviève bewies zum Glück das richtige Gespür für die Situation und zögerte nicht lange. Ein Großeinkauf war jetzt genau das Richtige, um Elena aufzumuntern.

Als Erstes gingen sie in die Babyabteilung. Es war, als würden sie ein Süßwarengeschäft betreten. Alles war in Pastelltönen gehalten, von den Wänden bis zu den Möbeln. Überall

Puppen, Modelleisenbahnen und Teddybären in allen Größen. Es roch nach Talkum und Vanille. Madame Binoche suchte einige Strampler in neutralen Farben aus, die für Jungen und Mädchen gleichermaßen geeignet waren, griff dann aber zu lebhafteren Farben und schließlich auch zu Himmelblau und Rosa.

»Meiner Meinung nach sollten Babys bunte Farben tragen. Ich halte es für falsch, sie in ein Farbklischee zu pressen, nur damit man sie identifizieren kann. Das ist diskriminierend«, brummelte sie und beäugte kritisch das Sortiment.

Elena schaute sich alles an und legte die Sachen in den Einkaufswagen, die ihr am besten gefielen. Jasmine hatte ihr geraten, sich zurückzuhalten. Babys wuchsen schnell, und man brauchte höchstens drei oder vier Kombinationen zum Wechseln. Aber Elena wollte, dass es ihrem Kind an nichts fehlte. Deshalb landeten mehrere mit Enten und Schweinchen gemusterte Söckchen im Wagen, außerdem Strampelanzüge in Rot, Rosa und Hellblau, Hemdchen, eine Bürste und zu guter Letzt auch noch ein paar Kleidchen.

Geld spielte dabei keine Rolle. Sie war für das Notre-Dame-Parfüm so großzügig entlohnt worden, dass selbst nach Abzug von Moniques Anteil an Absolue noch einiges übrig blieb. Das erfolgreiche Parfüm sollte die Basis für eine ganze Duftlinie werden. Eine Duftlinie zu Ehren der Rossini-Frauen.

»Was halten Sie von diesem Kinderwagen?«, fragte Geneviève.

»Dunkelblau? Ich weiß nicht recht…«

»Mögen Sie die Farbe denn nicht?«

Elena mochte sie tatsächlich nicht. Sie wollte Gelb für ihr Kind, die Farbe der Sonne, oder Himmelblau. »Ich möchte etwas Freundlicheres, vielleicht ein helles Türkis.«

Geneviève blickte sich um, dann rief sie. »Schauen Sie mal hier! Sind die nicht schön?«

Elena folgte ihr. Sie bewegte sich nur noch sehr langsam und vorsichtig, denn bei jeder ruckartigen Bewegung begann das Kind zu strampeln. Wenn es erst da war, würde es ihr helfen, ohne Cail weiterzuleben.

Elena war zwar Expertin im Verlassenwerden, aber einen derart tiefen Schmerz hatte sie noch nie gespürt. Sie war am Nullpunkt angelangt und konnte sich binnen Sekunden in der totalen Leere verirren. Sie musste sich dringend ablenken, um nicht nachzudenken, um nicht ganz in der schwarzen Tiefe zu versinken.

Der Kinderwagen war ein Geschenk von Geneviève. Elena wusste nicht, was sie dazu sagen sollte. Alle waren so nett zu ihr, dass sie sich am liebsten in einer Ecke zusammengerollt und geschrien hätte. Sie zwang sich zu einem Lächeln, zu einem Dankeschön, zum Weitermachen.

Der Streifzug der beiden Frauen war noch nicht zu Ende. Sie erstanden noch Bettwäsche, Decken, Schlafanzüge, Mützchen, Fläschchen, Schnuller und Sauger. Bald hatten sie so viel eingekauft, dass Elena sich zu fragen begann, wie sie das alles transportieren sollten. Aber die Verkäuferin nahm ihr die Antwort ab und schob ihr eine Visitenkarte hin.

»Sie müssen uns nur anrufen, *Madame*«, sagte sie lächelnd. »Sobald das Baby da ist, kümmern wir uns um die Lieferung. Transport und Aufbau übernehmen wir ebenfalls. Sie müssen sich um nichts kümmern.«

Erleichterung, ein weiteres Dankeschön … Elena hatte das Gefühl, in letzter Zeit nichts anderes getan zu haben. Alle erwarteten von ihr, dass sie bester Laune war und ständig lächelte. Sie zahlte und schleppte sich einen weiteren Tag durchs Leben.

Sie musste nur Geduld haben, der Rest würde ganz von selbst kommen. Das Baby war das Einzige, was wirklich zählte, und dann gab es ja noch Absolue. Diesen Film musste sie immer wieder vor ihrem inneren Auge ablaufen lassen, und manchmal funktionierte das auch. Manchmal reichte das schon.

Tagsüber kam sie ganz gut zurecht. Aurore ging wieder zur Schule und half nachmittags im Laden, und auch Eloise unterstützte sie, wann immer es ging, genauso wie Ben. Auch Colette kam häufig vorbei, sie kochte und brachte ihr das Essen portionsgerecht in hitzebeständigen Behältern vorbei, die Elena nur aus dem Gefrierschrank nehmen und in der Mikrowelle erwärmen musste. Sie alle ließen die Parfümeurin nie allein, nicht eine Sekunde.

Am folgenden Tag erhielt Elena eine Einladung.

Monsieur Lagose und Babette waren gerade gegangen; die gespannte Situation zwischen den beiden schien sich entkrampft zu haben. Früher hatte Elena sich mit den beiden gefreut, aber in ihrer Situation mit ansehen zu müssen, wie glücklich die beiden waren, trieb ihr die Tränen in die Augen.

»Post für dich«, sagte Adeline und betrachtete den edlen elfenbeinfarbenen Umschlag. Sie hatte nur kurz vorbeischauen wollen, war dann aber doch länger geblieben.

Elena hob kurz den Kopf von der Tabelle, die sie gerade ausfüllte. »Würdest du ihn bitte für mich aufmachen?«

»Sicher. Hast du an einem Wettbewerb teilgenommen?«, fragte Adeline.

Elena schnaufte verblüfft. »Nein, nicht dass ich wüsste.«

»Aber hier steht, dass du einen Preis gewonnen hast.«

»Das muss ein Fehler sein«, entgegnete Elena und konzentrierte sich wieder auf die Tabelle.

»Unter dem Logo steht: *Concours International de Roses Nouvelles de Paris-Bagatelle.* Von dem Wettbewerb habe ich schon mal gehört. Die Floribunda Hélène hat gewonnen.«

Stille. Unsicherheit. Zögern.

»Zeig mal«, sagte Elena leise und streckte nervös die Hand nach der Einladung aus. Die Floribunda Hélène war Cails Rose, die er extra für den Wettbewerb gezüchtet hatte.

»Das verstehe ich nicht«, sagte Elena zögernd, nachdem sie den Text mehrmals gelesen hatte.

»Vielleicht will dich jemand aus deinem Bekanntenkreis überraschen?«

Ja, Cail. Aber er wollte sie offensichtlich weder sehen noch sprechen. Das konnte alles gar nicht sein …

»Die Preisverleihung ist am Samstag«, flüsterte sie, »und ich habe nichts anzuziehen.«

Was für ein dummer Gedanke. Nach dieser unendlich lange scheinenden Zeit, in der er aus ihrem Leben verschwunden war, hatte Cail ihr eine Einladung geschickt, und sie dachte als Erstes daran, dass sie kein Kleid für diesen Anlass hatte.

»Ich kenne eine wunderbare Boutique. Wir könnten zusammen hingehen, sobald Aurore da ist. Was meinst du?«

Elena umklammerte das Schreiben. »Ich weiß nicht … Ich glaube nicht, dass ich die Einladung annehmen werde.« Sie legte die Karte auf den Tresen und wandte sich wieder der Tabelle zu.

Adeline sagte nichts und musterte sie freundlich. Elena spürte den wohlmeinenden Blick schwer auf sich ruhen. Sie versuchte ihn zu ignorieren, entschied sich dann aber doch, den Kopf zu heben.

»Sie ist von Cail«. Ihre Stimme stockte. »Aber er geht nicht mal ans Telefon, wenn ich ihn anrufe. Was soll ich dort?«

»Ihm die Leviten lesen?«

Oh ja. Das würde sie nur zu gerne tun. Sie wollte ihm schon lange mal richtig die Meinung sagen. »Das ist kompliziert.«

»Sonst wäre es ja auch Zeitverschwendung, meinst du nicht?«

»Ich habe die ganze Zeit Abstand gehalten, wegen des Babys. Ich wollte sicher sein, dass es für uns drei eine Chance auf eine gemeinsame Zukunft gibt. Mein Kind wird bald Teil meines Lebens sein. Ich werde es niemals verlassen, wegen niemandem.«

Sie hatte nicht bemerkt, dass aus ihrem Flüstern ein Schrei geworden war. Sie überraschte sich selbst dabei, wie sie den letzten Satz laut herausgebrüllt hatte. Adeline ging zu ihr und strich ihr über die Hand.

»Beruhige dich, Elena, dein Kind fühlt alles und fragt sich jetzt sicher, warum seine Mama so aufgebracht ist.«

Sofort wurde Elena ruhiger. »Entschuldige, das … wollte ich nicht«, flüsterte sie und fuhr sich über das Gesicht. »Es ist für mich im Moment nicht einfach.« Sie lächelte oder versuchte vielmehr zu lächeln. »Ich habe die Kontrolle verloren, bitte entschuldige, Adeline. Du musst ja denken, ich sei verrückt geworden.«

»Meine Liebe, du bist schwanger und machst gerade eine Beziehungskrise durch. Da wäre es schon sehr erstaunlich, wenn du nicht ein wenig aus dem Gleichgewicht wärst. Du bist ja wohl kein Roboter, oder? Und jetzt wisch dir das Gesicht ab. Gut so.«

Elena zitterte. Die Wörter waren aus ihr herausgesprudelt, als hätte Maurice, das Schreckgespenst aus der Vergangenheit, sie dazu getrieben. Ihr Stiefvater hatte sie zutiefst gehasst, weil sie das Kind eines anderen war. Ihr eigenes

Kind würde sie niemals einer solchen Situation aussetzen. Da bliebe sie lieber allein.

»Ich … als ich klein war, hatte ich kein leichtes Leben«, sagte sie mit schwacher Stimme. »Ich muss sicher sein, dass mein Kind geliebt und beschützt wird. Ich hätte mit Cail offen darüber reden sollen, stattdessen habe ich alles in der Schwebe gelassen. Es war dumm von mir, nach Florenz zu fliegen und ihn vor vollendete Tatsachen zu stellen. Ich hätte ihm die Gelegenheit geben müssen, sich dazu zu äußern.«

Adeline lächelte sie an. »Ich habe keine Ahnung, von was du da sprichst. Aber ich kenne Cail. Mal abgesehen von der Tatsache, dass er immer noch ein großer Junge ist, hat er gute Augen.«

»Gute Augen?«

»Ja, genau. Das Wesen eines Mannes erkennt man an bestimmten Eigenschaften. Neben seinem Verhalten ist sein Blick ein wichtiges Indiz. Cail strahlt, sobald er dich ansieht. Er wird immer zu dir halten, da bin ich mir ganz sicher. Ich habe ihn genau beobachtet. Das ist einer der Vorteile, wenn man eine alte Frau ist, die nicht mehr auf dem Markt ist. Man kann genau hinschauen, ohne falsch verstanden zu werden.« Adeline hatte sowieso Zweifel, ob Cail endgültig aus Elenas Leben verschwunden war. Ihr war, als hätte sie ihn in den letzten Tagen ein paar Mal in der Nähe von Absolue gesehen.

»Was, wenn er davon überzeugt ist, dass es sich für ihn nicht lohnt? Bleiben wir bei den Fakten: Ich bin schwanger von meinem Exfreund und habe mich für das Kind entschieden. Welcher Mann akzeptiert das schon?«

»Jetzt hör aber auf! Er ist doch kein Löwe, der das Junge seines Vorgängers tötet, er ist bloß ein Mann.« Adeline lächelte. »Deine vermeintlichen Fakten überzeugen mich nicht. Also: Hat er dich zur Preisverleihung eingeladen? Ja. Hat er eine Rose gezüchtet und sie nach dir benannt? Ja. *Das* sind Fakten. Welchen Beweis brauchst du denn noch? Bleibt also bloß eine Frage, auf die du wirklich eine Antwort finden musst: Was willst *du*?«

Adeline hatte es auf den Punkt gebracht. Elena musste sich entscheiden. Tatsache war, dass sie Cail liebte. Schon seit langem und mit jeder Faser ihres Herzens. Aber sie war klug genug, um zu wissen, dass Liebe allein nicht genügt.

»Ich bin total aufgebracht. Er hat mir gezeigt, wie es sein könnte, er hat mich so geliebt, wie ich bin. Mit ihm habe ich mich frei gefühlt und konnte ich selbst sein. Aber dann … Keine Ahnung, ob ich das je wieder loswerde. Es ist wie ein körperlicher Schmerz. Nachts wache ich auf und denke, das alles ist nur ein Traum. Einmal bin ich nach oben gegangen, weil ich dachte, ich hätte ihn kommen hören, aber ich hatte mich geirrt.« In ihrer Stimme lag tiefer, schneidender Schmerz. Jedes Wort tat ihr in der Kehle weh.

»Wenn du dir keine Gewissheit verschaffst, wirst du dich nie davon befreien, da musst du durch. Ich weiß, dass mich das alles nichts angeht«, sagte Adeline, »aber ich an deiner Stelle würde zu ihm gehen, und wenn ich ihm nur Adieu sagen würde. Wie es sich gehört, von Angesicht zu Angesicht, verstehst du.«

Abschied. Endgültig. Elena dachte darüber nach, dann seufzte sie. Ja, im Grunde war es die richtige Entscheidung.

»Wo war noch mal diese Boutique?«

Obwohl ihr alle angeboten hatten, sie zur Prämierung der neuen Rose ins Château de Bagatelle zu begleiten, hatte sich Elena anders entschieden. Sie wollte alleine gehen.

Der Parc de Bagatelle war wunderschön. Weitläufige Rasenflächen wechselten sich mit Rosenrabatten ab. Mit seinen Alleen und akkurat angeordneten Blumenbeeten erinnerte er an einen Garten im italienischen Stil. Geprägt war der Park jedoch von Rosen in allen Formen, Farben und Schattierungen, von Gelb und zartem Rosa über Brillantrot, Granatrot und Orangerot bis hin zu einem unglaublich reinen Weiß, mit changierenden, hauchzarten Blütenblättern wie feinste Organza.

Elena war ein wenig herumspaziert, hatte sich dann aber hinsetzen müssen. Sie war müde und hatte Angst. Ihre Wut war verraucht, geblieben war eine tiefe Verzweiflung. Sie wollte, dass Cail sie in den Arm nahm, sie wollte, dass alles wieder so war wie früher. Sich so etwas zu wünschen kam ihr ziemlich lächerlich vor und zugleich reichlich dumm.

Einen Moment lang schloss sie die Augen, während die Junisonne ihr Gesicht wärmte. Langsam sickerten die betörenden Düfte des Parks in ihre Gedanken und brachten sie zur Ruhe. Als sie aufstand, um zur Prämierung zu gehen, fühlte sie sich schon deutlich besser.

Cail hatte immer darauf geachtet, nicht bemerkt zu werden. Er konnte Elena nicht alleine lassen. Deshalb hatte er Paris doch nicht verlassen und war mindestens einmal am Tag in den Marais gekommen, um sich zu vergewissern, dass es ihr gut ging.

Sie fehlte ihm so sehr, sie und ihre verrückten Ideen. In die erstbeste Maschine zu steigen und nach Florenz zu fliegen, fast im neunten Monat schwanger! Noch so einen spontanen Einfall hätte er nicht überstanden.

Da war sie. Er trat zur Seite, um sie besser sehen zu können. Sie wirkte unendlich traurig, geradezu verzweifelt. Er musste sich zügeln, so schwer es ihm auch fiel, und den richtigen Moment abwarten. Bevor sie miteinander sprachen, musste er sicher sein, dass sie verstanden hatte.

Wie schön sie war. Schön wie immer, unaufdringlich und zurückhaltend, als ob sie selbst nichts davon wüsste. Eine Schönheit, die ihn zusammen mit ihrer Stimme und ihrer sanften Art von Anfang an bezaubert hatte. Mit ihrem schwarzen Kleid, den straff zurückgekämmten Haaren und dem aufrechten Gang kam sie ihm wie eine Fremde vor.

Cail hielt sich nach wie vor im Hintergrund. Er wollte nicht, dass sie ihn bemerkte, noch nicht. Auf diesen Moment hingegen wollte er auf keinen Fall verzichten. Schließlich war das sein Beitrag.

»Madame Elena Rossini nimmt den Preis für die Floribunda Hélène entgegen. Eine Schöpfung von Caillen McLean von McLean-Rosen.«

Der große Moment war gekommen. Cail spürte, wie sein Puls sich beschleunigte. Unter dem Applaus des Publikums trat Elena auf die Bühne und dankte dem Moderator.

»Wir hatten schon oft Gelegenheit, Neuzüchtungen aus dem Hause McLean präsentieren zu dürfen«, begann dieser mit seiner Laudatio. »Doch ich muss sagen, dass die Hélène zu meinen persönlichen Favoriten gehört. Eine besondere Stärke ist zweifellos ihr Duft. Fruchtig, intensiv sowie ein sanfter Übergang zu würzigeren Noten. Ein wunderbarer Kontrast. Dazu diese überreiche Blütenfülle. Wenn sich die Knospen zu kelchförmigen Blüten öffnen, entfaltet sich ein außergewöhnliches Bouquet. Auch die Farbe, dieses intensive Purpurrot mit einem Herzen aus Gold, verdient höchste Anerkennung. Die Hélène ist ohne Zweifel die Rose der Saison.«

Elena hatte geduldig zugehört und immerhin eine Vorstellung davon bekommen, wie die Rose aussehen könnte.

»Darf ich sie mal sehen?«

Der Moderator war überrascht, fing sich aber sofort wieder. »Selbstverständlich.«

Cail wollte gerade gehen, als er begriff, was auf der Bühne vor sich ging. Er würde den Ausdruck auf ihrem Gesicht für immer in Erinnerung behalten. Morgen würde er zu ihr gehen, um mit ihr zu sprechen, er war nicht gewillt, den Lauf der Dinge einfach hinzunehmen.

Das Leben war seltsam. Juliette hatte er seit seiner Kindheit gekannt. Sie waren zusammen aufgewachsen, da hatte es sich ganz natürlich angefühlt, mit ihr eine Familie zu gründen. Er hatte nie darüber nachgedacht. So war es eben, Punkt. Dann der Unfall. Er hatte nichts anderes tun können, als mit dem weiterzumachen, was von seiner Existenz noch übrig geblieben war. Ein paar Sekunden und alles war vorbei.

Elena hingegen hatte er bewusst ausgewählt, er hatte sie begehrt, mehr als alles andere auf der Welt. Er hatte alles sorgfältig geplant, damit nichts Unvorhergesehenes passierte. Aber die Realität war eine andere, er war einer Illusion erlegen. Er hatte nicht die Macht, die Dinge bis ins Detail zu regeln, er konnte nur zusehen und abwarten. Genau wie in der Vergangenheit.

Diese tiefe Ohnmacht gefiel Cail ganz und gar nicht. Es war ihm vorgekommen, als wären sein Leben und ihre Beziehung nichts als ein riesiges Kartenhaus gewesen, ein Haufen Laub, der beim ersten Windstoß hinweggeweht würde. Da hatte er sich zurückgezogen, ohne Gegenwehr.

Jetzt bedankte sich Elena, während sie die verliehene Plakette fest an die Brust presste.

Einen Moment später kreuzten sich ihre Blicke. Elena streckte die Hand aus, nahm den Glückwunsch des Moderators entgegen und ging die Bühnentreppe hinunter, ohne auch nur ein einziges Mal den Blick von ihm abzuwenden.

»Sie kommt zu mir«, murmelte Cail.

Auf halbem Weg blieb sie stehen und presste eine Hand auf den Bauch.

Elena atmete tief ein und aus, aber das Gefühl wollte nicht weichen, im Gegenteil, es wurde stärker. Kurz darauf verspürte sie einen stechenden Schmerz und ein Reißen im Bauch.

»Ich glaube, meine Fruchtblase ist geplatzt«, flüsterte sie ungläubig.

Ab dem Moment war ihr alles egal. Sie wollte Cail, und zwar sofort. Es war egal, was hier gerade vor all den Menschen passiert war, die nun näher kamen und sich nach ihrem Befinden erkundigten.

»Cail!«

Bei ihrem Schrei gefror ihm das Blut in den Adern. Hastig bahnte er sich einen Weg durch die Menge bis zu Elena. Mit einem einzigen Blick erfasste er die Situation: Es war so weit.

»Ganz ruhig, Liebste. Alles in Ordnung. Alles wird gut.«

»Nein, nichts ist gut. Du bist einfach weggegangen, und jetzt kommt das Baby. Ausgerechnet jetzt. Ich habe nicht einmal meine Tasche dabei, dabei soll ich die doch überallhin mitnehmen. Warum wolltest du nicht mit mir reden? Du hast es mir versprochen, und ich habe dir geglaubt. Ich habe Beatrices Formel gefunden, das wollte ich dir sagen, aber du warst nicht da.«

Cail nahm ihr Gesicht zwischen die Hände. »Schau mich an, Elena, und hör mir zu. Ich bringe dich jetzt ins Krankenhaus, ich komme mit und bleibe immer in deiner Nähe.«

»Lass mich nicht allein. Tu das nie wieder.«

Es war nur ein Flüstern, aber Cail hörte es sehr wohl. Die Worte brannten sich in sein Herz. Er antwortete nicht, sondern küsste sie. Hier, vor allen Menschen. Dann hob er sie hoch.

»Mein Auto steht draußen. Nimm mein Handy aus der Tasche«, befahl er seiner Schwester Sophie, die sich aus der Menschentraube um sie herum gelöst hatte.

»Elena, Schatz, geht es dir gut?«

»Das Kind kommt, Sophie, bitte ruf im Krankenhaus an. Die Nummer ist gespeichert. Sag ihnen, dass wir unterwegs sind.«

Elena war zu verängstigt, um zu protestieren oder etwas anderes zu tun, als sich an Cail zu klammern. Erst als sie im Auto saßen, brachen alle Dämme, die Worte sprudelten nur so aus ihr heraus.

»Warum bist du nicht ans Telefon gegangen?«

»Ich habe einen Fehler gemacht, ich habe es einfach falsch verstanden. Aber das habe ich dir ja schon gesagt.«

Für ein klärendes Gespräch war jetzt nicht der richtige Moment. Er schaltete, gab Gas und wechselte die Spur.

»Du hast mir gesagt, dass du mich so liebst, wie ich bin, dass es dir egal ist, was ich tue und lasse. Aber du warst nicht ehrlich zu mir, Caillen, du hast mich belogen!«

»Später, lass uns später reden. Versuch lieber ruhig zu bleiben.«

Elena wollte, sie musste geradezu weitersprechen, aber ihr Atem ging schwer. Sie streckte die Hand aus und umklammerte seinen Ärmel. Cail drückte das Gaspedal durch. Alles andere war jetzt egal.

Im Krankenhaus stritt Cail mit der Gynäkologin, die ihn nicht in den Kreißsaal lassen wollte, aber schließlich setzte er sich durch. Er blieb die ganze Zeit an Elenas Seite und hielt ihre Hand, sogar als die Wehen so stark wurden, dass sie das Bewusstsein verlor. Erst als die Ärzte einen Notkaiserschnitt machen mussten, verließ er widerstrebend seinen Platz. Aber er blieb wenige Meter entfernt stehen und drückte sich die Nase an der Scheibe platt.

Nichts und niemand konnte ihn davon abhalten, an Elenas Seite zu bleiben, solange er atmete und bei Bewusstsein blieb. Denn um der Wahrheit die Ehre zu geben: Ein paar Mal hatte er bereits Sternchen gesehen. »Es wird alles gut«, wiederholte er immer wieder mit lauter Stimme.

Als das erste Wimmern die Stille zerriss, setzte sein Herz aus.

»Es ist ein Mädchen. Willkommen auf der Erde«, sagte die Ärztin, hob den Säugling hoch und reichte ihn der Schwester, die ihn sofort in ein Handtuch wickelte.

Cail war leichenblass. Eine andere Schwester öffnete die Tür und half ihm dabei, einen Kittel und einen Mundschutz anzuziehen. Dann durfte er hinein. Elena schlief, als Cail vorsichtig ihre Hand nahm. Wie gebannt starrte er auf das zuckende Bündel und die routinierten Bewegungen der Krankenschwester und des herbeigerufenen Kinderarztes.

»Was ist los?«, fragte er gepresst.

Elena würde nicht überleben, wenn dem Kind etwas zugestoßen wäre. Er konnte an nichts anderes denken.

»Alles in Ordnung, Sie können ganz beruhigt sein. Wir saugen bloß die Flüssigkeit ab, die das kleine Fräulein hier verschluckt hat, dann können Sie Ihre Tochter sehen. Ein wirklich bildhübsches Kind«, sagte der Kinderarzt und legte den Säugling auf die Waage. Das Wimmern wurde lauter und bestimmter, die Bewegungen wurden lebhafter.

Cail reckte den Hals und entdeckte eine winzige Faust, die protestierend in die Luft gestreckt war.

Ein Mädchen. Elena hatte eine Tochter bekommen. Von einer plötzlichen Gefühlswallung übermannt, standen ihm Tränen in den Augen.

»So, wir sind fast fertig«, sagte die Schwester.

Kurz darauf legte sie ihm das Baby in den Arm. Es war gar nicht so einfach, es zu halten, ohne Elenas Hand loszulassen, aber Caillen McLean war ein Mann mit vielen Talenten und schaffte auch das.

»Sie ist so klein. Mein Gott, sie ist winzig«, flüsterte er panisch. »Sind Sie sicher, dass alles in Ordnung ist?«

»Sie können beruhigt sein, Ihre Tochter ist kerngesund. Die ersten Tests sind optimal. Zweitausendsiebenhundert Gramm und fünfzig Zentimeter, das liegt genau im Durchschnitt.«

Cail hörte gar nicht mehr zu. Er schaute auf das neugeborene Wesen, das ihn seinerseits musterte. Das Kind hatte zu weinen aufgehört, bewegte aber die Fingerchen, die sich instinktiv in den Stoff seines Pullovers krallten. Elena machte es genauso.

Der eiskalte Klumpen, den er die ganze Zeit in sich gespürt hatte, begann unter einer warmen Welle zu schmelzen.

»Hallo, meine Süße«, flüsterte er. Langsam und unendlich vorsichtig drückte er die Lippen auf das Köpfchen des kleinen Mädchens, das ihn weiter fest umklammert hielt. »Du bist wunderschön, genau wie deine Mama.«

Diesen Moment hatte Elena immer gefürchtet und zugleich sehnsüchtig herbeigewünscht. Sie betrachtete Cail und verstand, wie dumm sie gewesen war, nicht auf ihr Herz zu hören. Er redete weiter mit dem Baby, lächelte es an und hatte sie dennoch nicht losgelassen. Er hatte sie nie losgelassen.

»Geht es ihr gut?«

Cail drehte sich um und lächelte Elena an, dann beugte er sich zu ihr hinunter und hauchte ihr einen Kuss auf die Lippen. »Sie ist wunderbar«, sagte er leise.

Elena spürte den salzigen Geschmack seiner Tränen und lächelte zurück. In seiner Rührung war er einfach unvergleichlich. Dann musterte sie ihre Tochter. Das kleine Wesen sah verdrießlich, fast schon verärgert aus: feuerrot und voller Runzeln. Trotzdem war es für Cail einfach nur wunderbar. In diesem Moment wurde ihr endgültig klar, dass er der Richtige war.

»Gibst du sie mir?« Elena musste sie berühren, sie spüren. Ihre Tochter, ihr Kind.

Cail hielt das Mädchen ganz nah an ihr Gesicht.

»Ciao, meine Kleine«, flüsterte sie. Behutsam strich sie ihr über die Nase, folgte dem Profil und den Umrissen des zarten Gesichts. »Sie hat kein einziges Haar«, murmelte sie.

»Na ja, die wachsen schon noch«, erwiderte Cail. »Sie hat ja auch noch keine Augenbrauen. Sie ist einfach perfekt, findest du nicht?«

Das Baby gähnte und schloss die Augen. Elena küsste es, drückte es an ihre Brust und wurde von einer Freude durchströmt, die sie so intensiv noch nie empfunden hatte. Während sie das Mädchen in den Armen wiegte, kam Ordnung in das Gefühlschaos ihrer Seele, alles andere war unwichtig geworden. Geblieben waren nur sie, ihre Tochter, ihr warmer Atem, der sanfte Geruch, der von ihrer Haut ausging, und das Gewicht des kleinen Körpers auf ihrer Brust. Da begriff sie, dass dieser Augenblick der Wendepunkt im Leben von Elena Rossini war. Die Vergangenheit hatte sie endgültig hinter sich gelassen, sie war eine andere geworden.

Cail hatte auf einem Einzelzimmer für Elena bestanden und wich ihr tagsüber nicht von der Seite. Lediglich nachts machte er eine Ausnahme, ebenso während der Visite und der Untersuchungen.

Immer wieder umrundete er die Wiege und warf Elena stumme Blicke zu. Sie konnte sich sein seltsames Verhalten nicht erklären, aber irgendetwas musste er auf dem Herzen haben.

»Ich muss dir etwas sagen«, brach es plötzlich aus ihm heraus.

»Könntest du vielleicht näher kommen, wenn du es mir sagst?«

Er bewegte sich keinen Zentimeter von der Wiege weg.

»Okay«, Elena seufzte, »nimm sie auf den Arm, aber das musst du dann auch noch machen, wenn sie zehn Kilo wiegt, verstanden?«

Cail schmunzelte und nahm das Baby vorsichtig aus der Wiege. Dann setzte er sich neben Elena.

»Hast du das eben ernst gemeint?«

»Was?«, fragte Elena verwundert zurück.

»Das mit dem auf dem Arm halten.«

»Warum nicht?«, fragte sie perplex.

Er antwortete nicht und blickte wieder auf das Baby.

»Hör zu. Meine Hirnleistung ist momentan stark eingeschränkt. Mach dir keine Sorgen, das normalisiert sich wieder, sobald ich nicht mehr stille. Deshalb bin ich mit deinen Anspielungen überfordert, es sei denn, du redest Klartext.«

Cail schüttelte den Kopf, sein Lächeln wich aber schon bald einem ernsten Gesichtsausdruck. »Ich habe die Papiere unterschrieben. Die Anerkennung der Vaterschaft.«

»Du hast… was?« Elena fehlten die Worte. Sie konnte es nicht fassen.

»Alle dachten, ich sei der Vater, sogar Doktor Rochelle. Und es stand auf deiner Krankenakte«, beeilte er sich zu erklären.

Elena schluckte, dann sah sie aus dem Fenster. Eine Minute später blickte sie wieder zu Cail hinüber.

»Warum hast du das gemacht? Weil alle denken, dass es deine Tochter ist?«

Die Frage war unmissverständlich.

Er schüttelte den Kopf. »Nein, deswegen nicht. Ich … ich weiß nicht, wie ich es dir erklären soll, Elena. Es gibt so vieles, über das wir sprechen müssen. Es gibt so viele Dinge, von denen du nichts weißt. Es ist alles äußerst kompliziert. Aber ich liebe dich … Ich liebe dich über alles«, flüsterte er kaum hörbar.

Es dauerte eine Weile, bis Elena registriert hatte, was er da gerade gesagt hatte. Sie wollte weinen, lachen, ihn in den Arm nehmen, am liebsten alles gleichzeitig. Stattdessen schluckte sie und starrte ihn weiter an.

»Deshalb willst du sie anerkennen, weil du mich liebst?«

Wieder schüttelte Cail den Kopf. »Ich spüre ganz tief in mir drin, dass sie die Tochter meiner Seele ist, meiner Liebe für dich.« Er hielt inne. »Deshalb habe ich unterschrieben, dass ich der Vater bin.«

Dieser Mann wusste, wie er den Weg zu ihrem Herzen fand, er hielt den Schlüssel dazu in der Hand. Dagegen konnte sie sich nicht wehren.

»Warum weinst du?«, fragte er verwirrt. »Ich weiß, ich hätte dich erst fragen müssen.« Dabei wirkte er ganz und gar nicht, als würde er es bereuen, im Gegenteil.

Elena wischte sich über die Augen und warf ihm einen flammenden Blick zu. »Manche Menschen weinen auch vor Freude …«

Seine Augen strahlten vor Glück. Er beugte sich hinab und küsste das friedlich schlummernde Kind. Dann erhob er sich und legte es in die Wiege zurück.

»Ich glaube, wir haben einen Schritt übersprungen«, sagte er, als er zu Elena zurückkam. Er setzte sich und nahm ihr Gesicht zwischen seine Hände. »Das holen wir jetzt nach.«

»Ja, das glaube ich auch.«

Er küsste sie erst sanft, dann drängender. Schließlich erzählte er ihr alles, was ihn bewegte. Damit war alles geklärt. Ab jetzt waren sie nur ein Mann, eine Frau … und ein Kind.

»Ich möchte sie Beatrice nennen. Sie wird ein glückliches Kind werden, in Liebe aufwachsen und eine glückliche Zukunft haben.« Sie machte eine Pause und griff nach Cails Hand. »Meinst du, Elizabeth hätte etwas dagegen, wenn wir sie auch nach ihr nennen?«

Cail verspürte einen Stich im Herzen. Seine Mutter wäre außer sich vor Freude. »Ich weiß nicht, du kannst sie aber gerne persönlich fragen, sie kommt gleich vorbei. Sophie hat mir eben eine SMS geschickt, dass mein Vater auch dabei ist. Ist das in Ordnung?«

Elena zog ihn an sich und küsste ihn. Sie hatte genug geweint und wollte unbedingt nach Hause. Sie hatte es eilig. Mit einem Mal wollte sie endlich leben.

Während der Zeit im Krankenhaus führten sie etliche lange Gespräche. Cail erzählte Elena von Juliette und ihrem Tod. Von seiner Faszination für ihre Kühnheit und ihre Sorglosigkeit. Er war immer in ihrer Nähe gewesen, hatte sie bei ihren verrückten Plänen unterstützt und sie geliebt, ohne Fragen zu stellen, als gäbe es kein Morgen. Genau diese Sorglosigkeit war ihm am Ende zum Verhängnis geworden – und Juliette natürlich auch. Sie hatte sterben müssen, weil er nicht Nein sagen konnte.

Es war nicht einfach zu erklären, er verstand es ja selbst nicht genau. Aber das Gefühl der Ohnmacht, das ihm danach das Leben zur Hölle gemacht hatte, zusammen mit abgrundtiefem Bedauern, hatte sein Leben bis heute geprägt. Genau wie die Verzweiflung, die einfach nicht weichen wollte, wie die drängenden Fragen, die Selbstzweifel. Er war damals noch so jung gewesen und hatte diesen Schmerz all die Jahre in seiner Seele getragen, wie ein mahnendes Stoppschild, das ihm das Weitergehen unmöglich machte. Bis Elena in sein Leben getreten war und alles verändert hatte.

Mit ihr hatte sich eine Perspektive für die Zukunft aufgetan, die nichts mit seiner Vergangenheit zu tun hatte. Elena war nicht Juliette und er war nicht mehr der Mann von damals. Das Vergangene noch einmal aufzuwühlen war sinnlos, und er wollte es auch nicht. Er hatte sich entschieden, nach vorne zu schauen und alles andere hinter sich zu lassen. Jetzt war die Zeit des Glücks, des Lebens und der Liebe.

Anfangs hatte Elena sein Schweigen gekränkt, aber jetzt musste sie sich eingestehen, dass sie ihm Unrecht getan hatte. Auch sie hatte nicht die ganze Wahrheit gesagt. Was hatte sie ihm eigentlich erzählt und was nicht? Inzwischen verstand sie auch, warum er sich zurückgezogen hatte. Sie hatte erwartet, dass er sich ihr ganz und gar offenbarte, war selbst aber nicht bereit, das Gleiche zu tun.

Doch die Vergangenheit interessierte sie nicht mehr. Ab jetzt zählte nur noch die Zukunft.

In diesem Augenblick wurde Elena klar, dass sie eine Familie hatte. Eine richtige Familie. Ein gutes, ein tröstliches Gefühl.

Sie bekam viel Besuch: Geneviève Binoche und Adeline, Monsieur Lagose und Babette, Ben und Colette, Eloise und Aurore, die bereits über ein Parfüm für die kleine Beatrice nachdachte und nicht mehr von der Wiege wegzubekommen war. Moniques Eltern, ihr Bruder und ihre Schwestern waren ebenfalls da. Jasmine hatte von ihrem Treffen mit Susanna erzählt. Die beiden hatten lange miteinander gesprochen, vor allem über Elena.

Jasmines Worte hatten Elena gutgetan. Trotz der Bitterkeit, die sie immer noch verspürte, wenn sie an ihre Mutter dachte, wurde der Schmerz der Erinnerung jedes Mal ein bisschen erträglicher.

Monique rief jeden Tag aus New York an, sie wirkte ausgeglichen und nicht mehr so getrieben wie früher. Vielleicht hatte das mit dem dortigen Chefparfümeur zu tun, der einen seltsamen Namen trug: Ilya. Er hatte sie ein paar Mal eingeladen. Elena wusste nicht, ob Monique ernsthaft an ihm interessiert war, aber eines war klar: Mit der Liebe kommt das Glück. Schmerz und Verzweiflung haben da keinen Platz. Irgendwann muss man sich von den Seelenqualen befreien, das ist eine Frage des Überlebens.

Elena war sicher, dass Monique eines Tages über Jacques Montier hinwegkommen und nach vorne in Richtung des strahlend hellen Horizonts schauen würde, an dem jeden Tag die Sonne aufging, die Hoffnung gab und Leben schenkte.

Epilog

Alant. Eine seltene Essenz, goldgelb wie die Blüten,
die die Sonne einzufangen scheinen.
Begleitet den inneren Reifeprozess, beruhigt, hilft,
tiefe Gefühle auszudrücken. Vertreibt Ängste.

Sie waren übereingekommen, dass sich Cails Wohnung besser für ein Leben zu dritt eignete. Er hatte ein Zimmer in Türkis und Gelb gestrichen und Dutzende Sterne an die Wände geklebt, die in der Nacht leuchteten. Das war Beatrices Reich. Die Wiege stand in der Mitte des Raumes, umgeben von weißen Möbeln; alles sollte freundlich und einladend wirken.

Cail hatte sein Bett gegen ein Doppelbett ausgetauscht, das an seinem Platz stand, als Elena aus dem Krankenhaus kam. Bereit für sie. Anfangs lagen sie einfach nur nebeneinander, suchten die Nähe des anderen und schliefen eng umschlungen ein. Aber schon bald verrieten kleine Gesten ihr sehnsüchtiges Verlangen. Sie mussten sich nicht länger zurückhalten. Nackte Haut an nackter Haut, ihr synchron fließender Atem. Hingabe und das Besitzen des anderen – alles wohlbekannt, und dennoch entdeckten sie es auf wunderbare Weise neu, während ihre gemeinsame Welt immer mehr Form annahm und sie sich ineinander verloren.

Elena liebte es, spät aufzustehen und eng umschlungen die Zweisamkeit zu genießen oder aber den Schlaf nachzuholen, wenn Bea sie nachts auf Trab gehalten hatte.

Nach und nach übernahm das Glück in ihrem Leben die Regie. Alles hatte sich zum Guten gewendet. Die Qualen der Vergangenheit waren nur noch ferne Erinnerungen, die nicht einmal mehr durch ein noch so perfektes Parfüm reaktiviert werden konnten. Ein Phänomen, das noch vor kurzem undenkbar gewesen war.

An diesem Morgen war Elena früh aufgewacht. Sie hatte beobachtet, wie die aufgehende Sonne das Zimmer in helles Licht getaucht hatte. Cail war an ihrer Seite, sie spürte seine Wärme, seinen Geruch, hörte die geflüsterten Worte für ihre Tochter, die auf seiner Brust lag.

»Guten Morgen, mein Schatz«, sagte er, als er bemerkte, dass sie wach war.

Elena küsste ihn auf die Brust und knabberte an Beas Fuß, die glücklich quietschte. Nach einem wohligen Seufzen stand sie auf und ging in die Küche. »Willst du einen Tee?«

»Ja, danke«, antwortete Cail.

Elena öffnete die Fenster, stellte den Wasserkessel auf den Herd und befüllte die Espressokanne.

Vor den Fenstern pulsierte bereits das Leben. An diesem Morgen hatte sie zwei wichtige Termine für maßgeschneiderte Parfüms, außerdem würde sie den Vertreter einer Kooperation kleiner Parfümmanufakturen treffen, der ihr einige auf natürlicher Basis hergestellte Produkte präsentieren wollte. Seitdem Aurore am ISIPCA in Versailles studierte, hatte sie kaum noch Zeit. Zum Glück ging ihr Adeline gelegentlich zur Hand.

Cail war ihr ebenfalls eine große Hilfe. An diesem Morgen würde er mit Beatrice im Park spazieren gehen.

Ein Windstoß bauschte die Küchengardinen auf. Im selben Augenblick stieg der Kaffee in der Kanne nach oben und verbreitete sein Aroma. John wedelte auffordernd mit dem Schwanz, woraufhin Elena seinen Napf füllte. Wie immer wartete er geduldig ab, bis sie ihn streichelte.

Als sie den Kaffee in ihre Tasse goss, achtete sie darauf, keine Flecken auf die Postkarte zu machen, die sie gestern Abend auf dem Tisch liegen gelassen hatte. Sie hob sie auf und stellte sie zu den anderen. Jean-Baptiste war mit Babette im Urlaub und schrieb ihr, dass alles ganz wunderbar sei. Wie aufgeregt die beiden gewesen waren, als sie sich von ihr verabschiedet hatten. Sie lächelte und gab etwas Honig in beide Tassen. Fertig.

Sie wollte gerade nach Cail rufen, als ihr Blick auf eine türkisfarbene Schachtel auf dem Küchenschrank fiel. Es war Susannas Geschenk, das Parfüm, das ihre Mutter vor Jahren extra für sie kreiert hatte. Sie hatte es dort hingestellt, gut sichtbar, um es ja nicht zu vergessen. Eines Tages würde sie es öffnen.

Sie griff nach dem Tablett mit den beiden Tassen und einem Teller mit Keksen. Aber ihr Blick fiel wieder auf die Schachtel. Sie konnte sich einfach nicht davon lösen und beschloss spontan, sie aufzumachen. Vorsichtig zog sie den Flakon heraus. Er ist ganz leicht, dachte sie, als sie es in der Hand hielt.

Einen Augenblick war sie versucht, ihn wieder einzupacken und den Moment noch einmal zu verschieben. Ihr Leben war wunderschön, was interessierte sie dieses Parfüm? Dann drehte sie den Verschluss doch auf und hielt sich den Flakon unter die Nase.

Der erste Eindruck nahm ihr fast den Atem. Ein intensiver, fast stechender Geruch schlug ihr entgegen. War das

Parfüm vielleicht umgekippt? Unmöglich, der Flakon war versiegelt gewesen und fachgerecht aufbewahrt worden. Nach kurzem Zögern entschied sie sich, das Parfüm aufzutragen. Sie gab ein paar Tropfen auf das Handgelenk, dann wartete sie.

Durch die Wärme der Haut entfaltete sich langsam die Kopfnote. Sie war intensiv und stechend, wie beim Öffnen des Flakons. Wie die konfliktbeladene Beziehung zwischen ihr und ihrer Mutter. Doch unmittelbar danach explodierte die Herznote, betörend blumig mit einem Hauch Vanille.

Die Wärme einer Umarmung, ein Wiegenlied, das tief in ihrer Erinnerung schlummerte. Wie war noch mal der Refrain? *Es schläft die Glucke mit ihrem Küken, es schläft die Mutter mit ihrem Kind…*

Der Duft wurde stabiler, anmutiger und gefälliger, wie eine Umarmung. Ein einmaliges Erlebnis. Elena war hingerissen.

Schließlich fiel es ihr wie Schuppen von den Augen. Sie runzelte die Stirn, und ein leichter Schauer überlief sie. Sie musste schlucken, ihr Hals war wie ausgedörrt, ihre Gedanken rasten. Vielleicht hatte sie sich geirrt? Nein, sie hatte sich nicht geirrt, und das wusste sie.

Es war das Parfüm, das sie als Kind für ihre Mutter kreiert hatte, und doch irgendwie anders. Dann verstand sie. Susanna hatte das Parfüm aufbewahrt und um eine neue Duftnote ergänzt.

Jetzt war es perfekt. Ihr Perfektes Parfüm.

Sie sog den Duft noch einmal tief ein und registrierte jetzt ganz bewusst die blumige Herznote. Die Rosen. Und sie verstand die Nachricht.

Es war die Antwort einer liebenden Mutter, ihre Umarmung, ihre Fürsorge. Unaufdringlich und zugleich intensiv, herb und zugleich süß. Wohlig, einladend. Es war das Parfüm des Lebens, das Parfüm des Glücks.

Mit geschlossenen Augen stand sie da, umfangen von seiner Magie. Schließlich öffnete sie die Augen wieder. Der Moment war gekommen.

Während Cail weiter mit Bea sprach und sie auf ihre Weise antwortete, nahm Elena das Handy aus der Tasche, setzte sich auf einen Stuhl und wählte eine Nummer. Sie wartete geduldig und zählte aufgeregt die Klingeltöne.

»Hallo?«

»Ciao, Mama. Ich bin's. Elena.«

Duftlexikon

Blumendüfte

Alant: Mut. Eine seltene Essenz, goldgelb wie die Blüten, die die Sonne einzufangen scheinen. Begleitet den inneren Reifeprozess, beruhigt und hilft, tiefe Gefühle auszudrücken. Vertreibt Ängste.

Angelika: Selbsterkenntnis. Das Kraut der Engel, das die Essenz der Dinge enthüllt. Ein Heilkraut gegen jedes Übel mit würzig-süßem Duft, der alles einhüllt. Fördert die Selbsterkenntnis.

Frangipani: Faszination. Ein Extrakt aus den Blüten des gleichnamigen Baums, ein intensiver, sinnlicher und blumiger Duft. Die Essenz der knospenden Weiblichkeit, die erblüht und sich dem Leben öffnet.

Geranie: Intensität. Der Duft erinnert an Rosen, hat die gleiche Energie, aber weniger Raffinesse. Die typisch weibliche Blüte ist das Symbol für Schönheit, Haltung und Demut.

Ginster: Mut. Kräftig wie die Farbe der Blüten, von betörendem Duft, frisch, mit einer sinnlichen Blumennote. Der Ginster begrüßt den Frühling sowie den Übergang vom Alten zum Neuen. Er hilft, den Mut nicht zu verlieren.

Iris: Vertrauen. Kostbar und elementar wie das Wasser, die Luft, die Erde und das Feuer. Ein strahlender, intensiver Duft, der Spannungen löst und das Vertrauen in die Seele erneuert.

Jasmin: Sinnlichkeit. Blume der Nacht, die nur zwischen Sonnenuntergang und der Morgendämmerung ihren Duft verströmt. Ihr warmer, betörender Geruch eröffnet eine magische Welt, macht die Grenzen zwischen Realität und Traum durchlässiger und schafft Wohlbefinden und Glück. Sinnlich, anpassungsfähig. Die Quelle wahrer Freude ist in den weißen Blütenblättchen verborgen, das Pflücken ist nur der Anfang.

Kamille: Innere Ausgeglichenheit. Der Duft der Ruhe, warm und blumig. Fördert die Klarheit und die Ruhe der Gedanken.

Lavendel: Gelassenheit. Sein komplexer Duft betört und verführt. Er erfrischt, reinigt den Geist und vertreibt Müdigkeit, Angst und Sorgen.

Magnolie: Wahrheit. Ein Blick allein genügt nicht, um zu erkennen, was hinter den Kulissen passiert. Ein intensiver Duft, der den Geist schärft und die Selbsterkenntnis fördert. Er setzt die notwendige Energie frei, um Geheimnisse zu lüften, Lügen zu durchschauen und den schönen Schein zu entlarven.

Mimose: Glück. Der intensiv blumige Duft schenkt Freude und Vitalität, lindert die Trauer und fördert den Dialog.

Narzisse: Verlangen. Sinnlich und berauschend, der Duft der Erotik und der Lust.

Neroli: Vereinigung. Diese himmlisch duftende Essenz wird aus den Blüten der Orange gewonnen. Der Duft des Friedens. Er weckt gute Gefühle und ebnet den Weg zur Liebe.

Ringelblume: Furchtlosigkeit. Die Blume der Sonne lindert mit ihrem herrlichen Duft Schmerzen und erfrischt, tröstet und befreit von schlechten Gedanken.

Rose: Liebe. Die Essenz wird in einem schwierigen Destillationsprozess gewonnen. Süß, mild, das Symbol der Liebe, der Gefühle und Emotionen. Fördert die Eigeninitiative und die Kreativität.

Schafgarbe: Inneres Gleichgewicht. Der Duft des Himmels und der Erde. Das harzige Aroma fördert die Harmonie, löst Konflikte, schafft Klarheit und hellt den Geist auf.

Strohblume: Verständnis. Süß wie Honig und bitter wie ein Sonnenaufgang nach einer durchwachten Nacht. Der Duft ist durchdringend, kraftvoll wie die Güte. Sparsam verwenden und mit sanften Noten wie Rosenblüten mischen, die das von ihr ausgehende Gefühl empfangen können. Verbindet Herz und Verstand, Leidenschaft und Vernunft. Weckt Mitgefühl.

Tuberose: Mut zur Veränderung. Weiß, intensiv, süß und verführerisch. Das Parfüm des Wagemuts und des Bewusstseins. Es stimuliert die Kreativität und weckt die Kraft zur Veränderung.

Veilchen: Eleganz und Diskretion. Der Duft der Weiblichkeit, sanft und zart. Beruhigt und vitalisiert.

Verbene: Gute Laune. Der Duft beruhigt und heitert auf. Fördert soziale Kontakte.

Wachsblume: Unvergleichlich und faszinierend. Der sinnliche, intensive Duft wird aus der Blüte gewonnen und ist die Essenz der erblühenden Weiblichkeit, die sich dem Leben öffnet.

Ylang-Ylang: Warm und weiblich, hilft Enttäuschung und Kränkung zu überwinden. Seine Sanftheit kann verborgene Gefühle wecken und die Poesie, die die Seele in sich trägt, zum Ausdruck bringen.

Zistrose: Ein Lächeln. Die Blüte ähnelt einer Rose, zart und anmutig und mit einem einnehmenden, kräftig-würzigen Duft, der mit seiner Wärme die Seelenkälte vertreibt und die Fähigkeit zu lächeln und zu lieben verleiht.

Düfte von Früchten, Beeren und Kräutern

Basilikum: Zufriedenheit. Ein frischer, aromatisch-würziger Duft. Entspannt, klärt den Geist und befreit das Herz von Melancholie.

Bergamotte: Hoffnung. Lebhaft, spritzig, gibt Energie und Leichtigkeit, selbst wenn alle Erwartungen unter der Last der Monotonie zu verblühen drohen. Erleuchtet den Weg und hilft Alternativen zu erkennen.

Fenchel: Vertreibt negative Gedanken. Der angenehme und aromatische Duft löst die Angst, befreit von Zweifeln und hilft schwierigen Situationen zu begegnen.

Heu: Ruhe. Von Anbeginn der Bruder des Feuers, des Meeres und der Erde. Dringt ins Innerste der Seele vor. Bewirkt Ruhe.

Kardamom: Anziehung. Der betörend süße, leicht würzige Duft des Eros stimuliert den Geist und fördert die Großzügigkeit.

Kümmel: Leidenschaft. Ein geheimnisvoller, würziger Duft, der gleichzeitig warm und einladend ist. Er befreit von Komplexen und stimuliert das Verlangen.

Majoran: Schmerzlinderung. Der umhüllende Duft tröstet, vertreibt die Angst vor der Einsamkeit, stärkt den Geist und lindert den Schmerz des Verlusts.

Mandarine: Sorglosigkeit. Spritzig, frisch und zart, führt dieser Duft zu kindlicher Unschuld zurück. Muntert auf und verleiht Leichtigkeit.

Melisse: Trost. Schafft Erleichterung und vertreibt die Angst vor dem Unbekannten. Hilft Unbehagen zu überwinden und fördert die Selbstwahrnehmung.

Muskatnuss: Entschlossenheit. Ein würziger, durchdringender Duft, der Entscheidungen erleichtert, den Mut stimuliert und zum Handeln einlädt.

Nelke: Zärtlichkeit. Der intensiv würzige und aromatische Duft steht für Zärtlichkeit, hilft Wartezeiten zu überbrücken und erleichtert den Wechsel.

Orange: Heiterkeit. Der »goldene Apfel« aus dem Garten der Hesperiden gedeiht in der Sonne und speichert deren Licht und Wärme. Das ätherische Öl wird aus der Schale gewonnen. Bekämpft die Traurigkeit.

Pfefferminze: Kreativität. Frisch und anregend, lässt dieser Duft Ideen sprudeln, regt die Fantasie an, dämpft die Überheblichkeit und fördert die Urteilskraft.

Rosmarin: Achtsamkeit. Der Name kommt aus dem Lateinischen und bedeutet »Tau des Meeres«. Der Duft beschützt, baut auf, macht Mut und fördert die Kraft der Seele sowie Scharfsinn und Klarheit.

Salbei: Weisheit. Der frische und sanfte Duft vertreibt Zweifel. Er fördert den gesunden Menschenverstand, schärft die Sinne und das Erinnerungsvermögen.

Schwarzer Pfeffer: Ausdauer. Weckt die Sinne, bündelt die innere Kraft. Lehrt, dass ein Weg, der verloren scheint, oft nur ein Irrweg ist.

Thymian: Energie. Ein anregender, stärkender Duft. Vertreibt die Verwirrung, fördert das logische Denken, zerstreut die Zweifel nach dem Aufwachen. Erneuert die geistige Stabilität.

Tonkabohne: Großzügigkeit. Ein warmer, süßer Duft, heiter wie ein Sonnenstrahl, entspannt selbst den unruhigsten Geist, führt zu Sanftmut und Großzügigkeit.

Vanille: Schutz. Der Duft der Kindheit, süß und warm, spendet Trost, schafft gute Laune, wappnet gegen Krisen und baut Spannungen ab. Mischt sich mit dem Duft der Haut. Schon wenige Tropfen vereinen Herz und Verstand und geben Orientierung.

Wacholder: Klarheit. Der intensive und reine Duft neutralisiert negative Gedanken, beruhigt und vertreibt Sorgen und Ängste. Reinigt Körper und Seele.

Ysop: Reinheit. Der zarte, frische Geruch der heraufziehenden Morgendämmerung. Er bewahrt die Leichtigkeit und die Sorglosigkeit, stimuliert die Konzentration und klärt die Gedanken. Wie alle kultischen Kräuter fördert er die Meditation.

Zimt: Verführung. Ein sinnlicher Duft voller Kraft, intensiv feminin. Exotisch und würzig. Leidenschaftlich und warm wie die Sonne in den tropischen Ländern, wo der Zimtbaum wächst.

Zitrone: Rationalität. Der Duft der Vernunft ist durchdringend und frisch. Er dämpft die Zügellosigkeit, fördert das Denkvermögen und hilft, stabiler zu werden. Er vertreibt die unerklärliche Schwere, die auf der Seele lastet.

Zitronenmelisse: Enthusiasmus. Der intensive zitronenähnliche Duft ist stimulierend und kanalisiert die Energieströme.

Düfte von Hölzern, Harzen und Blättern

Benzoe: Angstlösend. Wie der Benzoebaum selbst, vermittelt auch das daraus gewonnene Harz Ruhe und Seelenfrieden. Die dickflüssige, durchdringend riechende Substanz vertreibt Ängste und Sorgen. Sie ist hilfreich bei der Entfaltung spiritueller Energien und außerdem für die Einstimmung auf eine Meditation geeignet.

Birke: Wohlbefinden. Ein umhüllender, aromatischer Duft. Er befreit den Geist von der Last des Schmerzes, entspannt den Geist und fördert die körperliche sowie geistige Genesung.

Eichenmoos: Realität. Ein ursprünglicher, durchdringender Duft, der für Konstanz und Kraft steht. Vertreibt die Enttäuschung und beruhigt die Seele, wenn die Erkenntnis ins Bewusstsein dringt, dass man sich einer Illusion hingegeben hat. Mildert das Bedauern darüber, was hätte sein können, aber nicht gewesen ist.

Elemi: Bewusstsein. Ein durchdringender, aromatischer Duft, der zu innerem Frieden und Ausgeglichenheit führt. Holt tief sitzende Ängste ans Licht. Vertreibt Illusionen und bringt zur Realität zurück.

Eukalyptus: Optimismus. Der würzige, reinigend wirkende Duft vertreibt negative Gedanken, fördert eine tiefe Atmung und bringt wieder zur Vernunft.

Galbanharz: Harmonie. Der Duft der Natur und des Waldes, sehr würzig. Dämpft die Wut.

Kampfer: Entschiedenheit. Der intensive, wohlriechende Duft steht für Mut und Entschlossenheit. Stärkt außerdem die Willenskraft.

Myrrhe: Sicherheit. Der Duft ist erdiger und ursprünglicher als Weihrauch und steht für die Verbindung zwischen dem Geist und der Materie. Kraftvoll, stabil, ohne jede Unsicherheit. Der Duft der Konstanz und der Transparenz der Gefühle.

Myrte: Verzeihen. Immergrün, magisch, faszinierend. Ein intensiver, aromatischer Duft, der den Geist beruhigt sowie Wut und Groll vertreibt. Der Duft der Ruhe, die Essenz der Seele.

Opoponax: Optimismus. Zart und blumig, der Duft der Ausgeglichenheit.

Patschuli: Geheimnisvoll. Der berauschend sinnliche Duft des Lebens. Fördert Entscheidungen.

Petitgrain: Konzentration. Die Essenz der Blätter der Bitterorange weckt die Seele, klärt den Geist und hilft dabei, wichtige Entscheidungen zu treffen.

Pinie: Standhaftigkeit. Der Baum von der Kraft des Geistes, der sich nicht biegen oder brechen lässt. Der Duft ist durchdringend, aromatisch und lang anhaltend. Fördert den Mut und stimuliert das Selbstvertrauen.

Rosenholz: Aktivität. Die Essenz des tropischen Rosenholzbaums steht für Vertrauen und Ruhe. Der Duft ist fruchtigsüß mit leichten Gewürznoten. Weckt den süßen Schmerz der Erwartung und der Hoffnung.

Sandelholz: Verführung. Aromatisch, geheimnisvoll, verführerisch. Der komplexe Duft schärft die Sinne, öffnet das Herz und erneuert die Gefühle.

Vetiver: Widerstand. Ein schwerer, erdiger, gleichzeitig aber auch fruchtiger Duft. Er verleiht Kraft, fördert die Öffnung gegenüber anderen und hilft, sich selbst zu verzeihen.

Weihrauch: Meditation. Der einzigartige, frische Duft erinnert ein wenig an Kampfer. Er verlangsamt den Atemrhythmus, führt so zu innerer Ruhe und Gelassenheit und weckt eine tiefe Spiritualität. Bereitet auf die Meditation und das Gebet vor.

Zedernöl: Nachdenken. Es wird aus dem Holz von Zedern gewonnen und ist eine der ältesten Essenzen überhaupt. Das Öl stärkt den Geist und wacht über ihn. Es hilft, einen klaren Kopf zu behalten und das Gefühl für das Machbare zu wahren. Außerdem schärft es die Sinne.

Zypresse: Unterstützung. Der angenehm aromatische Duft der Essenz aus Zypressenholz erfrischt, entspannt und vertreibt Sorgen. Er unterstützt bei Veränderungen, stärkt die Seele und bereitet auf schwierige Prüfungen vor.

Düfte tierischen Ursprungs

Bienenwachs: Zartheit. Der warme, freundliche Wachsduft bewahrt die Kraft der Natur, der Blüten und der Pollen.

Grauer Amber: Schönheit. Süßlich und verführerisch, seit jeher von Frauen als Duft geschätzt. Die Wellen spülen ihn als Geschenk der Natur an den Strand. In ihm liegt die geheimnisvolle Faszination der Ozeane. Er erinnert an die Wiedergeburt der Weiblichkeit, die Eleganz und die Wärme einer Sommernacht.

Leder: Stärke. Der Duft der ursprünglichen Energie und der männlichen Kraft. Animalisch und intensiv, mit einem kraftvollen Charakter.

Anmerkungen der Autorin

Ich habe Düfte schon immer geliebt, aber irgendwann drängten sie mit Macht in mein Leben. Ich bin Imkerin. Wenn Erfolg und Wohlbefinden von aufblühenden Knospen abhängen, die den eigenen Bienen Nektar liefern, verändert sich die Wahrnehmung der Natur. Die unterschiedlichen Blütezeiten und die Vielfalt der Düfte bestimmen dann den Tagesablauf. Kaum habe ich begonnen, die Welt um mich herum auch zu riechen, war die Idee zu diesem Roman geboren.

Es ist nicht einfach, über Düfte zu schreiben, denn die olfaktorischen Aspekte sind nur schwer mit Worten auszudrücken. Dennoch war es möglich. Zwei junge italienische Parfümeurinnen haben auf wunderbare Weise dazu beigetragen: Marika Vecchiattini und Caterina Roncati, zwei Fragrance-Designerinnen der Farmacia del Castello in Genua. In ihrem Labor kreieren die beiden individuelle Parfüms auf Bestellung, im Grunde Parfüms der Seele. Nachdem ich ihnen von meinem Roman erzählt habe, präsentierten sie mir eines Tages drei individuelle Düfte: den von Beatrice, den von Aurore und das herrliche Parfüm von Elena. Ich war zutiefst überrascht. Sie haben nicht nur all meine Fragen geduldig und freundlich beantwortet, sondern mir auch die Türen zu einer Welt geöffnet, die ich gerade mal erahnt hatte. Sie haben sogar nach meinen Beschreibungen die Parfüms der Protagonistinnen komponiert. Wer diese Düfte gerne persönlich auf sich wirken lassen möchte, kann nach Genua reisen und dies in der Farmacia del Castello tun.

Marika hat ein Sachbuch mit dem Titel *Die geheime Sprache der Düfte* verfasst, das mir während des Schreibens eine große Hilfe war, genau wie ihr Blog »Bergamotto e Benzoino«. Ein Pfad der Sinne voller magischer Eindrücke, den ich gehen durfte und der mich dank des darin anschaulich vermittelten Wissens ein ganzes Stück weitergebracht hat. Auf diese Weise hatte ich die Möglichkeit, eine alternative Parfümeurskunst kennenzulernen, ganz anders als die Massenproduktion der großen Häuser. Für all das vielen Dank, Marika und Caterina.

Die Rosenfrauen ist meiner Fantasie entsprungen und bedient sich aller Freiheiten der Erzählung, obwohl der Roman an real existierenden Orten spielt. Schon lange haben milligrammgenaue Dosierungen und Präzisionswaagen die Tropfenzahl ersetzt, die die Rossini-Frauen als Maßeinheiten verwendeten. Beatrice und ihre Nachfahren, Caillen McLean und seine herrlichen Rosen, Absolue, Narcissus und La Fougérie – sie alle sind Früchte meiner Fantasie, genau wie das berühmte Parfüm von Beatrice Rossini. Sollten Sie diesen Duft in der Osmothèque in Paris suchen, werden Sie ihn nicht finden, denn er existiert ausschließlich in diesem Roman.

Dank

Ich danke meiner Familie, denn sie unterstützt, akzeptiert und liebt mich so, wie ich bin. Mein besonderer Dank gilt meinem Mann, der sich um unseren Alltag und die Kinder kümmert, während ich schreibe, und vor allem darauf achtet, dass ich vernünftig esse.

Außerdem bedanke ich mich bei meiner Freundin Silvia Zucca dafür, dass sie mir ihre Bücher über Parfüm geliehen und mich Marika Vecchiattini vorgestellt hat. Vielen Dank auch an Anna, die an meiner Seite war, Andreina für ihre Aufmunterung, an Lory für ihre Freundlichkeit und an Eleonora, weil sie mich immer wieder zum Lachen gebracht hat. Mein Dank gilt außerdem Antonella, die mich wieder aufgebaut hat, als ich den Mut verloren hatte, und sich mit mir über jeden noch so kleinen Fortschritt gefreut hat. Ich bedanke mich auch bei meinem Originalverlag Garzanti, vor allem bei dem Team, das mein Buch betreut hat, und bei meiner Lektorin Elisabetta Migliavada, für deren Arbeit ich keine Worte finde. Von ganzem Herzen danke ich auch Laura Ceccacci, die als Erste an mich geglaubt hat und die viel mehr ist als nur eine Freundin. Mein Dank gilt nicht zuletzt Anna Chiatto, die mich mit einem Lächeln aufgenommen hat, und Kylee Doust, die mir die Tür zu einer neuen Welt aufgestoßen hat.

Euch allen gilt mein herzlicher Dank.

Im Gespräch mit Cristina Carboni

Was hat Sie zu Die Rosenfrauen *inspiriert?*

Vor allem eigene Erfahrungen. Ich lebe auf dem Land, umgeben von Blumen und Pflanzen. Außerdem bin ich Imkerin, was für mich eher eine Lebenseinstellung als ein Beruf ist. Meine Welt ist voller Düfte. Wer Bienen hält und züchtet, lebt mit der Natur. Ihr Wohlbefinden ist mir sehr wichtig, deshalb habe ich gelernt, sie bei ihrer Arbeit zu beobachten und mich ihren Gewohnheiten anzupassen. Wenn sich die Knospen entfalten und die Blüten den Nektar absondern, von dem sich die Bienen ernähren, ist die Luft von unzähligen Düften erfüllt. Mithilfe der Aromen kommunizieren die Blüten mit den Bienen und teilen ihnen mit, dass die Ernte beginnen kann. Mit der Zeit habe ich gelernt, die verschiedenen Düfte auseinanderzuhalten, allerdings bedurfte es dazu viel Zeit und Mühe. Ich habe an allem intensiv geschnuppert und ganz allmählich erkannt, dass der Duft eine Sprache ist, eine unmittelbare, zarte Form der Kommunikation. Eine wunderbare Einsicht. Aber keine Entdeckung, denn man kann nichts entdecken, was es schon immer gegeben hat. Ich habe mir lediglich etwas zu eigen gemacht, das ich zwar lange Zeit vor Augen, jedoch beharrlich ignoriert hatte, und das mich nun so sehr faszinierte, dass ich es mit allen teilen wollte. Nur wie sollte ich eine derart vielschichtige Geschichte erzählen? Das könnte nur eine Parfümeurin, überlegte ich mir, eine sensible Frau, die zu großen Gefühlen fähig ist. Die Erbin einer langen Familientradition, in der über Generationen das Wissen von der Mutter an die Tochter weitergegeben worden ist. Eine solche Frau, da war ich mir sicher, konnte die Geschichte aus der geheimnisvollen Welt der Düfte erzählen. Sie würde die richtigen Wörter finden und die Fakten mit Emotionen verweben. Ab dem Moment dieser Erkenntnis hatte ich ein Mädchen und seine Großmutter vor Augen. Die beiden würden meinen Leserinnen und Lesern vermitteln, wie wichtig Düfte sind, daran hatte ich keinen Zweifel.

Das Parfüm erzählt Geschichten und ist gleichzeitig eine Möglichkeit, um Gefühle ohne Worte auszudrücken. All das versucht die alte Signora Rossini ihrer Enkelin Elena immer wieder klarzumachen. Haben Düfte für Sie ebenfalls diese Fähigkeiten?

Davon bin ich überzeugt. Düfte sind etwas Elementares, sie sensibilisieren, faszinieren und schrecken manchmal auch ab. Sie graben sich tief in uns ein und bilden unsere Gemütsbewegungen ab. Manche Düfte erzählen Geschichten aus unserer Vergangenheit und beschwören Gefühle herauf, die wir damals hatten. Ein Atemzug kann genügen, um unser Erinnerungsvermögen zu aktivieren, es reagiert und gibt uns ein Stück Vergangenheit zurück. Aber Düfte sind auch ein Lebenselixier. Schon zwei Tropfen unseres Lieblingsparfüms können einen langweiligen, düsteren Tag aufhellen und bereichern. Sie können auch beruhigen, wie etwa der Duft von frischem Brot oder frisch gebackenen Keksen, von Vanille oder frisch gewaschener Wäsche.

Wie haben Sie die Bedeutung der Düfte für sich entdeckt?

Nachdem die Idee für meinen Roman Form angenommen hatte, begann ich mich für Nischenhersteller zu interessieren, für Parfümeure, die Düfte abseits der Massenproduktion kreieren wollen. Das Konzept des individuellen Parfüms, maßgeschneidert wie ein Kleidungsstück, ließ mich nicht mehr los. Ich fragte mich, warum ich manche Gerüche mehr, andere weniger mochte und wieder andere geradezu unerträglich fand. Um eine Antwort darauf zu finden, fing ich an über Parfüms zu recherchieren und entdeckte dabei, dass mit jedem Duft eine Nachricht verbunden ist, ebenso wie jeder Duft eine Reaktion bei demjenigen hervorruft, der ihn trägt, genauso wie bei demjenigen, der ihn riecht. Einige Düfte werden sogar therapeutisch genutzt, zum Beispiel um schwierige Lebensphasen zu überstehen oder um Sicherheit zu vermitteln, andere dienen dazu, bestimmte Absichten zu unterstützen oder einen besonderen Abend unvergesslich zu machen.

In Ihrem Buch werden wiederholt die Methoden zur Parfümherstellung beschrieben, von traditionellen bis zu modernen. Woher stammt diese Leidenschaft?

Zum einen lebe ich in einer Welt aus Düften, was ich sehr genieße, zum anderen bin ich unermesslich neugierig. Ich wollte selbst das kleinste Detail kennenlernen, über jeden Schritt Bescheid wissen. Dabei fand ich heraus, dass sich die Methoden im Laufe der Jahrhunderte gar nicht so sehr verändert haben. Das war sehr aufschlussreich. Natürlich unterscheiden sich die heutigen Essenzen von denen aus der

Vergangenheit, und alles läuft nach festen Regeln ab, doch die Herstellungsprozesse sind im Grunde gleich geblieben. Geändert haben sich nur die Vorstellungen, die Idee oder auch, wie man in der Fachsprache sagt, der Brief. Heute erzählt das Parfüm eine Geschichte, beginnend mit der Kopfnote, die man zuerst wahrnimmt, über die Herznote bis hin zur Basisnote, dem letzten Teil des Duftverlaufs.

Elena hat die besondere Gabe, die Menschen zu verstehen und ihnen durch das richtige Parfüm zu helfen. Aber ab einem bestimmten Zeitpunkt in ihrem Leben verweigert sie sich dieser Gabe, da sie mit schmerzlichen Erinnerungen verbunden ist. Können das eigene Erleben und die eigene Vergangenheit Ihrer Meinung nach tatsächlich dazu führen, dass man vergisst, wer man wirklich ist?

Eine tiefe Enttäuschung, vor allem wenn man sie in jungen Jahren erlebt wie Elena, kann zu einer Art Ablehnung dessen führen, was der Auslöser für diesen Schmerz war. Häufig schreibt man ihn dann etwas anderem zu, etwa Dingen, die wir rational erfassen können. Ich denke, dass man sich in solchen Situationen oft selbst verliert, aber ich glaube auch, dass es sich dabei nicht um eine endgültige Ablehnung, sondern um die Suche nach einer akzeptablen Alternative handelt. Irgendwann endet jedoch dieser Weg, der nicht der unsere ist. Sich selbst zu betrügen kann nicht zu einem glücklichen Leben führen. Immerhin haben wir auch ein Herz, eine Seele und emotionale Wurzeln, die Ratio allein genügt nicht. Wir leben in einer Gesellschaft, die sehr viel Wert auf Äußerlichkeiten legt und das Substanzielle dabei vernachlässigt. Wir haben für alles und jeden Standards, die von unserer Individualität wegführen. Dabei ist diese unser größter Reichtum. Das Schönste, was einem passieren kann, ist doch, man selbst zu sein. Sich selbst zu finden, sich zu erkennen und zu akzeptieren ist ein guter Anfang, um glücklich zu sein.

Als Kind musste Elena lernen, dass auch eine Mutter die falschen Entscheidungen treffen kann. Erst als sie selbst Mutter wird, kann sie Susanna verstehen und ihr vielleicht vergeben. In der Tat ist die Mutterrolle eine der schwersten Aufgaben, die das Leben uns stellt. Sie haben selbst drei Kinder, empfinden Sie das auch so?

Ja, ich glaube, das kann man so sagen. Wir können gnadenlose Richter sein, aber wenn es um uns selbst geht, wenn wir von der Zuschauerin zur Akteurin werden, verändert sich alles. Muttersein ist schwierig. Eine gute Mutter zu sein noch schwieriger. Man muss alles im Blick haben und immer da sein, was manchmal einfach nicht möglich ist. Ich bin der Überzeugung, dass viele familiäre Konflikte sich von selbst lösen, sobald die Tochter selbst Mutter wird. Die gleichen Erfahrungen zu machen verbindet. Das geschieht auch in Elenas Fall, die Susanna ab dem Moment besser versteht, als sie selbst mit Problemen konfrontiert wird, von denen sie zuvor nichts geahnt hat. Sie findet sich in der gleichen Situation wieder wie ihre Mutter: Sie muss die Schwangerschaft alleine bewältigen. Was könnte die Einsicht für das Dilemma ihrer Mutter besser fördern?

Als Elena Cail zum ersten Mal begegnet, merkt sie an seinem Duft, dass er ein sehr sensibler, sehr emotionaler Mann ist. Vielleicht erkennt sie in ihm ihre eigene Verletztheit wieder. Zwei einsame Menschen, die sich zufällig treffen und gemeinsam einen Weg finden, mit sich selbst Frieden zu schließen und sich dem anderen zu öffnen. Macht das für Sie Liebe aus?

Allem voran verbindet Elena und Cail ihr Instinkt. Das ist etwas Magisches und Unerklärliches, ohne jede Logik. Beide verspüren von Anfang an das Bedürfnis, sich zu sehen, sich nahe zu sein und gemeinsame Momente des Glücks zu erleben. Dieses Gefühl entspringt etwas Irrationalem und lässt sich nicht erklären, es ist vielmehr ein Wiedererkennen verwandter Seelen, ein Sich-Gefallen und Sich-Begehren. Für mich ist das Liebe. Davon abgesehen, hat die Liebe die Macht, alles zu bewegen, sie ist der mächtigste Antrieb, den es gibt. Aus Liebe zieht man Dinge in Betracht, die zuvor undenkbar waren. Die eigene Perspektive zu verändern kann helfen, die anderen zu verstehen, aber auch sich selbst zu akzeptieren. Mit den Augen der Liebe ist alles möglich. Der Rest kommt später.

Ein weiteres Herzstück des Buches ist Paris, die Ville Lumière *mit ihren typischen Straßen und Gassen, den einmaligen Sehenswürdigkeiten und der magischen Atmosphäre. Wie ist Ihre Liebe zu dieser Stadt entstanden?*

Frankreich habe ich zuletzt vor vielen Jahren besucht, und das Land hat in meinem Herzen einen unauslöschlichen Eindruck hinterlassen. Der strahlend blaue, fast blendende

Himmel, die unzähligen Gerüche, die freundlichen Menschen, die großartigen Schlösser, die von Blumenfeldern und Hecken durchzogene Landschaft. Paris ist das Symbol dieses Landes. Eine Stadt voller Faszination, Geschichte, Kunst und Genialität. Paris ist das Synonym für Romantik, Pracht und … Parfüms. Dort hat mich einfach alles inspiriert, die Straßen und Plätze, die elegante, musikalische Sprache, der lächelnde Alltag einer Metropole. Ich hätte für meinen Roman gar keinen anderen Schauplatz wählen können.

Die Natur hat in Ihrem Buch ebenfalls einen hohen Stellenwert, von den unermesslich weiten Lavendelfeldern über die Rosengärten bis hin zu den Blumenmärkten. Wie wichtig sind Ihnen der Kontakt zur Natur und das Leben im Freien?

Vielleicht ist »wichtig« nicht das treffende Wort. Für mich ist das Leben in der Natur von fundamentaler Bedeutung. Es könnte auch gar nicht anders sein, denn mein Arbeitsplatz ist dort, wo die Blumen für meine Bienen blühen. Ich glaube jedoch, dass die Natur schon immer ein Teil von mir war. Ich bin auf dem Land aufgewachsen, und meine Großeltern, die selbst Bauern waren, haben in meiner Erziehung eine große Rolle gespielt. Sie haben mir das Betrachten und das Zuhören beigebracht. Und noch etwas hat mich der Natur nahe gebracht: die Leidenschaft für Rosen. Ich liebe Rosen! Diese Leidenschaft teile ich übrigens mit meiner Mutter. Wir haben unzählige Rosen, von prächtigen, großblumigen bis hin zu unscheinbar wirkenden, duftintensiven Sorten. Bei uns wachsen alte und neue, traditionelle und moderne Rosensorten nebeneinander. Ein unvergleichliches Geruchserlebnis bieten zum Beispiel alte englische Sorten.

Das macht neugierig. Was ist Ihr Lieblingsduft?

Unser Haus ist von Zitrusbäumen umgeben. Im Mai färbt sich durch die neuen Blätter alles smaragdgrün, dazu die weißen Blüten, von deren Duft die Luft erfüllt ist. Intensiv fruchtig, berauschend, ja, ich würde fast sagen, hypnotisch. Genau das ist mein Lieblingsduft. Er erinnert mich an meine Kindheit, an die verführerischen Gerüche, die aus der Küche drangen, an die Spiele und Wettrennen unter den Bäumen. Dieser Duft bezaubert mich jedes Mal aufs Neue und macht mich glücklich.

Schreiben Sie bereits an einem neuen Roman?

Ja, und auch in meinem neuen Buch geht es wieder um große Gefühle. Es erzählt eine Familiengeschichte, die Geschichte eines Geheimnisses und einer Leidenschaft, die der Protagonistin dabei helfen, ihr Leben aus einem völlig anderen Blickwinkel zu betrachten. Letztlich inspirieren mich die Frauen zum Schreiben. Sie geben niemals auf und gewinnen dem Leben immer ein Lächeln ab, selbst wenn es schwerfällt.